Peter Freund

AYANI

Die Tochter des Falken

cbj ist der Kinder- und Jugendbuchverlag
in der Verlagsgruppe Random House

FSC
Mix
Produktgruppe aus vorbildlich
bewirtschafteten Wäldern und
anderen kontrollierten Herkünften

Zert.-Nr. SGS-COC-1940
www.fsc.org
© 1996 Forest Stewardship Council

Verlagsgruppe Random House FSC-DEU-0100
Das für dieses Buch verwendete FSC-zertifizierte Papier *EOS*
liefert Salzer, St. Pölten.

Gesetzt nach den Regeln der Rechtschreibreform

1. Auflage 2009

Ein Projekt der AVA international GmbH
Autoren- und Verlagsagentur
www.ava-international.de
Umschlaggestaltung: Hauptmann & Kompanie,
Werbeagentur, München – Zürich, Hanna Hörl
Umschlagillustration: Elizaveta Reich
SK · Herstellung: WM
Satz: Uhl + Massopust, Aalen
Druck: GGP Media GmbH, Pößneck
ISBN: 978-3-570-13724-6
Printed in Germany

www.cbj-verlag.de

FÜR MIRA

INHALT

KAPITEL 1

Der Hüter des geheimen Wissens

Auf den ersten Blick sahen die drei Wesen völlig harmlos aus, und niemand hätte vermutet, dass sie zu den gefährlichsten und gefürchtetsten Geschöpfen von Mysteria zählten. In ihrer Gestalt glichen sie ganz gewöhnlichen Männern. Sie mussten noch ziemlich jung sein, Mitte bis Ende zwanzig vielleicht, waren groß gewachsen und von schlanker Statur. Die schwarzen Jacken und Hosen waren ihnen eng auf die muskulösen Leiber geschneidert. Schwarze Stiefel, halbhoch und aus weichem Leder gefertigt, dämpften ihre Schritte. Nahezu lautlos und fast schon anmutig huschten sie auf dem schmalen Fahrweg hin und her, der auf beiden Seiten von dichtem Mischwald gesäumt wurde. Mit ihren fein geschnittenen Gesichtszügen und den tadellos frisierten tiefschwarzen Haaren gaben sie beinahe ansehnliche Erscheinungen ab.

Bei genauerem Hinsehen war jedoch zu erkennen, dass ihre Haut käsig blass war wie die von Albinos. Die Augen mit den schlitzförmigen roten Pupillen erinnerten an tollwütige Raubkatzen. Noch auffälliger waren ihre Lippen. Dick und wulstig und fast kreisförmig waren die, sodass ihre Münder eine entfernte Ähnlichkeit mit den Saugnäpfen eines Kraken aufwiesen – was gleichzeitig ihre wahre Natur verriet: Es waren nämlich keine

Männer, sondern Nachtschwärmer. Oder Atemschlürfer, wie sie in manchen Regionen Mysterias auch genannt wurden, weil sie sich ausschließlich vom Odem und der Lebensenergie anderer Geschöpfe ernährten. Sie hielten ihre Opfer mit Krallenfingern eisern fest, senkten ihre wulstigen Lippen auf deren Mund und saugten ihnen mit dem Atem alle Lebenskraft aus dem Körper, bis nur noch dessen tote Hülle übrig blieb. Ein Entkommen aus ihrer Umklammerung war nahezu unmöglich, und so war jeder, der sich durch das harmlose Äußere der Nachtschwärmer täuschen ließ, rettungslos verloren.

Auch an diesem sonnigen und friedlichen Morgen hätte wohl kaum jemand Verdacht geschöpft, als die drei Atemschlürfer sich im Schatten der dicht stehenden Bäume am Wegrand umtaten – ganz so als wären sie harmlose Beerensammler oder Pilzsucher. Hoch über ihnen spannte sich der weite Himmel wie ein Schirm aus strahlend blauer Seide über die Welt hinter den Nebeln. Für die paradiesische Schönheit der urtümlichen Landschaft hatten die Nachtschwärmer jedoch ebenso wenig einen Blick wie für das Große Taglicht, das erst vor Kurzem seine immer wiederkehrende Reise begonnen hatte und jetzt das üppige Laubwerk des Waldes mit schimmerndem Glanz überzog. Es hatte fast den Anschein, als würde das helle Licht die Nachtschwärmer blenden. Sie kniffen nämlich immer wieder die Augen zusammen und vermieden jeden Blick zum Firmament, während sie mit flinken und geübten Handgriffen eine der großen Netzfallen fertig machten, die ihr räuberisches Volk seit Anbeginn der Zeiten zur Beutejagd benutzte: Aus kräftigen Seilen geknüpft und gut getarnt auf dem Grasboden ausgebreitet, wurden sie jedem zum Verhängnis, der ahnungslos in sie hineintappte und durch die leichteste Berührung eines flach gespannten Taus die Zugseile auslöste. Dann wurde das Opfer jäh von emporschnellenden Ästen in die Höhe katapultiert. Gleichzeitig zog sich das engmaschige Netz blitzartig um den Gefangenen zusammen, bis der, zu einem Bündel zusammengeschnürt, hilflos ein gutes Stück über dem Boden baumelte. Ein Entrinnen war unmöglich und so konnte der oder die Unglückliche nur noch das Auftauchen der Jäger abwarten. Sein Schicksal war damit natürlich besiegelt – es sei denn, es handelte sich um ein Mädchen oder um eine junge Frau, die »noch von keinem Mann befleckt worden war« – wie die Nachtschwärmer selbst den Verlust der Jungfräulichkeit beschrieben.

Die schwarzhaarigen Geschöpfe wechselten kein Wort, während sie die letzten Seile festzurrten und dann rasch welkes Laub und vermoderte Zweige über die noch sichtbaren Teile des Netzes breiteten. Dann richteten sie sich auf, um ihr Werk zu begutachten. Sie schienen zufrieden zu sein, denn ein leichtes Lächeln huschte über ihre bleichen Gesichter. Noch immer kam kein Laut über ihre Lippen. Sie hielten ihre feinen Nasen in den Wind, kosteten witternd wie Raubtiere den herbfrischen Duft der Veränderung und des Neubeginns, den der sanfte Wind zu ihnen herantrug. Schließlich nickten sie sich zu und sprangen dann, wie von einem Katapult geschleudert, aus dem Stand rund zwölf Meter in die Höhe. Oben, hoch über dem Boden, versteckten sie sich in den dicht belaubten Kronen der Knorreichen und Buntbuchen, um kaum sichtbar und regungslos auf ihre Beute zu lauern – egal wie lange das dauern mochte.

Die Atemschlürfer hatten keine Eile. Obwohl sie zum allerersten Mal im hellen Licht des Morgens auf Jagd gingen und nicht im schützenden Dunkel der Nacht, wie es über Jahrhunderte ihre Gewohnheit gewesen war, hatten sie nicht die geringsten Zweifel, dass sie auch an diesem Tag genauso erfolgreich sein würden wie all die unzähligen Male davor.

»Da-da-das gibt es doch nicht!« Das Mädchen im roten T-Shirt und der blauen Latzhose kam aus dem Staunen nicht mehr heraus. Fassungslos starrte Jessie Andersen in die Runde. Ihr Gesicht glich dem eines kleinen Kindes, das alle Wunder der Welt auf einmal erblickt. »Das ist doch nicht möglich, oder?«

Niko Niklas zog die Augenbrauen hoch. Er hatte keine Ahnung, was Jessie meinte.

Auch Ayani, die dicht neben ihm stand und verlegen am Saum ihres braunen Leinengewandes zupfte, schien sich über die Reaktion des blonden Mädchens zu wundern. Sie runzelte die Stirn und sah Niko mit gespitzten Lippen an, als wollte sie fragen, was die andere denn hatte.

Doch Niko zuckte nur mit den Schultern und machte einen Schritt auf Jessie zu. Ein vertrauter Geruch stieg ihm in die Nase, frisch, ein wenig herb und verlockend – Jessie hatte wohl ein Duftwasser aufgetragen, bevor sie nach Mysteria aufgebrochen war. »Keine Panik«, sagte er mit aufmunterndem Lächeln. »Mir ist es genauso ergangen. Als ich zum ersten Mal hier in Mysteria gelandet bin, habe ich auch einen Riesenschreck bekommen.« Er legte die rechte Hand auf Jessies Schulter, um sie zu beruhigen.

»Aber das meine ich doch gar nicht!«, erwiderte Jessie zu seiner Verwunderung.

»Nein?« Nikos Hand sank wieder herab. Seine smaragdgrünen Mandelaugen weiteten sich. »Du wunderst dich nicht darüber, dass du urplötzlich in einer fremden Welt gelandet bist?«

»Ganz im Gegenteil!« Mit der linken Hand rückte Jessie ihre rote Basecap zurecht, während sie mit der rechten eine vorwitzige Strähne ihres schulterlangen Blondhaars aus der Stirn strich. »Ich habe sogar fest damit gerechnet, dass der Umhang vom Speicher deines Opas mich hierher bringt.«

»Hä?« Niko starrte Jessie verdattert an. »Warum das denn?«

»Ganz einfach.« Sie verdrehte die Augen, als läge die Antwort auf der Hand. »Erstens hast du mir neulich erst erzählt, dass es dir genauso ergangen ist. Und zweitens habe ich das in dem alten Buch gelesen.«

Ich soll ihr das erzählt haben?, wunderte sich Niko. Daran konnte er sich gar nicht erinnern. Als er jedoch angestrengt nachdachte, kehrte plötzlich eine Szene in sein Gedächtnis zurück, wenn auch dunkel und etwas verschwommen. Tatsächlich, er hatte Jessie von dem seltsamen Erlebnis auf dem Dachboden seines Opas Melchior berichtet: von dem unscheinbaren Kapuzenumhang, den er dort entdeckt hatte und der ihn, kaum dass er ihn um die Schultern gelegt hatte, auf wundersame Weise in eine fremde Welt versetzt hatte – nach Mysteria. Glücklicherweise hatte das geheimnisvolle Kleidungsstück ihn auch wieder auf den Speicher zurückgebracht, sodass er dem blutrünstigen Krieger, der auf seinem Streitross Jagd auf ihn gemacht hatte, um Haaresbreite entkommen war.

Oh, Mann – das war verdammt knapp gewesen!

Schon beim bloßen Gedanken an diese Begegnung beschleunigte sich Nikos Puls und sein Atem stockte. Und all das war noch gar nicht lange her – ganze fünf Tage, wie er schnell nachrechnete! Und vor vier Tagen erst war er durch das geheimnisvolle Nebeltor erneut nach Mysteria gelangt – und musste zu seinem Schrecken feststellen, dass er nicht mehr in seine Welt zurückkehren konnte.

Zumindest vorerst nicht!

Seltsamerweise kam Niko es so vor, als würde er sich bereits seit Wochen in der Welt hinter den Nebeln aufhalten. Aber was noch seltsamer war: Obwohl sich das Leben hier ganz gewaltig von seinem gewohnten Alltag unterschied, fühlte Niko sich gar nicht fremd. Mit jedem neuen Abenteuer, das er in den vergangenen Tagen hatte bestehen müssen, waren ihm die unbekannten Weiten Mysterias ein Stück vertrauter und ein Stück heimatlicher geworden. Auch mit Ayani, dem Alwenmädchen, das etwas abseits stand und Jessie und ihn mit undurchdringlicher Miene musterte, fühlte er sich mittlerweile so verbunden, als würden sie sich bereits von Kindesbeinen an kennen. Dabei hatte er sie doch vor nicht mal einer Woche zum allerersten Mal getroffen!

Erst jetzt fiel Niko auf, dass er schon seit Tagen nicht mehr an seine Welt gedacht hatte. Nicht an seine Mutter Rieke und nicht an seinen Opa Melchior. Und auch nicht an seinen Kampfsportlehrer Nalik Noski und an die großen Schwierigkeiten, in denen der Senshei steckte. Dabei machten sich die drei doch bestimmt die allergrößten Sorgen um ihn. Mit Sicherheit zermarterten sie sich die Köpfe, wohin Niko so urplötzlich verschwunden war, ohne auch nur die geringste Spur zu hinterlassen.

Die Ärmsten!

Sie hatten nicht die kleinste Chance, eine einleuchtende Erklärung zu finden. Wie hätten sie auch auf die Idee kommen sollen, dass sich ausgerechnet in Oberrödenbach, einem gottverlassenen Kuhkaff in der tiefsten Provinz, der Zugang zu einer geheimnisvollen Welt befand, von der niemand irgendetwas ahnte? Wenn Niko ihn nicht rein zufällig entdeckt hätte, wäre er ja auch noch im Tal der Ahnungslosen!

In diesem Moment zuckte der Junge zusammen, denn eine Erinnerung, die wie von weit her heranwehte, drängte sich in seine Gedanken: »Ich glaube nicht an Zufälle«, hörte er die Stimme von Herrn Schreiber in seinem Kopf. Noch im gleichen Moment hatte Niko auch das passende Bild vor Augen: wie der unscheinbare Antiquar, gekleidet in einen verschlissenen mausgrauen Kittel, ihn eindringlich anblickte und ihm auffordernd ein Buch entgegenhielt … Und da verstand Niko plötzlich, was Jessie meinte: »Sprichst du von dem Buch, das ich im Antiquariat am Falkenturm entdeckt habe?«

Als Siegward Schreiber wieder zu sich kam, sah er sich von dämmerigem Zwielicht umfangen. Im ersten Moment wusste der alte Mann nicht, wo er sich befand und wie lange er ohne Bewusstsein gewesen war. Der muffige Geruch von schimmeliger feuchter Luft stieg ihm in die Nase. Irgendwo in der Düsternis war das eilige Trippeln kleiner Füße zu hören, die über einen Steinboden huschten – Mäuse vermutlich oder vielleicht auch Ratten –, und da verstand er plötzlich: Er befand sich natürlich immer noch in dem verliesartigen Raum, in dem die beiden Halunken ihn schon seit Tagen gefangen hielten.

Er lag auf einem Feldbett, das an einer nackten Steinmauer stand. Als er die Fingerspitzen seiner rechten Hand über die Wand gleiten ließ, spürte er wieder die Feuchtigkeit – die Nässe eines alten, schlecht gelüfteten Kellers. Hoch über ihm war eine rechteckige Öffnung in der Mauer, sechzig auf neunzig Zentimeter vielleicht, die mit Brettern verschlossen war. Schmale Streifen schummrigen Lichts fielen durch die Ritzen. Als sich seine Augen an die Düsternis gewöhnt hatten, ließ Herr Schreiber den Blick durch den Raum schweifen, der höchstens vier mal drei Meter maß. Es hatte sich nichts geändert, seit er ihn zuletzt mit wachen Augen betrachtet hatte: Sein Gefängnis war mehr als drei Meter hoch und es stand nichts darin außer seinem Bett, einem Holzschemel und einem verbeulten Blecheimer. In einer Ecke lag ein kleiner Haufen schwarzer Steine, Koks oder Kohlen vermutlich – offensichtlich wurde er in einem alten Kohlenkeller gefangen gehalten. Auch die Rußspuren an den Wänden deuteten darauf hin. Gegenüber dem Bett war der Ausgang, der von einer Stahltür verschlossen war. Sie war von einer Rostschicht überzogen, wirkte aber dennoch stabil.

Bei ihrem Anblick musste Herr Schreiber lächeln. Die Halunken glaubten ihn in seinem Gefängnis bestimmt sicher verwahrt. Wie sollten sie auch ahnen, dass sein Wirken nicht an seinen Körper gebunden war! Dass es ihm möglich war, sich in einer anderen Welt zu bewegen, weil er um das große Mysterium wusste, von dem die meisten Menschen noch nicht einmal etwas ahnten.

Und die beiden Dummköpfe, die ihn gefangen hielten, schon gar nicht! Dabei hielten sie sich selbst für superschlau. Für regelrechte Genies wahrscheinlich – und trotzdem hatten sie nicht mitbekommen, dass er sein Verlies in den letzten Tagen mehrere Male verlassen hatte. Nicht in seiner körperlichen Gestalt natürlich, denn seit er das große Geheimnisse um Mysteria erkannt und begriffen hatte, war er an die nicht mehr gebunden. Nach seinen fantastischen Ausflügen war Siegward Schreiber stets in einen tiefen Schlaf gesunken, was die Halunken allerdings nur seiner Verletzung zugeschrieben hatten.

Diese Hohlköpfe!

Der Antiquar wollte sich aufrichten, aber ein stechender Schmerz fuhr ihm durch den Leib. Und da musste er wieder an den Tag denken, an dem der Mann und der Jugendliche in seinen Laden, das »Antiquariat am Falkenturm«, gekommen waren, kaum dass Niko Niklas ihn verlassen hatte. Ohne ein Wort der Begrüßung waren sie augenblicklich zur Sache gekommen.

Der Mann – er hieß Henk, wie der Antiquar inzwischen wusste – hatte ihn barsch aufgefordert, den »alten Schinken rauszurücken – und zwar 'n bisschen plötzlich!«

»Genau«, fügte sein Sohn Maik mit leicht debilem Grinsen hinzu. »Mach gefälligst hinne. Aber dalli dalli!«

»Und glaub bloß nich, dass wir uns von so'm alten Knacker wie dir verscheißern lassen«, hatte Henk noch ergänzt.

Herr Schreiber hatte keine Miene verzogen. Obwohl ihm bereits dämmerte, was Henk von ihm wollte, fragte er vorsichtshalber nach – und sah seine Vermutung auch prompt bestätigt.

»Die alte Schwarte, du Penner, die Walter Brauer gehört hat«, blaffte der vierschrötige Typ ihn an. Und im gleichen Moment begriff Siegward Schreiber, dass die Sache vermutlich böse enden würde.

Sehr böse sogar!

Weil er in diesem Moment etwas verstand, was weder Henk noch sein dauergrinsender Sohn wissen konnten: dass Henk nicht mehr Herr seiner Sinne war, weil ein Blender von ihm Besitz ergriffen hatte.

Ein Blender war ein zutiefst unheimliches Geschöpf, das eigentlich nur in Mysteria zu Hause war. Dass der Blender seine Heimat verlassen hatte und in die andere Welt gelangt war – durch das Nebeltor vermutlich, obwohl er durchaus auch einen anderen Übergang benutzt haben konnte –, ließ nur Schlimmes vermuten. Blender handelten in der Regel nämlich nicht aus eigenem Antrieb, sondern nur auf ausdrückliche Anweisung des einzigen Wesens, das Macht über sie besaß – der Schwarzmagierin Sâga!

Schlagartig wurde Siegward Schreiber klar, dass er den getrockneten Kräuterstrauß, den er zwischen den Regalen versteckt hatte, dringend durch einen neuen ersetzen musste. Das Eisenkraut – oder der Dämonenbann, wie es andernorts auch genannt wurde – verlor wohl langsam seine Wirkung. Sonst wäre der Blender doch niemals in sein Geschäft gelangt.

Bei dem Gedanken wurde Siegward Schreiber ganz schlecht. »Wie… äh… wie kommen Sie auf die Idee, dass sich das Buch in meinem Besitz befindet?«, fragte er beklommen.

»Weil seine Schwester uns gesacht hat, dass Sie die ganzen Bücher von Walter gekauft haben, als er abgenibbelt ist – deshalb!«

»Ja, ja, das stimmt«, antwortete der Antiquar rasch und war gleichzeitig erleichtert, dass Sâga offensichtlich doch nicht hinter dem alten Buch her war, wie er im ersten Schrecken vermutet hatte. Sonst hätte sie den Blender doch gleich zu ihm geschickt! Die Schwarzmagierin musste das unheimliche Wesen aus einem anderen Grund herbeordert haben, was dessen Anwesenheit allerdings nicht weniger bedrohlich machte. »Herr Brauer besaß viele Bücher. Welches genau meinen Sie denn?«

»Äh?« Die Frage schien Henk doch zu überraschen. Er glotzte wie ein stoppelhaariger Grottenolm, der sich den Kopf über die Millionenfrage beim Fernsehquiz zerbricht.

»Der Titel, Papa«, flüsterte sein Sohn ihm zu. »Sach ihm doch den Titel.«

»Ja, klar! Oder glaubst du, ich bin blöde?«, fauchte Henk los, sodass Maik erschrocken zurückwich. »Der Döskopp, also Walter Brauer mein ich, hat ihn mir auch gesacht, da bin ich ganz sicher. Aber leider …« Er ballte die rechte Faust und hämmerte sie auf die Handfläche seiner Linken. »Das is so was von blöd, aber ich erinnere mich nich mehr daran!«

»Tja, meine Herren«, sagte Herr Schreiber erleichtert. »Tut mir leid, aber wenn das so ist, kann ich Ihnen nicht weiterhelfen.« Lächelnd verwies er auf die unzähligen Regale, die seinen Laden füllten. »Sie sehen doch selbst: Bei der Unmenge von Büchern wäre es völlig aussichtslos, aufs Geratewohl nach einem unbekannten Titel zu suchen«, sagte er leichthin und ohne zu ahnen, dass er diesen Satz schon in wenigen Minuten bitter bereuen sollte.

»Hm«, brummte Henk und verzog das Gesicht. »Na, dann – nichts für ungut!« Er tippte mit dem Zeigefinger an die Krempe eines imaginären Hutes, nickte seinem Sohn zu, drehte sich um und ging zum Ausgang. Er war schon fast zur Tür hinaus, als er urplötzlich stehen blieb, wieder umkehrte und Herrn Schreiber über beide Backen anstrahlte. »Jetzt weiß ich's wieder!«, sagte er. »Das Buch hieß ›Miseria‹ – oder so ähnlich!«

Natürlich meine ich diese alte Schwarte aus dem achtzehnten Jahrhundert!« Ein leicht mürrischer Ausdruck verschattete Jessies hübsches Sommersprossengesicht. »Die dir offensichtlich so wichtig war, dass du sie sogar mit in die Ferien nach Oberrödenbach geschleppt hast.«

»Ach so.« Niko sah den altertümlichen Wälzer ganz deutlich vor seinem inneren Auge: die abgegriffenen vergilbten Seiten mit den vielen Lücken im Text und den braunen Leineneinband – und natürlich auch die germanische Rune, die auf dem Buchdeckel eingeprägt war, die Mannaz-Rune oder das Zeichen der Unsichtbaren, wie das Symbol in Mysteria genannt wurde. Erst jetzt ging Niko auf, dass die Entdeckung des Buches alles in Gang gesetzt hatte: seine seltsamen Visionen, seine geheimnisvollen Träume und natürlich auch seine wundersame Reise nach Mysteria. Was eindeutig bewies, dass das Buch über besondere Kräfte verfügte, auch wenn er die weder verstehen noch erklären konnte.

Niko räusperte sich. »Habe ich dich richtig verstanden, Jessie? Du hast in dem Buch gelesen, dass der Umhang dich nach Mysteria bringt?«

»Genau«, bekräftigte Jessie. »Exakt das hat Karin Seikel –«

»Karin Seikel?«, fragte Niko dazwischen. »Wer in aller Welt ist das?«

»Aber Niko! Hast du denn alles vergessen?« Jessies Gesicht glich dem einer pingeligen Lehrerin, die es genießt, an ihrem Schüler herumzumeckern. »So heißt doch die Frau, die das Buch geschrieben hat – damals, vor über zweihundert Jahren.«

»Ach so«, murmelte Niko kleinlaut, während Jessie ihre Belehrung fortsetzte.

»Frau Seikel hat dem Kapuzenumhang sogar einen Namen gegeben. Sie nennt ihn ›Odhurs Mantel‹, und sie behauptet, dass er jeden, der ihn umlegt, im Handumdrehen nach Mysteria bringt.« Sie nickte wie zur Bekräftigung. »Was ja auch stimmt, wie wir beide am eigenen Leibe erfahren haben, nicht wahr?«

»Ja, schon, aber…« Niko hob die Hand und kratzte sich an seinem Kinn, auf dem trotz seiner bereits vierzehn Jahre noch nicht der winzigste Haarflaum zu entdecken war. »Das würde ja bedeuten, dass der Mantel schon über zweihundert Jahre alt ist! Und dass diese Frau Seikel bereits damals über seine geheimnisvollen Kräfte Bescheid gewusst hat. Das ist doch höchst merkwürdig, oder? Sie muss schließlich schon lange tot sein.«

»Klar, es sei denn, sie ist eine Untote!« Jessie grinste und biss sich dann auf die Unterlippe. »Was aber noch viel merkwürdiger ist…« Sie brach ab und ließ den Blick erneut in die Runde schweifen. »Frau Seikel beschreibt die Gegend hier verblüffend genau.« Jessie streckte den rechten Arm aus und machte eine Bewegung, als wolle sie die ganze Umgebung umfangen: die kleine Lichtung und das urwüchsige Wäldchen, das sich an ihrem Rand erhob. Die verwitterten und mit Moos und Kletterpflanzen überwucherten Überreste des bis auf die Grundmauern heruntergebrannten Herrenhauses, die zwischen den Baumstämmen zu erkennen waren. Und auch die gewaltige Burg, deren Türme und Mauern kaum hundert Schritte entfernt wie eine finstere Drohung hinter den Wipfeln des Wäldchens aufragten. Hoch oben auf der Spitze des mächtigen Bergfrieds flatterte eine Fahne in der frühmorgendlichen Brise. Der rote Greif, der das weiße Tuch zierte, schien seine spitzen Krallen gierig nach ihnen auszustrecken, als wolle er sie zerreißen oder zumindest einfangen.

Nikos Verwirrung wuchs. »Du musst dich irren, Jessie!« Er schüttelte so heftig den Kopf, dass seine schwarzen Haare flogen. »Das ist völlig unmöglich. Dann müsste Karin Seikel nämlich… äh…« Er brach ab und starrte wie begriffsstutziger Ochsenfrosch vor sich hin.

»Ja, was denn?«, fragte Jessie ungeduldig.

»Dann müsste Frau Seikel ja schon mal hier gewesen sein!«

Miseria‹?«, wiederholte Herr Schreiber und schüttelte dann mit gespieltem Bedauern den Kopf. »Tut mir leid, mein Herr – einen solchen Titel habe ich noch nie gehört.«

»Nein?« Die Enttäuschung war Henk deutlich anzusehen. Er starrte ihn an wie ein Lottospieler, dessen Traum vom Millionengewinn schlagartig geplatzt war wie eine Seifenblase. »Sind Sie sicher?«

»Ganz sicher«, wiederholte der Antiquar und atmete bereits erleichtert auf – bis der Dauergrinser Maik urplötzlich einen Lichtblick hatte, vermutlich den einzigen seit Monaten.

»Dann lass uns doch einfach danach suchen, Papa«, sagte er nämlich und deutete auf die Regale. »Vielleicht ist das nich so aussichtslos, wie der Typ hier behauptet?«

»Ja, warum eigentlich nich?« Die Trauermiene seines Vaters erhellte sich wieder. »Wir kennen jetzt den Titel und ha'm Zeit. Schau'n wir uns doch einfach mal um!« Schnurstracks steuerte er auf die Regale zu.

»Tut mir leid, meine Herren«, sagte Herr Schreiber und trat ihnen in den Weg. »Aber ich war gerade im Begriff zu schließen, als Sie auftauchten. Mittagspause – und deshalb ...« Er lächelte Vater und Sohn freundlich an und deutete mit der rechten Hand auf die offene Tür. Noch im gleichen Moment begriff er, dass er einen Fehler gemacht hatte: Er hatte Henks Wut entfacht. Oder vielmehr die Wut des Blenders, denn noch im gleichen Moment verwandelte sich Henks Kopf in den eines Ungeheuers mit blutroten Augen, einer gekrümmten Nase und Hörnern auf der Stirn. Spitze Hauer ragten aus seinem breitlippigen Mund.

Bevor der Antiquar reagieren konnte, hatte Henk ein Messer in der Hand und rammte es ihm in die Rippen. Dann war alles um ihn herum schwarz geworden ...

Ungeachtet der Schmerzen richtete Siegward Schreiber sich jetzt in seiner Zelle ächzend auf und betastete den dicken Verband, der um seinen Oberkörper geschlungen war. Der Messerstich war unterhalb des Rippenbogens in seinen Bauchraum eingedrungen, hatte aber offensichtlich kein lebenswichtiges Organ verletzt.

Sonst wäre er schon längst tot gewesen!

Allerdings hatte er viel Blut verloren und war ziemlich geschwächt. Als er sich auf die Füße stellen wollte, fühlte er sich so wackelig in den Knien, dass er sich sofort wieder hinsetzte.

Herr Schreiber lächelte gequält.

Diese Schwäche war hoffentlich nur vorübergehend und zudem auf seine körperliche Gestalt beschränkt. Trotzdem – die langen Jahre seines Lebens waren natürlich nicht spurlos an ihm vorübergegangen. Er hatte nicht mehr viel Zeit, um die große Aufgabe zu vollenden, die ein fantastisches Schicksal ihm zugedacht hatte: Er musste dafür sorgen, dass Mysteria mit neuem Leben erfüllt wurde. Sonst wäre die Welt hinter den Nebeln zum Untergang verdammt.

Bislang war alles nach Plan verlaufen. Alle Weichen waren gestellt, alle Steine waren ins Rollen gebracht und alle nötigen Rädchen in Bewegung gesetzt worden. Das weitere Schicksal Mysterias hing nun ganz allein davon ab, dass alle betroffenen Personen die ihnen zugedachte Rolle spielten, auch wenn sie nicht das Geringste davon ahnten. Schreibers Handlungsspielraum dagegen war beschränkt. Er konnte nur noch korrigierend eingreifen, behutsam und aus dem Hintergrund. Aber dazu musste er seine Gefangenschaft natürlich überleben, was keineswegs sicher war! Henk und Maik, seine beiden Quälgeister, hatten doch allergrößte Hoffnungen auf das alte Buch gesetzt. Henk würde bestimmt in rasende Wut geraten, wenn er ihm weiterhin jede Auskunft dazu verweigerte. Was er natürlich tun würde, völlig ungeachtet der absehbaren Reaktion des unheimlichen Blenders, der von Henk Besitz ergriffen hatte und seinen Willen beherrschte.

Natürlich hatten Henk und Maik das alte Buch beim Durchsuchen seines Ladens nicht gefunden. Wie sollten sie auch? Die Hohlköpfe konnten doch nicht ahnen, dass er es längst demjenigen zugespielt hatte, für den es gedacht war – nämlich Niko Niklas! Der, ohne es zu wissen, als Einziger den geheimnisvollen Plan zur Reife bringen konnte, der in den Zeilen des Buches verborgen war. Damit kam Niko zweifelsohne die schwierigste Aufgabe zu. Wenn der Junge versagte, wäre alles vergebens.

Ayani, dem Alwenmädchen, standen ebenfalls schwere Zeiten bevor, und Siegward Schreiber konnte nur hoffen, dass sie ihre Prüfungen tapfer bestand.

Auch Nalik Noski durchschaute das große Mysterium noch immer nicht in vollem Maße – zu seinem großen Glück übrigens, denn schließlich hätte es das Verderben des Sensheis bedeutet! Allerdings war deshalb längst nicht sicher, ob Nalik am Ende auch das große Ziel erreichen würde, nach dem er schon so lange Zeit strebte.

Nikos Mutter Rieke und das Mädchen Jessie waren ebenso ahnungslos, auch wenn Rieke hin und wieder etwas zu dämmern schien. Thomas Andersen dagegen, Jessies Vater, war immer noch fest davon überzeugt, dass er das Buch, an dem er gerade arbeitete, aus eigenem Antrieb schrieb, und nicht weil er, Siegward Schreiber, ihm diese Idee klammheimlich und völlig unbemerkt eingeflüstert hatte. Thomas' neues Buch spielte nämlich eine ebenso entscheidende Rolle in dem großen Plan wie das alte Buch von Karin Seikel – weshalb beide den gleichen Titel trugen: »Mysteria«. Kein Mensch ahnte auch nur die Zusammenhänge – außer Siegward Schreiber natürlich.

Er hatte die allerdings nicht selbst entdeckt. Sein Ururgroßvater war das gewesen, der den gleichen Namen wie er getragen und das »Antiquariat am Falkenturm« Mitte des neunzehnten Jahrhunderts gegründet hatte. Seither befand sich das Geschäft im Besitz der Familie, die das große Geheimnis bewahrt und von Generation zu Generation weitergereicht hatte. Der damalige Herr Schreiber hatte nicht nur das Buch von Karin Seikel gelesen, sondern auch herausgefunden, was mit der Autorin nach der Veröffentlichung geschehen war. Als er schließlich auf die rätselhaften Zeichen im alten Keller tief unter dem Antiquariat gestoßen war – drei alte Runen –, hatte er schlagartig begriffen, was mit dem Buch verbunden war.

Seitdem hatte jeder Besitzer des Ladens sein Geheimnis nicht nur gehütet, er hatte auch sehnsuchtsvoll darauf gehofft, dass sich das große Mysterium verwirklichen würde. Doch erst Siegward Schreiber war es vergönnt gewesen, das fantastische Ereignis mitzuerleben. In jener Nacht vor rund vierzehn Jahren nämlich, als ihm wie aus dem Nichts eine stattliche Gestalt von königlicher Würde im Keller des Antiquariats erschienen war – und damit hatte alles begonnen. Doch wie die Geschichte enden würde, lag nicht mehr in Schreibers Hand. Jedenfalls nicht ganz. Seine Zeit als Hüter des geheimen Wissens neigte sich ihrem Ende zu. Bald würde ein neuer Hüter auftauchen und seine Aufgabe übernehmen. Oder Mysteria würde für immer untergehen.

Dennoch lächelte Herr Schreiber. Er vertraute fest auf die Unsichtbaren und auf die unendliche Macht, die ihnen gegeben war.

KAPITEL 2

Die Welt hinter den Nebeln

»Aber genau das behauptet Frau Seikel doch!«, erklärte Jessie aufgeregt. »Dass sie schon mal hier gewesen ist, meine ich. Angeblich ist das Buch ein Tatsachenbericht über ihre eigene Reise nach Mysteria. Deshalb heißt es auch ›Mysteria‹, und der Untertitel lautet: ›Aufgezeichnet nach einer wahren Begebenheit‹.«

»Stimmt. Jetzt erinnere ich mich wieder.« Niko schüttelte den Kopf. Seine feinen schwarzen Haare wehten wie ein dunkler Schleier um sein Gesicht. »Bist du sicher, dass sie das alles hier richtig beschreibt?«

»Natürlich«, antwortete Jessie unwirsch. »Ich habe das Buch doch erst vor vier Tagen gelesen. Mein Gedächtnis ist zum Glück so gut, dass ich mir jedes gelesene Wort ziemlich genau merken kann.«

»Wie schön für dich.« Niko konnte sich die kleine Frotzelei nicht verkneifen. »Dann hast du ja keine Probleme beim Gedichtelernen.«

»Nicht die geringsten.« Jessies Miene ließ nicht erkennen, ob Nikos Kommentar sie geärgert hatte oder nicht. »Außerdem habe ich die alte Schwarte danach noch mal durchgeblättert und die wichtigsten Abschnitte überflogen. Du kannst mir also ruhig glauben.« Erneut zeigte sie in die Runde. »Die Lichtung hier und das Wäldchen – und natürlich auch die Burg da hinten: Alles sieht genauso aus, wie Frau Seikel es in dem alten Buch beschreibt. Als hätte sich in den über zweihundert Jahren, die seitdem vergangen sind, nicht das kleinste bisschen verändert – mit einer Ausnahme.« Sie deutete auf das verfallene Gemäuer zwischen den Bäumen. »Frau Seikel erwähnt keine Ruine, sondern ein stolzes Herrenhaus, das einem Vertrauten des Königs gehörte.« Als Jessie den Blick hob, fiel ihr noch etwas auf. »Auch die Fahne auf dem Bergfried hat sich geändert. Im Buch ist das Wappentier ein Falke, der ein mächtiges Schwert in den Krallen hält.«

»Echt?« Niko wollte seinen Ohren nicht trauen. »Und … äh … erwähnt Frau Seikel auch den Namen der Burg? Oder den Namen des Königs, der sie bewohnte?«

»Ja, klar«, antwortete Jessie. »Die Burg heißt Helmenkroon, genau wie die Siedlung, die die Festung auf drei Seiten umgibt.«

Niko legte den Kopf schief. »Und der König?«

»… heißt Nelwyn!«, antwortete das Mädchen wie aus der Pistole geschossen. »Er war ein überaus tapferer und strahlender Held, der von seinem Volk, den Alwen, fast abgöttisch geliebt und verehrt wurde. Dieser Nelwyn besaß nämlich ein magisches Schwe-« Urplötzlich brach Jessie ab und starrte mit großen Augen auf die Waffe in Nikos Hand, gerade so, als würde sie die jetzt erst bemerken.

Dabei war das Königsschwert gar nicht zu übersehen. Das goldene Licht ließ es in seiner ganzen Pracht erstrahlen. Der Griff und die Parierstange formten einen stilisierten Falken, der seine Flügel weit spreizte, als wolle er allen Schwachen und Wehrlosen unter seinen Schwingen Schutz bieten. Am oberen Ende der ebenso ungewöhnlich langen wie breiten Klinge war ein geheimnisvolles Zeichen eingraviert. Es glich einem großen M, dessen obere Hälfte von zwei gleichschenkligen Dreiecken gebildet wurden, deren Spitzen aneinanderstießen: die Mannaz-Rune, das Zeichen der Zwei, die zu Einem werden – das Symbol der Unsichtbaren.

Jessie starrte das mächtige Schwert fassungslos an. Ihr hübsches Sommersprossengesicht war blass geworden und sie war mit einem Mal bleich wie ein Vampir nach einer mehrwöchigen Blutdiät. Ihre tiefblauen Augen nahmen die Form und Größe von Untertassen an, während ihr Unterkiefer nach unten klappte und sie nach Luft schnappte wie ein gestrandeter Karpfen. »Da-das gibt's doch nicht!«, stammelte sie. »Das ist doch Sinkkâlion, das Schwert von König Nelwyn! Jedenfalls hat Frau Seikel es in ihrem Buch so genannt.« Kopfschüttelnd staunte Jessie Niko an. »Wie bist du da drangekommen, Niko? Sinkkâlion ist doch das Zeichen der nivländischen Könige!« Ihr Blick wanderte von Niko zu Ayani und dann wieder zurück. »Und diese Ketten mit den Medaillons, die ihr beide um den Hals tragt … Die stammen doch aus dem Alwenhort, oder nicht?«

»Aus dem Alwenhort?« Nikos Augen traten fast aus den Höhlen und auch Ayani starrte Jessie überrascht an. »Steht das etwa auch in dem alten Buch?«

»Was?« Das stoppelbärtige Gesicht von Rhogarr von Khelm gefror zu einer Fratze eisigen Entsetzens. Er wurde aschfahl, wie ein Mann, der weit vor der Zeit gealtert ist. »Sagt, dass das nicht wahr ist, Sâga!«, hauchte der Tyrann, bevor er, das gesunde Auge starr auf die Schwarzmagierin gerichtet, kraftlos auf seinen Thronsessel zurücksank. Für einen Moment hatte er das Gefühl, als würde die Welt über ihm zusammenstürzen. Sein Blick verschwamm und alles wurde schwarz. Der Boden schien zu schwanken, sodass er von Schwindel erfasst wurde. Unwillkürlich krallte Rhogarr die Hände in die Brust, in der sein Herz so heftig pochte, dass das Echo wie die dumpfen Schläge gewaltiger

Totenglocken durch seinen Schädel hallte. Das Blut schwoll an in seinen Adern und rauschte mit der Macht eines Wildbaches durch seinen Körper. Ein bitterer Geschmack von Gift und Galle stieg aus seinem Magen empor und schnürte ihm die Kehle zu. Während er röchelnd nach Luft schnappte, geisterte ein grauenhafter Gedanke durch sein Bewusstsein: verloren! Es war alles verloren und vorbei – und all sein Streben war vergebens!

Zum Glück legte sich die Panikattacke rasch wieder. Dennoch hinterließ sie deutliche Spuren in seinem Antlitz: Geplatzte Äderchen durchzogen das rechte Auge des Tyrannen – das linke hatte er beim Kampf um Helmenkroon eingebüßt, sodass die leere Augenhöhle seitdem von einer schwarzen Klappe verdeckt wurde – und selbst seine eisgrauen Haare wirkten im scheuen Licht des frühen Morgens noch eine Spur grauer als sonst. Rhogarr räusperte sich, um den Kloß in seinem Hals loszuwerden. Dann griff er gedankenverloren nach dem goldenen Kelch auf der breiten Lehne seines Thronsessels, um den pelzigen Geschmack in seinem Mund hinunterzuspülen. Allerdings wollte das nicht so recht gelingen. Der rote Wein von den schattigen Rebhängen der Marschmark schmeckte so sauer, dass er ihm beinahe den Rachen verätzte. Die Adern an seinen Schläfen schwollen bedrohlich an. Rhogarr wollte schon nach dem Mundschenk brüllen, als ihm gerade noch einfiel, dass den Lakai keinerlei Schuld an seinem Missvergnügen traf: Im königlichen Weinkeller von Helmenkroon herrschte nämlich betrübliche Ebbe. Sämtliche Fässer mit den köstlichen Tropfen aus dem heißen Medhiterra waren bis zur Neige geleert und so musste sich Rhogarr mit dem sauren Gesöff aus den Weinbergen seiner weit kühleren Heimat begnügen. Was ihm nicht nur keinen Genuss bereitete, sondern vielmehr einem Anschlag auf seine Geschmacksnerven gleichkam. Glücklicherweise war die neue Lieferung aus dem sonnigen Süden bereits auf dem Weg nach Helmenkroon, wo sie noch an diesem Morgen eintreffen sollte.

Die Verheißung der himmlischen Labsal entlockte Rhogarr ein wohliges Stöhnen und ließ ihn das maßlose Entsetzen, das ihn gepackt hatte, wenigstens für die Spanne eines Herzschlags vergessen. Gleich darauf jedoch verspürte er erneut das beklemmende Gefühl in seiner Brust und den eisernen Griff an seinem Hals, der ihm die Luft abzuschnüren drohte.

Der Marschmärker zwang sich zur Ruhe. Er atmete tief durch, räusperte sich und bedachte die Schwarzmagierin, die wie ein fleischgewordenes Menetekel reglos vor seinem Thron verharrte, mit musternden Blicken. »Seid Ihr ganz sicher, dass diese Alwenbastarde Sinkkâlion aus dem Schicksalsstein gezogen haben?«, fragte er mit heiserer Stimme.

»Was für eine törichte Frage!« Die Frau in dem Kleid aus rotschwarzer Schlangenhaut, das die Rundungen ihres wohlgeformten Körpers eng umschloss, fauchte ihn wütend an. Ihre geschlitzten Reptilienaugen glühten rot auf. »Glaubst du vielleicht, bei einer so wichtigen Angelegenheit wäre mir zum Scherzen zumute? Diese verfluchten Bälger sind uns tatsächlich zuvorgekommen. Und dafür muss es einen Grund geben.« Sâga wandte sich ab, um mit düsterer Miene aus einem der hohen Fenster auf der Hofseite des Thronsaals zu starren. Die Flügel standen weit offen, sodass gedämpfte Geräusche hereinwehten: die emsigen Schritte der Mägde und Knechte, die den Frühdienst antraten, und das Waffengeklirr der Wachen auf den Mauern und Türmen. Die marschmärkische Flagge mit dem roten Greifen hing schlaff vom Mast auf der Spitze des Bergfriedes, als wäre ihr die Kraft ausgegangen.

»Wenn ich nur wüsste«, fuhr Sâga fort, »wie sie das Tor des Feuers finden und die lodernden Flammen durchschreiten konnten, mit denen die Unsichtbaren das Königsschwert bislang vor jedem Zugriff geschützt haben!«

Rhogarr von Khelm bleckte die verfaulten Zähne und nagte unruhig an seiner Unterlippe, während er schweigend auf dem Thronsessel verharrte und die unheimliche Frau verstohlen aus den Augenwinkeln beobachtete. In seinem Inneren aber brodelte es heftig. Zorn und Verbitterung stiegen in ihm auf und schlugen in Windeseile in Wut um. Hatte Sâga ihm nicht erst vor wenigen Stunden versichert, dass sie Herrin der Lage sei? Dass dieser vermaledeite Junge und das Mädchen, die mit ihnen um das Schwert der Alwenkönige wetteiferten, dem Tode geweiht wären? Und dass sie selbst, Rhogarr und Sâga, die magische Waffe schon bald erringen würden? Und jetzt kreuzte sie plötzlich bei ihm auf und berichtete das genaue Gegenteil! Wie hatte Sâga sich nur so gewaltig irren können? Sie verfügte doch über schier unfassbare Kräfte, mit denen es niemand in ganz Mysteria aufnehmen konnte. War ihre Macht vielleicht am Schwinden?

Nur zu gerne hätte Rhogarr eine Antwort auf diese Fragen gewusst, zumal sein Schicksal untrennbar mit dem der Schwarzmagierin verwoben war. Einzig und alleine Sâga hatte den großen Plan entworfen, dem er seit nunmehr vierzehn Sommern beinahe blindlings folgte. Ohne ihre ständigen Einflüsterungen und Ermutigungen hätte er es damals doch niemals gewagt, mit seiner Streitmacht im Nivland, dem Nachbarreich der von ihm beherrschten Marschmark, einzufallen, um König Nelwyn in einem blutigen Handstreich vom Thron zu stürzen und die Macht über sein Land an sich zu reißen. Seitdem hatte Rhogarr fest darauf vertraut, dass er mit Sâgas Unterstützung auch das Königsschwert Sinkkâlion erringen würde, um damit seinen rechtmäßigen Anspruch auf das Nivland zu besiegeln. Mit Sâgas Hilfe war es ihm sogar gelungen, sich Mordur Kra'nakk, den machtlüsternen Herrscher des Grimmen Reiches, vom Halse zu halten, wenn auch zu einem sehr hohen Preis. Dennoch hatte bis zum gestrigen Tage noch alles darauf hingedeutet, dass seine langjährigen Bestrebungen schon bald von Erfolg gekrönt sein würden – am Fest des Dunklen Mondes nämlich, das in knapp drei Wochen begangen wurde. Die Vorbereitungen zur großen Triumphfeier waren bereits in vollem Gange – und nun plötzlich, kurz vor dem Ziel, drohte alles zu scheitern. Sollte ihnen der fast schon sicher geglaubte Erfolg noch im letzten Moment aus den Fingern gleiten?

Das durfte nicht geschehen – niemals!

Sâga schien das jedoch kaum zu bekümmern. Noch immer in tiefes Schweigen gehüllt, starrte sie mit regloser Miene hinauf zum blauen Himmel über Helmenkroon, als stünde der weitere Lauf ihres Schicksals darauf geschrieben.

Schließlich verlor Rhogarr die Geduld. Er erhob sich und ging mit bedächtigen Schritten auf die Frau mit den wirr vom Kopf abstehenden Haaren zu, die ihm noch immer keinen Blick schenkte. »Wir sollten überlegen, was wir als Nächstes unternehmen«, schlug er in betont gleichmütigem Tonfall vor, um die impulsive Schwarzmagierin nicht unnötig zu reizen. Wenn Sâga nämlich in Wut geriet, war sie zu allem fähig, und dann war nicht mit ihr zu spaßen! »Das Fest des Dunklen Mondes ist nicht mehr fern. Wir müssen uns also schnellstens etwas einfallen lassen, wenn wir unser großes Ziel bis dahin noch erreichen wollen. Zumal …« Er brach ab und bedachte Sâga mit lauernden Blicken. »Wenn ich Euch richtig verstehe, haben diese Bälger nicht nur das Königsschwert in ihren Besitz gebracht, sondern auch die beiden Ketten aus dem Alwenhort?«

»Ich bewundere deine schnelle Auffassungsgabe!«, höhnte die Schwarzmagierin, den Blick immer noch von ihm abgewandt. »Und bin höchst erfreut, dass wenigstens dein Gehör noch in Ordnung zu sein scheint.« Dann fuhr sie ruckartig herum und starrte Rhogarr an, das bleiche Gesicht zu einer Schreckensfratze verzerrt, sodass er erschrocken einen Schritt zurückzuckte.

»Eines solltest du allerdings nicht vergessen: Nicht ich habe Mordur Kra'nakk das Königsschwert für diesen Tag versprochen, sondern einzig und alleine du! Deshalb muss ich auch nicht um meinen Kopf fürchten, wenn du dein Versprechen nicht einhalten kannst.« Sie beugte sich nach vorne, bis ihre spitze Nase nur noch eine Handbreit von seinem Gesicht entfernt war, und verzog die schmalen Lippen zu einem Grinsen. Ihr heißer Schlangenatem ätzte sich in seine Nase. »Ganz im Gegensatz zu dir, Rhogarr von Khelm, und zu Herzog Dhrago, deinem verräterischen Vasall. Ihr beide werdet das Fest der Drei nicht überleben, wenn ihr Mordur Kra'nakk das Königsschwert der Alwen an diesem Tage nicht aushändigt.«

Rhogarr schluckte. »Das weiß ich doch, Sâga! Und trotzdem …« Seine Stimme klang immer noch heiser. »Es kann doch unmöglich in Eurem Sinne sein, dass diese Alwenbastarde über uns triumphieren und Anspruch auf den Thron von Helmenkroon erheben?«

»Natürlich nicht!« Die Augen der Schwarzmagierin glühten erneut vor wilder Wut. »Deshalb müssen wir auch alles unternehmen, um ihnen das Schwert so schnell wie möglich wieder abzujagen. Hör zu!« Ihre Krallenhand schnellte nach vorne, packte den weit kräftigeren Tyrannen am Pelzkragen seines Mantels und zog ihn mühelos zu sich heran. »Trommle umgehend deine Krieger und die Vharuuls zusammen und erteile ihnen den Befehl, ihre Anstrengungen ab sofort zu verdoppeln. Sie sollen nicht eine Sekunde mehr rasten und ruhen und sämtliche Regionen des Nivlandes durchstreifen, bei Tag und bei Nacht, und selbst den letzten Winkel des Reiches nach diesen Bastarden absuchen. Verstanden?«

Rhogarr von Khelm runzelte missmutig die Stirn. »Ist das alles, was Euch dazu einfällt? Genau das versuchen wir doch schon seit unzähligen Monden. Allerdings ohne jeden Erfolg, wie Ihr wisst.«

»Natürlich! Weil du und dein Herzog eure Männer nicht im Griff habt und ihr sie nicht mit eiserner Hand dazu antreibt, das Letzte aus sich herauszuholen«, fauchte Sâga zurück. »Nur der wird den großen Erfolg erringen, der bereit ist, alles dafür zu geben, selbst sein Leben! Hast du das schon vergessen, Rhogarr von Khelm?«

Obwohl der Marschmärker sich allergrößte Mühe gab, konnte er dem bohrenden Blick der Magierin nicht lange standhalten. Er senkte den Kopf und wandte sich ab. »Natürlich nicht«, antwortete er kleinlaut und zog sich einige Schritte zurück. »Allerdings habe ich mir nicht das Geringste vorzuwerfen. Ich habe schließlich einen hohen Preis bezahlt und nicht nur mein Auge, sondern auch meine geliebte Gemahlin Eleonore verloren, vergesst das bitte auch nicht, Sâga!«

»Wie könnte ich!« Die Schwarzmagierin erschien plötzlich wie verwandelt, als habe der Name von Rhogarrs ermordeter Ehefrau eine bislang unbekannte Saite in ihr zum Klingen gebracht. Sie trat näher an Rhogarr heran und legte ihm die knochige Hand auf die Schulter, als wolle sie ihn trösten. »Es tut mir leid, wenn ich dich gekränkt haben sollte.« Ihre Stimme verströmte etwas Ungewohntes, Weiches. »Hör zu: Die Ereignisse der heutigen Nacht haben auch mich über die Maßen verwirrt, ja geradezu überwältigt … Ich muss dringend meine Gedanken sammeln und erst wieder einen klaren Kopf bekommen, bevor ich über unser weiteres Vorgehen entscheide. Kannst du das verstehen, Rhogarr?«

»Natürlich, Sâga«, antwortete der Herrscher überrascht. »Selbstverständlich.«

»Schön, auch wenn ich erhebliche Zweifel daran hege«, erklärte sie. »Kennst du die drei mächtigen Findlinge, die in der Heide unweit des Flüsternden Forsts aus dem Boden ragen und meist von Nebel umhüllt sind? Die Alwen nennen sie die Nebelsteine.«

»Davon habe ich gehört«, antwortete Rhogarr. »Und auch davon, dass sie ihnen in früheren Zeiten eine ganz besondere Bedeutung beigemessen haben sollen. Warum fragt Ihr?«

»Schick einen Trupp Krieger dorthin, damit sie an den Nebelsteinen Wache halten und jeden festnehmen, der sich in ihrer Nähe blicken lässt.«

»Aber …«, hob der Tyrann an, wurde aber sofort unterbrochen.

»Frag nicht, sondern tu einfach, was ich dir sage!«, rief die Schwarzmagierin und fuhr dann in ruhigerem Ton fort: »Als ich dieses Mädchen im Mantel des Odhur erblickt habe …« Sie deutete auf den unscheinbaren, aus grauem Stoff geschneiderten Kapuzenumhang, der, ausgebreitet wie die Haut einer riesigen Fledermaus, auf dem großen Tisch des Thronsaals lag. »… da ist mir plötzlich ein Verdacht gekommen, der die überraschenden Ereignisse der letzten Tage und der vergangenen Nacht erklären würde.«

»Tatsächlich?« Mit gefurchter Stirn sah Rhogarr sie an. »Und welcher?«

»Nur Geduld«, antwortete Sâga mit herablassendem Lächeln. »Lass mich in aller Ruhe darüber nachdenken. Außerdem würdest du es ohnehin nicht verstehen können.«

Der Tyrann kniff die buschigen Brauen zusammen und wollte schon etwas erwidern, als sich draußen auf dem Flur hastige Schritte dem Eingang zum Thronsaal näherten. Augenblicklich drehte Rhogarr sich um und richtete die Augen erwartungsvoll auf das Portal.

Das musste der Mundschenk sein!

Er hatte den Kerl nämlich angewiesen, ihm sofort nach dem Eintreffen des Weines einen Krug des neuen Jahrgangs zu kredenzen. Und da der Lakai wusste, dass jedes vermeidbare Zögern seinen Tod bedeuten konnte, stürmte er jetzt offensichtlich in größter Eile heran, viel schneller noch als das schnellste Pegaross.

Rhogarr lächelte zufrieden. »Darf ich Euch auf einen Becher roten Wein einladen, Sâga?«, fragte er und wandte sich an die Besucherin.

Die aber war verschwunden, als habe der Erdboden sie verschluckt. Und der graue Mantel war es ebenfalls. Während Rhogarr noch staunend zum offenen Fenster blickte, hörte er das Knarren der Tür. Als er sich umdrehte, sah er, dass er sich getäuscht hatte: Es war nicht der Mundschenk, sondern Herzog Dhrago, der Anführer seiner Streitmacht.

Das hagere, von rotblonden Haaren umrahmte Adlergesicht war finster. Die Narbe, die sich über seine linke Wange zog, leuchtete noch ein Spur röter als sonst – das sichere Zeichen, dass Dhrago wütend war.

Oder schlechte Nachrichten hatte.

Rhogarr von Khelm schwante Böses.

»Jetzt reicht es mir aber!« Sichtlich verärgert trat Ayani vor Niko hin und starrte ihn finster an. »Was soll dieses törichte Gerede? Von einem Umhang, der dieses Mädchen …«, ohne Jessie auch nur eines Blickes zu würdigen, deutete Ayani mit dem Daumen auf sie, »… hierher gebracht haben soll? Woher kommt sie überhaupt? Und was ist das für ein merkwürdiges Ding, das so viel Wissen über unsere Welt beinhaltet? Dieses ›Buch‹, wie sie es genannt hat?« Es war ihr anzusehen, dass sie das Wort noch nie gehört hatte und auch seine Bedeutung nicht kannte. »Jetzt sag schon, Niko! Oder hast du vielleicht Geheimnisse vor mir?«

»Nein, natürlich nicht«, erwiderte er rasch. »Es ist nur …« Er brach ab, weil er das Ausmaß von Ayanis Verwirrung erst jetzt so richtig verstand. Natürlich – die aufregenden Ereignisse der vergangenen Stunde mussten sie noch vor weit größere Rätsel gestellt haben als Jessie. Wie sollte Ayani auch begreifen, dass aus einer sich wie aus dem Nichts formenden Nebelwolke urplötzlich ein lebendes Wesen herauskam, ähnlich einem Kaninchen, das ein Magier aus seinem Hut zauberte? Nur dass es sich hier nicht um einen raffinierten Zaubertrick gehandelt hatte, sondern um einen Vorgang, den nicht einmal der größte Magier der Welt gemeistert hätte – und der zudem allen Naturgesetzen widersprach. Trotzdem hatte Jessie genau das vor einer guten Viertelstunde getan, unmittelbar vor Ayanis Augen. Und er selbst vor wenigen Tagen auch – nur mit dem Unterschied, dass damals niemand sein plötzliches Auftauchen in der fremden Welt beobachtet hatte. Kein Marschmärker und kein Alwe. Kein Vharuul und auch kein anderer der vielen Bewohner Mysterias. Und natürlich auch nicht Ayani. Sonst hätte sie ihn damals bestimmt schon genauso misstrauisch beäugt, wie sie es jetzt mit Jessie tat, und auch ihm die Frage nach seiner Herkunft gestellt.

Aber wie sollte er Ayani mit wenigen Worten erklären, was ihr Vorstellungsvermögen mit Sicherheit weit überstieg? Wie sollte das Alwenmädchen, das in den vierzehn Sommern ihres bisherigen Lebens das heimatliche Bauerndorf im Flüsternden Forst nur selten verlassen hatte und das sich deshalb noch nicht einmal in der eigenen Welt auskannte, wie sollte ein solches Mädchen begreifen, dass es noch eine andere Welt gab? Eine Welt, die sich von seiner Heimat nicht nur grundlegend unterschied, sondern in der auch andere Wesen wohnten als in dem Reich hinter den Nebeln? Wie sollte Ayani verstehen, dass man von dieser Welt aus nach Mysteria gelangen konnte – und von Mysteria zurück? Mit dem geheimnisvollen Mantel zum Beispiel, den Niko auf dem Dachboden im Hause seines Großvaters Melchior entdeckt hatte. Oder durch die von drei mächtigen Findlingen gebildete Pforte, die, von einer seltsamen Nebelwolke umwabert, in der abgeschiedenen Ödnis der Ellerheide aufragten, ganz in der Nähe des Bauernhofes seines Großvaters. Durch dieses Nebeltor war Niko nämlich beim zweiten Mal nach Mysteria gelangt, um dann feststellen zu müssen, dass er nicht mehr in seine Welt zurückkehren konnte. Was sich nach dem ersten Entsetzen dann sogar als Segen erwiesen hatte. Nur so hatte Niko das quälende Geheimnis um seine Herkunft lösen können und endlich erfahren, wer sein Vater war – nämlich niemand anderer als der Alwenkönig Nelwyn. Von dem allerdings jede Spur fehlte, seit Rhogarr von Khelm vor vierzehn Sommern widerrechtlich den Thron von Helmenkroon und das gesamte Nivland erobert hatte.

»Hast du mich nicht verstanden?«, unterbrach Ayanis vorwurfsvolle Stimme die Flut seiner Gedanken. »Oder bin ich dir keine Antwort wert?«

»Was redest du da?«, entgegnete Niko rasch und blickte das Mädchen eindringlich an. »Natürlich will ich dir alles erklären. Aber vorher lass uns zwischen die Bäume gehen, damit wir nicht gesehen werden …« Niko streckte seine Linke aus und deutete auf die trutzigen Mauern von Helmenkroon, die im Schein des Großen Taglichts umso realer wirkten. Die Flagge auf dem Turm hing schlaff herunter, als schäme sie sich für den gegenwärtigen Burgherrn Rhogarr von Khelm. Der grausame Herrscher der Marschmark tyrannisierte und knechtete die einheimischen Alwen aufs Grausamste. Womit er sich nicht nur an den angestammten Bewohnern des Nivlandes versündigte, sondern auch an den Unsichtbaren, die nach dem festen Glauben der Alwen über die Geschicke von Mysteria walteten.

»Wenn die Wachen uns entdecken, müssen wir um unser Leben fürchten«, sagte Niko zu Ayani, die ihn noch immer finster wie ein Grabesschlund anblickte. »Die hetzen uns doch sofort Rhogarrs Reiter auf den Hals, und wenn die uns erwischen, sind wir verloren. Gegen eine solche Übermacht können wir nichts ausrichten, selbst nicht mit Hilfe Sinkkâlions.« Damit senkte Niko den Kopf und bedachte das Schwert in seiner Hand mit einem fast zärtlichen Blick.

»Nun gut. Worauf warten wir dann noch?« Ayanis smaragdgrüne Mandelaugen blitzten Jessie und ihn vorwurfsvoll an. »Macht schon und steht nicht länger hier rum wie zwei tumbe Dunkeltrolle!« Rasch drehte sie sich um und packte die Zügel ihres Pferdes. Ihr pechschwarzes Haar, schulterlang und von einem braunledernen Stirnband zusammengehalten, schimmerte im hellen Licht, während sie ohne ein weiteres Wort auf den Saum des Wäldchens zueilte.

Jessie blickte ihr mit gerümpfter Nase hinterher. »Was hat sie denn?« Ihre Miene verfinsterte sich. »Ist sie sauer auf mich, oder was?«

»Ach! Nimm das bitte nicht zu ernst, Jessie.« Niko winkte ab. »Ayani meint das nicht so. Sie ist nur etwas durcheinander. Sie hat doch einen Riesenschreck bekommen, als du mit einem Mal hier aufgetaucht bist.« Damit nahm auch er sein Pferd am Zügel und folgte dem Alwenmädchen, das bereits am Waldrand angekommen war und dort auf sie wartete.

Niko band sein Pferd am tief herabhängenden Ast einer Knarreiche fest und spähte in Richtung Burg, um sich zu vergewissern, dass sie im Schutz der Bäume vor den Blicken der Wachen auch wirklich sicher waren. Dann wandte er sich an Ayani. »Ich will versuchen, dir alles zu erklären«, sagte er sanft. »Allerdings – es wundert mich schon ein wenig, dass du noch nie von Odhurs Mantel gehört haben solltest.«

»Von Odhur habe ich sehr wohl gehört. Aber noch nie von seinem Mantel.« Ayani sah ihn ratlos an. »Was soll das denn sein? Meinst du vielleicht das graue Tuch, das die Schwarzmagierin Sâga ihr…« Wieder deutete sie mit fast abfälliger Miene auf Jessie. »… entrissen hat, als sie uns in ihrer Greifengestalt attackierte?«

»Wie bitte?«, fragte Jessie verwirrt dazwischen. »Welche … äh … welche Schwarzmagierin denn?«

Ayani ging auf den Einwand gar nicht ein. »Willst du tatsächlich behaupten, dass dieses … unscheinbare Tuch sie hierher gebracht hat?«, fuhr sie fort, die eng zusammengekniffenen Augen unverwandt auf Niko gerichtet. »Für mich sah das eher nach schwarzer Magie aus!«

»Wie bitte?« Jessies Gesichtszüge entgleisten. »Nach schwarzer … Magie? Das glaube ich jetzt einfach nicht!«

»Ganz genau«, gab Ayani barsch zurück und feuerte feindselige Blicke auf Jessie ab. »Was willst du eigentlich hier? Und wer hat dich zu uns geschickt? Sollst du uns vielleicht nachspionieren?«

»Hast du sie noch alle?« Jessies blaue Augen versprühten pures Gift. »Tust du nur so – oder checkst du wirklich nichts?«

»Scheckst?«, fragte Ayani wütend. »Bist du dumm? Kannst du nicht mal sprechen? Was soll denn das bitte für ein Wort sein?«

Der plötzliche Streit der Mädchen traf Niko völlig unvorbereitet, und so starrte er sie nur voller Staunen an: Die eine hellblond und die andere pechschwarz, nahezu gleich groß und von ähnlich schlanker, graziler Gestalt, standen die beiden kaum zwei Meter voneinander entfernt und maßen sich gegenseitig mit abschätzenden Blicken – wie zwei streitsüchtige Katzen, die sich rein zufällig außerhalb ihrer gewohnten Reviere über den Weg liefen.

Oh nö, bloß das nicht!, dachte Niko im Stillen. Für Zickenterror war jetzt wirklich nicht der richtige Zeitpunkt! Schließlich befanden sie sich immer noch in unmittelbarer Nähe ihrer schlimmsten Feinde und schwebten deshalb in größter Gefahr. Sie mussten schnellstens in den Dämonenwald zurückkehren, um sich im Lager des jungen Rebellenführers Kieran und seiner Männer in Sicherheit zu bringen. Hinter diesem Ziel musste alles andere zurückstehen: der grundlose Zwist der Mädchen und natürlich auch die bohrenden Fragen, die Ayani quälten. Obwohl Niko längst eingesehen hatte, dass er sich ihr endlich anvertrauen und sie genau wie Jessie in das große Mysterium einweihen musste, das sie alle verband. Aber dafür war im Augenblick nicht die geringste Zeit.

Im selben Moment noch verspürte Niko einen Stich im Kopf wie von einem heißen Messer, und vor sein inneres Auge drängten sich Bilder, die nichts mit seiner augenblicklichen Lage zu tun hatten: Er sah einen vierspännigen Leiterwagen, beladen mit großen Weinfässern und begleitet von einem Trupp bewaffneter Reiter. Angetrieben von einem Kutscher, der wild die Peitsche schwang, stürmten die Zugpferde wie von Furien gehetzt auf ein mächtiges Stadttor zu. Schaumfetzen wehten aus ihren Mäulern und ihr Fell war nass vor Schweiß. Obwohl die Vision nur Augenblicke währte und dann ebenso schnell wieder verschwand, wie sie über ihn gekommen war, waren die Einzelheiten doch sehr deutlich zu erkennen gewesen. Das war bestimmt der Weintransport, den Kieran und seine Männer überfallen wollten. Und da bliesen die Wachen auf den Mauern auch schon Alarm.

Schrille Fanfarenstöße schallten von der Burg herüber, vermischt mit aufgeregten Rufen und dem Rasseln schwerer Ketten. Offensichtlich wurde das Fallgitter am Stadttor von Helmenkroon gerade hochgezogen.

»Seltsam«, sagte Ayani. »Die Wachen geben Alarm und öffnen gleichzeitig das Tor. Was kann das nur bedeuten?«

»Keine Ahnung.« Jessie musterte das Alwenmädchen immer noch mit dem finsteren Blick einer grimmigen Mähnenwölfin. »Nach einer Flucht hört es sich jedenfalls nicht an. Sonst würden sie das Tor ja nicht aufmachen.«

»Was du nicht sagst!« Der Spott in Ayanis Stimme war nicht zu überhören. »Dann werden sie wohl jemanden in die Stadt hineinlassen.« Sie grinste Jessie breit an. »Die Frage ist nur, warum sie dann so aufgeregt sind?«

»Das braucht uns doch nicht zu interessieren.« Niko ging rasch dazwischen, bevor der Zwist der beiden sich erneut hochschaukeln konnte. »Hauptsache, Rhogarrs Schergen sind beschäftigt. Dann können wir uns nämlich unbemerkt aus dem Staub machen.«

»Endlich mal ein vernünftiger Vorschlag!« Ayani band ihr Pferd los und stieg rasch in den Sattel. »Warum denn nicht gleich so? Aber unterwegs erklärst du mir gefälligst, was das alles soll, verstanden?« Ohne ein weiteres Wort presste sie ihre Fersen in die Flanken ihres Rappen und sprengte davon.

»Und was ist mit mir?« Jessie sah Niko mit großen Augen an. »Wie soll ich in den Dämonenwald kommen?«

»Jetzt stell dich nicht dümmer, als du bist.« Niko verzog das Gesicht und schwang sich ebenfalls auf den Rücken seines Pferdes. Es war der prächtige Falbe, den Kieran und seine Männer bei einem Überfall im letzten Sommer erbeutet hatten. »Jetzt mach schon und setz dich hinter mich. Aber pass auf, dass du nicht runterfällst, und halt dich gut an mir fest!«

»Worauf du dich verlassen kannst!« Ein spitzbübisches Grinsen erhellte Jessies sommersprossiges Gesicht. »Es wird mir ein Vergnügen sein, Niko Niklas!« Damit sprang sie aufs Pferd und schlang ihre Arme um seinen Oberkörper.

Niko hielt für einen Moment den Atem an. Sein Rücken versteifte sich. Ihr Geruch stieg ihm in die Nase – der Geruch ihrer Haare und ihrer Haut, vermischt mit dem herbfrischen Aroma ihres Duftwassers. »Seit wann hast du dieses Parfüm?«, fragte er.

»Das ist kein Parfüm, sondern eine Verbena-Lotion«, antwortete Jessie. »Herr Noski, dein Senshei, hat sie mir geschenkt und mich gebeten, sie ständig zu benutzen. Weil der Geruch des

Eisenkrauts, wie die Verbena auch genannt wird, die Geschöpfe des Bösen bannt.«

Die Geschöpfe des Bösen bannt?, wiederholte Niko im Stillen. Genau das Gleiche hatte Ayanis Mutter doch auch behauptet, als er sich über die getrockneten Kräutersträuße in ihrer Hütte gewundert hatte. Aber woher in aller Welt wusste Nalik Noski, welche geheimnisvollen Kräfte der unscheinbaren Pflanze in Mysteria zugeschrieben wurden?

»Hey!«, rief Jessie. »Warum reitest du nicht los?« Sie schmiegte sich noch fester an ihn.

Niko spürte den Druck ihres Körpers gegen seinen Rücken, ihre Brüste, ja selbst die Schläge ihres Herzens.

»Jetzt mach schon«, flüsterte Jessie ihm ins Ohr. Der warme Hauch ihres Atems streichelte seinen Nacken. »Und nur keine Angst, ich beiße schon nicht.«

KAPITEL 3

Tyrannenzorn

Das laute Schrillen seines Handys schreckte Thomas Andersen aus der Welt des Romans, an dem er gerade schrieb. Als er die Nummer auf dem Display erkannte, wunderte er sich: Was wollte seine Lektorin schon so früh am Morgen von ihm? Um diese Uhrzeit war Maria König doch für gewöhnlich noch nicht im Büro! Eigentlich hatte er weder Zeit noch Lust, mit ihr zu sprechen, und zögerte deshalb, den Anruf anzunehmen. Das Handy kannte jedoch kein Erbarmen und schrillte unerbittlich weiter. Außerdem wusste Thomas ganz genau, dass die Königin nicht aufgeben würde. Sie würde ihn so lange anklingeln, bis sie ihn weichgekocht hätte – und so gab er sich schließlich geschlagen. Er nahm die Finger von der Tastatur, drehte sich vom Monitor weg und klappte das Handy auf. Dabei erhob er sich vom Schreibtischstuhl, um sich während des Gesprächs die Beine ein wenig zu vertreten, die vom langen Sitzen fast eingeschlafen waren. »Hallo, Frau König«, sagte er. »Wie geht es Ihnen?«

»Wie soll es mir schon gehen, wenn ich Ihre Stimme höre?«, flötete die Königin aus dem Hörer. »Bestens, mein Lieber, immer bestens.«

Thomas verzog das Gesicht angesichts dieser süßlichen Antwort – was er in ihrer Gegenwart natürlich nie getan hätte!

»Und vielen Dank für die Manuskriptteile, die Sie mir gemailt haben. Den Anfang habe ich bereits überflogen.«

»Ah ja?« Thomas blieb stehen. Sein Pulsschlag beschleunigte sich – nicht viel, aber immerhin deutlich bemerkbar. »Und wie finden Sie den ersten Teil?«

»Schön, sehr schön! Etwas anderes hätte ich von Ihnen auch gar nicht erwartet.« Die Königin klang geradezu begeistert. »Und dass ich den Titel Ihres Romans – Mysteria! – ganz ausgezeichnet finde, habe ich ja bereits erwähnt, nicht wahr?«

»Stimmt. Trotzdem hört man das immer wieder gern.«

»Auch der Name Ihres Helden gefällt mir außerordentlich gut.« Damit kippte die Stimme der Königin und ihre Euphorie ließ schlagartig nach. »Wie gesagt: Die Story ist wirklich nicht schlecht, ganz und gar nicht.«

In Thomas läuteten die Alarmglocken, während er auf das Fenster zusteuerte. »Aha«, sagte er tonlos. »Aber trotzdem sind Sie nicht ganz zufrieden, oder?«

»Nun... Wie soll ich es ausdrücken?« Die Königin zögerte. »Also... Die Geschichte eines vierzehnjährigen Jungen, der durch Zufall in eine fremde Welt gerät und dort nach aufregender Suche ein magisches Schwert entdeckt, mit dem er das Volk seiner Vaters von der Knechtschaft befreien will – das hat ja durchaus Potenzial.«

»Na bitte.«

»Der erste Teil ist auch stimmig und rund, besitzt ausreichend Spannung und genügend überraschende Wendungen – und liest sich richtig gut weg.«

Thomas runzelte die Stirn. »Aber?«

»Irgendetwas fehlt«, kam es aus dem Hörer.

»Tatsächlich?« Thomas blieb stehen und betrachtete sein Spiegelbild in der Fensterscheibe: Seine blonde Wuschelmähne brauchte dringend einen Schnitt und Kinn und Wangen ebenso dringend eine Rasur. Die Augen hinter den runden Brillengläsern waren verquollen und ließen ihn fast zehn Jahre älter aussehen – beinahe wie fünfzig! »Und was, wenn ich fragen darf?«

»Ein besonderer Kick! Ein einzigartiges Element, das Ihren Roman von der großen Masse der anderen Bücher abhebt.« Maria König seufzte. »Ohne diesen Kick sehe ich die Kritiken förmlich vor mir: ›Das ist ja alles ganz nett und solide erzählt‹, werden die Journalisten wahrscheinlich finden, ›aber leider ist das nichts weltbewegend Neues. Man hat das Gefühl, die Geschichte in der einen oder anderen Form schon öfters gelesen zu haben‹.«

»Ich bitte Sie!« Thomas warf einen kurzen Blick auf die Spatzen, die sich am alten Brunnen im Hof um ein paar Körner zankten. »Fast jede Story ist auf die eine oder andere Weise schon einmal erzählt worden. Oder glauben Sie vielleicht, Harry Potter wäre der erste Zauberlehrling der Literaturgeschichte?«

»Nur kein Neid, Herr Andersen!« Thomas konnte das kleine, selbstgefällige Lächeln der Königin sogar durchs Telefon sehen. »Das hat offensichtlich niemanden gestört, die Kritiker nicht und die Leser schon gar nicht!«

Thomas überging den Einwand und wandte sich vom Fenster ab. »Und was folgern Sie daraus?«, fragte er ein wenig mürrisch.

»Dass wir unbedingt einen besonderen Kniff finden müssen! Sonst wird Ihr Buch mit Sicherheit nicht der Erfolg, den wir beide uns wünschen. Können Sie mir so weit folgen?«

»Ja, klar«, sagte Thomas. »So viel Fantasie besitze ich schon.«

»Eben! Ich bin ja so froh, dass Sie mich verstehen!« Maria König klang regelrecht erleichtert. »Ich wollte Ihnen nämlich einen Vorschlag machen: Wenn Sie nichts dagegen haben, komme ich morgen auf einen Sprung bei Ihnen vorbei, damit wir mal in aller Ruhe über alles reden können. Einverstanden?«

»Natürlich.« Thomas zog eine Grimasse, die die Königin zum Glück nicht sehen konnte. »Wenn Ihnen der Weg zu uns in die Einöde nicht zu weit ist.«

»Aber woher denn? Ich wollte schon immer mal sehen, wie es sich da draußen auf dem Land so lebt.«

»Vergessen Sie Ihre Gummistiefel nicht«, bemerkte Thomas, ohne mit der Wimper zu zucken. »Damit Sie heil durch den Kuhmist und die Gülle kommen.«

»Wie?« Die Königin klang irritiert. »Aber…«

»Kleiner Scherz.« Thomas grinste zufrieden in sich hinein. »Im Umkreis von fünf Kilometern gibt es hier nicht eine einzige Kuh. Nur noch zwei Pferde.«

»Ach so.« Maria König klang erleichtert. »Sie sind mir aber einer, Herr Andersen!« In ihrer Stimme klang ein erhobener Zeigefinger mit. Nicht umsonst war die Königin früher Lehrerin gewesen. »Dann also bis morgen, Herr Andersen.«

»Bis morgen«, antwortete Thomas und wollte das Handy bereits zuklappen, als ein kleiner Nachsatz Alarmstufe eins bei ihm auslöste: »Ach, Gottchen, das hätte ich jetzt beinahe vergessen!«

Thomas blieb stehen und kniff die Augen zusammen. »Ja?«

»Der vertragliche Ablieferungstermin für Ihr Manuskript ist ja längst verstrichen und wenn wir unseren Zeitplan noch einhalten wollen – was schwer genug werden wird! –, dann müssen wir uns jetzt dringend auf ein verbindliches Abgabedatum verständigen.«

Alarmstufe zwei!

»Ja, gut«, antwortete Thomas zögernd. »Und welchen Termin… äh… haben Sie sich denn vorgestellt?«

Die Antwort der Königin löste umgehend Alarmstufe drei aus.

Rhogarr hatte sich nicht getäuscht. Die Nachrichten, die Herzog Dhrago überbrachte, waren so schlecht, dass sein Blut mit jedem Wort mehr in Wallung geriet.

Dhrago kehrte gerade von einem Inspektionsritt zu den Steinbrüchen zurück, die nicht weit von Helmenkroon entfernt in den Ausläufern der zerklüfteten Höllenberge gelegen waren. Seit

Jahrhunderten schon lieferten sie das Baumaterial für Helmenkroon: Blöcke aus Rotsandstein, aus denen nicht nur die Burg selbst, sondern auch die wichtigsten Gebäude der umgebenden Siedlung errichtet worden waren – die Unterkünfte der Krieger, die Marställe und auch die Häuser der wenigen begüterten Einwohner der Stadt. Im letzten Sommer hatte Rhogarr von Khelm die Steigerung des Ausstoßes befohlen, sodass die Anzahl der Steinbrucharbeiter beträchtlich aufgestockt werden musste. Doch genau das bereitete nun Probleme, wie der Herzog mit Leidensmiene vortrug: »Die Arbeit stockt und die Ausbeute an Steinen wird mit jedem Tag geringer. Und alles nur, weil es an den nötigen Männern mangelt!«

»Wieso das denn?« Rhogarr starrte ihn verständnislos an. »Ich habe doch erst vor zwei Monden eine Hundertschaft neuer Sklaven in die Brüche verbannt. Damit sie uns ausreichend Steinblöcke für den Bau meiner Ruhmeshalle liefern können.«

»Natürlich, Herr.« Der Herzog verneigte sich unterwürfig. »Aber die Arbeit dort ist furchtbar hart. Nur wenige Männer sind den großen Strapazen gewachsen. Selbst die kräftigsten Sklaven halten nicht lange durch oder werden Opfer der täglichen Unfälle, die meist schwerste Verletzungen zur Folge haben. Die Schwächeren aber sterben wie die Fliegen, sodass die Lücken in den Reihen der Arbeiter immer größer werden.«

»Na und?« Rhogarr von Khelm machte ein Gesicht, als wolle er seinen Vasallen mit Haut und Haaren verschlingen. »Warum belästigst du mich mit solchen Lappalien? Sorge lieber dafür, dass deine Reiter noch weitere Sklaven ausheben. In den Dörfern dieses verfluchten Alwengesindels müssten doch genügend Männer zu finden sein!«

»Natürlich, Herr, ganz recht«, antwortete Dhrago beflissen. »Ich habe auch schon alles Nötige in die Wege geleitet. Und trotzdem wird es nicht einfach sein, noch weitere brauchbare

Männer aufzutreiben. Die kräftigsten haben wir längst in unsere Dienste gezwungen und außerdem … äh … gibt es da noch ein Problem …« Er brach ab, als scheue er sich, die schlechte Kunde auszusprechen.

»Und zwar?«, brüllte Rhogarr, dem deutlich anzusehen war, dass ihm das kriecherische Gebaren des Herzogs zutiefst zuwider war. »Mach gefälligst das Maul auf!«

»Wie Ihr wünscht, Gebieter!« Erneut verbeugte sich Dhrago, während ein verschlagenes Lächeln um seine schmalen Lippen spielte. »Wie das Schicksal so spielt, hat es jetzt auch noch einige Schmiede erwischt. Doch ohne deren Handwerkskünste ist die Arbeit kaum zu bewältigen. Die Rotsandsteine sind hart, wie Ihr wisst, sodass nicht nur die Brechwerkzeuge rasch stumpf werden, sondern auch die Meißel und Stecheisen der Steinmetze, die die Blöcke auf die richtige Größe zurechthauen.« Wie zum Bedauern hob er beide Hände. »Aber ohne Schmiede kein scharfes Werkzeug und ohne scharfes Werkzeug keine passenden Steine für Eure Ruhmeshalle.« Er legte den Kopf schief und sah den Herrscher lauernd an. »Erkennt Ihr nun das Problem, vor dem wir stehen?«

Rhogarr von Khelm antwortete nicht, sondern starrte nur vor sich hin. Dann stieß er urplötzlich einen lauten Fluch aus – »Bei den Dämonen der Heel!« – und hämmerte mit der Faust so heftig auf den Tisch, dass der wuchtige Schlag die Fensterscheiben klirren ließ.

Die Raben draußen auf dem Burghof, die sich an den am Galgen baumelnden Leichen der Gehenkten schadlos gehalten hatten, flogen erschrocken auf und flatterten mit lautem Protestgekrächze davon.

»Das hat mir gerade noch gefehlt!« Das Gesicht zu einer wütenden Fratze verzerrt, stapfte der Marschmärker auf den Thronsessel zu, griff nach dem Weinkelch und leerte ihn voller Gier, nur um dann angewidert das Gesicht zu verziehen und den Trinkbecher in die hinterste Ecke des Saales zu schleudern. »Igitt! Was für ein fürchterliches Gesöff! Den Winzer, der es zusammengepanscht hat, sollte man auf der Stelle hängen! Oder in seinem eigenen Wein ersäufen wie einen räudigen Hund!«

Kein Laut kam über Dhragos Lippen. Seine zuckenden Mundwinkel jedoch verrieten, dass er seine Schadenfreude kaum bezähmen konnte.

Zu seinem Glück bemerkte Rhogarr das nicht. Schwerfällig, als laste das Gewicht der gesamten Welt auf seinen Schultern, ließ er sich auf den Thron sinken. Er stützte den Kopf auf die rechte Hand und brütete dumpf vor sich hin. Kurz darauf jedoch erhellte sich sein finsteres Antlitz schon wieder. Er richtete sich auf und schaute den Herzog fragend an. »Dieser Alwenbastard im Verlies, den wir erst neulich einer strengen Befragung unterzogen haben?«

»Ja, Herr?« Mit flinken Schritten tänzelte Dhrago auf ihn zu und verbeugte sich erneut. »Meint Ihr vielleicht diesen … Mayan?«

»Keine Ahnung, wie der Kerl heißt«, erwiderte Rhogarr unwirsch. »Glaubst du vielleicht, ich hätte nichts Besseres zu tun, als mir die Namen dieser elenden Kreaturen zu merken?«

»Nein, Herr, natürlich nicht! Was … äh … was ist mit ihm?«

»Hast du mir nicht berichtet, dass er eine Schmiede betreibt? In diesem verkommenen Dorf im Flüsternden Forst, wo wir nach der Kette aus dem Alwenhort gesucht haben?« Der Tyrann starrte ihn an. »Die wir leider ebenso wenig gefunden haben wie diesen Befreier aus der alten Legende, an den die Alwen all ihre Hoffnung klammern?«

»Oh ja, Herr, jetzt erinnere ich mich wieder.« Die Augen des Herzogs blitzten auf. »Was soll mit ihm gescheh–?«

»Was wohl?«, donnerte Rhogarr dazwischen. »Lass ihn umgehend in die Steinbrüche schaffen. Damit der verfluchte Hund sich noch ein wenig nützlich machen kann, bevor er sein elendes Leben auf dem Scheiterhaufen beendet.«

»Natürlich, Herr. Ich werde es sofort veranlassen.« Wieder krümmte sich Herzog Dhrago zu Boden, als mit einen Mal aufgeregte Rufe vom Burghof heraufklangen.

Nur wenig später polterten Schritte auf den Thronsaal zu. Als die Wachen kurz darauf das Portal aufrissen, stürzten zwei Männer in den Saal: der eine, stark untersetzt und mit auffallend kurzen Beinen, war der königliche Mundschenk. Sein gewaltiger Bauch, um den sich eine fleckige Schürze aus braunem Leder spannte, verlieh ihm eine verblüffende Ähnlichkeit mit einem wandelnden Weinfass. Zu Rhogarrs Verwunderung trug er keinen Krug in der Hand. Dafür zog er ein Gesicht, als habe er gerade mit Essig gegurgelt.

Der Soldat in seiner Begleitung blickte noch weit jämmerlicher drein – als wäre er eben erst Vollwaise geworden. Angstschweiß strömte über sein leichenblasses Gesicht, während er sich, waffenlos und den Lederhelm in der Hand, mit zögernden Schritten seinem Gebieter näherte.

Rhogarrs Antlitz wurde dunkler als der Himmel bei einem Orkantief. »Was ist passiert?«, fragte er mit drohender Stimme. »Macht das Maul auf, ihr lächerlichen Weicheier, und spuckt es schon aus.«

Niko und Ayani trieben ihre Pferde zu heftigem Galopp an, um Helmenkroon so rasch wie möglich hinter sich zu lassen und aus der unmittelbaren Reichweite der marschmärkischen Krieger zu gelangen. Glücklicherweise schien Nikos hellbraunem Hengst die doppelte Last auf seinem Rücken nichts auszumachen, und so kamen sie gut voran. Als sie geraume Zeit später den Saum eines ausgedehnten Waldgebietes erreichten, ließen sie die Pferde in langsamen Trab fallen.

Dabei waren sie noch längst nicht außer Gefahr. Rhogarr von Khelm und Sâga, die Schwarzmagierin, würden gewiss nichts unversucht lassen, um ihnen das Königsschwert Sinkkâlion auf schnellstem Wege wieder abzujagen. Weil die wertvolle Waffe nicht nur über magische Kräfte verfügte und den Schwertträger nahezu unbesiegbar machte, sondern ihm gleichzeitig auch den Anspruch auf die Krone von Helmenkroon verlieh.

Schon seit alters her wurde nur der Besitzer von Sinkkâlion als der rechtmäßige König des Nivlandes anerkannt – und genau nach dieser Anerkennung strebte der marschmärkische Tyrann seit vielen Sommern. Dass Niko und Ayani ihm bei der Suche nach dem Königsschwert zuvorgekommen waren, würde ihn bestimmt nicht davon abhalten, sein Ziel auch weiterhin mit aller Gewalt zu verfolgen. Deshalb mussten sie vor ihm und seinen Schergen höllisch auf der Hut sein. Zumal es im ganzen Nivland von marschmärkischen Kriegern nur so wimmelte. Selbst in weit abgelegenen Landstrichen versuchten sie, den Machtanspruch ihres Herrschers mit Schwertern und Gewalt durchzusetzen. Dennoch – hier im Schutz des dichten Waldes waren Niko und seine Begleiterinnen nicht ganz so bedroht und konnten es deshalb etwas langsamer angehen lassen. Bis zum Rebellenlager im Dämonenwald war es zudem noch weit, und so war es sicher besser, die Pferde ein wenig zu schonen. Während Niko und die Mädchen dem sich durch den dichten Mischwald schlängelnden Weg im gemächlichen Trab folgten, unterrichteten sie sich gegenseitig über die aufregenden Ereignisse der letzten Tage.

Jessie kam aus dem Staunen nicht mehr heraus, während sie Nikos Bericht lauschte: Nachdem er vor fünf Tagen, einem unwiderstehlichen Drang folgend und von den panischen Hilferufen Ayanis alarmiert, das Nebeltor durchschritten hatte und völlig überraschend nach Mysteria gelangt war, war ihm ein bedauerliches Missgeschick widerfahren: Einer der marschmärkischen Krieger, die Ayani und ihren Bruder Arawynn überfallen hatten und von den beiden dann dank Nikos mutigem Einschreiten verjagt werden konnten, hatte ihm nämlich unbemerkt seine Kette mit dem Medaillon vom Hals gerissen. Offensichtlich stammte die aus dem sagenumwobenen Alwenhort, und nur mithilfe der geheimnisvollen Kräfte, die ihr innewohnten, hatte er das Nebeltor durchschreiten können. Was aber gleichzeitig bedeutete, dass es ohne die Kette kein Zurück in seine Welt mehr gab.

Während Jessie aufmerksam zuhörte, versuchte sie, einen Blick auf das Schmuckstück zu werfen, das nun wieder an Nikos Hals hing. Im weiteren Verlauf seiner Abenteuer hatte er es nämlich der Schwarzmagierin Sâga entreißen können, die den Dieb zwischenzeitlich getötet hatte, um sich selbst in den Besitz des wertvollen Artefaktes zu bringen. Der Farbe und dem Gewicht nach zu urteilen, musste das Medaillon aus purem Gold bestehen. Genau wie der Anhänger an Ayanis Kette, der sich nur durch ein winziges Detail von Nikos unterschied: Während auf dem Medaillon des Alwenmädchens die Ehwaz-Rune eingraviert war, zeigte sein Anhänger die Dagaz-Rune. Als Jessie Niko vor wenigen Tagen auf dem Hof seines Opas zum ersten Male begegnet war, hatte sie vermutet, dass seine Kette aus wertlosem Kupfer gefertigt sei. Warum und auf welche Weise sie sich in der Zwischenzeit in pures Gold verwandelt hatte, zählte zu den vielen Geheimnissen, die Jessie noch immer nicht ergründen konnte. Als wäre das nicht schon schlimm genug, gab Nikos Bericht ihr noch weitere Rätsel auf und versetzte sie zudem in Angst und Schrecken. Seine Schilderung des feigen Überfalls der marschmärkischen Schergen auf das friedliche Alwendorf, bei dem sämtliche Bewohner und auch Ayanis Mutter Maruna niedergemetzelt und ihr Bruder Arawynn gefangen genommen wurden, ließ Jessie erschaudern. Nikos Beschreibung der unheimlichen Vharuuls, schwarzzotteliger und knochengesichtiger Wesen der Nacht, die das warme Blut jedes Lebewesens auf viele Meilen wittern konnten, erschütterte sie zutiefst und jagte ihr eisige Schauer über den Rücken.

Doch es kam noch schlimmer: Während ihrer Reise zu Brani, dem weisen Seher vom Donnerfall, gerieten Niko, Ayani und Kieran – der junge Anführer der Rebellen aus dem Dämonenwald – in einen Hinterhalt der Marschmärker und kamen nur mit knapper Not mit dem Leben davon. Bei dem anschließenden Versuch, heimlich in Sâgas Höhle einzudringen, wurden Niko und Ayani von der Schwarzmagierin übertölpelt und gefangen genommen. Da Sâga nur ein Ziel verfolgte – nämlich die beiden zu töten –, hatte Niko dort schon mit seinem Leben abgeschlossen. Aber dann konnten Ayani und er sich in letzter Sekunde doch noch befreien und sich weiter auf die Suche nach dem Königsschwert machen.

Erst vor wenigen Stunden waren die beiden endlich an ihr großes Ziel gelangt: Gemeinsam hatten Niko und Ayani das Tor des Feuers durchschritten und Sinkkâlion aus dem Schicksalsstein gezogen, wo es König Nelwyn vor vierzehn Sommern auf der Flucht vor Rhogarr von Khelm zurückgelassen hatte. Und wenn die Legende stimmte, die man sich bei den Alwen erzählte, würde das Königsschwert Niko von nun an nicht nur dabei helfen, den marschmärkischen Tyrannen vom Thron in Helmenkroon zu verjagen, sondern auch König Nelwyn, seinen Vater, zu finden. Und genau das war der eigentliche Grund, warum Niko allen Gefahren und Abenteuern zum Trotz in Mysteria geblieben war.

Jessie hatte während der ganzen Zeit nur andächtig gelauscht und Niko nicht zu unterbrechen gewagt. Jetzt aber konnte sie sich ihre Frage nicht länger verkneifen. »Bist du sicher, dass dieser König dein Vater ist?«

»Ganz sicher sogar«, antwortete Niko mit ernster Stimme. Um Jessie Frage zuvorzukommen, fügte er rasch hinzu: »Auch wenn ich nicht die geringste Ahnung habe, wie meine Mutter in diese geheimnisvolle Geschichte passt.«

Vielleicht war Rieke ja gar nicht seine leibliche Mutter?, schoss es Jessie unvermittelt durch den Kopf. Allerdings behielt sie den Gedanken lieber für sich.

»Trotzdem weiß ich mit Sicherheit, dass Nelwyn mein Vater ist«, fuhr Niko fort. »Nicht nur wegen der Vision, die mich in größter Todesangst überkommen hat, sondern weil ich es auch ganz stark fühle – hier drin!« Damit legte er die rechte Hand aufs Herz und blickte Jessie mit großem Ernst an.

»Aber …« Jessie schluckte. »Wohin ist Nelwyn denn damals geflüchtet?«

Niko warf Ayani einen raschen Blick zu.

Die aber schwieg und starrte nur mit unbewegter Miene vor sich hin, als könne sie sich keinen Reim auf das eben Gehörte machen.

Niko zuckte mit den Schultern. »Ich habe nicht die leiseste Ahnung«, beantwortete er Jessies Frage. »Und leider scheint in ganz Mysteria niemand zu wissen, wohin Nelwyn geflohen ist.« Damit blickte er sie an. »Aber jetzt bist du an der Reihe. Erzähl uns endlich, wie du hierhergekommen bist.«

»Aber gerne doch.« Jessie lächelte. »Gar kein Problem.« In knappen Worten schilderte sie ihre Begegnung mit Nalik Noski, die alles ausgelöst hatte: Zwei Tage zuvor hatten Niko und sie dem Senshei – wie die korrekte Bezeichnung für einen Kampfsportlehrer lautete – bei der Flucht vor der Polizei geholfen. Weil Nalik in den Verdacht geraten war, den Antiquar ermordet zu haben, der Niko das alte Buch geschenkt hatte. Das graue Männchen war wohl tatsächlich überfallen worden und seitdem auch spurlos verschwunden. Aber natürlich hatte Nalik nichts damit zu tun, auch wenn das außer Niko niemand sonst bezeugen konnte. Merkwürdigerweise jedoch sträubte sich der Senshei mit Händen und Füßen dagegen, dass Niko das bei der Polizei zu Protokoll gab – aus welchem Grunde auch immer! –, und so blieb ihnen nichts anderes übrig, als den unschuldig Verdächtigten in einer einsamen Jagdhütte am Nebelmoor zu verstecken.

Nalik Noski war es dann auch gewesen, der nach Nikos rätselhaftem Verschwinden dessen Mutter Rieke davon abgehalten hatte, sich an die Polizei zu wenden. Weil die Niko ohnehin niemals finden würde, hatte er argumentiert.

Nalik hatte völlig recht: Kein Polizist der Welt und nicht einmal der cleverste Detektiv wäre auf die Idee gekommen, dass Niko sich in einer anderen Welt aufhielt. Und da ihnen der Zugang zu Mysteria verwehrt war, hätten sie ihn dort auch niemals aufspüren können. Zur Polizei zu gehen, wäre deshalb nicht nur völlig sinnlos gewesen, sondern hätte Rieke möglicherweise nur selbst in Verdacht gebracht – und genau davor hatte Nalik Noski sie bewahren wollen. Zumindest hatte Jessie das vermutet, auch wenn ihr das weitere Verhalten des Sensheis genauso unverständlich geblieben war wie die Worte, mit denen er sie erst auf die Idee gebracht hatte, das mehr als zweihundert Jahre alte Buch aus dem Antiquariat am Falkenturm zu lesen: »Es gibt bestimmt einen Grund, warum Niko sich ausgerechnet dafür interessiert hat.«

Schon beim ersten Durchblättern des alten Schinkens stellte Jessie fest, dass ganze Zeilen und Abschnitte fehlten – und zum Ende hin sogar ganze Seiten! Warum diese Lücken im Text allerdings mit jedem Tag größer wurden, hatte sie bis heute nicht begriffen. Wie auch immer: Zunächst hatte Jessie die darin enthaltene Geschichte als reine Fantasystory abgetan, die nur mäßig spannend war. Als sie dann jedoch feststellte, dass das von der

Autorin als Übergang nach Mysteria beschriebene Nebeltor immer noch inmitten der Ellerheide stand, kam Jessie der Verdacht, dass die geheimnisvolle Welt hinter den Nebeln vielleicht doch keine bloße Erfindung war, sondern möglicherweise tatsächlich existierte, so unbegreiflich das auch sein mochte.

Eine weitere Entdeckung hatte Jessie dann noch viel mehr verwundert: Nämlich dass das Buch, an dem ihr Vater Thomas Andersen gerade schrieb – der bekannte Fantasyautor war mit seiner Familie erst vor einem halben Jahr in den Nachbarhof von Nikos Opa Melchior Niklas gezogen –, ebenfalls in einer fremden Welt namens Mysteria spielte. Dabei kannte Thomas die alte Schwarte doch gar nicht und hatte erst kürzlich erfahren, dass die überhaupt existierte und vor mehr als zwei Jahrhunderten geschrieben worden war. Um dem Ganzen dann aber die Krone aufzusetzen, hieß der Titelheld seiner Geschichte ebenfalls Niko Niklas und reiste, genau wie der echte Niko, nach Mysteria, um dort nach seinem Vater zu suchen.

Was Jessie genauso unwahrscheinlich wie unbegreiflich fand!

Aber vielleicht handelte es sich dabei auch lediglich um einen jener haarsträubenden Zufälle, die man selbst dem fantasievollsten Autor nicht abkaufen würde, auch wenn sie im wirklichen Leben tatsächlich vorkamen.

Dass ihr Stiefbruder Maik, den Jessie auf den Tod nicht leiden konnte, sich offensichtlich ebenfalls für das alte Buch interessierte, hatte sie dagegen eher beiläufig registriert. Zumindest bis zu dem Zeitpunkt, als der Schmöker urplötzlich verschwand. Natürlich hatte Maik vehement bestritten, mit seinem Verschwinden irgendetwas zu tun zu haben. Aber Jessie glaubte ihm kein Wort. Zumal sein unverhohlenes Grinsen ihr eindeutig bewies, dass Maik ein mindestens genauso großer Lügner war wie sein Vater Henk.

Über all der Aufregung hätte Jessie beinahe den wundersamen

Umhang mit der Mannaz-Rune vergessen, der Niko vom Speicher seines Opas in eine fremde Welt und wieder zurück geführt hatte. Früh am Morgen, kurz nach dem Aufwachen, war er Jessie endlich wieder eingefallen und hatte sie sofort auf die Idee gebracht, es Niko einfach nachzumachen. »Und wie du mit eigenen Augen gesehen hast, hat das tatsächlich funktioniert«, beendete sie schließlich ihren Bericht.

»Stimmt«, antwortete Niko. »Nur schade, dass Sâga dir den Umhang geklaut hat. Ohne den Mantel des Odhur kommst du nämlich nicht mehr in unsere Welt zurück. Zumindest nicht so schnell.«

Erst bei diesen Worten fiel Jessie ihr Geheimnis wieder ein, das sie Niko ebenso verschwiegen hatte wie den meisten anderen Menschen auch. Nicht einmal ihr Stiefbruder Maik wusste darüber Bescheid, sondern nur ihre Eltern. Entsetzt schlug Jessie die Hände vors Gesicht. Ihr wurde ganz schwindelig, und alle Kraft drohte, aus ihrem Körper zu weichen. Um nicht vom Pferd zu stürzen, krallte sie sich rasch an Nikos Rücken fest.

»Was ist denn los?« Niko drehte sich im Sattel um und blickte sie verwundert an. »Was hast du?«

»Äh … nichts«, versuchte Jessie ihn zu beschwichtigen. »Es ist nur …«

»Ja?« Tiefe Falten furchten plötzlich Nikos Stirn.

Zunächst konnte Jessie keinen klaren Gedanken fassen. »Ich … äh … ich …«, stammelte sie verwirrt, als ihr aus heiterem Himmel eine Eingebung kam. »Ich … äh … ich müsste nur mal ganz dringend«, sagte sie rasch und bemühte sich um ein unverfängliches Lächeln. »Meine Blase steht kurz davor zu platzen!«

Da drehte Ayani, die ihnen die ganze Zeit über schweigend vorausgeritten war, sich zu ihr um und warf ihr einen verächtlichen Blick zu. »Du stellst dich an, als wärst du den Windeln noch nicht entwachsen. Warum schlägst du dich nicht einfach in die

Büsche und erleichterst dich, statt uns mit solchem Kinderkram zu belästigen?«

Jessies Wangen wurden knallrot, vor Verlegenheit und Ärger zugleich. »Ja, ja, dir könnte so was natürlich nie passieren«, murmelte sie und glitt hastig vom Pferd. »Ich bin gleich wieder zurück.« Noch während sie sich durch die dichten Zweige am Waldrand zwängte, fiel ihr ein riesiger Stein vom Herzen. Zum Glück war ihr diese Ausrede gerade rechtzeitig eingefallen. So würde sie ihr Geheimnis bestimmt noch einige Zeit wahren können. Dieses Alwenmädchen brauchte doch nicht zu wissen, was mit ihr los war – und Niko schon gar nicht! Dann konnte er sich wenigstens nicht über sie lustig machen. Das hatten schon viele andere vor ihm reichlich erledigt. Dass Niko sich denen anschloss, darauf konnte Jessie wirklich verzichten. Doch noch während Jessie sich nach einem Gebüsch umschaute, dessen Laubwerk sie vor neugierigen Blicken schützen konnte, wurde ihr klar, dass ihre Geheimniskrämerei nicht lange gut gehen würde.

Schlimmer noch: Jessie wurde urplötzlich bewusst, dass sie sterben würde, wenn sie nicht schnellstens in ihre Welt zurückkehrte.

KAPITEL 4

Die Ruhe vor dem Sturm

Dem marschmärkischen Soldat – er war der Anführer der Kohorte, die Rhogarr von Khelm zum Schutz des Weintransportes abkommandiert hatte – stand blanke Todesangst im Gesicht. Mit stockender Stimme berichtete er seinem Herrscher, was sich im Morgengrauen zugetragen hatte: Die drei Pferdewagen, die die großen Fässer mit dem köstlichen Rebensaft aus Medhiterra nach Helmenkroon bringen sollten, hatten den größten Teil des langen Weges bereits hinter sich gebracht und waren schon fast am Ziel angelangt. Aber dann war der Tross auf den letzten Meilen unversehens in einen Hinterhalt geraten. »Es kam wie aus heiterem Himmel über uns, Herr.« Mit fahrigen Bewegungen drehte der Mann seinen Helm in den Händen. »Bevor wir richtig begriffen, wie uns geschah, war der Spuk auch schon wieder vorbei.«

»Wie … was?« Rhogarr riss die Augen auf und starrte den Soldaten ungläubig an. »Was soll das heißen?«

»Ja …« Der Soldat räusperte sich und wischte sich kalten Schweiß von der Stirn. »Die Hunde haben uns in eine Falle gelockt und den Fahrweg mit gefällten Bäumen blockiert. Dadurch wurden wir zum Halten gezwungen. Während meine Männer und ich damit beschäftigt waren, die Hindernisse aus dem Weg zu räumen, ist diese Horde barbarischer Alwen urplötzlich aus der Deckung des Waldes hervorgestürmt und über die Fuhrwerke hergefallen. Es müssen Hunderte gewesen sein, wenn nicht sogar mehr!« Die Erinnerung ließ den Soldaten jetzt noch bleich werden. »Als wir uns von der ersten Überraschung erholt hatten und den Fuhrleuten zu Hilfe eilen wollten, war es zu spät. Die Bastarde hatten sich bereits mit zwei Wagen aus dem Staub gemacht.«

»Was?« Rhogarrs einziges Auge wurde so groß, dass es aus seiner Höhle zu fallen drohte. Dann ließ ein plötzlicher Hoffnungsschimmer sein Gesicht aufleuchten. »Und was ist mit dem dritten Wagen? Den habt ihr doch gerettet, oder nicht?«

»Äh … ja, schon … äh … Herr.« Der Soldat senkte den Blick zu Boden. »Allerdings nur den Wagen. Der Wein dagegen …« Wieder brach er ab und schwieg beklommen, als ahne er bereits, das die nächsten Worte sein Schicksal besiegeln würden.

»Jetzt red schon, Kerl!« Mit zornesschriller Stimme sprang der Tyrann vor ihn hin und schlug ihm mit dem Handrücken brutal ins Gesicht. Die mit edlen Steinen besetzten Ringe an seinen Fingern hinterließen blutige Striemen auf der Wange des Mannes. »Was ist mit dem Wein?«

»Als die Strauchdiebe erkannten«, hob der Soldat an, dem bohrenden Blick seines Königs immer noch ausweichend, »dass sie uns den dritten Wagen nicht entwenden konnten, haben sie mit ihren Äxten große Löcher in die Fässer geschlagen. Wir haben alles versucht, sie wieder zu schließen. Aber leider …« Hilflos hob er beide Arme. »All unsere Mühen waren vergebens. Der gesamte Wein ist ausgelaufen und bis auf den letzten Tropfen im Sand versickert.«

»Verfluchter Hund!«, brüllte Rhogarr und hob die Hand, um erneut zuzuschlagen. Im letzten Moment jedoch besann er sich anders, packte den Mann grob am Kinn und zwang ihn, ihm ins

Gesicht zu sehen. »Wer hat das getan? Hast du die Alwen erkannt?«

»Ich … ich denke schon, Herr«, antwortete der Soldat rasch und schien wieder Hoffnung zu schöpfen. »Im letzten Sommer erst habe ich einen Transport begleitet, der ebenfalls überfallen wurde. Unten im Süden, nahe der Grenze zum Grimmen Reich.«

»Meinst du den Waffentransport?«, fragte Rhogarr. »Den Mordur Kra'nakk uns geschickt hatte?«

»Ihr sagt es, Herr«, antwortete der Mann. »Es waren die gleichen Bastarde wie damals: diese blutrünstige Horde von Alwen, die Ihr schon längst zu Vogelfreien erklärt habt. Kieran, ihr Anführer, war auch diesmal wieder mit von der Par-«

»Schon gut!«, unterbrach ihn der Tyrann und stampfte wütend mit dem rechten Fuß auf. Dann wandte er sich an Herzog Dhrago, der das Geschehen wortlos verfolgt hatte. »Alle Mitglieder der Kohorte sind mit zehn Peitschenhieben zu bestrafen«, befahl er und deutete dann auf den unglücklichen Anführer, der mit ängstlicher Miene auf sein Urteil wartete. »Den hier aber lass festnehmen und mit dem nächsten Transport in die Steinbrüche schaffen. Da kann er seinem damaligen Kolonnenführer Gesellschaft leisten.« Der Gedanke entlockte Rhogarr ein strahlendes Lächeln. »Wenn ich mich recht entsinne, haben wir den doch auch dorthin verbannt?«

»Euer Gedächtnis ist ganz vorzüglich, mein Gebieter«, säuselte der Herzog. »Bedauerlicherweise jedoch wird aus dem Wiedersehen der beiden Taugenichtse nichts werden. Sein Vorgänger hat leider nicht lange durchgehalten und ist schon nach wenigen Tagen krepiert.« Dann erwiderte er das Lächeln seines Herrn. »Wie Ihr ganz richtig festgestellt habt: Er war ein Versager, und zwar auf der ganzen Linie.« Entschlossen winkte Dhrago die Wachen am Portal herbei, damit sie den Soldaten abführten.

Der Unglückliche unternahm nicht den geringsten Versuch zur Gegenwehr und ergab sich widerstandslos seinem Schicksal.

»Memme«, kommentierte Rhogarr und spuckte aus. Dann wandte er sich an den Mundschenk. »Und du, sieh zu, dass du schleunigst verschwindest! Es sei denn, du willst dich ebenfalls in den Steinbrüchen nützlich machen und einen persönlichen Beitrag zum Bau meiner großen Ruhmeshalle leisten.«

»Nein, nein, Herr, natürlich nicht!«, rief das Weinfass auf zwei Beinen aus, drehte sich um und rannte mit einer Geschwindigkeit, die man ihm nie zugetraut hätte, aus dem Thronsaal.

Als das Portal geschlossen und Rhogarr wieder mit Dhrago alleine war, baute der Tyrann sich drohend vor seinem Vasallen auf. »Ich hätte gute Lust, dich ebenfalls in die Höllenberge zu verbannen. Verdient hättest du es allemal.«

Dhrago wagte keinen Widerspruch. Er schluckte und wurde aschfahl.

»Hast du mir nicht fest versprochen, dass diese verfluchten Strauchdiebe aus dem Dämonenwald keinen Schaden mehr anrichten?« Rhogarr packte Dhrago am Hals und drückte zu. Während er ihn mit dem Blick seines gesunden Auges förmlich durchbohrte, zog er ihn dicht zu sich heran. »Weil du angeblich einen Vertrauten in ihre Reihen eingeschmuggelt hast? Einen ›Molmerich‹, wie du ihn nennst?«

»Ja-ha!« Dhrago schnappte nach Luft und wippte unruhig auf den Zehenspitzen. »Ge-nau, Herr.«

»Und warum hat dieser Molmerich uns nicht rechtzeitig über den Überfall informiert?« Rhogarrs Hand lockerte ihren Griff etwas.

»Das weiß ich nicht, Herr.« Der Herzog zog den Kopf so tief zwischen die Schultern, als wolle er sich darin verstecken. »Vielleicht hat er nichts davon gewusst? Oder keine Gelegenheit gehabt, uns eine Nachricht zu schicken? Ich … äh …« Er röchelte.

»Ich werde ihn zur Rede stellen, wenn ich ihn beim nächsten Mal treffe.«

»Das will ich dir auch geraten haben!« Rhogarr stieß den Herzog so heftig von sich, dass der nach hinten taumelte und nur mit Mühe das Gleichgewicht halten konnte. »Das ist das letzte Mal, dass ich Gnade vor Recht ergehen lasse, schreib dir das hinter die Ohren. Ich habe keine Lust, mir von diesem Pack noch länger auf der Nase herumtanzen zu lassen. Diese Bastarde sollen mich kennenlernen. Von nun an werden andere Saiten aufgezogen, verstanden?« Mit einer herrischen Geste erstickte er Dhragos Erwiderung schon im Ansatz.

Während der Herzog tief durchatmete und sich die malträtierte Kehle massierte, brüllte der Marschmärker laut nach seinem Schreiber.

Jessie spürte kaum mehr als ein schwaches Pieksen, als die Nadelspitze ihre Haut durchbohrte. Ohne eine Miene zu verziehen, setzte sie den Pen nach kurzer Zeit wieder ab, zog das T-Shirt über ihren nackten Bauch und warf dann einen bangen Blick auf den Stift in ihrer Hand.

Mist! Er war höchstens noch halb voll.

Während Jessie den Pen ins Etui zurückschob und das in der Hosentasche verschwinden ließ, verzog sie das Gesicht zu einer gequälten Grimasse. Ich dämliche Kuh!, schimpfte sie still mit sich selbst. Warum hatte sie heute Morgen bloß nicht daran gedacht, ihn aufzufüllen? Schließlich hatte sie fest damit gerechnet – oder zumindest stark darauf gehofft –, dass der Mantel auf dem Speicher von Opa Melchior sie in eine fremde Welt bringen würde. Trotzdem hatte sie keinerlei Vorbereitungen getroffen und sich wie ein völlig unterbelichteter Dooftrampel einfach blindlings ins Abenteuer gestürzt.

So etwas Bescheuertes!

Natürlich hatte sie nicht damit rechnen können, dass ihr der Umhang sofort nach der Ankunft in Mysteria geklaut würde. Doch im Grunde genommen war das nichts weiter als eine dumme Ausrede. Schließlich hatten ihre Eltern ihr schon von klein auf eingetrichtert, dass sie immer und jederzeit mit dem Unvorhersehbaren rechnen musste. Weil sie weit größeren Gefahren ausgesetzt war als andere Kinder und deshalb ganz strenge Verhaltensregeln einhalten musste.

All die Jahre hatte Jessie das auch gewissenhaft befolgt. Selbst für den harmlosesten Klassenausflug hatte sie die notwendigen Vorkehrungen getroffen – um dann ausgerechnet vor einer Reise in eine völlig unbekannte Welt darauf zu verzichten!

Konnte man noch dämlicher sein?

Dass sie nicht die geringste Ahnung gehabt hatte, was sie in Mysteria erwartete, war erst recht keine Entschuldigung für den bodenlosen Leichtsinn, durch den sie sich nun selbst in allergrößte Gefahr gebracht hatte.

Wenn Jessie Glück hatte, reichte der Inhalt ihres Pens gerade noch für drei Tage. Allerhöchstens für vier! Allerdings nur, wenn sie die Dosis verringerte und die unvermeidlichen Folgen in Kauf nahm. Aber mehr Zeit hatte sie bestimmt nicht.

Wenn sie dann nicht schleunigst in ihre Welt zurückkehrte und medizinische Hilfe bekam, würde sie ihren Ausflug nach Mysteria mit dem Leben bezahlen.

Jessie versuchte, ruhig zu bleiben, und atmete tief durch. Panik machte alles nur noch schlimmer. Das Wichtigste war jetzt: Sie musste sich so schnell wie möglich wieder diesen Umhang besorgen, den Mantel des Odhur – auch wenn sie keine Ahnung hatte, wie sie das anstellen sollte. Aber vielleicht hatte Niko ja eine Idee? In diesem Moment sah Jessie aus den Augenwinkeln einen schwarzen Schemen, der direkt vom Himmel herunterzufallen schien.

Überrascht fuhr sie herum und sah, dass sie sich nicht getäuscht hatte: Gut zwanzig Meter von ihr entfernt stand ein hochgewachsener Mann am Fuß eines Baumes – einer Eiche offensichtlich, deren weit ausladendes Geäst sich über eine schmale, mit Gras und Kräutern bestandene Schneise spannte. In einen seltsamen schwarzen Anzug gekleidet, musterte der Unbekannte sie mit freundlichem Lächeln. Ein leises Rascheln ließ Jessie aufblicken.

Oben im Baumwipfel saß ein zweiter Mann, der dem ersten auf verblüffende Weise ähnelte: Er trug den gleichen schwarzen Anzug und auch seine pechschwarzen Haare waren ähnlich frisiert. Selbst die Gesichter der beiden waren gleichermaßen anziehend und attraktiv – und hatten doch etwas merkwürdig Abstoßendes an sich.

Jessie grübelte noch darüber nach, als der Kerl in der Baumkrone sich aufrichtete und sprang. Jessie schrie erschrocken auf – die Eiche war mindestens fünfzehn Meter hoch, wenn nicht höher! –, aber da landete der Springer auch schon neben dem anderen Mann, offensichtlich völlig unbeschadet.

Die beiden nickten sich kurz zu, bevor sie sich in Bewegung setzen. Während sie in aller Ruhe auf Jessie zuschritten, sprang ein dritter Mann, ebenfalls schwarz bekleidet, aus dem Wipfel des benachbarten Baumes herunter auf den Boden und schloss sich ihnen an.

Jessie schluckte. Wie hatten die drei den Sprung aus so großer Höhe unverletzt überstehen können? Was wollten sie von ihr? Musste sie sich vor ihnen fürchten? Eigentlich sahen sie ganz harmlos aus und lächelten sie auch recht freundlich an. Als die drei Gestalten jedoch auf knapp zehn Schritte herangekommen waren und Jessie nicht nur ihre leichenblasse Haut, sondern auch die Farbe ihre Pupillen und die seltsame Form ihrer Münder erkannte, begriff sie, dass mit ihnen irgendetwas nicht stimmte.

Als Lena Andersen in das Arbeitszimmer ihres Mannes trat, war der so in seine Arbeit vertieft, dass er sie zunächst gar nicht wahrnahm. Übernächtigt und unrasiert saß Thomas Andersen vor dem Computer und hämmerte in die Tasten. Erst als seine Frau unmittelbar hinter ihm stand, zuckte er zusammen und sah sie entgeistert an. »Meine Güte, hast du mich erschreckt«, sagte er. »Was willst du denn hier?«

»Ich?« Lena runzelte die Stirn. »Hallo? Ich wohne hier. Ich bin deine Frau, schon vergessen?« Sie trat hinter seinen Schreibtischstuhl, wuschelte ihm durch den dichten Blondschopf und gab ihm einen Kuss auf die Stirn. »Oder hast du gedacht, ich wäre eines dieser schrecklichen Monster aus deinen Romanen?«

»Nein, natürlich nicht.« Thomas strich ihr lächelnd über die Wange, nahm die randlose Brille ab und rieb sich die geröteten Augen. »Ich hab nur nicht mit dir gerechnet. Du lässt dich doch sonst kaum blicken, wenn ich arbeite.«

»Und warum?« Lena lehnte sich gegen das massive Bücherregal neben seinem Computertisch und verschränkte die Arme vor der Brust. »Weil du dann immer völlig abwesend und mit Haut und Haaren in deine Fantasiewelt abgetaucht bist – deshalb! Du bekommst dann sowieso nicht mit, was ich sage. Und wenn doch, hast du es drei Minuten später schon wieder vergessen.« Sie lächelte. »Stimmt's – oder habe ich recht?«

»Ist ja gut.« Thoma verzog gequält das Gesicht. »Ich kann doch auch nichts dafür. Außerdem ist das nur ein gutes Zeichen.«

Lena hob die Augenbrauen. »Wofür?«

»Dafür, dass ich auf dem richtigen Weg bin.« Thomas rückte die Brille wieder zurecht. »Wenn meine Fantasiewelt so konkrete Formen angenommen hat, dass selbst ich mich völlig darin verliere, besteht immerhin die Chance, dass es den Lesern später genauso geht.«

»Hoffentlich behältst du recht, mein Lieber. Bei der vielen Arbeit und Zeit, die du jetzt schon in dieses Buch investiert hast, wäre es jedenfalls zu wünschen, dass es sich auch ordentlich verkauft.« Sie deutete auf die Manuskriptseite, die auf seinem Monitor flimmerte. »Kommst du gut voran?«

»Es geht.« Thomas nickte. »Ich bin immer noch etwas im Verzug, aber dafür kommen mir auch immer bessere Ideen. Heute Nacht zum Beispiel habe ich mir ganz grausige Monster einfallen lassen.«

»Tatsächlich?« Lena hob die Augenbrauen. »Bist du deswegen so erschrocken, als ich aufgetaucht bin?«

»Quatsch!« Thomas schüttelte den Kopf und lehnte sich in seinem Schreibtischstuhl zurück. »Deswegen doch nicht. Außerdem sind diese Ungeheuer ausschließlich Männer. Bei ihnen gibt es nämlich keine Frauen.«

»Dann wundert es mich nicht, dass sie Monster geworden sind!« Lena zwinkerte ihm zu. »Um welche liebenswerten Geschöpfe handelt es sich denn?«

»Um Atemschlürfer oder Nachtschwärmer, wie sie auch genannt werden«, antwortete Thomas. Als er das ratlose Gesicht seiner Frau sah, grinste er wie ein Schuljunge über einen gelungenen Streich. »Kennst du nicht, was? Ich habe sie ja auch heute Nacht erst erfunden.«

»Na dann«, antwortete Lena. »Und was treiben diese Atemschlürfer so?«

»Sie ernähren sich von der Lebensenergie anderer Wesen«, erklärte Thomas. »Sie saugen sie ihnen mit der Atemluft aus dem Mund.«

»Nett, wirklich nett. Das klingt ja, als wären sie enge Verwandte der Vampire?«

»Du hast es wieder mal erfasst«, erwiderte Thomas. »Die Blutsauger haben mir tatsächlich als Vorbild gedient.«

»Und warum hast du es nicht bei den Vampiren belassen?«

»Weil meine Lektorin mir vorgeschlagen hat, mir was Neues auszudenken. Und weil Vampire ja inzwischen fast in jedem zweiten Jugendbuch ihr Unwesen treiben.«

»Na und?« Lena zuckte mit den Schultern. »Wenn's den Lesern doch gefällt.«

»Nicht alles, was den Lesern gefällt, ist auch gut – und schon gar nicht originell«, wandte Thomas leicht genervt ein. »Außerdem gibt es einen entscheidenden Unterschied zwischen den Atemschlürfern und den Vampiren: Meinen Monstern macht das Sonnenlicht nichts aus. Sie sind deshalb auch am Tag aktiv.«

»Uuuaaah!«, stöhnte Lena mit gespieltem Erschaudern. »Dann sind die ja noch gefährlicher als Dracula und Co.«

»Genau deswegen, ja. Also, ich möchte den Bürschchen jedenfalls nicht begegnen. Aber zu meinem Glück haben sie es ohnehin eher auf Frauen abgesehen.«

»Wirklich?« Lena wirkte überrascht. »Warum das denn?«

Thomas grinste sie anzüglich an. »Kannst du dir das nicht denken?«

»Hey!« Lena rümpfte die Nase. »Ich dachte, du schreibst ein Jugendbuch?«

»Na und? Denkst du vielleicht, die Kids glauben immer noch an den Klapperstorch?«

Lena verzog das Gesicht.

»Na eben.« Thomas nickte zufrieden. »Außerdem kannst du beruhigt sein. Von den Atemschlürfern hast du eher weniger zu befürchten. Sie bevorzugen nämlich …« Er grinste erneut. »… Jungfrauen!«

»Die Ärmsten!«, kommentierte Lena spöttisch. »Dann solltest du hoffen, dass sie schön in deinem Mysteria bleiben und nicht eines Tages hier bei uns auftauchen. Weil sie sauer darüber sind, dass du ihnen das Leben so schwer machst. Obwohl …« Sie musterte ihn eindringlich von Kopf bis Fuß. »Wenn diese Atemschlürfer dich so sehen könnten, in deinen verranzten Jeans und dem vergammelten

Poloshirt, käme ihnen mit Sicherheit auch das Grausen. Du hast die Klamotten wohl seit Tagen nicht mehr gewechselt!«

»Ich gestehe, Frau Kommissarin, Sie haben mich ertappt.« Mit gespieltem Bedauern hob Thomas die Hände. »Soll nicht wieder vorkommen.« Er stand auf, gähnte und reckte sich. »Was wolltest du eigentlich von mir?«

»Von dir gar nichts«, antwortete Lena. »Ich war nur auf der Suche nach unserer Tochter. Weil ich Jessie bitten wollte, mir beim Aufräumen des Dachbodens zu helfen. Hast du sie vielleicht gesehen?«

»Nö, heute noch nicht.« Thomas schüttelte den Kopf. »Nicht mehr seit heute Nacht, als sie mir erzählt hat, was sie über das alte Buch weiß.«

Lena hatte offensichtlich nicht richtig zugehört, denn sie ging auf seine letzte Bemerkung gar nicht ein. »Dann wird sie wohl wieder beim alten Melchior rumhängen und bei Niko Niklas.«

Thomas riss die Augen auf und machte einen Schritt auf sie zu. »Niko Niklas?«, staunte er. »Hast du Niko Niklas gesagt?«

»Natürlich.« Lena musterte ihn verwundert. »So heißt doch der Enkel unseres Nachbarn, der mit seiner Mutter gerade zu Besuch bei ihm ist.«

»Ich verstehe.« Thomas nickte, als sei ihm plötzlich eine Erleuchtung gekommen. »Deshalb war Jessie so erstaunt, als ich ihr erzählt habe, dass der Held meines Buches ebenfalls Niko Niklas heißt! Na, so was! Nicht zu glauben, welche Zufälle es manchmal im Leben gibt.« Nach erneutem Gähnen setzte sich Thomas wieder vor den Monitor. »Das ist übrigens auch der Grund, warum ich mich entschieden habe, diesem Niko ein Mädchen zur Seite zu stellen, das eine wichtige Rolle im weiteren Verlauf der Geschichte spielt.«

»Gute Idee.« Lena nickte zufrieden. »Ich finde nämlich, dass Mädchen und Frauen in den meisten Fantasyromanen immer noch zu kurz kommen. Da braucht es endlich ausgleichende Gerechtigkeit!« Sie knuffte Thomas spielerisch an die Schulter. »Habe ich nicht recht, mein Lieber?« Als der nicht reagierte, hakte sie nach. »Wie heißt dieses Mädchen denn?« Sie grinste ihn an. »Jessie?«

»Nein.« Thomas schüttelte den Kopf. »Das wäre zu viel des Guten. Dass der Held meiner Geschichte den gleichen Namen trägt wie der Enkel von Melchior Niklas, reicht mir wirklich.«

Lena runzelte die Stirn. »Dann ändere ihn doch einfach.«

»Ganz bestimmt nicht«, erwiderte Thomas mit entschlossenem Blick. »Der Junge ist doch mein Geschöpf und mir inzwischen so ans Herz gewachsen wie ein leiblicher Sohn. Und dem würden wir doch auch nicht einfach so seinen Namen wegnehmen, oder?«

»Natürlich nicht.«

»Außerdem habe ich den Namen nicht ohne Grund gewählt«, fuhr Thomas fort. »Er enthält nämlich einen Schlüssel zur Auflösung der Geschichte.«

»Echt?« Lena konnte ihre Neugier nicht verbergen. »Und wie sieht dieser Schlüssel aus?«

»Keine Chance!« Thomas wedelte mit dem erhobenen Zeigefinger. »Das wird nicht verraten. Das musst du schon selbst herausfinden, wie die Leser später auch.«

»Gemeiner Schuft!« Lena spielte die Enttäuschte. »Dann verrate mir wenigstens, wie du das Mädchen genannt hast, das jetzt eine besondere Rolle spielen soll.«

»Gerne.« Thomas knipste sein Schulbubengrinsen wieder an. »Sie heißt Ayani. Außerdem habe ich ihr noch eine Art Kriegsnamen gegeben.«

»Aha. Und wie lautet der?«

»Die Tochter des Falken!«

Drückendes Schwiegen lastete über dem schmalen Waldweg. Nur das leise Rascheln der Blätter war zu hören, das friedliche Summen der Schwirrmücken, die im warmen Licht des späten Morgens tanzten, und das fröhliche Gezwitscher der Vögel, die sich im Schutz des Waldes vergnügten. Der erdig-würzige Duft des Waldbodens stieg Niko in die Nase, während er Ayani mit aufmerksamen Blicken beobachtete.

Die Gefährtin saß nahezu reglos auf ihrem Pferd und musterte ihn wortlos. An ihrer Miene konnte man allerdings ablesen, dass die Gedanken in ihrem Kopf noch wilder umherschwirrten als die Insekten in der warmen Luft rund um die schweißbedeckten Pferdeleiber.

Endlich brach Ayani die Stille: »Warum hast du das getan?« Ihr Gesicht war ein einziger Vorwurf. »Warum hast du mir nicht die Wahrheit gesagt?«

Im ersten Moment verstand Niko nicht so recht, was sie meinte. »W-w-wie – die Wahrheit?«, stammelte er nur.

»Warum hast du mir verschwiegen, dass du aus einer anderen Welt kommst?«, setzte das Mädchen nach. »Genau wie diese … äh … Jessie?« Ayani kniff die Augen zusammen. »Das stimmt doch, oder?«

»Nun … äh … ja«, antwortete Niko, verlegen und verwirrt zugleich. Er hatte doch angenommen, dass schon der bloße Gedanke an eine andere Welt Ayanis Vorstellungsvermögen übersteigen würde. Ihre Frage deutete jedoch darauf hin, dass sie längst darüber Bescheid wusste.

Wie war das nur möglich?

»Warum hast du das nicht gleich gesagt?« Ayani wartete seine Antwort gar nicht ab, sondern deutete mit einem kaum merklichen Kopfnicken auf den dichten Saum des Waldes, in dem Jessie verschwunden war. »Hast du gewusst, dass sie dir folgen wird?« Ihre smaragdgrünen Augen funkelten misstrauisch.

»Natürlich nicht!«, protestierte Niko. »Woher denn?«

»Wer weiß?« Ayani spitzte die Lippen und musterte ihn mit unbewegter Miene. Nur ihre Augen überzogen sich mit einem feuchten Glanz. »Vielleicht… weil ihr einander versprochen seid?«

»Wie? Was? Warum?«, stammelte Niko und sah Ayani hilflos an. »Was soll das heißen… versprochen?« Noch ehe das Mädchen antworten konnte, ging ihm endlich ein Licht auf. »Ach, das meinst du«, rief er aus, verwundert und entrüstet zugleich, und merkte, wie sich der gallenbittere Geschmack der Empörung in seinem Magen zusammenbraute. »So ein Blödsinn! Wie kommst du auf die bescheuerte Idee?«

»Weil ich Augen im Kopf habe und es einfach nicht zu übersehen ist«, antwortete Ayani ganz ruhig. »Wie sie dich anschaut und den Blick gar nicht mehr von dir wenden mag, das ist doch ein eindeutiges Zeichen dafür, dass…« Sie brach ab und schluckte, als scheue sie sich, die schmerzhafte Erkenntnis auszusprechen.

In seiner Entrüstung jedoch bekam Niko das gar nicht richtig mit. »Ja, was denn?«, blaffte er los. »Jetzt sag schon!«

»Dass…« Ayanis Stimme war nur noch ein Flüstern. »Dass sie dir aus tiefstem Herzen zugeneigt ist«, hauchte sie kaum hörbar und senkte den Kopf, um seinen Blicken auszuweichen.

Niko öffnete den Mund und atmete tief ein.

So ein Unsinn!, zuckte es durch seinen Kopf. Während er erneut nach Luft schnappte, stieg ihm das bittere Gebräu die Kehle hoch und drohte überzuschwappen.

So ein Quatsch!

Jessie und er verstanden sich eben – und weiter nichts!

Dass sie ihn häufiger angeblickt hatte als Ayani, war doch völlig normal und geradezu selbstverständlich. Schließlich kannte Jessie ihn doch länger und auch viel besser als das Alwenmädchen. Außerdem war er für sie das einzige vertraute Wesen in einer völlig fremden Welt und noch dazu – die Erkenntnis traf ihn wie ein Blitz aus heiterem Himmel – der einzige Mensch weit und breit. Kein Wunder also, dass sie seinen Blick häufiger suchte als den Ayanis. Dass Ayani das völlig anders deutete, war nicht nur abwegig, sondern einfach nur lächerlich.

Noch im gleichen Augenblick begriff Niko, warum das Alwenmädchen Jessie von Anfang an mit unverhohlener Abneigung begegnet war. »Es ist wirklich nicht so, wie du denk-«, hob er gerade zu einer Erklärung an, als, begleitet von einem stechenden Schmerz, ein jähes Schreckensbild durch seinen Kopf zuckte. »Los, schnell«, schrie er Ayani in höchster Panik an. »Wir müssen Jessie helfen. Sie ist in großer Gefahr!« Noch während Niko aus dem Sattel sprang, zog er mit einer einzigen fließenden Bewegung das Königsschwert. Mit Sinkkâlion in der Rechten stürmte er auf den Waldrand zu.

Ayani zögerte nicht einen Moment. Flink wie eine Raubkatze sprang sie ebenfalls vom Pferd. Dabei zog sie ihre Schleuder und den Lederbeutel mit der Steinmunition unter ihrem Gewand hervor. Während sie Niko hinterherhetzte, suchte sie darin nach einem passenden Geschoss. Nur einen Herzschlag später waren beide im Dickicht verschwunden.

Kein Ton war mehr zu hören.

Der Wald schien den Atem anzuhalten.

KAPITEL 5

Der Angriff der Atemschlürfer

Als die drei Gestalten den Mund öffneten, richteten sich die Haare in Jessies Nacken auf. Eisige Schauer prickelten über ihren Rücken. Derart abstoßende Lippen hatte sie noch nie zuvor gesehen, höchstens in einem Fernsehbericht bei Menschen nach einer missglückten Botox-Behandlung: Prall gefüllt wie die Luftkammern eines Schlauchbootes, bildeten sie fast kreisrunde Wülste um die Mundhöhlen, in denen eine Reihe spitzer Zähne aufblitzte. Wie bei Haien, schoss es Jessie durch den Kopf, und da erkannte sie auch schon, dass die seltsamen Wesen tatsächlich über mehrere Zahnreihen verfügten – und alle diese Zähne waren gleich spitz und gefährlich.

Ihr Herz schlug wie wild, während sie instinktiv Schritt für Schritt zurückwich, die Augen voller Angst auf die näher kommenden Gestalten gerichtet. Weg, schnell weg, durchzuckte es sie. Doch noch im gleichen Augenblick begriff Jessie, dass sie keine Chance hatte zu entkommen. Sie wollte gerade um Hilfe schreien, als der mittlere der bizarren Schönlinge, der eine Spur größer war als seine Begleiter, sie ansprach.

»Hab keine Angst, du Schöne«, sagte er mit einer Stimme, die affektiert und rau zugleich klang – wie feinstes Schmirgelpapier. Während er sie mit seinen seltsamen Augen fixierte, kam er langsam, Schritt für Schritt, näher. »Du kannst uns vertrauen, meine Liebe«, wisperte er. »Wir wollen dir nichts tun.«

Jessie blieb stehen, obwohl eine warnende Stimme tief in ihrem Innern sie eindringlich zum Weglaufen aufforderte. Eigenartigerweise konnte sie sich nicht von der Stelle rühren. Genauso wenig vermochte sie ihren Blick von dem Fremden zu lösen, der jetzt, flankiert von seinen beiden Begleitern, unmittelbar vor ihr stand. Wie unter einem geheimnisvollen Bann starrte Jessie unverwandt in das feurige Rot seiner Pupillen, überschattet von langen, seidigen Wimpern.

Der Mann beugte sich vor und sog schnuppernd die Luft durch seine breitflügelige Nase, als würde er Beute wittern. »Wie gut sie doch riecht«, sagte er, an seine Begleiter gewandt. »So sauber und rein …« Er lächelte sehnsuchtsvoll. »… so völlig unbefleckt!«

»Du hast recht, Ghuul!« Ihre hohen Stimmen erinnerten Jessie an Hyänen. »Eine Unbefleckte …«

Jessie überlief es kalt. Trotzdem konnte sie sich noch immer nicht von der Stelle rühren. Sie öffnete den Mund, doch auch ihre Stimme versagte. Nur ein heiserer Ton kam über ihre Lippen.

»Psssst!« Ghuul legte den Mittelfinger seiner rechten Hand vor die wulstigen Lippen. Und da erkannte Jessie, dass er an jeder Hand nur einen Daumen und drei knochige Finger besaß, aus deren Spitzen sich nun langsam kräftige Raubtierkrallen hervorschoben, die – völlig grotesk! – rot lackiert waren.

Jessie schloss entsetzt die Augen. Sie ahnte, was gleich passieren würde, und war trotzdem noch immer zu keiner Regung fähig. Wie in Trance schlug sie die Augen wieder auf.

»So ist's brav«, lobte Ghuul. Er neigte ihr den Kopf zu, bis seine Nase sich unmittelbar vor ihrem Gesicht befand. Eine schwülstig-kitschige Duftwolke schlug ihr entgegen, wie eine abartige Mischung aus Maiglöckchen und Kölnisch Wasser, sodass Jessie unwillkürlich an ihre betagte Tante Millie denken musste. »Hör zu, du Schöne«, säuselte der Fremde. »Wir möchten dich einladen, uns in unsere Heimat zu folgen und dort unser Gast zu sein.«

Sein süßlicher Hauch war betörend und abstoßend zugleich. Er reizte Jessie zum Würgen und verwirrte ihre Sinne, sodass sie zu keinem klaren Gedanken mehr fähig war. »In … eure … Hei … mat?«, hörte sie sich stammeln. Doch ihre Stimme klang seltsam fremd und schien wie aus weiter Ferne zu ihr zu dringen.

»Du sagst es, schönes Mädchen«, schmeichelte der Mann im schwarzen Anzug. »Eine wie du hat es verdient, auf Händen getragen und wie eine Königin behandelt zu werden. Glaub mir: Wenn du unsere Einladung annimmst, werden wir dich reich belohnen.« Er legte den Kopf schief. »Sag einfach ›Ja‹ – und dir wird seltenes Glück beschieden sein.«

Wirre Gedankenfetzen kreisten wie ein Mahlstrom durch Jessies Kopf: ›Auf Händen tragen …‹ ›Wie eine Königin …‹ ›Seltenes Glück …‹ ›Reich belohnen …‹ ›Sag einfach ja …‹ Konnte man sich mehr wünschen als ein besonderes, seltenes Glück? Konnte sie sich das entgehen lassen? Jessie räusperte sich und wollte gerade antworten, als eine panische Stimme an ihr Ohr gellte, wie von weit her, aber dennoch deutlich vernehmbar: »Neeiin!!! Tu's nicht! Nicht antworten!«

Es war das Alwenmädchen, wie Jessie urplötzlich erkannte. Sie schüttelte sich, als würde sie aus tiefem Schlaf erwachen, und folgte dem Blick der Fremden, die sich überrascht umgedreht hatten und wütend in den lichten Streifen zwischen den Bäumen starrten, an dessen Ende gerade zwei Gestalten aus dem Unterholz hervorsprangen und wie von Dämonen gehetzt auf sie zustürmten.

Das waren Niko und Ayani – kein Zweifel!

»Verfluchtes Taggesindel!«, schrie der Wortführer der Fremden bei ihrem Anblick schrill auf. »Taarkh! Arramas – schnell! Schnappt sie euch! Ich kümmere mich um die Unbefleckte!« Die beiden Männer gehorchten aufs Wort. Während sie Niko und Ayani mit weiten Sätzen entgegensprangen, drehte ihr Anführer sich zu Jessie um und knurrte sie enttäuscht an. »Wie töricht von dir, unsere Einladung auszuschlagen. Wenn du uns nicht freiwillig folgen willst, werden wir dich dazu zwingen!« Ghuul griff mit der Krallenhand nach ihr.

Was dann geschah, war so entsetzlich, dass Jessie den Verstand zu verlieren glaubte: Als die Pranke des Fremden die zarte Haut ihres Halses berührte, verspürte sie einen stechenden Schmerz. Gleichzeitig trat Ghuuls wahre Natur hinter seinem Äußeren hervor: Er verwandelte sich schlagartig in einen uralten Mann, der große Ähnlichkeit mit einem Ork aufwies, auch wenn er von weit hellerer Farbe war. Sein Greisenschädel war faltig und von zahllosen Altersflecken gesprenkelt. Auf seinem Schädel wuchsen nur noch ein paar spärliche Haare, die sich kraftlos und schlohweiß ringelten. Aus seinen spitzen Wildschweinohren dagegen sprossen sie gleich büschelweise hervor. Die bleichen Wangen waren eingefallen. Die Augen lagen tief in ihren Höhlen wie rot geäderte Murmeln in wimpernlosen Kuhlen. Die immer noch wulstigen Lippen aber waren beinahe schwarz. Auch die Zähne, obwohl immer noch spitz und scharf wie zuvor, hatten sich dunkel verfärbt. Eine fleischige Zunge glitt nun zwischen ihnen hervor und schlängelte sich, länger und länger werdend, wie eine schwarzbraune Muräne auf ihren Mund zu.

Und das war einfach zuviel für Jessie. Sie wurde vom Grauen überwältigt und schrie gellend laut auf.

Rieke Niklas summte leise vor sich hin, während sie das Frühstücksgeschirr in die Spülmaschine räumte. Das Gerät war noch ziemlich neu. Melchior Niklas, ihr Vater, hatte es erst im letzten Jahr angeschafft, und so wirkte es inmitten der längst in die Jahre gekommenen Kücheneinrichtung seines alten Bauerhauses wie ein Fremdkörper. Die Augustsonne strahlte vom wolkenlosen Himmel, ließ die kastanienbraunen Haare, die Riekes schmales Gesicht einrahmten, schimmern und warf Flecken aus hellem Licht auf den braunen Linoleumfußboden. Fröhliches Vogelgezwitscher und das emsige Summen und Brummen der Insekten, die durch den weitläufigen Garten schwirrten, drangen durchs offene Fenster. Aus der Ferne hallte das dumpfe Motorengedröhn der Mähdrescher an Riekes Ohren. Wie gigantische Heuschrecken aus Stahl fraßen die jetzt Tag und Nacht die Getreidefelder leer.

Rieke schloss den Geschirrspüler und schaltete ihn ein, als sie aus den Augenwinkeln ihren Vater erblickte, der – einen breitkrempigen Strohhut auf dem ergrauten Haarschopf – über den zur Pferdekoppel führenden Feldweg zurück zum Bauernhof schlurfte. Obwohl Melchior Niklas sich auf einen Stock stürzte, fiel ihm das Gehen sichtlich schwer. Papa ist ganz schön alt geworden, dachte Rieke bekümmert. Oder der Hexenschuss macht ihm mehr zu schaffen, als er zugeben will. Was natürlich typisch für ihn wäre – wie für seine gesamte Generation! Melchior würde sich lieber die Zunge abbeißen, als einzugestehen, dass er Probleme hatte.

Wenigstens hatte er ihren Rat befolgt und die speckige dunkelbraune Cordhose, die er schon seit Wochen getragen haben musste, gegen eine hellblaue Jeans ausgetauscht. Auch das rot-weiß karierte Baumwollhemd war in die Wäsche gewandert und durch ein dunkelblaues Poloshirt ersetzt worden. Außerdem hatte Melchior sich rasiert – wie an jedem Morgen, seit Niko und sie vor einigen Tagen auf seinem Bauernhof aufgetaucht waren, um ihm ein wenig zur Hand zu gehen, solange »die Hexe ihn plagte« – wie Melchior sein

Gebrechen auf seine ironische Art bezeichnete. Ihre und vor allem Nikos Gegenwart hatten ihm offenbar gutgetan, denn er war seitdem sichtlich aufgeblüht. Deshalb wunderte sich Rieke auch über das mürrische Gesicht, mit dem sich der Vater jetzt näherte. Er sah aus, als würde ihn etwas bedrücken. Aber am besten gar nicht fragen, dachte Rieke rasch im Stillen. Melchior konnte es nämlich auf den Tod nicht leiden, wenn jemand ihn bemuttern wollte. Selbst beim bloßen Verdacht konnte er ganz schön fuchsig werden.

Kurze Zeit später kam der Vater in die Küche – ohne den Strohhut natürlich, den er auf der Ablage in der Diele zurückgelassen hatte – und trat sofort ans altertümliche Spülbecken, um sich die Hände zu waschen. Soweit Rieke sich zurückerinnern konnte – und sie hatte immerhin die Zeit bis zu ihrem Abitur auf dem elterlichen Bauernhof in Oberrödenbach am Wald verbracht –, hatte Melchior das stets so gehalten, wenn er vom Feld zurückkam.

»Ganz schön heiß heute, was?«, sagte sie betont freundlich. »Möchtest du was trinken? Ein Glas Apfelsaft vielleicht?«

»Hm«, brummte Melchior. Er setzte sich ohne ein weiteres Wort an den Küchentisch und vergrub sich hinter der Tageszeitung.

Rieke verzog das Gesicht. Die Reaktion war eindeutig: Melchior war etwas über die Leber gelaufen! Sie holte die Saftflasche aus dem Kühlschrank, füllte ein Glas und stellte es vor ihn hin. »Hier, bitte.«

»Hm, danke«, brummte es hinter der Zeitung hervor.

Rieke hob genervt die Brauen, versuchte aber dennoch gute Miene zum bösen Spiel zu machen. »Und? Hat Jessie gefunden, wonach sie gesucht hat?«

Ruckartig ließ Melchior die Tageszeitung sinken. »Jessie?«, fragte er verwundert. »Sie hat was gesucht?«

»Ja klar«, antwortete Rieke. »Sie ist in aller Frühe hier aufgekreuzt und hat gesagt, dass sie dringend auf unseren Speicher muss. Weil sie einen neuen Pferdestriegel gesucht hat.«

»Oha!« Melchior verzog verwirrt das wettergegerbte Gesicht. »Auf dem Speicher?«

»Ja! Weil du die Ersatzstriegel dort oben aufbewahrst.«

»Auf dem Speicher?«, wiederholte der Vater noch eine Spur verwirrter als vorher.

Rieke nickte. »Genau.«

»Blödsinn!«, sagte Melchior. »Die sind in der Kammer gleich neben dem Pferdestall, schon seit ewig und drei Tagen – und das weiß Jessie ganz genau.«

»Echt?« Rieke war so überrascht, dass sie sich auf den Küchenstuhl sinken ließ. »Aber was hat sie dann auf dem Speicher gesucht?«

»Woher soll ich das wissen?«, antwortete der Vater mürrisch. »Sie hat's mir genauso wenig gesagt wie sie sich um Max und Moritz gekümmert hat!« Melchiors missmutiger Gesichtsausdruck machte jetzt einer eher nachdenklichen Miene Platz. »Dabei kenne ich das von Jessie überhaupt nicht. Das ist jedenfalls das allererste Mal, dass sie eine Zusage nicht einhält. Bevor sie die Pferde zu kurz kommen lässt, würde sie sich lieber alle Arme ausreißen lassen, da mache ich jede Wette.«

Rieke schluckte. Ein dumpfes Gefühl machte sich in ihrer Magengegend breit. »Und ich habe mich noch gewundert, warum sie sich nicht von mir verabschiedet hat, als sie vom Speicher kam«, murmelte sie vor sich hin. »Ich habe sie allerdings auch gar nicht die Treppe runterkommen hören.« Damit sprang sie auf und hetzte aus der Küche.

Nur eine Minute später stand Rieke auf dem Dachboden. Unter dem Spitzdach war es heiß und stickig, durch die verstaubten Fenster in den ziegelbedeckten Schrägen fiel nur spärliches Licht. Eine nackte Glühbirne baumelte vom Firstbalken, funktionierte allerdings nicht. In der staubigen Düsternis war kaum etwas zu erkennen. Während ihre Augen sich daran gewöhnten, schälten sich nach und nach die Umrisse von Kisten, Truhen, Kommoden, Regalen und alten Schränken aus dem Dämmerlicht. Das wüste Durcheinander, das schon seit Jahren auf dem Speicher herrschte, war eher noch schlimmer geworden. Rieke versuchte, sich dennoch einen Überblick zu verschaffen, konnte aber nichts entdecken, was für ein junges Mädchen wie Jessie auch nur entfernt von Interesse gewesen wäre.

Aber irgendetwas musste sie hier oben doch gesucht haben – und zwar ganz dringend! Sonst hätte Jessie ihr doch nichts vorgeschwindelt.

Als Rieke den offenen Schrank an der Stirnmauer erblickte, fiel ihr plötzlich der Umhang mit der Kapuze wieder ein. Niko hatte ihn in der Hand gehalten, als sie ihn vor einigen Tagen auf dem Speicher überrascht hatte, und ihn mit ungläubigem Staunen angestarrt – als berge das unscheinbare Kleidungsstück irgendein Geheimnis.

Doch so sehr Rieke auch danach suchte, sie konnte nicht die geringste Spur von dem Umhang entdecken. Mit einem Mal stieg ihr der Hauch eines seltsamen Duftes in die Nase, leicht bitter und dennoch verlockend. Obwohl der Geruch kaum wahrnehmbar war, wurde augenblicklich eine verschüttete Erinnerung in ihr wach: Ein Zeichen flammte wie aus dem Nichts vor ihrem inneren Auge auf – die Mannaz-Rune. Und da plötzlich kam Rieke ein furchtbarer Verdacht.

Wie der verzweifelte Ruf eines todgeweihten Wesens hallte Jessies Schrei durch die Stille des Waldes und versetzte Niko einen Stich ins Herz. Seine Gesichtszüge verhärteten sich. Die Rechte fest um den Griff seines Schwertes geklammert, stürmte er zu allem entschlossen auf die beiden Gestalten zu, die ihnen mit mächtigen Sprüngen entgegenkamen – wie zwei Springteufel im Frack, schoss es ihm durch den Kopf.

»Sei bloß vorsichtig!«, warnte Ayani, die sich an seiner linken Seite befand. »Es sind Atemschlürfer. Mit ihnen ist nicht zu spaßen, sie haben dunkle Kräfte.« Damit blieb sie stehen, ließ die Schleuder über ihrem Kopf kreisen und feuerte das erste Geschoss ab.

Der Stein traf Arramas mitten in der Stirn. Die Wucht des Aufpralls war so groß, dass die Haut sofort platzte. Ein tiefer Riss klaffte auf, der bis auf den blanken Schädelknochen ging. Eigentümlicherweise verströmte die Wunde nicht einen Tropfen Blut. Auch der Getroffene selbst zeigte kaum eine Reaktion. Als habe er nur einen harmlosen Mückenstich abbekommen, verzog er kurz das Gesicht und kam mit seinem Begleiter unaufhaltsam näher.

Niko blieb stehen. Wie war das nur möglich? Warum blutete der Kerl nicht? Und warum kippte er nicht um? Das wuchtige Geschoss hätte doch selbst den kräftigsten Mann mit Leichtigkeit gefällt!

»Ich habe dir doch gesagt, dass Atemschlürfer über unheimliche Kräfte verfügen«, antwortete Ayani wie zur Erklärung.

Verwundert drehte Niko ihr den Kopf zu. Hatte sie seine Gedanken gelesen? Oder bloß geahnt, was in ihm vorging?

Ich habe deine Gedanken nur erraten – aber das war nicht allzu schwer, vernahm er erneut ihre Stimme. Nicht laut, sondern nur in seinem Inneren. Da endlich begriff er: Ayani und er konnten sich wortlos verständigen! Durch Telepathie, wie der Fachbegriff dafür wohl lautete, auch wenn Niko keine Ahnung hatte, wie das funktionierte.

Ist das nicht einerlei? Niko konnte den in Ayanis lautloser Frage mitschwingenden Ärger deutlich wahrnehmen. Es ist wie es ist, fügte sie rasch hinzu. Und es ist an der Zeit, dass du das endlich akzeptierst.

»Ist ja gut«, maulte Niko, während er sich rasch bückte, um

einem wütenden Hieb des unverletzten Angreifers auszuweichen – Taarkh, wenn er sich richtig erinnerte. Obwohl ihr stummer Dialog nur Sekunden gedauert hatte, waren die Nachtschwärmer bereits so nahe herangekommen, dass Niko und Ayani sich in ihrer unmittelbaren Reichweite befanden. Erst jetzt bemerkte Niko, dass die schwarz gekleideten Gestalten unbewaffnet waren. Jedenfalls konnte er weder ein Schwert noch eine andere Waffe entdecken. Dennoch schienen sie keinerlei Furcht zu empfinden. Im Gegenteil: Ihre Gesichter strahlten die Ruhe von Kriegern aus, die sich unbesiegbar wähnten.

Sie können nicht sterben, klärte Ayani ihn lautlos auf. Es sind Untote, die von der Lebensenergie anderer Geschöpfe zehren. In ihren Adern strömt kein Blut, sondern der Odem des toten Lebens.

Niko schluckte. Der Odem des toten Lebens?, fragte er sich im Stillen.

Der Lebenshauch ihrer Opfer, erklärte das Alwenmädchen. Er dient den Atemschlürfern als Nahrung, und so können sie weiterhin unter den Lebenden wandeln, auch wenn sie eigentlich längst tot sein müssten. Deshalb brauchen sie unsere Waffen auch nicht zu fürchten – weil der Odem ihrer Opfer sie trotz schwerster Verletzungen am Leben erhält.

Diese Erklärung verwirrte Niko nur noch mehr. Dabei deutete alles darauf hin, dass Ayani die reine Wahrheit gesprochen hatte: Der Fremde, der ihm gegenüberstand, machte nämlich keinerlei Anstalten zum Ausweichen, als Niko das Königsschwert auf seine Brust richtete. Er funkelte ihn nur mit seinen roten Augen an, als wollte er ihn geradezu zum Zustechen auffordern.

Besaß dieses Monster denn kein Herz?

Das wollen wir doch einmal sehen!, dachte Niko grimmig und rammte Sinkkâlion mit aller Wucht in die Brust des Nachtschwärmers.

Die Spitze der Waffe hatte kaum die Haut seines Gegners berührt, als dessen Züge entgleisten. Für einen Augenblick starrte Taarkh Niko mit maßlosem Erstaunen an – wie ein kleiner Junge, der eine völlig neue Entdeckung macht –, dann kreischte er laut auf. Noch während die Klinge seinen Leib durchbohrte, wandelte sich seine Gestalt. Der Nachtschwärmer mutierte in Sekundenschnelle zu einem Greis, uralt und gebeugt von der Last endloser Jahre. Von der Einstichwunde in seiner Brust stieg schwarzer Rauch auf. Der beißende Gestank verkohlten Fleisches drang Niko in die Nase – als wäre Sinkkâlion ein Brenneisen, das dem Atemschlürfer sein Zeichen einbrannte.

Als nun auch noch die Mannaz-Rune auf der Schwertklinge hell aufleuchtete und blendende Lichtstrahlen auf das Greisengesicht zuzuckten, hielt das unheimliche Nachtwesen schützend die Hände vor die Augen und schrie gellend laut auf: »Weg! Schnell weg!« Seine Hyänenstimme überschlug sich. »Sie haben Sinkkâlion! Sie stehen unter dem Schutz der Unsichtbaren!« Damit zuckte Taarkh zurück und befreite sich mit einem Ruck von der Klinge. Der tiefe Stich schien ihm weiter keinen Schaden zugefügt zu haben. Auch aus seiner Wunde quoll nicht ein Tropfen Blut. Er wirbelte auf dem Absatz herum und stürmte in größter Panik davon.

Obwohl Arramas noch keine Bekanntschaft mit dem Königsschwert gemacht hatte, schloss er sich seinem Kumpan an. Wie zwei schwarze Geparden auf der Flucht sprangen sie auf ihren Anführer zu, der bei Taarkhs Warnruf sofort von Jessie abgelassen hatte und seine Begleiter bereits erwartete. Als sie bei Ghuul angekommen waren, sprangen die Atemschlürfer vom Boden ab und katapultierten sich in die Baumwipfel, um dann rasend schnell von Krone zu Krone springend davonzustürmen. Wenige Augenblicke später war nicht die geringste Spur mehr von ihnen zu entdecken. Nur das Wippen der Äste und das Wedeln der

Zweige zeugten noch für kurze Zeit von dem unheimlichen Besuch.

Als hätten die Vögel nur auf das Verschwinden der Nachtwesen gewartet, begannen sie augenblicklich wieder zu singen. Auch die anderen Geräusche des Waldes waren wieder zu vernehmen: das Knacken und Knistern im Unterholz, das Summen und Brummen der Insekten und das Raunen und Flüstern der Blätter. Kaum hatte Niko das wahrgenommen, da krampfte sich sein Herz urplötzlich zusammen: Erst in diesem Augenblick nämlich sah er, dass Jessie lang ausgestreckt auf dem Boden lag und sich nicht mehr rührte. Wie Schneewittchen nach dem Biss in den vergifteten Apfel lag sie da.

Es sah ganz so aus, als wäre sie tot.

Einen Gänsekiel sowie ein Tintenfass in der einen Hand und eine Pergamentrolle in der anderen, wieselte nur wenig später ein zwergenhaftes Männchen diensteifrig in den Thronsaal von Helmenkroon. In einen grauen, mit Ärmelschonern versehenen Wams aus Filz gekleidet, verneigte der Schreiber sich so tief vor Rhogarr von Khelm, dass seine Stirn beinahe die steinernen Bodenfliesen berührte. Dann kletterte er mühsam auf einen Stuhl am großen Tisch, legte sein Handwerkszeug darauf zurecht und notierte eifrig die mit barscher Stimme vorgetragenen Anordnungen seines Gebieters.

Rhogarr versprach nicht nur eine stattliche Belohnung für die Wiederbeschaffung des geraubten Weines, sondern setzte auch ein Kopfgeld auf die verbrecherischen Strauchdiebe und insbesondere auf ihren Anführer Kieran aus. »Wir werden diesen Alwenhunden endgültig das Handwerk legen«, erklärte er, »und sie am Tag des Dunklen Mondes zusammen mit dem Gesindel, das in unserem Verlies schmort, auf dem Marktplatz von Helmenkroon dem Feuer der Scheiterhaufen übergeben.«

»Sehr wohl, Herr«, antwortete der Schreiber ohne jede Gemütsregung, während sein Gänsekiel wie ein gefiederter Irrwisch über das Pergament huschte. »Ich werde Eure Anweisungen sofort vervielfältigen und an die zuständigen Stellen weiterleiten.« Wie ein Springteufel hüpfte er vom Stuhl, verbeugte sich erneut und wollte schon davoneilen, als der Marschmärker ihn davon abhielt.

»Halt!«, brüllte Rhogarr den Zwerg mit zornesrotem Kopf an und packte ihn mit einer Hand am Kragen, um ihn mit einer Leichtigkeit hochzuheben, als wöge er nicht mehr als eine Feder. Dann setzte er das vor Schreck heftig mit den Beinen zappelnde Männchen auf den Stuhl zurück. »Wer hat dir erlaubt, dich zu entfernen? Ich bin noch nicht fertig, du Wicht. Das Wichtigste fehlt doch noch!«

Der Schreiber zog den Kopf ein und schaute seinen Gebieter ängstlich an – wie eine Schildkröte, die sich trotz ihres schützenden Panzers vor unbekannter Gefahr ängstigt.

Auch Herzog Dhrago, der die ganze Zeit über stillschweigend im Hintergrund verharrt hatte, schien nicht zu ahnen, was der Tyrann im Sinn hatte, und richtete den Blick seiner Adleraugen gespannt auf ihn.

Rhogarr stützte die Hände auf den Tisch und diktierte dem Männchen aufs Blatt: »Wer auch immer mir das Königsschwert Sinkkâlion überbringt, sei es ein Mann oder eine Frau, ein Kind oder ein Greis, Alwe oder Marschmärker, Vharuul oder Nachtschwärmer, Ehrenmann oder Dieb – also schlichtweg jeder! –, der wird zur Belohnung von mir in purem Gold aufgewogen.«

Dhrago schluckte und schnappte geräuschvoll nach Luft. Seine Augen leuchteten auf.

Obwohl Rhogarr die Gier im Gesicht des Herzogs nicht verborgen blieb, tat er, als habe er das nicht bemerkt. »Es gibt nur eine einzige Bedingung«, fuhr er scheinbar ungerührt fort. »Die

Übergabe muss vor dem Fest des Dunklen Mondes erfolgen. Sobald dieser Tag verstrichen ist, wird meine Zusage hinfällig.« Unvermittelt ließ er seine Pranke auf die schmale Schulter des Männchens fallen. »Hast du alles ganz genau niedergeschrieben?«

»Aber natürlich, Herr!« Der Zwerg zuckte zusammen, legte den Kopf schief und sah seinen Gebieter ängstlich an. »Oder habt Ihr jemals Anlass zur Klage gehabt?«

»Nein«, entgegnete Rhogarr barsch. »Und wenn dir dein Leben lieb ist, solltest du dafür Sorge tragen, dass das auch weiterhin so bleibt.« Er hielt dem furchtsam zurückzuckenden Männchen die Hand entgegen und ließ sich das Pergament reichen. Obwohl jeder in Helmenkroon wusste, dass der Marschmärker sich weder aufs Schreiben noch aufs Lesen verstand – diese Fertigkeiten lagen für ihn weit unter der Würde eines richtigen Mannes und taugten höchstens für Memmen! –, ließ er seinen Blick rasch über das Geschriebene schweifen, als würde er es überprüfen. »In Ordnung«, knurrte er schließlich. »Du kannst gehen!«

»Wie Ihr wünscht, Herr«, wisperte der Schreiber, verbeugte sie ein weiteres Mal und wieselte eilig zum Portal. Die Klinke war so hoch, dass er hüpfen musste, um sie zu erreichen.

Spott und Verachtung zeichneten Dhragos Miene, während er dem Zwerg hinterhersah und ohne die geringste Spur von Mitgefühl beobachtete, wie der sich mit der schweren Tür abquälte. Als der Schreiber verschwunden war, wandte er sich an seinen Gebieter. »Glaubt Ihr wirklich, dass Eure Anordnungen uns weiterhelfen? Die Alwen halten doch zusammen wie Pech und Schwefel. Sie hassen uns zutiefst. Ich kann mir nicht vorstellen, dass auch nur einer von ihnen die eigenen Landsleute hintergeht – selbst nicht für alles Gold der Welt! Ja, nicht einmal für den gesamten Alwenhort!«

»Diese Worte klingen höchst merkwürdig aus deinem Mund«,

erwiderte Rhogarr lächelnd. »Wenn ich mich recht erinnere, bist doch du ebenfalls ein Alwe. Und trotzdem hat dich das nicht gehindert, deinen König und dein Volk zu verraten. Hast du das schon vergessen, Dhrago?«

»Nun … äh …« Der Herzog brach ab und blickte zu Boden.

»Du hast selbst nicht davor zurückgeschreckt, dein eigen Fleisch und Blut zu hintergehen!«

»Äh … Nelwyn war nur mein Halbbruder«, warf Dhrago ein, bevor Rhogarr ihn mit herrischer Geste ganz zum Schweigen brachte.

»Dummes Geschwätz! In euren Adern fließt das Blut der gleichen Mutter!«

Dhrago senkte den Blick zu Boden. Fast sah es so aus, als schäme er sich, denn ein Anflug von Röte flutete über seine Wangen.

»Hör auf, dich zu grämen, mein Freund.« Die Mundwinkel des Marschmärkers zuckten amüsiert. »Du bist schließlich nicht der Erste, der der Macht der dunklen Wünsche und Begierden erlegen ist, die uns Sterbliche antreiben – zumindest die meisten von uns.«

»Wie Ihr meint, Herr«, antwortete Dhrago unterwürfig und verneigte sich. »Dabei wisst Ihr ganz genau, dass ich mich nicht des Goldes wegen auf Eure Seite geschlagen habe.«

»Was soll das dumme Geschwätz?« Rhogarr von Khelm schnaufte verächtlich. »Du hast deinen König verraten, weil du dir selbst die Krone aufs Haupt setzen wolltest, um auf diese Weise ohne größere Mühen an das Gold aus dem Alwenhort zu gelangen – das war der Grund, warum du mir damals klammheimlich die Tore von Helmenkroon geöffnet hast!«

Dhrago setzte schon zum Widerspruch an, klappte den Mund dann aber wieder zu, bevor noch ein Wort der Verteidigung über seine Lippen gekommen war, und blickte nur betreten vor sich hin. Die große Narbe auf seiner linken Wange glühte wie eine gehisste Flagge der Scham.

Rhogarr schmunzelte belustigt, bevor er schließlich im ernsten Ton fortfuhr: »Verstehe mich nicht falsch, Dhrago. Ich mache dir nicht den geringsten Vorwurf deswegen, denn ich kann dich nur allzu gut verstehen.« Er machte einen Schritt auf seine Vasallen zu. »Die Macht des Goldes ist nahezu grenzenlos! Es wiegt schwerer als Blut und ist stärker als die engste Freundschaft. Um seinetwillen wurden schon Väter und Mütter verraten, Brüder und Schwestern, die besten Freunde und die edelsten Absichten. Diese Erkenntnis ist nicht neu, Dhrago; sie ist vielmehr uralt. Sie existiert schon seit Anbeginn unserer Welt.« Er legte dem Herzog die Hand auf die Schulter und sah ihn beschwörend an. »Und auch diesmal werden wir wieder aufs Neue erleben, dass sie noch immer Gültigkeit besitzt.«

KAPITEL 6

Nornas Legenden

Ayani erkannte auf den ersten Blick, dass Jessie noch am Leben war. Rasch kniete sie neben ihr nieder und überprüfte Atmung und Puls. »Den Unsichtbaren sei Dank«, sagte sie gleich darauf. »Ihr sind nur die Sinne geschwunden, aber ihr Herz schlägt ruhig und fest.« Sie trug Niko auf, die Pferde zu holen, während sie sich um die Bewusstlose kümmerte.

Als Niko mit den Reittieren zurückkehrte, rührte Jessie sich immer noch nicht. Hastig befreite er die Pferde von den Trensen, damit sie grasen konnten, und gesellte sich zu Ayani, die neben der mit leichenblassem Gesicht im Schatten eines Goldhaselnussbusches liegenden Jessie kniete. Ayani versuchte, Jessie durch sanfte Wangenschläge wiederzubeleben, aber als ihre Anstrengungen erfolglos blieben, verzog sie kurz das Gesicht – und schlug dann heftiger zu.

Niko war, als würde die klatschende Backpfeife ihn selbst treffen. Jedenfalls spürte er ein prickelndes Wärmegefühl auf der Wange. »Hey«, rief er entrüstet. »Sei nicht so grob zu ihr! Du tust ihr doch weh!«

Ayani richtete sich auf. »Jetzt stell dich nicht so an. Sie wird es schon überleben. Oder weißt du vielleicht ein besseres Mittel, um sie wieder aufzuwecken?« Als Niko nicht sofort antwortete, sprang sie auf, verschränkte die Arme vor der Brust und trat einen Schritt zur Seite. »Also gut«, zischte sie beleidigt.

»Wenn du es besser zu wissen glaubst, dann versuch doch dein Glück!«

»Nein, nein, nicht doch!«, entgegnete Niko rasch. »So hab ich das nicht gemeint. Mach bitte weiter, Ayani.« Mit flehendem Blick legte er die Hand auf ihre Schulter. »Bitte!«

Ayani zog die Augenbraue hoch. »Na gut«, sagte sie nach einer Weile. »Aber ich will keinen Ton mehr hören, verstanden?«

»Ja, klar – natürlich. Tut mir leid.«

Ayani sah ihn noch einmal vorwurfsvoll an, kniete erneut nieder und holte mit der Rechten aus. Dann aber besann sie sich anders: Sie packte Jessie am Kinn und bewegte ihren Kopf ganz sachte hin und her. »Wach endlich auf«, beschwor sie das Mädchen. »Jetzt mach schon – bitte!«

Jessie rührte sich noch immer nicht.

Nikos Magen zog sich zusammen. Ihm wurde ganz schlecht vor Sorge. »Versteh mich bitte nicht falsch, Ayani… Aber bist du wirklich sicher, dass sie nicht ernsthaft verletzt ist?«

»Wenn ich es doch sage!«, antwortete Ayani ungehalten. »Ihr sind lediglich die Sinne geschwunden, weiter nichts. Dafür sollte sie sich bei den Unsichtbaren bedanken. Wenn die ihre schützende Hand nicht über sie gehalten hätten, wäre sie bestimmt nicht mehr am Leben.«

Niko schnappte nach Luft. »Nicht mehr am Leben?«, hauchte er.

»Ja.« Plötzlich sog Ayani witternd Luft ihre Nase, beugte sich nach vorne und schnupperte an Jessies Haut. »Merkwürdig«, hauchte sie.

»Was denn?«

Ayani richtete sich wieder auf und schaute Niko irritiert an. »Sie hat Dämonenbann benutzt, ein wenig nur, aber vielleicht hat das den Atemschlürfer vor dem Letzten zurückschrecken lassen?« Sie starrte für einen Moment schweigend vor sich hin.

»Woher weiß sie um die besonderen Kräfte des Wunschkrauts?«, murmelte sie in Gedanken versunken vor sich hin. Schließlich straffte sie sich und blickte Niko wieder an. »Wie auch immer: Sie hat großes Glück gehabt.« Mit ernster Miene deutete Ayani auf den Hals des Mädchens. Zwei Einstichlöcher waren dort zu sehen, winzig klein nur und gut zwei Fingerbreit auseinander. »Schau mal: Der Atemschlürfer hatte seine Nägel bereits in ihre Haut gesenkt. Zu ihrem Glück allerdings nur für kurze Zeit.«

»Seine Nägel?«, fragte Niko. »Ich dachte, das sind Bisswunden?«

»Nein.« Ayani schüttelte den Kopf. »Das sieht nur so aus. In Wahrheit aber handelt es sich um die Spuren seiner Fingernägel. Die Nägel der Atemschlürfer enthalten ein Gift, das ihre Opfer lähmt. Hätte der Nachtschwärmer Jessie länger im Griff gehabt und seine Lippen auf ihre gesenkt, wäre sie mit Sicherheit nicht mehr zu retten. Wer den Kuss eines Atemschlürfers empfängt, der ist entweder dem Untergang geweiht, oder er steht für immer unter seinem Bann. Und das eine ist genauso schrecklich wie das andere!«

»Echt?« All das war so ungeheuerlich, dass die Gedanken in Nikos Kopf wild durcheinanderwirbelten.

Er starrte Ayani noch völlig fassungslos an, als Jessie die Augen öffnete. Mit einem Ruck richtete sie sich auf.

»Jessie!« Niko fiel eine Tonnenlast vom Herzen. Seine gute alte Pumpe machte einen Sprung wie ein Riesenkänguru. »Bist du okay, Jessie?«

»Ich … ich glaube schon«, antwortete Jessie zögernd. Sie schüttelte sich wie ein nasser Hund, als wolle sie einen bösen Traum loswerden. Es dauerte offensichtlich einige Zeit, bis Jessie sich wieder daran erinnerte, was geschehen war. Da aber wurde sie noch blasser um die Nase und schaute sich mit flackerndem Blick um. »Sind sie weg?«

»Ja.« Ayani nickte. »Du brauchst keine Angst mehr zu haben. Als sie Nikos Schwert gesehen haben, haben sie die Flucht ergriffen. Sinkkâlion gehört nämlich zu den wenigen Waffen, die ihnen ernsthaft gefährlich werden können.«

Jessie drehte den Kopf und blickte Niko Hilfe suchend an.

Doch der zuckte nur ratlos mit den Schultern. Er hatte schließlich niemals zuvor von Nachtschwärmern gehört, noch war er je einem begegnet. »Könntest du uns bitte aufklären?«, bat er Ayani und ließ sich neben Jessie im Gras nieder. »Du scheinst ja bestens über die Atemschlürfer Bescheid zu wissen.«

»Ach, das täuscht. Ich weiß nur das, was die alte Norna uns immer am Feuer erzählt hat, als wir noch Kinder waren.«

»Du meinst wohl Märchen?«, fragte Jessie verwundert. »Gutenachtgeschichten oder so was Ähnliches?«

»Nenn es, wie du willst«, erwiderte Ayani mit säuerlicher Miene. »Bei uns im Dorf gab es ebenfalls einige Besserwisser, die sich darüber lustig gemacht und Nornas Erzählungen nicht ernst genommen haben.«

Während Jessie ein missmutiges Gesicht zog, blickte Niko das Alwenmädchen eindringlich an. »Und du? Was hast du davon gehalten?«

»Norna hat stets behauptet, dass ihre Geschichten der Wahrheit entsprechen«, antwortete Ayani. »Und dass sie nur deshalb bezweifelt werden, weil die Wahrheit im Laufe der vielen Jahre immer mehr in Vergessenheit geraten ist.«

Niko hob die Brauen. »Aber du hast der Alten geglaubt?«

Ayani nickte. »Ich habe Norna gut gekannt. Sie war unsere Nachbarin und hat immer auf Arawynn und mich aufgepasst, wenn Maruna und Mayan keine Zeit hatten. Ich habe ihre Worte niemals angezweifelt, selbst wenn ihre Erzählungen manchmal ziemlich rätselhaft klangen. Aber die Wahrheiten hinter dem äußeren Anschein sind eben nicht immer leicht zu erkennen.« Sie ließ sich ebenfalls im Gras nieder, zog die Beine an den Oberkörper, schlang ihre Arme um die Knie und stützte das Kinn darauf. »Nur wenigen, so hat Norna immer behauptet, ist es gelungen, eine Begegnung mit den Atemschlürfern lebend zu überstehen, und deshalb ist unser Wissen über die Nachtwesen ziemlich lückenhaft und gründet zum Teil auch auf reinen Mutmaßungen.«

Die Untoten dienten wahrscheinlich den Mächten der Heel, wie die finstere und von allerlei grausigen Wesen bevölkerte Unterwelt von Mysteria genannt wurde. Die Nachtschwärmer lebten ebenfalls unter der Erde, in Höhlen und in unterirdischen Kammern, und standen angeblich mit dem schrecklichen Nidhog-Drachen im Bunde. Das Ungeheuer hauste in der Kammer der Finsternis im Herzen der Heel und zählte zu den am meisten gefürchteten Geschöpfen der Unterwelt.

»Warum das denn?«, wollte Niko wissen.

»Weil der Nidhog-Drache nahezu unbesiegbar ist«, erklärte Ayani. »Norna hat es uns in einer Art Kinderreim zu erklären versucht: ›Nur die Macht vom Schicksalsstein wird ihm einst gefährlich sein‹, hat sie immer gesagt.«

»Sie hat vermutlich Sinkkâlion damit gemeint«, überlegte Niko. »Weil das Königsschwert im Schicksalsstein steckte, als der erste Alwenkönig es gefunden hat.«

»Gut möglich. Jedenfalls soll der Drache den Atemschlürfern vor Urzeiten die Fähigkeit verliehen haben, den Willen anderer Wesen zu beeinflussen und sie zu lähmen.«

»Das stimmt«, warf Jessie überrascht ein. »Mir ging es nämlich genau so: Als dieser widerliche Kerl mich mit seinen komischen Augen angeglotzt hat, konnte ich mich plötzlich nicht mehr bewegen. Dabei wollte ich doch nur eins: so schnell wie möglich vor ihm weglaufen!«

Ayani nickte zustimmend. »Das Gleiche haben auch andere berichtet, die den Nachtschwärmern entkommen sind: dass sie bei ihrem Anblick wie erstarrt waren und kein Wort mehr über die Lippen brachten, so sehr sie sich auch bemühten.«

»Hey, auch das ist richtig«, bestätigte Jessie. »Bei mir war es genau so!«

»Der Nidhog-Drache hat den Atemschlürfern diese Gabe geschenkt – genau wie die Fähigkeit, ihr wahres Äußeres zu verbergen und sich einen harmlosen Anschein zu geben.«

»Hm.« Jessie stützte nachdenklich ihr Kinn auf die Knie. »Aber warum hat sich der Kerl, der mich gepackt hat, dann plötzlich in einen alten Tattergreis verwandelt?«

»Weil er dich offensichtlich schon als sichere Beute betrachtete«, erklärte Ayani. »Sobald ein Nachtschwärmer sein Opfer berührt, gibt es in der Regel kein Entkommen mehr. Deshalb müssen sie ihre wahre Gestalt auch nicht länger verbergen und können offen zeigen, dass sie schon seit endlosen Zeiten als lebende Tote unter uns wandeln.«

»Aber was hat das mit diesem Drachen zu tun?« Niko kniff die Augen zusammen. »Diesem … äh … Nidhog-Drachen, wie du ihn genannt hast?«

»Nun …« Ayani wiegte ihren Kopf hin und her. »Angeblich stehen die Nachtschwärmer unter seinem Schutz, weil sie ihn ab und an mit seiner Lieblingsnahrung versorgen – mit den Leichen ›unbefleckter‹ Mädchen und Frauen, wie die Atemschlürfer sie nennen. Aber noch viel lieber ist ihm natürlich, wenn er lebende Opfer bekommt.«

»Hä?« Jessie starrte sie an, als würde sie nicht verstehen, was Ayani meinte. Allerdings begriff sie recht schnell. »Meinst du das im Ernst?«, fragte sie. »Das ist doch ein Joke, oder?«

»Ein Scherz, wollte sie sagen«, erklärte Niko rasch, als er Ayanis ratlose Miene bemerkte.

»Wieso sollte ich scherzen? Sehe ich so aus? Angeblich sind die Nachtschwärmer dem Nidhog-Drachen zu ewigem Dank verpflichtet, weil er sie vor Unzeiten dazu befähigt hat, sich selbst noch als Tote am Leben zu erhalten – durch den Odem des toten Lebens, die Lebensenergie anderer Geschöpfe, die sterben müssen, damit die Nachtschwärmer auf ewig leben können.«

»Jetzt hör aber auf, Ayani!«, rief Niko. »Ich hab ja durchaus Fantasie und kann mir so einiges vorstellen. Aber diese Story ist doch total übertrieben. Die glaubst du doch selber nicht!«

»Sto-ri? Jetzt redet doch endlich vernünftig, dass ich euch verstehen kann! Und was Norna betrifft: Sie hat bestimmt nicht gelogen. Ich habe nicht den geringsten Grund, an ihren Worten zu zweifeln – auch wenn ich dem Nidhog-Drachen noch nie begegnet bin.«

»Weißt du auch, warum?« Niko verdrehte ungehalten die Augen. »Weil es ihn nicht gibt, deshalb!«

»Nein – weil es das Schlimmste wäre, was mir widerfahren könnte«, gab Ayani zurück. »Und weil ich euch dann kaum noch etwas darüber erzählen könnte. Der Nidhog-Drache besitzt gleich drei Köpfe. Mit dem linken hört, mit dem rechten riecht und mit dem mittleren sieht er seine Opfer. Nicht einer ist ihm bislang entkommen. Denn wer dem Nidhog-Drachen ins Auge blickt, erstarrt auf der Stelle zu Stein.«

Obwohl es draußen strahlend hell war und das Große Taglicht weithin sichtbar vom wolkenlosen Himmel lachte, war die Höhle der Schwarzmagierin in düsteres Zwielicht getaucht. Der zuckende Schein zahlloser Fackeln und Kerzen erhellte sie nur spärlich. Das monotone Platschen von Wassertropfen, die von den an der Decke hängenden Felsnasen auf den Boden fielen, hallte durch die Düsternis und mischte sich mit dem Blubbern der schlammgrauen Flüssigkeit, die in einem bauchigen Kessel vor sich hinköchelte. Der eiserne Topf hing an einem dreibeinigen Gestell, ebenfalls aus Eisen, über dem leise knisternden

Holzfeuer, das in einer Mulde in der Mitte der weiträumigen Höhle loderte. Dunkle Rauchschwaden stiegen davon auf, schlängelten sich zu dem engen, kaminartigen Spalt in der Höhlendecke, der sich weit in den darüberliegenden Berg bohrte, und drifteten um das spärliche Mobiliar, mit dem Sâga ihre Höhle ausstaffiert hatte: Tische, Stühle, Regale und Stellagen, allesamt aus grob gehobelten Balken und Brettern gefertigt. Auf den Tischen und in den Regalen türmten sich Bücher, Schriften und Pergamentrollen. Zahllose Gefäße waren daneben aufgereiht, Gläser, Büchsen, Tiegel, Kolben, Töpfe und Phiolen, in denen die Magierin die geheimnisvollen Zutaten aufbewahrte, die sie für ihre schwarzen Künste benötigte: Pülverchen und Flüssigkeiten in allen Farben, getrocknete, gemahlene und zerstoßene Kräuter sowie Mixturen der unterschiedlichsten Art und allerlei totes Getier – Schlangen, Skorpione, Kröten, riesige Spinnen, Tausendfüßler, haarige Würmer.

Sâga beachtete diese Utensilien jedoch genauso wenig wie das abgeschlagene Haupt eines greisen Mannes, das etwas abseits in einer Ausbuchtung der Höhlenwand auf einem kleinen altarähnlichen Tisch ruhte. Mit den rosigen Wangen und den blutroten Lippen wirkte es erstaunlich lebendig, sodass ein mit den Gegebenheiten Mysterias nicht bewanderter Besucher aufgrund seiner fest geschlossenen Augen durchaus den Eindruck hätte gewinnen können, als schliefe der Alte mit den langen schlohweißen Haaren nur. Eingeweihte hingegen hätten natürlich auf Anhieb erkannt, dass es sich um das Haupt des Mimir handelte, das Sâga aus dem Hain der Weisheit entwendet hatte, um sich seiner prophetischen Kräfte zu bedienen. Bei dem großen Problem jedoch, das die Schwarzmagierin im Augenblick quälte, konnten ihr Mimirs seherische Fähigkeiten ebenso wenig helfen wie ihre Haustierchen, die die versteckte Felsenkammer in den Höllenbergen mit ihr teilten: ein riesiger Schwarm von Vampirfledermäusen, die auf der Suche nach Beute rastlos durch die Haupthöhle und die zahllosen kleineren und größeren Nebenkammern geisterten, und eine mehr als armdicke glitschige Schlange, die sich in luftiger Höhe um einen der kräftigen Balken ringelte, die die Höhlendecke stützten.

Schon seit geraumer Zeit nahm die Schwarzmagierin nichts mehr um sich herum wahr. Mit abwesendem Blick wanderte sie durch die von Flammen durchzuckte Düsternis und grübelte über die beunruhigenden Ereignisse der letzten Stunden nach. Hin und wieder blieb sie vor dem kleinen Tisch in der Nähe des Feuers stehen, der ihr als Lese-, Schreib- und Arbeitspult diente. Für gewöhnlich ruhte das Buch des Schicksals darauf, das alle Geheimnisse barg, die die Welt hinter den Nebeln in ihrem Inneren zusammenhielten. Obwohl es niemanden gab, der damit besser vertraut war als Sâga, blätterte sie doch gelegentlich in dem dicken Folianten mit dem von einer Rune verzierten Ledereinband, um das eine oder andere Kapitel zu studieren oder sich bereits vor Zeiten entschwundene Bruchstücke des geheimen Wissens wieder ins Gedächtnis zurückzurufen. An diesem Tag jedoch verdeckte ein unscheinbares Kleidungsstück den alten Wälzer, ein Umhang aus grauem Tuch, blau gefüttert und mit einer tiefen Kapuze versehen: der Mantel des Odhur, der das blonde Mädchen im Morgengrauen nach Mysteria geführt hatte.

Zum Glück hatte Sâga ihn dem Mädchen entreißen können. Doch seitdem quälte sie eine Frage, auf die sie immer noch keine Antwort gefunden hatte: Wie hatte Odhur es nur zulassen können, dass sich eine Unwürdige seines Mantels bediente?

Seit Jahrhunderten war es doch nur einigen wenigen Auserwählten vorbehalten, seine große Macht zu nutzen und sich mit seiner Hilfe frei zwischen den Welten zu bewegen, wann immer es ihnen beliebte. Genau wie sie selbst, Sâga, es häufig getan hatte, um Einfluss auf das Schicksal von Mysteria zu nehmen.

Aber genau aus diesem Grund hatten alle Eingeweihten das Geheimnis von Odhurs Mantel über all die Jahre streng gehütet. Stets hatten sie darauf geachtet, dass er keinem Unwissenden oder gar Unwürdigen in die Hände fiel! Wie also war es diesem Mädchen gelungen, sich in seinen Besitz zu bringen? Dass sie trotz intensiven Nachdenkens keine befriedigende Antwort auf dieses Rätsel fand, machte Sâga fast rasend. Fragen über Fragen bedrängten sie und ließen sie einfach nicht zur Ruhe kommen: Hatte sie etwas Wichtiges übersehen, weil ihre Macht tatsächlich im Sinken begriffen war? Hatte der mächtige Odhur, der die Geschicke Mysterias lenkte und leitete und dem sie über all die Jahre treu gedient hatte, ihr seine Gunst bereits entzogen? Hatte er seine Zuneigung einem neuen Schützling geschenkt, wie dieser verfluchte Wanderer, der Bote der Unsichtbaren, bei seinem letzten Besuch behauptet hatte? Oder konnte sie diese Frage nur deshalb nicht ergründen, weil wichtige Dinge geschehen waren, die Odhur vor ihr verborgen hatte?

Aber warum hatte er ihr erst vor wenigen Tagen durch seinen magischen Kessel offenbart, dass ein Junge mithilfe seines Mantels nach Mysteria gelangt war – der gleiche Junge, der wenige Tage später mithilfe des Alwenmädchens das Königsschwert aus dem Schicksalsstein gezogen hatte? Machte Odhur sich über sie lustig? Oder wollte er sie nur verwirren, damit sie sich seinen verrückten Plänen nicht länger widersetzte?

Und warum und wie war das zweite Balg in den Besitz des Mantels gelangt?

Woher war es eigentlich gekommen?

Wieso war das Mädchen urplötzlich aus der Nebelwolke getreten, die sich wie aus dem Nichts auf der versteckten Waldlichtung in der Nähe der Helmenkrooner Burgmauer geformt hatte? Der Anblick des Mantels hatte Sâga völlig aus der Fassung gebracht. Wegen ihm – und nur wegen ihm! – war es den verfluchten Bälgern gelungen, ihren Angriff abzuwehren und sie in die Flucht zu schlagen. Ansonsten hätte sie ihnen in ihrer Greifengestalt Sinkkâlion doch mit Leichtigkeit entrissen! Dass die Narren ihren Triumph nun den magischen Kräften des Schwertes zuschrieben, zeigte überdeutlich, dass sie keine Ahnung von den wahren Kräfteverhältnissen in Mysteria hatten.

Aber das sollte ihr nur recht sein.

Sollten ihre Gegner doch ruhig glauben, dass sie ihr überlegen waren! Je mehr sie sich in Sicherheit wiegten, umso leichter waren sie bei passender Gelegenheit zu übertölpeln – und eine solche würde sich früher oder später ganz bestimmt ergeben. Bei diesem Gedanken verzog Sâga die schmalen Lippen zu einem freudlosen Lächeln. Allerdings nur für kurze Zeit, denn schon wenig später starrte sie den Mantel wieder genauso finster an wie zuvor.

Sein Anblick versetzte die Schwarzmagierin in immer größere Unruhe. Kein Zweifel – dass diese Unwürdigen den geheimnisvollen Mantel in die Hände bekommen hatten, war ein schlechtes Zeichen. Irgendetwas war im Gange, das sie noch immer nicht richtig durchschaute. Tief in ihrem Inneren jedoch, unter den verschütteten Erinnerungen an eine eisgraue Vergangenheit, ahnte Sâga bereits, dass Unheil am Horizont heraufzog. Ihr drohte große Gefahr – wie damals, vor mehr als zwei mal sieben Jahren, als schon einmal eine Unwürdige mit Odhurs Mantel nach Mysteria gelangt war und alles durcheinandergewirbelt hatte. Aber dergleichen durfte nicht mehr geschehen.

Nie wieder!

Während Sâga den Umhang noch grübelnd anstarrte, überkam sie das unbändige Verlangen, ihn sich um die Schultern zu legen. Sie streckte ihre Hände schon danach aus, als sie mit einem Mal zurückzuckte und einer Stimme lauschte, die wie aus grauer Zeitendämmerung aus der Tiefe ihrer Erinnerung aufstieg und ihr klar und deutlich zuflüsterte: »Nein, Sâga, tu's nicht! Es ist zu deinem Verderben.« Obwohl die Warnung gleich darauf wieder verklang wie ein Vogelruf im Wind, hallte ihr Echo noch lange in ihrem Innern nach.

Was hatte das zu bedeuten?

Wem gehörte diese Stimme?

Die schmalen Reptilienaugen mit den flammend roten Pupillen zu kaum wahrnehmbaren Schlitzen zusammengekniffen, starrte die Schwarzmagierin wie in Trance auf den Mantel. Eine plötzliche Eingebung ließ sie nach vorne zucken. Sie griff in die rechte Seitentasche des Umhangs und wühlte darin herum. Und tatsächlich: Ihre Krallenfinger stießen auf Widerstand. Sâga erstarrte für einen Moment. Als sie ihre Hand wieder herauszog, hielt sie einen unscheinbaren Zettel in den Fingern, vergilbt und abgegriffen und mehrfach zusammengefaltet.

»Seltsam«, flüsterte sie überrascht. Sie faltete das Blatt auseinander und erblickte eine Zeichnung, die mit kräftigen Bleistiftstrichen auf das Papier geworfen worden war: das Porträt eines Mannes mit ebenmäßigen Gesichtszügen, dessen kantiges Kinn von Entschlossenheit zeugte. Langes dunkles Haar säumte das edle Antlitz mit den mandelförmigen Augen. Als Sâga begriff, um wen es sich handelte, zuckte sie wie vom Schlag getroffen zusammen, und ein Laut des Entsetzens entfloh ihrer Kehle. »König Nelwyn«, hauchte sie heiser. »Was hat das zu bedeuten?«

Im gleichen Augenblick erklang ein Blubbern, leise und kaum vernehmlich zunächst, dann immer lauter und lauter werdend. Sâga wandte den Blick von dem Blatt in ihrer Krallenhand und starrte ungläubig auf den dreibeinigen Silberkessel, der, reich mit unterschiedlichsten Zeichen und Symbolen verziert, dicht an der vorderen Tischkante stand. Aus der brodelnden, an schwarze Tinte gemahnenden Flüssigkeit in seinem Inneren stieg eine dunkle Wolke empor, die sich rasch zu einem schwarzen Wirbel von der Größe eines Menschenkopfes über dem Gefäß formte.

»Oh Odhur!« Maßloses Staunen stand auf dem fahlen Gesicht der Schwarzmagierin. »Hast du mich doch nicht vergessen?« Rasch trat sie nach vorn, beugte sich über den Tisch und starrte mit fiebrigem Blick direkt in den sich immer schneller drehenden Wirbel. »Sprich zu mir, oh Odhur, und überbringe deiner ergebenen Dienerin deine Botschaft!« Damit streckte Sâga ihre Krallenhand nach vorne und wartete begierig darauf, dass Odhurs Kessel ihr ein neues Geheimnis offenbarte.

Niko schaute Ayani ungläubig an und schüttelte laut seufzend den Kopf. Das konnte doch nicht wahr sein! Dieses hanebüchene Schauermärchen konnte Ayani doch unmöglich für bare Münze nehmen!

Oder vielleicht doch?

In Ayanis Miene war nicht die geringste Spur eines Zweifels zu erkennen. Es schien, als wäre sie von ihren Worten voll und ganz überzeugt. Natürlich – die Welt hinter den Nebeln war mit seiner Welt nicht zu vergleichen, und so war es gut möglich, dass es dort Dinge gab, die in Nikos Umgebung nicht einmal im Traum vorstellbar waren. Und dennoch: Die Geschichte vom Nidhog-Drachen und vom Odem des toten Lebens klang so dramatisch, dass sie einfach dem Reich der Sagen und Legenden entstammen musste – eine andere Erklärung gab es doch gar nicht!

Andererseits: Auch wenn die alte Norna offensichtlich eine begnadete Geschichtenerzählerin gewesen war, schien Ayani fest von ihren Worten überzeugt zu sein. Und wenn sie keinen Grund gesehen hatte, sie zu bezweifeln, warum sollte er das dann tun?

»Hm«, brummte Niko deshalb. »Nehmen wir einfach mal an, dass Norna die Wahrheit gesagt hat. Dann sollten wir dem Nidhog-

Drachen wohl genauso aus dem Weg gehen wie den Nachtschwärmern?«

»Keine Angst, das wird nicht nötig sein.« Versöhnlich lächelnd winkte Ayani ab. »Im Gegensatz zu seinen Schützlingen hat der Drache die Kammer der Finsternis noch niemals verlassen. Wir brauchen ihn also nicht zu fürchten.«

»Und warum kommen die Atemschlürfer immer wieder aus ihren Höhlen?«, wollte Jessie wissen. »Ich kann mir nicht vorstellen, dass jemand scharf darauf ist, diesen Grusellippen über den Weg zu laufen.«

»Da magst du wohl recht haben.« Trotz des ernsten Themas lächelte Ayani. »Dennoch wird sich das kaum verhindern lassen. Die Nachtschwärmer haben nämlich keine andere Wahl. Weil sie die Geschöpfe, deren Lebensenergie sie zu ihrer Existenz benötigen, unter der Erde nicht finden können. Genauso wenig wie die Frauen und Mädchen, auf die sie zur Erhaltung ihrer Art angewiesen sind.«

»Moment mal.« Jessie blickte Ayani verwirrt an. »Willst du damit sagen, dass es bei diesen Wesen keine Frauen gibt?«

»Ganz recht!«, antwortete die mit großem Ernst. »Ihre Art ist die einzige, die nur Männer kennt. Deshalb sind die Nachtschwärmer doch ständig auf der Jagd nach Frauen und Mädchen, die bereit dazu sind, ihnen Söhne zu gebären.«

»Igitt! Aber die finden sie doch nie im Leben!«, rief Jessie entrüstet. »Wer so etwas macht, muss doch völlig krank sein!«

»Bist du sicher?« Ayani kniff die Augen zusammen und blickte Jessie eindringlich an. »Haben sie dich nicht auch in ihre Heimat eingeladen?«

»Äh.« Jessie schluckte und schwieg dann betreten.

»Und dir versprochen, dich wie ein Königin zu behandeln und dich reich zu belohnen?«

»Äh … ja, schon.«

»Und warst du nicht auch versucht, ihren Verlockungen nachzugeben?«

Jessie starrte sie wie versteinert an. Dann schlug sie die Hände vors Gesicht. »Oh Gott, du hast recht!«, stöhnte sie. »Und was wäre geschehen, wenn ich Ja gesagt hätte?«

»Dann hättest du auf ewig unter ihrem Bann gestanden und ihnen so lange dienen müssen, bis sie deiner überdrüssig geworden wären«, antwortete Ayani. »Genau wie all die anderen unbefleckten Mädchen und Frauen vor dir, die ihrer Einladung gefolgt sind. Es sei denn, du wärst gleich an den Drachen verfüttert worden.«

Im ersten Moment schien Jessie nicht recht zu begreifen, was Ayani meinte. »Unbefleckt?« Sie rümpfte die Nase. »Was für ein abartiges Wort ist das denn? Heißt das, sie wollen nur Mädchen und Frauen, die noch nicht … ?«

Ayani nickte. »Genau!«

Niko glaubte, sich verhört zu haben. »Aber das gibt es doch nicht«, hauchte er. »Warum das denn?«

»Das weiß niemand so genau.« Mit einer ratlosen Geste wandte Ayani sich ihm zu. »Aber im Grunde genommen ist das auch nicht weiter wichtig. Die anderen Mädchen und Frauen – die ›beschmutzten‹, wie die Nachtschwärmer sie nennen – sind vor ihnen nämlich ebenso wenig sicher. Allerdings dienen sie ihnen nur als Nahrung und nicht als Gebärerinnen ihrer Söhne. Aber ich möchte weder als das eine noch als das andere enden.«

»Was du nicht sag-« Jessie unterbrach sich selbst und starrte vor sich hin, als habe sie eine überraschende Eingebung. »Moment mal«, sagte sie, aufgeregt und nachdenklich zugleich. »Wenn ich mich recht entsinne … Mir ist, als hätte ich in dem alten Buch Ähnliches gelesen. Ja, klar – jetzt erinnere ich mich wieder: Karin Seikel hat in ihrem Mysteria-Buch ebenfalls solche Wesen beschrieben. Sie hat sie nur anders genannt, nämlich …

warte mal …« Sie legte den Kopf in den Nacken und blickte mit zusammengekniffenen Augen zum Himmel. »Noktaner – genau so! Außerdem hat sie behauptet, dass diese Noktaner nur in der Nacht aktiv sind.«

»Sicher?«, fragte Niko.

»Ganz sicher.« Jessie nickte heftig. »Du weißt doch: Was ich mal gelesen habe, vergesse ich so schnell nicht wieder.«

»Und wenn schon. Das ist vielleicht nur Zufall.« Noch im gleichen Moment fielen Niko die Worte des alten Antiquars wieder ein: »Ich glaube nicht an Zufälle«, hatte Herr Schreiber mit ernster Miene erklärt, kurz bevor er ihm das alte Buch geschenkt hatte.

»Der alte Mann hat recht«, meldete sich da Ayani zu Wort, und es dauerte einen Moment, bis Niko sich wieder daran erinnerte, dass sie sich in seine Gedanken einfühlen konnte, jedenfalls manchmal. »Zumindest was die Nachtschwärmer betrifft. Sie wurden früher nämlich tatsächlich Noktaner genannt. Und außerdem …«

Jessie sog hörbar die Luft ein und warf ihm einen vorwurfsvollen Blick zu: Siehst du!

Niko schluckte betreten, bevor er Ayani wieder ansah. »Ja?«

»Die alte Norna hat immer erzählt, dass die Atemschlürfer nur im Dunkel der Nacht auf Jagd gehen, nach Untergang des Großen Taglichts bis zu seinem Aufgang am nächsten Morgen. Weil sie das Große Taglicht scheuen wie die Pest. Es zehrt den Odem der Verstorbenen auf, sodass sie in seinem Schein augenblicklich zu Staub zerfallen.« Ayanis Miene zeigte, dass sie ratlos und verwirrt zugleich war und sich offensichtlich große Sorgen machte. »Dass die Nachtschwärmer sich auch im hellen Licht des Tages bewegen, habe ich noch niemals gehört. In meinem ganzen Leben nicht!«

KAPITEL 7

Die Botschaft des Odhur

Rieke Niklas musste nicht lange warten. Sie hatte kaum auf den Klingelknopf neben dem Hauseingang des Pfortnerhofes gedrückt, als die Tür auch schon geöffnet wurde und eine Frau, ungefähr ihres Alters, den Kopf herausstreckte. Obwohl Rieke sie noch nie zuvor gesehen hatte, erkannte sie sie sofort: Lena Andersen hatte nicht nur die gleichen blonden Haare und blauen Augen wie ihre Tochter – Jessie war ihr auch sonst wie aus dem Gesicht geschnitten.

Lena musterte sie verwundert. »Ja, bitte?«

»Entschuldigen Sie, Frau Andersen, dass ich einfach so hereinplatze«, antworte Rieke. »Aber ich hätte gerne Ihre Tochter gesprochen, Jessie.«

»Jessie?« Lenas Miene bewölkte sich. »Darf ich fragen, wer Sie –?«

»Aber natürlich!« Rieke streckte Lena die Hand entgegen. »Ich bin Rieke Niklas, die Tochter Ihres Nachbarn. Ich bin gerade mit meinem Sohn Niklas bei meinem Vater zu Besuch.«

»Ach so.« Lenas Züge entspannten sich wieder. Sie ergriff Riekes Hand und schüttelte sie. »Sie sind das also. Jessie hat mir schon viel von Ihnen erzählt. Das heißt...« Sie brach ab und lächelte verlegen. »... eigentlich mehr von Ihrem Sohn, Niko. Von Ihnen hat Jessie eher weniger gesprochen.«

»Klar.« Rieke lächelte zustimmend. »Ich bin für sie auch weniger wichtig.« Dann wurde sie wieder ernst. »Ist Jessie denn da?«

»Nein.« Lena schüttelte den Kopf. Das Lächeln war aus ihrem Gesicht verschwunden. »Eigentlich hatte ich angenommen, dass sie bei Ihnen wäre?«

»Das war sie in der Tat«, antwortete Rieke. »Aber das ist schon Stunden her, ich hatte gerade gefrühstückt. Seitdem habe ich Jessie nicht mehr gesehen. Und Papa auch nicht.«

Lena runzelte die Stirn. »Sie meinen Melchior?«

Rieke nickte. »Ja. Melchior ist mein Vater.«

Lena verzog den Mund. »Dieses Kind!«, sagte sie. »Dann treibt Jessie sich bestimmt wieder draußen auf der Heide rum. Manchmal bekomme ich sie fast den ganzen Tag nicht zu sehen.« Sie seufzte. Dann zog sie die Tür auf und lächelte Rieke einladend an. »Aber da Sie schon mal hier sind – kommen Sie doch einfach rein!«

Von einer solchen Wohnküche hatte Rieke schon immer geträumt: hell, freundlich und so geräumig, dass es darin auch Platz für einen großen Esstisch gab. Die Möbel sahen ziemlich neu aus, als wären sie erst vor Kurzem eingebaut worden. Während Rieke sich verstohlen umblickte, verspürte sie, ganz kurz nur, einen Anflug von Neid: Eine solche Küche würde sie sich mit ihrem schmalen Bibliothekarinnengehalt wohl niemals leisten können! Die Augustsonne strahlte durch die großen Fenster und ließ die Möbel in warmen Holztönen schimmern – Erle vermutlich oder Buche. Helle Lichtflecken sprenkelten die Bodendielen, deren Farbton perfekt auf das Mobiliar abgestimmt war. Der Duft eines frisch gebrühten Tees waberte durch den Raum und stieg verlockend in ihre Nase: vermutlich Ingwer-Orange-Chai oder so ähnlich.

Während Lena Riekes Tasse füllte, sah ihr Mann, der aus seinem Arbeitszimmer gekommen war, um sich zu ihnen an den Tisch zu setzen, die Besucherin fragend an. »Ihr Vater bewahrt die Ersatzstriegel also nicht auf dem Dachboden auf?«

»Nein«, antwortete Rieke. »Und Papa ist sich ganz sicher, dass Jessie das gewusst hat.« Sie hob ihre Tasse und nippte an dem heißen Gebräu: Es war tatsächlich Chai mit Ingwer-Orange-Aroma.

»Seltsam.« Thomas' freundliche blaue Augen hinter den runden Brillengläsern verengten sich. »Dann war das also nur ein Vorwand?«

»Sieht ganz danach aus.« Rieke nahm einen weiteren Schluck Tee, leise schlürfend, damit sie sich nicht die Zunge verbrannte.

»Aber was hat Jessie bloß auf dem Speicher gewollt?«, fragte Lena Andersen. »Sie ist doch bestimmt nicht ohne Grund da raufgegangen. Schon gar nicht in aller Herrgottsfrühe! Jessie ist eigentlich ein Morgenmuffel, müssen Sie wissen – genau wie wir beide.« Damit tauschte sie einen zärtlichen Blick mit ihrem Mann.

Rieke seufzte im Stillen. Die beiden verstanden sich sehr gut, das merkte sie sofort. Und damit besaßen sie noch etwas, wovon sie nur träumen konnte: eine harmonische Beziehung! »Ähm.« Rieke räusperte sich verlegen. »Den gleichen Gedanken hatte ich auch. Deshalb habe ich ja nachgeschaut.«

»Und?«, fragte Thomas. »Haben Sie was entdeckt?«

»Ich weiß nicht genau, was ich davon halten soll. Aber der alte Kapuzenmantel ist verschwunden.«

»Der alte Kapu-« Thomas blickte sie an, als habe sie etwas Falsches gesagt. »Welcher … Kapuzenmantel denn?«

»Ach«, sagte Rieke fast verächtlich und winkte ab. »Der Umhang ist uralt. Ich weiß gar nicht, wie er auf Papas Speicher gekommen ist.«

Thomas hatte immer noch den gleichen merkwürdigen Blick. »Wie sieht er denn aus?«

»Nun … äh.« Rieke blickte zur Decke und versuchte sich zu erinnern. »Es ist schon ein paar Tage her, seit ich ihn zuletzt gesehen habe. Mein Sohn Niko hatte ihn damals in der Hand.«

»Niko Niklas?« Thomas flüsterte fast, als wage er den Namen nicht laut auszusprechen.

»Genau. Also, es ist nur ein einfacher und völlig unscheinbarer Umhang aus grauem Tuch und mit blauem Innenfutter. Er reicht bis zum Boden – jedenfalls bei einem normal großen Mann, würde ich sagen – und besitzt eine große Kapuze.«

»Große Kapuze«, hauchte Thomas Andersen.

»Was ist denn los?«, fragte Lena besorgt. »Ist dir nicht gut?«

»Nein, nein, alles in Ordnung«, antwortete ihr Mann hastig und wandte sich wieder an Rieke. »Und sonst? Ist Ihnen sonst noch was daran aufgefallen?«

»Nein, nein, nichts weiter«, sagte Rieke und griff wieder nach ihrer Tasse. Sie hatte sie fast schon an den Mund geführt, als sie plötzlich stutzte und sie wieder abstellte. »Moment mal …«

Thomas schluckte. Er sah aus, als schwane ihm Schlimmes. »Ja?«

»Ich stand ein Stück von Niko entfernt und konnte es deshalb nicht genau sehen. Aber wenn ich mich nicht ganz täusche, war ein Zeichen auf dem Kapuzenrand eingestickt. Eine alte Rune: die Mannaz-Rune.«

»Das glaube ich jetzt nicht!« Thomas stöhnte entsetzt auf und starrte Rieke entgeistert an.

Rieke verstand nicht, was er meinte. »Doch, doch! Rein zufällig kenne ich diese Rune ziemlich genau.«

»Das meinte ich doch gar nicht«, antwortete Thomas und stand so ruckartig auf, dass sein Stuhl um ein Haar umgefallen wäre. »Kommen Sie bitte mit in mein Arbeitszimmer. Ich möchte Ihnen etwas zeigen.« Damit wandte er sich an seine Frau. »Und dir auch, Lena.«

Als sich der dunkle Wirbel über Odhurs Silberkessel noch schneller drehte, war für die Dauer eines Herzschlags zu erkennen, dass er keineswegs aus Dampf bestand, sondern aus einer Vielzahl winzig kleiner Partikel, die den Zeichen und Symbolen auf der Außenwand des Gefäßes entsprachen. Noch einmal fächerte Sâga durch die dunkle Wolke, dann fiel sie in sich zusammen und rieselte in den Kessel zurück, der nun mit einer kristallklaren Flüssigkeit gefüllt war.

Mit vor Erregung glänzenden Augen starrte die Schwarzmagierin auf den Grund des Gefäßes, auf dem sich nun ein klar erkennbares Bild abzeichnete: Es zeigte eine junge Frau von schlanker, fast mädchenhafter Gestalt, anmutigen Gesichtszügen und halblangen blonden Haaren, die in einem spärlich möblierten Zimmerchen an einem Tisch saß. In ein schlichtes Gewand gekleidet, ließ sie den Gänsekiel in der mit einem großen Ring geschmückten Hand eilends über einen vor ihr liegenden Bogen Papier gleiten. Dicht daneben war ein großer Stapel weiterer Blätter zu erkennen, die offensichtlich bereits beschrieben waren. Die junge Frau schrieb wie im Fieber und hatte keinen Blick für den Schwarm der Turtler, der durch das kleine Fenster in der Wand hinter ihr zu sehen war. Laut gurrend trippelten die Vögel in einem mit groben Steinen befestigten Hof herum und pickten die Körner auf, die rund um den Natursteinbrunnen in der Mitte des Hofes verstreut waren. An der feingliedrigen Eisenkette, die sich um die schmale Winde im mit Schindeln gedeckten Brunnenhaus wand, baumelte ein Schöpfeimer aus Holz.

Sâga schüttelte verwirrt den Kopf. »Was … was soll das bedeuten, Odhur?«, murmelte sie.

Während die Schwarzmagierin noch ratlos in den Silberkessel starrte, veränderte sich das Bild in seinem Inneren: Obwohl das Zimmer offensichtlich das gleiche blieb, änderte sich die Einrichtung, gerade so als befände es sich auf einer rasenden Reise durch die Zeit. Das Abbild der Frau wurde durch das eines Mannes abgelöst, der einige Jahre älter zu sein schien. Die randlose Brille auf seiner Nase und der dichte Blondschopf auf seinem

Kopf verliehen ihm allerdings ein noch recht jungenhaftes Aussehen. Er saß an einer Art Tisch und schrieb ebenfalls – allerdings nicht mit einer Feder, sondern mithilfe einer seltsamen Apparatur, wie sie Sâga noch niemals gesehen hatte.

Die Schwarzmagierin beugte sich nach vorne und starrte verwundert auf das seltsame Gerät. »Was ist das, oh Odhur?«, hauchte sie. »Eine Zaubermaschine zum Schreiben? Und wozu ist das Brett mit den vielen Tasten gut, über das er seine Finger gleiten lässt?« Als sie die Augen von dem geheimnisvollen Apparat abwandte und sie durchs Zimmer schweifen ließ, erblickte sie noch weitere Gerätschaften, die ihr gänzlich unbekannt waren und deren Zweck sie nicht einmal andeutungsweise erahnte.

Nur der Blick durch das kleine Fenster hatte sich kaum verändert: Noch immer war der gleiche Hof zu sehen. Das Pflaster war allerdings durch einen glatten Bodenbelag ersetzt worden und auch die Tauben waren verschwunden. An ihrer Stelle hüpften nun kleine Vögel über den Hof – Haustschilplinge, wie Sâga an ihrem braun-grauen Gefieder sofort erkannte. Der Brunnen in der Mitte des Hofes dagegen war der gleiche geblieben. Nur das Brunnenhaus und die Winde waren verschwunden, der gemauerte Schacht war mit einem runden, aus Brettern gezimmerten Deckel verschlossen – und genau in diesem Moment erinnerte Sâga sich, was es mit diesem Brunnen auf sich hatte. Gleichzeitig fiel ihr ein, wer die junge Frau mit dem Federkiel gewesen war – und endlich erkannte sie den Grund für die geheimnisvollen Veränderungen im Buch des Schicksals, die sie bislang vor unlösbare Rätsel gestellt hatten. »Vielen Dank, oh Odhur«, sagte sie mit zitternder Stimme. »Ich danke dir aus tiefstem Herzen, dass du deiner Dienerin endlich die Augen geöffnet hast!« Während das Bild auf dem Grund des Silberkessels verschwamm und die klare Flüssigkeit sich mehr und mehr eintrübte, bis sie wieder zu schwarzer Tinte geworden war, wandte Sâga sich ab und starrte zum Feuer. Ihr Gesicht glänzte wie im Fieber, ihre Reptilienaugen leuchteten flammend rot auf. »Endlich! Endlich weiß ich wieder, wie ich meine Macht erhalten und meine Feinde vernichten kann!« Damit sprang sie auf und eilte zu den Regalen, um in fliegender Hast die Utensilien für das große Ritual zusammenzustellen, mit dem sie den Blender in ihre Welt zurückrufen konnte.

Hier!« Thomas deutete auf den Computermonitor. »Nehmt bitte Platz und lest das mal.«

Während Lena sich auf die Lehne setzte, nahm Rieke auf dem Schreibtischstuhl Platz, beugte sich nach vorne und starrte auf den Text, der auf dem Bildschirm zu sehen war: eine Seite aus einem längeren Manuskript. In der Kopfzeile waren der Titel – »Mysteria« – und die Seitenzahl zu lesen.

»Ab der Stelle, wo der Cursor steht«, forderte Thomas sie auf.

»Okay.« Rieke kniff die Augen etwas zusammen und las halblaut: »Es war nur ein unscheinbares Kleidungsstück – ein einfacher Umhang aus grauem Tuch. Obwohl er fast bis zum Boden reichte, war er so leicht, als hätte er nicht das geringste Gewicht. Knapp über dem Kapuzenrand war ein Zeichen eingestickt: die Mannaz-Rune.« Abrupt drehte sie sich um und schaute Thomas aus großen Augen an. »Aber…«, flüsterte sie. »Das ist ja der Mantel aus unserem Speicher!«

»Sag ich doch!« Thomas nickte und rief rasch eine weitere Manuskriptseite auf. »Und jetzt lesen Sie bitte das hier.«

Rieke tat wie geheißen. »›Nur einige wenige Auserwählte wissen um die Existenz dieses wundersamen Mantels‹, erklärte Sâga. ›Über viele Jahrhunderte war es nur ihnen vorbehalten, sich der großen Macht zu bedienen, die er seinem Träger verleiht. Mithilfe des

Mantels kann man sich frei zwischen den Welten bewegen, wann immer es einem beliebt, und kann damit unser aller Schicksal entscheidend beeinflussen. Aus diesem Grund haben die Eingeweihten das Geheimnis von Odhurs Mantel über all die Jahre streng gehütet und haben stets darauf geachtet, dass er keinem Unwissenden in die Hände fiel‹.«

»Das reicht«, sagte Thomas und sah die beiden Frauen eindringlich an. »Versteht ihr jetzt, was ich meine?«

Lena war offensichtlich genauso ratlos wie Rieke. »Wann hast du das denn geschrieben?«

»Vor einigen Wochen«, erklärte Thomas. »Beide Passagen stammen aus dem ersten Teil meines Buches.«

»Und du hast nicht gewusst, dass exakt der gleiche Mantel auf dem Speicher von Herrn Niklas hängt?«

»Woher denn?« Thomas hob beschwörend die Hände. »Ich habe doch noch keinen Fuß auf den Nachbarhof gesetzt! Und auf den Dachboden erst recht nicht!«

Lena schüttelte den Kopf. »Aber wie erklärst du dir diese verblüffende Ähnlichkeit?«

»Das weiß ich doch auch nicht!« Thomas klang leicht verzweifelt. »Ich habe mir diesen Mantel des Odhur einfach einfallen lassen. Weil ich ein Hilfsmittel brauchte, mit dem meine Romanfiguren aus unserer Welt nach Mysteria und wieder zurück gelangen können. Genau wie es Sâga beschreibt.«

»Sâga?« Rieke runzelte die Stirn. »Wer ist denn Sâga?«

»Eine unheimliche Schwarzmagierin, die zur gefährlichsten Gegnerin meines Helden wird. Weil sie nämlich befürchtet, dass der ihr die Macht über Mysteria streitig machen will. Und deswegen will sie ihn unbedingt töten.«

»Ach so«, murmelte Rieke.

Lena zupfte ihren Mann am Shirt. »Willst du es ihr nicht sagen?«

Thomas verstand nicht sofort. »Was denn?«

»Dass dein Held genauso heißt wie Ihr Sohn?«

»Was?« Rieke fuhr zusammen. »Die Hauptfigur Ihres Romans heißt Niko Niklas?«

Thomas nickte beklommen.

»Wieso das denn?«, fragte Rieke schriller als gewollt.

»Weil ich diesen Namen mit Bedacht so gewählt habe«, erklärte Thomas mürrisch. »Er ist selten und hat mir schon deshalb gut gefallen. Außerdem beinhaltet er auch noch einen Schlüssel für die Auflösung der ganzen Geschichte. Sind das nicht Gründe genug?«

»Und dass mein Sohn genauso heißt, haben Sie nicht gewusst?«

»Natürlich nicht! Ich hatte doch keine Ahnung, dass Herr Niklas überhaupt einen Enkel hat!« Thomas atmete tief durch und biss sich auf die Unterlippe. »Ich muss Ihnen noch etwas gestehen«, sagte er zerknirscht.

Rieke befiel eine böse Ahnung. »Ja?«, sagte sie.

»Wissen Sie, wie ich Nikos Mutter genannt-?«

»Nein!« Rieke stöhnte auf. »Das glaube ich einfach nicht!«

»Doch.« Thomas nickte schuldbewusst. »Ich habe doch weder von Niko noch von Ihnen gewusst – und deshalb …« Wie zur Entschuldigung hob er beide Hände. »Aber wenn Sie möchten, kann ich den Namen den Mutter ändern …«

»Echt?« Rieke dachte kurz nach, winkte dann aber ab. »Was soll's. Ist doch nur ein Buch.«

»Danke.« Thomas lächelte gequält und tigerte, immer wieder den Kopf schüttelnd, in seinem Arbeitszimmer auf und ab. »Diese Geschichte treibt mich langsam in den Wahnsinn! Erst erfahre ich per Zufall, dass vor mehr als zweihundert Jahren ein Buch geschrieben wurde, das nicht nur den gleichen Titel trägt wie mein neuer Roman, sondern auch noch in der gleichen Welt spielt. Dann erzählt mir meine Tochter von einem Jungen, der nicht nur genauso heißt wie mein Protagonist, sondern auch noch ein Exemplar des alten Buches besitzt – und jetzt tauchen Sie auf, Frau Niklas, und erklären mir, dass es den Mantel, der in meiner Story eine ganz entscheidende Rolle spielt, ebenfalls schon gibt! Zumindest scheint es so – nach dem äußeren Anschein zu schließen, was Sie eben beschrieben haben …« Er stellte sich vor Rieke hin. »Denn dass man mit dem Mantel vom Speicher Ihres Vaters in eine fremde Welt reisen kann, das wollen Sie doch nicht behaupten, oder?«

»Natürlich nicht«, antwortete Rieke rasch – und wunderte sich schon im nächsten Augenblick, warum sie plötzlich Zweifel befielen.

»Na also«, sagte Thomas und klang ein wenig erleichtert. »Wir befinden uns schließlich in der Wirklichkeit und nicht in der Welt meines Romans.«

»Da bin ich mir gar nicht so sicher«, warf Lena ein. »Jedenfalls was dich betrifft, meine ich. Manchmal habe ich nämlich den Eindruck, dass dein Mysteria für dich wirklich existiert!«

»Das ist doch ganz was anderes!«, widersprach Thomas.

In diesem Moment fiel Rieke etwas ein. »Haben Sie das alte Buch eigentlich gelesen? Ich habe es Jessie vor einigen Tagen doch mitgegeben?«

»Das hätte ich ja gerne!« Das Gesicht von Thomas nahm wieder einen verzweifelten Zug an. »Aber als Jessie es aus ihrem Zimmer holen wollte, war es spurlos verschwunden. Obwohl sie überall danach gesucht hat, konnte sie das Buch nirgendwo finden.«

»Schade«, murmelte Rieke. »Wenn wir wüssten, was darin steht, wären wir alle vielleicht ein wenig schlauer.«

Thomas Andersen rümpfte die Nase. »Wieso meinen Sie?«

»Weil es auf der Vorderseite das gleiche Zeichen trug wie die Kapuze des Mantels – die Mannaz-Rune!« Rieke sah Lena und Thomas fragend an. »Das kann doch kein Zufall sein, oder?«

Die beiden antworteten nicht, sondern wechselten nur einen ratlosen Blick.

Plötzlich schien Lena eine Eingebung zu haben. »Moment mal«, sagte sie. »Ich habe neulich rein zufällig einen Streit zwischen Jessie und Maik mitbekommen.« Sie legte Rieke die Hand auf den Unterarm. »Maik ist mein Sohn aus erster Ehe, müssen Sie wissen! Jessie hat ihn beschuldigt, ihr das Buch geklaut zu haben. Maik hat das allerdings vehement bestritten.«

Rieke bemerkte die Zweifel in ihrer Stimme sofort. »Aber Sie glauben ihm nicht, nicht wahr?«

»Erraten«, antwortete Lena mit bekümmerter Miene. »Maik hat es faustdick hinter den Ohren. Woran ich nicht ganz unschuldig bin, wie ich gestehen muss.« Sie zog eine gequälte Grimasse. »Ich schau mal, ob ich ihn irgendwo finden kann. Vielleicht hat er vor mir ja mehr Respekt als vor seiner kleinen Schwester und verrät mir, was er mit der alten Schwarte angestellt hat.«

»Gute Idee«, pflichtete Thomas ihr bei. »Sag mir bitte Bescheid, wenn du mit ihm gesprochen hast.«

»Zu Befehl, Herr Autor!« Lena grinste ihn breit an und huschte aus dem Zimmer.

Für einen Moment herrschte verlegenes Schweigen. Dann erhob sich Rieke vom Stuhl und nickte Thomas freundlich zu. »Ich geh dann auch mal«, sagte sie. »Und wenn Jessie wieder auftaucht, wäre es schön, wenn sie auf einen Sprung bei uns vorbeischauen könnte, okay?«

»Klar doch.« Thomas erwiderte ihr Lächeln. »Ich richte es ihr aus.« Rieke war fast schon an der Tür, als ihm noch etwas einfiel: »Eine Frage noch – wie lange hängt der Mantel denn schon auf dem Speicher Ihres Vaters? Und wie ist er eigentlich dorthin gekommen?«

Rieke zuckte mit den Schultern. »Keine Ahnung«, antwortete sie. »Das frage ich am besten mal Papa!«

KAPITEL 8

Das Lager im Dämonenwald

Das Große Taglicht hatte den Zenith längst überschritten, als Niko, Ayani und Jessie im Dämonenwald ankamen. Kieran und seine Männer waren wieder in das Lager inmitten des urwüchsigen Waldes zurückkehrt, wo sie sich schon seit vielen Sommern vor dem Zugriff der marschmärkischen Soldaten versteckt hielten. Rhogarr von Khelm hatte die Rebellen samt und sonders für vogelfrei erklärt – die meisten ohne jeden Grund, während andere sich lediglich geringfügiger Vergehen schuldig gemacht hatten. Jede ihrer Begegnungen mit den Schergen des Tyrannen konnte somit tödliche Folgen haben. Einzig im Schutz des Damönenwaldes waren sie vor den schwarzen Reitern einigermaßen sicher. Selbst die überwiegende Mehrzahl der Alwen fand sich in dem dichten, fast undurchdringlichen Urwald kaum zurecht, während Fremde darin gänzlich verloren waren.

Rhogarr von Khelm hatte das anfangs natürlich nicht glauben wollen. Als schon kurz nach seiner Machtübernahme die ersten Alwen gewaltsam gegen seine Befehle rebellierten und sich der drohenden Bestrafung durch eine Flucht in den Dämonenwald entzogen, erteilte der Tyrann seinen Männern kurzerhand den Befehl, ihnen dorthin zu folgen. Doch schon nach kürzester Zeit hatten sich die ortsunkundigen Schergen in der dichten Waldwirrnis heillos verirrt. Obwohl die Rebellen weit schlechter gerüstet waren, konnten sie sich ihrer Verfolger mühelos erwehren. Sie attackierten die Eindringlinge immer wieder aus dem Schutz des Waldes heraus, blitzschnell und überfallartig, und hätten ihnen mit Sicherheit auch den Garaus gemacht, wenn die schwarzen Krieger nach den ersten blutigen Verlusten nicht panisch Reißaus genommen hätten. Seitdem ließen die marschmärkischen Truppen sich nicht mehr im Dämonenwald blicken, sodass die Vogelfreien sich in ihrem Lager in Sicherheit wähnen durften.

Als Niko und die Mädchen dort ankamen, herrschte allerbeste Stimmung. Auf einem Spieß über dem hell lodernden Feuer in der Mitte des Lagers drehte sich ein riesiger Braten – ob es sich um ein wildes Waldschwein oder um ein Hausschwein handelte, konnte Niko allerdings nicht erkennen. Kieran und seine Männer, kaum mehr als ein gutes Dutzend, saßen im Kreis darum herum und warteten, offensichtlich bestens gelaunt, darauf, dass der Braten endlich gar wäre. Es war allerdings nicht nur das Hochgefühl wegen des gelungenen Überfalls im Morgengrauen, das sie berauschte, sondern auch die dabei gemachte Beute. Mit fröhlichen Gesichtern ließen die Männer große Tonkrüge in der Runde kreisen, und Niko brauchte nicht viel Fantasie, um deren Inhalt zu erraten: Natürlich war es der köstliche Wein aus Medhiterra, der den Rebellen genauso gut mundete wie Rhogarr von Khelm. Niko wunderte sich deshalb nicht im Geringsten, dass zunächst keinem der Gefährten auffiel, dass er das Königsschwert am Gürtel trug.

»Na, so was! Ich glaube, ich sehe Geister«, sagte der hünenhafte Huggin nur. Sein Lächeln entblößte eine riesige Zahnlücke im Oberkiefer. »Habt ihr es tatsächlich geschafft, mit heiler Haut aus der Höhle dieser Hexe zu entkommen. Oder spielen mir nur meine Sinne einen Streich?«

»Sinne?«, rief der fast endlos lange Ragnur Graubart unter dem Gelächter seiner Kumpane aus. »Wovon sprichst du eigentlich? Du hast doch noch nie irgendwelche Sinne besessen! Sonst hättest du den Wein nicht in dich hineingegossen wie ein ausgedörrter Ochse.«

Während das Gelächter verebbte, starrte Magnus Halmar, der zwergenhafte Schmied, Niko verwundert an. Die Flammen des Feuers spiegelten sich auf seinem ratzekahlen und fast kugelrunden Schädel. Dann schüttelte er sich wie ein Hund nach einem unfreiwilligen Bad, rieb sich die Augen und warf dem Jungen einen neuerlichen Blick zu. »Ich weiß nicht, wie es euch geht«, brummte er, an die Kameraden gewandt, »aber der Wein hat mich völlig verwirrt. Wie sonst ist es zu erklären, dass ich Niko plötzlich doppelt sehe?«

Während Magnus sich noch ratlos am glatt geschabten Kinn kratzte, stieß sein Nachbar Guwen, ein spindeldürrer Kerl, dessen Ziegenbart bis auf die Brust reichte, ihm in die Seite. »Du hast recht«, sagte er. »Der Wein muss wirklich stark sein. Oder er ist verhext! Mir geht es ähnlich, wenn nicht sogar noch schlimmer: Ich sehe den Jungen nämlich ebenfalls doppelt – nur dass der zweite Niko plötzlich ein Mädchen zu sein scheint, das noch dazu blonde Haare hat!«

Schlagartig erstarb das Gelächter. Wie auf einen geheimen Befehl hin wandten die meisten Männer sich ruckartig um und starrten Niko und Jessie an, die, genau wie Ayani, inzwischen aus dem Sattel gestiegen waren.

Das unverhohlene Glotzen der Rebellen schien Ayani zu erzürnen. »Ihr solltet euch schämen«, rief sie ihnen entgegen. »Wie könnt ihr nur am helllichten Tag schon so viel Wein trinken, dass ihr Wahn und Wirklichkeit nicht mehr unterscheiden könnt? Aber was noch viel schlimmer ist –«

»Halt, halt, Ayani, es gibt keinen Grund, den Männern Vorwürfe zu machen«, fiel Kieran, der junge Rebellenführer, ihr da ins Wort. »Sie haben ganz vorzügliche Arbeit geleistet. Der Überfall heute Nacht ist bestens gelaufen, wie am Schnürchen. Dabei war die Wachmannschaft uns zahlenmäßig weit überlegen.«

»Du meinst also, dass ihr euch diese kleine Feier redlich verdient habt?«

»Genau das meine ich«, antwortete der hoch aufgeschossene Rebellenführer. »Wer beim Kampf seinen Mann steht, braucht sich auch beim Feiern nicht zurückzuhalten. Und ich bin sicher, dass selbst die Unsichtbaren mir darin beipflichten würden.« Damit erhob sich Kieran und kam mit geschmeidigen Schritten auf die Neuankömmlinge zu. Sein Tritt war so fest und sicher, als hätte er nicht einen Tropfen getrunken. »Ich freue mich sehr, euch beide wohlbehalten wiederzusehen. Zumal ihr …«, er wandte sich Jessie zu, die dicht neben Niko stand, und lächelte sie freundlich an, »… auch noch Besuch mitgebracht habt.«

»Genau«, antwortete Niko rasch. »Das ist Jessie. Sie ist eine Freundin.«

»Sei mir willkommen, Jessie.« Kieran streckte ihr die Hand entgegen. »Fühl dich bei uns wie zu Hause. Die Freunde von Niko und Ayani sind auch unsere Freunde.«

»Vielen Dank«, antwortete Jessie mit verlegenem Lächeln, während sie seine Hand schüttelte. Eine kaum wahrnehmbare Spur von Rot färbte ihre Wangen. »Niko hat mir schon viel von euch erzählt.«

»Hoffentlich nur das Beste!«, dröhnte Huggins Bass dazwischen. Der Riese hatte sich ebenfalls erhoben und stapfte nun mit reichlich unsicheren Tritten heran. Er schwankte wie ein Seemann im heftigen Sturm, sodass Niko schon fürchtete, er würde jeden Augenblick das Gleichgewicht verlieren und zu Boden stürzen. »Sonst ziehe ich euch die Spitzohren lang, verstanden!«

»Nicht nötig, Huggin«, antwortete Niko fröhlich. »Wir haben Jessie ausschließlich von euren Heldentaten vorgeschwärmt und ihr natürlich auch erzählt, dass du der unbestrittene König der Enten- und Gänsediebe bist!«

Damit war das Eis gebrochen. Während die übrigen Männer in fröhliches Gelächter ausbrachen, trat Huggin einen Schritt näher, schloss Niko in seine mächtigen Arme und patschte ihm so heftig auf die Schultern, dass der Junge wie bei einem Erdbeben von Kopf bis Fuß durchgerüttelt wurde. »Brav! Sehr brav, mein Junge. Aber genau das wollte ich dir auch geraten haben!« Damit löste Huggin die Umarmung und grinste Niko über beide Backen an. »Die Unsichtbaren werden es dir danken, dass du dich der Wahrheit so ungemein verpflichtet fühlst.«

»Was man von dir nicht gerade behaupten kann, du größter aller Gauner, die unter dem Großen Taglicht wandeln«, mischte sich der zwergenhafte Schmied ein, der sich ebenfalls zu ihnen gesellt hatte. »Tritt endlich zur Seite, damit ich unsere unerschrockenen Freunde ebenfalls begrü–« Mitten im Wort brach er ab und starrte Niko an, als hätte er einen Dämon vor sich. Oder ein noch schrecklicheres Wesen. Gleichzeitig riss Magnus seine Knopfaugen weit auf. »Da-da-das glaube ich jetzt nicht!«, rief er und schlug die Hand vor den weit offen stehenden Mund.

»Was ist los, Magnus?« Kieran blickte seinen Gefolgsmann verwundert an.

»Ja, siehst du das denn nicht?« Der Glatzkopf streckte die rechte Hand aus und deutete, immer noch fassungslos, auf Nikos Gürtel. »Er hat das Schwert!«

»Was sagst du da?« Kieran drehte ganz langsam, wie in Zeitlupe, den Kopf und blickte in die angezeigte Richtung. »Bei den Unsichtbaren!«, stöhnte er, als bereite ihm der Anblick Schmerzen. »Ihr habt es tatsächlich geschafft, Sinkkâlion aus dem Schicksalsstein zu zie –«

»Wie? Wo? Was?« Ein Raunen ging durch die Reihen der Männer. Wie die Springteufel hüpften sie empor und eilten auf Niko und die Mädchen zu, um einen Blick auf das sagenhafte Königsschwert zu erhaschen. »Ist das wirklich das Schwert von König Nelwyn?«

Kieran starrte wie gebannt auf die magische Waffe und blickte Niko dann fast ehrfürchtig an. »Damit dürften auch die letzten Zweifel beseitigt sein: Du bist tatsächlich der Retter, den die alte Prophezeiung uns versprochen hat. Auch wenn ich immer noch nicht verstehe, warum das Schicksal ausgerechnet dich dazu auserkoren hat.«

»Ganz einfach«, erwiderte Niko mit feierlichem Ernst. »Weil ich Nelwyns Sohn bin!«

»Weil du –« Ragnur Graubart schlug die Hand vor den Mund. »Das würde in der Tat alles erklären. Die alte Überlieferung besagt, dass nur der rechtmäßige Thronerbe das Schwert aus dem Schicksalsstein zu ziehen vermag – und das ist auch der Grund, warum es dir gelungen ist!«

»Genau!« Kieran schaute Niko und Ayani an, als würde er seinen Augen immer noch nicht trauen. Seine Miene war gleichermaßen von Ehrfurcht wie Fassungslosigkeit gezeichnet. »Wie habt ihr das nur angestellt? Jetzt erzählt schon und spannt uns nicht länger auf die Folter.«

Bevor Niko antworten konnte, ergriff Ayani das Wort. »Mit dem größten Vergnügen«, antwortete sie. »Aber erst, wenn ihr euch wieder auf die hehren Gebote der Gastfreundschaft besinnt, die uns Alwen heilig sind. Sie schreiben vor, dass man seine Gäste nicht nur willkommen heißt, sondern ihnen auch etwas zum Essen und Trinken anbietet, damit sie sich von der Mühsal der Reise erholen können. Und erst danach können Gäste mit neugierigen Fragen belästigt werden.«

»Wenn's weiter nichts ist, mein Mädchen!«, erklang da eine

Stimme aus dem Hintergrund. Es war Hagur Halfdan, ein rothaariger Bursche mit hohlen Wangen, der allerdings nur Einohr genannt wurde, seit er das linke Ohr unter der Folter der marschmärkischen Schergen verloren hatte. Einohr hatte die Aufgabe des Kochs im Rebellenlager übernommen und war deshalb als Einziger am Feuer zurückgeblieben, wo er bedächtig den Bratspieß drehte, damit das daran hängende Schwein auf allen Seiten knusprig wurde. »Der Braten ist fertig. Kommt her und lasst es euch schmecken! Und am passenden Trank hat es natürlich auch keine Not!« Er deutete auf die beiden mit großen Weinfässern beladenen Leiterwagen, die im Schutz des ausladenden Geästs der Bäume hinter ihm standen.

»Einohr hat recht.« Kieran legte seine Arme um die Schultern von Niko und Ayani. »Kommt mit ans Feuer und lasst es euch schmecken. Und dabei erzählt ihr uns alles: Wie ihr Sâga überlistet und das Königsschwert errungen habt. Und natürlich auch, welchem Umstand wir die Gesellschaft unserer neuen Freundin verdanken.« Fröhlich zwinkerte er Jessie zu.

»Natürlich, gern«, hob Niko an, als er plötzlich ein Rauschen vernahm, wie das Schlagen sanfter Schwingen. Verwundert blieb er stehen und blickte auf: Eine Taube mit graublauem Gefieder löste sich aus dem Himmel und kam mit raschen Flügelschlägen näher. Sie hielt zielstrebig auf Kieran zu, kreiste kurz über ihm, um schließlich auf seiner ausgestreckten Hand zu landen.

Der Rebellenführer strich dem Vogel sachte über das gefiederte Haupt. »Sei mir gegrüßt, mein geflügelter Freund. Das hast du sehr gut gemacht. Wie ich sehe, hast du eine Botschaft für mich mitgebracht.«

Erst jetzt erkannte Niko die kleine Pergamentrolle, die mit einer Schnur an einem Bein der Taube befestigt war.

Während Kieran die Rolle löste, blickte Huggin seinen Anführer verwundert an. »Wo kommt der Meldeturtler denn her? Und wer schickt dir eine Botschaft?«

»Mir scheint, Graubart hat recht«, antwortete Kieran mit verschmitztem Lächeln. »Du hast tatsächlich nicht alle Sinne beisammen. Sonst würdest du dich daran erinnern, was ich euch heute Nacht erzählt habe. In den langen Stunden, während wir auf der Lauer lagen und auf den Weintransport gewartet haben.«

»Was? Du willst uns was erzählt haben?« Huggin musterte seinen Anführer mit misstrauischer Miene, als wäre er überzeugt, auf den Arm genommen zu werden. »Niemals! Es stimmt doch, was sich sage – oder, Männer?« Damit wandte er sich an seine Kumpane und blickte sie Zustimmung heischend an.

»Nein, Huggin!« Ragnur Graubart schüttelte den Kopf. »Kieran hat es uns in der Tat erzählt …«

»…, dass es ihm endlich gelungen ist, einen geheimen Verbündeten in Helmenkroon zu gewinnen«, ergänzte Magnus Halmar. »Und der hat versprochen, uns stets über die neuesten Entwicklungen im Lager unserer Feinde auf dem Laufenden zu halten.« Damit wandte der Schmied sich an seinen Anführer. »Heute Nacht habe ich mich noch gefragt, wie das denn gehen soll«, gestand er. »Auf die Idee mit dem Meldeturtler wäre ich nie im Leben gekommen!«

»Falls es dich beruhigt, Magnus: Ich auch nicht.« Kieran blickte kurz auf. »Es war vielmehr unser heimlicher Helfer, der diesen tollen Einfall gehabt hat. Und wie ihr alle gesehen habt, funktioniert der sogar bestens!« Damit kniff er die Augen zusammen und senkte den Blick auf das Pergament, um die in einer winzig kleinen Handschrift gehaltene Botschaft zu entziffern. Unverständliche Worte vor sich hin murmelnd, überflog er hastig die Zeilen, bis er mit einem Mal erblasste, ruckartig den Kopf hob und seine Männer anstarrte. »Bei den Unsichtbaren«, stöhnte Kieran. »Ihr werdet nicht glauben, was dieser verfluchte Hund vorhat!«

Die äußere Erscheinung des Einzigmächtigen, wie Mordur Kra'nakk, der Herrscher des Grimmen Reiches, von seinen Untertanen genannt wurde, stand in einem grotesken Widerspruch zu seiner Stellung und seiner fast grenzenlosen Macht: Er war klein, kaum größer als ein Zwerg, und von abgrundtiefer Hässlichkeit. Sein Kopf mit dem breiten, fast lippenlosen Mund, der nur angedeuteten Nase und den großen Glupschaugen glich dem einer Erdkröte. Seine Haut war graubraun gefleckt und von großen Warzen übersät. Die flache Stirn über den wulstigen Augenbrauen ging in einen völlig haarlosen Schädel über. Darauf saß eine funkelnde Krone aus purem Gold, besetzt mit unzähligen Edelsteinen und so groß, dass sie dem Einzigmächtigen beinahe über die winzigen Ohrmuscheln gerutscht wäre. Mordurs schmächtiger Körper wurde gnädigerweise nahezu vollständig von einem kostbaren Hermelinmantel umhüllt, der, ebenso wie die Krone, verschwenderisch mit glitzernden Steinen geschmückt war. Aus den langen Ärmeln ragten nur die Hände des Einzigmächtigen hervor, die mit ihren vier Fingern ebenfalls große Ähnlichkeiten mit den vorderen Gliedmaßen einer Kröte aufwiesen. Der Legende nach sollten die Herrscher des Grimmen Reiches einer Familie von Erzzwergen entstammen, die sich mit wilden Drachentrollen gepaart hatten. Aber das war natürlich nur ein unbestätigtes Gerücht, das als schlimme Schmähung des Einzigmächtigen angesehen wurde und auf dessen Verbreitung deshalb der Tod stand.

Aus den Fenstern und vom Balkon seines prunkvollen Thronsaals, der im obersten Stockwerk des ebenso prunkvollen Herrscherpalastes von Korrok gelegen war, konnte Mordur Kra'nakk die gesamte Hauptstadt seines Reiches überblicken. Sie erstreckte sich fast endlos in alle Himmelsrichtungen bis zum weit entfernten Horizont. Die Häuser der wenigen wohlhabenden Bewohner formten einen dichten Ring um den Palast, der auf einem weithin sichtbaren Hügel im Zentrum stand. Daran schloss sich ein schier unüberschaubares Gewimmel von armseligen Hütten und Häuschen an, das von zwei breiten Straßen – einer Nord-Süd-Achse und einer Ost-West-Achse – in vier nahezu gleich große Teile zerschnitten wurde.

Für gewöhnlich konnte Mordur gar nicht genug davon bekommen, seinen Blick vom mächtigen Balkon aus über Korrok schweifen zu lassen. Die riesige Stadt vermittelte ihm einen anschaulichen Eindruck seiner ungeheuren Macht, auch wenn sie natürlich nur einen winzigen Teil seines gesamten Reiches bedeckte. An diesem Tag jedoch fand der Einzigmächtige keine Muße für seine Lieblingsbeschäftigung. Mordur Kra'nakk bedrückten Sorgen, die ziemlich ernster Natur waren. Das zumindest hatte er dem Bericht eines seiner Spione entnommen, den er früh am Morgen, noch vor Tau und Tag, empfangen hatte. Das Grimme Reich besaß nicht nur die stärkste und am besten ausgerüstete Streitmacht von Mysteria, sondern verfügte auch über das größte und ausgeklügeltste Spitzel- und Spionagenetz. Auf diese Weise erfuhr der Einzigmächtige meist schon innerhalb kürzester Zeit, wenn sich irgendwo in der Welt hinter der Nebeln etwas tat, was für ihn von Bedeutung war. Und deshalb wusste Mordur Kra'nakk inzwischen natürlich auch, was Rhogarr von Khelm im entfernten Helmenkroon Sorgen bereitete: dass Niko Niklas und Ayani kurz vor Morgengrauen das Tor des Feuers durchschritten und das Königsschwert der Alwen aus dem Schicksalsstein gezogen hatten. Und dass es der Schwarzmagierin Sâga selbst in der Gestalt eines schrecklichen Greifen nicht gelungen war, den »halbwüchsigen Alwenhunden«, wie der Spion sie verächtlich genannt hatte, Sinkkâlion wieder abzujagen. Der Spitzel hatte sich kaum verabschiedet, als der Einzigmächtige auch schon seinen engsten Berater und Vertrauten, den Edlen von Kraak, zu sich befohlen hatte, um die neue Lage mit ihm zu erörtern. Nun also saß Mordur Kra'nakk mit finsterer Miene auf seinem Thron – einer wahren Scheußlichkeit, gefertigt aus Gold, Silber, Diamanten und allen nur erdenklichen Edelsteinen, während die Sitzfläche mit dem Fell eines Goldnutrias gepolstert war – und lauschte den Worten seines von Kopf bis Fuß schwarz gefiederten Beraters, der vor seinem Thron auf und ab stolzierte.

Der Krähenmann war in das gewohnte mit goldenen und silbernen Borten besetzte Gewand aus roter Seide gekleidet, dessen enge Hose in langen Schaftstiefeln aus goldener Drachenhaut steckte. Das dunkle Haupt mit dem kräftigen gelben Schnabel leicht zur Seite geneigt, funkelten seine schwarzen Knopfaugen fast belustigt. »Wenn ich ehrlich sein darf, Eure Einzigmächtigkeit, dann überrascht mich diese Nachricht nicht im Geringsten«, krächzte er voller Spott. »Ich habe es kommen sehen, dass dieser marschmärkische Tölpel schmählich versagt.« Damit trat er einen Schritt näher, zog den Kopf ein wenig ein und plusterte das Gefieder. »Ihr erinnert Euch sicherlich, dass ich Eure Einzigmächtigkeit damals eindringlich gewarnt habe, den Zusagen Glauben zu schenken, die diese Schwarzmagierin Euch überbracht hat, nicht wahr?«

»Ich weiß, ich weiß«, antwortete Mordur ungehalten und winkte ab. »Was geschehen ist, ist geschehen, und langes Gerede ändert auch nichts mehr daran, wenn das Kind erst mal in den Brunnen gefallen ist.«

»Ihr habt natürlich wie immer recht, Eure Einzigmächtigkeit«, erwiderte der Edle von Kraak rasch, auch wenn er wieder einmal nicht richtig verstand, was der Herrscher mit seinem seltsamen Wortspiel eigentlich ausdrücken wollte.

»Zudem wisst Ihr genauso gut wie ich«, fuhr Mordur fort, »dass nur der vom Schicksal bestimmte Auserwählte das Königsschwert finden kann. Für jeden anderen dagegen ist die Suche von vorneherein aussichtslos und zudem mit großen Gefahren verbunden. Deshalb wart Ihr mit mir ja auch der Meinung, dass wir diese gefahrvolle Aufgabe lieber den marschmärkischen Dummköpfen überlassen sollten. Zumal Rhogarr mir ohnehin Brief und Siegel darauf gegeben hatte, mir das Schwert danach umgehend auszuhändigen. Denn der Klügere, der nachgibt, verbrennt sich nicht die Finger, nicht wahr?«

Kraak hatte Mühe, den in ihm aufsteigenden Ärger wieder hinunterzuschlucken. Er erinnerte sich noch genau an das damalige Gespräch, in dem er seinen Gebieter eindringlich vor dem Angebot gewarnt hatte – weil er einerseits befürchtete, dass Rhogarr ein falsches Spiel treiben könnte, und weil er anderseits auch der Schwarzmagierin Sâga nicht über den Weg traute. Aber Mordur daran zu erinnern, wäre mehr als töricht gewesen und hätte ihm höchstens Ärger eingebracht. »Nun … krächz«, räusperte sich der Krähenmann deshalb nur. »Wenn Ihr es sagt, Eure Einzigmächtigkeit, dann wird es sicherlich so sein.«

»Und ob es so ist!« Mordur Kra'nakk erhob sich. Obwohl er sich zu voller Größe aufrichtete, reichte er dem Edlen von Kraak nur knapp bis zur Brust. Während der Krähenmann auf der Stelle verharrte, begann nun der Einzigmächtige, hin und her zu laufen. »Wenn ich es recht bedenke«, so dozierte er, »haben wir entgegen meinen ersten Befürchtungen eigentlich gar keinen Grund zur Sorge. Dass die beiden Alwen sich in den Besitz des Schwertes bringen konnten, entbindet Rhogarr von Khelm doch keineswegs von seinen Verpflichtungen, oder?«

»Natürlich nicht, Eure Einzigmächtigkeit!« Der Krähenmann neigte das Haupt. »Wie Ihr bereits erwähnt habt, hat er Euch Brief und Siegel darauf gegeben, Euch Sinkkâlion am Fest des Dunklen Mondes auszuhändigen.«

»Ihr sagt es, Kraak, Ihr sagt es!« Als wolle er seine Bemerkung unterstreichen, gestikulierte Mordur mit erhobenem Froschfinger vor seinem Berater herum. »Und wenn er sein Versprechen nicht erfüllt, werde ich mit unseren Streitkräften im Nivland einfallen und mir mit Gewalt holen, was mir zusteht.«

»Wozu Ihr jedes Recht hättet, Eure Einzigmächtigkeit. Und Ihr müsstet deshalb auch nicht den geringsten Vorwurf fürchten.«

»Pah! Als ob ich mich darum scheren würde!« Mordur rollte kurz mit seinen Krötenaugen von rechts nach links. »Wenn ich es recht bedenke, ist diese unerwartete Entwicklung eigentlich nur von Vorteil für uns. Ein regelrechter Glücksfall, der im falschen Mantel einer Schreckensbotschaft daherkommt, wie ein Wolf im Schafspelz … äh, vielmehr ein Schaf im Wolfspelz.«

»Ähm.« Der Krähenmann starrte ihn für einen Moment mit offenem Schnabel an. »Darf ich fragen, wie Eure Einzigmächtigkeit das meint?«

»Ganz einfach.« Mordur lächelte ein hintersinniges Krötenlächeln. »Damit wissen wir jetzt endlich, wo Sinkkâlion zu finden ist. Und wenn es diesem marschmärkischen Narren nicht gelingen sollte, das Königsschwert aufzuspüren, werden wir eben unsere Späher auf die Suche nach diesen beiden Alwenblagen schicken.«

»Meint Ihr vielleicht … die Nebelkrieger?«

»Kennt Ihr bessere Späher in Mysteria?«, erwiderte Mordur verärgert. »Ich nicht! Auch wenn Rhogarr immer wieder die Fähigkeiten seiner Vharuuls unterstreicht, reichen die doch längst nicht an die der Nebelkrieger heran!«

»Natürlich nicht, Eure Einzigmächtigkeit«, antwortete der Krähenmann beflissen.

»Und damit dieser Tölpel sich in Zukunft etwas mehr Mühe gibt …«, ein Grinsen zuckte um Mordurs lippenlosen Mund, »… werde ich meine Tributforderungen unverzüglich erhöhen und neben Gold und Silber noch weitere Sklaven für meine Bergwerke von ihm verlangen. Das ist doch nur recht und billig, findet Ihr nicht auch?«

»Aber selbstverständlich, Eure Einzigmächtigkeit«, pflichtete Kraak eilfertig bei. »Der Marschmärker kann sogar von Glück reden, dass Ihr Euch über die Maßen bescheidet und nicht noch mehr von ihm verlangt.«

»In der Tat! In der Tat – Ihr sagt es! Macht Euch umgehend auf den Weg nach Helmenkroon und überbringt Rhogarr von Khelm diese freudige Nachricht! Gleichzeitig unterrichtet ihr ihn über meine neuen überaus bescheidenen Forderungen …« Ein Pochen an der Tür, laut und ungeduldig, unterbrach Mordur mitten in seinen Anweisungen. Verärgert drehte er sich zum Portal um, das nun zaghaft geöffnet wurde. »Was ist denn los?«, quakte er den Wachmann an, der zögernd den Kopf durch den Spalt steckte. »Hatte ich nicht strengstens befohlen, unter keinen Umständen gestört zu werden?«

»Ge – gewiss, Eure Einzigmächtigkeit«, stammelte der Uniformierte, eine Samtmütze mit einer mächtiger Feder auf dem Kopf und eine lange Hellebarde in der rechten Hand. »Kasimir, der Eleve Eures Hofmagiers und Sterndeuters, behauptet, eine wichtige Nachricht für Euch zu haben.«

»So?« Mordur Kra'nakk starrte den Wachhabenden so finster an, dass der offensichtlich am liebsten im Boden versunken wäre. »Behauptet er das?«

»In der Tat, Herr«, ließ sich da ein schmächtiger junger Mann vernehmen, der in ein blaues Flattergewand und gleichfarbene Pluderhosen gekleidet war. Auf seinem feuerroten Haarschopf saß ein spitzer, ebenfalls blauer Hut, wie er von Zauberlehrlingen seit jeher getragen wurde. Kasimirs Stimme klang, als befände er sich noch im Stimmbruch. Dabei musste er schon längst über diese Entwicklungsphase hinaus sein und wenigstens siebzehn Sommer zählen, wenn nicht mehr. Hektisch stieß Kasimir den Uniformierten zur Seite und hastete in den Thronsaal, nur um nach wenigen Schritten über die eigenen Füße zu stolpern und der Länge nach hinzuschlagen. Seinen Lippen entfloh darauf ein ebenso überraschtes wie lang gezogenes »Oooohh«.

Der Einzigmächtige und sein Berater wechselten einen Blick, in dem sich Verwunderung und Belustigung die Waage hielten. »Wie soll ich deine Geste deuten, Kasimir?«, ergriff Mordur Kra'nakk das Wort. »Hast du etwas verloren? Oder willst du mir auf diese Weise nur deine Verehrung ausdrücken?«

»Weder das eine noch … äh … das andere, Eure Einzigmächtigkeit«, antwortete der junge Mann bekümmert, rappelte sich hastig auf und setzte sich den spitzen Zauberlehrlingshut, den er bei seinem stürmischen Auftritt verloren hatte, wieder auf den Kopf. »Ich … äh … habe einen winzigen Schmutzfleck auf dem Fußboden entdeckt und habe ihn nur rasch weggewischt, damit er den wohlgefälligen Blick Eurer edlen Augen nicht stört.«

»Ach wirklich?« Mordur Kra'nakk runzelte die Stirn. Er schien sich nicht schlüssig zu sein, ob Kasimir es tatsächlich ernst meinte oder ob er sich über ihn lustig machte. Allerdings hätte das im ganzen Grimmen Reich niemand gewagt, nicht einmal andeutungsweise, und so hielt der Herrscher es auch in diesem Fall für ausgeschlossen. »Und nur aus diesem Grunde bist du zu mir geeilt?«, fragte er erstaunt.

»Natürlich nicht, Eure Einzigmächtigkeit«, antwortete der junge Mann. »Nostramus, mein Herr und Meister, schickt mich her. Er bittet Euch, umgehend in seine Studierstube zu kommen. Er hat nämlich eine unglaubliche Entdeckung gemacht!«

KAPITEL 9

Die Beobachtung des Senshei

Die Rebellen hätten längst wieder am Feuer Platz genommen und ließen sich das wilde Waldschwein schmecken, dessen immer kleiner werdende Überreste sich munter am Bratspieß drehten und einen so köstlichen Duft verbreiteten, dass der Appetit der Männer kaum zu stillen war. Einohr, der Koch, kam kaum damit nach, Stück um Stück abzusäbeln und seinen Kumpanen in die gierigen Finger zu drücken. Dazu gab es dicke Kanten von dem Brot, das er bereits am Vorabend in der Glut der Asche gebacken hatte. Ein überaus leckeres Mahl, das die Männer mit dem köstlichen Wein aus Medhiterra hinunterspülten.

Niko, Jessie und Ayani dagegen begnügten sich mit Wasser aus dem nahen Wildbach. Es war bestimmt nicht weniger köstlich als der vergorene Saft der roten Reben – und auf jeden Fall erfrischender.

Obwohl seit der Ankunft des Meldeturtlers schon geraume Zeit verstrichen war, hatte Kieran die Botschaft aus Helmenkroon offensichtlich immer noch nicht richtig verdaut. Wie abwesend kaute er auf seinem Fleischstück herum und starrte mit mürrischer Miene ins Feuer. Niko wollte ihn gerade etwas aufmuntern, als der Rebellenführer nach dem Weinkrug griff, sich mit dem Handrücken das Fett von den Lippen wischte und einen kräftigen Schluck nahm. Dann reichte er den Krug weiter und spuckte verächtlich aus. »Dieser marschmärkische Hund!«, fluchte er. »Ihm ist wohl jedes Mittel recht, um uns zu erwischen.«

Jessie, die an Nikos linker Seite saß, schluckte hastig den Bissen hinunter, den sie gerade im Mund hatte. »Du bist wütend, weil er ein Kopfgeld auf euch ausgesetzt hat?«

»Du sagst es!« Kieran nickte verdrossen. »Die Macht des Goldes ist groß, und nicht jeder ist stark genug, seinen Verlockungen zu widerstehen. Deshalb greift Rhogarr jetzt auch zu diesem schändlichen Mittel. Nicht nur, um seine Gefolgsleute zu noch größeren Anstrengungen anzuspornen, sondern auch, um unsere eigenen Landsleute, unsere Schwestern und Brüder, zum Verrat zu verleiten!«

»Deine Sorge ist unbegründet, Kieran«, widersprach Huggin, mit vollen Backen kauend, sodass Niko seine Worte mehr erriet, als dass er sie richtig verstand. »Es mag durchaus sein, dass sich die meisten Bewohner Helmenkroons inzwischen auf die Seite der Besatzer geschlagen haben. Von den restlichen Alwen jedoch, die in den Weiten des Nivlandes leben, wird nicht einer gemeinsame Sache mit diesem Schurken machen und uns an Rhogarr verraten. Dafür lege ich meine Hand ins Feuer! Ein solcher Verräter wäre keinen Deut besser als dieser kriecherische Hund Dhrago!«

»Huggin hat recht«, pflichtete Ragnur Graubart ihm bei und fuchtelte mit seinem riesigen Messer so wild in der Luft herum, dass Niko unwillkürlich zurückzuckte, obwohl er ein gutes Stück von dem Bärtigen entfernt saß. »Kein Alwe, der das Herz am rechten Fleck hat, wird uns oder König Nelwyn verraten. Solange kein rechtmäßiger Nachfolger für ihn gefunden ist, bleibt Nelwyn immer noch unser König, dem alle Alwen bedingungslosen Gehorsam geschworen haben. Solange wir uns nicht in

Helmenkroon blicken lassen, haben wir auch kaum etwas zu befürchten.«

Vielfältige Zustimmung erklang aus der Runde der Männer: »Genau so ist es!«, rief Guwen und »Hört, hört!« der einohrige Halfdan, während ein Dritter seine Zustimmung mit einem »Bei den Unsichtbaren, Graubart hat recht!« kundtat.

Kieran jedoch schien anderer Meinung zu sein. Er schüttelte den Kopf und sah die Männer mahnend an. »Ihr scheint etwas zu vergessen: Dhrago von Helmenkroon ist ebenfalls ein Alwe, genau wie wir, und auch er hatte einen Eid auf König Nelwyn abgelegt. Doch selbst das hat ihn nicht davon abgehalten, ihn an Rhogarr zu verraten. Wie können wir da ausschließen, dass sich nicht noch weitere Ehrlose finden, die es ihm gleichtun?«

Die Männer verstummten. Keiner von ihnen wagte einen Widerspruch, bis Huggin schließlich erneut das Wort ergriff. »Mag sein, dass du recht hast, Kieran«, brummte er mit finsterer Miene. »Doch schon bei dem bloßen Gedanken wird mir übel. Deshalb schwöre ich hier bei den Unsichtbaren und bei allem, was mir heilig ist...« Er hob die geballte Faust zum Himmel, als wolle er alle Welt zum Zeugen seines Schwurs aufrufen. »Wer es wagen sollte, uns zu verraten, den werde ich eigenhändig in Stücke reißen. Selbst seine eigenen Eltern werden ihn nicht mehr wiedererkennen, wenn seine letzte Reise ihn in die Regionen jenseits des Windes führt!«

Die übrigen Männer blickten Huggin beeindruckt und ernst an. Sein grimmiges Versprechen schwebte unsichtbar und doch so spürbar über dem Feuer.

Niko jedoch konnte sich ein Schmunzeln nicht verkneifen. Er war sich keineswegs so sicher, ob Huggin es tatsächlich ernst meinte oder ob er in seinem Eifer wieder einmal, wie so oft, weit über das Ziel hinaus schoss. Die Wangen des Hünen glühten jedenfalls wie im Fieber.

Auch Kierans Mundwinkel zuckten leicht, bevor er den Versuch unternahm, die ernste Stimmung wieder aufzulockern. »Mögen die Unsichtbaren dafür sorgen, dass sich deine Worte in Windeseile im ganzen Land verbreiten«, sagte er und bedachte Huggin mit einem aufmunternden Lächeln. »Dann haben wir nämlich nichts mehr zu befürchten. Jeder wird vor dir zittern, und keiner wird mehr wagen, mit dem Tyrannen gemeinsame Sache zu machen.«

Als hätten die Männer nur auf einen solchen Scherz gewartet, brachen sie in erleichtertes Gelächter aus.

Selbst Ayani, die verstummt war, seit sie die schlimmen Nachrichten aus Helmenkroon vernommen hatte, lächelte.

»Und dennoch – bis Huggins fürchterliche Drohung sich überall herumgesprochen hat, sollten wir allergrößte Vorsicht walten lassen und nur noch mehr auf der Hut sein.« Kieran blickte seine Männer eindringlich an. »Oder gönnt einer von euch Rhogarr von Khelm vielleicht das Vergnügen, uns am Tag der Drei auf dem Markplatz von Helmenkroon brennen zu sehen?«

»Niemals!«, rief der glatzköpfige Schmied aus. »Lieber begebe ich mich freiwillig in die Kammer der Finsternis und opfere mich dem Nidhog-Drachen.«

Während seine Kumpane ihm noch erstaunte Blicke zuwarfen, meldete sich Jessie zu Wort. »Ich dachte, das Ungeheuer mag nur Mädchen und Frauen?«, erkundigte sie sich verwundert. »Und unbefleckte noch dazu?«

Magnus klappte den Mund auf und zu wie eine überraschte Kaulquappe.

Bevor er noch etwas herausbrachte, kam Graubart ihm zuvor. »Genau deshalb leckt sich der Nidhog-Drache ja schon sämtliche Finger nach unserem glatzköpfigen Freund hier! Eine so wohlschmeckende, blütenreine Jungfrau wie Magnus hat der noch nie zwischen die Zähne bekommen!«

Wieder brüllten die Männer auf, und selbst Ayani lachte kurz – bevor sie gleich darauf wieder sehr ernst wurde. »Selbst wenn das Blutgeld, das Rhogarr ausgesetzt hat, keine Wirkung zeigt«, sagte sie, an Kieran gewandt, »wird sich an der Lage von Arawynn und meinem Vater Mayan doch nicht das Geringste ändern.«

Die Männer verstummten und das Lächeln wich schlagartig aus ihren Gesichtern.

Auch Kieran blickte Ayani betreten an. »Nun ja«, sagte er langsam. »Das mag schon stimmen. Aber du darfst die Hoffnung nicht verlieren. Bis zum Fest der Drei ist es noch eine ganze Weile hin, und es kann noch vieles geschehen, was wir im Augenblick nicht absehen können.«

Ayani blieb stumm. Sie sah den Rebellenführer eine Weile eindringlich an, die Augen funkelnd vor Zorn und vielleicht auch vor Tränen. Dann senkte sie den Blick.

Während Kieran noch nach weiteren Worten suchte, neigte Jessie sich zu Niko und flüsterte ihm ins Ohr: »Ihr Vater? Wen meint Ayani denn damit? Unterwegs hat sie mir doch erzählt, dass sie ihren Vater gar nicht kennt.«

»Das stimmt ja auch«, antwortete Niko, ebenfalls flüsternd. »Sie meint Mayan, ihren Ziehvater. Die Marschmärker haben ihn im letzten Sommer verhaftet. Und du hast die Botschaft ja auch gehört, die Kierans Gefolgsmann geschickt hat: Mayan und Arawynn sollen am Fest der Drei auf dem Scheiterhaufen sterben, zusammen mit allen Rebellen, die die Marschmärker bis dahin schnappen.«

»Und wann ist das? Das Fest des Dunklen Mondes, meine ich?«

»In knapp drei Wochen, wenn ich das richtig verstanden habe.«

»Was?« Jessie blickte Niko entsetzt an. Doch bevor sie weiterfragen konnte, kam Huggin seinem Anführer zu Hilfe und richtete das Wort an Ayani.

»Ich kann deinen Kummer so gut verstehen«, sagte er mit mitfühlendem Blick. »Aber so leid es mir auch tut, ich wüsste nicht, wie wir deinem Vater und deinem Bruder helfen könnten. Schau uns doch nur an.« Mit dem Kopf deutete er in die Runde der Männer, die – schmutzbedeckt und zerlumpt – nicht gerade einen furchterregenden Anblick boten. »Wir haben unseren Mut oft genug unter Beweis gestellt und schrecken so leicht vor keiner Gefahr zurück. Aber in diesem Fall sind wir heillos überfordert. Wir zählen noch nicht einmal zwei Dutzend und sind mehr schlecht als recht bewaffnet, während es in Helmenkroon von marschmärkischen Soldaten und Schergen nur so wimmelt. Wie soll es uns angesichts dieser erdrückenden Übermacht gelingen, deinen Vater und deinen Bruder vor der Hinrichtung zu bewahren?«

Ayani starrte den Hünen nur aus großen Augen an. Ihr blasses Gesicht war eine Maske stummer Hilflosigkeit. Ihr verzweifelter Blick rührte Niko so ans Herz, dass er sich nicht mehr zurückhalten konnte.

»Ganz einfach, Huggin.« Nikos Worte kamen ohne sein Zutun über seine Lippen. Er hörte sie wie durch einen dichten Nebel – als würde nicht er selbst, sondern ein anderer, der Besitz von ihm ergriffen hatte, sie aussprechen. »Indem wir Arawynn und Mayan vorher befreien.« In dem plötzlichen Bedürfnis, Ayanis Kummer zu teilen und sie gleichzeitig sein Mitgefühl spüren zu lassen, beugte er sich zu ihr und ergriff ihre Hand. »Genau das werden wir tun, Ayani: Wir werden deinen Bruder und deinen Vater befreien. Keiner der beiden wird auf dem Scheiterhaufen sterben. Das verspreche ich dir, so wahr ich hier sitze!«

»Bist du noch recht bei Sinnen, Junge?« Huggin blickte ihn an, als habe er einen Geisteskranken vor sich. »Wie stellst du dir das vor?« Ungläubig schüttelte er den Kopf. »Das ist völlig unmöglich und selbst die Unsichtbaren wären mit dieser Aufgabe überfordert! Aber wir können das schon gar nicht schaffen, selbst wenn wir doppelt so viele wären!«

»Huggin hat recht«, sagte Kieran. »Wir können es niemals mit Rhogarrs Männern aufnehmen, schon gar nicht in Helmenkroon. Das wäre reiner Selbstmord.«

»Nur wenn wir es mit Gewalt versuchen«, antwortete Niko ganz ruhig. Auch wenn er keine Erklärung dafür hatte, spürte er plötzlich eine Zuversicht in sich aufsteigen, die jede Furcht und jeden Zweifel besiegte. »Aber das war auch gar nicht meine Absicht.«

»Nein?« Kieran runzelte die Stirn. »Wie willst du dann gegen sie vorgehen?«

Nalik Noski stand wie angewurzelt im Schatten eines prächtigen Säulenwacholders, der sich in der einsamen Landschaft erhob. Der groß gewachsene Mann war ganz in Schwarz gekleidet und hatte das silbrig schwarze Haar zu einem Pferdeschwanz gebunden. Mit unbewegter Miene starrte er auf die drei mächtigen Findlinge, die wie trutzige Wächter der Zeiten in der kleine Senke vor ihm aus dem kargen Heideland aufragten. Nebel stieg um sie auf, wurde dichter und dichter, bis er die riesigen Steine zur Gänze umhüllte – ein mehr als haushoher Dom aus waberndem Dunst, in dessen Inneren nun ein geheimnisvolles graublau schimmerndes Licht aufleuchtete.

Nalik Noski zitterte leicht, versuchte das aber zu unterdrücken. Ein unbändiges Verlangen überkam ihn, eine körperlich spürbare Sehnsucht, die einfach nicht zu kontrollieren war, sondern mit jeder Sekunde größer wurde. Ein erstickter Laut kam aus seinem Mund, während er den Blick nicht von dem Nebeldom wenden konnte, der ihm Verheißung und Qual gleichermaßen war.

Als gedämpfte Stimmen an sein Ohr drangen, löste er sich endlich aus seiner Erstarrung und blickte sich, die mandelförmigen Augen zu schmalen Schlitzen zusammengekniffen, wie ein misstrauisches Wildtier um. Nur einen Augenblick später wusste der Senshei Bescheid: Es waren zwei Männer, die sich ganz in der Nähe aufhielten – in dem kleinen Bruchwald wahrscheinlich, der kaum fünfzig Schritte entfernt an das Hochmoor grenzte. Mit federnden Schritten setzte Nalik sich in Bewegung und tauchte in das Gewirr aus verwitterten Krüppelkiefern, verkümmerten Moorbirken und stacheligem Gestrüpp.

Beim Anblick der Männer verzog Nalik das Gesicht: Er hatte sie in den letzten Tagen schon häufiger beobachtet und kannte inzwischen nicht nur ihre Namen – Henk und Maik –, sondern wusste auch, dass sie Vater und Sohn waren. Sie schlichen ständig in der Gegend herum und durchstreiften die Ellerheide und das Gebiet rund um das Nebelmoor.

Henk war vielleicht Ende vierzig, hatte graue Haare – geschnitten in einem militärisch kurzen Bürstenhaarschnitt –, ein kantiges Gesicht und einen merkwürdig starren Blick, als wäre sein linkes Auge in Wahrheit eine Prothese aus Glas. Maik dagegen war höchstens siebzehn oder achtzehn Jahre alt. Die rotblonde Mähne fiel ihm ständig in die Stirn und seine linke Wange war mit einer kleinen Narbe gezeichnet. Kein Zweifel, die beiden suchten etwas. Sie hatten nämlich stets ein vergilbtes Blatt mit einer verblichenen Zeichnung dabei – das war Nalik schon beim ersten zufälligen Zusammentreffen aufgefallen.

Die Begegnung hatte nicht einmal eine halbe Minute gedauert. Nicht weil Henk seinen freundlichen Gruß nur mit einem rüden »Sieh zu, dass du Land gewinnst, Freundchen« erwidert hatte. Nein – im Gegensatz zu Henk und seinem grinsenden Sohn hatte Nalik umgehend erkannt, dass Henk von einem Blender besessen war. Und mit Blendern war wahrlich nicht zu spaßen, zumal sie jederzeit ihren Wirt wechseln konnten. Trotz der schützenden Tinktur aus Dämonenbann, mit der Nalik sich an jedem Tag sorgfältig einrieb, hatte er deshalb schleunigst das Weite gesucht und hielt seitdem respektvollen Abstand zu Henk.

Der hatte offensichtlich immer noch nicht gemerkt, was für ein unheimliches Wesen sich in ihm eingenistet hatte. Um dem Besessenen nicht zu nahe zu kommen, verbarg sich Nalik hinter einem dichten Weidenbusch, der rund zwanzig Schritte von ihm entfernt stand.

Henk und Maik bemerkten überhaupt nicht, dass sie beobachtet wurden. Sie verharrten am Rand eines kleinen Moortümpels und starrten abwechselnd auf die trübe braune Brühe und auf das Blatt Papier in Henks Hand.

»Das glaubste doch selber nich, Papa«, sagte Maik und schüttelte den Kopf. »Der Schatz is ganz bestimmt nich in dem Modder hier versteckt.«

Nalik hob die Augenbrauen. Der Schatz? Was meinten die beiden damit?

Henk warf seinem Sohn einen bösen Blick zu. »Und warum nich, du Klugscheißer?«

»Weil man da nich rankommt – deshalb!«

»Mann Mann Mann Mann, du machst mich noch fertig, Maik!« Henk hob theatralisch die Hände. »Als ob ich nich genug geplagt wäre mit meinen dauernden Kopfschmerzen! Aber wenn Dummheit stinken tät, würdste die ganze Gegend verpesten.«

Maik glotzte seinen Vater an wie ein begriffsstutziger Moorfrosch. »Was meinst'n damit, Papa?«

Henk verdrehte die Augen. »Ist das nich klar wie Kloßbrühe? Ein besseres Versteck als eins, an das man nicht rankommt, kann's doch gar nicht geben. Kapiert?«

Maik musste erst einen Augenblick überlegen, bevor der Groschen fiel. »Klar doch, Papa! Jetzt, wo du's sagst!«

»Nich wahr?« Henk patschte seinem Filius gönnerhaft auf die Schulter. »Du kannst echt froh sein, dass du so 'n ausgeschlafenen Alten hast. Ich hab zwar kein Abritur, aber 'ne Karte kann ich trotzdem lesen.« Er wedelte mit dem Blatt vor Maiks Nase herum und deutete gleichzeitig auf die Moorlache. »Genau an dieser Stelle hier is doch die Runnie eingezeichnet.«

Maik schien noch immer nicht überzeugt. »Biste sicher?«

»Ganz sicher sogar«, verkündete sein Vater im Brustton der Überzeugung. »Da kannste einen drauf lassen!« Damit schaute er sich suchend um. Als der Weidenbusch, hinter dem Nalik sich verborgen hielt, in sein Blickfeld geriet, kniff er plötzlich die Augen zusammen. »Guck mal, Maik, was da hinten is!« Er hob den Arm und deutete in Naliks Richtung.

Der Senshei hielt den Atem an und duckte sich unwillkürlich. Hatte Henk ihn etwa entdeckt?

Seinem Sohn dagegen schien nichts Verdächtiges aufgefallen zu sein. »Was meinst'n, Papa? Den Busch?«

»Den Busch doch nich, du Döskopp! Ich mein den Ast, der davor liegt. Hol ihn mal her – aber dalli!«

Obwohl Maik sich Nalik bis auf zwei Meter näherte, bemerkte er ihn nicht. Er hatte nur Augen für den gut drei Meter langen kahlen Ast, der wohl vom letzten Sturm hierher gewirbelt worden war.

Nachdem er ihn seinem Vater in die Hände gedrückt hatte, begann Henk, damit in dem trüben Moortümpel herumzustochern. Doch so eifrig er auch bei der Sache war, er konnte offensichtlich nichts entdecken. »Gottverdammich«, fluchte er nach einiger Zeit. »Das gibt's doch einfach nich! Der Schatz muss doch hier sein, Himmelkruzifixnochmal!«

»Reg dich nich so auf, Papa«, versuchte Maik, ihn zu beruhigen. »Vielleicht haste dich ja doch getäuscht.«

»Nie im Leben!«, brüllte Henk, und Nalik konnte erkennen, dass sich sein Kopf für Bruchteile von Sekunden in den eines Ungeheuers verwandelte – mit blutroten Augen, einer gekrümmten Nase und Hörnern auf der Stirn. Aus seinem breitlippigen Mund ragten sogar spitze Hauer heraus. »Hier, halt das mal!« Henk hielt Maik das Blatt entgegen. »Damit ich beide Hände frei habe.«

Als der junge Mann einen Schritt auf ihn zumachte und nach der Zeichnung griff, rutschte er auf dem morastigen Untergrund aus und geriet ins Stolpern. Während er hektisch mit den Armen ruderte und das Gleichgewicht zu halten versuchte, glitt ihm das Papier aus der Hand. Es landete in der schmutzigen Moorbrühe.

»Pass doch auf, verdammt noch mal!«, brüllte Henk mit fuchsteufelswilder Miene. »Du dösbaddeliger Dummtrampel du!« Wie ein Geier schoss er auf das Blatt zu, fischte es aus dem Tümpel und hielt es seinem Sohn anklagend vors Gesicht. »Jetzt schau dir das an: Es ist total dreckig und man kann nix mehr erkennen! Überhaupt nix mehr!«

»Tu-tu-tut mir leid, Papa«, stammelte der reichlich belämmert dreinblickende Maik. »Da-da-das hab ich nich gewollt. Aber… wenn wir's trocknen, is bestimmt alles wieder okay.«

»Das kannste vergessen!« Henks Miene war immer noch von wilder Wut gezeichnet.

»Außerdem haben wir ja noch die alte Schwarte und den alten Knacker«, beteuerte Maik beklommen. »Und wenn der endlich redet, kriegen wir das Versteck von dem Schatz schon raus – haste doch selber gesagt!«

»Is ja gut«, brummte Henk wieder etwas besänftigt. »Und wenn nich, müssen wir eben ein bisschen nachhelfen.« Schlagartig erhellte sich sein finsteres Gesicht. »Eins kannste mir glauben, mein Junge: Ich weiß, wie man Leute zum Reden bringt – und wenn sie ihr Maul noch so fest zukneifen!« Erneut tätschelte er die Schulter seines Sohnes, als ein heiseres Fauchen ihn erstaunt herumfahren ließ.

Auch Nalik wandte den Kopf zur Seite und erblickte einen Fuchs, der sich, lautlos und völlig unbemerkt, bis auf fünf Meter an Henk herangeschlichen hatte. Es musste ein Rüde sein, denn von der Nase bis zur weißen Schwanzspitze maß er gut eineinhalb Meter. Sein rotbraunes Fell schimmerte im hellen Sonnenlicht.

»Hey«, rief Henk. »Verpiss dich, du Mistviech! Sonst mach ich dir Beine!«

Der Fuchs rührte sich nicht von der Stelle. Er setzte sich auf die Hinterbeine und starrte Henk nur mit großen Augen an. Dann sträubte sich sein Fell, und er begann zu zittern und zu winseln, als wäre er plötzlich von Furcht befallen.

»Du sollst dich verpissen, hab ich gesagt!« Henk machte noch einen Schritt auf das angststarre Tier zu und stapfte wütend mit dem Bein auf. »Jetzt mach schon!«

»Sei bloß vorsichtig, Papa«, warnte Maik. »Der hat bestimmt die Tollwut, sonst wär er doch längst abgehauen!«

»Ach, was! Dem Viech verpass ich einen Tritt, dass ihm Hören und Sehen vergeht.« Damit stapfte Henk weiter. Er holte schon mit dem rechten Fuß aus, als er schlagartig zusammenzuckte, einen lauten Schrei ausstieß und sich mit schmerzverzerrtem Gesicht mit beiden Händen an den Kopf fasste. »Ahhh! Tut das weh, verdammich noch mal!«

Durch den Fuchs aber ging ein Ruck. Er fauchte den schreienden Mann wütend an, dann erhob er sich, machte kehrt und stolzierte in aller Seelenruhe davon, wie ein Wesen, das sich seiner Unantastbarkeit bewusst war. Augenblicke später war er im Rohrdickicht verschwunden.

Nalik Noski sah ihm mit besorgter Miene nach. Er wusste nicht so recht, was er von dem gespenstischen Geschehen halten sollte, dessen Zeuge er soeben geworden war. Eines allerdings wusste er mit Sicherheit: dass der Blender seinen Wirt gewechselt hatte, bedeutete bestimmt nichts Gutes.

Wie ich gegen Rhogarr und seine Schergen vorgehen will, fragt ihr?« Lächelnd sah Niko in die Runde der Männer. »Ganz einfach: mit Köpfchen und mithilfe einer List. Auf diese Weise ist es selbst dem schmächtigen David gelungen, den Riesen Goliath zu besiegen.«

»David? Goliath?« Ragnur Graubart hob die Brauen. »Nie von denen gehört. Sind die auch Alwen? Oder stammen sie aus der Marschmark oder dem Grimmen Reich?«

Wie blöd von mir!, schoss es Niko durch den Kopf. Die Bewohner Mysterias konnten die biblischen Gestalten natürlich nicht kennen, und so hatte sein Vergleich die Männer eher verwirrt als aufgemuntert! »Das weiß ich auch nicht so genau«, sagte er deshalb rasch. »Ich wollte damit nur sagen, dass selbst der stärkste Feind zu besiegen ist, wenn man seine Schwachstellen kennt. Und ich bin sicher, dass auch Rhogarrs Schergen verwundbar sind. Wir müssen nur herausfinden, wo und auf welche Weise.« Niko tat, als würde er die skeptischen Blicke der Männer gar nicht bemerken. »Wer von euch kennt sich in Helmenkroon am besten aus?«

»Ich kenne Helmenkroon ziemlich gut«, erklärte Huggin. »Ich habe früher doch da gewohnt und einen Marktstand betrieben. Doch seit die verfluchten Marschmärker die Stadt erobert haben, kann ich mich dort nicht mehr sehen lassen.«

»Das wundert mich nicht«, kommentierte Graubart trocken. »Du hast doch nur Angst, dass die armen Leute, die du um ihre sauer verdienten Helmenkronen gebracht hast, dich wiedererkennen und dir deine Gaunereien heimzahlen!«

Niko stimmte in das schallende Gelächter ein, bevor er sich erneut an die Männer wandte: »Jetzt aber mal im Ernst: Wann seid ihr zuletzt in Helmenkroon gewesen?«

Verlegenes Schweigen war die Antwort. Die Rebellen warfen sich gegenseitig nur beklommene Blicke zu, die Niko dennoch alles verrieten: In jüngster Zeit hatte offensichtlich keiner von ihnen seinen Fuß in die Stadt gesetzt.

Mit einer Ausnahme natürlich: Kieran hatte Helmenkroon vor einigen Wochen heimlich besucht, um einen Gefolgsmann anzuwerben. Allerdings war das mitten in finsterster Nacht und noch dazu in allergrößter Eile geschehen, sodass er keinerlei Gelegenheit gehabt hatte, sich näher umzusehen.

»Dann ist es allerhöchste Zeit, dass wir das nachholen«, erklärte Niko. »Je eher, desto besser. Ich schlage vor, dass wir uns gleich morgen früh auf den Weg nach Helmenkroon machen und uns mit eigenen Augen umschauen.«

»Vergiss es, Niko!« Kieran schüttelte den Kopf. »Bei meinem letzten Besuch dort herrschte Neumond. Es war so dunkel, dass man kaum die Hand vor Augen sehen konnte – und trotzdem wäre ich um ein Haar von einer Streife erwischt worden.« Er winkte ab. »Bei helllichtem Tag dagegen ist das viel zu gefährlich, insbesondere nach unserem Überfall heute früh.«

»Hä?« Jessie zog eine verwunderte Grimasse. »Was hat denn euer Überfall auf den Weintransport damit zu tun?«

»Ist das nicht offensichtlich?« Kieran rümpfte die Nase über die seiner Meinung nach unnötige Frage. »Wir waren doch nicht maskiert, weil keiner von uns die Absicht hatte, in nächster Zeit auch nur einen Fuß nach Helmenkroon zu setzen. Wenn wir das morgen aber dennoch tun, brauchen wir nur einem Mitglied der Wachmannschaft über den Weg zu laufen – und schon ist es um uns geschehen.«

»Das ist leicht möglich«, pflichtete Niko ihm bei, zuckte dann aber nur leichthin mit den Schultern. »Dann gehen wir eben allein. Ayani und ich finden uns auch so zurecht.«

»Ich komme natürlich mit«, warf Jessie hastig ein. »Das ist doch logo, oder?«

»Logo?« Der Spott in Ayanis Stimme war nicht zu überhören.

»Eure Sprache ist so was von hässlich und plump! Aber du wirst uns bestimmt eine große Hilfe sein. Ganz besonders natürlich, wenn wir wieder einer Horde von Atemschlürfern über den Weg laufen sollten.«

Jessies Miene verfinsterte sich. Allerdings hielt sie es wohl für ratsam, keinen offenen Streit vom Zaum zu brechen, denn sie schnitt Ayani nur eine böse Grimasse.

Die hilflose Geste ließ Niko schmunzeln. Gleichzeitig war er Jessie überaus dankbar, dass sie ihnen ohne jedes Zögern ihre Hilfe angeboten hatte. Schließlich hatte Kieran völlig recht: Ihr Vorhaben war alles andere als ungefährlich und konnte leicht böse enden.

Er nickte Jessie verstohlen zu und zeigte ihr den hochgestreckten Daumen: Super, vielen Dank!

Ayani bekam das gar nicht mit. Sie hatte sich längst wieder an den Anführer der Rebellen gewandt. »Im Ernst, Kieran: Ich kann Niko nur beipflichten. Ohne euch sind wir vermutlich weit sicherer als in eurer Begleitung. Im Gegensatz zu euch kennen Rhogarrs Schergen uns nämlich nicht. Außerdem halten sie eher nach ausgewachsenen Männern Ausschau und nicht nach Halbwüchsigen, wie wir es sind.«

»Genau«, pflichtete Niko ihr bei. »Aber das Wichtigste hast du vergessen: Wir haben inzwischen doch einen Helfer bekommen, von dem wir bislang nur träumen konnten.« Damit griff er zum Königsschwert, das neben ihm im Gras lag, und hielt es für alle sichtbar in die Höhe. Der Widerschein der zuckenden Flammen spiegelte sich auf der mächtigen Klinge. »Das hier ist schließlich Sinkkâlion, und ihr alle wisst, dass das Schwert es spielend mit einem ganzen Dutzend anderer Waffen aufnehmen kann.«

Kieran verdrehte genervt die Augen. »Das mag ja alles stimmen, Niko. Trotzdem wird Sinkkâlion euch nicht viel helfen – eher im Gegenteil: Rhogarrs Krieger werden das Königsschwert auf den ersten Blick erkennen und deshalb ganz schnell bemerken, dass ihr keine harmlosen Besucher seid. Zumal uns Alwen der Besitz von Waffen generell bei Todesstrafe verboten ist. Schon aus diesem Grund werden sie augenblicklich über euch herfallen und gegen ihre erdrückende Übermacht können selbst Sinkkâlions magische Kräfte auf Dauer nichts ausrichten.«

»Hm«, brummte Niko nachdenklich. Kierans Einwände waren nicht von der Hand zu weisen. Trotzdem wollte er sich nicht so einfach geschlagen geben. »Dann lassen wir das Schwert eben im Lager zurück«, erwiderte er trotzig, »und sehen uns unbewaffnet in Helmenkroon um.«

»Glaubst du vielleicht, das ist weniger gefährlich?«, fragte der Rebellenführer. »Ganz bestimmt nicht. Dann könnt ihr euch doch gar nicht zur Wehr setzen – weder gegen die Schergen Rhogarrs noch gegen sonstige Halsabschneider, die sich in großer Zahl in Helmenkroon herumtreiben.« Kieran wischte die schmutzige Schneide seines Messers am Hosenbein ab, klappte es zu und ließ es in der Tasche verschwinden. »Vergesst es einfach! Euer Vorhaben ist der pure Wahnsinn, und deshalb werde ich nicht zulassen, dass ihr euer Leben leichtfertig in Gefahr bringt.« Er erhob sich, als betrachtete er die Diskussion für beendet, und wollte sich zu den Pferden begeben, die friedlich am Waldrand grasten. Allerdings kam er nicht weit.

Ayani sprang nämlich ebenfalls auf und hielt ihn am Ärmel fest. »Dann musst du mich mit Gewalt daran hindern, nach Helmenkroon zu gehen«, schrie sie den jungen Rebellenführer an. »Denn ich werde nicht zulassen, dass Mayan und Arawynn in Rhogarrs Kerker verrotten. Lieber sterbe ich!«

KAPITEL 10

Der Sternendeuter

Die Studierstube von Nostramus lag im obersten Stockwerk des Bergfrieds. Der Turm des Korroker Herrscherpalastes war so hoch, dass er bis an die Wolken zu reichen schien, ganz besonders natürlich, wenn die so tief über dem Land und der Stadt hingen wie an diesem Tag.

Der Hofmagier war uralt. Er hatte bereits dem Vorgänger von Mordur Kra'nakk als Wahrsager und Sterndeuter gedient, genau wie den drei vorherigen Herrschern auch. Trotz seiner zahllosen Jahre erfreute Nostramus sich bester Gesundheit. Er besaß noch immer einen straffen Körper und einen aufrechten Gang. Nur die Farbe seiner Haare, die gleich einem weiß schäumenden und von silbernen Fäden durchwirkten Wasserfall hinunter auf seine breiten Schultern flossen, zeugte davon, dass er den Zenit seines Lebens längst überschritten hatte. Dennoch war in seinem tiefbraunen, fast ins Schwärzliche gehenden Gesicht, in dem zwei blaue Saphiraugen wie funkelnde Bergseen schimmerten, nicht eine einzige Falte zu entdecken.

Angeblich hatten die Unsichtbaren Nostramus mit der Gnade ewiger Jugend beschenkt, was jedoch nicht nur durch die Farbe seiner Haare, sondern auch durch seine Stimme als plumpe Lüge entlarvt wurde. Sie war brüchig wie altes Pergament und rau wie ein zerklüfteter Höhlenschlund und wies zudem eine erstaunliche Ähnlichkeit mit dem Krächzen eines Sturmflüglers auf, jener unheimlichen Flugtiere, die stets mit und in den verheerendsten Unwettern über das Land brausten. Am Korroker Hof wurde deshalb auch behauptet, Nostramus könne sich mithilfe seiner magischen Künste in einen Sturmflügler verwandeln, um dann geistergeschwind die Lüfte zu durchmessen und sich in kürzester Zeit an jeden beliebigen Ort Mysterias zu begeben. Nur aus diesem Grund habe er auch das oberste Stockwerk des Bergfrieds zu seinem Refugium auserkoren, was natürlich genauso wenig der Wahrheit entsprach wie die zahllosen anderen Gerüchte, die über Nostramus im Umlauf waren.

Der Hofmagier dachte allerdings überhaupt nicht daran, die haltlosen Nachreden auch nur ansatzweise zu entkräften. Im Gegenteil – er beförderte sie noch, wo immer er nur konnte. Die meisten von ihnen hatte er sogar selbst in die Welt gesetzt, genau wie es der Große Elikkernias, der größte aller Magier, die Mysteria jemals gesehen hatte, ihm geraten hatte. Vor grauer Urzeit war Nostramus bei ihm in die Lehre gegangen – und später war er ihm im Amt nachgefolgt. Lange vor seiner letzten Reise in die Regionen jenseits des Windes hatte Elikkernias seinen Eleven in das geheimste Geheimnis der Magie eingeweiht.

»Die Macht eines Magiers«, so hatte er Nostramus eingetrichtert, »bemisst sich keineswegs an seinem Können, sondern lediglich daran, wie viel Macht andere ihm zuschreiben! Je mehr man dir zutraut, umso mehr kannst du bewirken. Je größer und unverständlicher die Geheimnisse, die dich und deine Kunst umweben, umso bereitwilliger werden sie an deinen Lippen hängen – und je mehr sie dich fürchten, umso weniger werden sie es wagen, an deinen Worten zu zweifeln.«

Der Magier aller Magier hatte Nostramus noch einen weiteren wichtigen Rat gegeben: nämlich niemals eindeutige Vorhersagen zu machen, sondern diese stets in rätselhafte und vielfältig auslegbare Worte zu kleiden. »Wir dürfen uns niemals anmaßen«, so hatte der Große Elikkernias mit sanftem Lächeln erklärt, »den Willen der Unsichtbaren bis in die kleinste Einzelheit zu kennen. Weil wir nicht wissen können, welchen Einblick sie uns in das große Buch des Schicksals gewähren, in dem sie alle Gesetze festgelegt haben, die den Lauf unserer Welt bestimmen. Wir können lediglich einen bescheidenen Beitrag zu ihrem besseren Verständnis leisten. Diejenigen aber, die unseren Rat suchen, müssen ihre eigenen Schlüsse aus unseren Worten ziehen. Ihr Tun und Handeln liegt ganz alleine in ihrer eigenen Verantwortung und kann uns nicht angelastet werden.«

Sein ganzes Leben lang hatte Nostramus die Ratschläge des Großen Elikkernias befolgt. Da er zudem über umfassende Kenntnisse in den wichtigsten Wissenschaften verfügte, in der Astrologie, der Mathematik, der Alchemie und vielen anderen Dingen mehr, und diese auch geschickt und nutzbringend anzuwenden wusste, hatte sich Nostramus schon bald einen untadligen Ruf als Magier und Sternendeuter erworben. Außerdem waren viele seiner Entdeckungen und Voraussagen auch tatsächlich eingetroffen – dass er die weitgehend den Erkenntnissen und Aufzeichnungen seines Vorgängers verdankte, verschwieg er natürlich geflissentlich! –, und so genoss Nostramus schon seit vielen Jahren das uneingeschränkte Vertrauen des Einzigmächtigen. Mordur Kra'nakk hatte deshalb auch nicht einen Augenblick gezögert und war, kaum dass der tölpelhafte Kasimir ihm die Botschaft seines Herrn und Meisters überbracht hatte, zum Bergfried geeilt, um sich in die Studierstube von Nostramus zu begeben.

Als der Einzigmächtige schließlich den beengten Raum im obersten Stockwerk erreicht hatte, war sein Krötengesicht von den Mühen des langen Aufstiegs gezeichnet – die Wendeltreppe zählte immerhin siebenhundertsiebenundsiebzig Stufen! Mordur keuchte wie ein asthmatischer Blasebalg und brachte aufgrund seiner Kurzatmigkeit nicht ein Wort heraus.

Dem Edlen von Kraak dagegen, der den Herrscher begleitete, war nicht die geringste Anstrengung anzumerken. Der Krähenmann wirkte so frisch, als hätte er eben erst sein Gefieder gereinigt und gepudert. Dennoch hätte er es niemals gewagt, vor dem Einzigmächtigen das Wort an Nostramus zu richten. Er schwieg also beharrlich und ließ seinen Blick aufmerksam durch die Studierstube schweifen. Natürlich weilte Kraak nicht zum ersten Mal in der Kammer des Sternendeuters, aber dennoch kam ihm der Anblick stets wieder wunderlich vor.

Die Wände waren rundum mit hohen Regalen zugestellt, in denen sich unzählige Schriften, Bücher, Folianten und Pergamentrollen stapelten. Den übrigen Raum füllten Schränke, Truhen, Stellagen und Gestelle, in denen es kaum ein freies Plätzchen gab. Behälter und Gefäße aller Art waren darin aufgereiht, deren Inhalt Kraak nicht nur größtenteils unbekannt war, sondern der ihn wegen seiner gruseligen Natur immer wieder dazu brachte, das Gefieder auf seinem Rücken zu spreizen und sich einmal gründlich zu schütteln.

Die wenigen Freiflächen an den Wänden waren mit rätselhaften Sternenkarten und astronomischen Zeichnungen und Berechnungen gefüllt. An der Wand hinter dem Stehpult des Magiers hingen Blätter mit Horoskopen. Zu seinem großen Bedauern konnte Kraak nicht erkennen, für wen sie bestimmt waren. Das allerdings war nicht der Grund, warum dem Krähenmann langsam der Kamm zu schwellen drohte. Es war vielmehr das ungehörige Benehmen des Magiers, das seinen Unwillen hervorrief.

Nostramus hatte bei ihrem Eintreten noch nicht einmal aufgeblickt und einfach so getan, als habe er sie gar nicht gehört. Dabei hätte das Quietschen der Tür schon ausgereicht, um einen längst verfaulten Toten schnurstracks wieder zum Leben zu erwecken. Was aber noch viel schlimmer war: Der Magier würdigte sie noch immer keines Blickes! Er stand tief über sein Pult gebeugt und hatte die Augen ausschließlich auf die alten Pergamente geheftet, die darauf ausgebreitet waren.

Kraak klackte mehrfach ungeduldig mit seinem Schnabel und wollte schon auf den Magier losgehen, als er sich gerade noch rechtzeitig auf ein weiteres Gerücht besann, das über Nostramus im Umlauf war – nämlich dass er in der Lage sei, seine Gedanken ausschließlich auf einen Gegenstand oder ein Problem zu richten, und dass er dann nichts anderes mehr wahrnahm. Er schwebte dann angeblich in höheren Wissenssphären und stand im Kontakt mit dem Geist des Großen Elikkernias, um von dessen fast grenzenlosem Wissen zu zehren und auf diese Weise zu weit tieferen und treffenderen Erkenntnissen zu gelangen. Wer es wagte, Nostramus in diesem für Normalsterbliche weder zugänglichen noch fassbaren Zustand zu stören, erregte nicht nur den Zorn des Magiers, sondern musste auch damit rechnen, ein Opfer seiner geheimen Künste zu werden. So hatte Nostramus zum Beispiel einige Unvorsichtige mit dem Verlust des Gehörs bestraft – womit sie allerdings noch gut bedient gewesen waren. Einige Unglückliche hatte Nostramus nämlich sogar ihrer Manneszierde beraubt! Da der Edle von Kraak das unter keinen Umständen riskieren wollte, machte er seinen Schnabel lieber wieder zu und wartete geduldig, bis der Einzigmächtige endlich wieder zu Atem gekommen war.

Mordur Kra'nakk schnaufte noch einmal tief durch, bevor er seinen schmächtigen Körper in Bewegung setzte und auf das Pult des Magiers zuhumpelte. Sein viel zu langer Hermelinmantel, den er wie eine Schleppe hinter sich herzog, hinterließ deutliche Spuren in der dicken Staubschicht, die die steinernen Bodenfliesen bedeckte.

Als der Herrscher an seinem Pult angelangt war, richtete Nostramus sich auf. »Seid mir gegrüßt, Eure Einzigmächtigkeit«, sagte er und senkte demütig das schlohweiße Haupt. »Welch große Auszeichnung, dass Ihr Eure Füße in meine bescheidene Kammer setzt und mir die Ehre Eures Besuches gewährt!«

»Mit Vergnügen, Meister Nostramus, stets mit dem allergrößten Vergnügen.« Mordur blickte den Hofmagier lauernd aus seinen großen Glupschaugen an. »Euer Eleve, Kasimir…«, er drehte sich um und machte eine verächtliche Handbewegung in Richtung des Jünglings, der an der Eingangstür stehen geblieben war, »… hat höchst interessante Andeutungen gemacht. Er behauptet, Ihr hättet etwas von allergrößter Wichtigkeit entdeckt.«

»Genauso ist es, Eure Einzigmächtigkeit.« Nostramus deutete auf die Pergamente vor ihm auf dem Pult. »Ihr erinnert Euch sicherlich, dass ich erst jüngst, eher zufällig und mit Kasimirs Hilfe, eine alte Truhe in der verstaubten Bodenkammer entdeckt habe, die über den ehemaligen Gemächern des Großen Elikkernias gelegen ist.« Er richtete den Blick auf eine große Schatulle aus tiefschwarzem Ebenholz, die, beschlagen mit dicken Eisenbändern, neben seinem Pult stand. »Zu meiner ebenso großen Überraschung wie Freude barg sie einen Schatz von unermesslichem Wert: einen ganzen Stapel geheimer Aufzeichnungen meines hochverehrten und unübertroffenen Lehrers, von deren Existenz ich bis dahin noch nicht einmal ahnte.«

»Ich weiß, ich weiß«, warf der Einzigmächtige aufgeregt ein. »Habt Ihr darin nicht auch das Pergament gefunden, das die baldige Entdeckung Sinkkâlions angekündigt hat?«

»Sehr wohl, Eure Einzigmächtigkeit. Ihr erinnert Euch ganz richtig.« Nostramus legte den Kopf schief und musterte den Herrscher mit hintergründigem Lächeln. »Diese Vorhersage hat sich inzwischen erfüllt, wie ich gehört habe?«

»Ihr wisst davon?« Erstaunt riss Mordur Kra'nakk die Krötenaugen auf. »Aber woher denn?«

»Verzeiht, Eure Einzigmächtigkeit, aber das möchte ich lieber für mich behalten.« Der Magier verneigte sich untertänig. »Es gibt Dinge zwischen Himmel und Erde, die nur der richtig verstehen kann, der über die Macht eines Magiers verfügt. Den Unwissenden aber stürzen sie leicht ins Verderben und dieser Gefahr möchte ich Eure Einzigmächtigkeit unter keinen Umständen aussetzen.«

Der Krähenmann räusperte sich. Er hatte Nostramus noch nie ausstehen können. Der Magier war kaum zu durchschauen und damit einer der wenigen Bediensteten am Korroker Hof, die Kraak gefährlich werden konnten. Außerdem fühlte er sich in seiner Gegenwart unwohl. Nicht nur, weil Nostramus keinen Hehl daraus machte, was er von ihm hielt – nämlich überhaupt nichts! –, sondern auch, weil er stets das Gefühl hatte, dass der Magier ihn förmlich zu durchleuchten versuchte, um seine geheimsten Gedanken und Gefühlsregungen zu erfahren. Und so ein Rumgeschnüffel konnte der Edle von Kraak nun wirklich nicht brauchen! Er ging Nostramus deshalb weitestmöglich aus dem Weg und versuchte, die unumgänglichen Begegnungen so kurz wie möglich zu halten. »Komme er endlich zu Sache«, krächzte er den Magier ungehalten an. »Seine Einzigmächtigkeit ist vielfältigen Pflichten unterworfen, sodass Ihr nicht einen Augenblick seiner kostbaren Zeit verschwenden solltet!«

»Was Ihr nicht sagt, Edler von Kraak!«, erwiderte der Magier mit freundlichem Lächeln. »Und wie nobel von Euch, dass Ihr um das Wohlergehen Seiner Einzigmächtigkeit so unglaublich besorgt seid.«

»Deshalb habe ich ihn ja auch zu meinem Ratgeber bestellt«, sagte Mordur Kra'nakk, völlig unsensibel für die fast greifbare Spannung zwischen seinen beiden Gefolgsleuten. »Kraak hat völlig recht: Lasst jetzt hören, was Ihr in den Aufzeichnungen des Großen Elikkernias entdeckt habt!«

Der Magier bedachte den Krähenmann noch mit einem kurzen Blick, den dieser nicht so recht zu deuten wusste. Dann wandte er sich wieder den alten Dokumenten auf seinem Pult zu. »Elikkernias hat immer behauptet, im Besitz geheimer Botschaften zu sein, die der Wanderer vor langer Zeit im Auftrag der Unsichtbaren in unsere Welt gebracht hat. Er hat sich allerdings beharrlich geweigert, mich auch nur einen Blick in diese Aufzeichnungen werfen zu lassen.«

»Warum das denn?«, fragte Mordur. »Gehört es nicht zu den Aufgaben eines Meisters, seinen Eleven mit den Geheimnissen seiner Kunst vertraut zu machen?«

»Natürlich, Eure Einzigmächtigkeit.« Wieder verneigte sich Nostramus mit vieldeutigem Lächeln. »Doch wie ich schon sagte: Es gibt Dinge zwischen Himmel und Erde, die nur der verstehen kann, der über die Macht eines Magiers verfügt. Ich war damals allerdings nur ein Eleve und weit davon entfernt, mich einen Magier nennen zu dürfen.« Er warf Kraak einen hochmütigen Blick zu. »Und deshalb hat Elikkernias diese Botschaften von mir ferngehalten.«

»Tatsächlich?«, krächzte der Krähenmann. Das hochnäsige Gehabe des Magiers ging ihm so gegen den Strich, dass sich ihm immer wieder einzelne Federn aufstellten, obwohl er das zu unterdrücken versuchte. »Wenn das so ist, dann hat Elikkernias offensichtlich befürchtet, dass Ihr es niemals zu einem ordentlichen Magier bringt – sonst hätte er seine Aufzeichnungen wohl kaum in dieser Truhe hier versteckt.« Damit blickte er vielsagend auf die Schatulle neben dem Pult.

»Nichts wäre falscher als eine solche Annahme«, gab Nostramus gelassen zurück. »Und nur ein Narr würde zu einem solchen Schluss kommen. In Wahrheit nämlich verhält es sich so: Dem wahren Meister enthüllen sich die Geheimnisse stets zur rechten Zeit – nämlich genau dann, wenn es dem Willen und Wunsch der Unsichtbaren entspricht, nicht früher und nicht später. Weil sie zum falschen Zeitpunkt weit mehr Unheil anrichten als Nutzen bringen.«

»Ein wahres Wort aus dem Mund eines wahrhaft großen Meisters«, sagte der Einzigmächtige zu seinem Berater und wandte sich wieder dem Magier zu. »Aber nun spannt mich bitte nicht länger auf die Folter und offenbart mir Eure neueste Entdeckung.«

»Mit dem größten Vergnügen.« Nostramus grinste den Krähenmann an und griff zu einem Pergament. »Es handelt sich um eine Prophezeiung, die uns bislang nur teilweise bekannt war. Sie dreht sich um den Tag, an dem der Feuermond seine Bahn beendet und –«

»Ich glaube, ich erinnere mich«, unterbrach Mordur. »Soll dann nicht ein neuer Herrscher den Thron von Helmenkroon erringen?«

»Gewiss, Eure Einzigmächtigkeit. Die Prophezeiung lautet wie folgt.« Nostramus senkte den Blick auf das Pergament in seiner Hand und las davon ab: »Wenn der Feuermond zum zweiten Mal seine Bahn vollendet in zweimal sieben Jahr, wird der Schreckenskönig erscheinen, und ein neuer Herrscher wird den Thron von Helmenkroon erringen.«

Kraak klackte mit dem Schnabel. »Das wissen wir doch längst.« Er zog den Kopf ein wenig ein, als wolle er in Deckung gehen, und sah den Magier vorwurfsvoll an. »Leider habt Ihr uns bis heute nicht offenbart, was mit dieser Prophezeiung gemeint ist. Ihr habt uns weder erklärt, wer sich hinter dem rätselhaften Schreckenskönig verbirgt, noch habt Ihr uns verraten, wer der neue Herrscher von Helmenkroon wird. Da gleicht es schon fast einem Wunder, dass Ihr Euch wenigstens auf den Tag festgelegt habt, an dem das alles geschehen soll: den Tag des Dunklen Mondes in knapp drei Wochen. Oder das Fest der Drei, wie die Alwen diesen Tag seit alters her nennen.«

Nostramus kniff die Augen zusammen. Seine Backenmuskeln zuckten unruhig – offensichtlich biss er sich dahinter auf die Zähne. Nostramus war allerdings klug genug, nicht allzu offen gegen den Krähenmann vorzugehen. Der Einzigmächtige hielt schließlich große Stücke auf Kraak und jede unverhohlene Kritik an seinem Berater würde ihn vermutlich erzürnen. Nostramus besann sich deshalb auf eine andere Taktik.

»Ich würde mir niemals anmaßen, mich mit den Unsichtbaren messen zu wollen«, erwiderte er mit geneigtem Haupt. »Ihr Geist und ihr Wissen sind unserem weit überlegen, sodass wir ihren Willen nur andeutungsweise erkennen können. Aber wenn Ihr glaubt, sie besser zu verstehen als ich, dann tut Euch keinen Zwang an.« Mit gespielter Resignation hob er beide Hände und zuckte demütig mit den Schultern. »Ich lasse mich gerne von Euch belehren und lausche bereitwillig Euren Worten.« Ein Lächeln huschte über seine Lippen. »Nur zu, Edler von Kraak. Sprecht endlich Eure Weisheit aus und erleuchtet uns mit Eurem Wissen!«

Der Krähenmann räusperte sich. Ihm lag schon eine wütende Entgegnung im geöffneten Schnabel, als Nostramus sich noch mal zu Wort meldete.

»Und wenn Ihr schon dabei seid …«, seine raue Stimme klang jetzt überraschend weich, »… dann erklärt uns bei dieser Gelegenheit doch auch, wer mit der Tochter des Falken gemeint ist!«

Kraak schloss seinen Schnabel wieder.

»Die Tochter des Falken?« Der Einzigmächtige blickte ihn irritiert an. »Von der habe ich noch nie gehört!« Wie ein zorniger Junge stapfte er mit dem rechten Fuß auf. »Könntet Ihr mir vielleicht erklären, wer das sein soll?«

»Aber natürlich, Eure Einzigmächtigkeit. Zumal der Edle von Kraak ja wohl nichts weiter beisteuern möchte?« Er schenkte dem Krähenmann einen schiefen Seitenblick. »Und nur aus diesem Grunde habe ich meinen Eleven doch zu Euch geschickt.« Er reckte den Kopf und spähte zu dem Zauberlehrling, der sich keinen Schritt von der Tür wegbewegt hatte. »Habe ich nicht recht, Kasimir?«

»Aber natürlich, Meister«, antwortete der Eleve. »Genauso verhält es sich!« Damit verneigte er sich ganz tief und verlor prompt wieder seinen Spitzhut, was ihm nur ein neuerliches »Oooh« entlockte.

»Ja, und?«, drängte der Einzigmächtige, nachdem ihm das Missgeschick des Tölpels ein missbilligendes Zucken des Augenwinkels abgenötigt hatte. »Was hat es mit dieser Tochter des Falken auf sich?«

»Gleich, Eure Einzigmächtigkeit«, entgegnete der Hofmagier rasch. Die unüberhörbare Ungeduld in der Stimme seines Herrn hatte ihm offensichtlich klargemacht, dass er den Bogen nicht überspannen durfte. »Als ich die Aufzeichnungen des großen Elikkernias heute Nacht noch einmal durchgesehen habe, ist mir dieses Blatt hier in die Hände gefallen.« Wie zur Demonstration wedelte er mit dem vergilbten Pergament unter der Nase seines Herrschers herum. »Ich muss es neulich irgendwie übersehen haben, eine andere Erklärung habe ich auch nicht dafür.«

»Tatsächlich?«, knurrte der Herrscher mit tadelndem Unterton, was – in Verbindung mit seinem missbilligenden Blick – dem Krähenmann ein zufriedenes Lächeln entlockte.

»Dabei handelt es sich um einen ganz entscheidenden Zusatz zu der ursprünglichen Prophezeiung, zumal er die in einem völlig anderen Licht erscheinen lässt.«

Mordur Kra'nakk kniff die Glupschaugen zusammen, bis sie

schmalen krötengrünen Schlitzen glichen. »Jetzt lasst schon hören, aber klar und deutlich«, knurrte er.

»Darf ich zum besseren Verständnis den ursprünglichen Wortlaut der Prophezeiung noch einmal wiederholen: ›Wenn der Feuermond zum zweiten Mal seine Bahn vollendet in zweimal sieben Jahr, wird der Schreckenskönig erscheinen, und ein neuer Herrscher wird den Thron von Helmenkroon erringen‹. Und nun der Zusatz, den ich erst heute Nacht entdeckt habe: ›Wenn die Dunkelheit sich mit dem Licht vermählt, vermag nur die Tochter des Falken zu bewirken, dass der Wille der Unsichtbaren in Erfüllung geht. Und so werden sie jeden strafen, der sich ihrem Willen widersetzt.‹«

»Dass der Wille der Unsichtbaren in Erfüllung geht«, murmelte der Einzigmächtige vor sich hin, bevor er einen Schritt auf seinen Hofmagier zu machte und ihn auffordernd ansah. »Und… was bedeutet das nach Eurer Meinung?«

»Nun…« Nostramus wählte seine Worte mit größtem Bedacht. »Das kann vieles bedeuten, Eure Einzigmächtigkeit: Dieses und jenes und das andere natürlich auch. Eines jedoch scheint mir völlig sicher zu sein: nämlich dass diese Tochter des Falken das Schicksal Mysterias wenden wird. Sie wird darüber entscheiden, wer am Tag des Dunklen Mondes den Thron von Helmenkroon besteigt.«

»Wie klug Ihr doch seid!« Kraak vermochte seinen Ärger nicht länger zu bezähmen. »Dann könnt Ihr uns bestimmt auch sagen, wer mit dieser geheimnisvollen Tochter des Falken gemeint ist, nicht wahr?«

»Bedaure, aber das liegt nicht in meiner Macht.« Nostramus verneigte sich übertrieben tief. »Aber da Ihr ohnehin überzeugt scheint, den Willen der Unsichtbaren besser deuten zu können als ich, wird es Euch bestimmt eine Ehre sein, das für unseren geliebten Herrscher, Seine hochverehrte Einzigmächtigkeit Mordur, herauszufinden. Ihr verfügt schließlich über weitreichende Verbindungen und könnt die erforderlichen Erkundigungen viel leichter einholen als ich.«

»Das ist eine ausgezeichnete Idee!« Mit zufriedener Miene patschte Mordur Kra'nakk dem Hofmagier auf die Schulter und wandte sich an seinen Berater. »Ihr habt gehört, was Nostramus vorgeschlagen hat: Versucht, so schnell wie möglich herauszufinden, wer die Tochter des Falken ist – und wenn Ihr dazu Himmel und Hölle in Bewegung setzen müsstet!«

»A-A-A…« In der ersten Überraschung brachte Kraak kaum mehr als einen unverständlichen Laut zustande. »Wi-wi-wie stellt Ihr Euch das vor, Eure Einzigmächtigkeit? Außerdem sollte ich mich doch umgehend nach Helmenkroon begeben, um Rhogarr von Khelm Eure neuen Forderungen zu übermitteln…«

»Ach was!« Der Einzigmächtige verzog den lippenlosen Mund und winkte ab. »Diese Aufgabe kann auch ein anderer übernehmen, der über weit geringere Fähigkeiten verfügt als Ihr.« Als sein Blick eher zufällig auf den Zauberlehrling fiel, erhellte sich sein Krötengesicht. »Genau! Ein ausgemachter Tölpel ist genau der richtige Mann dafür. Zudem wird das Rhogarr von Khelm ein für alle Mal zeigen, was ich von ihm halte. Vorausgesetzt natürlich, der marschmärkische Narr besitzt so viel Grips, um meinen Wink auch zu verstehen.«

Mach bitte etwas lauter«, bat Melchior Niklas seine Tochter. Er schob seine Leberwurstschnitte auf den Teller zurück und blickte gespannt auf den altertümlichen Fernseher in der Wohnzimmerecke, über den die Regionalnachrichten flimmerten. Rieke legte das Messer aus der Hand – damit ihr Vater seine geliebte »Heimatschau« nicht verpasste, deckte sie den Abendbrottisch schon seit

Tagen im Wohnzimmer –, griff zur Fernbedienung und erhöhte die Lautstärke, sodass der Nachrichtensprecher jetzt deutlich zu verstehen war.

»Von Siegward Schreiber«, las der geschniegelte Typ im tadellosen Anzug vom Blatt, »dem Falkenstedter Geschäftsmann, der in der letzten Woche in seinem Antiquariat überfallen wurde und seitdem vermisst wird, fehlt noch immer jede Spur.« Ein Porträt von Herrn Schreiber wurde eingeblendet, das allerdings rasch dem Bild eines anderen Mannes weichen musste: »Ebenfalls vermisst seit dem Tag des Überfalls wird weiterhin Nalik Noski. Herr Noski steht in dem dringenden Verdacht, in das mysteriöse Verbrechen verwickelt zu sein. Jeder, der sachdienliche Hinweise liefern kann, wird gebeten, sich umgehend mit der nächsten Polizeidienststelle in Verbindung zu setzen.«

»Mann, Mann, Mann, wenn das mal gut geht«, sagte Melchior und wandte sich vom Fernseher ab. »Hoffentlich lebt dieser Antiquar überhaupt noch!«

»Mal bloß nicht den Teufel an die Wand, Papa«, sagte Rieke. Sie schaltete den Ton wieder leiser. »Eins steht ohnehin fest: Wenn die Polizei Nalik schnappen sollte, bevor Herr Schreiber wieder auftaucht, sitzt er ganz schön in der Tinte.«

»Das kannst du laut sagen.« Melchior Niklas nickte bekümmert. Er nahm sein Brot wieder in die Hand und aß es langsam auf. »Wawer wieweicht wis Wiko wis wawin wiewer wuwück«, sagte er schließlich mit vollem Mund.

Rieke sah ihn streng an. »Könntest du das bitte wiederholen? Auf Deutsch, wenn es geht.«

Melchior schluckte hastig den Bissen hinunter. »Ich habe gesagt: Vielleicht ist Niko bis dahin wieder zurück und kann Herrn Noski entlasten. Der Junge kann doch bezeugen, dass sein Senshei als Täter gar nicht infrage kommt.«

»Schön wär's«, sagte Rieke. Auch sie steckte sich jetzt den letzten

Bissen ihres Abendessens in den Mund. Nachdem sie sich mit der Serviette den Mund abgewischt hatte, lehnte sie sich im Stuhl zurück und blickte ihren Vater an. »Was ich dich die ganze Zeit schon fragen wollte: Wie ist dieser alte Umhang überhaupt auf den Speicher gekommen?«

Melchior schob seinen Teller zur Seite. »Der mit der großen Kapuze, meinst du?«, fragte er, während er seelenruhig nach seiner Pfeife und dem Tabaksbeutel griff.

»Genau den!«

Etwas umständlich begann Melchior, die geliebte Piepe zu stopfen. »Den hab ich an den Schrank gehängt. Aber das ist jetzt schon … warte mal – ja, genau: Das ist schon mehr als fünfzehn Jahre her.«

»Was?«, fragte Rieke. »So lange schon?«

Melchior nickte, ohne sie anzusehen, und konzentrierte sich auf seine Pfeife.

»Und wo kommt der Umhang her?«

Melchior hob ruckartig den Kopf und blickte seine Tochter überrascht an. »Das fragst du mich? Woher soll ich das denn wissen?«

Rieke hatte nicht die geringste Ahnung, worauf ihr Vater anspielte. »Wie … äh … was?«, fragte sie. »Wer denn sonst?«

»Na, du natürlich!«, antwortete Melchior. »Dieser Umhang hing doch in deinem Kleiderschrank, damals, als du so plötzlich verschwunden bist. Da deine Mutter und ich nicht wussten, ob du jemals wieder auftauchst, haben wir deine Sachen auf den Boden geräumt. Und den Kapuzenumhang natürlich ebenfalls.«

Rieke schüttelte verwirrt den Kopf. »Echt?«

»Ja, klar.« Melchior steckte die Pfeife in den Mund und zündete sie an. Als sie ordentlich dampfte, sah er seine Tochter erneut an. »Du erinnerst dich also nicht mehr, wie du an den Umhang gekommen bist? Und wieso du gleich büschelweise Eisenkraut in seine Taschen gestopft hast?«

»Ganz und gar nicht.« Rieke seufzte schwer. »Für den Mantel gilt das Gleiche wie für alles andere, was sich damals abgespielt hat: Ich erinnere mich an überhaupt nichts mehr – als hätte ich ein Riesenloch im Kopf, in dem alles verschwunden ist.«

Melchior nickte kaum merklich. Er ließ seine Piepe dampfen und starrte für eine Weile vor sich hin, bevor er Rieke wieder ansprach: »Aber dass du damals die Wohnung von Walter Brauer sauber gemacht hast, daran erinnerst du dich schon noch, oder? Du weißt schon: Die Wohnung von dem Sohn vom alten Schorsch, dem früher der Pfortnerhof gehört hat, in dem jetzt die Andersens wohnen …«

»Ja, klar.« Rieke runzelte die Stirn. »Warum fragst du?«

»Weil ich gerade an das merkwürdige Telefonat denken muss, das wir beide kurz vor deinem Verschwinden geführt haben.«

»Welches Telefonat denn? Tut mir leid, aber ich kann mich absolut nicht daran erinnern. Worum ging es dabei?«

»Ach …« Melchior Niklas machte einen erneuten Zug. »Eigentlich nur um das Übliche. Wir haben ja jede Woche telefoniert. Weil deine Mutter und ich natürlich immer auf dem Laufenden bleiben wollten. Wie es dir so geht, wie es auf der Bibliotheksfachschule läuft und so weiter und so fort.«

»Klar.« Ein wehmütiges Lächeln spielte um Riekes Mund. »Das weiß ich schon.« Sie beugte sich nach vorne und legte ihrem Vater die Hand auf den Unterarm. »Ich hab mich immer gefreut, wenn ihr angerufen habt!«

»Schön«, antwortete Melchior nur, aber Rieke konnte den feuchten Glanz in seinen Augen deutlich erkennen. »Also«, fuhr er dann fort, »es war ein ganz normales Gespräch wie viele andere auch, bis du plötzlich eine ziemlich merkwürdige Andeutung gemacht hast.«

Rieke legte den Kopf schief und schaute ihn gespannt an. »Nämlich?«

»Du hast gesagt, dass du in der Wohnung von Walter Brauer etwas Unglaubliches entdeckt hast.«

Rieke hielt den Atem an. »Und was war das?«

»Keine Ahnung!« Melchior hob ratlos die Hand mit der Pfeife. »Das hab ich dich damals natürlich auch gefragt.«

»Und was habe ich darauf geantwortet?«

»›Das sage ich dir lieber nicht, Papa‹, hast du gemeint. ›Sonst lässt du mich bestimmt für verrückt erklären!‹« Melchior ließ die Pfeife sinken und schaute sie eindringlich an. »Erinnerst du dich denn gar nicht mehr?«

Rieke schüttelte den Kopf. »Gähnende Leere in meinem Kopf …«, erklärte sie nachdenklich, als es plötzlich an der Haustür Sturm läutete.

KAPITEL 11

Im Kerker des Peinigers

Rieke erkannte auf den ersten Blick, dass Lena Andersen völlig aufgelöst war. Sie atmete so schwer, als sei sie vom Pfortnerhof bis zum Ellerhof nur gerannt. »Ist Jessie bei Ihnen?«, brachte sie nach der gekeuchten Begrüßung mühsam hervor.

»Und deshalb hetzen Sie hierher?«, fragte Rieke verwundert. »Warum haben Sie denn nicht angerufen?«

»Das wollte ich ja.« Noch immer rang Lena um Luft. »Aber ich habe keine Verbindung gekriegt.«

»Dieses verdammte Telefon!«, schimpfte Melchior, der mit der Pfeife in der Hand aus dem Wohnzimmer auf die Diele gekommen war. »Wenn man es mal braucht, dann funktioniert es garantiert nicht! Ich frag mich manchmal, wofür ich eigentlich Gebühren zahle.«

Lena lächelte ihn gequält an – »'n Abend, Herr Melchior!« – und wandte sich wieder an Rieke. »Also: Ist Jessie bei Ihnen oder nicht?«

Als Rieke verneinte, schüttelte sie fassungslos den Kopf. »Das habe ich fast schon befürchtet.« Lenas Augen schimmerten tränenfeucht. »Aber Sie waren meine letzte Hoffnung.« Sie holte tief Luft. »Wenn Jessie nicht bei Ihnen ist, gibt es nur eine Erklärung: Es muss ihr etwas zugestoßen sein. Sonst wäre sie doch längst wieder aufgetaucht oder hätte sich wenigstens gemeldet!« Sie presste die Augen zusammen und geriet plötzlich ins Wanken, sodass sie sich am Türrahmen abstützen musste.

»Alles in Ordnung?«, fragte Rieke besorgt.

»Ja, ja, geht schon wieder«, sagte Lena geistesabwesend und bemühte sich um ein Lächeln. »Na, dann. Einen schönen Abend noch.« Damit wandte sie sich ab und wollte davonlaufen.

Rieke hielt sie zurück. »Was haben Sie denn vor, Frau Andersen?«

»Was wohl? Wir werden umgehend die Polizei alarmieren, Thomas und ich.«

Rieke räusperte sich. »Halten Sie das für eine gute Idee?«

»Natürlich!« Lena blickte sie mit großen Augen an und schüttelte verwundert der Kopf. »Was sollen wir sonst tun?«

Rieke wechselte einen raschen Blick mit ihrem Vater.

Melchior nahm einen tiefen Zug aus seiner Pfeife und nickte ihr kaum merklich zu.

»Dürfte ich Sie um einen Gefallen bitten?«, sagte Rieke, wieder an die Besucherin gewandt. »Kommen Sie doch bitte herein und hören Sie sich an, was ich Ihnen zu erzählen habe. Es dauert bestimmt nicht lange. Und danach können Sie immer noch zur Polizei gehen, wenn Sie unbedingt wollen.«

Die blutige Sichel des zunehmenden Feuermondes stand hoch über dem Bergfried von Helmenkroon und überzog die mächtigen Burgmauern mit gespenstisch rotem Licht. Im Kerker dagegen herrschte pechschwarze mitternächtliche Finsternis. In den Verliesen tief unten in den Kellergewölben war kaum die Hand vor Augen zu erkennen. Eine einsame Fackel rußte im Flur an der Wand über dem Tisch des schlafenden Kerkerwächters vor sich hin. Ihr kärgliches Flackerlicht hatte nicht die geringste Chance gegen die tiefe Dunkelheit, die durch die schweren Gittertüren der Zellen hinaus auf den Gang kroch. Das grunzende Schnarchen des Wächters mischte sich mit den nächtlichen Lauten aus den Verliesen, dem unterdrückten Stöhnen der Eingekerkerten, dem hohlen Husten und den gelegentlichen Angst- und Schreckensschreien, die von Alb- oder Fieberträumen hervorgerufen wurden. Oder mit dem Knistern des Strohs, auf dem sich die schlafenden Gefangenen herumwälzten, und dem leisen Trippeln der Ratten und Mäuse, die im Dunkel der Nacht auf dem groben Steinboden umherhuschten, um nach ein paar Brotkrumen zu suchen und an den schwärenden Wunden an den Körpern der geschundenen Häftlinge zu nagen.

Arawynn bekam von alldem nichts mit. Obwohl der Alwenjunge sein erbärmlich stinkendes Gefängnis – im Vergleich dazu war eine Gerberwerkstatt mit geradezu paradiesischen Wohlgerüchen erfüllt! – erst seit wenigen Tagen mit seinem Vater Mayan teilte, hatte er sich rasch mit den Verhältnissen abgefunden. Weil ihm gar keine andere Wahl blieb, wie Mayan ihm eindringlich klargemacht hatte. Weil es keinen Sinn machte, gegen etwas aufzubegehren, was doch nicht zu ändern war. Weil das nur unnötig Kraft und Energie gekostet hätte und dennoch nicht zum Erfolg geführt, sondern seine Überlebenschancen nur verringert hätte.

Arawynn hatte sofort eingesehen, dass Mayan recht hatte. Nur auf diese Weise hatte es der Vater geschafft, die lange Gefangenschaft einigermaßen unbeschadet zu überstehen, auch wenn er seit dem letzten Sommer, als Rhogarrs Schergen ihn aus nichtigem Grund gefangen genommen hatten, beträchtlich abgemagert war. Inzwischen war er kaum mehr als Haut und Knochen. Sein Wille und sein Geist jedoch waren ungebrochen, und Mayan war noch immer fest davon überzeugt, dass sein Sohn und er nicht auf ewig im Kerker schmoren, sondern schon bald wieder die Luft der Freiheit atmen würden. Genau das hatte er Arawynn versprochen, als die Kerkerwächter ihn vor ein paar

Tagen in sein Verlies geworfen hatten, nicht ahnend, dass es sich um seinen Sohn handelte.

Wie sein Vater hatte sich auch Arawynn in der Ecke der fensterlosen Zelle auf einen kargen Haufen von verrottetem Stroh gebettet, um dem nächsten Morgen entgegenzudämmern. Sein Schlaf allerdings war unruhig, genau wie in den letzten Nächten auch. Die Erinnerungen an die schrecklichen Ereignisse, die sich wie finstere Schatten über sein junges Leben gesenkt hatten, suchten ihn immer wieder in seinen Träumen heim: der heimtückische Überfall der schwarzen Horde auf das friedliche Alwendorf im Flüsternden Forst, das Arawynn bis dahin Zuflucht und Heimat gewesen war. Das blutige Gemetzel, das Rhogarrs Reiter und die grausamen Vharuuls unter den Bewohnern angerichtet hatten. Und der gewaltsame Tod seiner Mutter Maruna unter den Hufen der heranstürmenden Streitrosse.

Während Arawynn sich unruhig auf dem Lager herumwälzte, kamen undeutliche Laute über seine Lippen, immer und immer wieder, bis sie sich schließlich zu deutlich verständlichen Worten formten. »Ja, Mutter«, murmelte Arawynn, »natürlich kann ich dich hören.« Nur einen Herzschlag später schlug der Junge die Augen auf und fuhr wie von einer Giftspinne gestochen hoch. Das Gesicht von ungläubigem Staunen verzerrt, starrte er zum Fuß seines Lagers und schüttelte mit offenem Mund den Kopf. »Bei den Unsichtbaren«, murmelte Arawynn. »Das muss ein Trugbild sein.«

Lena Andersen schien immer noch nicht fassen zu können, was Rieke ihr erzählt hatte. Mit weit geöffneten Augen starrte sie Nikos Mutter an. »Dann ist Ihr Sohn also schon seit Tagen verschwunden?«

Rieke nickte.

»Und sie haben keine Ahnung, wo Niko sein könnte?«

Rieke schüttelte den Kopf. »Keine.«

»Und trotzdem sind Sie nicht zur Polizei gegangen, weil dieser Herr…« Sie hatte offensichtlich den Namen vergessen, denn sie schaute Rieke Hilfe suchend an.

»Herr Noski, wollten Sie sagen.«

»…weil dieser Herr Noski Sie überzeugt hat, dass das völlig sinnlos wäre? Gleichzeitig hat er Ihnen versichert, dass Niko ganz bestimmt wieder zurückkommen wird?«

»Genau!«

»Bei meiner Tochter war es doch genauso«, mischte Melchior sich ein, der der Unterhaltung der beiden Frauen bislang schweigend und Pfeife rauchend gelauscht hatte. »Rieke war vor vielen Jahren nämlich auch verschwunden – ebenso spurlos wie jetzt Niko. Länger als ein Jahr sogar, bis sie eines Nachts gesund und munter und mit einem neugeborenen Baby im Arm wieder bei uns aufgetaucht ist.«

Mit offenem Mund starrte Lena Rieke und ihren Vater an, bevor sie endlich wieder Worte fand. »Das ist doch nicht wahr, oder?«, flüsterte sie fassungslos.

Rieke lächelte ihr beruhigend zu. »Doch.«

»Und?« Lena reckte den Kopf nach vorne. »Wo waren Sie während all der Zeit?«

Rieke seufzte. »Das ist es ja. Ich kann mich an absolut nichts mehr erinnern: nicht daran, wo ich mich aufgehalten habe, und auch nicht daran, was dort geschehen ist.«

»Was? Dann wissen Sie also auch gar nicht…?«

»Nein«, nahm Rieke Lena die Worte aus dem Mund. »Ich weiß bis heute nicht, wer Nikos Vater ist. Aber eines weiß ich ganz genau.« Sie legte ihre rechte Hand auf die Brust. »Nämlich tief hier drin: Er war bestimmt ein feiner Kerl, und Niko wäre mit Sicherheit stolz auf ihn, wenn er ihm jemals begegnen sollte.«

»Ja«, sagte Melchior. »Das glaube ich auch.« Damit steckte er die Pfeife wieder in den Mund und ließ eine Qualmwolke zur Decke steigen.

Lena musterte ihn nachdenklich, bevor sie sich wieder an Rieke wandte. »Und deshalb sind Sie fest davon überzeugt, dass Niko wieder heil zu Ihnen zurückkehren wird?«

»Ganz genau! Weil er sich mit Sicherheit ebenfalls da aufhält, wo ich damals gewesen bin. Und wenn ich meinen Ausflug unbeschadet überstanden habe – warum sollte es Niko dann anders ergehen? Deshalb teile ich die Meinung von Herrn Noski: Wir sollten Niko vertrauen; er wird sich auf nichts Unbedachtes eingelassen haben. Und das Gleiche gilt auch für Jessie! Ich vermute nämlich, dass sie Niko nachgereist ist, weil sie irgendwie herausgefunden hat, wo er sich aufhält.«

Lena antwortete nicht, sondern starrte nur gedankenverloren vor sich hin.

Rieke ließ sie gewähren. Sie fühlte ganz genau, dass Lena erst mit sich selbst ins Reine kommen musste, bevor sie mit einem anderen darüber reden konnte.

Es dauerte eine ganze Weile, bis Lena Andersen wieder das Wort ergriff. »Niko ist Ihr Sohn, Frau Niklas«, sagte sie. »Sie kennen ihn viel besser als ich und wissen deshalb auch viel besser, was Sie ihm zutrauen können und was nicht.«

»Aber Jessie ist doch auch ein sehr vernünftiges Mädchen«, mischte Melchior sich ein. »Manchmal vielleicht ein bisschen wild, aber trotzdem: Jessie macht bestimmt keinen Blödsinn.«

Lena wandte sich ihm zu und lächelte ihn an. »Das weiß ich doch!«

Melchior runzelte die Stirn. »Aber?«

»Es gibt da ein Problem«, antwortete sie. »Oder besser gesagt: sogar zwei! Das eine betrifft Jessie – und das andere Thomas.«

Lena und Melchior lauschten ihrer Erklärung mit wachsendem

Entsetzen. Ihre Mienen wurden immer ernster, bis sie schließlich von tiefer Sorge gezeichnet waren.

»Ach du meine Güte«, sagte Rieke entsetzt, als Lena schließlich fertig war. »Das ist ja furchtbar.«

»Allerdings«, brummte auch Melchior. »Wie lange wird Jessie denn noch durchhalten?«

Lena zuckte hilflos mit den Schultern. »Schwer zu sagen. Aber je eher sie wieder auftaucht und Hilfe bekommt, umso besser natürlich.«

»Und was ist mit Ihrem Mann?«, fragte Rieke.

»Wenn Thomas erfährt, dass Jessie verschwunden ist, wird wahrscheinlich das Gleiche passieren wie im letzten Jahr«, antwortete Rieke bekümmert. »Zumindest befürchte ich das.«

Rieke und Melchior sahen sie nur abwartend an.

»Wir haben damals noch in der Großstadt gewohnt«, fuhr Lena fort, »und Jessie hat ziemlichen Ärger mit der Polizei bekommen.«

Melchior verzog erstaunt das Gesicht und nahm die Pfeife aus dem Mund. »Das sieht ihr aber gar nicht ähnlich!«

»Nein, eigentlich nicht. Aber selbst Erwachsene haben ihre Probleme, mit dieser Geschichte zurande zu kommen – und ein junges Mädchen wie Jessie natürlich noch viel mehr. Deswegen ist sie manchmal ja auch so ruppig. Jedenfalls hat Jessie sich damals öfter mit ein paar Mädels aus Maiks Clique geprügelt. Weil die sie deswegen aufgezogen haben, hat sie gesagt. Aber die haben behauptet, dass Jessie sie provoziert hätte – und da Maik ihre Aussagen bestätigt hat, stand Jessie am Ende als die Schuldige da und hat eine ernsthafte Verwarnung kassiert.«

»Das ist also der Grund!«, sagte Melchior grimmig.

Rieke warf ihm einen erstaunten Blick zu. »Wofür denn?«

»Dafür, dass Jessie auf ihren Stiefbruder so schlecht zu sprechen ist! Ich will doch sehr hoffen, Frau Andersen, dass Sie diesem sauberen Bürschchen ordentlich die Meinung gegeigt haben!«

»Aber Papa!«, wies Rieke ihn zurecht, bevor sie sich wieder an Lena wandte. »Sind Sie deshalb nach Oberrödenbach gezogen?«

»Ja, genau.« Lena quälte sich zu einem Lächeln. »Weil wir das besser fanden, sowohl für Jessie als auch für Maik – und natürlich auch für Thomas.«

Rieke zog die Brauen hoch. »Für Ihren Mann?«

»Ja. Jessies Probleme sind ihm damals so nahegegangen, dass er für eine ganze Weile nicht mehr richtig arbeiten konnte. Deshalb ist sein letztes Buch auch erst mit einiger Verzögerung erschienen.« Wieder verzog sie gequält das Gesicht. »Was seinen Verlag natürlich nicht gerade erfreut hat, wie Sie sich vorstellen können.«

Rieke nickte. »Klar.«

»Aber wenn das jetzt schon wieder passieren sollte, gibt's mit Sicherheit ziemlichen Ärger. Thomas' Lektorin hat auch schon angedroht, seinen neuen Roman aus dem aktuellen Programm zu nehmen und ihn ins nächste Jahr zu verschieben, falls das Manuskript nicht bis zum Monatsende fertig wird.«

»Aber …« Rieke sah sie ungläubig an. »Bis dahin sind es doch nur noch ein paar Tage.«

»Eben! Wenn das Buch erst im nächsten Jahr erscheint, wird sein Honorar auch dann erst fällig. Dabei haben wir das Geld schon fest eingeplant. Durch den Hofkauf und die nötigen Renovierungen sind unsere finanziellen Reserven doch völlig aufgebraucht.« Lenas Blick wanderte von Rieke zu Melchior und dann wieder zurück. »Verstehen Sie jetzt, warum Jessies Verschwinden gleich zwei schwerwiegende Probleme aufwirft?«

»Hm.« Rieke kniff die Augen zu, während Melchior schweigend die Pfeife qualmen ließ.

Es war so still im Zimmer, dass man das Brummen der Stubenfliegen und das leise Rauschen des alten Holunderbusches draußen vorm Haus hören konnte.

»Weiß Ihr Mann eigentlich, dass Niko verschwunden ist?«, fragte Rieke schließlich.

Lena sah sie erstaunt an. »Kann ich mir eigentlich nicht vorstellen. Bis vorhin habe ich es ja selbst nicht gewusst. Warum fragen Sie?«

»Weil ich nur eine Möglichkeit sehe, wie Thomas das Buch in aller Ruhe zu Ende schreiben kann.«

Ein plötzlicher Hoffnungsschimmer ließ Lenas Augen aufleuchten. »Nämlich?«

»Indem wir die gleiche List anwenden, die Jessie schon bei mir mit Erfolg durchgezogen hat. Allerdings setzt das zweierlei voraus.«

»Ja?«

»Dass das Verhältnis zwischen Ihrem Mann und Ihnen tatsächlich so gut ist, wie es mir schien.«

Lena lächelte kaum merklich. »Und weiter?«

»Dass Sie mir genauso vertrauen, wie ich Nalik Noski vertraut habe.« Als sie Lenas zweifelnden Gesichtsausdruck bemerkte, fügte sie rasch hinzu: »Ich werde Ihnen Herrn Noski natürlich vorstellen, damit Sie sich ein persönliches Bild von ihm machen können. Aber dazu brauche ich etwas Zeit.« Rieke blickte Lena Andersen fragend an. »Bis morgen, wenn das okay für Sie ist?«

Das Licht des frühen Morgens überzog das Nivland mit hellem Schein. Wie aus silbrigen Fäden gewebte Teppiche räkelten sich die noch nachtfeuchten Wiesen unter dem wolkenlosen Firmament. Myriaden von Tautropfen schmückten die Blätter der Büsche und Bäume. Sie leuchteten wie kleine Perlen im morgendlichen Glanz des Großen Taglichts. Über allem aber schwebte das fröhliche Gezwitscher unzähliger Vögel. Fast schien es, als wollten die Waldamseln, Silberdrosseln, Goldfinken, und wie sie sonst noch heißen mochten, ein weithin vernehmbares Loblied auf die paradiesische Schönheit ihrer Heimat singen.

Niko und seine drei Begleiter waren gut vorangekommen. Noch vor dem Morgengrauen hatten sie sich im Dämonenwald von ihren Lagern erhoben und den klapprigen zweirädrigen Karren bestiegen, der von zwei plumpen Ackergäulen gezogen wurde und mit einer Fuder Heu beladen war. Kieran hatte das Gefährt noch am Vorabend bei einem Bauern in einem nahe gelegenen Dorf besorgt. Der brave Mann hieß Granold, unterstützte die Rebellen schon seit vielen Sommern und wurde im Gegenzug regelmäßig mit Geld und anderer Überfallbeute bedacht. Granold belieferte den Wirt des »Wilden Waldschweins« in Helmenkroon regelmäßig mit Heu und Stroh für den Stall, den er für die Pferde seiner Gäste unterhielt, und mit Feldfrüchten aller Art. Kierans Bitte, ihm die nächste Lieferung zu überlassen, war er gerne nachgekommen. Umgehend hatte er eine große Ladung Heu auf den Karren getürmt, sodass jeder die vier Gefährten nun für harmlose Bauersleute halten musste, die auf dem Weg nach Helmenkroon waren.

Auch Jessie hatte inzwischen die Latzhose, das T-Shirt, die Sneakers und natürlich auch die Basecap gegen eine landestypische Kleidung ausgetauscht. Das schlichte braune Leinengewand stand ihr sogar ausgesprochen gut, wie Niko fand. Das gleichfarbige Tuch, das Jessie sich um den Kopf gebunden hatte, verdeckte ihre blonden Haare fast zur Gänze, sodass ihr leicht gebräuntes und von zahllosen Sommersprossen gesprenkeltes Gesicht noch besser zur Geltung kam. Sie wirkte nun viel zarter und verletzlicher als sonst. Niko musste sogar an eine Madonna auf dem Gemälde eines mittelalterlichen Meisters denken, der Jessie jetzt irgendwie ähnlich sah – aber das behielt er lieber für sich. Über einen solchen Vergleich hätte Jessie bestimmt nur die Nase gerümpft, und dass er sie noch hübscher fand als sonst, brauchte sie auch nicht zu wissen. Allerdings war sie auch eine winzige Spur blasser als am Vortag. Aber das lag bestimmt an dem wenigen Schlaf in der vergangenen Nacht und an der ungewohnten Umgebung. Es war schließlich erst Jessies zweiter Tag in Mysteria! Dass sie ungewöhnlich schweigsam war und seit ihrem Aufbruch im Lager der Rebellen kaum mehr als drei Worte von sich gegeben hatte, war daher nur allzu verständlich.

Entgegen seinen Beteuerungen vom Vorabend hatte Kieran es natürlich nicht übers Herz gebracht, Niko, Ayani und Jessie alleine nach Helmenkroon gehen zu lassen. Im Gegenteil: Als sie noch vor Tau und Tag aufgestanden waren und sich den Schlaf aus den Augen gewischt hatten, war Kieran schon hellwach gewesen und hatte ein Morgenmahl vorbereitet: einen Topf Hafergrütze und einen Becher Waldziegenmilch für jeden. Die Zügel in der Hand, saß Kieran nun zwischen den Gefährten auf dem rohen Brett an der Vorderseite des Karrens, das als eine Art Kutschbock diente, und lenkte das Gefährt in Richtung Helmenkroon.

Jessie blickte sich immer wieder um und betrachtete die für sie fremde Gegend mit staunenden Augen. Nach einiger Zeit stieß sie Niko an. »Kommt dir das nicht auch merkwürdig vor?«, fragte sie so leise, dass Kieran und Ayani sie nicht verstehen konnten.

Niko hatte keine Ahnung, was sie meinte. »Was denn?«, flüsterte er zurück.

»Dass hier alles fast so aussieht wie in Oberrödenbach und Umgebung: die Landschaft, die Büsche, ja beinahe die gesamte Vegetation! Selbst die Bäume hier unterscheiden sich kaum von denen bei uns.« Damit deutete sie auf eine Gruppe von Silberbirken, die sich am Wegrand erhob. »Sie sehen doch fast so aus wie unsere Birken, nur dass die Blätter irgendwie silberner sind.«

Niko legte die Stirn in Falten und blickte genauer hin. Tatsächlich: Jessie hatte recht. »Und wenn schon?«, fragte er und zuckte mit den Schultern. »Was findest du daran denn merkwürdig?«

»Na, dass es fast so aussieht, als hätte derjenige, der Mysteria erschaffen hat, sich unsere Welt zur Zeit des Mittelalters als Vorlage dafür genommen!«

»Hä?« Niko schüttelte verwirrt den Kopf. »Du weißt doch genau, dass unsere Welt nicht einfach so erschaffen wurde, sondern sich mit der Zeit entwickelt hat.«

»Natürlich weiß ich das.« Jessie zog eine Schnute. »Und ich habe das ja auch nicht wörtlich, sondern eher bildlich gemeint. Trotzdem finde ich diese Frage äußerst spannend!«

Als das Gespann nur wenig später an eine Weggabelung gelangte, zeigte sich, dass die beiden ebenso gutmütigen wie plumpen Kaltblüter bestens mit dem Weg vertraut waren. Noch bevor Kieran ihnen die Richtung mit dem Zügel andeutete, lenkten die braven Tiere ihre Schritte auch schon dorthin.

»Hast du das gesehen?« Erneut wandte sich Jessie sanft flüsternd an den neben ihr sitzenden Niko. »Die beiden erinnern mich an Max und Moritz. Die Pferde deines Opas benötigen doch auch kaum Hilfen, wenn man mit ihnen unterwegs ist.«

»Stimmt.« Niko nickte zustimmend und sah Jessie dann nachdenklich an. »Bist du deshalb so bedrückt?«, wisperte er ihr zu. »Weil du Heimweh hast, meine ich?«

Jessie schluckte. »Ja, schon«, antwortete sie gedehnt. »Aber nur ein bisschen, und weil meine Eltern sich bestimmt schon große Sorgen um mich machen.«

»Kann ich mir gut vorstellen. Aber zum Glück wohnt ihr ja gleich neben dem Hof meines Opas. Rieke hat bestimmt schon bei deinen Eltern vorbeigeschaut und versucht, sie ein bisschen aufzumuntern.«

»Wieso sollte sie? Deine Mutter weiß doch genauso wenig wie Thomas und Lena, was mit mir passiert ist.«

»Das stimmt«, antwortete Niko, immer noch flüsternd. »Aber vielleicht ahnt Rieke ja, dass du mir einfach gefolgt bist. Dann kann sie deine Eltern genauso beruhigen, wie Herr Noski sie beruhigt hat, als ich plötzlich verschwunden bin.«

»Also, ich weiß nicht.« Jessie rümpfte die Nase. »Das war doch ganz was anderes.«

»Was anderes? Wieso denn?«

»Weil … äh …« Jessie zögerte. »Weil ich … äh … irgendwie den Eindruck hatte, dass es eine … äh … Verbindung zwischen deiner Mutter und dem Senshei gibt.«

»Hä?« Niko blickte sie verwirrt an. »Wie kommst du denn auf die komische Idee?«

»Das weiß ich auch nicht. Aber irgendwie kam es mir so vor, als würden die beiden sich kennen, warum auch immer.«

»Natürlich kennt Mama den Senshei!« Niko verdrehte die Augen. »Rieke hat mich doch oft genug zum Training gebracht und ist Herrn Noski in seinem Dojo deshalb schon zigmal begegnet.«

»Das meine ich nicht.« Sanft, aber bestimmt schüttelte Jessie den Kopf. »Was die beiden verbindet, ist nicht so oberflächlicher Natur, sondern tiefer und wichtiger, auch wenn ich es nicht genau beschreiben kann. Nur deshalb hat Rieke dem Senshei vertraut und darauf verzichtet, dich bei der Polizei als vermisst zu melden, wie sie es ursprünglich natürlich vorhatte.«

»Hm.« Niko runzelte die Stirn. »Und du glaubst, dass deine Eltern nicht so leicht zu beruhigen sind wie Rieke?«

»Genau.« Jessie biss sich auf die Lippen, bevor sie dann doch fortfuhr. »Weil sie weder Herrn Noski noch deine Mutter näher kennen. Aber es gibt noch einen anderen Grund.«

Obwohl Nikos Herz schneller schlug, schwieg er und sah Jessie nur fragend an.

»Es kam mir so vor«, fuhr das Mädchen fort, »als würde deine Mutter irgendwie spüren, wo du bist. Als der Senshei ihr nämlich erklärt hat, dass die Polizei dir unmöglich folgen könnte, schien Rieke mit einem Mal etwas zu dämmern.«

»Aber…« Für einen Moment starrte Niko sie an. »Dann müsste sie ja wissen, dass es eine Welt hinter den Nebeln gibt.«

Jessie nickte. »Genau das würde es bedeuten, ja.«

»Das kann nicht sein. Das hätte Rieke mir doch erzählt!«

»Vielleicht, vielleicht aber auch nicht.« Jessie blickte ihn hilflos an. »Vielleicht hat sie sich erst in diesem Moment wieder daran erinnert? Wie auch immer: Im Gegensatz zu Rieke ahnen meine Eltern ja noch nicht einmal, dass Mysteria tatsächlich existiert. Die meinen doch immer noch, dass das lediglich der Schauplatz von Papas neuem Roman wäre!«

»Dann gehen sie wohl davon aus, dass dir was zugestoßen ist.« Erst jetzt begriff Niko, dass Jessies Befürchtungen völlig berechtigt waren. »Dass du dich vielleicht verletzt oder im Moor verirrt hast – oder so was Ähnliches?«

»Genau!« Das Mädchen nickte heftig mit dem Kopf. »Auf alle Fälle machen Lena und Thomas sich bestimmt schon große Sorgen um mich.« Damit beugte sie sich nach vorne und schielte an Niko vorbei zu Kieran und Ayani, die auf der anderen Seite des Brettes saßen – als wolle sie sich versichern, dass die beiden nichts von ihrer Unterhaltung mitbekamen.

Der Rebellenführer und das Alwenmädchen beachteten ihr Geflüster allerdings überhaupt nicht, sondern hatten nur Blicke für den schmalen Fahrweg, über den die beiden Zugpferde mit stoischem Schritt dahintrotteten.

Jessie atmete erleichtert auf und wandte sich wieder an Niko. »Und sie haben auch allen Grund dazu. Es gibt da nämlich noch etwas, was du unbedingt wissen solltest.«

»So?« Niko musterte sie mit überraschtem Blick. »Was denn?«

»Also, es ist so –«, hob Jessie an, als sie von einem lauten Ausruf Ayanis unterbrochen wurde.

»Hier war es doch, nicht wahr?« Weit nach vorne gebeugt, schaute sie Niko und Jessie fragend an.

»Was meinst du, Ayani?«

»Was wohl? Die Stelle natürlich, wo uns die Nachtschwärmer begegnet sind! Gestern, auf dem Rückweg zum Dämonenwald.«

»Ach so«, antwortete Niko. Erst jetzt bemerkte er, dass sie inzwischen tatsächlich das weit ausgedehnte Waldstück erreicht hatten, in dem die Atemschlürfer über Jessie hergefallen waren. »Es ist zwar nicht die gleiche Stelle, aber immerhin der gleiche Wald«, bestätigte er, als mit einem Mal laute Rufe aus dem Dickicht drangen.

»Hilfe! Zu Hilfe!«, rief eine Stimme, dünn und angstvoll. »Warum hilft mir denn niemand?«

KAPITEL 12

Kasimir und Isidor

Mayan war lange vor seinem Sohn wach. Eine seltsame Unruhe hatte ihn erfasst, die er sich nicht erklären konnte. Irgendetwas lag in der Luft, da war er sich ganz sicher, auch wenn es dafür nicht die geringsten Anzeichen gab. Trotzdem fühlte Mayan es ganz deutlich und auf die gleiche Weise, wie er im letzten Sommer seine Gefangennahme durch die marschmärkischen Schergen vorausgeahnt hatte – als hätten die Unsichtbaren ihm die Fähigkeit verliehen, gelegentlich einen kurzen Blick in die Zukunft zu werfen. Dabei hatte sich der noch junge Tag bislang in nichts von den anderen endlos langen Tagen im Kerker unterschieden.

Von den nach Lust und Laune stattfindenden Folterungen einmal abgesehen, waren sie allesamt im ähnlich dumpfen Gleichklang verlaufen: Kurz nach dem ersten Hahnenschrei schreckten die Wächter die Gefangenen aus dem Schlaf – zumindest die, die die Nacht überlebt hatten – und stellten ihnen das karge Morgenmahl ins Verlies, das dieser Bezeichnung allerdings Hohn sprach: Es bestand nämlich immer nur aus einem Kanten altbackenen Brotes – das meistens verdorben und nicht selten sogar mit einer dicken Schimmelschicht überzogen war – und einem Krug mit abgestandenem Wasser.

Anfangs hatte Mayan sich noch so heftig davor geekelt, dass er keinen Bissen und keinen Schluck hinunterbekommen konnte. Stattdessen wartete er mit knurrendem Magen bis zur zweiten Essensausgabe am Abend, in der Hoffnung, dass das Nachtmahl wenigstens einigermaßen genießbar wäre. Doch schon nach wenigen Tagen musste er einsehen, dass diese Hoffnung sich niemals erfüllen würde, und so würgte er schließlich selbst den widerlichsten Fraß, den sogar ausgehungerte Schweine verschmäht hätten, hinunter – aus nacktem Überlebenswillen, und weil er sich geschworen hatte, den marschmärkischen Schergen nicht klein beizugeben.

Polternde Schritte, die sich hastig seiner Zelle näherten, schreckten Mayan aus den trüben Gedanken. Obwohl er nicht wusste, was sie bedeuteten, huschte ein Lächeln über sein ausgemergeltes Gesicht, das von dichtem Bartgestrüpp überwuchert war: Sein Gefühl hatte ihn offensichtlich nicht getrogen! Es war nämlich noch viel zu früh für das Morgenmahl, und so musste es einen anderen Grund für den überraschenden Besuch geben.

Er erkannte die Gestalt sofort, die in Begleitung des buckligen Kerkerwächters vor seinem Verlies auftauchte: Es war Herzog Dhrago, für den Mayan nur allertiefste Verachtung empfand. Nicht weil er ihn unzählige Male hatte foltern lassen. Die Wunden, die er bei der letzten ›Befragung‹, wie die Schergen die Folterungen verharmlosend nannten, davongetragen hatte, waren noch immer nicht verheilt und bereiteten ihm große Schmerzen. Dennoch hatte Dhrago sich eines noch weit schlimmeren Verbrechens schuldig gemacht, das jeden rechtschaffenen Alwen mit größter Abscheu erfüllte: Er hatte König Nelwyn an die marschmärkischen Eindringlinge verraten! Nur auf diese Weise war Rhogarr von Khelm auf den Thron von Helmenkroon gelangt. Durch diese Tat hatte der Herzog so schwere Schuld auf sich geladen, dass sie ihm bis an sein Lebensende nicht mehr vergeben werden würde. Weder von den Alwen noch von den Unsichtbaren. Im Gegenteil: Die würden Dhrago sogar ganz furchtbar dafür bestrafen – davon war Mayan aus tiefstem Herzen überzeugt.

Nachdem der bucklige Wächter die Tür mit zitternden Händen aufgeschlossen hatte, hinkte er hastig zur Seite. Dhrago trat in die verdreckte Zelle, stiefelte auf Mayan zu und verpasste ihm einen rüden Fußtritt. »Steh auf du Hund!«, sagte er. »Wird's bald!«

Mühsam rappelte Mayan sich hoch. Sein geschwächter Körper gehorchte ihm nur widerwillig, sodass es eine halbe Ewigkeit dauerte, bis er endlich aufrecht vor dem Herzog stand. »Was ... was wollt Ihr von mir?«, fragte er heiser.

»Herr!«, brüllte Dhrago ihn an und schlug ihm mit dem Handrücken ins Gesicht. Die Ringe an seinen Fingern hinterließen blutige Spuren auf Mayans Wangen. »Nenn mich gefälligst Herr, wenn du mit mir sprichst! Wie oft muss ich dir das noch sagen, du verfluchter Alwenhund?«

Mayan erwiderte nichts. Er schaute dem Mann mit der dick angeschwollenen Narbe auf der Wange nur ruhig ins Gesicht und hielt seinen zornigen Blicken furchtlos stand. Mayan wusste, dass ihm nichts passieren würde. Jedenfalls noch nicht, wenn sein Gefühl ihn nicht trog – und das tat es selten.

»Mir wurde zugetragen, dass du Schmied bist«, sagte der Herzog. »Ist das richtig?«

»Ganz recht ... Herr«, antwortete Mayan. »Genau wie mein Vater vor mir und mein Großvater auch.«

»Gut, sehr gut! Dann ist es allerhöchste Zeit, dass du dich endlich nützlich machst und deine Tage nicht länger mit Faulenzen vertust.« Dhrago packte Mayan grob am zerschlissenen Gewand. »Los, beweg dich! Wir verlegen dich umgehend in die Steinbrüche in den Höllenbergen. Da kannst du deine Handwerkskunst zum Wohle deines Herrn unter Beweis stellen!« Mit diesen Worten verpasste er Mayan einen heftigen Stoß, sodass der in Richtung Tür taumelte.

Nur mit Mühe konnte Mayan das Gleichgewicht halten. Im letzten Moment klammerte er sich an der Gittertür fest, um nicht zu Boden zu stürzen. Während er sich langsam wieder aufrichtete, jagten die Gedanken durch seinen Kopf. Selbst im Kerker hatte es sich herumgesprochen, wie hart die Arbeit in den Brüchen war. In seinen geschwächten Zustand würde er da bestimmt nicht lange durchhalten. Höchstens ein paar Wochen, wenn überhaupt. Und dennoch – die Unsichtbaren hatten sich bestimmt etwas dabei gedacht, als sie ihm dieses Schicksal zugedacht hatten. »Ich werde mein Bestes tun, Herr«, versicherte er Herzog Dhrago deshalb. »Ihr werdet Eure Entscheidung bestimmt nicht bereuen.«

»Das will ich doch hoffen!« Dhragos Mundwinkel zuckten. »Aber vergiss nicht: Jeder Verstoß gegen die Anordnungen der Aufseher wird strengstens bestraft – und jeder Fluchtversuch mit dem Tod!«

In diesem Moment erwachte Arawynn aus dem Schlaf. Als er den Herzog erblickte, fuhr er hastig vom Lager hoch. Aber bevor Arawynn ein Wort über die Lippen bringen konnte, wandte Mayan sich an Dhrago. »Bitte erlaubt mir, Herr, dass ich mich von meinem … Schicksalsgenossen hier verabschiede.« Er streckte die Hand aus und deutete auf Arawynn, der noch immer nicht zu begreifen schien, was vor sich ging. »Schade, dass er sich nicht ebenfalls aufs Schmieden versteht. Sonst könnte er uns ja begleiten.«

»Ach, Unsinn!«, sagte Dhrago. »In den Steinbrüchen werden Männer gebraucht und keine Jungen. Die halten uns nur auf, genauso wie überflüssige Abschiede.« Damit packte der Herzog Mayan erneut am Gewand und wollte ihn aus der Zelle stoßen. Doch da ließ eine Frauenstimme, sanft, aber bestimmt, ihn innehalten.

»Verzeiht, Herr, wenn –«, hob die wie aus dem Nichts auf dem Gang aufgetauchte Kerkermagd an, wurde allerdings sofort unterbrochen.

»Was erdreistest du dich, du Weibsstück!«, brüllte der Herzog, und die Schlagader an seinem Hals schwoll an. Er ballte die Faust und hob drohend den Arm. »Aus dem Weg, bevor ich mich vergesse!«

»Wie Ihr meint, Herr.« Die alte Magd verneigte sich und trat rasch zur Seite. Das große schwarze Tuch, das sie um den Kopf geschlungen hatte, fiel ihr tief in die Stirn, sodass ihr Gesicht nicht zu erkennen war. »Erlaubt mir nur einen kurzen Hinweis: Wenn seine Wunden sich entzünden und er an Wundbrand stirbt, wird er König Rhogarr wohl kaum von Nutzen sein. Es wäre vielleicht doch ratsam, wenn ich ihn noch rasch mit einer Heilsalbe behandle, wie in den vergangenen Tagen auch.«

Dhrago glotzte die Alte aus großen Augen an. Ihre Worte hatten ihn offensichtlich nachdenklich gemacht. Seine Kiefer mahlten hektisch, als erleichtere ihm das das Denken. »Nun gut«, sagte er schließlich. »Aber beeil dich gefälligst, damit wir nicht unnütz Zeit verlieren.«

»Gewiss doch, Herr.« Wieder verneigte sich die Magd. »Wie Ihr wünscht.«

Der Herzog antwortete mit einer unwirschen Geste. Dann wandte er sich an den Buckligen. »Sobald sie fertig ist, bringst du den Gefangenen umgehend in den Hof, verstanden?«, befahl er und zog sich ohne ein weiteres Wort zurück. Nur der dumpfe Klang seiner Schritte hallte noch für kurze Zeit durch den Kerker.

Die Alte schaute ihm noch eine Weile nach, bevor sie sich an den Kerkerwächter wandte. »Geh und hole die Salbe aus dem Lager.«

»Bist du noch bei Sinnen?«, gab der Bucklige unwirsch zurück. »Du hast mir gar nichts zu befehlen, Weib!«

»Wie du meinst.« Die Magd zuckte wie beiläufig mit den Schultern. »Aber es wird König Rhogarr bestimmt nicht freudig stimmen, wenn er auf die Künste des Schmieds länger als unbedingt nötig verzichten muss. Und Herzog Dhrago schon gar nicht!«

»Ist ja gut, du Hexe«, fauchte der Wächter sie an. »Ich geh ja schon!«

»Und beeil dich gefälligst«, rief sie dem rasch davonhinkenden Mann nach. »Wenn ich bitten darf!«

Mayan nickte der Magd erleichtert zu. »Ich weiß gar nicht, wie ich dir danken soll«, sagte er. »Du hast sehr viel Mut bewie–« Mitten im Wort brach er ab. Für einen Moment starrte er sein Gegenüber mit offenem Mund an. Mayan wollte seinen Augen nicht trauen: Vor ihm stand nämlich keine Frau, sondern ein Mann von gedrungener Gestalt, den ein grauer Umhang fast zur Gänze umhüllte. Eine Kapuze bedeckte sein Haupt, die bis weit in die Stirn reichte, sodass sein Gesicht kaum zu erkennen war – nur das unwirklich flackernde Grün seiner Augen blitzte daraus hervor.

Niko war beim ersten Hilferuf vom Kutschbock gesprungen und, gefolgt von Jessie, augenblicklich in den Wald gestürmt. Nach höchstens fünfzig Schritten gelangte er an einen zweiten Fahrweg, der nahezu parallel verlief und vermutlich schon bald in ihren Weg münden würde. Als Niko zwischen den Bäumen hervorsprang, sah er zunächst nur einen störrischen Maulesel, der, rund zwanzig Schritte entfernt, laut blökend am jenseitigen Rand des Weges verharrte. Obwohl das Tier gesattelt und mit einem Bündel beladen war, konnte er keine Spur von einem Reiter entdecken.

Jessie zeigte sich ebenfalls verwundert. »Hey«, sagte sie. »Da hat doch jemand geschrien. Das hab ich ganz deutlich gehört.«

In diesem Moment erklangen neuerliche Hilferufe: »Zu Hilfe! So helft mir doch! Hier oben!«

Fast gleichzeitig legten Niko und Jessie den Kopf in den Nacken und blickten in die Baumwipfel. Und da endlich bemerkten sie ein in kräftige Seile geschnürtes blaues Bündel, das ein gutes Stück über dem Erdboden schwebte und vom weit ausladenden Geäst einer Knorreiche nahezu vollständig verdeckt wurde – offensichtlich ein Mann, der in eine Netzfalle geraten war. Er baumelte hilflos und ohne jede Chance, sich selbst zu befreien, in der Luft.

Obwohl der Ärmste sich zweifellos in einer bedauernswerten Lage befand, konnte Niko sich ein Grinsen nicht ganz verkneifen. Der Anblick, den das heftig zappelnde Bündel bot, war einfach komisch.

Auch Jessie lachte. »Das scheint der neueste Freizeittrend in Mysteria zu sein: Bäume-Baumeln – oder wie immer das auch heißt, was der Kerl da oben treibt.«

»Keine Ahnung«, erwiderte Niko, noch immer breit grinsend. »Fragen wir den Akrobaten der Lüfte doch einfach mal. Vielleicht verrät er es uns ja.«

Nur wenig später hatten sie den Unglücklichen befreit. Zum Glück trug Kieran, der in der Begleitung von Ayani inzwischen ebenfalls herbeigeeilt war, stets ein Klappmesser in der Hosentasche, sodass sie die Halteseile kappen und den zappelnden Gefangenen zu Boden lassen konnten. Während der sich aufrichtete, unter lautem Stöhnen die Glieder reckte und sein verschmutztes Gewand von Staub und Schmutz befreite, musterte Niko ihn eingehend.

Es war ein schmächtiger, fast spindeldürrer junger Mann, siebzehn, achtzehn Jahre alt vielleicht, der in ein blaues Flattergewand und gleichfarbene Pluderhosen gekleidet war – ähnlich den Magiern, die Niko schon häufig auf Gauklerfesten oder Mittelaltermärkten gesehen hatte. Der Hut auf seinen feuerroten Haaren, lang, spitz, ebenfalls blau und durch sein Abenteuer ganz schön ramponiert und zerknickt, erinnerte allerdings eher an die Kopfbedeckung eines Zauberlehrlings aus einem alten Märchenbuch.

»Vielen Dank, Freunde, vielen, vielen Dank«, piepste der Jüngling mit dünner Kieksstimme. »Ihr kamt wahrlich zur rechten Zeit. Sonst würde ich wohl immer noch in den Lüften baumeln.«

»Ein Luft-Baumler, so so.« Jessie zwinkerte Niko verstohlen zu. »Jetzt wissen wir endlich, wie man das nennt.« Ohne eine Miene zu verziehen, wandte sie sich an den Mann in Blau. »Und? Hat es Spaß gemacht?«

»Wo denkst du hin!« Der blaue Jüngling wirkte entsetzt. »Davon kann überhaupt keine Rede sein.« Plötzlich schlug er die Hand vors Gesicht. »Ooooh«, stöhnte er. »Wie unhöflich von mir: Ich habe mich ja noch gar nicht vorgestellt! Also: Mein Name ist Kasimir und ich bin der Eleve von Nostramus, dem Magier, Wahrsager und Sterndeuter am Hof des Einzigmächtigen Königs Mordur Kra'nakk in Korrok.« Damit verbeugte er sich so tief, dass der Hut von seinem Kopf plumpste und eine neue Delle bekam.

Während Kasimir sich rasch und mit einen neuerlichen »Ooooh!« bückte, um seinen Zauberlehrlingshut wieder aufzusetzen, wechselten die Gefährten amüsierte Blicke. Sie waren jedoch höflich genug, nicht laut aufzulachen.

Nachdem Kieran seine Begleiter und sich selbst als Bauern auf dem Weg nach Helmenkroon vorgestellt hatte, sah er den Zauberlehrling fragend an. »Was ist dir denn …«, er räusperte sich und deutete in die Wipfel der Knorreiche, wo noch einige Seilenden baumelten, »… zugestoßen?«

»Ooooh!« Erneut verzog Kasimir das Gesicht. »Dieses bedauerliche Missgeschick verdanke ich nur dem Starrsinn von Isidor.«

»Isidor?«, fragte Jessie. »Wer um alles in der Welt ist Isidor?«

»Mein Mauleselchen natürlich!« Kasimir zeigte auf den störrischen Esel, der immer noch, ein gutes Stück entfernt, zwischen den Bäumen am Waldrand verharrte. »Isidor ist heute ganz besonders widerborstig. Er hat urplötzlich und ohne jeden Grund angehalten und war durch nichts mehr zum Weitergehen zu bewegen, weder durch gute Worte noch durch sonstiges Zureden.« Mit verschämtem Grinsen deutete der Jüngling auf die Gerte, die neben dem Weg im Gras lag. »Anstatt weiterzutraben, hat das törichte Vieh einen Sprung zur Seite gemacht und mich abgeworfen. Und dann –«

»Lass mich raten«, unterbrach Ayani seinen Redefluss. »Als du ihm hinterhergelaufen bist, bist du in dieses Netz geraten. Richtig?«

»Fürwahr, fürwahr!« Kasimir verbeugte sich ein weiteres Mal. Nicht allzu tief diesmal, sodass er den Spitzhut auf dem Haupt behielt, auch wenn der bedrohlich wackelte. »Du verfügst wohl über hellseherische Kräfte?«

Während Niko und die beiden Mädchen erneut kicherten, runzelte Kieran die Stirn. »Wahrscheinlich hat das Tier die Falle gewittert und ist deswegen nicht weitergegangen.«

»Was nur beweist, dass der Esel weit klüger ist als sein Reiter«, flüsterte Jessie Niko ins Ohr.

Ayani dagegen machte einen Schritt auf Kasimir zu. »Hast du etwas Verdächtiges beobachtet?«, fragte sie. »Männer zum Beispiel? Groß, stattlich, mit pechschwarzen Haaren und in ebensolche Gewänder gekleidet?«

»Nein, nein.« Der Zauberlehrling schüttelte mit Bestimmtheit den Kopf. »Derlei Gestalten habe ich keine erblickt, nicht eine einzige!«

Kieran sah Ayani an. »Warum fragst du überhaupt? Du weißt doch ganz genau, dass die Atemschlürfer nur im Schutz der Nacht auf Jagd gehen.«

»Eben nicht«, antwortete das Mädchen und unterrichtete den Rebellenhauptmann rasch über ihre Begegnung am Vortag. Als sie erzählte, dass die Nachtschwärmer sie am hellen Tag angegriffen hatten, wollte Kieran ihr keinen Glauben schenken.

»Du musst dich irren«, sagte er. »Die Atemschlürfer sind Geschöpfe der Nacht, die mit dem Nidhog-Drachen und anderen Wesen der Heel im Bunde stehen. Sie scheuen das Licht des Tages und bewegen sich nur im Schutze der Dunkelheit, weil die Strahlen des Taglichts ihren sofortigen Tod zur Folge hätten.« Als Niko und auch Jessie Ayanis Angaben dann jedoch bestätigten, ließ Kieran sich endlich überzeugen. Die Neuigkeit schien ihn regelrecht zu bestürzen. »Das kann nur Schlimmes bedeuten«, sagte er. »Dass die Atemschlürfer das helle Licht des Tages nicht mehr zu scheuen brauchen, macht sie doppelt gefährlich. Wir müssen schnellstens herausfinden, was der Grund dafür ist, damit wir uns vor diesen Bestien wappnen können.«

Überraschenderweise ergriff jetzt Kasimir das Wort.

»Ich glaube nicht, dass euch das gelingen wird«, erklärte er mit bekümmerter Miene. »Der Wille der Unsichtbaren ist unergründlich, und nur sie alleine walten über die Gesetze, die den Lauf unserer Welt bestimmen – und damit natürlich auch unser aller Schicksal.«

»Aber das wissen wir doch«, erwiderte Ayani ungeduldig. »Was willst du uns damit sagen?«

»Ganz einfach: dass es in der Macht der Unsichtbaren steht, die von ihnen geschaffenen Gesetze auch jederzeit wieder zu ändern – gerade wie es ihnen beliebt. Vielleicht ist das der Grund, warum die Nachtschwärmer sich plötzlich ans Licht wagen?« Während Kasimir die Gefährten noch mit nachdenklichen Blicken musterte, leuchtete sein schmales Jünglingsgesicht plötzlich auf. »Ooooh!«, hauchte er fast andächtig. »Und vielleicht hat mein Herr und Meister die alte Prophezeiung nur deshalb erst kürzlich entdeckt, weil die Unsichtbaren das so wollten! Dabei staubt die Truhe mit den Pergamenten des Großen Elikkernias schon seit endlosen Sommern in der alten Dachkammer vor sich hin.«

»Prophezeiung? Truhe? Elikkernias?« Jessie sah den Zauberlehrling ratlos an. »Ich verstehe nur Bahnhof. Kannst du das vielleicht etwas genauer erklären?«

»Bahnhof?«, fragte Ayani. »Also du bist wirklich genauso schwer zu verstehen wir der hier! Von welcher Prophezeiung sprichst du, Kasimir? Und was hat die mit dem merkwürdigen Auftreten der Atemschlürfer zu tun?«

»Das würde ich auch gerne wissen!« Wie eine Schwertklinge schoss Nikos Zeigefinger auf die schmächtige Trichterbrust des Jünglings zu. »Jetzt red endlich.«

»Ooooh – gerne, natürlich!« Kasimir schien die große Aufmerksamkeit, die ihm plötzlich zuteil geworden war, zu genießen. »Aber lasst mich bitte rasch nachdenken, damit ich euch nichts Falsches erzähle.« Er schloss die Augen und legte den Kopf in den Nacken. »Also«, murmelte er vor sich hin, »… wenn ich mich nicht täusche …«

»Ja?«, fragte Jessie ungeduldig.

»… dann lautete der Spruch …«

»Jetzt mach schon!«, rief Niko.

»Geduld, Freunde, habt doch Geduld«, sagte Kasimir und schlug die Augen auf. »Bei einer Prophezeiung kommt es auf jedes einzelne Wort an! Ein falsches oder eines zu viel oder zu wenig – und der ganze Sinn ist verdreht.« Er legte die Fingerspitzen aneinander und schloss erneut die Augen, um jede Ablenkung zu vermeiden. Es dauerte ewig, jedenfalls kam es Niko so vor, bis der Zauberlehrling endlich wieder das Wort ergriff. »Nun denn«, sagte er und ruderte mit den Armen, um sich wichtigzutun. »Der Spruch aus den geheimen Aufzeichnungen des Großen Elikkernias, des größten und mächtigsten Magiers aller

Zeiten, lautet wie folgt: ›Wenn der Feuermond zum zweiten Mal seine Bahn vollendet in zweimal sieben Jahren, wird der Schreckenskönig erscheinen, und ein neuer Herrscher wird den Thron von Helmenkroon erringen.‹«

»Tatsächlich?«, fragte Ayani. »Und wer wird das sein?«

»Nur Geduld!«, mahnte Kasimir. »Die Prophezeiung ist doch noch nicht vollständig. Erst gestern hat Nostramus einen wichtigen Zusatz entdeckt: ›Wenn das Licht sich mit der Dunkelheit vermählt, vermag nur die Tochter des Falken zu bewirken, dass der Wille der Unsichtbaren in Erfüllung geht‹.« Damit schwieg er und blickte erwartungsvoll in die Runde.

Während Niko und Jessie ratlose Blicke wechselten, runzelte Ayani die Stirn. »Und das soll die Erklärung dafür sein, warum die Nachtschwärmer sich plötzlich ins Helle wagen?«

»Genau! Denk doch mal richtig nach!« Der Magiereleve verdrehte die Augen, als könne er Ayanis Begriffsstutzigkeit nicht fassen. »Wenn das Licht sich mit der Dunkelheit vermählt – könnte das nicht bedeuten, dass der Zeitpunkt gekommen ist, an dem das Licht seinen Frieden mit den Geschöpfen der Nacht schließt?«

»Ach, das meinst du.« Ayani presste die Lippen zusammen. »Du könntest recht haben. Dann wären die Atemschlürfer tatsächlich nicht mehr auf den Schutz der Dunkelheit angewiesen.«

»Meine Worte!« Der Zauberlehrling grinste breit. »Alles deutet daraufhin, dass die alte Prophezeiung sich bald erfüllen wird. Zumal der Feuermond – er steigt immer noch auf auf seiner Bahn! – seit jeher von großen Veränderungen und neuen Entwicklungen kündet.«

»Das hat die alte Norna uns auch erzählt. Und wer ist mit dieser ›Tochter des Falken‹ gemeint?«

Kasimir zog die Schultern so hoch, bis sein schmächtiger Kopf beinahe zwischen ihnen versank. »Das weiß ich genauso wenig wie mein Herr und Meister. Oder wie seine Einzigmächtigkeit König Mordur. Deshalb hat er seinen Berater, den Edlen von Kraak, auch damit beauftragt, das herauszufinden. Sonst wäre ich doch gar nicht hier. Weil der Krähenmann sich an meiner Stelle auf den Weg nach Helmenkroon gemacht hätte.«

Ayani gab sich sichtlich Mühe, Kasimirs Worte zu verstehen. »Dein Herrscher scheint dieser Frage ja große Bedeutung beizumessen?«

»Sehr große sogar!«, bestätigte Kasimir mit kräftigem Kopfnicken, sodass sein Spitzhut wieder verdächtig wackelte. »Wenn Rhogarr von Khelm das Schwert nicht finden sollte, wird Mordur seine Nebelkrieger auf die Suche danach schicken – und die sind weit bessere Späher als die Vharuuls, mit denen Rhogarr sich immer brüstet!«

»Ich möchte weder den einen noch den anderen begegnen«, kommentierte Kieran. »Aber jetzt müssen wir dringend weiter. Wir haben noch viel vor und sollten deshalb unsere Zeit nicht unnütz vertun.« Damit wandte er sich an Kasimir. »Wie wir sagten, sind wir ebenfalls auf dem Weg nach Helmenkroon. Wenn du möchtest, kannst du dich uns gerne anschließen.«

»Ooooh! Dieses freundliche Angebot nehme ich mit dem größtem Vergnügen an.« Der Zauberlehrling strahlte übers ganze Gesicht, bevor er sich zum wiederholten Male verneigte. »Es wird bestimmt nicht zu eurem Schaden sein. Von nun an steht ihr unter meinem Schutz, denn niemand wird es wagen, dem Boten des Einzigmächtigen Mordur Kra'nakk und seinen Begleitern auch nur ein Haar zu krümmen.«

»Den Unsichtbaren sei Dank, dass dein Weg den unseren gekreuzt hat«, erwiderte Ayani mit undurchdringlicher Miene. »Nun kann uns ja nichts mehr passieren.«

Damit drehte sie sich um und eilte auf Isidor zu, der sich während der ganzen Zeit nicht von der Stelle gerührt hatte. Als Ayani sich näherte, ließ er ein lautes »Iiiiah« hören und trat mit den Hinterbeinen aus. Ayani ließ sich davon nicht im Geringsten beeindrucken. Sie ergriff die schlaff herunterhängenden Zügel, beugte sich über den Kopf des Grauen und wisperte ihm etwas ins Ohr. Der Maulesel beruhigte sich augenblicklich. Brav wie ein Lamm folgte er dem Alwenmädchen, das ihn davonführte.

Kieran und Kasimir schlossen sich ihr unaufgefordert an.

Als Ayani bemerkte, dass Niko und Jessie nicht auf der Stelle folgten, drehte sie sich um und warf Niko einen mahnenden Blick zu.

Ihre Aufforderung hallte deutlich wahrnehmbar durch seinen Kopf. Worauf wartest du denn? Es ist noch ein gutes Stück Weg bis nach Helmenkroon!, warf sie ihm tonlos vor.

Obwohl Jessie ihre Mahnung bestimmt nicht mitbekommen hatte, setzte sie sich ebenfalls in Bewegung.

Niko hielt sie jedoch auf. »Einen Augenblick noch«, bat er. »Du wolltest mir was sagen – vorhin, bevor wir Kasimirs Hilferufe gehört haben.«

Jessie verharrte. »Ach so, stimmt ja.« Sie kaute kurz auf ihrer Unterlippe herum. Dann machte sie einen Schritt auf Niko zu und legte die rechte Hand auf seinen Unterarm. »Also gut«, sagte sie. »Ich verrate es dir. Aber ich bitte dich um eins.« Sie beugte sich ein wenig nach vorne, sodass Niko ihren warmen Atem auf seinen Wangen spürte, und sah ihm tief in die Augen. »Versprich mir, dass es unter uns bleibt. Okay, Niko?«

KAPITEL 13

Der Ratschlag des Wanderers

»Wovor sollte ich mich denn fürchten, Mayan?«, fragte der Wanderer mit überraschend sanfter und gütiger Stimme, die beinahe beschwörend klang. »Vor dem Tod vielleicht? Das tust du doch auch nicht, oder?« Er trat einen Schritt näher an Mayan heran. »Du bist vom gleichen Schlag wie die Alten, die einst das Nivland besiedelten – und dein Sohn offensichtlich auch.« Damit ging er auf Arawynn zu. »Hör zu, mein Junge. Was du heute Nacht erlebt ha–«

»Was?« Arawynn riss die Augen vor Erstaunen weit auf. »Ihr wisst, was heute Nacht geschehen ist?«

»Aber natürlich. Die Pläne der Unsichtbaren sind mir bestens vertraut, meistens zumindest.« Er schob die Kapuze ein wenig zurück, und ein Lächeln huschte über sein faltiges Antlitz, das grau war und gezeichnet vom Lauf der Zeiten. »Deshalb weiß ich auch, dass sie dir zur Dämonenstunde ein Zeichen geschickt haben. Nicht um dich zu ängstigen, Arawynn, sondern um dir Mut zu machen für die schwere Aufgabe, die du bald erfüllen musst.«

Arawynn schluckte und starrte den Wanderer noch immer mit großen Augen an. »Wo … wovon sprecht Ihr, Herr?«

»Nur Geduld, du wirst es schon bald erfahren.« Seine grünen Augen flackerten, als fiele es ihm schwer, die Worte auszusprechen. »Es ist kein leichter Weg, den die Unsichtbaren für dich vorgesehen haben. Und dennoch musst du ihn beschreiten, wenn sich ihr Wille erfüllen soll. Und falls dir Zweifel kommen sollten, Arawynn …« Der Wanderer machte noch einen Schritt auf ihn zu, streckte seine Rechte aus und legte sie ihm auf die Schulter. »Denke immer daran: Die Unsichtbaren haben einst das Feuer des Daseins in dir entfacht und dir den Atem des Lebens geschenkt. Es ist nun an dir, nicht nur die Asche zu bewahren, sondern die Flamme selbst, damit sie zukünftigen Generationen als Wegweiser dient. Hast du das verstanden, Arawynn?«

»Ich … ich denke schon«, flüsterte der Junge, den Blick wie gebannt auf die Augen des Alten gerichtet. »Ich werde versuchen, meiner Aufgabe gerecht zu werden.«

»Gut.« Der Wanderer legte ihm nun beide Hände aufs Haupt. »Mögen die Unsichtbaren allezeit mit dir sein und dich auf deinem schweren Weg geleiten, damit du ihn bis zu seinem Ende gehen kannst«, sagte er beschwörend, bevor er wieder zurücktrat und sich an Vater und Sohn gleichzeitig wandte. »Und nun nehmt Abschied voneinander, bevor der Kerkerknecht wieder zurückkommt und es euch verwehrt.« Ohne ein weiteres Wort drehte der Wanderer sich um und ging davon. Genauso lautlos, wie er aufgetaucht war, verschwand er wieder im Gang – wie ein Licht, das mit der Dunkelheit verschmilzt.

Während Arawynn ihm noch nachsah, sprach Mayan ihn an. »Wovon hat er gesprochen?«, fragte er. »Was ist geschehen heute Nacht?«

»Gleich, Vater.« Arawynn schenkte ihm ein wehmütiges Lächeln. »Lass uns zuerst voneinander Abschied nehmen, genau wie der Wanderer es uns aufgetragen hat. Wir werden uns nämlich nicht mehr wiedersehen.«

»Was redest du da, mein Junge?« Mayans Stimme zitterte. »Natürlich werden wir das! Schon weit früher, als du denkst.«

Ein trauriges Lächeln auf den Lippen, schüttelte Arawynn den Kopf. »Du täuschst dich, Vater«, widersprach er und hatte seine Stimme im Gegensatz zu Mayan fest im Griff. »Unsere Wege werden sich nun trennen und uns in verschiedene Richtungen führen. Dich in die Brüche in den Höllenbergen – und mich an jenen Ort, den die Unsichtbaren für mich vorgesehen haben. Wir werden uns nicht wiedersehen, zumindest nicht in dieser Welt.«

»Nicht doch, mein Junge!« Mayan legte ihm beide Hände auf die Schultern und schüttelte seinen Sohn, als wolle er ihn zur Vernunft bringen. »Du musst nicht alles glauben, was dieser alte Mann gesagt hat.«

»Der Wanderer ist kein alter Mann, das weißt du ganz genau, sondern ein Bote der Unsichtbaren«, erklärte der Junge mit fester Stimme. »Er kennt ihren Willen – genau wie Mutter auch.«

»Maruna?« Mayan verzog das Gesicht und blickte seinen Sohn ungläubig an. »Wie kommst auf diesen törichten Gedanken?«

»Weil sie selbst es zu mir gesagt hat«, antwortete Arawynn, »bei ihrem Besuch heute Nacht.« Mayan wollte schon widersprechen, was sein Sohn jedoch mit rascher Geste unterband. »Maruna hat mir aufgetragen, über das Wohl meiner Schwester zu wachen – weil die Unsichtbaren es so wollen. Nur so kann die Tochter des Falken die große Aufgabe erfüllen, die sie ihr zugedacht haben. Sollte Ayani jedoch scheitern, ist unser Volk zu ewiger Knechtschaft verdammt.«

Für einen Moment starrte Mayan seinen Sohn nur mit großen Augen an. »Du musst dich täuschen, mein Junge.« Ein Anflug von Verzweiflung schwang in seiner Stimme mit. »Maruna kann dich unmöglich besucht haben! Du hast mir doch selbst erzählt, dass die marschmärkischen Schergen sie beim ruchlosen Überfall auf unser Dorf getötet haben.«

»Ja, schon …«

»Selbst wenn Maruna das blutige Gemetzel wie durch ein

Wunder überlebt haben sollte – wie hätte sie die Mauern des Kerkers überwinden und in unsere Zelle gelangen sollen?«

»Aber genau das ist geschehen, Vater, so glaub mir doch endlich«, sagte Arawynn mit ernster Miene. »Heute Nacht zur Dämonenstunde hat Mutter mich in unserer Zelle aufgesucht und mir das hier gegeben.« Er griff in die Tasche seines zerlumpten Gewandes, zog einen kleinen Gegenstand daraus hervor und hielt ihn Mayan entgegen. »Erkennst du ihn wieder, Vater?«

»Aber …« Mayan starrte auf den kleinen Stein in der Hand seines Sohnes, als handele es sich um eine überirdische Erscheinung. »Da-das ist ja das steinerne Herz, der Talisman aus dem Schicksalsstein. Maruna hat ihn Ayani geschenkt, damit er ihr Glück bringe.« Er hob den Blick und schaute Arawynn fragend an. »Willst du allen Ernstes behaupten, dass Maru–?«

»Genau«, unterbrach Arawynn ihn mit belegter Stimme. »Sie hat ihn mir gegeben, heute Nacht, als sie mich hier im Verlies aufgesucht hat.«

Der Vater entgegnete nichts und wartete darauf, dass sein Sohn fortfuhr.

»Sie hat gesagt, dass Ayani ihr das steinerne Herz in der Stunde ihres Todes in die Hand gedrückt hat. Damit es sie sicher in die Welt jenseits des Windes geleitet.«

Ein feuchter Glanz trat in Mayans Augen. »Und weiter?«

»Mutter hat mich gebeten, Ayani den Stein wieder zurückzugeben. ›Ich brauche ihn nicht mehr‹, hat sie gesagt. ›In den Regionen, in denen ich mich jetzt aufhalte, ist kein Talisman vonnöten, denn dort wird mir kein Leid mehr geschehen.‹«.

Mayan nickte, ohne es zu merken. Eine Träne stahl sich aus seinem Augenwinkel und rollte über seine blasse, stoppelige Wange.

»›Außerdem sehe ich die Dinge dort in einem ganz anderen Licht‹, hat Mutter dann hinzugefügt, ›und deshalb weiß ich, dass deine Schwester jeden nur erdenklichen Schutz nun bitter nötig hat. Ayani ist die Tochter des Falken, die nach dem Willen der Unsichtbaren gemeinsam mit dem Jungen über das weitere Schicksal unserer Welt entscheiden wird.‹«

»Das hat Maruna gesagt?«, fragte Mayan leise.

Arawynn nickte. »Ja, Vater. Und dass ich dafür sorgen soll, dass Ayani das steinerne Herz zurückerhält. Damit der Talisman über sie wacht und sie auf ihrem weiteren Weg beschützt.« Er hob die rechte Hand wie zum Schwur und sah Mayan mit feierlichem Ernst an. »Und genau das werde ich tun, Vater. So wahr ich hier stehe!«

Mayan öffnete die Lippen, als wolle er etwas entgegnen. Doch dann schüttelte er nur stumm den Kopf. Die Zweifel, die sein Herz bewegten, standen überdeutlich in seinem faltendurchfurchten Gesicht geschrieben: Hatte Arawynn tatsächlich die Wahrheit gesprochen? Oder hatte er die nächtliche Begegnung mit Maruna nur geträumt? Vielleicht war er auch nur einem Trugbild aufgesessen, hervorgerufen durch die schier unerträgliche Härte der Haft? »Hör zu«, sagte Mayan leise. »Auch ich habe lange Zeit gebraucht, um mich mit der Gefangenschaft abzufinden. Meine Sehnsucht nach der Freiheit und nach euch, meiner geliebten Familie, war in den ersten Wochen so groß, dass ich so manches Mal glaubte, euch leibhaftig zu sehen! Und auch dir wird es ähnlich erga–«

»Nein, Vater«, fiel Arawynn ihm sanft, aber bestimmt ins Wort. »Ich habe mir Mutters Besuch nicht eingebildet. Maruna war hier in unserem Verlies, und alles ist genau so geschehen, wie ich es dir geschildert habe.« Er sah seinen Vater mit großen Augen an. »Wie sonst sollte ich in den Besitz des steinernen Herzens gekommen sein?«

Mayan schluckte und musterte seinen Sohn für einige Augenblicke ohne ein Wort. »Dann hast du wohl die Wahrheit gesprochen, Arawynn«, sagte er mit rauer Stimme. »Aber zwischen Ayani und dir stehen nicht nur die Mauern des Kerkers, sondern auch die Schergen Rhogarrs. Und im Augenblick scheinen mir die einen genauso unbezwingbar zu sein wie die anderen. Wie also sollst du deiner Schwester das steinerne Herz zurückgeben können?«

Ein sanftes Lächeln erhellte das schmutzige Gesicht des Jungen. »Warum denn so kleingläubig, Vater?«, gab er ganz ruhig zurück. »Erinnerst du dich nicht mehr an die Worte, mit denen du mir Mut zugesprochen hast, als ich zu dir in diese Zelle geworfen wurde?« Er wartete die Antwort des Vaters gar nicht ab. »›Solange unser Herz noch schlägt und noch ein Tropfen Blut durch unsere Adern pulst, dürfen wir die Hoffnung nicht aufgeben.‹ Genau das hast du zu mir gesagt.«

»Ja. Aber trotz–«

Mit einer Geste, die keinen Widerspruch duldete, schnitt Arawynn ihm das Wort ab. »Ich werde Ayani das steinerne Herz zurückgeben, weil ich sie nämlich schon bald wiedersehen werde«, sagte er mit entrückter Miene. Seine Augen leuchteten, wie von einem unsichtbaren Licht erhellt. »Weit früher, als ich es erhofft hatte – das jedenfalls hat Mutter mir fest versprochen.«

Lena Andersen warf einen besorgten Blick auf ihren Mann, der vor dem Computer saß und wie wild in die Tasten hämmerte. »Willst du nicht endlich zum Frühstück kommen? Oder hat dich das Schreibfieber gepackt?«

Thomas schreckte zusammen – wie meistens, wenn sie unverhofft in sein Arbeitszimmer platzte. »Du hast gut reden! Aber ich muss mich jetzt wirklich ranhalten, damit das Kapitel fertig ist, bevor die Königin hier aufkreuzt.«

»Maria König, deine Lektorin?«

»Genau.« Thomas nickte und schrieb gleichzeitig hektisch weiter. »Ich hab dir doch gesagt, dass sie heute vorbeikommt.«

»Ja, schon.« Lena runzelte die Stirn. »Was will sie eigentlich hier?«

»Kannst du dir das nicht vorstellen?« Thomas hielt mit dem Schreiben inne und blickte seine Frau mit gequälter Miene an. »Du kennst sie doch! Schon bei der kleinsten Verzögerung tut sie, als würde die Welt untergehen!«

Lena räusperte sich geräuschvoll. »Kleine Verzögerung ist gut. Sie hat wohl Angst, dass du nicht rechtzeitig fertig wirst, stimmt's?«

»Genau! Dabei ist bislang noch jedes meiner Bücher erschienen. Und in der Regel auch zum vorgesehenen Termin.«

»Na ja.« Lena rümpfte die Nase. »Mehr oder weniger.« Sie lächelte ironisch, wurde dann aber wieder ernst. »Dann nervt die Königin also mal wieder?«

Thomas nickte. »Sie hat mir angedroht, dass der Titel ins nächste Programm verschoben wird, wenn ich das Manuskript nicht definitiv bis Monatsende abliefere.«

»Das hast du mir bereits erzählt.« Rieke seufzte. »Mann! Das wäre gar nicht gut.«

»Das wäre sogar eine Katastrophe!«

»Und deswegen kommt die Königin hierher?«

»Sozusagen. Ich hab ihr die fertigen Kapitel bereits gemailt, damit sie das Lektorat schon mal beginnen kann – und die will sie heute mit mir durchsprechen. Außerdem wollen wir gemeinsam über eventuelle Kürzungen und Straffungen nachdenken, damit ich bis Ultimo auch garantiert fertig bin.« Er verdrehte die Augen. »Dabei soll der Roman erst in drei Monaten erscheinen!«

»Tja, so ist das halt im Verlag, mein Lieber!« Mit gespieltem Mitgefühl klopfte Lena ihrem Mann auf die Schulter. »Aber es hat dich ja niemand gezwungen, Autor zu werden. Warum will sie das Manuskript denn ausgerechnet bis zum Monatsende haben?«

»Weil an dem Tag Neumond ist«, antwortete Thomas. »Und gleichzeitig eine totale Sonnenfinsternis in Asien, die längste seit vielen, vielen Jahren.«

»Hä?« Lena schüttelte den Kopf. »Muss ich das verstehen?«

»Die Königin hat am Mond einen absoulten Narren gefressen.« Thomas runzelte die Stirn. »Habe ich dir das nicht erzählt?«

»Schon möglich.«

»Jedenfalls richtet sie sich fast sklavisch nach dem Mond«, fuhr Thomas fort. »Wichtige Arbeiten zum Beispiel beginnt sie grundsätzlich am ersten Tag einer neuen Mondphase. Und da sie die Schlussredaktion meines Buches für den nächsten Monat eingeplant hat, muss ich es spätestens an Neumond abliefern!«

»Aha«, kommentierte Lena trocken. »Endet deine Geschichte nicht auch an einem Neumondtag?«

»Ja, schon«, gab Thomas zurück. »Aber deshalb müsste ich doch nicht zwangsläufig auch an so einem Tag mit dem Manuskript fertig sein, oder?«

»Kaum.« Lena lächelte. »Dann halte dich mal ran, mein Lieber.« Wieder tätschelte sie ihrem Mann die Schulter. »Damit du bei deiner Königin nicht in Ungnade fällst! Trotzdem solltest du jetzt Pause machen und endlich frühstücken. Sonst fällst du nicht nur in Ungnade, sondern auch noch vom Fleisch.«

»Du hast ja recht«, sagte Thomas. »Lass mich nur schnell noch den jetzigen Absatz zu Ende schreiben. – Kommt Jessie denn auch zum Frühstück?«

Die Frage kam so unvermittelt, dass Lena nach Luft schnappte. »Äh … nein«, sagte sie rasch, um eine feste Stimme bemüht. »Jessie hat doch bei Niko übernachtet – schon vergessen?«

»Nein, natürlich nicht.«

»Und deshalb hat sie auch bei ihm gefrühstückt. Wahrscheinlich sind die beiden schon längst wieder unterwegs und streifen irgendwo draußen rum.«

»Wahrscheinlich«, bestätigte Thomas lächelnd. »Jessie und Niko scheinen sich ja gut zu verstehen. Irgendwie habe ich das Gefühl, dass die beiden sich gesucht und gefunden haben.« Er grinste. »Kein

Wunder: Rein zufällig heißt Niko ja genauso wie der Held meines Romans!«

»Ich hoffe, du hast recht«, antwortete Lena nachdenklich und wandte sich zum Gehen.

Sie war schon fast aus der Tür, als Thomas noch etwas einfiel. »Lena? Was hast du noch mal gefragt, als du ins Zimmer gekommen bist?«

»Ob du nicht endlich zum Frühstück kommen willst.«

»Das meinte ich nicht – danach!«

»Ob dich das Schreibfieber gepackt hat.«

»Genau – das Schreibfieber.« Ein Lächeln spielte um Thomas' Lippen. »Das ist in der Tat eine gefährliche Krankheit, ziemlich wild und unberechenbar. Wen sie einmal befällt, der bekommt sie nie wieder los!« Damit drehte er sich zum Monitor und ließ die Finger über die Tastatur fliegen. »Danke für den Tipp!«, rief er seiner Frau zu.

»Den Tipp?«, fragte Lena. »Für welchen Tipp denn?«

»Sei nicht so neugierig.« Wie ein Lausbube, der einen neuen Streich ausgeheckt hat, grinste Thomas sie über die Schulter an. »Warte einfach ab, bis mein Buch fertig ist.«

Niko war immer noch wie betäubt. Das Geheimnis, das Jessie ihm anvertraut hatte, lastete wie ein Mühlstein auf seiner Seele. Auch wenn er beileibe kein Experte in diesen Dingen war, hatte er sofort begriffen, dass Jessie in allergrößte Gefahr geraten würde, wenn sie nicht rechtzeitig in ihre Welt zurückkehren konnte. Aber ohne den Mantel des Odhur war das so gut wie ausgeschlossen! Jessie trug weder eine Kette aus dem Alwenhort, noch floss Alwenblut in ihren Adern, und so war sie auf die Hilfe des magischen Umhangs angewiesen, um wieder in ihre

Welt zu gelangen. Aber der befand sich im Besitz der Schwarzmagierin Sâga, die ihn niemals freiwillig zurückgeben würde.

Dieser Gedanke war so entsetzlich, dass er Niko einfach nicht mehr zur Ruhe kommen ließ. Zumal er sich selbst ein großes Maß Schuld an Jessies Schicksal zuschrieb. Sie war doch nur seinetwegen nach Mysteria gereist, um nach ihm zu suchen und ihm zur Seite zu stehen, falls er Hilfe benötigte. Und zum Dank dafür war sie nun in Lebensgefahr. Was für Niko nur einen Schluss zuließ: Er musste ihr helfen, auch wenn er keine blasse Ahnung hatte, wie er das anstellen sollte. Seit dem Moment, in dem Jessie sich ihm anvertraut hatte, überlegte er nun schon hin und her und zermarterte sich den Kopf – und dennoch war ihm keine brauchbare Idee gekommen, wie sie der Schwarzmagierin den so dringend benötigten Umhang wieder abringen könnten. Schon der bloße Gedanke, ein weiteres Mal in die Höhle in den Höllenbergen einzudringen, versetzte Niko in Angst und Schrecken und jagte ihm eisige Schauer über den Rücken. Der erste Abstecher in die gruselige Felsenkammer, den er vor zwei Tagen zusammen mit Ayani unternommen hatte, steckte ihm immer noch in den Knochen. Sie hatten dort nicht nur Bekanntschaft mit Sâgas grässlichen Haustierchen gemacht – einem Schwarm riesiger Vampirfledermäuse und einer glitschigen Würgeschlange, die ihre Größe beliebig ändern konnte! –, sondern wären darin auch um ein Haar ums Leben gekommen! Nur mit viel Mühe und mit noch viel mehr Glück waren sie im letzten Augenblick mit heiler Haut davongekommen. Sonst wären sie entweder den scharfen Zähnen der blutgierigen Nacktratten der Magierin oder den glühenden Lavamassen auf dem Grund des Höllenschlundes zum Opfer gefallen.

»Na endlich!« Ayanis Stimme holte ihn aus den trüben Gedanken. »Ich hatte schon befürchtet, dass wir nie mehr ans Ziel kommen.«

Als Niko den Blick hob, sah er eine ansehnliche Siedlung vor sich, an deren jenseitigen Rand die Türme einer wohlbekannten Burg aufragten: Helmenkroon. In die massive Stadtmauer, die die außerhalb der trutzigen Festung gelegenen Gebäude umschloss, war ein großes Tor eingelassen. Es stand weit offen. Das Fallgitter, das es während der Nacht verschloss, war hochgezogen, sodass nur die angespitzten Enden der Längsbalken wie hölzerne Spieße unter dem Torbogen herausragten. Rechts und links vom Tor waren uniformierte Wachen vor kleinen Wachhäuschen postiert. Bewaffnet mit Schwertern, Lanzen und Piken, kontrollierten sie jeden, der Einlass nach Helmenkroon begehrte und den einzigen Zugang passieren wollte – und davon gab es an diesem Tag eine ganze Menge.

Es war nämlich Markttag in Helmenkroon, wie Kieran den Gefährten unterwegs erklärt hatte. »Das kommt uns sehr gelegen«, hatte er dann noch mit spitzbübischem Lächeln hinzugefügt. »Am Markttag kommen so viele Besucher nach Helmenkroon. Und unter den vielen Fremden dürften wir wohl kaum auffallen.«

Mit ihrem Pferdekarren waren sie denn auch längst nicht mehr alleine. Zahllose Fußgänger und Reiter bevölkerten den auf das Tor zuführenden Weg, und natürlich auch jede Menge Fuhrwerke, die mit Ochsen, Maultieren und Pferden bespannt waren. Es waren Bauern, Handwerker oder fahrende Händler aus der näheren und weiteren Umgebung, die Geschäfte oder familiäre Angelegenheiten in die Hauptstadt des Nivlandes führten. Oder einfach nur Müßiggänger und Neugierige, die das bunte Markttreiben auf dem großen Platz in Helmenkroon besuchen und sich ein paar unterhaltsame Stunden machen wollten. Auch eine große Anzahl grimmig dreinblickender Berittener in schwarzen Lederrüstungen bevölkerte die unbefestigte Straße – marschmärkische Soldaten, die einen roten Greifen, das Wappentier Rhogarrs, auf ihren Schilden trugen und zu Patrouillenritten ausschwärmten oder von ihren Streifzügen zurückkehrten.

Auf dem letzten Stück Weg kamen die Freunde nur langsam voran. Die Wachen hielten nämlich jeden Passanten und jedes Fuhrwerk an, um die Einlassbegehrenden ausgiebig zu mustern und hin und wieder auch eine Wagenladung zu durchsuchen. Rasch bildete sich ein stetig länger werdender Stau, sodass Kieran die Pferde immer wieder zügeln und anhalten musste. Während sie sich stockend auf das Stadttor zubewegten, bemerkte Niko, dass Jessie immer unruhiger wurde. Er neigte ihr den Kopf zu und flüsterte ihr ins Ohr: »Du brauchst kein Angst zu haben. Es wird uns schon nichts passieren. Die Wachen merken bestimmt nicht, dass wir keine Bauersleute sind.«

»Das glaube ich ja auch, Niko«, gab Jessie, ebenfalls flüsternd, zurück. »Und trotzdem …«

»Was trotzdem?« Niko musterte sie überrascht. »Wovor hast du denn sonst Angst?«

»Ähm.« Jessie räusperte sich und zog den Kopf ein wenig ein, als ducke sie sich vor kommendem Unheil. »Davor, dass … äh … dass die Wachen vielleicht das Schwert finden, das ich unter dem Heu versteckt habe.«

»Was?« Niko glaubte seinen Ohren nicht zu trauen. »Sag das bitte noch mal!«

»Dass sie das Schwert finden, das ich unter dem Heu versteckt habe«, wiederholte Jessie mit zerknirschter Miene.

»Bist du verrückt geworden?«, raunte er dem Mädchen zu. »Damit bringst du uns alle in Lebensgefahr!« Rasch sah er sich nach Kieran und Ayani um.

Die beiden hatten offensichtlich nichts von ihrer geflüsterten Unterhaltung mitbekommen. Ihre besorgten Blicke galten einzig und alleine den Wachsoldaten, die ihren Dienst am Tor mit größter Gewissenhaftigkeit versahen.

Nikos Puls beschleunigte sich. Das Herz schlug ihm bis zum Hals. »Rhogarr von Khelm hat den Alwen das Tragen von Waffen doch bei Todesstrafe verboten!«, zischte er Jessie ins Ohr. »Deshalb haben wir Sinkkâlion auch im Lager zurückgelassen!«

»Das weiß ich doch, Niko.« Jessie stand kurz davor, in Tränen auszubrechen. »Ich hab es doch nur gut gemeint. Ohne Waffen können wir uns überhaupt nicht wehren, wenn wir angegriffen werden. Außerdem bin ich doch gar kein Alwe, und desha–«

»So ein Unsinn!«, fiel Niko ihr giftig ins Wort. »Als ob das eine Rolle spielen würde! Oder willst du den Kerlen vielleicht erklären, dass wir aus einer anderen Welt kommen? Dann stecken sie uns doch erst recht ins Verlies – weil sie uns für Irre halten!«

Jessie ging auf den Vorwurf gar nicht ein und sah Niko nur weinerlich an. »Es tut mir leid. Ehrlich!«

Niko verdrehte die Augen. Dass Jessie es jetzt bedauerte, änderte ja nicht das Geringste an ihrer Lage. Um das Schwert noch unbemerkt verschwinden zu lassen, war es längst zu spät, und so blieb ihnen nichts anderes übrig, als dem Schicksal seinen Lauf zu lassen, gemäß dem alten Sprichwort, das Nikos Opa Melchior so gerne verballhornte: »Kommt Zeit, kommt Unrat!«

Dicht vorm Tor sah Kieran die Gefährten noch einmal eindringlich an. »Überlasst das Reden am besten mir«, flüsterte er ihnen zu. »Ich war schon häufiger in Helmenkroon und weiß mit diesen marschmärkischen Bütteln besser umzugehen als ihr. Verstanden?«

»Wenn du meinst«, flüsterte Niko zurück. Er knirschte unruhig mit den Zähnen. Sein Herz schlug inzwischen so heftig, dass es zu zerspringen drohte. Hoffentlich konnten die Wachen das laute Pochen nicht ebenfalls hören. Sonst würden sie bestimmt misstrauisch werden!

Beim Anblick der Wachleute wurde Niko beinahe übel. Die Angst kroch an ihm hoch wie ein unheimliches schwarzes Tier, das sich unerbittlich in seinen Nacken krallte. Die Wachen waren ausnahmslos riesige Kerle, die, hätten sie anstelle ihrer Rüstungen Lederklamotten und statt der Helme Bikermützen oder Bandanas getragen, glatt als Mitglieder einer gefürchteten Motorradgang vom Schlage der »Hells Angels« durchgegangen wären. Ihren finsteren Mienen war anzusehen, dass mit ihnen bestimmt nicht zu spaßen war.

Endlich war Kasimir an der Reihe. Der Zauberlehrling war den Gefährten seit der Begegnung im Wald nicht mehr von der Seite gewichen und trabte auf seinem Isidor nun direkt vor ihnen her.

Die beiden Wachen auf der rechten Torseite – zwei Hünen, die den Maulesel um mehrere Haupteslängen überragten – traten auf ihn zu. Der eine hatte eine kaum verheilte Wunde auf der Stirn und hielt sich etwas im Hintergrund, während der andere Kasimir mit erhobener Hand zum Halten aufforderte.

Der Maulesel, der für gewöhnlich keinen einzigen Befehl auf Anhieb befolgte, blieb wie angewurzelt stehen und rührte sich keinen Millimeter mehr von der Stelle. Fast schien es, als sei er aus Furcht vor dem grimmigen Torwächter zu Stein erstarrt.

»Was ist dein Begehr, du spitzhütiger Witzling?«, blaffte der Wachmann den Zauberlehrling an. »Was führt dich nach Helmenkroon?«

»Ich bedanke mich für den herzlichen Willkommensgruß und wünsche Euch ebenfalls einen guten Tag«, gab Kasimir freundlich zurück und lüftete den Zauberlehrlingshut. »Und nun führt mich schnellstens zu Rhogarr von Khelm, Eurem Herrn und Gebieter.«

Der finstere Zerberus wechselte einen überraschten Blick mit seinem Kumpanen und blaffte den Eleven dann ungehalten an. »Was erdreistest du dich? Glaubst du vielleicht, uns Befehle erteilen zu können?«

»Nichts liegt mir ferner als das, werter Freund«, antwortete Kasimir mit ausgesuchter Höflichkeit. »So etwas würde ich niemals wagen. Da ich jedoch im Auftrag meines Herrn und Gebieters unterwegs bin, des Einzigmächtigen Mordur Kra'nakk, und mein Wunsch nur seinem Wunsch entspricht, muss ich leider darauf bestehen, dass Ihr ihn mit äußerster Dringlichkeit behandelt.« Mit unschuldigem Lächeln griff er unter sein blaues Pludergewand und zog ein Pergament darunter hervor. »Hier ist mein Legitimationsschreiben. Ihr könnt es Euch gerne durchlesen, meine Herren – vorausgesetzt natürlich, ihr seid dazu auch in der Lage.«

Niko war höchst erstaunt über das unerschrockene Auftreten des Zauberlehrlings. Soviel Kühnheit hätte er Kasimir gar nicht zugetraut! Dennoch befürchtete er, dass die Schergen darüber in Wut geraten und ihn auf der Stelle gefangen nehmen würden. Zu seiner Überraschung jedoch sahen die beiden Wächter sich nur ratlos an. Sie schienen nicht so recht zu wissen, was sie von dem komischen Kauz halten sollten.

Sprach er die Wahrheit?

Oder nahm er sie auf den Arm?

Schließlich nickte der Mann mit der Stirnwunde seinem Kameraden fast unmerklich zu. Der trat einen Schritt zurück, gab den Weg frei und wies mit einer fast einladenden Handbewegung aufs offene Tor. »Ihr könnt passieren, werter Herr«, sagte er. »Die Burg unseres Herrschers könnt Ihr kaum verfehlen: Folgt der Straße einfach bis zum großen Platz, dann seht Ihr das Tor der Festung direkt vor Euch.«

Kasimir verbeugte sich mit einem breiten Lächeln. »Vielen Dank, die Herren. Ich bin überaus beglückt, dass die Gastfreundschaft in Helmenkroon in so hohen Ehren steht.« Damit drehte er sich im Sattel um und deutete auf das Fuhrwerk der Gefährten. »Die braven Leute hier befinden sich in meiner Begleitung. Ihr könnt sie also getrost passieren lassen.«

Erneut wechselten die Wachen einen ratlosen Blick.

Niko wollte schon aufatmen, als der Mann mit der Stirnwunde mit einem Mal die Augen zusammenkniff.

Hatte er Verdacht geschöpft?

Während Niko noch darüber nachsann, entfuhr Ayani ein unterdrücktes Stöhnen. »Bei den Unsichtbaren«, flüsterte sie mit entsetzter Miene. »Der Kerl war unter den Schergen, die mich beim Angeln überrascht und wie ein Stück Wild verfolgt haben!«

Da endlich erkannte Niko ihn auch: Bei seinem allerersten Ausflug nach Mysteria war er Zeuge der erbarmungslosen Hetzjagd geworden und hatte miterlebt, wie Ayani den sie verfolgenden Krieger mit einem Geschoss aus ihrer Schleuder vom Pferd geholt hatte.

Hatte der Scherge sie ebenfalls wiedererkannt?

Der Wachmann starrte Ayani und ihn immer noch finster an. Ohne den Blick von ihnen zu wenden, richtete er eine Frage an Kasimir: »Gilt das Legitimationsschreiben Eures Herrn und Gebieters auch für diese Bauersleute?«

»Oooooh«, stieß der Zauberlehrling überrascht aus. Mit dieser Frage hatte er offensichtlich nicht gerechnet. Und damit, dass der Wachmann auf ihn zuging und die Hand nach dem Pergament ausstreckte, offensichtlich noch viel weniger. »Na-na-natürlich nicht«, antwortete er schnell. »Wir haben doch erst unterwegs Bekanntschaft geschlossen.«

Ein zufriedenes Lächeln erhellte die Finstermiene des Wächters. »Dachte ich es mir doch«, sagte er und sah Kasimir mit gespieltem Bedauern an. »Dann kann ich sie leider nicht unkontrolliert passieren lassen, mein Herr.« Er deutete zum Tor. »Wenn Ihr nun bitte weiterreiten und den Weg frei machen würdet?«

Kasimir warf den Gefährten einen bedauernden Blick zu und zuckte wie zur Entschuldigung mit den Schultern. Dann trieb er Isidor mit leichtem Schenkeldruck voran.

Der Maulesel setzte sich sofort in Bewegung und trabte durch das Tor. Doch schon an der nächsten Hausecke hielt Kasimir sein Reittier wieder an, um dort auf die Gefährten zu warten.

Die Torwachen nickten sich kurz zu. Dann ging der mit der Stirnwunde zur rechten Wagenseite, wo Niko und Jessie saßen, während der andere von links herantrat und Kieran grimmig anblickte. »Was führt euch Alwenpack nach Helmenkroon?«, fragte er.

»Wir … wir haben eine Lieferung für das ›Wilde Waldschwein‹, Herr«, antwortete Kieran, ohne sich die Wut anmerken zu lassen, die die Beschimpfung mit Sicherheit in ihm entfacht hatte. »Ein Fuder Heu für den Wirtsstall, wie Ihr sehen könnt.« Damit deutete er auf die Ladung in seinem Rücken.

»So so«, antwortete der Wachmann mit unbewegter Miene. »Dann hat der Schankwirt also einen neuen Lieferanten bekommen?«

»Einen neuen Lieferanten?«, fragte Kieran erstaunt. »Weshalb meint Ihr?«

»Weil mir das Gesicht des Bauern, der ihn sonst immer beliefert, sehr wohl vertraut ist. Ich habe schon häufiger ein Schwätzchen mit ihm gehalten.« Der Wächter verengte die Augen. »Sein Name ist Granold, wenn ich mich recht entsinne?«

»Ja, ja, Herr, ganz recht«, antwortete Kieran rasch. »Granold … äh … ist leider verhindert.«

Der Wächter runzelte die Stirn. »Verhindert? Das wäre das erste Mal seit langer Zeit.«

Kieran nickte. »Jaja. Weil … äh … weil …«

Der Wächter trat einen Schritt näher. Sein Gesicht wurde noch finsterer. »Ja?«

»Weil …«

»Weil unser Vater am wilden Feder-Fieber erkrankt ist«, half Ayani dem Rebellenführer da plötzlich aus der Patsche. »Deshalb hat er uns auch gebeten, unseren großen Bruder auf der Fahrt zu begleiten.« Damit drehte sie den Kopf und blickte Niko und Jessie an. »Stimmt's?«

»Äh … ja, ja, natürlich«, antwortete Niko hastig, nachdem er die erste Schrecksekunde überwunden hatte.

»Das wilde Feder-Fieber, so so«, antwortete der Wachmann nachdenklich, während der andere einen Schritt näher trat und Ayani lauernd ansah. »Wart ihr früher schon mal in Helmenkroon, du und deine Geschwister?«

»Nein, Herr«, antwortete sie rasch. »Warum fragt Ihr?«

»Weil ihr mir seltsam bekannt vorkommt, dein Bruder und du«, antwortete der Mann und kratzte sich am Kinn. »Ich bin mir sicher, dass ich euch schon mal gesehen habe. Auch wenn mir nicht einfällt, wo.«

»Äh.« Ayani räusperte sich. »Ihr … äh … Ihr müsst Euch täuschen, Herr – ganz bestimmt!«

Der Wachsoldat wollte schon antworten, als sein Kumpan ihm zuvorkam. »Seltsam«, sagte er und deutete auf Jessie. »Ist es dir auch schon aufgefallen?«

Der andere zog die Stirn kraus. »Was denn?«

»Sie behaupten, Geschwister zu sein«, erklärte sein Kollege. »Dabei sieht die hier …«, noch immer zeigte sein Finger auf Jessie, »… ihnen so gar nicht ähnlich. Dem Aussehen nach kann sie unmöglich zu diesen Alwenbastarden gehören. Außerdem sind Granolds Blagen deutlich jünger, wenn ich mich recht entsinne. Kommt dir das nicht ebenfalls verdächtig vor?«

Der Mann mit der Stirnwunde nickte. »Du hast recht, das ist sogar höchst verdächtig.« Dann wandte er sich wieder an die Gefährten. »Los, runter mit euch! Damit wir euch durchsuchen können – und eure Ladung natürlich auch!«

Niko rutschte das Herz in die Hose. Es ist aus!, durchzuckte es ihn mit schmerzlicher Gewissheit. Wenn sie das Heu durchstöbern, entdecken sie das darunter versteckte Schwert – und dann war ihr Leben keinen Pfifferling mehr wert!

KAPITEL 14

Die List des Blenders

Sâga saß regungslos im Schatten einer mächtigen Schwarzerle. In das gewohnte schwarz-rote Schlangenkleid gehüllt, hatte sie den Rücken an den dunklen, borkigen Stamm gelehnt und starrte mit wachsender Ungeduld hinüber zu den drei grauen Riesensteinen, die, von lichten Nebelschleiern umwölkt, gut dreißig Schritte von ihr entfernt in einer kleinen Senke aus dem Ödland aufragten. Endlich glaubte sie, eine Bewegung im wabernden Dunst zu erkennen. Ihre Reptilienaugen leuchteten freudig auf und verloren gleich darauf wieder ihren Glanz, als sie das Wesen erkannte, das zwischen den mächtigen Findlingen hervorkam: Es war ein Feldhoppler, der, ihr keinerlei Beachtung schenkend, die sanfte Hügelflanke hinaufsprang, um sich an den würzigen Kräutern und am saftigen Gras zu laben, das oben auf der Kuppe spross.

Die Schwarzmagierin knurrte verärgert, wie eine hungrige Raubkatze, die seit geraumer Zeit vergeblich auf Beute lauerte. Schon im Morgengrauen war Sâga mit Odhurs Hilfe durch Raum und Lüfte gereist, um sich in die abgelegene Heide in der Nähe des Flüsternden Forsts zu begeben und dort auf ihren unheimlichen Gehilfen zu warten, den sie schon vor Tagen durch das Nebeltor in die dahinterliegende andere Welt geschickt hatte. Am

Vortag jedoch, gleich nachdem sie durch Odhurs Kessel zu völlig überraschenden neuen Erkenntnissen gelangt war, hatte sie ihm mittels ihrer schwarzmagischen Kräfte den Auftrag erteilt, schnellstens nach Mysteria zurückzukehren, um ihr über sein bisheriges Wirken zu berichten und neue Befehle entgegenzunehmen. Obwohl sie ihn zu allergrößter Eile gemahnt hatte, ließ er noch immer auf sich warten.

Dafür würde das unzuverlässige Wesen büßen! Spätestens dann, wenn sie auf seine Dienste nicht mehr angewiesen war.

Wieder glaubte Sâga, eine Bewegung in den Nebelschlieren wahrzunehmen, reckte erwartungsvoll ihren Kopf nach vorne und spähte angestrengt zur Pforte. Doch erneut wurden ihre Hoffnungen enttäuscht: Es war nämlich wieder nur ein Tier, das aus der blaugrau schimmernden Dunstwolke kam – ein Fuchs diesmal. Offensichtlich ein Rüde, denn er war von stattlicher Größe und maß mindestes drei Ellen von der Nase bis zur weißen Schwanzspitze. Seltsamerweise handelte es sich nicht um einen der Goldfüchse, die in Mysteria heimisch waren. Im Glanz des Großen Taglichts schimmerte sein prächtiges Fell nämlich rötlich braun, während er mit eiligen Tippelschritten schnurstracks auf Sâga zukam. Auch das war höchst eigenartig: Für gewöhnlich nahmen Füchse vor Zweibeinern doch Reißaus und suchten schnellstens das Weite, sobald sie einen von ihnen erblickten!

Die Schwarzmagierin wunderte sich noch darüber, als der Rüde kaum zwei Schritte vor ihr anhielt, sich auf die Hinterbeine setzte und die spitzen Ohren aufrichtete. Dann nieste er, schleckte sich mit der langen roten Zunge übers Maul und ergriff das Wort. »Ihr habt mich gerufen, Herrin«, sagte er mit einer Stimme, die eher an einen Höhlentroll als an einen Meister Reineke gemahnte. »Hier bin ich und erwarte Euren Befehl.«

Obwohl die Schwarzmagierin bei den ersten Worten des Blenders zusammengezuckt war – schließlich trat ihr Helfer ihr erstmals in Fuchsgestalt entgegen! –, versuchte sie, ihre Überraschung zu überspielen. »Es wird auch höchste Zeit«, zischte sie ihn ungehalten an. »Glaubst du vielleicht, ich hätte nichts Besseres zu tun, als meine Zeit mit Warten zu vertrödeln?«

»Natürlich nicht, Herrin«, erwiderte der Blender rasch, und für den Bruchteil eines Augenblick verwandelte sich der Fuchskopf in den eines Ungeheuers mit blutroten Augen, einer gekrümmten Nase und Hörnern auf der Stirn.

Obwohl das Schreckbild bereits mit dem nächsten Wimpernschlag verschwand und der Fuchs wieder genauso aussah wie zuvor, musste Sâga lächeln: Dass der Blender für die Dauer eines Herzschlags sein wahres Antlitz offenbart hatte, verriet ihr nämlich, dass ihre Bemerkung ihn verärgert hatte. Er hatte ganz kurz die Beherrschung verloren. Aus klammheimlicher Freude darüber versuchte sie, ihn noch mehr zu reizen. »Und warum lässt du mich dann so lange warten?«, giftete sie ihn an.

Schon sah es so aus, als würde der Blender erneut sein wahres Wesen zeigen, aber dann schien er seinen Zorn gerade noch in den Griff zu bekommen. Er rollte nur ungehalten mit den Fuchsaugen. »Weil es gar nicht so leicht war, ein passendes Wesen zu finden, in dessen Gestalt ich durch die Pforte zurückkehren konnte.«

Obwohl Sâga natürlich wusste, dass Blender nahezu gestaltlose Ungeheuer waren, die einen anderen Körper benötigten, um existieren zu können, tat sie unwissend. »Was war daran denn so schwierig?«

»In der Welt hinter dem Nebeltor gibt es nicht mehr allzu viele Wesen, vor denen andere sich fürchten – von diesen Menschen einmal abgesehen.« Erneut nieste der Fuchs. »Oder hätte ich vielleicht in eine Mücke oder eine Maus schlüpfen sollen, nur damit es schneller es geht?«

»Wieso eigentlich nicht?« Sâga lächelte amüsiert. »Dieser Anblick hätte mich durchaus erheitert.« Dann aber wurde sie wieder ernst und musterte den Blender mit kalten Reptilienaugen. »Hast du meine Aufträge ausgeführt?«

»Natürlich, Herrin«, erwiderte der Fuchs rasch. »Allerdings …« Er brach ab und gab ein enttäuschtes Winseln von sich.

Sâga zog die Brauen hoch. »Ja?«

»Nur zum Teil, Herrin – leider nur zum Teil!«

»Und wieso?«

»Weil …« Wieder nieste der Fuchs. »Ich habe tatsächlich einen Kerl entdeckt, der sich in der Nähe des Nebeltors herumgetrieben ha–«

»Wie Odhurs Kessel mir schon im letzten Mond geweissagt hat!«, rief Sâga triumphierend dazwischen.

»Ja, Herrin«, bestätigte der Fuchs. »Es war ein ausgemachter Tölpel, sodass ich keinerlei Mühe hatte, ihn zu überlisten und mich in ihm einzunisten. Allerdings musste ich bald feststellen, dass er gar nicht der Gesuchte war.«

»Nein?«, fragte die Schwarzmagierin überrascht. »Wie das denn?«

»Weil er keinerlei Anstalten machte, die Pforte zu durchschreiten …«

»Nein?« Sâga kniff die Augen zusammen und murmelte: »Merkwürdig, äußerst merkwürdig.«

»… sondern mich zu einem Hüter der Schriften brachte, wo er und der Junge in seiner Begleitung offenbar etwas suchten.«

»Und weißt du auch, was?«

»Das kann ich nur vermuten, Herrin. Eine Schrift vermutlich, denn sie haben alles abgesucht, bis … äh, nun … bis es schließlich zu diesem bedauerlichen Zwischenfall gekommen ist.«

»Ein Zwischenfall?«, fragte Sâga. »Was soll das heißen?«

»Mir … äh, nun …« Der Fuchs senkte den Kopf, sodass es fast so aussah, als blicke er verlegen zu Boden. »Mir ist plötzlich der Hauch dieses teuflischen Krauts in die Nase gestiegen, den unsereins auf den Tod nicht ertragen kann. Deshalb habe ich für einen Augenblick die Beherrschung verloren.«

Die Mundwinkel der Schwarzmagierin zuckten. »Was bedeutet?«

»Was bedeutet, dass meine Wut sich gegen den Hüter der Schriften gerichtet ha–«

»Nein!« Mit einem Aufschrei fuhr Sâga hoch und starrte den Blender fassungslos an – weil sie nämlich schlagartig begriff, was den Wanderer bei seinem letzten Besuch in ihrer Höhle so sehr in Wut versetzt hatte. Die Erinnerung an die Begegnung wurde so lebendig, als würde sie sich eben erst zutragen: »Dein Helfer hat Blut vergossen und damit das Band zerschnitten, das unsere Welten eint«, hatte der Bote der Unsichtbaren gesagt. »Damit hast du Ereignisse in Gang gesetzt, die nicht mehr deiner Kontrolle unterliegen!« Obwohl sie schon damals geahnt hatte, was er meinte, wurde ihr die volle Tragweite seiner Worte erst jetzt bewusst. »Ist … ist der Hüter der Schriften tot?«

»Nein.« Der Fuchs schüttelte den Kopf. »Aber der Kerl, den ich irrtümlich für den Gesuchten gehalten habe, hat ihn verschleppt und hält ihn gefangen.«

Während Sâga sich wieder setzte, behielt sie den Blender fest im Blick. »Wieso das denn?«

»Ich weiß es nicht, Herrin. Zudem habe ich ihn bald verlassen, um mich wieder auf die Suche zu machen.«

»Was kümmert es uns?« Sâga zuckte wie beiläufig mit den Schultern. »Und? Hast du den anderen Mann entdeckt? Den, den Odhurs Kessel mir gezeigt hat?«

»In der Tat, Herrin. Mit einiger Mühe habe ich ihn tatsächlich aufgespürt.« Der Fuchs trippelte aufgeregt mit den Vorderbeinen. »Leider konnte ich mich seiner nicht bemächtigen, weil er sich ebenfalls dieses teuflischen Krauts bediente, das es uns unmöglich macht, sich ihm zu nähern. Er stank so erbärmlich danach, als hätte er darin gebadet.«

»Verflucht!« Sâgas Gesicht verzog sich zu einer wütenden Fratze, dann fügte sie seufzend hinzu: »Aber damit war ja fast zu rechnen.« Für einige Momente starrte sie noch finster vor sich hin, bis sie sich wieder entspannte. »Sei's drum, mein hinterhältiger Freund. Mit Odhurs Hilfe wird es mir auch so gelingen, den Lauf des Schicksals in die von mir gewünschten Bahnen zu lenken.« Erneut erhob sie sich, kniete diesmal aber vor dem Fuchs nieder. Sie nahm den Kopf mit der spitzen Schnauze in ihre Hände und starrte ihn an. »Hör zu«, sagte sie. »Ich habe meine Pläne geändert und habe deshalb einen neuen Auftrag für dich.« Damit beugte sie sich nach vorne und flüsterte dem Blender ihre Befehle ins Ohr.

Niko saß wie erstarrt da und wagte kaum zu atmen.

Der Wächter kam immer näher. »Runter mit euch, habe ich gesagt! Wird's bald?« Als wolle er der Aufforderung Nachdruck verleihen, legte er seine Rechte an den Griff seines Schwertes und packte Niko mit der anderen Hand am Saum seines Gewandes.

»Sehr wohl, Herr«, sagte Kieran rasch. »Wie Ihr befehlt.« Kieran nickte seinen Gefährten zu und sprang vom Kutschbock. Natürlich – er wusste ja nichts von dem unter dem Heu versteckten Schwert …

Niko dagegen war ganz schlecht vor Angst. Er wollte sich gerade mit zitternden Knien aufrichten, als Jessie zu husten begann, so heftig und erbärmlich, dass ihr zarter Körper von wilden Krämpfen geschüttelt wurde.

»Oje«, stieß sie hervor. »Ich hätte die Warnungen der Mutter doch nicht in den Wind schlagen und Vater nicht zu nahe kommen sollen. Jetzt hat das wilde Feder-Fieber wohl auch mich ergriffen.« Ein weiterer Hustenanfall unterbrach ihren Redefluss.

»Ich kann nur hoffen, dass es von mir nicht auch noch auf euch übergesprungen ist! Leider gibt es keinerlei Heilmittel dagegen; das hat Mutter mir unter Tränen offenbart.«

»Was?« Der Wächter mit der Stirnwunde ließ Niko sofort los und zuckte zurück. »Wer an diesem Fieber erkrankt, um den ist es geschehen?«

»Genau, Herr. Wen das wilde Feder-Fieber packt, der wird es nie wieder los«, antwortete Jessie, bevor sie von einem neuerlichen Hustenanfall geschüttelt wurde. »Deshalb sollte man den Kontakt mit einem Erkrankten auch tunlichst meiden und ihm nicht zu nahe kommen – und allem, was er berührt haben könnte, natürlich ebenso wenig.«

Der Wächter trat einen weiteren Schritt zurück. »Willst du damit sagen, dass uns selbst eure Ladung gefährlich werden könnte?«

»Das könnte durchaus sein«, antwortete Jessie und sah ihn mitleidig an. »Tieren dagegen scheint das wilde Feder-Fieber zum Glück nicht das Geringste auszumachen. Jedenfalls haben wir noch niemals gehört, dass eines daran erkrankt wäre.«

Während der Wächter sich noch weiter zurückzog, scheuchte sein Kumpan Kieran und Ayani, die inzwischen ebenfalls abgestiegen war, auf den Wagen zurück. »Los, rauf mit euch. Macht endlich, dass ihr weiterkommt!«

»Wie Ihr wünscht, Herr.« Kieran setzte sich wieder auf dem Kutschbock und ergriff die Zügel. »Wie Ihr wünscht!«

»Einen Moment noch«, befahl der andere Wachmann und wandte sich an seinen Kollegen. »Sollten wir ihnen nicht besser den Zugang verwehren? Es wäre doch möglich, dass sie das wilde Feder-Fieber in der Stadt verbreiten?«

»Und wenn schon!« Der Wächter machte eine abfällige Geste. »In der Siedlung hier wohnen doch hauptsächlich Alwen. Ob ein paar von ihnen krepieren oder nicht, kann uns doch egal sein. Jeder tote Alwe mehr bedeutet weniger Ärger für uns.« Damit trat er an das Spannpferd heran und verpasste ihm einen Schlag auf die Hinterbacke. »Los, du lahmer Gaul! Lauf endlich weiter!«

Niko hätte um ein Haar laut losgeprustet. Dass die Torwächter Jessies abenteuerliche Behauptungen geschluckt hatten, war einfach unglaublich!

Auch seine Gefährten hatten allergrößte Mühe, sich das Lachen zu verkneifen. Es war gar nicht so einfach, eine ernste Miene beizubehalten, während sie die Wachen und das Stadttor passierten und schließlich auf Kasimir zusteuerten, der auf seinem Maulesel immer noch an der nächsten Hausecke auf sie wartete. Erst dort entspannten sich ihre Gesichter wieder und Niko atmete hörbar auf.

»Meine Güte«, sagte er und seufzte. »War das knapp. Ich habe schon das Schlimmste befürchtet …« Er warf Jessie einen anerkennenden Blick zu. »Das war wirklich ein genialer Einfall von dir! Nicht auszudenken, wenn uns die Wächter deine Geschichte vom wilden Feder-Fieber nicht abgenommen hätten.«

»Stimmt.« Auch Jessie war sichtlich erleichtert. »Aber eigentlich hat Ayani dieses Lob verdient. Sie hat den Einfall mit dem Fieber doch zuerst gehabt.«

»Ganz recht.« Kieran nickte und klopfte dem Alwenmädchen auf die Schulter. »Das hast du sehr gut gemacht. Aber was soll das eigentlich sein: das wilde Feder-Fieber? Von der Krankheit habe ich noch nie gehört.«

»Glaubst du vielleicht, ich?«, erwiderte Ayani grinsend. »Die ist mir urplötzlich eingefallen, als hätten die Unsichtbaren sie mir eingeflüstert.«

»Zu unserem großen Glück, kann ich da nur sagen!« Niko nickte ihr ebenfalls anerkennend zu und wandte sich wieder an Jessie. »Aber du hast dem Ganzen die Krone aufgesetzt und die Wachleute nach allen Regeln der Kunst hereingelegt.«

»Ach.« Sichtlich verlegen winkte Jessie ab. »Ich hab mich nur an das alte Sprichwort erinnert, das dein Opa so gerne zitiert: ›Kommt Zeit, kommt Unrat‹.«

Kieran und Ayani musterten die beiden irritiert. Kein Wunder – kannten sie doch weder Opa Melchior noch das Sprichwort und ahnten zudem nicht im Geringsten, in was für einer großen Gefahr sie noch vor wenigen Augenblicken geschwebt hatten!

Trotz des glücklichen Ausgangs hielt Niko es deshalb auch für angebracht, Jessie nicht ungeschoren davonkommen zu lassen. »Ich kenne noch ein anderes Sprichwort, das mein Opa gerne benutzt«, sagte er. »Nämlich: ›Gut gemeint ist selten gut gemacht und hat oft nur großes Leid hervorgebracht!‹ Daran solltest du in Zukunft vielleicht denken, bevor du dich wieder zu irgendwelchen Aktionen hinreißen lässt.«

»Irgendwelche Aktionen?« Ayani schüttelte verwirrt den Kopf. »Was willst du denn damit wieder sagen?«

»Nichts weiter.« Niko winkte ab. »Ist nicht wichtig. Jessie weiß schon, was ich meine. Aber jetzt sollten wir endlich weiterfahren. Wir sind schließlich nicht zum Plaudern hierhergekommen.«

Kasimir begleitete die Gefährten bis zum Gasthaus, wo er sich von ihnen verabschiedete. »Gehabt euch wohl, meine Freunde«, sagte er und lüftete den zerbeulten Zauberlehrlingshut. »Und vielen Dank noch mal für eure Hilfe. Wenn euch der Weg erneut nach Helmenkroon führen sollte, würde ich mich über euren Besuch sehr freuen.«

»Wieso?«, fragte Niko verwundert. »Hast du denn vor, länger in Helmenkroon zu bleiben?«

»Aber natürlich.« Kasimir lächelte. »Habe ich das nicht erzählt? Es ist der ausdrückliche Wunsch meines Herrn und Gebieters, des Einzigmächtigen Mordur Kra'nakk, dass Rhogarr von Khelm mir bis zum Fest des Dunklen Mondes Gastrecht auf seiner Burg gewährt und mich wie einen hochrangigen Staatsgast behandelt. Mein Anblick soll den Marschmärker nämlich jeden

Tag aufs Neue an das heilige Versprechen erinnern, das er meinem Herrn gegeben hat. Er soll ihm Ansporn sein, alles in seiner Macht Stehende zu unternehmen, um es endlich zu erfüllen.«

»Klingt ja aufregend.« Ayani musterte den Eleven des großen Nostramus spöttisch. »Um welches Versprechen handelt es sich denn?«

»Nun …« Kasimir wiegte unschlüssig den Kopf. »Eigentlich ist es nur den engsten Vertrauten meines Herrn bekannt und soll unter keinen Umständen an fremde Ohren dringen. Aber da ihr mich aus größter Not gerettet habt, will ich es euch trotzdem anvertrauen.« Der Zauberlehrling spähte sorgfältig nach allen Seiten und vergewisserte sich, dass ihre Unterhaltung nicht von unliebsamen Zeugen belauscht wurde. Dann winkte er die Gefährten näher zu sich heran und flüsterte ihnen zu: »Rhogarr von Khelm hat meinem Gebieter bereits vor vielen Sommern versprochen, ihm Sinkkâlion, das Schwert von König Nelwyn, am Tag des Dunklen Mondes auszuhändigen. Weil sich gemäß der alten Prophezeiung an diesem Tage das weitere Schicksal des Nivlandes entscheiden wird.«

Kieran kniff die Augen zusammen. »Und wenn Rhogarr sein Versprechen nicht einhält …«

»… wird Mordur mit seiner Streitmacht die Grenzen überschreiten und sich selbst holen, was ihm zusteht. Und Rhogarr wird das gebrochene Wort mit seinem Leben bezahlen!«

»Sosehr ich diesem Tyrannen auch die Pest an den Hals wünsche – das sind keine guten Nachrichten für uns«, flüsterte Ayani Niko zu. »Rhogarr hängt doch an seinem Leben, genau wie jeder von uns. Er wird alle erdenklichen Anstrengungen unternehmen, um uns das Schwert bis dahin wieder abzujagen.«

»Das fürchte ich auch.« Niko verzog gequält das Gesicht. »Sieht ganz so aus, als müssten wir uns auf schwere Zeiten gefasst machen!«

Verflixt und zugenäht! Das darf doch nicht wahr sein!« Maria König schlug wütend mit der flachen Hand auf das Lenkrad und starrte ratlos durch die Windschutzscheibe hinaus auf die sonnenüberflutete Landschaft. Kein Zweifel: Sie hatte sich verfahren! Nichts als endlose Wiesen, Felder und Wälder boten sich ihren Blicken dar, aber nicht das geringste Anzeichen einer Ansiedlung. »Irgendwo muss dieses Kuhkaff doch liegen!« Ihr Ärger richtete sich auch gegen sie selbst: Warum hatte sie ihr Navigationsgerät auch nicht rechtzeitig in Ordnung bringen lassen? Sie kam doch mit Landkarten nicht gut zurecht und hatte sich deshalb schon öfter verfranzt!

So was Blödes!

Zu allem Überfluss meldete sich jetzt auch noch ihre Blase. Sie war kurz vorm Platzen – ausgerechnet hier, wo weit und breit keine Toilette zu finden war.

Ihr blieb auch gar nichts erspart!

»Verflixt und zugenäht!«, fluchte Maria König ein weiteres Mal. Hastig lenkte sie ihren knallroten Mini an den Straßenrand und hielt an. Sie riss die Autotür auf, sprang heraus und sprintete los – zumindest versuchte sie es, auch wenn das in ihren Stilettos und dem engen Businesskostüm gar nicht so leicht war. Schließlich verschwand sie hinter den dichten Büschen am Wegesrand.

Als Maria König wieder dahinter hervorkam, fühlte sie sich erleichtert. Sie zurrte rasch ihren Rock zurecht, reckte und streckte sich und schaute sich um. Eigentlich eine ganz schöne Gegend, ging es ihr durch den Kopf. Kein Wunder, dass Thomas Andersen mit seiner Familie hierher gezogen war.

Und diese himmlische Ruhe!

Bienen, Hummeln und Fliegen summten und brummten durch die klare Luft, Schmetterlinge aller Art gaukelten über die mit bunten Wildblumen und Kräutern durchzogenen Wiesen und über allem schwebte das fröhliche Gezwitscher der Vögel.

Das reinste Paradies!

In diesem Augenblick wurde es schlagartig still. Als hätte jemand einen Schalter umgelegt, verstummten die Geräusche der Natur.

Maria König nahm die Sonnenbrille ab, deren roter Rahmen perfekt mit ihrer Haarfarbe harmonierte, und schaute sich verwundert um. Nur Sekunden später entdeckte sie den Fuchs.

Es war der größte Fuchs, den sie jemals gesehen hatte.

Allerdings war es auch der erste Fuchs, den sie, leibhaftig und in freier Wildbahn, zu Gesicht bekam. Ein solches Tier kannte sie bislang nur aus Büchern oder aus dem Zoo – woher auch sonst?

Der Fuchs kam schnurstracks auf sie zu. Sein rotbraunes Fell mit der weißen Schwanzspitze glänzte im Sonnenlicht. Er schien nicht die geringste Angst vor ihr zu haben.

Aber war das nicht seltsam? Hatte sie nicht gelesen, dass Füchse scheue Wildtiere waren, die den Kontakt mit Menschen möglichst mieden? Und bei ihrem Anblick in der Regel schlagartig die Flucht ergriffen?

Maria König bekam es mit der Angst zu tun. Doch obwohl alle Alarmglocken in ihr läuteten, konnte sie sich nicht von der Stelle rühren. Wie unter einem geheimnisvollen Bann starrte sie den Fuchs an, der immer näher kam, bis er sich direkt vor ihren Füßen auf die Hinterbeine setzte.

In seinen Augen war etwas Verschlagenes.

Böses.

Wenn nicht sogar – Dämonisches!

Plötzlich durchzuckte Maria König ein stechender Schmerz – als würde sich ein scharfes Messer in ihren Kopf bohren! Sie schrie gequält auf und presste die Hände an beide Schläfen – doch schon im nächsten Augenblick war alles wieder vorbei.

Der Fuchs aber fuhr erschrocken herum und hetzte in panischer Flucht davon.

Während Maria König ihm verwundert nachsah, überkam sie mit einem Mal das Gefühl, als würden ihr Hörner wachsen.

KAPITEL 15

Die Prophezeiung der Alten

Nachdem die Gefährten sich von Kasimir verabschiedet und ihre Ladung abgeliefert hatten, stellten sie Fuhrwerk und Pferde im Stall des »Wilden Waldschweins« unter, um endlich das eigentliche Ziel ihres Ausflugs in Angriff zu nehmen – nämlich Helmenkroon eingehend unter die Lupe zu nehmen und etwaige Schwachstellen auszuspähen, die ihnen helfen konnten, Mayan und Arawynn aus dem Kerker zu befreien. Die Siedlung war nicht übermäßig groß – geradezu winzig im Vergleich zum mächtigen Korrok! –, und so brauchten sie für ihren Rundgang kaum länger als eine Stunde. Das Ergebnis war ziemlich niederschmetternd: Obwohl Niko und seine Begleiter jede Ecke und jeden Winkel gewissenhaft in Augenschein nahmen, konnten sie weder Lücken in den Befestigungsanlagen noch irgendwelche Schwachstellen im Ablauf des Wachdienstes entdecken. Da die Verliese zudem in den Kasematten der trutzigen Festung gelegen waren und das Burgtor und auch die Mauern von mindestens doppelt so vielen Kriegern bewacht wurden wie das Stadttor, mussten sie sich zu ihrem großen Leidwesen schließlich eingestehen, dass sie vor einem nahezu hoffnungslosen Unterfangen standen.

Als wäre das nicht schon schlimm genug, wimmelte es nicht

nur in der Burg, sondern auch in den engen Straßen und Gässchen der angrenzenden Siedlung von marschmärkischen Soldaten. Mit ihrem angeberischen Auftreten und ihrem Waffengeklirre machten sie keinen Hehl daraus, dass sie nicht den winzigsten Verstoß gegen Rhogarrs strenge Gesetze durchgehen lassen würden. Rhogarr vom Khelm vom nivländischen Thron zu stürzen, war deshalb wahrscheinlich ein noch weit aussichtsloseres Unterfangen, als die Gefangenen aus dem Kerker zu befreien. So enttäuschend das auch sein mochte – es half doch nichts, die Augen vor unumstößlichen Tatsachen zu verschließen.

Noch weit bedrückender allerdings war es, dass die fast vierzehn Sommer andauernde Fremdherrschaft deutlich sichtbare Spuren in Helmenkroon hinterlassen hatte. An allen Ecken und Enden der Siedlung fanden sich Denkmäler und Standbilder, die allesamt nur ein Motiv kannten: Rhogarr von Khelm. Mal hoch zu Ross, mal zu Fuß, mal kniend und mal stehend, war das Abbild des Tyrannen allgegenwärtig, als solle es den Bewohnern der Stadt vom frühen Morgen bis zum späten Abend vor Augen führen, wer im Nivland das Sagen hatte. Damit gar nicht erst Missverständnisse darüber aufkamen, worauf der Marschmärker seine Macht gründete, zeigten sämtliche Skulpturen ihn in kriegerischer Pose und stets schwer bewaffnet – sei es mit einem Schwert, einer Lanze, einer Axt oder einem Morgenstern –, und so fand sich in ganz Helmenkroon kaum ein Winkel, in dem den Bewohnern der Anblick des Gewaltherrschers erspart geblieben wäre.

Am schlimmsten allerdings war es auf dem großen Platz, auf dem die Gefährten ihren Rundgang beendeten. Er nahm das weite Rund vor der westlichen Burgmauer ein, in die das große Zugangstor zur Festung eingelassen war. Trotz der vielen Besucher und der zahlreichen Marktstände zählte Niko schon beim ersten schnellen Rundblick nicht weniger als ein Dutzend Rhogarr-Standbilder. Um dem Ganzen die Krone aufzusetzen, ging der Bau der großen Ruhmeshalle, die sich am entgegengesetzten Ende des Platzes erhob, bereits seiner Vollendung zu. Nur das große Kuppeldach war noch nicht ganz fertig. Auch in der Vorderfront klafften noch einige Lücken, sodass Niko ungehindert ins Innere des mächtigen Gebäudes blicken konnte. Dort, an hervorgehobener Stelle, stand ebenfalls ein Denkmal, noch viel größer als alle anderen in Helmenkroon. Obwohl es von Tüchern verhüllt war, brauchte es nicht viel Fantasie, sich vorzustellen, wen es darstellte: natürlich ebenfalls Rhogarr von Khelm, diesmal offensichtlich mit einem hoch emporgereckten Schwert in der Hand, wenn Niko die verhüllten Formen richtig deutete.

»So ein Frevler«, sagte Ayani voller Grimm. »Wer sich zum Götzen macht und sich über andere erhebt, den strafen die Unsichtbaren. Jedenfalls hat das Norna immer behauptet.«

»Dann wollen wir hoffen, dass sie recht behält«, erwiderte Niko. »Dieser Großkotz hätte eine Lektion wirklich verdient!« Dann wandte er den Blick von der Baustelle ab, um das bunte Treiben auf dem zentralen Platz näher in Augenschein zu nehmen.

An den aus Brettern und Balken zusammengefügten Verkaufsständen boten Bauern, Handwerker und fahrende Händler ihre Erzeugnisse und Waren feil. In den Gassen und Gängen dazwischen drängten sich die Marktbesucher, um das Angebot in Augenschein zu nehmen und mit den Verkäufern zu feilschen. Andere strebten auf die wenigen Freiflächen zu, wo Gaukler und Akrobaten, Feuerschlucker und Geschichtenerzähler, Wahrsager und Heilkundige und allerlei andere windige Geschäftemacher ihre Künste darboten und auf Kundschaft hofften. Zwischen ihnen trieben sich einige grell geschminkte Weibsleute herum, deren aufreizende Kleider keinerlei Zweifel an ihrem Gewerbe ließen.

Niko stieß Kieran an. »Habt ihr im Lager alles, was ihr braucht?

Sonst könnten wir noch rasch einkaufen, bevor wir in den Dämonenwald zurückkehren.«

Kieran schüttelte den Kopf. »Lieber nicht! Wir sollten jedes Aufsehen vermeiden. Und das, was wir am dringendsten benötigen, ist weder hier noch sonst wo zu bekommen – unsere Freiheit nämlich! Dabei würde ich alles Gold der Welt dafür geben, wenn wir endlich von dieser Pest befreit würden!« Er spuckte aus und deutete mit finsterer Miene auf ein halbes Dutzend marschmärkischer Uniformierter, die sich in der schmalen Gasse zwischen den Verkaufsständen näherten.

Ihrer Kleidung und ihrer Rüstung, vor allem aber ihrem Gehabe nach zu urteilen, musste es sich um Hauptleute oder noch höhere Ränge handeln. Mit herablassenden Blicken musterten sie die eingeschüchterten Marktbesucher, die ihnen eilends Platz machten, und bedienten sich schamlos an den feilgebotenen Waren – ohne zu zahlen natürlich. Keiner der Händler wagte, dagegen aufzumucken, ein jeder ließ sie einfach gewähren.

Was nicht alleine Kieran die Zornesröte ins Gesicht trieb. »Schaut euch dieses Gesindel nur mal an! Sie führen sich auf, als gäbe es für sie kein Recht und Gesetz.«

»Die Marschmärker *sind* Recht und Gesetz«, sagte Ayani. »Zumindest solange sie keiner in die Schranken weist.«

»Ich weiß. Doch so gerne ich diesen Halunken auch die hochmütigen Fratzen polieren würde – es käme einem Selbstmord gleich, wenn wir uns ihnen in den Weg stellen würden.« Die Enttäuschung über die erzwungene Untätigkeit war Kieran deutlich anzusehen. »Lasst uns rasch zum Wirtshaus gehen. Da stärken wir uns ein wenig, bevor wir ins Lager zurückkehren.«

»Guter Vorschlag.« Niko nickte. »Hier können wir eh nichts mehr tun.« Er schickte sich schon zum Gehen an, als eine klägliche Stimme an sein Ohr drang: »Bitte nicht, Herr! Das könnt Ihr doch nicht machen!«

Niko drehte sich um und erblickte, kaum ein Dutzend Schritte entfernt, einen schmächtigen Jungen in einem abgerissenen Gewand. Er ging barfuß und sein blasses Gesicht mit den großen blauen Augen wurde von einem zerzausten Blondschopf umrahmt. Er konnte höchstens zehn Jahre alt sein. Er hatte sich zwischen zwei Verkaufsstände mit Obst und Feldfrüchten gestellt und hielt einen alterschwachen Weidenkorb in der Hand, der mit Beeren gefüllt war – Walderdbeeren wahrscheinlich, auch wenn Niko das von seinem Standpunkt aus nicht genau erkennen konnte.

Die Uniformierten hatten einen Halbkreis um ihn gebildet. Einer von ihnen – er trug einen pelzbesetzten Umhang aus edlem Tuch, hatte wirre rotblonde Haare und stand mit dem Rücken zu Niko – hatte den Henkel des Weidenkorbes gepackt und wollte ihn dem Jungen aus den Händen reißen.

Doch der Kleine hielt eisern und mit dem Mut der Verzweiflung fest. »Bitte nicht, Herr!«, flehte er den Mann an, während ihm die ersten Tränen über die verschmutzten Wangen kullerten. »Habt bitte Erbarmen. Ich habe Tage gebraucht, um die Beeren zu sammeln. Für die paar Helmenkronen, die ich dafür bekomme, will ich Essen für meinen Großvater kaufen. Er ist schwer krank und leidet Hunger.«

»Was kümmert mich dieser alte Narr?«, gab der Mann barsch zur Antwort. Seine Stimme kam Niko merkwürdig bekannt vor, auch wenn ihm nicht auf Anhieb einfiel, warum. »Ihr verfluchten Alwen glaubt doch, dass die Unsichtbaren euer Schicksal bestimmen, nicht wahr?« Als er sich mit höhnischer Miene zu seinen Begleitern umwandte, um deren Zustimmung zu erheischen, erkannte Niko ihn plötzlich: Es war der Mann mit dem Adlergesicht und der Narbe auf der linken Wange! Herzog Dhrago, der feige Verräter, der nicht nur König Nelwyn so übel mitgespielt, sondern auch Kierans Familie auf dem Gewissen hatte!

Dem Anführer der Rebellen blieb das natürlich ebenfalls nicht verborgen. »Verflucht!«, zischte er. Gleichzeitig senkte er den Kopf, damit Dhrago und seine Begleiter ihn nicht erkannten.

Genau wie Ayani und Jessie tat auch Niko es ihm gleich. Dennoch konnte er nicht umhin, weiterhin gespannt hinüber zu dem unglücklichen Jungen zu spähen.

»Beklage dich doch bei diesen Unsichtbaren«, höhnte Dhrago jetzt. »Wenn sie wirklich so viel Macht besitzen, wie ihr glaubt, werden sie sich schon um dich kümmern. Deshalb verschone mich gefälligst mit deinem elenden Gejammer!« Damit riss er ihm mit brutaler Gewalt den Henkelkorb aus den Händen und verpasste ihm einen Tritt, sodass der Kleine zu Boden stürzte. Dhrago aber langte mit höhnischem Grinsen in den Korb und steckte sich eine Handvoll Erdbeeren in den Mund. »Hmmm, einfach köstlich und viel zu schade für euch Pack!« Mit verzücktem Gesichtsausdruck hielt er seinen Begleitern den Korb entgegen. »Hier, bedient euch! So leckere Früchte sind in eurer marschmärkischen Heimat bestimmt nicht zu finden.«

Ayani ballte die Fäuste.

Auch Niko konnte sich kaum mehr zurückhalten.

»Macht bloß keinen Unsinn!«, warnte Kieran scharf. »Bleibt schön ruhig und begeht nicht den gleichen Fehler wie ich am Donnerfall. Meine Unbeherrschtheit hätte uns beinahe das Leben gekostet – und genau das würde jetzt auch geschehen. Und dem Jungen wäre damit bestimmt nicht geholfen.«

»Aber …«, hob Ayani zur Widerrede an, wurde aber sofort unterbrochen.

»Ich fühle die gleiche Wut wie du«, sagte Kieran. »Oder noch größere. Trotzdem müssen wir jetzt kühlen Kopf bewahren. Glaub mir: Der Zeitpunkt wird schon noch kommen, an dem wir uns diesen Verräter vornehmen. Dann wird Dhrago für alles zahlen, was er seinem eigenen Volk und meiner Familie angetan hat.«

Obwohl es sie größte Mühe kostete, warteten die Gefährten ruhig ab, bis sich der Herzog und seine Spießgesellen ein gutes Stück entfernt hatten. Dann eilten sie auf den Jungen zu und halfen ihm auf.

»Alles in Ordnung, Kleiner?«, fragte Kieran und hielt ihm ein Tuch hin. »Hast du dir wehgetan?«

»Nein, nein«, schluchzte der Junge und wischte sich die Tränen aus dem Gesicht. »Es ist nicht weiter schlimm.«

»Den Unsichtbaren sei Dank! Wie ist dein Name?«

»Tamiro«, antwortete der Junge und schniefte einmal laut.

»Er wohnt mit seinem Großvater Heimar in einer einsamen Hütte im Wald«, sagte jetzt die Händlersfrau vom Nachbarstand. »Heimar stand einst im Dienst König Nelwyns und wurde nach dessen Sturz von seinen Besitztümern verjagt, wie die meisten Gefolgsleute unseres Königs. Als er dagegen aufbegehrte, haben Rhogarrs Schergen ihn geblendet. Seitdem ist Heimar auf fremde Hilfe angewiesen.«

»Dann kümmern sich deine Eltern also um den Großvater?«, wollte Kieran von Tamiro wissen.

Der Junge schüttelte seinen Kopf. »Meine Eltern sind lange tot«, antwortete er. »Heimar hat nur noch mich …« Er brach ab und schluchzte wieder los. »Aber wenn ich ihm nicht bald etwas zu essen besorge …« Er schloss die Augen, konnte aber nicht verhindern, dass Tränen unter seinen Lidern hervorströmten.

Kieran zog einen Lederbeutel aus seinem Gewand, entnahm ihm einige Münzen und drückte sie dem Jungen in die Hand. »Hier, Tamiro. Damit kaufst du Brot und Speck für deinen Großvater und dich. Und Mehl und Hirse und Bohnen und was ihr sonst noch alles so braucht.«

»Danke, Herr, vielen Dank!« Die immer noch nassen Augen des Jungen begannen zu leuchten. »Ich weiß gar nicht, wie ich Euch das vergelten soll.«

»Schon gut.« Mit aufmunterndem Lächeln strich Kieran ihm übers blonde Haar. »Da wird sich schon noch eine Gelegenheit ergeben. Und wenn nicht, ist es auch nicht weiter schlimm.« Damit gab er Tamiro einen Klaps und der Junge rannte augenblicklich davon. Kieran wandte sich wieder an die Händlersfrau, um ihr ebenfalls einige Geldstücke zuzustecken. »Und du sorgst dafür, dass die Heilerin, die gleich neben der Schenke wohnt, sich um den alten Heimar kümmert. Wenn das Geld nicht reichen sollte, dann soll der Wirt dir aushelfen. Verstanden?«

»Aber natürlich, Herr«, antwortete die Frau. »Ihr könnt Euch auf mich verlassen.«

»Das will ich dir auch geraten haben!«, sagte Kieran und drohte ihr eher spielerisch mit dem Zeigefinger, bevor er sich wieder seinen Begleitern zuwandte. »Und nun kommt endlich. Mein Magen knurrt schon wie ein hungriger Mähnenwolf. Es ist höchste Zeit, dass wir uns stärken.«

»Stimmt. Du siehst schon ganz abgemagert aus«, entgegnete Ayani spöttisch und drehte sich auf dem Absatz herum, um in Richtung Schenke davonzueilen. In ihrer unbedachten Hast stieß sie jedoch mit einer alten Frau zusammen, die, ganz in Schwarz gehüllt und auf einen Stock gestützt, tief gebückt zwischen den Marktbesuchern umherhumpelte.

»Tu-tut mir leid«, entschuldigte sich Ayani rasch. »Ich habe Euch hoffentlich nicht wehgetan?«

»Nicht der Rede wert, mein Täubchen, nicht der Rede wert«, antwortete die betagte Frau mit dünner Stimme. Damit richtete sie sich auf und hob ächzend den Kopf, um dem Mädchen ins Gesicht sehen zu können. Mit einem Mal erbleichte sie. Noch bevor Ayani begriff, wie ihr geschah, packte die Alte sie am Arm und starrte auf ihre geöffnete Hand. »Bei den Unsichtbaren«, sagte sie und stöhnte. »Ich sehe den Tod in deiner Rechten!«

Das wütende Protestgeräusch eines gequälten Getriebes ließ Thomas Andersen aus dem Fenster blicken – und da erkannte er den knallroten Mini seiner Lektorin, der, eine mächtige Staubwolke hinter sich herziehend, über den Schotterweg auf den Pfortnerhof zubretterte. Er speicherte rasch seine Texte und eilte vor die Tür, um sie zu begrüßen.

Maria König fuhr so schwungvoll auf den Hof, als gelte es, im Schlussspurt eine Rallye zu gewinnen. Bevor sie den Motor abstellte, ließ sie ihn noch einmal laut aufheulen. Nachdem sie sich aus dem Wagen geschält hatte – was aufgrund ihres engen Rockes gar nicht so einfach zu sein schien –, stöckelte sie mit strahlendem Lächeln auf Thomas zu und schüttelte ihm zur Begrüßung die Hand.

»Gute Fahrt gehabt?«, erkundigte er sich fürsorglich. »Oberrödenbach ist ja nicht besonders gut ausgeschildert. Manche unserer Freunde hatten deshalb Schwierigkeiten, auf Anhieb hier herzufinden.«

»Aber nicht doch, Herr Andersen! Wo denken Sie hin?«, flötete die Königin und winkte lässig ab. »Mit so was hab ich doch keine Probleme!« Dann nahm sie die Sonnenbrille von der Nase und drehte sich einmal um die eigene Achse, um die Gebäude des Pfortnerhofes genauer in Augenschein zu nehmen: das Wohnhaus, die ehemalige Scheune, den Stall und ein kleineres Nebengebäude, das früher als Hühnerstall gedient hatte. »Hübsch, sehr hübsch«, sagte sie mit anerkennendem Nicken.

»Na ja, so richtig hübsch wird das erst, wenn der Umbau fertig ist«, erklärte Thomas. »Bislang haben wir nur das Allernotwendigste in Ordnung gebracht. Der Rest kommt an die Reihe, wenn ich wieder einigermaßen flüssig bin.«

Die Königin ging gar nicht darauf ein, sondern stolzierte geradewegs auf den Natursteinbrunnen in der Mitte des Hofes zu. Der gemauerte Schacht ragte einen guten Meter aus dem Boden. Das

Dutzend Spatzen, das es sich darauf bequem gemacht hatte, flog beim Nahen der Lektorin unter wütendem Getschilpe davon. »Der ist aber hübsch«, sagte sie. »Funktioniert er denn noch?«

»Klar. Dabei ist er schon weit über zweihundert Jahre alt«, erwiderte Thomas. »Wir verwenden das Wasser allerdings nur für die Pflanzen.«

Die Königin beugte sich über den Brunnenschacht, um einen Blick hineinzuwerfen. Aber sofort drehte sie sich wieder mit enttäuschter Miene zu Thomas um. »Warum ist er denn abgedeckt?«

»Weil der Brunnen unheimlich tief ist«, erklärte Thomas. »Angeblich sind schon mehrere Menschen darin ertrunken.«

»Wieso angeblich?«

»Weil ihre Leichen nicht gefunden wurden. Weder hier im Brunnen noch sonst wo.«

»Oh!« Die Königin runzelte die Stirn. »Dann hat man wahrscheinlich nur nicht sorgfältig genug gesucht. Oder sie liegen irgendwo tief unten auf dem Grund des Brunnens, sodass man nicht an sie herankam.«

»Das habe ich erst auch gedacht.« Thomas rubbelte sich die Nasenspitze. »Aber dann ist mir klar geworden, dass das nicht der Grund dafür sein kann. Weil Wasserleichen über kurz oder lang nämlich immer an die Oberfläche kommen.« Lächelnd fügte er dann hinzu: »Deshalb gießt die Mafia die Füße ihrer Opfer ja auch in Beton, wie man in jedem mittelmäßigen Film sehen kann.«

»Wem sagen Sie das?« Maria König winkte missmutig ab. »Was glauben Sie, wie oft ich das schon lesen musste!« Sie musterte ihn spöttisch. »Aber dass die Mafia hier ihre Finger im Spiel hatte, können wir ja mit Sicherheit ausschließen, oder?«

»Natürlich!« Thomas Andersen ging zum Brunnen, schob leise ächzend den schweren Holzdeckel zur Seite und warf einen raschen Blick in den Schacht. »Und trotzdem wurde niemals eine Spur von den Verschollenen entdeckt.«

»Dann gibt es nur eine Erklärung: Sie sind überhaupt nicht in den Brunnen gefallen!«

»Doch, sind sie!« Thomas nickte ernst. »Es gab sogar Augenzeugen, die das hoch und heilig beschworen. In anderen Fällen wurden die Verschwundenen zuletzt in unmittelbarer Nähe des Brunnens gesehen und man hat zudem ein lautes Platschen gehört. Daraus hat man dann geschlossen, dass sie ebenfalls hineingestürzt sind.«

»Das ist in der Tat seltsam«, murmelte Maria König.

»Es kommt sogar noch besser«, fuhr Thomas fort. »Früher haben die Menschen doch geglaubt, dass Leichen giftig seien. Jedes Mal wenn wieder jemand im Brunnen verschwunden ist, haben sie deshalb sorgfältig überprüft, ob das Wasser noch genießbar war oder nicht.«

»Und?«

»Es war immer einwandfrei, ohne jede Ausnahme. Nur eines war auffallend.«

»Nämlich?«

»Man hat jedes Mal Spuren von Eisenkrautblüten darin gefunden. Genau wie jetzt auch wieder – sehen Sie!« Thomas deutete auf die Wasseroberfläche, die sich rund zwei Meter unter ihnen befand und auf der einige rotviolette Blütenblätter schwammen. »Dabei ist der Schacht nicht nur meistens abgedeckt, sondern in der Umgebung des Brunnens wächst auch weit und breit keine einzige Pflanze der Gattung Verbenaceae.«

»Sieh an: Das Landleben ist wohl nicht nur gesund, sondern macht offensichtlich auch klug«, spöttelte Frau König. »Woher wissen Sie das eigentlich alles?«

»Aus einer alten Ortschronik von Oberrödenbach«, sagte Thomas. »Das Dorf spielt doch eine wichtige Rolle in meinem Roman, deshalb habe ich ein bisschen nachgeforscht. Über seine Geschichte und so weiter.«

»Und dabei sind Sie auf die Story von den verschwundenen Ertrunkenen gestoßen?«

»Genau.« Thomas nickte. »Allerdings unter der Rubrik ›Geschichten und Legenden des achtzehnten Jahrhunderts‹. Weil man die Erklärung, die sich die Menschen damals zugeflüstert haben, wohl doch für etwas zu abseitig hielt.«

»Da bin ich aber mal gespannt!«

»Ein Teil der Einwohner hat damals geglaubt, dass der Brunnen eine geheime Pforte in eine fremde Welt sei. Und weil die Verschwundenen sich dorthin begeben hätten, konnte man natürlich auch ihre Leichen nicht finden. Deshalb heißt der Hof hier auch Pfortnerhof.«

Die Königin lächelte versonnen. »Haben Sie eine andere Erklärung dafür?«

»Natürlich nicht.« Thomas schüttelte den Kopf. »Mir ist das genauso rätselhaft wie das hier.« Er deutete auf die drei Zeichen, die den Brunnenrand in gleichmäßigen Abständen zierten. Sie mussten schon vor Hunderten von Jahren dort eingemeißelt worden sein, denn sie waren so verwittert, dass sie kaum noch zu erkennen waren. »Diese Runen, die Dagaz-, die Ehwaz- und die Mannaz-Rune, sind doch ebenfalls zentrale Elemente meines Buches. Und ich habe keine Ahnung, warum sie auf dem Brunnen hier zu finden sind oder wer sie da angebracht hat.«

»Interessant«, murmelte die Königin. »Sehr interessant sogar. Das sollten wir vielleicht für Ihr Buch nutzen?«

»Ach.« Thomas grinste verschmitzt. »Was Sie nicht sagen!«

Ayani schaute die alte Frau fassungslos an. Auch Niko, Jessie und Kieran konnten den Blick nicht von ihr wenden. »Den Tod?«, fragte Ayani beklommen. »Soll das bedeuten, dass ich sterben muss?«

»Nein, nicht du.« Ohne den Blick von der Hand des Mädchens

zu lassen, schüttelte die Greisin den Kopf. »Es ist vielmehr eine dir sehr nahestehende Person, der dieses Schicksal bestimmt ist.«

Ayani schluckte und öffnete den Mund, brachte jedoch kein Wort heraus.

»Wisst Ihr vielleicht, um wen es sich handelt?«, fragte Niko an ihrer Stelle.

Die Alte ließ Ayanis Hand los. »Nein, mein Junge. Das zu wissen, ist einzig und alleine den Unsichtbaren vorbehalten.« Damit musterte sie zunächst Niko und dann Ayani mit einem merkwürdig lauernden Blick. »Doch um wen es sich auch handeln mag – ihr dürft euch dadurch nicht von dem Weg abhalten lassen, den das Schicksal euch vorgezeichnet hat. Vergesst das niemals, meine Kinder, und denkt immer daran – wenn die Zwei zu Einem werden, ist alles möglich!« Behände drehte sie sich um und verschwand in der Menge. Nur Augenblicke später war keine Spur mehr von ihr zu entdecken.

Die seltsame Begegnung ließ die Gefährten reichlich verwirrt zurück.

Jessie Miene war ebenso ratlos wie die ihrer Begleiter. »Seid ihr sicher, dass die Alte das ernst gemeint hat?«, fragte sie.

»Ich denke schon«, erwiderte Ayani zögernd. »Sie sah mir jedenfalls nicht aus wie jemand, der mit dem Tod Scherze treibt.«

»Und was glaubst du, wen sie gemeint hat? Mit dieser Person, die dir sehr nahesteht?«

»Natürlich Arawynn oder Mayan, wen sonst?«, sagte Niko. »Rhogarr von Khelm hat doch angekündigt, dass sie am Tag des Dunklen Mondes zusammen mit den anderen Gefangenen auf dem Scheiterhaufen sterben sollen.«

»Das ist richtig«, sagte Ayani. »Aber wie konnte die Frau denn wissen, dass die beiden mir nahestehen?«

»Keine Ahnung.« Niko wiegte den Kopf hin und her. »Sie hat bestimmt erkannt, dass du ebenfalls zu den Alwen gehörst, und deshalb ganz einfach vermutet, dass der Tod deiner Landsleute dir nahegehen wird.«

»Das wäre zumindest eine einleuchtende Erklärung«, pflichtete Jessie ihm bei. »Aber was mich noch viel mehr wundert: Woher kannte sie den Spruch aus dem Buch von Karin Seikel? Dass alles möglich ist, wenn die Zwei zu Einem werden? Und was hat der eigentlich zu bedeuten?«

Ayani warf Niko einen raschen Blick zu, bevor sie sich wieder an Jessie wandte. »Lass es dir von Niko erklären. Ihr steckt ohnehin dauernd die Köpfe zusammen. Auf der Rückfahrt zum Dämonenwald ist dafür genügend Zeit.« Damit drehte sie sich um und ging davon.

Die Gefährten folgten ihr.

Nur wenig später standen sie vor dem »Wilden Waldschwein«. Die Schenke befand sich in einer kleinen Seitengasse unweit vom großen Platz. Das aus rohen Feldsteinen gefügte Kellergeschoss ragte halb aus dem Boden und trug zwei weitere Stockwerke, die von einem spitzen Schindeldach gekrönt wurden. Eine große Schar Turtler hatte es sich auf dem First bequem gemacht und putzte sich unter lautem Gurren das Gefieder. Die Fassade, in die in beiden Etagen mehrere kleine Fenster eingelassen waren, war über und über mit dichtem Weinlaub bewachsen, machte aber dennoch keinen einladenden Eindruck. Das hölzerne Wirtshausschild, auf dem der breite Kopf eines Waldschweins zu sehen war, schaukelte über der ausgetretenen Eingangstreppe im Wind.

Obwohl es erst auf Mittag zuging, war das »Wilde Waldschwein« offensichtlich gut besucht. Aufgeregtes Stimmengewirr drang durch die offenen Fenster hinaus auf die Straße – unverkennbar Männer, die in laute Unterhaltungen und hitzige Dispute verstrickt waren.

Ayani schien das gar nicht zu gefallen. »Vielleicht sollten wir hier doch nicht einkehren«, sagte sie mit gerunzelter Stirn, »und uns lieber gleich auf den Rückweg machen. Außerdem habe ich auf dem Markt die Bemerkung aufgeschnappt, dass hier mit Vorliebe marschmärkische Soldaten verkehren, weil der Wirt mit den Besatzern paktiert.«

»Tatsächlich?«, sagte Kieran grimmig. »Leider ist das ›Wilde Waldschwein‹ das einzige Gasthaus in ganz Helmenkroon, das ein einigermaßen genießbares Essen auf den Tisch bringt. Und ich habe solchen Hunger, dass ich einen ganzen Schnarchbären vertilgen könnte.«

»Kieran hat recht«, stimmte Jessie zu. »Mir geht es genauso, weil … äh …« Sie brach sie ab, biss sich rasch auf die Unterlippe und warf Niko einen Blick zu, der für die anderen nicht zu deuten war.

Niko jedoch schien zu verstehen, was sie meinte, denn er nickte.

»Jedenfalls muss ich ganz dringend was essen«, fuhr Jessie fort.

»Und wahrscheinlich musst du dich auch wieder erleichtern, nicht wahr?« Ayanis Spott war unerwartet hart. »Dann wollen wir wenigstens hoffen, dass sich auf der Latrine keine Atemschlürfer verstecken. Obwohl …« Sie musterte das Wirtshaus mit abschätzigem Blick. »Wenn ich mir die Kaschemme so ansehe, würde mich das gar nicht wundern.«

KAPITEL 16

Im Würgegriff der Feinde

Rieke fand die kleine Holzhütte am Rande des Nebelmoors ohne Probleme. Dabei lag das verwitterte Häuschen hinter einer Gruppe von Moorbirken, Erlen, Pappeln und Sumpfkiefern versteckt und wurde zudem von Weidenbüschen vor neugierigen Blicken geschützt. Ihr Vater hatte ihr die Lage der alten Jagdhütte seines verstorbenen Nachbarn Schorsch Brauer allerdings so gut beschrieben, dass sie nicht zu verfehlen war. Melchior war es auch gewesen, der seine Tochter auf die Idee gebracht hatte, dort nach dem Senshei zu suchen. »Wenn ich an Naliks Stelle wäre und mich verstecken müsste, würde ich genau diese Hütte wählen«, hatte Melchior auf ihre entsprechende Frage erklärt. »Die ist für den Zweck doch geradezu ideal. Die Gegend ist so einsam, dass da kaum eine Menschenseele hinkommt. Außerdem ist das Häuschen noch tipptopp in Schuss, wie Jessie mir versichert hat. Nalik hat dort Herd und Bett und was man sonst noch so alles braucht – und nicht zuletzt ein festes Dach über dem Kopf, das ihn vor Wind und Wetter schützt.«

Melchiors Vermutung erwies sich als goldrichtig: Als Rieke an der Hütte ankam, saß der Senshei auf einem Holzstuhl davor in der warmen Vormittagssonne und las seelenruhig in einer Zeitung. Offensichtlich hatte er Riekes Nahen längst bemerkt, denn er zeigte sich von ihrem Auftauchen nicht überrascht. »Glauben Sie wirklich, ich wäre sitzen geblieben, wenn es jemand anderer gewesen wäre?«, sagte er auf ihre verwunderte Frage.

»Äh ... natürlich nicht«, antwortete Rieke verlegen. »Sie werden ja immer noch von der Polizei gesucht.«

»Danke, dass Sie mich daran erinnern.« Nalik lächelte sie leicht gequält an. »Darf ich Ihnen etwas anbieten? Einen Kaffee vielleicht oder einen Tee?«

Während Nalik Wasser aufsetzte und die Teekanne vorbereitete, erläuterte Rieke ihm den Grund ihres Besuches: Jessies rätselhaftes Verschwinden und die damit verbundenen Sorgen.

»Hm«, brummte Nalik, nachdem sie ihre Ausführungen beendet hatte. »Das Mädchen scheint sich tatsächlich ziemlich in Probleme gebracht zu haben.«

Riekes bedrückte Miene hellte sich auf. »Dann teilen Sie also meine Vermutung, dass Jessie Niko hinterhergereist ist – wohin auch immer?«

»Natürlich.« Die mandelförmigen Augen zu nachdenklichen Schlitzen zusammengekniffen, nickte Nalik. »Eine andere Erklärung gibt es doch gar nicht. Zumal dieser Umhang ja auch verschwunden ist.«

»Der Umhang?«, fragte Rieke. »Wollen Sie damit andeuten, dass Jessie mit diesem Umhang ...?« Sie musterte ihn ungläubig und schüttelte dann vehement den Kopf. »Das ist doch absurd, Herr Noski! Es ist völlig unmöglich, dass dieser Umhang Jessie zu Niko gebracht hat. So etwas gibt es nur in Märchen oder Fantasygeschichten!«

»Und woher wissen Sie das?« Der Senshei schaute sie eindringlich an. Ein geheimnisvolles Funkeln ließ seine smaragdgrünen Pupillen glänzen. »Dass man etwas nicht erklären kann, bedeutet noch lange nicht, dass es nicht existiert. Das sollten Sie doch wissen.«

Wieso denn ich?, wollte Rieke schon nachfragen, aber da ergriff

Nalik Noski ihre Hand und senkte seinen Blick in ihre Augen. Ein angenehmer Wärmestrom kribbelte durch ihren Körper und ein seltsames Gefühl der Vertrautheit machte sich in ihr breit. Ihre Frage schien ihr plötzlich völlig überflüssig, auch wenn sie nicht wusste, warum.

»Jessie ist doch nicht die Erste, der so etwas widerfahren wäre«, fuhr Nalik fort.

Seine Stimme war warm, fast wie ein Streicheln. »Wie … wie meinen Sie das?«, flüsterte Rieke.

»Wie ich es gesagt habe«, antwortete der Senshei und beugte sich leicht nach vorne, sodass ihre Nasenspitzen sich beinahe berührten.

Der Duft seines Rasierwassers – angenehm herb und frisch – stieg in ihre Nase und weckte verschüttete Erinnerungen, auch wenn die viel zu diffus und undeutlich waren, um entschlüsselt zu werden. Seine Lippen, wohlgeformt und voll, erschienen ihr plötzlich wie eine geheime Botschaft. Rieke konnte den Blick nicht von ihnen wenden. Ihr sanftes Rot zog sie unwiderstehlich an und sie hatte nur noch einen Wunsch …

Der schrille Pfiff des Wasserkessels zerstörte jäh den Zauber des Augenblicks.

Während Rieke zusammenzuckte, ließ Nalik Noski ihre Hand los und goss das kochende Wasser auf die Teeblätter in der Kanne.

»Um auf Ihre Frage zurückzukommen«, sagte er wie beiläufig, »ich begleite Sie natürlich gerne zu Jessies Eltern. Allerdings kann ich denen auch nicht mehr sagen, als ich Ihnen und Ihrem Vater bereits gesagt habe.«

»Ich weiß.« Rieke nickte. »Aber das sollte reichen, denke ich.«

»Glauben Sie?« Nalik stellte den Wasserkessel ab. »Ich wüsste jemanden, der sich in diesen Dingen weit besser auskennt als ich. Wenn er Jessies Eltern das Geheimnis erklärt, würde sie das mit Sicherheit beruhigen.«

Im Schankraum des »Wilden Waldschweins« war nahezu jeder Platz besetzt. Marschmärkische Soldaten belagerten ihn hauptsächlich; an ihren Uniformen und am ledernen Rüstzeug waren sie leicht zu erkennen. Nur am Tisch in der Nähe des Eingangs waren noch ein paar Stühle frei. Jedes Mal wenn die Tür geöffnet wurde, zog es da nämlich ganz erbärmlich, und so wurde der Tisch von allen, die sich hier auskannten, weitgehend gemieden.

Kieran und seine Gefährten waren jedoch heilfroh, überhaupt einen Platz zu bekommen, und so ließen sie sich dort nieder.

Schon wenig später kam eine Schankmagd auf sie zu, um sie nach ihren Wünschen zu fragen. Die junge Frau zählte kaum mehr als siebzehn, achtzehn Jahre und besaß überaus üppige Formen. Sie hatte ihren Tisch kaum erreicht und die neuen Gäste freundlich lächelnd angesehen, als überraschend der feiste Wirt auftauchte, sie rüde am Arm packte und zur Seite schob.

»Die hier übernehme ich«, blaffte er sie mit finsterer Miene an. »Kümmere du dich lieber um die Männer da vorne!« Mit einer Bewegung seines Kopfes deutete er auf den großen Tisch direkt neben dem Tresen, an dem ausschließlich Soldaten saßen. Ihren erhitzten Gesichtern nach zu urteilen, hatten die meisten schon mehr als genug Bier und Branntwein genossen.

»Sehr wohl, Herr«, antwortete die Maid verblüfft. »Wenn Ihr das wünscht.«

»Das wünsche ich!«, antwortete der Wirt und verpasste ihr einen kräftigen Klaps auf den Hintern.

Niko schüttelte den Kopf. Was für ein Primitivling, dachte er.

»So ein Grobklotz«, flüsterte Jessie Niko zu. »Der glaubt wohl, bei seinen Angestellten kann er sich alles erlauben.«

Kieran dagegen ließ sich nicht das Geringste anmerken. »Sieh an, sieh an, der Herr Schankwirt höchstpersönlich«, sagte er zu dem Mann, auf dessen kahlem Schädel sich der trübe Schein der funzeligen Tischleuchten spiegelte. Die kleinen Fenster ließen nämlich nur dämmeriges Tageslicht in die Gaststube dringen, und so waren die Talgleuchten über den Tischen von morgens bis abends im Betrieb. »Was verschafft uns die Ehre?«

Der Wirt verzog die wulstigen Lippen zu einem freudlosen Grinsen, sodass der erloschene Zigarrenstummel in seinem Mundwinkel wippte. Dann stützte er die feisten Fleischerhände auf die Tischplatte. Ein dicker Schweißtropfen löste sich von der Spitze seiner Nase und platschte direkt vor Ayani auf den Tisch. »Mir ist am Wohlergehen meiner Gäste sehr gelegen«, sagte er anzüglich. »Selbstverständlich auch an Eurem. Und deshalb wollte ich Euch höchstpersönlich meine Empfehlungen übermitteln.«

»Sehr zuvorkommend.« Kieran zog die Brauen hoch. »Meint Ihr … das heutige Tagesgericht?«

»Ganz genau, Herr«, antwortete der Wirt mit einem raschen Seitenblick auf die Soldaten. »Denen dort scheint es sehr gut zu bekommen, aber wenn ich mir Euch und Eure Begleiter so ansehe, wage ich das doch zu bezweifeln.«

»Ach wirklich?«

»Ja, mein Herr«, bekräftigte der Wirt, ohne eine Miene zu verziehen. »Das heutige Angebot dürfte kaum nach Eurem Geschmack sein. Es ist mit reichlich Bier und Branntwein gewürzt und in ziemlich heißer Luft gegart, sodass größte Gefahr besteht, dass es euch nicht bekommt.«

Niko runzelte die Stirn. Warum redete der Kerl dauernd um den heißen Brei herum? Warum sagte er nicht einfach, dass er sie nicht bedienen wollte, aus welchem Grund auch immer? Und warum ließ Kieran sich das einfach gefallen und stellte ihn nicht zur Rede?

Der dachte allerdings gar nicht daran, sondern nickte dem Wirt auch noch freundlich zu. »Dann hören wir wohl besser auf Euren Rat«, sagte er. »Und vielen Dank für Eure Offenheit.«

Damit warf er seinen Begleitern einen auffordernden Blick zu. »Kommt, wir gehen!«

»Kommt ja gar nicht infrage!«, brauste Jessie auf. »Wir haben das gleiche Recht, bedient zu werden, wie die anderen Gäste auch. Außerdem muss ich ganz dringend was essen – und wenn das Tagesgericht nicht gut ist, dann soll er uns eben etwas anderes servieren.«

»Pssst!«, mahnte Kieran sie mit entsetzter Miene. »Sei bitte still, Jessie!« – Aber seine Warnung kam zu spät.

Am großen Tisch am Tresen sprang nämlich ein Mann auf und stierte wütend zu ihnen herüber »Seit wann dürfen die Alwen hier das große Wort führen?«, schrie er den Wirt an. »Setz sie sofort an die frische Luft, bevor wir es tun.«

In diesem Moment bemerkte Niko, dass Kieran aschfahl wurde und den marschmärkischen Soldaten für einen Moment entsetzt anstarrte. Dann senkte er rasch den Kopf und flüsterte seinen Begleitern gehetzt zu: »Schnell, nichts wie weg hier. Wenn er mich erkennt, gibt es ein Unglück.«

Aber es war bereits zu spät. »Tod und Dämonen!«, fluchte der Krieger. Seine Stimme bebte und die Adern an seinen Schläfen schwollen an. »Das ist ja einer der Strauchdiebe, die uns überfallen haben und denen ich die Peitschenhiebe verdanke!«

Niko verstand sofort: Der Soldat musste zur Wachmannschaft gehört haben, die den von Kieran und seinen Männern überfallenen Transport begleitet hatte.

Außer sich vor Wut deutete der Soldat mit ausgestreckter Hand auf die Gefährten und brüllte laut los: »Alarm! Alarm! Packt euch das Gesindel und lasst es nicht entkommen!«

Nur einen Augenblick später war der Schankraum ein einziges wüstes Durcheinander. Sämtliche Marschmärker sprangen auf wie die Irrwische. Stühle stürzten zu Boden und gingen zu Bruch, während sie auf den Tisch am Eingang zustürmten.

Kieran und seine Begleiter waren ebenfalls aufgesprungen und eilten in fliegender Hast zur Tür hinaus in die kleine Diele und auf den Ausgang zu. Der Rebellenführer hatte die Außentür allerdings kaum aufgerissen, als er wie angewurzelt stehen blieb und mit wachsendem Entsetzten auf die Männer starrte, die mit gezogenen Schwertern von der Straße her die Treppe hochstürmten: eine marschmärkische Patrouille offensichtlich, die, alarmiert durch das lautstarke Geschrei ihrer Kameraden, diesen nun zu Hilfe eilte und den Gefährten den Fluchtweg ins Freie versperrte.

Auch Niko und Ayani hielten entsetzt inne und suchten fieberhaft nach einem Ausweg. Doch der war nicht zu erkennen. Gleich von zwei Seiten stürmten die Feinde heran, und es sah ganz so aus, als wären sie rettungslos verloren.

Rieke sah Nalik Noski gespannt an. »Wen meinen Sie denn?«

»Siegward Schreiber, den Antiquar aus Falkenstedt«, antwortete der Senshei. »Aber leider fehlt von ihm ja immer noch jede Spur.«

»Stimmt.« Rieke nickte. »Deswegen werden Sie doch von der Polizei gesucht! – Merkwürdig, dass Sie ausgerechnet Herrn Schreiber erwähnen.«

»Wieso?«

»Weil ich mehr und mehr zu der Überzeugung gelange, dass diese ganze geheimnisvolle Geschichte damit begonnen hat, dass Herr Schreiber Niko am letzten Schultag das alte Buch geschenkt hat.«

»Das alte Buch?«, fragte der Senshei zu ihrer Verwunderung. »Welches Buch meinen Sie denn?«

»Ich kenne den Titel leider auch nicht. Dabei hatte ich es mehrere Male in der Hand. Ich könnte mich selbst in den Hintern beißen, dass ich es nicht wenigstens einmal aufgeschlagen habe! Aber so weiß ich nur, dass auf der vorderen Umschlagseite ein Zeichen eingeprägt ist: die Mannaz-Rune.«

»Ach, das Buch meinen Sie.« Nalik Noski nickte nachdenklich. »Jessie hat mich vor ein paar Tagen darauf angesprochen.«

»Stimmt. Sie hatte es sich von mir geliehen. Oder sollte ich vielleicht besser sagen: erschlichen?« Ein Lächeln huschte über ihr Gesicht. »Wie auch immer – im Moment ist es jedenfalls verschwunden, weil Jessies Stiefbruder es sich vermutlich unter den Nagel gerissen hat.« Rieke musterte den Senshei aus schmalen Augen. »Dann kennen Sie das Buch also?«

»Nein, kennen tue ich es nicht. Ich weiß nur, dass es existiert.« Etwas abwesend starrte er vor sich hin und schüttelte dann den Kopf. »Seltsam, dass Siegward Ihrem Sohn ausgerechnet dieses Buch geschenkt hat.«

Rieke war sich plötzlich ganz sicher, dass er ihr etwas verheimlichte. »Warum finden Sie das seltsam?«, fragte sie.

»Weil Siegward, also Herr Schreiber, mich eindringlich vor dem Buch gewarnt hat«, erklärte der Senshei. »Wenn ich es zufällig in die Hände bekommen sollte, so hat er mich gemahnt, dann sollte ich unter gar keinen Umständen einen Blick hineinwerfen.«

»Hä?« Rieke zog die Nase kraus. »Wieso das denn?«

»Weil das Buch mir gefährlich werden könnte, hat Siegward behauptet. Vielleicht sogar … lebensgefährlich. – Aber warum schenkt er es dann Niko?«

Als Niko sich wie ein gehetztes Tier umsah, fiel sein Blick auf die schmale Stiege, die am Ende der dämmerigen Diele hinauf ins obere Stockwerk führte. »Schnell! Da lang!«, schrie er den Gefährten zu. Er verpasste dem feisten Wirt, der in der Tür zum Schankraum stand, einen heftigen Stoß und hetzte los.

Während der Wirt mit den zur Tür hinausdrängenden Soldaten kollidierte, einen Teil von ihnen mit zu Boden riss und damit ein wild durcheinanderwirbelndes Menschenknäuel verursachte, nutzte Ayani die Verwirrung, um Niko hinterherzustürmen.

Kieran und Jessie dagegen hatten weniger Glück. Obwohl auch sie augenblicklich loshasteten, wurden sie von den über die Außentreppe in den Flur drängenden Männern erwischt, die wie eine Meute wilder Tiere über sie herfielen. Als Kieran erkannte, dass sie nicht mehr entkommen konnten, stemmte er sich den Verfolgern entgegen. Jessie tat es ihm gleich, und so entstand ein wildes Handgemenge, das die Außentür blockierte. Allerdings nur für kurze Zeit, denn allzu lange konnten Kieran und Jessie dem Ansturm der übermächtigen Verfolger nicht standhalten. Schließlich stürzten sich die mit wilder Wut auf sie und begruben sie unter ihren Leibern.

»Lauf, Niiikooo, laaauuuf!«, hörte Niko noch Jessies verzweifelte Schreie, bevor sie vom Lärm der Meute erstickt wurden.

Für einen Moment war er versucht, umzukehren und dem Mädchen zu Hilfe zu eilen. Doch noch im gleichen Augenblick ging ihm auf, dass das reiner Selbstmord wäre. Wie von Sinnen hastete er die schmale Holztreppe hinauf, um schließlich, dicht gefolgt von Ayani, den dämmerigen Flur im Obergeschoss entlangzurennen, der am Ende einen Knick nach rechts machte. Lieber Himmel, lass dort einen Ausgang sein!, betete er im Stillen, während er in fliehender Hast dahinstürmte, ständig die Schritte der ihm folgenden Ayani im Ohr.

Sein Gebet wurde allerdings nicht erhört: Am Ende des Ganges befand sich kein Ausgang, sondern nur ein kleines Fenster, das sich zur Straße hin öffnete. Verzweiflung wollte Niko befallen, als er verstand, was das bedeutete:

Sie saßen in der Falle.

Es gab keinen Ausweg mehr!

»Und jetzt?« Ayani starrte ihn mit großen Augen an, wie ein verwundetes Tier in Todesangst. »Was sollen wir bloß machen?«

Hinter ihnen polterten auch schon die hektischen Stiefeltritte ihrer Verfolger die Stiege hoch. Es konnte nicht mehr lange dauern, bis sie am anderen Ende des Ganges um die Ecke bogen.

Plötzlich wusste Niko, was zu tun war: Ohne länger nachzudenken, riss er das Fenster auf, beugte sich nach draußen und schaute hinunter auf das schmale Gässchen, das rund fünf Meter unter ihm lag. Niko wurde schwindelig. Verdammt hoch!, schoss es ihm durch den Kopf. Der Sprung in die Tiefe war nicht ungefährlich und würde bestimmt nicht ohne Verletzung abgehen. Und mit einem verstauchten Bein oder einem vertretenen Fuß würden sie ihren Verfolgern bestimmt nicht entkommen können.

Da plötzlich sah er den Schimmel. Einen prächtigen Vollblüter mit hell glänzendem Fell, den ein Mann am Zügel führte. Ein unscheinbares Gewand verhüllte seinen schmächtigen Körper, und in der Linken hielt er einen großen Stock aus Eichenholz, der ihn um Haupteslänge überragte. Ein Bauer offensichtlich, den sein Weg wohl zufällig an der Schenke vorbeiführte.

Kurz entschlossen sprang Niko aufs Fensterbrett und hielt Ayani die Hand entgegen: »Los, schnell!«

Ayani kam seiner Aufforderung auch prompt nach. Als sie jedoch begriff, was Niko vorhatte, bedachte sie ihn mit einem Blick, in dem sich aller Unglauben und alles Entsetzen der Welt spiegelten. »Bist du von Sinnen? Das ist viel zu hoch! Wir sind doch keine Nachtschwärmer! Wir werden uns sämtliche Knochen brechen!«

»Schon möglich.« Niko fühlte sich plötzlich ganz ruhig. »Aber weißt du einen anderen Ausweg?«

Ayanis Kopf flog herum. Sie starrte auf die Meute der Soldaten, die eben um die Ecke bogen und mit gezückten Waffen auf sie zustürmten. Ihre Gesichter waren vor Wut verzerrt. Blanke

Mordlust glänzte in ihren Augen. Ayani schnappte nach Luft und blickte Niko wieder an. »Also gut«, hauchte sie tonlos. »Mögen die Unsichtbaren uns beistehen.«

Niko straffte sich. Er nickte Ayani noch kurz zu – und dann sprangen sie.

Wie in Zeitlupe schwebten sie in die Tiefe – jedenfalls kam Niko das so vor. Er fühlte sich ganz leicht und schwerelos. Alles Körperliche war von ihm gewichen, während er Hand in Hand mit Ayani durch die Luft segelte. Wie beiläufig erkannte er, dass die Zeichen auf ihren Medaillons, die Dagaz-Rune auf seinem und die Ehwaz-Rune auf Ayanis, hell aufleuchteten – aber da landete er auch schon auf dem Rücken des Pferdes. Ohne die geringste Erschütterung, und so weich und sanft, als wäre er in ein tiefes Kissen gesunken.

Ayani musste es ähnlich ergangen sein. Sie gab nicht einen Laut von sich, als sie hinter ihm aufkam und die Arme fest um seinen Oberkörper schlang.

Dann ging alles rasend schnell: Laut wiehernd warf das Pferd den Kopf hoch – ob absichtlich oder vor Schreck, konnte Niko nicht sagen –, sodass dem überraschten Bauern die Zügel aus der Hand gerissen wurden.

Gedankenschnell beugte Niko sich nach vorne und bekam die Zügel zu fassen. Gleichzeitig drückte er dem Schimmel die Fersen in die Flanken.

Das Pferd reagierte augenblicklich: Während der Anführer der Soldatenmeute den Kopf aus dem Fenster im Obergeschoss streckte und einen lauten Fluch ausstieß – »Tod und Dämonen! Halte die Alwenhunde doch auf, verdammt noch mal!« –, stürmte der Schimmel los und galoppierte wie von Sturmflüglern gejagt davon.

Der Bauer sah Niko und Ayani nach, bis sie um die nächste Straßenecke verschwunden waren. Dann erst blickte er zu den

Soldaten auf und hob wie zur Entschuldigung beide Hände. »Es tut mir schrecklich leid, meine Herren«, rief er ihnen zu. »Aber das ging alles so schnell, dass ich nicht wusste, was ich tun sollte.«

»Als ob wir das nicht selbst gesehen hätten, alter Narr!«, ranzte der Krieger ihn an.

Rasch verschwand der Soldat wieder vom Fenster, sodass er nicht mitbekam, wie ein zufriedenes Lächeln über das faltendurchfurchte Gesicht des Mannes draußen huschte. Er zog sich die große Kapuze über den Kopf, die an seinem grauen Umhang befestigt war. Dann drehte er sich um und ging mit müden Schritten davon. Als die Soldatenmeute nur Augenblicke später aus der Schenke heraus auf die Straße stürmte, um die Verfolgung der Fliehenden aufzunehmen, war der Wanderer jedoch spurlos verschwunden.

Der Schimmel fand den Weg von ganz allein. Obwohl Niko anfangs noch versuchte, ihn mit dem Zügel zu dirigieren, machte das Tier keinerlei Anstalten, seine Anweisungen zu befolgen. Niko ließ das Pferd einfach gewähren und hielt die Zügel nur noch lose in den Händen, zumal er mit wachsendem Erstaunen erkannte, dass der Schimmel nicht nur ungewöhnlich schnell war, sondern offensichtlich auch genau wusste, was ihr Ziel war – das Stadttor natürlich. Wie von einer geheimnisvollen Macht geleitet, sprengte er in rasender Geschwindigkeit in die entsprechende Richtung, auch wenn die Häuser und Gebäude in den verwinkelten Gassen den Blick auf das Tor noch immer versperrten. Als ahne das kluge Tier, dass die Menge der Besucher, die sich auf der zum großen Platz führenden Hauptstraße drängte, ihre Flucht nur behindern würde, mied es diese äußerst geschickt und stürmte stattdessen durch ein Gewirr von Seitenstraßen, in denen weit weniger Passanten unterwegs waren. Die meisten von ihnen bestaunten das wie ein Sturmwind dahinbrausende Pferd, als handele es sich um eine Geistererscheinung oder eines der höchst seltenen Pegarosse. Sie glotzten es mit offenen Mündern an und brachten sich dann mit einem raschen Sprung zur Seite in Sicherheit.

Niko saß die Angst im Nacken wie ein bissiges Tier, denn er wusste natürlich, dass sie noch längst nicht in Sicherheit waren. Er konnte es kaum erwarten, dass das Tor in Sichtweite käme, und hielt danach Ausschau wie ein Ertrinkender nach einem Rettungsring. Als es endlich, noch ein gutes Stück entfernt, am Ende einer schmalen Gasse aufschimmerte, wollte er schon erleichtert aufatmen. Doch noch im gleichen Moment wurde der trommelnde Hufschlag des Schimmels vom schrillen Ton einer Fanfare übertönt. Niko begriff sofort, was das bedeutete: Das Alarmsignal galt den Wachen am Tor, die ihre Flucht verhindern sollten!

Die vier Wachleute reagierten auch prompt. Während drei der Männer ihre Schwerter zogen und vor dem offenen Tor in Stellung gingen, hastete der vierte Krieger, der mit der Wunde an der Stirn, auf die an der Mauer befestigte Winde zu, mit der das massive Fallgitter bedient wurde.

Niko schnappte entsetzt nach Luft.

»Schneller«, schrie Ayani ihm ins Ohr. »Mach schneller!« Sie hatte die Gefahr natürlich ebenfalls erkannt, in der sie schwebten: Sobald die hölzerne Sperre herunterrasselte und das Tor verschloss, wäre ihre Flucht zu Ende. Es gab dann keinerlei Chance auf ein Entkommen und sie würden genauso in die Hände ihrer Verfolger fallen wie Kieran und Jessie vor ihnen.

Wie zur Bestätigung drang da donnernder Hufschlag an Nikos Ohr. Als er sich umdrehte, gewahrte er einen Pulk marschmärkischer Reiter, ein gutes Dutzend vielleicht, die von der Burg her auf sie zupreschten. Rücksichtslos galoppierten die ganz in Schwarz gerüsteten Schergen mitten durch die Menge und ritten jeden über den Haufen, der nicht rechtzeitig zur Seite springen konnte. Obwohl sie noch ein gutes Stück entfernt waren, waren ihre hektischen Rufe deutlich zu vernehmen. »Lasst das Gitter runter, schnell!«, schrien sie ihren Kameraden am Tor entgegen. »Sie dürfen nicht entkommen!«

Der Mann mit der Stirnwunde war nur noch wenige Schritte von der Winde entfernt. Er streckte schon seine Hand danach aus, als er urplötzlich einen lauten Schmerzenschrei ausstieß und wie vom Blitz getroffen zu Boden stürzte.

Niko war darüber so überrascht, dass er erst bei Ayanis triumphierendem Ausruf – »Jaaa!« – begriff, dass sie den Krieger mit einem Steingeschoss aus ihrer Schleuder gerade noch rechtzeitig gefällt hatte.

Der Schimmel stürmte mit unverminderter Geschwindigkeit auf das Tor zu – und auf die drei Wachen, die, obwohl durch den plötzlichen Sturz ihres Kameraden sichtlich verunsichert, ihre Stellung dennoch beibehielten und keinen Millimeter zur Seite wichen. Die Klingen ihrer Schwerter blitzten im Licht, während sie mit erhobenen Waffen darauf warteten, dass das Pferd und seine beiden Reiter in Reichweite kämen.

Niko fürchtete schon, von einem Schwerthieb getötet zu werden, als der Schimmel urplötzlich und ohne jede Aufforderung absprang und mit einem gewaltigen Sprung über die Wachen hinwegsetzte. Als wären ihm Flügel gewachsen, segelte das Pferd in hohem Bogen über die verdutzten Männer dahin – und noch bevor die richtig begriffen, was geschah, trug es Niko und Ayani auch schon durchs offene Tor.

Genau in diesem Augenblick rappelte sich der zu Boden gegangene Krieger wieder auf und sprang, ohne nach rechts oder links zu blicken, auf die Winde zu. Die entsetzten Warnschreie der heranpreschenden Reiter kamen zu spät: Seine Hand hatte den Sperrriegel kaum berührt, als das schwere Fallgitter auch schon in die Tiefe rasselte und das Stadttor versperrte.

Die Verfolger waren viel zu schnell, um die Pferde noch anhalten zu können. Mit Urgewalt krachten die mächtigen Streitrosse gegen die dicken Balken. Die zitterten zwar gewaltig unter der Wucht des Aufpralls, hielten ihm aber dennoch stand. Im Nu türmte sich ein Berg aus gefällten Pferdeleibern und aus dem Sattel geschleuderten Kriegern vor dem geschlossenen Tor auf. Das Knacken von Knochen, das schrille Wiehern der Rosse und die jämmerlichen Schmerzensschreie der verwundeten und sterbenden Reiter waren weithin zu vernehmen.

Während die Wachen ihren gestürzten Kameraden nach einer ersten Schrecksekunde zu Hilfe eilten und die Verletzten und Toten aus dem blutigen Durcheinander zu ziehen versuchten, bildete die heranströmende Menge einen Kreis um das Tor, um den Schauplatz des blutigen Geschehens zu beobachten.

Unter ihnen befand sich ein Mann, der ein graues Kapuzengewand trug. Sein faltiges Antlitz war gezeichnet vom Lauf der Zeiten. Er wirkte müde und erschöpft, doch seine smaragdgrünen Augen spiegelten ungebrochenen Mut und Zuversicht. Während er noch mit undurchdringlicher Miene zum Tor blickte, ertönte plötzlich ein lauter Vogelruf.

Der Mann legte den Kopf in den Nacken, blickte hinauf zum blauen Himmel über Helmenkroon und erkannte einen mächtigen Falken. Das graubraune Gefieder schimmerte erhaben im Glanz des Großen Taglichts, während der majestätische Vogel seine Kreise hoch über der Ansiedlung und der Burg zog. Als er schließlich einen neuerlichen Schrei ausstieß, lachte der Wanderer. Er lachte laut auf, weil die wilden Rufe des Falken einzig und alleine seiner triumphal geflohenen Tochter galten.

Mit einem Mal fühlte der Wanderer eine entsetzliche Müdigkeit. Er zitterte am ganzen Körper und hatte Mühe, sich auf den Beinen zu halten. Gleichzeitig verspürte er schrecklichen Hunger und noch viel schlimmeren Durst. Er musste dringend etwas zu sich nehmen – und deshalb war es höchste Zeit, sich schnellstens aus der Welt hinter den Nebeln zurückzuziehen.

KAPITEL 17

Ein gefährlicher Plan

»Ächzend und stöhnend richtete sich Siegward Schreiber auf seinem Feldbett auf. Der alte Mann spürte jeden Knochen im Leib. Sein ganzer Körper schmerzte, nicht nur die Stichwunde unter dem Rippenbogen. Als seine Augen sich endlich wieder an die Dunkelheit in seinem Gefängnis gewöhnt hatten, stand er auf und schleppte sich zu dem kleinen Schemel nahe beim Feldbett an der nackten Feldsteinwand. Es waren kaum zwei Meter, doch dem Antiquar kam der Weg unendlich weit vor. Zum Glück war der irdene Wasserkrug, den seine Peiniger auf dem Hocker platziert hatten, noch gut zur Hälfte gefüllt. Unter größten Mühen hob Siegward ihn an die spröden Lippen und trank so gierig, dass feuchte Rinnsale über sein Kinn flossen und seine Kleidung nässten. Als er den schlimmsten Durst gestillt hatte, griff er sich den harten Kanten Brot, der von seinem kargen Frühstück übrig geblieben war, biss hinein und schleppte sich zu seinem Lager zurück. Dort setzte er sich, lehnte den Rücken gegen die feuchte Wand und zog die Beine an den Körper.

Obwohl draußen die Augustsonne vom Himmel brannte – zumindest deuteten die schmalen Lichtspeere darauf hin, die durch die Ritzen des Bretterverschlags vor der Schüttöffnung oben an der Wand fielen –, war es in dem alten Kohlenkeller so feucht und kalt, dass Siegward am ganzen Körper zitterte. Er zog die Beine noch enger an den Leib und mummelte sich tiefer in den grauen Arbeitskittel, den er nun schon seit dem Tag trug, als die beiden Quälgeister ihn aus seinem Laden in Falkenstedt verschleppt hatten. Fast gegen seinen Willen musste er plötzlich lächeln. Es kam ihm nämlich in den Sinn, dass das nicht ganz der Wahrheit entsprach: Jedes Mal wenn er sich in seiner nicht an seinen irdischen Körper gebundenen Fantasiegestalt nach Mysteria begab, trug er dort stets den gleichen grauen Kapuzenumhang, der bis zum Boden reichte und seinen gedrungenen Körper fast zur Gänze umhüllte – ganz egal, welche Kleidung er in seiner Alltagswelt getragen hatte. Bei seinen ersten Ausflügen in die Welt hinter den Nebeln hatte Herr Schreiber sich das nicht erklären können. Schließlich hatte er den Grund dafür aber doch entdeckt – in dem alten Buch natürlich, das Karin Seikel vor über zweihundert Jahren verfasst hatte.

Wie hätte es auch anders sein können!

Das geheimnisvolle Buch barg schließlich das Mysterium in seinen Zeilen, zu dessen Hüter das Schicksal Siegward Schreiber bestimmt hatte. Noch während dieser Gedanke durch den Kopf des Antiquars geisterte, wurde er von Sorge überlagert. Sein letzter Abstecher nach Mysteria hatte ihn nicht nur gewaltig viel Kraft gekostet, sondern ihm auch gezeigt, dass sich die Dinge nicht ganz wie erwartet entwickelten. Niko Niklas und Ayani hatten weit mehr Hindernisse zu überwinden, als er vermutet hatte. Sie würden vermutlich noch häufiger seine Hilfe benötigen – aber genau da lag das Problem. Aufgrund seines geschwächten Körperzustandes hatte er den letzten Ausflug nur mit allergrößter Mühe bewältigt. Wenn er sich nicht bald erholte, würde er wohl kaum noch eine weitere Reise antreten können. Aber um die Möglichkeit zu haben, wieder zu Kräften zu kommen, müsste er seinen Quälgeistern entwischen – oder von anderen entdeckt und befreit werden. Doch wer sollte schon nach ihm suchen, außer Nalik Noski vielleicht? Und selbst wenn der suchte – wo sollte er es tun? Siegward Schreiber hatte doch selbst nicht die geringste Ahnung, wo dieses sonderbare Vater-und-Sohn-Gespann ihn gefangen hielt. Er wusste nur, dass die beiden ein unerreichbares Ziel verfolgten: Sie jagten einem Schatz nach, den sie nie im Leben finden konnten. Aber das würden die zwei Hohlköpfe niemals verstehen, selbst wenn er es ihnen erklären würde. Was gleichzeitig bedeutete, dass ein Ende seines Martyriums nicht abzusehen war. Schlimmer noch: Möglicherweise würde er seine Gefangenschaft gar nicht überleben!

Dieser Gedanke ängstigte den alten Mann. Nicht seinetwegen, sondern vielmehr wegen Niko Niklas und Ayani. Möglicherweise würden die beiden ihre Aufgabe nicht erfüllen können, wenn er ihnen nicht half und ihre Schritte behutsam und unbemerkt aus dem Hintergrund lenkte. Aber dann wären alle ihre Mühen vergebens! Und die Anstrengungen der übrigen Beteiligten ebenfalls.

Das Knirschen des Türschlosses riss Siegward aus den trüben Gedanken. Fast noch im gleichen Augenblick wurde das Stahlportal weit aufgerissen. Gleißende Helligkeit flutete in den Kellerraum, sodass Siegward die Augen schließen musste, um nicht geblendet zu werden. Als er sie wieder öffnete, erblickte er zwei Schemen, die aus dem Licht auf ihn zukamen: Henk und Maik vermutlich.

»Jetzt mach doch die Tür zu, verdammich noch mal«, hörte er da wie zur Bestätigung die Stimme des Vaters.

»Ja, ja, ich mach ja schon«, gab der Jüngere zurück.

Er kam der Aufforderung eilig nach, während Henk auf das Feldbett zuging. »Schau, schau, unser Gast ist ja wach!«, sagte Henk höhnisch und knipste die Taschenlampe an, die er bei sich trug.

Der starke Lichtstrahl blendete Siegward für einen Moment, sodass er sich abwandte und zur Seite blickte.

»Schau mich gefälligst an, wenn ich mit dir rede!«, blaffte Henk. »Oder wisst ihr Bücherwürmer nich, was sich gehört?«

Der Antiquar blinzelte und musterte seinen Peiniger aus halb geschlossenen Augen. Augenblicklich ging ihm auf, dass der unheimliche Blender von Henk abgelassen hatte, was ihn gleichermaßen beruhigte wie beunruhigte: Zum einen stand nun endgültig fest, dass Sâga, die unheimliche Schwarzmagierin, nicht hinter dem alten Buch her war. Aber zum anderen zeigte das auch, dass sie etwas anderes im Schilde führte, von dem er nichts ahnte – und das umso gefährlicher war.

»Hey, Freundchen«, sagte Henk. »Ich hab dich was gefragt!«

Siegward Schreiber räusperte sich. »Was … wollen Sie von mir? Warum halten sich mich gefangen? Und wo bin ich hier eigentlich?«

»Schnauze! Wenn hier einer Fragen stellt, dann bin ich das, verstanden?«

»Könnte ich … äh … könnte ich bitte etwas zu essen und zu trinken bekommen?«, fragte Siegward vorsichtig. »Und vielleicht auch eine Decke? Es ist entsetzlich kalt hier drin.«

»Dann mach dir halt warme Gedanken, Alterchen«, empfahl Maik, der neben seinen Vater getreten war.

Henk setzte sich jetzt auf die Kante des Feldbetts. »Natürlich«, sagte er. »Wir sind schließlich keine Unmenschen. Du kannst alles von uns haben. Vorausgesetzt …«, Henk beugte sich nach vorne, bis sein Gesicht so dicht vor dem des Antiquars war, dass dem Henks schlechter Atem in die Nase stieg, »… du erzählst uns endlich, was wir wissen wollen!« Ohne den alten Mann aus den Augen zu lassen, gab er seinem Sohn einen Wink, worauf der ihm einen Gegenstand reichte.

Es war ein Buch. Als Siegward Schreiber es erkannte, zuckte er erschrocken zusammen. Wie um alles in der Welt waren die beiden Quälgeister an das Buch gekommen, das er Niko Niklas mitgegeben hatte?

»Du erkennst den alten Schinken also wieder?«, fragte Henk. »Er hat Walter Brauer gehört, nich wahr?«

Siegward Schreiber räusperte sich erneut. »Walter … Brauer? Wer soll das denn sein?«

Ohne Vorwarnung schlug Henk ihm ins Gesicht. »Wenn du mich verarschen willst, musst du früher aufstehen, Freundchen! Nach Walters Tod hast du alle seine Bücher gekauft. Und das da…« Er klopfte auf das Buch mit der Mannaz-Rune auf dem Einband. »…war auch darunter. Das weiß ich von seiner Schwester! Also glaub bloß nich, dass du mir einen Bären aufbinden kannst.«

»Ich will Ihnen keinen Bären aufbinden.« Siegward Schreiber versuchte, ruhig zu bleiben. »Aber bei der Menge an Büchern, die ich in meinem Leben schon erworben habe, kann ich unmöglich jedes einzelne kennen.«

»Was du nich sagst, du Schlaumeier!« Henk grinste ihn breit an. »Aber das hier kennste trotzdem.« Er drehte sich zu seinem Sohn und nickte ihm zu. »Sag ihm, was Walters Schwester uns erzählt hat, als wir ihr die Schwarte gezeigt haben.«

»Gerne, Papa.« Maiks Gesicht war rot vor Eifer und die Narbe auf seiner linken Wange wirkte wie ein Ausrufezeichen. »›Als der Alte das Buch gesehen hat, hat er ganz leuchtende Augen gekriegt‹, hat sie gesacht. ›Und er hat es ganz vorsichtig angefasst, als wär's 'ne Relikwie oder so was Ähnliches.‹« Sein ausgestreckter Zeigefinger schoss nach vorne und bohrte sich in Herrn Schreibers Brust. »Genau das hat Walters Schwesterherz zu uns gesacht!«

Der Antiquar schüttelte den Kopf. »Die Frau muss sich täuschen.«

Wieder schlug Henk ihm ins Gesicht. Diesmal so heftig, dass sein Kopf zur Seite flog. »Hör auf, uns für blöd zu verkaufen«, brüllte er ihn an. »Sonst vergesse ich mich noch!« Er griff in die Innentasche seines abgewetzten Jacketts, holte ein vergilbtes Blatt daraus hervor und schlug das Buch auf. »Hier – diese Seite hat Walter aus dem alten Schinken gerissen, als er in den Knast musste. Das ist eindeutig zu sehen.«

Henk hatte zweifelsohne recht. Die Abrisskante und der schmale Seitenrest im Buch stimmten eindeutig überein. »Und was hab ich damit zu tun?«, fragte Siegward.

»Das will ich dir sagen, Freundchen!« Das Funkeln in Henks Augen verriet nichts Gutes. »Walter hat mir erzählt, dass in der Schwarte von einem sagenhaften Schatz die Rede war. Es war auch eine doppelseitige Karte drin, auf der sein Versteck eingezeichnet war. Das hier…«, er wedelte mit dem Blatt vor dem Gesicht des alten Mannes herum, »… ist eine Seite der Schatzkarte – und du erzählt uns jetzt, was auf der anderen Seite zu sehen war. Aber dalli!«

Herr Schreiber versuchte, seinem bohrenden Blick standzuhalten. »Woher soll ich das wi–«

Weiter kam er nicht, denn erneut schlug Henk zu. »Schnauze!«, brüllte er. »Das war die letzte Warnung!« Dann packte er ihn am Kragen seines Kittels und zog ihn dicht zu sich heran. »Hör zu, Freundchen. Ich geb dir vierundzwanzig Stunden Zeit, um dir alles in Ruhe zu überlegen. Wenn du dann immer noch glaubst, mich für dumm verkaufen zu können, kannst du dir deine Knochen einzeln wieder zusammensuchen!« Er stieß den alten Mann so hart aufs Bett zurück, dass der mit dem Kopf gegen die Steinmauer knallte.

Während der Schmerz wie ein lauter Glockenhall durch seinen Körper dröhnte, hörte Herr Schreiber Henks Aufforderung an seinen Sohn wie aus weiter Ferne. »Los, Maik, verziehen wir uns. Damit der Alte zur Besinnung kommt.«

Für einen Moment war Siegward Schreiber versucht, Henk noch einmal um Essen und Trinken zu bitten. Doch dann ließ er es sein. Es wäre ohnehin sinnlos gewesen.

Als sich die schreckliche Nachricht im Rebellenlager herumsprach, befiel die Männer lähmendes Entsetzen. Sie umringten Niko und Ayani wie eine Schar verschreckter Feldhoppler und starrten die beiden nur fassungslos an.

Huggin war der Erste, der die Sprache wiederfand. »So ein

hundsgemeiner Zufall!«, schimpfte er und ballte wütend die Faust. »Was muss dieser dämliche Hauptmann seinen Kummer auch ausgerechnet im ›Wilden Waldschwein‹ ertränken! Wenn er Kieran nicht erkannt hätte, wäre das alles nicht passiert.«

»Damit hast du leider recht.« Ayani nickte bekümmert. »Das war in der Tat großes Pech. Aber dafür haben wir umso mehr Glück gehabt. Wenn dieser Bauer mit dem Pferd nicht zufällig an der Schenke vorbeigekommen wäre, und noch dazu genau im passenden Moment, hätten Rhogarrs Schergen Niko und mich mit Sicherheit ebenfalls geschnappt.«

Huggin runzelte die Stirn. »Du glaubst, dass es Zufall war?«

»Natürlich«, antwortete Ayani. »Was denn sonst?«

»Ich weiß nicht. Aber wenn ich mich recht entsinne, dann behauptet dein junger Freund hier …«, damit deutete Huggin auf den neben ihm stehenden Niko, »… doch ständig, dass es so etwas wie Zufall überhaupt nicht gibt.«

Ayani nickte. »Ich weiß. Und trotzdem bleibe ich dabei.« Sie blickte Niko an. »Oder hast du vielleicht eine andere Erklärung für die wundersame Fügung, die uns das Leben gerettet hat?«

»Äh.« Im ersten Moment war Niko verwirrt. In der Hektik der Flucht war es ihm nicht mal entfernt in den Sinn gekommen, über diese Frage nachzudenken. Und auf dem Weg ins Rebellenlager hatten ihn ganz andere Probleme beschäftigt. Schon der bloße Gedanke an das ungewisse Schicksal, das Jessie in den Händen der Marschmärker drohte, hatte ihm beinahe den Verstand geraubt und ihm so großes körperliches Unbehagen bereitet, dass ihm ganz übel wurde. Nicht einmal im Traum wäre er auf die Idee gekommen, sich mit den besonderen Umständen ihres Entkommens zu beschäftigen. Nun aber, da Ayani ihn ausdrücklich darauf ansprach, wurde ihm mit einem Mal bewusst, dass sie ihr Leben tatsächlich nur dem völlig unverhofften Auftauchen des Bauern zu verdanken hatten.

Allerdings – war das wirklich nur Zufall gewesen?

Wieder musste Niko an die geheimnisvolle Begegnung im Antiquariat am Falkenturm denken, mit der sein großes Abenteuer begonnen hatte, und an die eindringliche Mahnung, die der graue Besitzer ihm ans Herz gelegt hatte. Ich glaube nicht an Zufälle!, hatte der Antiquar gesagt. Alles, was geschieht, hat einen besonderen Sinn, auch wenn man den nicht auf Anhieb zu verstehen mag!

Wenn Herr Schreiber recht hatte, dann musste es auch einen Grund dafür geben, weshalb der Mann mit dem Schimmel genau im richtigen Augenblick vor dem »Wilden Waldschwein« aufgetaucht war.

Huggins Frage unterbrach Nikos Gedanken: »Habt ihr den Bauern erkannt?«

»Nein.« Ayani kam ihm mit der Antwort zuvor. »Warum fragst du?«

»Einfach so.« Huggin zuckte mit den Schultern. »Dann könntet ihr euch wenigstens bei ihm bedanken für die Rettung aus höchster Not.«

»Stimmt«, pflichtete Ragnur Graubart ihm bei. »Nur schade, dass unser Anführer und dieses Mädchen nicht auch so viel Glück hatten. Was glaubt ihr, was diese marschmärkischen Hunde mit ihnen anstellen werden?«

»Das fragst du noch?« Magnus Halmar, der Schmied, starrte ihn an, als habe er einen Geisteskranken vor sich. »Rhogarr von Khelm hasst uns Alwen noch mehr als die Pest. Doch am meisten von uns allen hasst er Kieran. Weil der einer den wenigen ist, die sich seiner Willkür nicht widerstandslos beugen.«

»Stimmt«, sagte Einohr. »Ohne Kierans unerschrockenes Vorbild hätte es doch keiner von uns gewagt, auch nur das Geringste gegen diese marschmärkischen Besatzer zu unternehmen. Wir hätten uns höchstens wie ein paar verschreckte Feldhopper im Dämonenwald verkrochen und feige darauf gehofft, dass die Unsichtbaren unser Schicksal zum Besseren wenden – oder auch nicht.«

»Einohr spricht die Wahrheit!« Magnus nickte. »Ohne Kieran wird unser Widerstand schnell zusammenbrechen. Aber das ist Rhogarr von Khelm mit Sicherheit auch bewusst. Da ihm ein glücklicher Zufall unseren Anführer in die Hände gespielt hat, wird er seine Ankündigung ohne langes Zögern wahr machen und ihn auf dem Scheiterhaufen hinrichten. Zusammen mit unseren Landsleuten, die in seinem Kerker schmachten. Sie alle werden am Tag des Dunklen Mondes sterben – und natürlich auch das Mädchen, das Niko in unser Lager gebracht hat.«

»Du irrst dich, Magnus«, widersprach Niko ihm da mit versteinerter Miene. »Zumindest, was Jessie betrifft.«

»Was?« Der Schmied starrte ihn überrascht an. »Du glaubst doch nicht im Ernst, dass dieser Tyrann Gnade walten lässt und ihr Leben verschont?«

»Natürlich nicht«, erwiderte Niko. »Ich wollte damit nur sagen, dass Jessie diesen Tag nicht mehr erleben wird. Sie wird viel früher sterben, wenn wir nicht schnellstens etwas unternehmen.«

Die Männer blickten sich ratlos an. Huggin zuckte mit den Schultern, Graubart kratzte sich hinterm Ohr und Magnus wiegte unschlüssig den Kopf. Keiner von ihnen schien auch nur die leiseste Ahnung zu haben, was Niko meinte.

Nur Ayani kam offensichtlich ein Verdacht. »Allmählich begreife ich«, sagte sie, »warum du auf dem Rückweg so schweigsam warst und deine Gedanken fast ausschließlich um Jessie kreisten. Dein Gesicht war die ganze Zeit so düster, als laste der Schatten des Todes auf dir.« Sie trat auf ihn zu, legte ihm die Hand auf die Schulter und blickte ihn eindringlich an. »Willst du dein Herz nicht endlich erleichtern und uns anvertrauen, was dich bedrückt?«

»Nun.« Niko atmete tief durch. »Ich hatte Jessie zwar fest versprochen, es für mich zu behalten. Aber seit sie sich in der Gewalt unserer Feinde befindet, hat sich alles geändert. Und deshalb …« Er holte noch einmal tief Luft und sah die Männer, deren Augen voller Spannung auf ihn gerichtet waren, eindringlich an. »Jessie ist sehr krank und benötigt regelmäßig Heilmittel. Ich weiß nicht, welchen Namen ihr für ihre Krankheit habt, aber in meiner Heimat wird sie Diabetes genannt.«

»Diabetes?«, unterbrach Ayani ihn verwundert. »Davon habe ich noch nie gehört. Ist sie gefährlich?«

»Eigentlich nicht«, antwortete Niko. »Nur wenn sie nicht richtig behandelt wird und der Kranke nicht die notwendigen Heilmittel einnimmt – seine Medizin, wie man in meiner Heimat dazu sagt. Dann wird er nämlich mit jedem Tag schwächer und schwächer und muss schließlich sterben.«

Ayani schluckte. »Hat Jessie diese Heilmittel nicht mit nach Mysteria gebracht?«

»Doch, aber leider nicht genug davon.« Wieder musste Niko tief durchatmen, um seine flatternden Nerven in den Griff zu bekommen. »Ihre Vorräte reichen höchstens noch für zwei oder drei Tage. Danach ist es nur noch eine Frage der Zeit, bis sie stirbt.«

»Jetzt verstehe ich, warum du so besorgt um sie bist.« Ayani blickte ihn voller Mitgefühl an. »Jessie wird das Fest des Dunklen Mondes also nicht mehr erleben?«

Niko schüttelte den Kopf. »Nicht wenn sie länger in Rhogarrs Kerker oder in Mysteria bleiben muss! Wenn sie nicht rechtzeitig neue Medizin bekommt, ist sie rettungslos verloren.«

»Das ist ja schrecklich.« Huggins Augen schimmerten verdächtig.

Auch die anderen Männer wirkten betroffen. »Wir würden ihr ja gerne helfen«, sagte Ragnur, »aber ich wüsste nicht, wie! Dieser marschmärkische Hund wird sie unter keinen Umständen freilassen.«

»Damit hast du zweifelsohne recht.« Niko lachte bitter. »So

etwas wie Mitleid ist dem Kerl mit Sicherheit fremd.« Dann straffte er sich und blickte in die Runde der Männer. »Es gibt trotzdem eine Möglichkeit, um Jessie und die anderen Gefährten vor dem sicheren Tod zu retten.«

Die Rebellen gaben nicht einen Laut von sich. Ihre Augen hingen an seinen Lippen wie ein ausgehungerter Wurf Welpen an den Zitzen einer Wölfin.

»Wir müssen Rhogarr einen Handel vorschlagen«, fuhr Niko fort, »und ihm ein Angebot machen, das er einfach nicht ablehnen kann.«

Magnus Halmar legte die hohe Stirn in Falten. »Und wie sollte dieses Angebot aussehen?«

»Ganz einfach: Es gibt nur eine Sache, die Rhogarr sich noch sehnlicher wünscht als den Tod von Kieran und der anderen Alwen – und das i–«

Ayani unterbrach ihn mitten im Wort. Eine Mischung aus Wut und Fassungslosigkeit verschattete ihr hübsches Mädchengesicht. »Das glaube ich einfach nicht«, hauchte sie. »Das ist doch nicht dein Ernst, Niko?«

»Doch«, erwiderte er mit fester Stimme und hielt ihrem Blick, der ihn zu durchbohren schien, stand. »Das ist sogar mein voller Ernst! Oder hast du einen besseren Vorschlag?«

Ayani musterte ihn für einige Augenblicke wortlos. Dann schluckte sie und fragte kleinlaut: »Aber … wie willst du ihm den Vorschlag denn unterbreiten? Sobald wir uns bei ihm oder seinen Männern blicken lassen, legen die uns doch sofort in Ketten und werfen uns in den Kerker.«

»Das weiß ich doch auch. Deshalb habe ich etwas anderes im Sinn.« Niko blickte die Männer fragend an. »Habt ihr den Meldeturtler, den Kierans heimlicher Verbündeter mit der Botschaft aus Helmenkroon hierher gesandt hat, schon zu seinem Herrn zurückgeschickt?«

Wie eine fette, träge Drohne hatte sich die Augusthitze unter dem spitzen Ziegeldach des Pfortnerhofes eingenistet. Auf dem Speicher war es so heiß, dass Lena Andersen sich fühlte wie in einem muffigen Brutkasten. Gesicht und Haare waren feucht vor Schweiß, die Kleider klebten an ihrem Körper. Und überall war Staub – in der Luft, in ihrer Nase, in den Ohren und selbst auf ihren Zähnen. Dabei befand sie sich kaum zehn Minuten auf dem Dachboden. Alles stand hier wild durcheinander: ausrangierte und mit Bergen von alten Kleidern gefüllte Möbel, defekte und aus der Mode gekommene Elektro- und Haushaltsartikel, allerlei Krimskrams bergende Truhen, angeschlagenes Geschirr, altertümliche Garten- und Ackergeräte und anderer Ramsch und Trödel. Beim Verkauf des Hofes hatte die Vorbesitzerin, Franziska Brauer, zwar versprochen, den Dachboden zu entrümpeln. Doch dann war überraschend ihr Bruder verstorben, sodass sie nicht die nötige Zeit dafür gefunden hatte. Auf die Räumung zu bestehen, wäre Lena und Thomas Andersen angesichts des Trauerfalls ziemlich schäbig vorgekommen. Außerdem hatte Lena insgeheim darauf gehofft, unter all dem Gerümpel vielleicht doch den einen oder anderen brauchbaren Gegenstand zu entdecken. Das Restaurieren alter Möbel war nämlich ihre heimliche Leidenschaft, und so hatte sie schon diverse auf dem Trödelmarkt erworbene Stücke wieder auf Vordermann gebracht.

Zu ihrer großen Enttäuschung fand sich auf dem Dachboden des Pfortnerhofes jedoch nicht ein Teil, dessen Restaurierung sich auch nur annähernd gelohnt hätte. Zudem hatte Lena nicht im Entferntesten geahnt, was für ein entsetzliches Durcheinander sie dort oben erwartete. Als Lena den Speicher zum ersten Mal betreten hatte, war sie über das Ausmaß des Chaos regelrecht erschrocken. Deshalb hatte sie die Aufräumarbeiten auch so lange wie möglich vor sich hergeschoben. Was allerdings auch nicht weiterhalf, denn irgendwann musste die Sache ja erledigt werden. In der Hoffung, dass die Plackerei sie ein wenig ablenken würde, hatte sie deshalb heute kurzerhand die Ärmel hochgekrempelt und sich an die Arbeit gemacht. Trotzdem wurde sie die quälenden Gedanken an Jessie nicht los. Unablässig grübelte sie darüber nach, wo ihre Tochter abgeblieben sein konnte und ob es richtig gewesen war, Thomas ihr Verschwinden einfach zu verschweigen – nur um ihn nicht unnötig zu belasten! Dummerweise hatte sich Rieke Niklas immer noch nicht bei ihr gemeldet. Noch war sie, wie versprochen, mit diesem geheimnisvollen Herrn Noski aufgetaucht... Lena war sich plötzlich gar nicht mehr sicher, ob sie sich am Vorabend richtig entschieden hatte. Inzwischen war sie auch fest entschlossen, Thomas reinen Wein einzuschenken, falls Rieke bis zum Mittag kein Lebenszeichen von sich geben sollte.

Das einzige Licht, eine nackte 30-Watt-Glühbirne, erhellte die Düsternis unter dem Spitzdach nur spärlich. Das kleine Fenster auf der Giebelseite war mit einer dicken Staub- und Schmutzschicht überzogen, die den Sonnenstrahlen den Zutritt weitgehend verwehrte. Der kleine Bretterverschlag darüber ließ vermuten, dass der Speicher in früheren Zeiten einen Taubenschlag beherbergt hatte – was in Lena sämtliche Alarmsirenen aufschrillen ließ: Der Gedanke, sich nicht nur mit altem Gerümpel, sondern auch noch mit verrottetem Taubenmist herumschlagen zu müssen, war alles andere als verlockend!

Mit bangem Gefühl lehnte sie eine alte Haushaltsleiter an den Querbalken und stieg hoch, um einen Blick in den Verschlag zu werfen. Doch schon der erste Blick ins trübe Dämmerlicht unter dem Firstbalken beruhigte sie einigermaßen: In dem kleinen Kabuff war keine Spur von Taubendreck zu entdecken. Sie sah nur dicke Staubflocken und ein dichtes Gespinst von Spinnweben, in denen die Überreste der Beutetiere aus den letzten hundert Jahren baumelten. Lena wollte bereits wieder hinunter auf den Boden steigen, als sie im hintersten Winkel des Verschlages, verborgen von riesigen Spinnennetzen, einen Gegenstand erblickte, der schlagartig ihr Interesse erweckte: Es war ganz offensichtlich eine Truhe, gefertigt aus fast pechschwarzem Holz und verziert mit kunstvollen Metallbeschlägen. Lenas Restauratorenherz schlug höher: Sollte der Speicher doch noch ein unverhofftes Schmuckstück bergen?

Voller Neugierde kroch sie in den Verschlag und zog die alte Truhe aus der Ecke. Sie war entsetzlich schwer, sodass Lena sie nur unter größten Mühen über die Leiter hinunterbefördern konnte. Sie stellte die Kiste auf den Boden, öffnete das Fenster, um Licht in der Speicher zu lassen, und säuberte ihr Fundstück dann sorgfältig mit einem alten Lappen. Schließlich stand die Truhe wie ein geheimnisvolles Versprechen im hellen Sonnenlicht, und Lena konnte erkennen, dass sie sich nicht getäuscht hatte: Die Truhe bestand tatsächlich aus fast schwarzem Edelholz und besaß einen gewölbten Deckel. Die schmiedeeisernen Scharniere und Beschläge waren kunstvoll von Hand gefertigt und im Schloss steckte ein Schlüssel, ebenfalls ein prächtiges Handwerkerstück. Den Griff des Schlüssels – der, wie Lena natürlich wusste, auch Räute genannt wurde – hatte die Form einer geschmiedeten Rune, die Lena allerdings nicht kannte. Sie zögerte einen Moment, bevor sie den Schlüssel im Schloss herumzudrehen versuchte. Zu ihrer Verwunderung spürte sie nicht den geringsten Widerstand und nicht das leiseste Geräusch war zu hören – als wäre der Schließmechanismus erst kürzlich geölt worden. Mit angehaltenem Atem öffnete Lena den Deckel und klappte ihn nach hinten. Und als sie erkannte, was sich in der alten Truhe befand, wollte sie ihren Augen nicht trauen.

KAPITEL 18

Ein teuflisches Angebot

Die Stirn in tiefe Falten gelegt, stapfte Rhogarr von Khelm unruhig durch seinen Thronsaal. Vor einem der großen Fenster, die sich zum Hof hin öffneten, blieb er stehen und starrte hinaus ins schwindende Licht des sterbenden Tages. Obwohl das Große Taglicht seine Reise noch nicht ganz vollendet hatte und wie eine Halbkugel in goldenem Orange hinter dem westlichen Horizont hervorblitzte, war der Nachtmond bereits am Firmament aufgezogen. Als wolle sie ihn mahnen, dass die Stunden bis zum Fest des Dunklen Mondes unaufhaltsam verstrichen, stand die mit jedem Tag größer werdende feuerrote Sichel direkt über dem Bergfried, auf dessen Spitze die marschmärkische Flagge in der Abendbrise wehte.

Gedämpfte Laute drangen von draußen in den Saal. Das dumpfe Getrappel von Pferdehufen und metallische Klirren von Waffen mischte sich mit dem zänkischen Krächzen der Raben, die sich um die Überreste der am Galgen baumelnden Gehenkten stritten.

Rhogarr lauschte den gierigen Vögeln für einige Augenblicke voller Wohlgefallen. Ein zufriedenes Lächeln huschte über sein stoppelbärtiges Gesicht, wie immer, wenn ihm bewusst wurde, dass er Herr über Leben und Tod war. Schließlich drehte er sich ruckartig um und schritt auf den zwergenhaften Hofschreiber zu, der, in den gewohnten Wams aus grauem Filz gekleidet, neben der großen Tafel stand und seinem Herrscher mit angespannter Miene entgegensah. Rhogarr blieb direkt vor ihm stehen und deutete auf das Blatt in der zittrigen Hand des Lakaien. »Lies die Botschaft dieser Bastarde noch einmal vor!«, befahl er. »Wort für Wort und ohne etwas auszulassen!«

»Natürlich, Herr, wie Ihr befehlt«, antwortete das Männchen und hob das Schreiben näher vor seine Augen, um es in dem düsteren Zwielicht, das zur Zeit der Dämmerung im Thronsaal herrschte, besser lesen zu können. »›Die Unsichtbaren, die die Geschicke unserer Welt bestimmen, haben uns gelehrt, dass das Leben eines jeden Geschöpfes das kostbarste Gut ist. Niemand außer ihnen hat das Recht, darüber zu bestimmen. Deshalb fordern wir Euch auf, alle Gefangenen und insbesondere die mit den Namen Kieran, Arawynn, Mayan und Jessie unverzüglich freizulassen und sie pünktlich zur Mittagsstunde des morgigen Tages durch einen Unterhändler an einem von uns festzulegenden Ort in unsere Obhut zu übergeben. Als Gegenleistung werden wir dem Gewährsmann Sinkkâlion aushändigen, das Schwert der Alwenkönige. Solltet Ihr auf unsere Forderungen nicht eingehen, werden wir alles in unseren Kräften Stehende unternehmen, um unsere Gefährten aus dem Kerker zu befreien und Euch mit Sinkkâlions Hilfe von dem zu Unrecht bestiegenen Thron in Helmenkroon zu stoßen. Und mit Unterstützung der Unsichtbaren wird uns das auch gelingen.‹« Der Schreiber ließ das Papier sinken. »Der Rest ist eigentlich eher nebensächlich, Herr. Oder soll ich den auch noch vorle–?«

»Nein, nein, lass gut sein, bevor mir vor Ärger die Galle hochkommt!« Rhogarr bedeutete dem Schreiber mit einer unwirschen Geste, sich zu entfernen. Während der Zwerg sichtlich erleichtert aus dem Thronsaal trippelte, das Schreiben wie eine Fahne in seiner Rechten schwenkend, wandte der Herrscher sich an Herzog Dhrago, der neben dem verwaisten Thronsessel stand. »Dieser Wisch hing also am Burgtor?«, fragte er mit ungläubiger Miene.

»Ihr sagt es, Herr«, antwortete der Herzog, und seine Narbe glühte vor Aufregung. »Es war mit einem Messer ins Tor hineingebohrt. Aufgrund des regen Treibens, das auf dem großen Platz herrschte, haben die Wachen leider nicht bemerkt, wer es dort angebracht hat.«

»Hm.« Rhogarr musterte ihn nachdenklich. »Ich weiß nicht, wie es dir geht, aber für mich deutet einiges darauf hin, dass diese Strauchdiebe Verbündete in Helmenkroon haben müssen, nicht wahr?«

»Das vermute ich auch, Herr.« Dhrago verbeugte sich und bekam deshalb gar nicht mit, wie Rhogarr angesichts dieser hündischen Unterwürfigkeit das Gesicht verzog. »Ich habe bereits veranlasst, dass unsere Wachtrupps die verdächtigen Stadtviertel durchstöbern und sich auf die Suche nach dem miesen Verräter machen.«

»Wie weitsichtig von dir«, sagte der Tyrann höhnisch, bevor er wieder ernst wurde. »Was hältst du von dem Angebot, Dhrago? Soll ich auf ihren Vorschlag eingehen – oder nicht?«

»Natürlich nicht, mein Gebieter!« Der Herzog plusterte sich auf wie ein gereizter Kampfhahn. »Wenn jemand das Recht hat, Forderungen zu stellen, dann seid Ihr das, mein Herrscher. Aber bestimmt sind es nicht diese elenden Alwenhunde!«

Rhogarr verzog keine Miene. »Und weiter?«

»Außerdem ist ihr unverschämtes Ansinnen doch ein eindeutiger Beweis dafür, dass sie in größten Schwierigkeiten stecken. Würden sie sich sonst freiwillig von der magischen Waffe trennen wollen?«

»Von freiwillig kann wohl kaum die Rede sein«, widersprach

der Marschmärker. »Die Vogelfreien wissen sehr genau, welche Trümpfe ich in der Hand halte.«

»Ihr sprecht mir aus der Seele, Herr. Besser hätte ich es auch nicht ausdrücken können.« Dhrago verneigte sich wieder devot. »Natürlich wissen diese Halunken, dass sie ohne ihren Anführer nicht viel ausrichten können und nicht mehr lange bestehen werden. Dieser Kieran ist nicht nur ihr Kopf, sondern auch ihr Herz. Ohne ihn wird der versprengte Haufen rasch auseinanderfallen und sich in alle Winde verstreuen. Dann können die beiden Alwenbälger, die uns auf der Suche nach dem Königsschwert zuvorgekommen sind, auf keinerlei Unterstützung mehr hoffen, sodass wir ihnen Sinkkâlion über kurz oder lang ohnehin abjagen werden.«

Während Rhogarr noch über die Worte seines Heerführers nachgrübelte, vernahm er ein Geräusch hinter sich, das ihm kalte Schauer über den Rücken jagte.

Auch der Herzog fuhr überrascht herum und erblickte Sâga, die wie aus dem Boden gewachsen vor einem offenen Fenster stand.

Keiner der Männer hatte mitbekommen, wie die unheimliche Frau in den Thronsaal gekommen war. Die rot-gelben Reptilienaugen starr auf Dhrago gerichtet, glitt sie mit geschmeidigen Bewegungen auf ihn zu. »Deine Wort klingen durchaus einleuchtend«, sagte sie. »Trotzdem steht längst nicht fest, ob das, was du prophezeist, auch in Erfüllung geht. Selbst wenn es euch tatsächlich gelingen sollte, diesen Bastarden das Schwert wieder abzujagen ...« Der mittlere Krallenfinger ihrer rechten Hand schnellte nach vorne und bohrte sich in die Brust des Herzogs. »Wer gibt dir die Gewähr, dass das noch vor dem Fest des Dunklen Mondes geschehen wird?«

»Nun ... äh ...«, hob Dhrago zögernd an. Aber er wurde durch eine herrische Geste augenblicklich zum Schweigen gebracht.

»Niemand!«, zischte Sâga ihm ins Gesicht, bevor sie auf den Fersen herumwirbelte und nur einen Wimpernschlag später direkt vor Rhogarr von Khelm stand.

Der Marschmärker zuckte erschrocken zurück. Obwohl er schon häufig miterlebt hatte, dass Sâga selbst größere Entfernungen in Blitzesschnelle überwinden konnte, ließ die unheimliche Fähigkeit ihn stets aufs Neue erbeben.

»Auch dir ist das hoffentlich klar, mein Freund«, sprach die Schwarzmagierin mit höhnischem Lächeln. »Oder sollte ich mich da irren?«

»Natürlich nicht«, antwortete Rhogarr mit freudloser Miene. »Ihr habt, wie so häufig, recht.«

»Du sagst es!« Mit dem ausgestreckten Zeigefinger fuhr Sâga ihm spielerisch übers kantige Kinn und hob schließlich seinen Kopf etwas an. Obwohl Rhogarr Hals- und Nackenmuskeln anspannte, konnte er den unheimlichen Kräften der Schwarzmagierin nicht widerstehen. Mit einem kaum wahrnehmbaren Schmunzeln auf dem Gesicht fuhr sie fort: »Weil die Streitkräfte des Grimmen Reiches dann nämlich längst die Grenzen des Nivlandes überschritten und euch beide, deinen verräterischen Freund genauso wie dich selbst, hinweggefegt haben werden. Wie ein Herbststurm einen Haufen welker Blätter wegfegt.«

Rhogarr zog ruckartig den Kopf zur Seite, um der spitzen Kralle zu entgehen, die sich in seine Haut bohrte und eine Wunde in sein Kinn ritzte, aus der augenblicklich ein Blutstropfen hervorquoll. Seine Mundwinkel zuckten verärgert, und er öffnete schon den Mund, um Sâga zurechtzuweisen, als er sich doch anders besann und sich nur unverständlich räusperte.

Auch der Herzog wagte keine Widerrede. Vielmehr senkte er den Kopf, um Sâgas bohrenden Reptilienblicken zu entgehen.

Ein Grinsen huschte über den lippenlosen Mund der Schwarzmagierin, bevor sie Rhogarr erneut ansprach: »Es gibt noch weit mehr zu bedenken: Selbst wenn es dir tatsächlich gelingen sollte, das Königsschwert vorher in deinen Besitz zu bringen, wird das bestimmt nicht ohne Blutvergießen vonstatten gehen.«

»Und wenn schon?«, sagte Rhogarr. »Ich bezahle meine Krieger schließlich gut und kann verlangen, dass sie sich mit Leib und Leben für mich einsetzen.«

»Ach, Rhogarr.« Sâga seufzte theatralisch. »Wir kennen uns jetzt schon so lange – und dennoch hast du in all der Zeit nichts dazugelernt.« Scheinbar mitleidig schüttelte sie den Kopf. »Mit Gold alleine sind durchaus Siege zu erringen. Aber nur der, der auch die Herzen gewinnt, wird auch auf Dauer siegen. Deshalb höre auf meinen Rat, Rhogarr, und schicke umgehend einen Boten in den Dämonenwald. Der soll ihnen erklären, dass du ihr Angebot annimmst und mit ihren Bedingungen einverstanden bist.«

»Unmöglich!«, erwiderte der Marschmärker heftig und stampfte mit dem rechten Fuß auf den Boden. »Das wäre das Dümmste, was ich tun könnte.«

Sâga lächelte. »Und wieso?«

»Ihr habt doch gehört, was Dhrago erklärt hat: Dieser Kieran ist der mit Abstand gefährlichste unserer Feinde. Wenn ich ihn freilasse, wird er uns weiter nichts als Ärger bereiten.«

»Jetzt übertreib mal nicht!« Sâga winkte verächtlich ab. »Allzu großen Ärger haben er und seine Männer bislang wahrlich nicht angerichtet. Selbst wenn sie weiterhin den einen oder anderen Nachschubtransport überfallen oder gelegentlich einem deiner raffgierigen Steuereintreiber ans Leder gehen sollten – so schlimm ist das nun auch wieder nicht, mein Lieber.« Sie trat dicht vor den einäugigen Herrscher hin und streichelte ihm mit geheuchelter Fürsorge über die Wange. »Und wenn du Ärmster deswegen auf den einen oder anderen Becher Wein aus Medhiterra verzichten musst, ist das nur zu deinem Besten und kommt deiner Gesundheit zugute.«

»Ich wüsste nicht, was Euch das angeht«, gab Rhogarr ungehalten zurück. »Außerdem: Selbst wenn ich die Bedingungen dieses Verbrecherpacks akzeptieren wollte – ich könnte es gar nicht.«

»Und wieso nicht?«

»Weil sich dieser Mayan zum Beispiel nicht mehr in meinem Kerker befindet. Ich habe ihn erst kürzlich in die Steinbrüche abkommandiert, weil er seine Handwerkskünste dort nutzbringender einsetzen kann als im Verlies.«

»Und das bereitet dir Kummer, Rhogarr?«, fragte Sâga mit schmeichelnder Stimme. »Angebote sind dazu da, dass man darüber verhandelt. Es ist üblich, dass beide Parteien sich entgegenkommen. Mache deinen Feinden einen vernünftigen Vorschlag, und dann werden sie schon darauf eingehen, da bin ich mir ganz sicher.« Als sei es die selbstverständlichste Sache der Welt, setzte die Schwarzmagierin sich auf den Thronsessel, einen großen Lehnstuhl aus dunklem Holz, dessen Sitzfläche und hohe Rückenlehne mit dem dichten Fell eines Mähnenbären gepolstert waren. Von dort aus sah sie Rhogarr mit einem Blick an, der keinen Widerspruch duldete. »Nur die Macht des Königsschwertes kann uns wirklich gefährlich werden – und uns gleichzeitig zum Sieg verhelfen, selbst über die scheinbare Übermacht von Mordur Kra'nakk! Deshalb dürfen wir uns diese einmalige Chance, Sinkkâlion ohne besondere Anstrengung in unseren Besitz zu bringen, nicht entgehen lassen. Alles andere wäre nicht nur fahrlässig, sondern eine bodenlose Dummheit. Deshalb folge meinem Rat, Rhogarr, und gehe auf die gestellten Bedingungen so weit wie möglich ein. Was noch lange nicht bedeutet …«, Sâga machte eine kleine Pause, um ihren Worten besonderen Nachdruck zu verleihen, »… dass wir unsere Zusage auch tatsächlich einhalten, nicht wahr?«

Mit hochrotem Gesicht und schweißverklebten Haaren schleppte Lena die schwere Truhe in das Arbeitszimmer ihres Mannes und stellte sie geräuschvoll neben seinem Computertisch auf dem Boden ab. Während sie, völlig aus der Puste, die Hände schwer atmend auf die Oberschenkel stützte, wandte sich Thomas vom Monitor ab und sah erst seine Frau und dann die Kiste verwundert an. »Was ist das?«, fragte er.

Lena rümpfte die Nase. »Wonach sieht's denn aus?«, brummte sie, bevor sie ihrem Mann ihre Entdeckung mit schnellen Worten schilderte.

Thomas schien wenig beeindruckt. »Ja und? Was ist an der alten Truhe so interessant?«

»Alles«, antwortete Lena knapp. »Sieh dir mal das Holz an: hast du eine Ahnung, worum es sich da handelt?«

Thomas beugte sich nach vorne, um die Kiste näher in Augenschein zu nehmen, und ließ dann die Hand über den gewölbten Deckel gleiten. »Keine Ahnung«, sagte er dann achselzuckend.

»Das ist Ebenholz«, klärte seine Frau ihn auf. »Ceylon-Ebenholz vermutlich, weil es nämlich kaum erkennbare Poren hat. Die höchste Qualität und heute kaum mehr zu bekommen. Es ist so wertvoll, dass man in früheren Zeiten Throne und Zepter der Könige daraus gefertigt hat.«

»Echt? Und wie kommt so ein kostbares Stück auf den Speicher des Pfortnerhofes?«

»Darüber habe ich mich auch gewundert«, antwortete Lena. »Aber noch viel mehr über den Inhalt.« Sie schlug den Deckel auf und zeigte in die Truhe, die fast bis zum Rand mit einer Unzahl von Büchern, Zeitungen und Zeitschriften, Landkarten und einem riesigen Stapel loser Blätter gefüllt war. »Fällt dir was auf?«, fragte sie.

Thomas kniete sich vor die Kiste, um sich den Inhalt näher anzusehen. Bei den Büchern handelte es sich vorwiegend um mythologische Werke: Sammlungen von griechischen und römischen

Göttersagen, aber auch zahlreiche Ausgaben der Edda, des Nibelungenliedes und weiterer Heldensagen. Daneben mehrere Lexika und Fachbücher über alle möglichen Wissensgebiete: Heilkunde, Geometrie, Astronomie und Alchemie. Die Blätter waren allesamt mit der gleichen altertümlichen Handschrift beschrieben. Als Thomas sich die Zeitungen und Zeitschriften in der Kiste näher ansah, stellte er fest, dass sie alle aus dem achtzehnten Jahrhundert stammten – genau wie die Bücher, die er stichprobenartig aufklappte. »Das ist alles ganz schön alt. Hast du das gemeint?«

»Nicht ganz.« Lena schüttelte den Kopf. »Sondern vielmehr: Das ist zwar alles ganz schön alt – sieht aber trotzdem fast wie neu aus! Oder siehst du hier irgendwo ein vergilbtes Blatt oder einen ramponierten Einband?«

Erneut senkte Thomas den Blick in die Truhe. »Du hast recht. Dabei ist das Zeug hier doch weit über zweihundert Jahre alt.« Kopfschüttelnd sah er Lena an. »Hast du eine Erklärung dafür?«

»Nein, keine. Aber es kommt noch besser.« Damit packte sie einen Stapel handschriftlicher Notizen, hob ihn aus der Truhe und zeigte dann auf den Boden der Kiste. »Schau dir das mal an!«

Als Thomas sich nach vorne beugte, wurden seine Augen groß. »Oh nein. Das glaube ich jetzt nicht!«, flüsterte er, während er fassungslos auf die kunstvolle Intarsienarbeit starrte, mit der der Truhenboden geschmückt war: Es handelte sich um ein Wappen, das einen mächtigen Falken mit einem Schwert in den Krallen zeigte. »Aber das ist ja …«

»… das gleiche Wappen, das du in deinem Roman beschreibst«, fiel Lena ihm ins Wort. »Das Wappen der Alwenkönige!« Dann deutete sie auf den Griff des Schlüssels. »Die Rune kenne ich zwar nicht, aber es würde mich nicht wundern, wenn sie ebenfalls in deinem Buch vorkommt.«

»Ja, klar – das ist die Mannaz-Rune. Oder das Zeichen der Unsichtbaren, wie sie in meinem Mysteria genannt wird.« Thomas sah seine Frau betroffen an. »Das gibt's doch gar nicht, Lena! Das ist echt zu hoch für mich. Das Wappen da habe ich mir doch eigens für mein Buch ausgedacht… Und jetzt muss ich feststellen, dass ein anderer schon lange vor mir auf die gleiche Idee gekommen ist…« Er erhob sich und griff nach seinem Kaffeebecher. »Weißt du, wem die Kiste gehört hat?«, fragte er, bevor er einen Schluck trank.

»Nein. Ich habe allerdings eine Vermutung.« Erneut deutete Lena auf die Truhe. »Siehst du die beiden Buchstaben da unten? Das K und das S? Könnte das nicht für Karin Seikel stehen? Die Autorin des alten Buches, das den gleichen Titel trägt wie dein neuer Roman?«

»Ja, natürlich!«, rief Thomas aus. Er stellte die Tasse so heftig ab, dass der Kaffee überschwappte. »Weißt du, was in der Kiste ist? Das sind bestimmt die Unterlagen und Notizen, die Frau Seikel damals beim Schreiben ihres Buches benutzt hat. Da gehe ich jede Wette ein!«

»Meinst du?« Lena schaute ihn skeptisch an. »Aber wie kommt das Zeug dann hierher auf den Pfortnerhof?«

»Keine Ahnung, Lena! Das ist mir genauso schleierhaft wie so vieles andere in dieser Geschichte.« Er trat vor seine Frau hin. »Würdest du mir bitte einen Gefallen tun?«

»Jeden«, erwiderte Lena und lächelte zärtlich. »Zumindest wenn ich kann.«

»Danke.« Thomas strich ihr sanft über die Wange. »Ich muss dringend an meinem Manuskript weiterarbeiten, sonst schaffe ich den Abgabetermin nie. Schau dir das Zeug in der Truhe doch bitte mal genauer an. Vielleicht entdeckst du ja was, das etwas Licht in die Sache bringt?«

»Gerne.« Lena grinste breit. »Auch wenn ich natürlich viel lieber den Speicher aufräumen würde!«

»Echt?« Thomas brauchte einen Moment, bis er bemerkte, dass Lena ihn auf den Arm genommen hatte. »Okay, kalt erwischt!« Spielerisch drohte er ihr mit dem Zeigefinger. »Aber wer Autoren veräppelt oder zu veräppeln versucht, bekommt eine Lesestrafe nicht unter tausend Seiten – nämlich die Edda im Original!« Dann wurde er wieder ernst. »Vielleicht kann Jessie dir ja dabei helfen?«

»Jessie?«, antwortete Lena gedehnt. »Oooch, lieber nicht. Niko und sie sind im Moment bestimmt mit ganz anderen Dingen beschäftigt, die für sie viel wichtiger sind. Glaubst du nicht auch?«

»Hm«, brummte Thomas nachdenklich. »Wenn du meinst.«

In der Nacht fand Kieran keinen Schlaf. Er litt höllische Schmerzen. Jeder Knochen und jede Faser seines Körpers taten ihm weh. Der blutige Zwischenfall am Tor hatte sich in Windeseile in der Stadt und in der Burg herumgesprochen, und so war die Nachricht von den zwei Toten und drei Schwerverletzten, die er zur Folge gehabt hatte – die Verluste unter den Pferden gar nicht mitgerechnet! – sogar bis ins Verlies und zu den marschmärkischen Folterknechten vorgedrungen. Worauf die natürlich in flammende Wut geraten waren, die sie prompt an Kieran ausgelassen hatten. Windelweich hatten sie ihn geprügelt und ihn dann in eine stinkende Zelle geworfen. Doch so schlimm die Schmerzen auch sein mochten, sie waren nicht der Grund, warum Kieran nicht schlafen konnte. Es war vielmehr die nackte Angst, die ihn nicht zur Ruhe kommen ließ – pure, höllische Todesangst, der er hilflos ausgeliefert war und die von Minute zu Minute überwältigender wurde. Der Gedanke, dass Rhogarr von Khelm seine Ankündigung wahr machen und ihn am Tag des Dunklen Mondes dem Scheiterhaufen übereignen würde, war ihm mittlerweile so unerträglich, dass er ihm beinahe den Verstand raubte.

Mit einer solchen Angst hatte Kieran selbst nicht gerechnet. Er riskierte schließlich schon seit Jahren sein Leben und hatte den Tod längst einkalkuliert. Seit dem Tag nämlich, an dem er sich in den Schutz des Dämonenwaldes geflüchtet hatte, um von dort aus den Widerstand gegen den Tyrannen zu organisieren, war ihm bewusst, dass er ein Spiel mit dem Tod trieb. Sobald er in die Hände seiner Feinde fallen würde, wäre er zum Sterben verurteilt – so sicher wie an jedem Morgen das Große Taglicht am Himmel aufging.

Dieser Gedanke hatte Kieran niemals geschreckt. Die Gewissheit, sein Leben für eine gerechte Sache einzusetzen, die jedes Opfer wert war, hatte vielmehr dazu geführt, dass er seinem Schicksal eher mit Gleichmut entgegensah. Seine natürliche Angst vor dem Tod, die jedem Lebewesen zu eigen war, ließ mit der Zeit nach, bis sie sich schließlich fast vollständig verflüchtigte – wie ein Nebelstreif, der im hellen Licht des Tages verschwand.

Das bedeutete natürlich nicht, dass er gerne sterben oder mit Freude und Stolz in den Tod gehen würde, wie es in manchen der alten Heldenlegenden hieß, die die Männer sich gelegentlich am Lagerfeuer erzählten. Dennoch hatte die große Gefahr, die zwangsläufig mit dem Kampf gegen die marschmärkischen Besatzer verbunden war, Kieran niemals vor Taten zurückschrecken lassen, selbst nicht vor den wagemutigsten. Sie hatte lediglich dazu geführt, dass er stets allergrößte Vorsicht walten ließ, jedes Vorhaben sorgfältig abwog und jedes unnötige Risiko gewissenhaft vermied – und deshalb hatte Kieran eigentlich niemals Angst gekannt.

Und Todesangst schon gar nicht!

Selbst noch im »Wilden Waldschwein«, als die Soldaten wie eine hungrige Wolfsmeute über ihn hergefallen waren, hatte er nicht die geringste Angst vor dem Tod empfunden. Dabei hatte er zu diesem Zeitpunkt genau gewusst, dass ihm der Scheiterhaufen drohte. Auch die blutigen Peitschenhiebe der Folterknechte hatten ihn ebenso wenig schrecken können wie ihre höhnischen

Drohungen, ihn von nun an regelmäßig der ›strengen Befragung‹ zu unterziehen. Er hatte ihnen nur furchtlos ins Gesicht gelacht und ihnen versichert, dass er mithilfe der Unsichtbaren selbst die schwerste Folter ertragen würde.

Erst im Verlies hatte sich alles geändert. Beinahe wahnsinnig vor Schmerzen und Durst, hatte er den großen Wasserkrug, der auf einem Schemel bereit stand, bis zur Neige geleert. Das kühle Nass hatte auch augenblicklich gewirkt und ihm rasch Linderung verschafft. Doch im gleichen Maße, wie seine Schmerzen nachgelassen hatten, war die Angst in ihm aufgestiegen – wie ein unsichtbares Tier, das sich in seinem Inneren breitmachte, ihn mehr und mehr in Besitz nahm und ihn von innen aufzufressen drohte. Seine Angst war größer und größer geworden, bis sie ihn schließlich fast vollständig gelähmt hatte, ihm die Luft aus den Lungen presste und ihn zu ersticken drohte.

Röchelnd war Kieran auf das stinkende Strohlager niedergesunken und hatte entsetzt die Augen geschlossen. Aber das hatte alles nur noch schlimmer gemacht. Seine Gedanken überschlugen sich im Dunkeln und kreisten wie wild in seinem Kopf, bis sie überhaupt keinen Sinn mehr ergaben. Er wusste nicht mehr, wo er sich befand, und er wusste nicht mehr, was mit Jessie geschehen war. Jeder Gedanke an Niko und Ayani war ihm genauso fremd wie der an die Gefährten im Dämonenwald. Schließlich wurde Kieran nur noch von einem einzigen Wunsch beherrscht:

Ich will nicht sterben!

Ich will nicht sterben!

Ich will nicht sterben!

Wie ein Geisteskranker begann er, die Worte mit geschlossenen Augen und gebetsmühlenartig vor sich hin zu wimmern: »Ich will nicht sterben. Will nicht sterben. Will nicht sterben.«

Mit einem Mal wurden seine eigenen Worte – er wusste nicht, wie lange er sie schon wiederholte – von einem Geräusch überlagert, das Kieran im ersten Augenblick nicht richtig deuten konnte. Als er es schließlich doch erkannte, wusste er, dass er tatsächlich wahnsinnig geworden war: Er hörte nämlich die Stimme seiner Mutter, leise, aber dennoch deutlich, die ihm ein Wiegenlied vorsang. Genau wie damals, als er ein kleiner Junge gewesen war.

Aber seine Mutter war längst tot!

Ermordet von Dhrago, dem ruchlosen Verräter, der auch seinen Vater und seine Geschwister gemeuchelt hatte!

Trotzdem tönte das sanfte Schlaflied der Mutter weiterhin durch das Verlies, sodass Kieran schließlich die Augen öffnete. Noch im gleichen Moment fuhr er von seinem Lager hoch und starrte mit ungläubigem Entsetzen auf die Frau, die, erleuchtet vom zuckenden Schein der Fackel, der vom Flur durch die Gitterstäbe der Zellentür fiel, neben dem Strohhaufen an der Wand hockte. Ein liebevolles Lächeln auf dem gütigen Gesicht, sang sie leise vor sich hin. Ihre Stimme war warm und melodiös, sodass Kierans aufgewühltes Gemüt sich augenblicklich beruhigte. »Mutter!«, rief er maßlos erstaunt, als der liebliche Gesang urplötzlich in ein schrilles Gelächter überging und die Frau sich in einen schwarzen Wirbel verwandelte, aus dem sich nur einen Herzschlag später eine andere Gestalt formte. Das Blut in Kierans Adern drohte zu gefrieren, und von eisigem Grauen übermannt, starrte er auf die Frau im hautengen Schlangenkleid, die ihn mit ihren höhnischen Reptilienaugen musterte. »Sâ-Sâ-Sâga«, stammelte er und wich bis in die Ecke der Zelle zurück, als könne er ihr auf diese Weise entkommen. »Was wollt Ihr von mir?«

»Nicht doch, Kieran.« Geradezu spielerisch drohte die Schwarzmagierin ihm mit einem Krallenfinger. »Du brauchst doch vor mir keine Angst zu haben.« Damit erhob sie sich und näherte sich ihm mit schlangengleichen Bewegungen. »Ganz im Gegenteil: Ich bin gekommen, um dir zu helfen.«

Kieran blickte sie ungläubig an. »Zu helfen?«

»So ist es, mein junger Held, du hast richtig gehört.« Damit kniete sie neben ihm nieder und strich ihm mit der Hand besänftigend über die Wange. »Was für ein stattlicher Mann du doch geworden bist! Hübsch und kräftig…«, ihre Krallen wanderten tiefer, strichen über seine Brust und schließlich über seinen Handrücken, »… und mit Händen, so zart, dass sie sicherlich größte Freuden bereiten können.« Sie lächelte ihn fast verschämt an. »Bitte verzeih mir meinen kleinen Scherz mit deiner Mutter. Manchmal kann ich mich einfach nicht bezähmen und treibe dann gerne etwas Schabernack.«

Kieran schluckte, entgegnete aber nichts.

Nun legte Sâga die Hand auf seinen Kopf und sah ihm scharf in die Augen, als wolle sie seinen Schädel mit ihrem Reptilienblick durchdringen. »Du hast Angst, nicht wahr?«, sagte sie. »Höllische Todesangst, wie sie schlimmer nicht sein könnte?«

»Wo-woher wisst Ihr …?«

»Das herauszufinden, war nicht allzu schwer«, erklärte die Schwarzmagierin mit einem raschen Seitenblick auf den leeren Wasserkrug, der auf dem Schemel gleich neben der Zellentür stand. »Sie ist dir überdeutlich ins Gesicht geschrieben, die Furcht. Sie kriecht aus all deinen Poren und ist meilenweit zu riechen.«

»Und … deshalb seid Ihr zu mir gekommen?«

»Gewiss.« Ein Lächeln, das Kieran nicht recht deuten konnte, huschte über ihr fahles Gesicht. »Um dir Trost zu spenden – und weil ich eine gute und eine schlechte Nachricht für dich habe.« Sâga beugte sich nach vorne, bis ihr Gesicht ganz dicht vor dem Kierans war. »Welche möchtest du zuerst hören?« Sie wartete seine Antwort gar nicht erst ab, sondern fuhr augenblicklich fort. »Zuerst die gute: Deine Freunde sind nicht untätig geblieben und haben sich für dich stark gemacht – und für dieses Mädchen, Jessie, natürlich auch.«

»Stark gemacht? Was soll das heißen?«

»Sie haben Rhogarr das Königsschwert angeboten – zum Tausch gegen eure Freiheit. Und Rhogarr hat sich tatsächlich auf den Handel eingelassen.«

Kieran schüttelte den Kopf. »Da-das glaube ich nicht!«

»Wenn ich es doch sage!« Die Augen der Schwarzmagierin glühten leuchtend rot. »Er hat sämtliche ihrer Forderungen erfüllt, soweit ihm das möglich war, zumindest. Und so wird der Austausch schon morgen zur Mittagsstunde stattfinden. Weißt du, was das bedeutet, Kieran? Du kommst frei – und Jessie und Arawynn auch!«

Kieran konnte es nicht fassen. »Ayanis Bruder?«, fragte er ungläubig.

»Genau. Der Bote von Mordur Kra'nakk, dieser Kasimir, wird euch drei zu einer Lichtung im Fahlen Forst geleiten, genau wie von deinen Freunden gewünscht, und euch dort gegen Sinkkâlion austauschen.«

Erneut schüttelte Kieran den Kopf. »Das ist einfach unfassbar.«

»Du sagst es: So viel Glück wie dir ist nur wenigen beschieden.« Wieder ging ein rätselhaftes Lächeln über das Gesicht der Schwarzmagierin. »So weit also die gute Nachricht – und nun zur schlechten.« Ihre Miene verfinsterte sich. »Du wirst trotzdem sterben, Kieran«, sagte sie kühl. »Deine Todesangst war also durchaus berechtigt.«

»A-a-aber …« Kieran starrte sie mit offenem Mund an. »Ihr habt doch gesagt, dass Rhogarr von Khelm uns freilässt?«

»Natürlich.« Sâga winkte verächtlich ab. »Aber was kümmert mich dieser Narr! Meine Pläne gehen in eine andere Richtung. Deshalb habe ich beschlossen, dass du sterben musst.«

Kieran sackte in sich zusammen. Alle Kraft schwand aus seinem Körper und schlagartig ergriff die lähmende Angst wieder von ihm Besitz, heftiger und stärker noch als zuvor. In seinem Kopf rauschte es, sodass er Mühe hatte, die weiteren Worte der Schwarzmagierin zu verstehen. »Was habt Ihr gesagt?«, fragte er hilflos.

»Ich habe gesagt, dass du sterben musst – es sei denn, du tust mir einen Gefallen.«

Kieran schnappte wie ein Ertrinkender nach Luft. »Welchen?«

»Gleich!« Sâga hob einen Krallenfinger, als wolle sie seine Ungeduld damit bremsen. »Aber merk dir eins, Kieran: ein solches Angebot erhältst du nicht ein zweites Mal. Es ist deine einzige Chance, mit dem Leben davonzukommen. Wäge deine Antwort deshalb gut ab.«

Kieran atmete tief durch. »Gut«, sagte er schließlich. »Sagt mir, was ich tun soll.«

Wieder ging ein unergründliches Lächeln über Sâgas Gesicht. Dann hatte sie plötzlich einen Dolch in der Hand und hielt ihn Kieran entgegen. »Hier, schau ihn dir gut an.«

Kieran starrte ratlos auf die messerscharfe Klinge. Sie glänzte im zuckenden Fackellicht, sodass es fast den Anschein hatte, als wäre die darauf eingravierte Schlange lebendig. »Was … was soll das, Sâga?«

»Dieser Dolch ist der Schlüssel zu deinem Leben«, erklärte die Schwarzmagierin feierlich. »Bei der morgigen Übergabe wirst du Niko Niklas damit töten – andernfalls musst du selbst sterben, Kieran!«

KAPITEL 19

Tod am Mittag

Als Rieke mit Herrn Niklas am Pfortnerhof ankam, stand die Haustür sperrangelweit offen. Sie klingelte trotzdem und rief in den offenen Flur: »Frau Andersen? Ich bin's, Rieke. Sind Sie zu Hause?«

»Kommen Sie rein«, lautete die Antwort. »Ich bin in der Küche!«

Lena Andersen saß am Tisch und wühlte sich durch einen riesigen Berg von Papieren. Als sie den Senshei erblickte, stand sie rasch auf und reichte ihm die Hand. »Sie müssen Herr Noski sein«, sagte sie lächelnd. »Bitte entschuldigen Sie das Riesendurcheinander. Es sieht nicht immer so aus bei uns.«

»Kein Problem.« Der Senshei erwiderte ihr Lächeln. »Mich stört das nicht im Geringsten.« Als er die Truhe neben dem Tisch erblickte, weiteten sich kurz seine Augen. »Oh, Ebenholz!«, sagte er fast ehrfurchtsvoll. »Sie dürfen sich glücklich schätzen, ein so hübsches und wertvolles Stück zu besitzen.«

Während Rieke das Möbelstück eingehend musterte, warf Lena ihm einen erstaunten Blick zu. »Wie kommt es, dass Sie sich damit so gut auskennen, Herr Noski? Nicht einmal mein Mann hat erkannt, dass die Truhe aus Ebenholz ist. Dabei habe ich ihn mit meinem Restaurierungsfimmel schon fast angesteckt.«

»In meiner Heimat«, antwortete der Senshei, »ist Ebenholz ebenso selten wie begehrt. Weil man ihm ganz besondere Kräfte nachsagt.«

Rieke zog die Brauen hoch. »Tatsächlich?«

Nalik nickte. »Man behauptet, dass Ebenholz vor dem Einfluss des Bösen schützt und die Macht des Guten stärkt. Truhen wie diese…«, er zeigte auf die Kiste, »…sollen zudem die geheimen Kräfte bewahren, die den darin aufbewahrten Gegenständen innewohnen.«

»Aha. Woher kommen Sie denn, wenn ich fragen darf?«

»Ach…« Der Senshei winkte ab. »Das tut nichts zur Sache. Außerdem wohne ich schon seit vierzehn Jahren in Falkenstedt. Wo ich übrigens schon seit vier Jahren der Kampfsporttrainer von Niko bin. Und deshalb hat Rieke, ich meine natürlich Frau Niklas, mich ja auch gebeten, mit Ihnen zu reden, nicht wahr?«

»Ja, ja, klar«, antwortete Lena, und die Sorge um ihre Tochter ließ sie ihre Frage augenblicklich vergessen. »Einen Moment, bitte.« Während sie zur Küchentür ging, um sie zu schließen, schaute sie den Besucher fragend an. »Frau Niklas hat ihnen bestimmt erzählt, dass mein Mann noch immer nicht über das Verschwinden unserer Tochter informiert ist?«

»Stimmt. Das hat sie.«

Lena bat ihre Gäste, Platz zu nehmen, und bot ihnen etwas zu trinken an, was diese jedoch dankend ablehnten.

»Wir bleiben ohnehin nicht lange«, erklärte der Senshei. »Ich bin nur gekommen, um Ihnen zu versichern, dass Sie vollkommen richtig gehandelt haben, Frau Andersen. Wenn Sie die Polizei einschalten, wird das weder Ihnen noch Jessie auch nur im Geringsten nützen. Sie sollten einfach darauf vertrauen, dass Ihre Tochter wieder heil zu Ihnen zurückehren wird.«

»Das sagt sich so leicht«, antwortete Lena leise. »Was macht Sie denn so sicher, Herr Noski?«

»Nun…«, hob der Senshei an. Er brach aber sofort wieder ab und atmete tief durch. »Ich weiß, dass Sie das nicht zufriedenstellen wird. Aber so leid es mir auch tut: Ich darf es Ihnen nicht sagen und kann Sie nur bitten, meinen Worten Glauben zu schenk–«

»Sie sind gut!« Lena lachte bitter. »Sie wissen doch, mit welchen Problemen Jessie zu kämpfen hat?«

»Natürlich.« Der Senshei nickte ernst. »Ich kann deshalb gut verstehen, dass Sie sich große Sorgen machen. Aber wie ich Frau Niklas schon erklärt habe: Ich kenne jemanden, der Ihnen die genauen Hintergründe dieser geheimnisvollen Geschichte mit Sicherheit ausführlich und eingehend erklären könnte. Sobald ich ihn gefunden habe, bringe ich ihn umgehend zu Ihnen. Und dann werden Sie sehen, dass ich keine leeren Versprechungen gemacht habe.«

Lena runzelte die Stirn. »Und wann wird das sein?«

»Schon bald, hoffe ich«, antwortete der Senshei. »Auch wenn ich keinen festen Termin nennen kann.«

Lena überlegte einen Moment, dann nickte sie. »Gut«, sagte sie leise. »Was bleibt mir auch anderes übrig?«

»Keine Sorge, Frau Andersen. Sie tun bestimmt das Richtige«, sagte Rieke. »Haben Sie eigentlich Jessies Arzt schon befragt?«

»Nein«, sagte Lena. »Ausgerechnet jetzt kann ich ihn partout nicht erreichen, weil er noch im Urlaub ist. Aber sobald er zurück ist…«

Rieke nickte und erhob sich. Sie wollte schon gehen, als sie mit einem Mal innehielt und auf die auf dem Tisch verstreuten Papiere starrte. »Das gibt's doch gar nicht! Das sind ja Sie, Herr Noski!« Damit deutete sie auf eine Zeitungsseite, auf der die Federzeichnung eines Männerkopfes zu erkennen war.

»Darf ich mal sehen?«, bat der Senshei und überflog den ihm gereichten Bericht. Der Mann in der Zeitung sah ihm tatsächlich verblüffend ähnlich. Er war ihm geradezu aus dem Gesicht geschnitten, nur dass er wahrscheinlich ein paar Jahre jünger war. Es gab allerdings noch einen Grund, weshalb es sich unmöglich um Herrn Noski handeln konnte: Die Zeitungsseite stammte aus einer Ausgabe des »Allgemeinen Intelligenzblattes für Falkenstedt und Umgebung« aus dem Sommer des Jahres 1798. Sie war über zweihundert

Jahre alt. Die Porträtzeichnung illustrierte eine sogenannte »Gesellschaftsnachricht aus höheren Kreisen« über eine bevorstehende Vermählung: zwischen dem jungen Edelmann Elwin Helm von Krohn und einer gewissen Imhuld von Kellmarschen. Elwin war der Porträtierte, ein Sohn und Erbe des wohlhabenden und weithin angesehenen Grafen Hogar Helm von Krohn, der einer alten Adelsfamilie angehörte, deren Stammsitz in früheren Jahrhunderten die damalige Burg Falkenstedt gewesen war. Und Imhuld war die Tochter des ebenso reichen Markgrafen Dragan von Kellmarschen, der in den östlichen Reichsgebieten residierte.

Nalik ließ die Zeitungsseite sinken und schaute Lena Andersen fragend an. »Woher haben Sie das?«

»Das steckte alles in dieser Truhe hier«, antwortete Lena mit Blick auf ihr Fundstück. »Ich habe sie rein zufällig auf dem Speicher entdeckt.«

»Aha«, sagte Nalik. »Wissen Sie, wem diese Truhe gehört oder gehört hat?«

»Nicht genau«, erwiderte Lena. »Mein Mann und ich vermuten allerdings, dass sie von einer gewissen Karin Seikel stammt.« Damit wandte sie sich an Rieke. »Das ist die Autorin des alten Buches, das der Antiquar letzte Woche Ihrem Sohn geschenkt hat.«

Bevor Rieke antworten konnte, schaltete der Senshei sich wieder ein. »Meinen Sie das Buch, das Jessies Stiefbruder angeblich entwendet hat?«

»Ja.« Lena nickte. »Zumindest hat Jessie Maik das vorgewor–«

»Maik?«, fiel Nalik Noski ihr ins Wort. »Ihr Sohn heißt Maik?«

»Ja. Warum fragen Sie?«

»Ach, nur so… Aus reinem Interesse.« Er schaute Rieke eindringlich an. »Kommen Sie bitte, Frau Niklas. Ich habe etwas ganz Dringendes zu erledigen.«

Das Große Taglicht brannte sengend heiß vom Himmel. Drückende Schwüle lastete über dem Flüsternden Forst. Die Luft über der mächtigen Knarreiche, die sich in der Mitte der weitläufigen Lichtung erhob, flirrte vor Hitze. Außer dem sanften Rascheln der Blätter und dem Brummen der Mücken und Bienen war kaum ein Laut zu hören. Die Vögel hatten ihren Gesang eingestellt und waren in ihre Nester und Bauten zurückgekehrt, um Schutz vor der drückenden Mittagsglut zu suchen.

Selbst im Laubschatten des mächtigen Baumes war es unerträglich heiß. Obwohl Niko und Ayani sich dorthin zurückgezogen hatten, schwitzten sie um die Wette. Ihre Haare waren schon ganz nass im Nacken, dicke Schweißtropfen perlten über ihre Gesichter und die Gewänder klebten an ihrer Haut wie feuchte Tücher. Dennoch wichen sie nicht von der Stelle, sondern spähten aufmerksam zum gegenüberliegenden Rand der Lichtung, wo sich ein schmaler Pfad hinter einer losen Baumgruppe hervorschlängelte.

Niko wippte unruhig auf den Zehenspitzen auf und ab und räusperte sich. »Wie spät ist es?«

Ayani wischte sich mit dem Handrücken den Schweiß aus der Stirn und verdrehte die Augen. »Als ob du das nicht selbst sehen könntest!«, antwortete sie unwirsch, trat dann aber doch aus dem Schatten hervor und schielte, die Augen mit der Hand beschirmend, empor zum wolkenlosen Himmel. »Die Mittagsstunde ist erreicht. Das Große Taglicht steht genau im Zenit.«

»Dann müssen sie ja gleich kommen«, sagte Niko und spähte erneut in die Ferne, wo er nun tatsächlich eine Bewegung wahrnahm. Nur Augenblicke später kamen drei Reittiere hinter den Bäumen hervor: ein Maulesel und zwei stämmige Pferde – die beiden Kaltblüter, die sie am Vortag bei ihrer überhasteten Flucht im Stall des »Wilden Waldschweins« hatten zurücklassen müssen. Der Bauer, bei dem Kieran sie ausgeliehen hatte, würde bestimmt überglücklich sein, wenn er sie wieder zurückerhielt.

Gleich darauf erkannte Niko auch die vier Reiter auf dem Rücken der Tiere: Kasimir hockte im Sattel von Isidor, Kieran saß auf dem einen und Jessie und Arawynn saßen auf dem anderen Pferd. Niko seufzte erleichtert. »Rhogarr von Khelm hat tatsächlich Wort gehalten und unsere Forderungen erfüllt.« Ungläubig schüttelte er den Kopf. »Also ehrlich – damit hätte ich nicht mal im Traum gerechnet.«

»Glaubst du vielleicht, ich?« Ayani lächelte glücklich, bevor sie etwas wehmütig das Gesicht verzog. »Dann werden wir unsere Zusage wohl ebenfalls einhalten müssen.«

»Natürlich.« Niko klopfte auf den Griff des Königschwertes, das er am Gürtel trug. »Wort für Wort und Tat für Tat – so lautet doch das Gebot der Unsichtbaren, nicht wahr?«

»Ja, Niko.« Ayani nickte. »Das jedenfalls hat Norna uns beigebracht. Und sie hat uns beschworen, uns immer daran zu halten. Unser Schicksal liegt einzig und alleine in der Macht der Unsichtbaren. Wenn wir uns ihrem Willen und ihren Geboten widersetzen, führt uns das nur ins Unglück und ins Verderben.«

»Sag ich doch. Deswegen werden wir unser Versprechen auch einhalten, genau wie Rhogarr von Khelm.« Dass ihr ärgster Feind nun in den Besitz des wertvollen Schwertes gelangen sollte, stimmte Niko natürlich alles andere als glücklich. Die Freude darüber, Jessie – und natürlich auch Kieran und Arawynn – in wenigen Minuten wieder gesund und wohlbehalten in die Arme schließen zu dürfen, überwog seinen Ärger über den Verlust des Schwertes allerdings bei Weitem.

Immerhin gab es jetzt wieder die berechtigte Hoffnung, dass Jessie doch noch gerettet werden konnte. Dass sie rechtzeitig in ihre Welt zurückkehrte, bevor das wenige Insulin, das sie bei sich hatte, zur Neige ging. Danach war immer noch Zeit, sich um

Rhogarr von Khelm zu kümmern und ihn aus Helmenkroon zu vertreiben – wie auch immer. Denn wie sagte sein Opa Melchior doch so schön: »Wer den zweiten Schritt vor dem ersten macht, kommt auch ohne Hochmut schnell zu Fall.«

Dass Rhogarr von Khelm sich geweigert hatte, Mayan und die übrigen Gefangenen ebenfalls auszuliefern, war schmerzlich. Aber selbst Ayani hatte sich vorerst damit abgefunden, dass ihr Ziehvater weiterhin in der Gewalt der Besatzer bleiben musste. Ganz sicher würde sie in diesem Punkt nicht aufgeben … Aber Arawynns Freilassung war weit mehr, als sie für den Moment zu hoffen gewagt hatte. Der unerwartete Erfolg verlieh ihr neuen Mut – und bestärkte sie gleichzeitig in der Zuversicht, den Ziehvater eines Tages ebenfalls wieder in ihre Arme schließen zu können.

Niko nickte Ayani zu. »Komm! Reiten wir ihnen ein kleines Stück entgegen.«

»Wenn du meinst«, antwortete Ayani eher zögernd und ließ ihren Blick kurz über das ausladende Geäst der Knarreiche schweifen, als würde sie lieber in seinem Schutz verweilen. »Aber wirklich nur ein kleines Stück, ja?«

Geschwind schwangen sie sich in die Sättel ihrer Pferde, die im Schatten des Baumes grasten, und trabten auf Kasimir und seine Begleiter zu.

Obwohl die Hände der Gefangenen immer noch gefesselt waren, strahlten Jessie und Arawynn übers ganze Gesicht. Kieran dagegen sah sehr ernst aus – kein Wunder: Die blutigen Striemen auf seinen Wangen bewiesen, dass die Folterknechte ihm ziemlich übel mitgespielt hatten. Auch der linkische Zauberlehrling wirkte nicht gerade fröhlich. Die ungewohnte Rolle als Vermittler zwischen den Feinden schien ihm gar nicht zu behagen.

Niko und Ayani hielten ihre Pferde dicht vor ihm an und nickten ihm freundlich zu. »Hallo, Kasimir«, sagte Niko. »Dass wir uns so schnell wiedersehen, hätte ich nicht gedacht.«

»Ooooh.« Der Zauberlehrling wiegte den Kopf hin und her, sodass sein knittriger Spitzhut wieder einmal bedenklich wackelte. »Glaubst du vielleicht, ich? Es wäre mir allerdings lieber gewesen, wenn die Umstände unserer Wiedersehens andere gewesen wären.« Mit bedauernder Miene deutete er auf die Gefangenen. »Wenn es in meiner Macht stünde, würde ich eure Freunde auf der Stelle und natürlich ohne jede Gegenleistung freilassen.«

»Aber nicht doch, Kasimir!«, fiel Ayani ihm rasch ins Wort. »Das ist doch nicht deine Schuld. Wir sind dir wirklich dankbar, dass du dich als Unterhändler zur Verfügung gestellt hast. Du bist doch der Einzige in ganz Helmenkroon, dem wir vertrauen können.«

»Ooooh.« Kasimir grinste verlegen. »Ihr treibt mir die Schamesröte ins Gesicht!« Schließlich verzog er gequält das Gesicht und seufzte. »Dann lasst uns die Sache endlich hinter uns bringen.« Er streckte Niko die rechte Hand entgegen. »Auch wenn es mir zutiefst widerstrebt... Wie du siehst, hat Rhogarr von Khelm eure Forderungen erfüllt, und deshalb muss ich dich nun auffordern, mir das Schwert auszuhändigen.«

»Ja, klar, so war es doch abgemacht«, antwortete Niko. Aber sein unbeschwerter Ton konnte nicht darüber hinwegtäuschen, dass in seinem Innern ein ungutes Gefühl rumorte und ihn zur Vorsicht mahnte. »Wir stehen selbstverständlich zu unserem Wort. Aber wenn du vorher bitte die Fesseln der Gefangenen lösen würdest?«

»Aber natürlich, sofort«, antwortete der junge Zauberer lächelnd. »Wie dumm von mir, dass ich nicht selbst daran gedacht habe!« Kasimir lenkte sein Maultier auf Kierans Pferd zu, fasste in eine Falte seines Pludergewandes und holte einen Dolch darunter hervor, dessen Klinge mit einer Schlange verziert war. Dann durchtrennte er die Handfesseln des Rebellenführers und drückte ihm die Waffe in die Hand. Dabei flüsterte er ihm einige Worte ins Ohr, die nicht zu verstehen waren.

Plötzlich hatte Niko den Eindruck, als würde Kasimir mit einer veränderten Stimme sprechen. Doch als er sich ihm wieder zuwandte, löste sich dieser Eindruck in nichts auf. Er musste sich wohl getäuscht haben: Kasimir klang genau wie immer.

»Kieran wird Jessie und Arawynn losschneiden«, sagte der Zauberlehrling und streckte Niko erneut die Hand entgegen. »Darf ich dich jetzt um das Schwert bitten?«

»Ja, klar.« Niko trieb sein Pferd mit sanftem Schenkeldruck an und lenkte es auf Kasimir und Kieran zu, deren Reittiere Seite an Seite verharrten. Dabei zog er Sinkkâlion aus dem Gürtel und hielt es Kasimir hin. »Hier, nimm. Und sorge bitte dafür, dass es wohlbehalten in die Hände von Rhogarr von Khelm gelangt.«

»Sehr wohl! Es wird mir eine Ehre sein.« Kasimir lächelte und beugte sich nach vorne. Als Niko die nackte Gier bemerkte, die in seinen Augen aufflammte, war es bereits zu spät: Kasimir hatte ihm Sinkkâlion aus den Händen gerissen. Blitzschnell wandte er das mächtige Schwert gegen ihn und wollte ihm schon den Todesstoß versetzen, als er mit einem Male vor Entsetzen laut aufkreischte und auf den Schwertgriff starrte, der in seinen Fingern rot aufglühte und sich schwelend in seine Hände fraß. Obwohl Kasimir Sinkkâlion augenblicklich von sich schleuderte, stieg schwarzer Rauch von den schwarz verkohlten Hautfetzen auf.

Der widerliche Geruch von verbranntem Fleisch ätzte sich in Nikos Nase, aber da verwandelten die magische Kräfte des Schwertes den vermeintlichen Zauberlehrling auch schon in seine wahre Gestalt zurück – in die Schwarzmagierin Sâga!

Während die immer noch laut kreischte, schrie Kieran Niko eine gellende Warnung zu: »Seht euch vor! Das ist eine Falle!«

Dann ging alles blitzschnell: Kieran hob den Dolch und rammte ihn der Schwarzmagierin mit großer Wucht in die Brust. Obwohl die Spitze der Waffe abbrach, als sei sie auf Stein gestoßen, sank Sâga mit einem Entsetzensschrei in sich zusammen, rutschte aus dem Sattel und stürzte leblos zu Boden.

Während Kieran Jessies und Arawynns Fesseln mit zwei schnellen Schnitten durchtrennte, drängte er Niko und Ayani lautstark zur Flucht: »Rhogarrs Schergen liegen hier irgendwo im Hinterhalt. Nichts wie weg, bevor sie uns schnappen!«

Kierans Warnung kam allerdings zu spät: Im gleichen Augenblick nämlich sprengte ein Trupp schwarzer Reiter aus dem Schutz eines nahen Wäldchens hervor. Angeführt von Rhogarr von Khelm und Herzog Dhrago, galoppierten die Krieger wie ein schwarzer Spuk auf die Gefährten zu. Ihre Waffen – Schwerter, Speere, Lanzen und Streitäxte – funkelten im mittäglichen Licht. Wie ein todbringender Tausendfüßler kam die dicht gedrängte Schar der Reiter rasend schnell näher, sodass an Flucht nicht mehr zu denken war.

Als Rieke sich vor dem Haus ihres Vaters von Nalik Noski verabschiedete, sah sie ihn noch einmal prüfend an. »Sind Sie ganz sicher, dass dieser Maik und sein Vater etwas mit dem Verschwinden von Herrn Schreiber zu tun haben?«

»Ganz sicher natürlich nicht!« Nalik wiegte den Kopf hin und her. »Aber es deutet alles darauf hin: ihre komische Schatzsuche und ihre merkwürdigen Andeutungen, die ich belauschen konnte. Je mehr ich mir die Sache durch den Kopf gehen lasse, umso überzeugter werde ich, dass die beiden Burschen ganz schön Dreck am Stecken haben. Und deswegen werde ich ihnen mal näher auf den Zahn fühlen.«

»Allein?« Ein Anflug von Sorge verschattete Riekes Gesicht. »Wollen Sie das nicht lieber der Polizei überlassen?«

»Der Polizei?« Nalik lächelte gequält. »Sie wissen ganz genau, dass ich mich nicht an die Polizei wenden kann!«

»Natürlich. War nur so eine Schnapsidee.« Ein plötzlicher Hoffnungsschimmer ließ ihre Augen aufleuchten. »Kann ich Ihnen vielleicht helfen?«

»Vielen Dank, Rieke.« Der Senshei trat einen Schritt näher und legte ihr die Hand behutsam auf die Schulter. »Aber Sie haben mit Ihrem Vater doch genug zu tun. Außerdem möchte ich Sie da lieber nicht hineinziehen.«

Der herbe Duft seines Rasierwassers verwirrte Rieke einen Moment, sodass sie nicht gleich die richtigen Worte fand. »O-okay«, stammelte sie. »Wie Sie wollen. Aber wenn Sie Unterstützung brauchen, melden Sie sich umgehend bei mir. Versprochen?«

»Versprochen«, antwortete Nalik und senkte seinen Blick so tief in ihre Augen, dass sie in dem smaragdgrünen Funkeln zu ertrinken drohte.

»U-und womit?«, brachte sie kaum hörbar hervor. »Haben Sie denn ein Handy?«

»Ein Handy? Wozu das denn?«

»Um mich anzurufen, natürlich! Man bekommt hier zwar nicht überall ein Netz, aber manchmal klappt die Verbindung doch. Sie sollten sich dringend ein Handy anscha–« Noch im gleichen Moment kam Rieke eine Idee. »Warten Sie bitte«, rief sie dem Senshei aufgeregt zu. »Ich bin gleich wieder zurück!« Damit drehte sie sich um und rannte auf das Wohnhaus ihres Vaters zu.

Während Ayani noch auf die heranstürmenden Reiter starrte, stieß Kieran mit entschlossener Miene die geballten Fäuste in die Höhe. »Die Unsichtbaren mögen uns beistehen! Jetzt muss sich zeigen, über welche Kräfte Sinkkâlion wirklich verfügt!«

Niko war längst aus dem Sattel gesprungen und hatte das

Königsschwert wieder an sich genommen. »Aber bewähren müssen sich jetzt auch deine Männer, Kieran!«

Während der Rebellenführer Niko noch ratlos ansah, kam Bewegung in die dicht belaubte Krone der Knarreiche. Mehr als drei Dutzend Männer – darunter auch viele Bauern, die aus den Dörfern der Umgebung herbeigeeilt waren, um die Vogelfreien zu unterstützen – lösten sich aus dem Schutz des Geästs. In Windeseile gesellten sie sich zu den Gefährten, um sich den heranstürmenden Reitern entgegenzustellen. Die Männer waren ebenfalls schwer bewaffnet: mit Schwertern, Lanzen und Äxten sowie mit Mistgabeln, Sensen und Dreschflegeln. Ihre Gesichter ließen keinen Zweifel daran, dass sie zu allem entschlossen waren.

»Deine Ahnung hat dich also nicht getrogen.« Ragnur Graubart, der die Schar der Rebellen mit Huggin und Magnus Halmar anführte, klopfte Niko anerkennend auf die Schulter. »Auch wenn unser allwissender Freund hier …«, er warf dem Hünen an seiner Seite einen vielsagenden Blick zu, »… es für völlig ausgeschlossen hielt, dass der marschmärkische Schurke sein Wort bricht. Er war sogar bereit, seinen gesamten Besitz darauf zu verwetten.«

»Was man nicht hat, kann man leicht aufs Spiel setzen«, wandte der Schmied spöttisch ein.

»Ist ja gut«, brummte Huggin missmutig in das aufkommende Gelächter. »Man wird sich doch mal irren dürfen. Aber dafür werden die hinterhältigen Hunde jetzt bitter bezahlen!«

Noch bevor Ragnur antworten konnte, waren die Reiter auch schon heran. Ein heftiger Kampf entbrannte. Obwohl weitaus besser bewaffnet, waren Rhogarr und seine Männer den Rebellen zahlenmäßig weit unterlegen. Offensichtlich hatte der Tyrann nicht damit gerechnet, dass Niko seine Falle ahnen und die entsprechenden Vorkehrungen treffen würde. Sonst hätte er mit

Sicherheit weit mehr Krieger ins Feld geführt als das knappe Dutzend, das ihn begleitete. So aber kamen auf jeden seiner Männer mindestens drei Alwen, die den Nachteil, zu Fuß gegen gut gerüstete Reitersoldaten kämpfen zu müssen, durch äußerste Entschlossenheit wettmachten. Obwohl Rhogarr seine Schergen unerbittlich und mit wüsten Beschimpfungen antrieb, lichteten sich deren Reihen genauso wie die ihrer Gegner. Rasch war das Schlachtfeld von Blut getränkt und bald gab es die ersten Toten – auf beiden Seiten.

Einohr, der Koch, fiel als Erster. Während er seinen Anführer vor einer Attacke aus dem Hinterhalt schützen wollte, rammte ein Reiter ihm sein Schwert mit solcher Wucht in den Rücken, dass es ihn zur Gänze durchbohrte und die Spitze aus seinem Bauch wieder hervortrat. Mit einem dumpfen Laut des Erstaunens sank Einohr tödlich getroffen ins Gras. Was die Wut der übrigen Rebellen allerdings nur noch heftiger entfachte. Kieran hatte sich eine Lanze gegriffen, wirbelte sie wie einen Kampfstock durch die Luft und ließ wilde Schläge auf die Marschmärker einprasseln. Auch Huggin, Ragnur, Halmar und alle anderen teilten nach besten Kräften aus.

Arawynn war ebenfalls mit vollem Eifer bei der Sache. Er hatte eine Streitaxt erbeutet, deren Klinge ein ums andere Mal marschmärkisches Fleisch zu schmecken bekam, während Ayani, die an seiner Seite stand, ihre Schleuder unablässig kreisen ließ und einen wahren Geschosshagel auf die Feinde abfeuerte. Jessie dagegen war zu keiner Regung fähig. Wie versteinert stand das blonde Mädchen inmitten des wilden Kampfgetümmels und starrte mit wachsendem Grauen auf die blutige Schlacht, die ringsherum tobte.

Rhogarrs wüste Anfeuerungsrufe trieben die marschmärkischen Krieger zu immer neuen Attacken an. Die Gesichter von wilder Wut verzerrt, hieben, hackten und stachen sie mit ihren

Waffen erbarmungslos auf ihre Gegner ein, die ihrerseits mit gleicher Münze zurückzahlten. Bald türmten sich die reglosen Körper der Gefallenen auf dem Schlachtfeld, zumal Sinkkâlion in Nikos Händen eine blutige Ernte hielt. Die Angreifer fielen unter der magischen Klinge des Königsschwerts wie die Ähren unter der Sense eines Schnitters, sodass die Wucht ihrer Angriffe immer schwächer wurde und es schließlich den Anschein hatte, als würden die gut gerüsteten Marschmärker tatsächlich den Kürzeren ziehen.

»Ihr verdammten Memmen!«, schrie Rhogarr seine Männer an. Sein gesundes Auge funkelte vor Zorn. »Ihr werdet vor diesem Alwenpack doch nicht die Schwänze einkneifen wie räudige Hunde!« Rhogarr gab seinem Streitross die Sporen und stürzte sich mitten ins Kampfesgetümmel. Mit hoch erhobenem Schwert sprengte er geradewegs auf Niko zu, der in eine heftige Auseinandersetzung mit Dhrago verstrickt war und deshalb gar nicht bemerkte, was für eine große Gefahr in seinem Rücken nahte.

Rhogarr war schon auf Reichweite herangekommen, als Kieran das Pferd des Tyrannen mit einem Schlagwirbel seiner Lanze zum Stolpern brachte, sodass es aus vollem Galopp stürzte. Während das Ross sich laut wiehernd überschlug, wurde der einäugige Reiter in hohem Bogen durch die Luft geschleudert und klatschte mit brutaler Wucht auf den Boden – ausgerechnet auf einen dort aufragenden Findlingsstein! Der Aufprall war so heftig, dass er weithin zu hören war. Rhogarr rollte noch zur Seite, dann rührte er sich nicht mehr und blieb ohne das geringste Anzeichen von Leben liegen.

Kieran sprang hastig auf ihn zu und riss ihm das Schwert aus der erschlafften Hand – gerade noch rechtzeitig, um zwei weitere Angreifer damit abwehren zu können.

Als die schwarzen Reiter schließlich erkannten, dass ihr Gebieter außer Gefecht gesetzt war, ließen ihr Mut und ihr Kampfeseifer schlagartig nach. Und so sah Herzog Dhrago sich schließlich gezwungen, den Befehl zum Rückzug zu geben. »Schnell – zurück nach Helmenkroon! Alle Mann mir nach!«, schrie er dem kläglichen Rest seiner Truppe zu. Er wendete sein Streitross auf der Hinterhand und sprengte in wilder Flucht davon.

Die überlebenden Krieger zögerten nicht eine Sekunde und folgten ihm, eine riesige Staubwolke aufwirbelnd, augenblicklich nach.

Auch Isidor, der Maulesel des Zauberlehrlings, galoppierte mit gewaltigen Bocksprüngen davon. Dass er den leblosen Körper der Schwarzmagierin, deren Fuß in einem Steigbügel stecken geblieben war, wie eine Strohpuppe hinter sich herzog, schien das völlig verstörte Tier in seiner Panik überhaupt nicht zu bemerken.

Beim Anblick der überhasteten Flucht ihrer Feinde brachen die überlebenden Rebellen und ihre Helfer in lauten Jubel aus. Niko umarmte Jessie, Ayani Arawynn, Kieran Huggin und Ragnur den zwergenhaften Schmied – und auch die anderen Rebellen fielen sich überglücklich in die Arme.

Mit einem Mal klang der laute Ruf eines Vogels durch ihren Jubel. Als Niko und Ayani aufblickten, sahen sie einen majestätischen Falken mit graubraunem Gefieder, der weite Kreise am Himmel über ihnen zog.

»König Nelwyn«, flüsterte Ayani Niko zu. »Er freut sich mit uns, dass wir den hinterhältigen Angriff abwehren konnten.«

Da schrie der Falke ein zweites Mal, lauter und eindringlicher als zuvor.

»Schon gut, Vater«, sagte Niko leise. »Wir werden nicht nachlassen in unseren Anstrengungen und alles tun, um das Versprechen zu erfüllen, das wir dir gegeben haben.«

Auch die anderen Männer hatten den Blick zum Himmel erhoben, um den stolzen Vogel zu beobachten. Deshalb bekam keiner von ihnen mit, wie plötzlich wieder Leben in den reglosen Rhogarr kam.

Seine eben noch starren Finger bewegten sich, erst zögernd und tastend, dann immer rascher und zielstrebiger. Langsam richtete der Tyrann den Oberkörper auf, erhob sich schließlich auf die Knie und schaute sich um. Als Rhogarr erkannte, dass seine Männer in die Flucht geschlagen worden waren, verhärtete sich seine Miene. Das einzige Auge starr auf die Rebellen gerichtet, erhob er sich auf die Füße, ganz vorsichtig und leise, und bückte sich nach einem Speer, der dicht neben ihm auf dem Boden lag.

Arawynn löste sich gerade aus Huggins Pranken und trat wieder zu seiner Ziehschwester, um sie erneut in die Arme zu schließen, als er urplötzlich ein Geräusch in seinem Rücken vernahm. Überrascht fuhr er herum – und erblickte Rhogarr von Khelm, der mit hoch erhobenem Arm gerade zum Wurf ausholte.

»Neeeeiiinnn!«, schrie der Junge in maßlosem Entsetzen, aber da verließ der Speer auch schon Rhogarrs Hand und sauste mit unbändiger Wucht auf Ayanis Rücken zu. Mit einem Aufschrei warf Arawynn sich in die Wurfbahn des Speeres, dessen Spitze sich nur einen Herzschlag später in seine Brust bohrte.

Die Wucht der Waffe war so gewaltig, dass Arawynn augenblicklich von den Beinen gerissen wurde.

Ayani schrie gellend laut auf. Dann schien sie plötzlich jede Kraft zu verlassen und sie starrte wie versteinert auf den leblos am Boden liegenden Ziehbruder.

Auch die Rebellen waren zu keiner Reaktion fähig. Niemand dachte daran, Rhogarr von Khelm aufzuhalten, der sich blitzschnell auf eines der herrenlosen Pferde schwang und wie von Dämonen gehetzt davongaloppierte. Alle hatten nur Augen für den im Gras liegenden Jungen, dessen Gesicht bereits vom Tod gezeichnet war.

Ayani sank neben Arawynn in die Knie und bettete seinen Kopf in ihren Schoß. Heiße Tränen strömten über ihre Wangen, während sie ihm sanft über die Haare strich. »Halte durch, Arawynn, bitte. Du darfst nicht sterben.«

Arawynns Mundwinkel zuckten, als versuche er zu lächeln. »Gräme dich nicht … Ayani«, sagte er mit stockender Stimme. »Es tut überhaupt nicht … weh.« Damit fasste er in sein blutbeflecktes Gewand und holte einen kleinen Gegenstand daraus hervor: das steinerne Herz aus dem Schicksalsstein. »Hier, Ayani«, flüsterte er. »Mutter hat mich gebeten … es dir zurückzugeben. Weil du es … besser brauchen kannst als sie.«

Ayani war zu keiner Antwort fähig. Mit wildem Schluchzen ergriff sie den Talisman und drückte ihn an ihre Brust.

Arawynn aber hob mit letzter Kraft die Hand und strich ihr über die Wange. »Nicht weinen, Ayani«, sagte er leise. »Es ist … der Wille … der Unsichtbaren … dass du ihren Auftrag erfüllst … Du bist … die Tochter des Falken … das Schicksal unseres Volkes … liegt in deiner Hand … Nun kannst du allen zeigen … was für eine mutige Kriegerin … aus dir geworden ist …« Dann schaute er die Rebellen, die einen Kreis um ihn gebildet hatten, der Reihe nach an.

Alle hatten Tränen in den Augen. Die Häupter gesenkt und die Kopfbedeckungen in den Händen, sahen sie stumm auf den sterbenden Jungen herab.

»Versprecht mir …«, sagte Arawynn mit letzter Kraft, »dass ihr Nelwyns Sohn … und die Tochter des Falken … nicht im Stich lasst.« Dann rang er jäh nach Luft und stieß langsam seinen letzten Atem aus. Seine Hand sank nach unten und seine Augen brachen.

Arawynn war tot.

KAPITEL 20

Der Schwur der Geschwister

Das Schrillen des Telefons riss Thomas Andersen abrupt aus der Welt von Mysteria heraus. »Verdammt«, rief er genervt. »Ausgerechnet jetzt!« Als er die Nummer auf dem Display erkannte, nahm er den Anruf aber doch entgegen. »Hallo, Frau König. Gut nach Hause gekommen?«

»Danke, alles bestens«, kam es aus dem Hörer. »Mit einer Ausnahme – seit dem Besuch bei Ihnen habe ich ständig Kopfschmerzen. Tja…« Die Königin seufzte. »Die Landluft ist wohl doch nicht so bekömmlich, wie man gemeinhin annimmt.«

Bei diesen Worten musste Thomas merkwürdigerweise daran denken, wie wenig die Stimme und das Aussehen seiner Lektorin doch zusammenpassten. Ihre ersten Kontakte hatten per Telefon stattgefunden. Beim Hören hatte er sich Maria König als junge blonde Frau vorgestellt, die sich, zu seiner großen Überraschung, beim ersten persönlichen Zusammentreffen dann allerdings als eine rothaarige Dame mittleren Alters mit spitzem Fuchsgesicht entpuppt hatte. Damit entsprach sie eher seiner Vorstellung einer pedantischen Gymnasiallehrerin als der einer jungen, dynamischen Lektorin, die wusste, wie die jugendliche Leserschaft tickte.

»Ich wollte Sie nur kurz meine Meinung zu den überarbeiteten Passagen wissen lassen«, flötete die Königin unterdessen weiter durch den Telefonhörer. »Und natürlich auch zu den neuen Kapiteln, die Sie geschickt haben.«

Thomas rutschte unruhig auf dem Stuhl hin und her. »Nur heraus damit. Ich bin schon ganz gespannt.«

»Gleich«, antwortete Frau König. »Wenn Sie mir vorher noch kurz schildern würden, wie weit Sie in der Zwischenzeit gekommen sind?«

Eher widerwillig fügte Thomas sich ihrem Wunsch und informierte sie über den aktuellen Stand des Manuskripts. Die Reaktion der Lektorin war genau so, wie er es befürchtet hatte. »Müssen es denn so viele Tote sein?« Maria König klang ausgesprochen rothaarig und ein bisschen fuchsig. »Es handelt sich schließlich um ein Jugendbuch.«

»Das weiß ich doch!« Thomas ließ sich tiefer in seinen Schreibtischstuhl sinken und verdrehte die Augen. »Aber wir erzählen ja keine Friede-Freude-Eierkuchen-Geschichte! Im Gegenteil: Die Aufgabe, die Niko Niklas bestehen muss, ist verdammt gefährlich – lebensgefährlich! Dass es dabei auch Tote gibt, ist deshalb doch nur folgerichtig und verdeutlich gleichzeitig die immensen Gefahren, denen der Junge ausgesetzt ist. Für Niko geht es schlichtweg um Leben und Tod, und das müssen wir den Lesern in aller Klarheit deutlich machen.«

»Meinen Sie?« Thomas konnte die säuerliche Miene der Königin förmlich vor sich sehen. »Na ja, Sie müssen es ja wissen. Sie sind schließlich der Autor.«

Thomas seufzte still in sich hinein, bevor er antwortete. »Keine Sorge, Frau König. Die Kids von heute sind wirklich härteren Stoff gewöhnt.«

»Schön.« Frau König schien Hoffnung zu schöpfen. »Aber eines halte ich für einen großen Fehler: dass Sie die gefährlichste Widersacherin ihrer Helden einfach aus dem Weg räumen! Damit machen Sie es ihnen wirklich zu leicht. Ein Held ist doch erst dann ein richtiger Held, wenn er sich mit einem ebenbürtigen Gegner herumschlagen muss – und wenn er ihn ganz am Ende besiegt, obwohl er so gut wie keine Chance hatte. Wenn dieser Gegenspieler aber vorher stirbt – wie sollen Ihre Hauptfiguren dann ihren Heldenmut unter Beweis stellen?«

»Ach, wissen Sie, Frau König«, entgegnete Thomas nachdenklich. »Manchmal ist tot ja nicht wirklich tot.«

»Wie: nicht wirklich tot?« Die Lektorin klang irritiert. »Was soll das heißen?«

»Was ich gesagt habe.« Thomas schmunzelte. »Warten Sie es einfach ab und lassen Sie sich überraschen.«

»Na, schön, wie Sie meinen.« Die Königin seufzte. »Aber was ist denn mit diesem Mädchen, das eine größere Rolle spielen sollte? Diese Tochter des Falken? Bislang habe ich–«

»Bitte, Frau König«, unterbrach Thomas. »Gedulden Sie sich einfach bis zu den nächsten Kapiteln. Dann können Sie das schwarz auf weiß nachlesen.«

»Da bin ich aber mal gespannt«, entgegnete sie, röter und fuchsiger als zuvor – sie war wohl ein wenig angefressen. »Dafür wird es nämlich höchste Zeit.«

Anstelle einer Antwort atmete Thomas nur tief durch.

»Ansonsten aber ...«, die Lektorin machte eine kleine Pause, deren Bedeutung Thomas nicht so recht einschätzen konnte, »... finde ich Ihre Geschichte bislang gar nicht so schlecht.«

Oh! Überrascht richtete Thomas sich auf. Aus dem Mund der Königin war das ein verdammt großes Lob!

»Und ganz besonders gut gefallen hat mir ...«, Maria König klang nun wieder aufregend jung und blond, »... dass Sie dem Mond und den verschiedenen Mondphasen eine wichtige Rolle eingeräumt haben – womit Sie mir, ganz nebenbei bemerkt, auch persönlich eine Freude gemacht haben. Vielen Dank, Herr Andersen.«

»Oooch, doch nicht dafür!«

»Der Mond hat doch in fast allen Mythologien eine besondere Bedeutung, und ein Buch, das den Titel ›Mysteria‹ trägt, muss diesen mythologischen Aspekten natürlich gerecht werden.«

»Eben.« Thomas lächelte zufrieden. »Deshalb habe ich ja auch entsprechende Elemente benutzt: wie den Feuermond zum Beispiel. Oder das Fest des Dunklen Mond–«

»Das ist echt super!«, unterbrach ihn die Königin. »Dass der Feuermond für wichtige Veränderungen steht und stets eine entscheidende Schicksalswendung ankündigt, finde ich einen wirklich schönen Einfall von großer poetischer Kraft.«

»Danke«, murmelte Thomas, der sich über das Lob ehrlich freute.

»Und auch die Idee, dass der Höhepunkt der Geschichte am Tag des Dunklen Mondes stattfinden soll, ist ähnlich originell wie die neue Bezeichnung, die Sie für den Neumond gefunden haben.«

»Ach«, wehrte Thomas etwas verlegen ab. »Ganz so neu ist die auch wieder nicht. Den Neumond hat man früher schon gelegentlich Schwarzmond genannt – weil er in dieser Nacht als ziemlich dunkel oder nahezu schwarz erscheint. Ich habe den alten Namen nur etwas abgewandelt.«

»Und wenn schon! Ich finde Ihre Wortschöpfung trotzdem schön«. Die Königin klang immer jünger und blonder. »Ich würde Ihnen deshalb gerne vorschlagen, diese Mondthematik sogar noch zu verstärken. Weil ich, ehrlich gesagt, doch etwas vermisse.«

»So?«, brummte Thomas Andersen überrascht. »Was denn?«

»Ganz einfach.« Frau Königs Stimme erinnerte ihn nun doch wieder an einen Fuchs, zumindest ein kleines bisschen. »Wenn man an den Mond denkt, denkt man doch zu allererst an den Vollmond – jedenfalls geht das mir so. Und dem Vollmond werden nicht nur ein ganz besonderer Zauber, sondern auch fast magische Kräfte zugeschrieben. Nicht umsonst ranken sich darum ganze Mythen und Legenden. Und deshalb sollte in Ihrer Geschichte unbedingt auch ein besonderer Vollmond vorkommen.«

»Hmm.« Thomas rieb sich das Kinn. »Finden Sie?«

»Ja!« Thomas hörte ein aufmunterndes Lächeln in der Stimme der Königin. »Was halten Sie von meinem Vorschlag?«

»Nun…«, antwortete er gedehnt und fuhr sich mit der Rechten durch die blonden Wuschelhaare. »Also ehrlich gesagt, Frau König… der ist gar nicht mal so schlecht. Da lässt sich sicher was draus machen.«

Das schwindende Licht der Dämmerung senkte sich wie ein immer dichter werdender Schleier über den kleinen See inmitten des Flüsternden Forsts, in dessen Nähe Arawynn vor vierzehn Sommern geboren worden war. Als würde auch der Himmel Trauer tragen, war er über weite Teile von dicken schwarzen Wolken verhüllt, die nach Westen hin jedoch aufrissen. Schwer und träge hingen dort, zwei riesigen Totenleuchten gleich, der tiefrote Ball des untergehenden Großen Taglichts und die fast runde Scheibe des aufsteigenden Feuermondes. Am Nordufer glommen die Überreste des großen Scheiterhaufens, mit dessen Rauch die getöteten Männer ihre Reise in die Regionen jenseits des Windes angetreten hatten.

Der Wind wiegte die Weiden und das Schilf am kleinen Holzsteg, von dem aus Ayani und Arawynn seit frühester Kindheit Wasser geschöpft hatten, um es in das nahe gelegene Dorf zur Hütte ihrer Eltern zu tragen. Dieser Steg war nicht nur Ayanis Lieblingsplatz gewesen, sondern auch der ihres Ziehbruders, und so hatte das Mädchen den alt vertrauten Ort ausgewählt, um Abschied von Arawynn zu nehmen. Abschied, bevor ihr Bruder die Welt von Mysteria für immer verlassen würde.

Kieran und seine Männer waren ihrer Bitte gerne gefolgt. Sie hatten aus Baumstämmen ein Floß zusammengeschnürt und einen Scheiterhaufen aus dürren Ästen und Zweigen darauf errichtet. Nachdem sie den Reisigstapel mit Pech getränkt hatten, bettete Ayani mit Nikos Hilfe den leblosen Körper ihres gemeuchelten Bruders und Freundes darauf. Das am Steg vertäute Floß schaukelte sanft auf den Wellen des Sees, als wolle es den Jungen in den ewigen Schlaf wiegen. Und Arawynn sah tatsächlich aus, als würde er nur schlafen. Das hübsche Jungengesicht wirkte ruhig und entspannt und vollkommen zufrieden. Als hätte Arawynn eine wichtige Aufgabe erfüllt und wäre endlich an sein ersehntes Ziel gelangt.

Ayani beugte sich über ihn und küsste ihn ein letztes Mal auf die Stirn. »Leb wohl, Arawynn«, flüsterte sie ihm zu. »Der Wind wird deinen Geist in die Regionen tragen, wo unsere Vorfahren schon lange auf dich warten – und ganz besonders Maruna, unsere Mutter.« Die Augen übervoll mit Tränen, trat sie einen Schritt zurück und nickte Kieran zu, der, mit einer brennenden Fackel in der Hand, gemeinsam mit seinen Männern und Niko schweigend auf dem Steg verharrte. Nachdem er ihr die Fackel überreichte hatte, senkte Ayani die Flamme, bis sie den Scheiterhaufen berührte.

Das knochentrockene Reisig fing sofort Feuer. Während die Flammen hoch emporschlugen und Arawynns sterbliche Überreste in einem lodernden Vorhang verhüllten, lösten Kieran und Huggin das Tau und stießen das Floß vom Steg ab. Langsam und ohne jede Hast trieb das brennende Gefährt hinaus auf den See. Der Widerschein des lohenden Feuers tanzte über das dunkle Wasser und die alten Bäume am Ufer, sodass es fast den Anschein hatte, als würden irrlichternde Waldgeister einen Kreis um den See bilden, um Arawynns letzter Reise in die Regionen jenseits des Windes beizuwohnen. Die Flammen schlugen hoch und immer höher. Plötzlich schoss, wie ein Phönix aus der Asche, ein Ball aus glühenden Funken daraus hervor, der von einem aufkommenden Windstoß hoch empor zum Himmel getragen wurde. Er verbreitete einen weithin sichtbaren Lichtschein, in dem schließlich die Umrisse eines majestätischen Falken aufschienen. Als sein lauter Schrei an Ayanis Ohr klang, wechselte sie einen stummen Blick mit Niko. Komm her zu mir, Bruder, sagte sie ohne Worte. Und verzeih mir, dass ich dich nicht eher so angesprochen habe, obwohl Arawynn mir in der Stunde seines Todes endgültig klargemacht hat, dass wir vom selben Blut sind.

Das weiß ich doch, Schwester, antwortete Niko auf die gleiche Weise. Ich bin froh, dass er uns endlich die Augen geöffnet hat. Wir sind die Zwei, die zu Einem geworden sind – und deshalb ist uns alles möglich! Damit trat er auf Ayani zu und zog Sinkkâlion aus dem Gürtel. Gemeinsam ergriffen Niko und seine Schwester das mächtige Königsschwert und reckten es hoch empor zum nächtlichen Himmel, um den Schwur zu erneuern, den sie ihrem Vater schon einmal gegeben hatten. Obwohl sie ihn diesmal in andere Worte kleideten, kam er erneut wie von selbst über ihre Lippen: »Vater, wir versprechen dir, dass wir nicht eher rasten und ruhen werden, bis wir den marschmärkischen Tyrannen vertrieben haben und der rechtmäßige König wieder den Thron von Helmenkroon einnimmt. Damit alle Bewohner des Nivlandes endlich wieder in Frieden und Freiheit leben können!«

Wie erstarrt lag Sâga auf ihrem Lager in der hintersten Ecke ihrer Höhle. Die Schwarzmagierin rührte und regte sich nicht mehr. Alles Leben schien aus ihr gewichen zu sein. Das ohnehin schon blasse Gesicht war leichenfahl, die herben Züge hatten sich zu einer unmenschlichen, bösen Fratze verzerrt – der Tod kennt keine Verstellung und enthüllte ihren wahren Charakter deshalb schonungslos. Die Höhlenschlange, armdick und glitschig, hatte sich neben ihr zusammengeringelt, schmiegte den keilförmigen Kopf an ihre Wange und ließ sich auch durch die drei Besucher nicht stören, die sich am Lager der Schwarzmagierin versammelt hatten. Den Vampirfledermäusen dagegen, die wie eine geflügelte Drohung durch die Düsternis der Felsenkammer geisterten, schien der Besuch der Fremden gar nicht zu gefallen. Mit spitzen Schreien flatterten sie immer wieder auf sie zu und drehten erst im letzten Moment ab, sodass die drei ein ums andere Mal erschrocken die Köpfe einzogen.

»Bei allen Dämonen!« Rhogarrs gesundes Auge funkelte vor Zorn. »Kann man denn gar nichts gegen diese Biester der Heel unternehmen?«

»Ich wüsste nicht was, Herr!« Herzog Dhrago zuckte ratlos mit den Schultern. »Ich hab schon versucht, sie mit dem Schwert zu vertreiben. Ohne jeden Erfolg jedoch, wie Ihr selbst gesehen habt.«

»Am besten, Ihr lasst sie einfach gewähren, Herr«, schlug die Frau vor, die, tief gebeugt von der Last der Jahre, neben dem Tyrannen stand. Ihr fadenscheiniges schwarzes Kleid reichte bis zum staubigen Boden. Das faltige Gesicht unter dem ebenfalls schwarzen Kopftuch war von zahllosen Altersflecken übersät. Die dunklen Augen in den tiefen Höhlen und die breite Nase mit den deutlich sichtbaren Löchern verrieten, dass sie zu einem der vielen Nachtvölker Mysterias gehörte. »Die Blutschmecker trauern um ihre Herrin. Wenn sie sich erst einmal damit abgefunden haben, beruhigen sie sich von selbst wieder.«

Rhogarr warf ihr einen schrägen Blick zu. »Bis du sicher, Orsana?«

»So jedenfalls steht es in den alten Schriften, aus denen ich meine geheimen Künste gelernt habe. Auch wenn Sâga mir darin natürlich weit überlegen war«, antwortete die Hexe und legte den Kopf schief, um Rhogarr ins Gesicht zu sehen. »Bedauerlicherweise konnte ich das wahre Ausmaß ihrer unheimlichen Kräfte niemals richtig einschätzen.«

»Warum sollte es dir besser ergangen sein als mir?«, knurrte Rhogarr dazwischen.

»Und leider hat Sâga sich auch von niemandem in die Karten sehen lassen. Immerhin hat sie mir vor Jahren im Vertrauen gesteckt, dass sie den Blutschmeckern den Schutz ihres Lebens anvertraut hat. Kein Wunder also, dass die armen Tierchen jetzt so aufgebracht sind.« Wie zur Bestätigung schoss erneut eine riesige Fledermaus auf die Besucher zu, riss das Maul mit den spitzen Vampirzähnen weit auf und kreischte ihnen einen schrillen Schrei entgegen, bevor sie wieder abdrehte und sich in die Tiefe der Höhle zurückzog, wo ihre Artgenossen wie ein schwarzer Wirbel im Rauch des Höhlenfeuers kreisten.

»Was redest du da!« Rhogarr verzog unwirsch das Gesicht. »Einen derartigen Unfug habe ich mein Lebtag noch nicht gehört! Als ob diese verfluchten Flatterwesen in der Lage wären, jemandes Leben zu schützen!«

»Oh, aber ja, Herr«, gab Orsana mit ausdrucksloser Miene zurück. »Sâga war jedenfalls fest davon überzeugt. Die Blutschmecker sind Wesen zwischen Tag und Nacht und stehen unter dem ganz besonderen Schutz des Nidhog-Drachen. Er kennt das Geheimnis, das selbst Tote weiterleben lässt – und deshalb war Sâga sich ganz sicher, dass ihre Lieblinge sie für immer am Leben erhalten würden.«

»Tatsächlich, war sie das?« Dhrago deutete mit höhnischem Grinsen auf die Einstichwunde auf der Brust der Schwarzmagierin. Sie klaffte weit offen, ließ aber seltsamerweise keinerlei Spuren von Blut erkennen. »Das Ergebnis sieht man ja. Seit dieser Alwenbastard ihr den Dolch in den Leib gerammt hat, ist Sâga toter als tot. Und selbst dein Hokuspokus wird daran nichts ändern!«

»Schweig!«, herrschte Rhogarr ihn an. »Und kümmere dich nicht um Dinge, die du mit deinem beschränkten Verstand nicht begreifen kannst.« Dann wandte er sich wieder an die Hexe. »Los, Orsana, beginne endlich mit dem Ritual, bevor diese Flatterbiester mein Blut zum Überkochen bringen.«

»Natürlich, Herr, wie Ihr befehlt«, antwortete die Alte rasch. Dann wandte sie sich ab, holte einen abgegriffenen Lederbeutel unter ihrem Kleid hervor, öffnete ihn und fasste mit der rechten Hand hinein. Als sie ihre Hand wieder herauszog, waren ihre Fingerspitzen mit einem grauschwarzen Pulver bedeckt.

»Was ist das?«, wollte Rhogarr wissen.

Unerwartet schnell fuhr die Hexe herum und sah ihn mit böse funkelnden Augen an. »Das geht Euch nichts an, Rhogarr! Wie oft muss ich Euch noch sagen, dass das geheime Wissen der Unsichtbaren nur für die Eingeweihten bestimmt ist – und für niemanden sonst!«

»Was erdreistest du dich, Weib!«, schrie Dhrago mit zorngerötetem Gesicht. »Du vergisst wohl, dass du deinen König vor dir hast!« Die wulstige Narbe auf seiner linken Wange trat deutlich sichtbar hervor, während er die Hand zum Schlag hob.

Wie eine Viper schnellte Rhogarrs Rechte nach vorne und packte Dhrago am Handgelenk. Der Tyrann hielt den Arm des Herzogs mit der Kraft eines Schraubstocks fest. »Noch so eine Unbeherrschtheit – und du wirst Sâga Gesellschaft leisten! Hast du das verstanden?«

Dhrago schluckte. »Natürlich, Herr«, antwortete er mit erstickter Stimme. Dann senkte er feige den Kopf, während der Herrscher sich wieder der Hexe zuwandte.

»Verzeih meine Neugierde, Orsana, aber wer von uns würde nicht darauf brennen, am geheimen Wissen teilzuhaben?«, sagte er mit mildem Lächeln. »Aber jetzt lass dich nicht weiter stören.« Damit trat er einen Schritt zurück und beobachtete die Vorbereitungen der Hexe mit wachem Blick.

Orsana beugte sich über den reglosen Körper der Schwarzmagierin und näherte die Fingerspitzen ihrem Gesicht. Als würde eine unsichtbare Kraft von dem geheimnisvollem Pulver ausgehen, hob die Schlange den Kopf, ließ die Zunge unter bösem Zischen aus dem Maul gleiten und schlängelte sich dann blitzschnell davon – wie auf der Flucht vor einem übermächtigen Feind.

Die Hexe verschwendete nicht einen Blick auf das Reptil, sondern malte mit größter Sorgfalt drei Zeichen auf Sâgas Gesicht: die Dhagaz-Rune auf die linke Wange, die Ehwaz-Rune auf die rechte und die Mannaz-Rune, das Symbol der Unsichtbaren, auf die Stirn. Dann richtete sie sich unter Mühen auf, streckte die knochigen Arme zur Höhlendecke, schloss die Augen und brach in einen monotonen Singsang aus, der dumpf und beschwörend durch die Düsternis der Höhle hallte. Nachdem Orsana den rituellen Gesang beendet hatte, fasste sie erneut unter ihr Kleid und beförderte getrocknete Kräuter zutage, die sie unter einer weiteren Beschwörungsformel über dem leblosen Körper verstreute: »Flamme des Daseins erwache, Feuer des Lebens entfache, Heel und deine dunkle Brut, weckt in ihr des Lebens Glut!«

Dann trat die Hexe einen Schritt zurück und richtete ihre Arme beschwörend auf Sâgas Herz. Eine mächtige Stichflamme schoss vom Lager empor und ließ Rhogarr und Dhrago vor Schreck zurückzucken. Als das gleißende Licht wieder erlosch, reckten die Männer die Hälse und starren gespannt auf die Schwarzmagierin.

Doch nichts geschah.

Sâga rührte sich nicht und lag noch genauso leblos auf ihrem Lager wie zuvor.

Orsanas Gesichtszüge entgleisten. »Bei den Unsichtbaren … Das Ritual hat bislang noch bei jedem gewirkt, der noch den winzigsten Funken Leben in sich trug«, murmelte sie.

Der Herzog verzog verärgert das Gesicht. »Ich hab doch gleich gesagt, dass dieses Unterfangen völlig nutzlos sein wird. Anstatt uns die Mühe zu machen, Sâgas Leichnam hierher zu schleppen, hätten wir ihn gleich dem Feuer übergeben sollen – wie es sich bei einer Toten geziemt.« Als er den tadelnden Blick seines Gebieters bemerkte, sah er Orsana allerdings fast unterwürfig an. »Es kann doch keinen Zweifel daran geben, dass Sâga tot ist – oder?«

»Nun …« Die Hexe wirkte ratlos. »Auf den ersten Anschein ist in der Tat kein Anzeichen von Leben mehr in ihr zu erkennen. Und dass das Ritual ohne Erfolg blieb, deutet ebenfalls darauf hin. Andererseits …« Sie brach ab und ließ ihren Blick nachdenklich über den totenstarren Körper schweifen. Schließlich bückte sie sich und legte ihre Rechte auf Wange, Hals und Brust der Schwarzmagierin, bevor sie sich wieder aufrichtete. »Es ist merkwürdig«, sagte sie. »Sâgas Körper ist immer noch warm, obwohl das Blut schon längst nicht mehr durch ihre Adern pulst. Nur die Stelle, wo der Dolch sie getroffen hat, ist kalt wie Eis.«

»Und warum?«, fragte jetzt Rhogarr von Khelm. »Hast du eine Erklärung dafür?«

»Nicht die geringste.« Orsana war ihre Beunruhigung anzusehen. »Aber wie ich bereits gesagt habe: Sâgas Kräfte sind so unbegreiflich, dass sie nicht von dieser Welt sein können. Nicht umsonst hat sie immer wieder behauptet, dass ihre Fähigkeiten die Grenzen unseres Verstandes weit übersteigen.« Die Hexe sah nachdenklich in die Ferne. »Und es gibt noch etwas, was wir bedenken sollten. Nämlich …« Dann aber brach sie ab und sah Rhogarr von Khelm mit einer Miene an, als fürchte sie sich, weiterzusprechen.

»Ja, was denn?«, drängte nun auch Rhogarr. »Jetzt sag schon, Weib!«

Orsana räusperte sich. »Ich weiß, dass Ihr der Schwarzmagierin eng verbunden wart. Deshalb hoffe ich, dass Ihr mir meine

Offenheit nicht übel nehmt. Allerdings dürfte es auch Euch nicht entgangen sein, dass Sâga mehr und mehr ihre dunkle Seite entfaltet hat. Für mich jedenfalls gibt es schon lange keinerlei Zweifel mehr, dass Sâga eine Ausgeburt des Bösen war! Aber das Böse stirbt nie, sondern lebt weiter, in welcher Form und Gestalt auch immer.«

Rhogarr von Khelm versank in kurzes Schweigen. »Möglicherweise hast du recht«, sagte er schließlich. »Aber vielleicht gibt es auch noch eine andere Erklärung dafür. Vor langer Zeit hat Sâga mir nämlich anvertraut, dass sie dem Willen der Unsichtbaren nicht unterworfen sei. Weil sie einst selbst zu ihren Kreisen zählte und Einfluss auf das Schicksal von Mysteria genommen hat – und damit natürlich auch Macht über Leben und Tod besitzt.«

»Das würde in der Tat so manches erklären«, pflichtete Orsana ihm bei. »Insbesondere ihre unfassbaren Kräfte.«

Dhrago räusperte sich und wollte etwas einwerfen, wurde aber sofort durch eine eindeutige Geste des Tyrannen daran gehindert.

»Genau! Und die seltsame Bitte ebenfalls, die Sâga schon vor langer Zeit, kurz nach unserem ersten Zusammentreffen, an mich gerichtet hat.« Rhogarr starrte in die Flammen des entfernten Höllenfeuers, über dem sich der schwarze Wirbel der Vampirfledermäuse immer dichter zusammendrängte. »Sâga hat mich nämlich gebeten, unter allen Umständen zu verhindern, dass sie im Falle ihres Todes auf dem Scheiterhaufen landet. Stattdessen sollte ich dafür Sorge tragen, dass ihr Leichnam in ihre Höhle zurückgebracht und auf ihr Lager gebettet wird. Genau so, wie ich es heute getan habe.«

»Aber warum denn?« Dhrago konnte sich nicht länger zurückhalten. »Sie muss doch einen Grund dafür gehabt haben?«

»Die gleiche Frage habe ich ihr damals natürlich auch gestellt«, antwortete Rhogarr düster. »Doch Sâga hat mich nur verächtlich gemustert und gesagt: ›Was würde es dir nützen, wenn ich es dir verrate? Das zu begreifen, überfordert deinen begrenzten Verstand bei Weitem. Tu einfach, was ich dir sage, und du wirst es nicht bereuen.‹« Damit trat er dicht an das Lager heran und musterte die leblose Schwarzmagierin. »War das tatsächlich ernst gemeint, Sâga? Oder hast du dir nur einen bösen Scherz mit mir erlaubt?« Dann wandte er sich an die Hexe. »Versuch es noch einmal und wiederhole das Ritual!«, befahl er barsch.

Orsana zuckte erschrocken zurück. »Aber … das geht nicht, Herr!«

»Und wieso nicht?«

»Weil … das bedeuten würde, dass ich den Willen der Unsichtbaren anzweifele«, erklärte Orsana. »Bei jedem Ritual und jeder Beschwörung bin ich nichts weiter als ein Diener ihres Willens. Ob ich damit Erfolg habe oder nicht, liegt jedoch ausschließlich in ihrer Macht.«

Rhogarrs Miene verfinsterte sich. »Ja und?«

»Es war der Wille der Unsichtbaren, dass das Ritual Sâgas Lebensfunke nicht wieder entzündet hat. Wenn ich einen erneuten Versuch unternehme, würde das nur ihren Zorn wecken und mich ins Verderben stürzen. Und wenn ich tatsächlich Erfolg haben sollte, hätte das außerdem ganz entsetzliche Folgen.« Sie trat einen Schritt näher und starrte den Herrscher beschwörend an. »Bedenkt doch, Herr: Das Leben ist ohne den Tod nicht denkbar und umgekehrt. Und wenn jemand vom Tod ins Leben zurückgeholt werden soll, dann muss ein anderer den umgekehrten Weg gehen. Wenn Sâga wieder leben soll, muss jemand anderer dafür sterben – so jedenfalls besagt es das Gesetz der Unsichtbaren.«

»Jetzt lass mich endlich mit diesen verfluchten Unsichtbaren in Ruhe!«, rief Rhogarr erbost aus. »Ich hatte gedacht, dass nur die unwissenden Alwen diesem verrückten Aberglauben anhängen. Aber du bist ja genauso schlimm wie sie.«

Orsana hielt seinem bohrenden Blick stand. »Auch Sâga hat fest an die Macht der Unsichtbaren geglaubt, vergesst das nicht, Herr! Außerdem … solltet Ihr noch ein Weiteres bedenken …«

»Nämlich?«

»Wenn Sâga wieder ins Leben zurückkehrt, dann …« Die Hexe brach ab.

»Was dann?«

»Dann besteht die Gefahr, dass sie bösartiger und unberechenbarer ist als jemals zuvor«, flüsterte Orsana. »Weil sie dem Nidhog-Drachen ins Auge geblickt hat, denn nur der macht Tote wieder lebendig! Schreckt Euch dieser Gedanke denn gar nicht?«

»Warum sollte er?«, gab der Marschmärker unwirsch zurück. »Solange Sâga mir hilft, mein Ziel zu erreichen, soll mir alles recht sein. Und jetzt fang endlich an! Oder willst du lieber in meinen Steinbrüchen enden?«

»Nein, nein, Herr, natürlich nicht«, antwortete die Hexe erschrocken und wandte sich wieder der reglosen Gestalt auf dem Lager zu. Erneut griff sie in den Lederbeutel und malte die Runen auf Sâgas Gesicht. Dann beugte sie sich über den Oberkörper der Gestaltwandlerin und näherte ihre mit Pulver bedeckten Finger der klaffenden Wunde auf ihrer Brust.

Im gleichen Moment erfüllte ein schrilles Kreischen die Höhle. Drei, vier, fünf Fledermäuse lösten sich aus dem schwarzen Wirbel über dem Feuer und schossen blitzschnell auf Orsana zu. Diesmal aber machten die Blutschmecker nicht kehrt, sondern krallten sich am Kopf der Hexe und an ihrer Schulter fest und schlugen die spitzen Zähne in ihre Halsschlagader, um sie mit schnellen Bissen zu zerfetzen. Eine blutige Fontäne schoss aus Orsanas Hals, ergoss sich auf Sâgas Brust und in die Einstichwunde. Und was danach geschah, war so grauenerregend, dass weder Rhogarr noch Dhrago es bis an ihr Lebensende jemals vergessen würden.

KAPITEL 21

Falkentochter

Das Große Taglicht hatte sich längst herabgesenkt, und nur die blutrote Scheibe des Feuermondes, der in den kommenden drei Nächten zu voller Größe erblühen würde, stand noch über dem Wald. Die Dämonenstunde, die den alten Tag verschlang, um den neuen zu gebären, war längst angebrochen. Dennoch herrschte im Lager der Rebellen immer noch reges Treiben. Die Männer hatten sich ums lodernde Feuer versammelt und waren in eine hitzige Unterhaltung verstrickt. Dabei hatte der Abend ganz ruhig und recht besinnlich begonnen. Die Männer hatten ihrer toten Kameraden gedacht, die bei der blutigen Auseinandersetzung mit den Marschmärkern ihr Leben gelassen hatten, und sich gegenseitig von ihren Erlebnissen mit den verstorbenen Freunden berichtet, um die Erinnerung an sie zu wecken und sie somit für alle Zeit am Leben zu erhalten.

Niko und Jessie saßen schweigend im Kreis der Rebellen und lauschten den anfangs recht wehmütigen Erzählungen, die im Laufe des Abends von immer lustigeren Anekdoten abgelöst wurden.

Die Stimmung wurde zunehmend heiterer, sodass Jessie ihre anfängliche Beklommenheit verlor – dass die Männer auch ihretwegen gestorben waren, bedrückte sie doch schwer! – und schließlich auch etwas zu sagen wagte. »Niko hat euch ja erzählt, wie es um mich steht: dass ich sterben werde, wenn nicht bald in meine Heimat zurückkehre«, sagte sie. »Als die Schergen mich in das Verlies von Helmenkroon geworfen haben, habe ich deshalb auch schon fest mit dem Tod gerechnet. Dass ich überhaupt noch eine Überlebenschance habe, verdanke ich nur euch und euren getöteten Freunden – und dafür werde ich euch immer aus tiefstem Herzen dankbar sein.«

»Der Tod unserer Freunde steht auf einem Blatt«, sagte Graubart. »Aber den Marschmärkern eine Lektion erteilt zu haben, die sie hoffentlich nicht so bald wieder vergessen werden, das war das reinste Vergnügen für uns. Außerdem ging es dabei ja nicht alleine um dich, nicht wahr?« Er wandte sich Kieran zu und lächelte ihn froh an.

»Genau, Jessie«, bestätigte Huggin. »Ich bin mir sogar sicher, dass du dich von ganz alleine aus der Gewalt der Marschmärker befreit hättest. Ganz im Gegensatz zu unserem Anführer hier. Dieser grüne Jüngling ist doch noch feucht hinter den Ohren und wäre ohne unsere Hilfe völlig aufgeschmissen gewesen. Was blieb uns da anderes übrig, als ihm wieder einmal aus der Patsche zu helfen – wie schon so oft in den letzten Jahren!«

Kieran nahm die Stichelei nicht übel, sondern stimmte ebenfalls in das Gelächter der Männer mit ein. »Du hast völlig recht, Huggin«, sagte er. »Wenn du nicht Rhogarrs Hinterlist auf Anhieb durchschaut hättest, würde ich wohl immer noch im Kerker schmoren.«

Während erneutes Gelächter aufbrauste, winkte der Hüne genervt ab. »Ja, ja, ist ja gut«, knurrte er ungehalten. »Ich kann ja schließlich nicht an alles denken.«

»Wieso denn nicht?«, fragte der glatzköpfige Schmied mit scheinheiliger Miene. »Bei deinem großen Kopf dürfte das eigentlich kein Problem für dich sein.«

Huggin schnaufte wie ein angriffslustiges Waldschwein, verkniff sich aber eine Erwiderung. Stattdessen wandte er sich an Ayani, die die ganze Zeit über wortlos und in sich gekehrt dagesessen hatte. Niko musste nicht erst ihre Gedanken lesen, um zu wissen, was sie bedrückte: Der Tod ihres Ziehbruders, der sein junges Leben für sie geopfert hatte, machte ihr schwer zu schaffen. Obwohl niemand ihr auch nur den geringsten Vorwurf gemacht hatte, quälte sich Ayani selbst damit. Sie wurde einfach den Gedanken nicht los, selbst Schuld an Arawynns Tod zu tragen. Schon früher am Abend hatte Niko versucht, ihr das auszureden. Allerdings ohne Erfolg, und so ließ er sie nun einfach gewähren. Er wusste, dass Ayani mit diesem Problem ganz alleine fertig werden musste, und hoffte darauf, dass einige Stunden Schlaf und das helle Taglicht am nächsten Morgen ihr etwas dabei helfen würden – auch wenn er sich dessen keineswegs sicher war.

Huggin jedoch schien über Ayanis gedrückte Stimmung hinweggehen zu wollen. »Arawynn hat behauptet, dass du die Tochter des Falken bist. Was hat er damit denn gemeint?«, fragte er in einem Ton, der seine Zweifel mehr als deutlich machte.

Ayani schluckte. Sie warf Niko einen Hilfe suchenden Blick zu, bevor sie antwortete. »Liegt das nicht auf der Hand?«

»Auf der Hand?«, sagte Huggin. »Mit der Tochter des Falken kann ja nur die Tochter von König Nelwyn gemeint sein …«

»Natürlich«, warf Ragnur ein. »Wer denn sonst?«

Huggin ignorierte seine Bemerkung und fuhr fort: »Zumal nach Arawynns Worten auch das Schicksal unseres ganzen Volkes in ihrer Hand liegen soll.« Er reckte den Kopf nach vorne und sah Ayani herausfordernd an. »Habe ich recht?«

»Natürlich«, erwiderte das Mädchen kühl. »Wir alle haben seine Worte laut und deutlich gehört.«

»Eben!« Huggin nickte wie zur Bekräftigung. »Und genau das verstehe ich nicht: Wir alle wissen, dass Königin Nimhuld, der

Gemahlin von Nelwyn, keine Kinder beschieden waren, weder ein Sohn noch eine Tochter. Wie kann Niko dann der Sohn unseres Königs und Ayani seine Tochter sein? Kann mir das vielleicht mal jemand erklären?«

Die Männer schauten ihn mit zunehmendem Befremden an. So ganz allmählich schienen sie zu begreifen, worauf er hinauswollte.

Auch Niko verzog das Gesicht. Huggins Bemerkung gab ihm durchaus zu denken, zumal er noch immer keine rechte Erklärung dafür hatte, wie seine Mutter Rieke in das mysteriöse Geschehen passte. Dass Rieke seine leibliche Mutter war, stand nämlich eindeutig fest, seit die Ärzte vor vielen Jahren einen Gentest bei ihr machen mussten, um einer rätselhaften Erkrankung Nikos auf die Spur zu kommen. Zum Glück hatte sich die dann als völlig harmlos herausgestellt, war auch bald wieder abgeklungen und seither nie wieder aufgetreten.

Ayani dagegen blickte dem hünenhaften Rebellen trotzig ins Gesicht. »Es ist, wie es ist, Huggin«, sagte sie mit fester Stimme. »Dass man etwas nicht erklären kann, beweist noch lange nicht, dass es nicht stimmt. Ich sehe keinen Grund, an Arawynns Worten zu zweifeln, und vertraue fest darauf, dass die Unsichtbaren uns dieses Rätsel schon lösen werden, wenn die Zeit dafür gekommen ist.«

Noch ehe Huggin antworten konnte, kam Jessie ihm zuvor. »Ich weiß gar nicht, wo das Problem liegt«, sagte sie. »Wenn Königin Nimhuld keine Kinder hatte, muss das für König Nelwyn doch noch lange nicht gelten.«

Huggin klappte die Kinnlade herunter. »Wie?«, hauchte er. »Was willst du damit andeuten?«

»Ganz einfach.« Jessie grinste vieldeutig. »Ein Ehering ist doch keine Garantie dafür, dass ein Mann seiner Frau auch treu ist und nicht in fremden Revieren wildert, oder?«

Während Huggin gequält das Gesicht verzog, kicherten seine Kameraden zustimmend. »Hört, hört!« rief Graubart den restlichen Männern zu. »Für dein Alter hast du ja ein ziemlich loses Mundwerk, und einen spitzen Schnabel noch dazu.« An seine Gefährten gewandt fuhr er fort: »Aber wo sie recht hat, hat sie recht. Auch ein König ist schließlich nur ein Mann, insbesondere wenn er sich in der Blüte seiner Jahre befindet.«

»Tja, ein Mann kann schon mal Herzklopfen kriegen«, erklärte Kieran und blinzelte Niko verschwörerisch zu.

Der nickte. »Du meinst wohl die blonde Valck –«, hob er an, brach aber mitten im Wort ab, weil Kieran ihm mit einer raschen Geste zu schweigen gebot – offensichtlich hatte er sein Geheimnis nur mit Niko und Ayani, aber nicht mit seinen Männern geteilt.

Huggin hatte das zum Glück nicht mitbekommen. Sonst hätte er bestimmt nachgehakt. »Willst du etwa behaupten, dass König Nelwyn ein Ehebrecher war?«, fragte er aufgeregt. Allerdings wartete er die Antwort gar nicht erst ab. »Das glaubst du doch selber nicht! König Nelwyn hatte einen untadeligen Ruf und war in jeder Beziehung ein Vorbild.« Herausfordernd schaute er in die Runde. »Oder hat jemand von euch je gehört, dass er Unrecht getan hätte?«

»Nein, nein, Huggin«, sagte Magnus Halmar. »Nach allem, was man über ihn hört, muss Nelwyn ein wahrer Ausbund an Tugend gewesen sein. Aber glaubt mir, Freunde – so etwas gibt es nur im Märchen oder den alten Legenden!«

»Oder in Büchern!«, warf Jessie rasch ein und wunderte sich ein wenig, dass sie dafür nur verständnislose Blicke erntete.

»Wie auch immer«, fuhr Magnus fort. »Das Bild, das wir Alwen von Nelwyn haben, ist viel zu schön, um wahr zu sein. Denn wenn ich eines gelernt habe in meinem bisherigen Leben, dann das: Es gibt niemanden unter uns Sterblichen, der unfehlbar wäre.« Damit verpasste er Huggin einen freundschaftlichen Stoß in die Rippen. »Selbst du nicht, du ungekrönter König aller Enten- und Gänsediebe!«

»Wenn du meinst«, brummte Huggin, der, ganz im Gegensatz zu seinen Kameraden, über diesen Scherz nicht lachen konnte.

Nachdem das Gelächter verebbt war, erhob sich Kieran, reckte die steifen Glieder und gähnte herzhaft. »Der Tag war lang, und deshalb sollten wir uns jetzt alle aufs Ohr legen. Damit wir morgen früh, ausgeruht und in aller Frische, unsere nächsten Schritte gegen dieses marschmärkische Besatzerpack planen können.«

Kierans Vorschlag fand einhellige Zustimmung. Der Schmied zog die Scheite so weit auseinander, dass das Feuer nur noch mit kleiner Flamme weiterbrannte, und bedeckte die überschüssige Glut sorgfältig mit Erde und Sand. Ragnur, der zur Nachtwache eingeteilt war, ging auf seinen Posten, während sich die übrigen Männer einer nach dem anderen unter die aus Ästen und Decken gefertigten Unterstände zurückzogen, die ihnen als Schutz gegen die Witterung dienten.

Niko wollte ihrem Beispiel gerade folgen, da zupfte Jessie ihn am Ärmel und bedeutete ihm mit einem kurzen Blick, noch ein wenig zu warten. Als sie schließlich unter sich waren, schaute er sie fragend an. »Was ist los? Warum denn diese Geheimnistuerei?«

»Weil mir etwas Wichtiges eingefallen ist«, flüsterte Jessie, »und ich nicht wollte, dass Huggin das mitbekommt. Das wäre nämlich nur Wasser auf seine Mühlen.«

»Echt?« Niko hatte keine Ahnung, was sie meinte. »Könntest du das ein bisschen genauer erklären?«

»Natürlich.« Jessie nickte und rückte ein Stück näher an ihn heran. Trotz der Dunkelheit konnte Niko das strahlende Blau ihrer Augen deutlich erkennen. »Ich wundere mich selbst, dass mir das erst jetzt aufgefallen ist«, sagte sie mit bedauernder Miene. »Pass auf: Du glaubst also fest daran, dass dieser König Nelwyn dein Vater ist. Der gleiche Nelwyn, den Rhogarr von Khelm vor etwa vierzehn Jahren vom Thron in Helmenkroon verjagt hat. Richtig?«

»Genau. Allerdings glaube ich das nicht nur. Ich weiß ganz genau, dass das so ist.«

»Gut.« Jessie nickte, als müsse sie sich selbst versichern, ihn auch richtig verstanden zu haben. »Du bist jetzt vierzehn Jahre alt, und das bedeutet, dass der Überfall auf Helmenkroon ungefähr zum Zeitpunkt deiner Geburt oder unmittelbar danach stattgefunden haben muss. Auch richtig?«

»Ja, sicher«, bestätigte Niko, der noch immer keinen blassen Schimmer hatte, worauf Jessie hinauswollte. »Das ist doch nur logisch, oder?«

»Genau! Die Alwen haben uns erzählt, dass dieser Nelwyn damals im besten Mannesalter war – in der ›Blüte seiner Jahre‹, wie Graubart es eben bezeichnet hat.«

»Und weiter?«, fragte Niko irritiert. »Was ist daran denn so ungewöhnlich?«

»Eigentlich nichts«, erwiderte Jessie. »Höchstens, dass Karin Seikel den König in ihrem Buch auf exakt die gleiche Weise beschrieben hat.« Sie zitierte aus dem Gedächtnis: »›Nelwyn war ein strahlender Held in der Blüte seiner Jahre. Ein Mann von beeindruckender Gestalt, mit langem dunklen Haupthaar und ebenmäßigen Gesichtszügen, die von Kühnheit und Edelmut zeugten. Seine Augen glänzten wie zwei Smaragde, als würden sie alle Geheimnisse des Lebens bergen. Ein Mann von fast überirdischer Schönheit, wie ich noch keinen zuvor gesehen hatte. Und so tat bei seinem Anblick mein Herz einen Sprung und mein Blut geriet in Wallung.‹«

»Echt? Das hört sich ja megakitschig an!« Doch dann zog Niko die Brauen hoch, als ahne er, worauf Jessie hinauswollte. »Du glaubst also, dass das nicht zusammenpasst?«

»Das ist doch mehr als offensichtlich«, erwiderte Jessie mit Nachdruck. »Frau Seikel hat ihr Buch doch bereits vor zwei Jahrhunderten geschrieben! Aber wie um alles in der Welt kann König Nelwyn damals genauso alt gewesen sein wie vor vierzehn Jahren, als dieser Tyrann, Rhogarr von Khelm, das Nivland überfallen hat und du geboren wurdest? Das ist doch nicht möglich, oder?«

»Eigentlich nicht«, antwortete Niko. »Es sei denn …«

»Ja?«

»… es hat damals schon einen König gegeben, der ebenfalls Nelwyn hieß.«

Das Blut in Rhogarrs Adern drohte zu gefrieren, während er auf das entsetzliche Geschehen am Lager der Schwarzmagierin blickte. Unter dem infernalischen Gekreische der Blutschmecker presste Orsana beide Hände auf die heftig blutende Wunde an ihrem Hals, als könne sie die damit verschließen. Der ebenso hilflose wie verzweifelte Versuch war jedoch vergebens: Während das Leben unaufhaltsam aus der Hexe heraussprudelte, bis sie mit glasigem Blick in die Knie ging und sterbend zu Boden sank, erwachte die Flamme des Daseins in Sâga aufs Neue. Zuerst bewegte sie kaum merklich ihre Krallenfinger, dann zuckten ihre Arme und ihre Beine. Schließlich öffnete sie die Reptilienaugen und richtete sich ruckartig von ihrem Lager auf – wie ein Vampir, der sich bei Einbruch der Nacht aus seinem Sarg erhebt, um sein Unwesen unter den Lebenden zu treiben.

Ohne Rhogarr von Khelm und Herzog Dhrago auch nur einen Blick zu schenken, reckte sich die Schwarzmagierin und dehnte ihre Glieder, als erwache sie aus langem, tiefem Schlaf. Dann trat sie auf die tote Hexe zu, die bäuchlings auf dem Boden lag, drehte sie mit dem Fuß auf den Rücken und sah ihr ins leblose Gesicht, das noch immer von blankem Entsetzen gezeichnet war. »Da hast du doch tatsächlich recht behalten, Orsana!«, sagte sie. »Wenn jemand ins Leben zurückgeholt werden soll, muss ein anderer in den Tod gehen. Aber eigentlich hättest du wissen müssen, dass du selbst damit gemeint bist. Beklage dich also nicht, dieses Schicksal hast du dir ganz alleine zuschreiben.«

Ruckartig wandte sich Sâga um zu den immer noch wild kreischenden Vampirfledermäusen, die sie wie ein Schwarm schwarzer Todestauben umschwirrten. »Habt Dank, meine Freunde, vielen, vielen Dank! Allerdings war ich mir immer gewiss, dass ihr die Aufgabe, die ich euch übertragen habe, treu erfüllt und mich immer am Leben erhaltet. Aber jetzt verschont mich bitte und verschwindet – husch!« Damit wirbelte sie herum und deutete mit ausgestrecktem Arm auf die hinterste Höhlenecke.

Die Blutschmecker verstummten augenblicklich und ließen von ihrer Herrin ab. Auf lautlosen Schwingen zogen sie sich geschwind in die Tiefe der Höhle zurück und nahmen ihre Ruheplätze ein. Nur Augenblicke später hingen sie wie dunkle Früchte reglos von der Felsendecke.

Grabesstille senkte sich über die düstere Kammer in den Höllenbergen. Nur das leise Knistern des erlöschenden Feuers war noch zu hören und Rhogarrs heftiges Schnaufen. Das grausige Geschehen hatte den Puls des Marschmärkers so weit in die Höhe getrieben, dass er, die rechte Hand auf die Brust gepresst, wie ein gestrandeter Moderkarpfen nach Luft schnappte, während Dhrago fassungslos und apathisch vor sich hin starrte.

Die Schwarzmagierin schien das Entsetzen zu genießen, das sie bei den Männern ausgelöst hatte. Die schmalen Lippen zu einem Lächeln verzogen, trat sie auf die beiden zu und deutete auf Orsanas Leiche. »Schaff das tote Weib nach nebenan!«, herrschte sie Dhrago an. »Meine gefräßigen Lieblinge gieren bestimmt schon nach ihrem Blut. Und leg neue Scheite aufs Feuer, damit es nicht erlischt.«

»Ja … ja, natürlich«, stammelte der Herzog. »Wie Ihr befehlt, Sâga!«

»Aber beeil dich gefälligst und zeige endlich, dass auch du zu etwas nutze bist.«

Während Dhrago wie ein braves Schoßhündchen gehorchte, sich nach Orsanas Leiche bückte und sie an den Armen aus der Höhle schleifte, wandte Sâga sich an den Tyrannen. »Hat dir das kleine Schauspiel gefallen, Rhogarr?«, sagte sie und tätschelte ihm die Wange. »Ich hoffe, du verstehst jetzt endlich, warum ich damals meine Bitte an dich geäußert habe.« Nachdenklich ging sie zum Arbeitstisch, setzte sich auf den Schemel und blätterte gedankenverloren in dem alten Buch, das auf dem Tisch lag. »Wir haben einen Fehler gemacht, Rhogarr«, sagte sie nach einer Weile. »Wir haben diese beiden Bälger unterschätzt.«

»Hm«, krächzte Rhogarr. »Glaubt Ihr wirklich?«

»Unbedingt.« Sâga nickte. »Dabei hätte ich es wissen müssen.« Ohne den Blick von Rhogarr zu wenden, deutete sie mit einem Krallenfinger auf den alten Folianten. »›Wenn die Zwei zu Einem werden, ist alles möglich.‹ So steht es im Buch des Schicksals geschrieben. Leider habe ich übersehen, dass das auch für diesen Jungen und das Mädchen gilt, seit sie die Ketten aus dem Alwenhort wieder tragen.«

»Und was folgert Ihr daraus?«

Sâga stand abrupt auf und starrte mit ausdrucksloser Miene in das lodernde Feuer in der Höhlenmitte, das Dhrago durch einige Scheite zu neuem Leben erweckt hatte. »Wenn die beiden ihre Kräfte vereinen, sind die offensichtlich größer als die Summe ihrer jeweiligen Fähigkeiten. Deshalb haben sie nicht nur Sinkkâlion gefunden, sondern auch unsere List vereitelt.«

Rhogarr verzog das Gesicht. »Wollt Ihr damit sagen, dass wir ihnen nichts anhaben können?«

»Aber nicht doch, Rhogarr!«, erwiderte Sâga ungehalten. »Was für ein törichter Gedanke!« Mit einer blitzschnellen Bewegung, der der Marschmärker kaum folgen konnte, entfernte sie sich vom Tisch und stand mit einem Male direkt vor ihm. »Ich wollte damit nur andeuten, dass wir in Zukunft geschickter gegen sie vorgehen sollten. Wenn sie gemeinsam zu stark für uns sind und uns derart unvorhergesehene Schwierigkeiten bereiten, dann müssen wir sie eben schwächen, indem wir sie entzweien.«

»Entzweien?«, wiederholte Rhogarr ohne großes Verständnis.

»Genau!« Sâgas Krallenfinger zuckte nach vorne und traf ihn genau auf die Brust. »Wir müssen dafür sorgen, dass die beiden sich trennen – und sie dann einzeln ausschalten!«

Rhogarrs Miene erhellte sich schlagartig. »Der Gedanke gefällt mir, Sâga! Die Frage ist nur, wie wir das anstellen sollen?«

»Der Zeitpunkt ist günstig«, flüsterte Sâga mit heiserer Stimme. »Bald schon, in drei Tagen, wird der Mirakelmond am Nachthimmel stehen. Er zeigt sich uns nur selten und verfügt deshalb über ganz besondere Kräfte, wie ich selbst schon oft genug erlebt habe. Im Zeichen des Mirakelmondes sind Dinge möglich, von denen wir sonst nicht einmal träumen können. Und das sollten wir uns zunutze machen.«

»Äh …« Dem Marschmärker war anzusehen, dass er den Sinn ihrer Worte nicht ganz fassen konnte. »Und wie … äh … wie soll das vonstattengehen?«

»Lass das nur meine Sorge sein, Rhogarr. Ich kenne Mittel und Wege, ihre Schritte zu lenken, von denen du noch nicht einmal träumen kannst.« Sâga lächelte ihn an, bevor sie auf dem Absatz herumwirbelte und mit einem Mal dicht vor dem Herzog stand, der eben ein weiteres Scheit aufs Feuer legte. »Genug, du Narr! Willst du uns alle abfackeln?«

»Nein-nein, Sâga, natürlich nicht«, stammelte Dhrago, den ihr plötzlicher Ortswechsel mal wieder kalt erwischt hatte.

»Das wollte ich dir auch geraten haben«, zischte sie, bevor sie, etwas ruhiger und besonnener, fortfuhr: »Rhogarr hat mir erzählt, dass du einen Molmerich in die Reihen der Vogelfreien einschleusen konntest?«

»Ja, ja, genauso verhält es sich.«

»Und warum hat er uns nicht gewarnt?« Sâgas Reptilienblick schien den Herzog förmlich zu durchbohren. »Davor, dass die Alwen unsere List durchschaut und entsprechende Vorkehrungen getroffen haben?«

»Das hat er sehr wohl, Sâga«, erwiderte Dhrago rasch. »Aber seine Nachricht ist leider erst eingetroffen, nachdem wir Helmenkroon bereits verlassen hatten.«

»Dann wollen wir hoffen, dass das in Zukunft besser klappt.« Die Schwarzmagierin spitzte die Lippen. »Kannst du ihm eine Nachricht zukommen lassen, Dhrago? Und zwar möglichst rasch?«

Ohne anzuklopfen trat Lena Andersen in das Arbeitszimmer ihres Mannes und legte drei großformatige Papiere vor Thomas hin. »Schau mal, was ich in der Kiste gefunden habe!«

Bei dem ersten Blatt handelte es sich um die Reproduktion einer Landkarte, die Falkenstedt und seine weitere Umgebung zur Zeit des ausgehenden achtzehnten Jahrhunderts zeigte. Auf dem zweiten war das damalige Mitteleuropa zur sehen. Und das dritte Blatt war ebenfalls eine Karte, sehr sorgfältig und sauber mit Bleistift skizziert. Über dieser letzten Karte prangte die Aufschrift »Zentral-Mysteria«.

Beim Vergleich der Karten stellte Thomas rasch fest, dass sich die letzte an den beiden ersten orientierte, wenn auch eher grob und stark vereinfacht: Während das zentrale Nivland Ähnlichkeiten mit den geografischen Gegebenheiten von Falkenstedt und seiner weiteren Umgebung hatte, orientierten sich die angrenzenden Nachbarländer zumindest oberflächlich an den Nachbarstaaten des damaligen deutschen Reiches. Auch die Ländernamen wiesen – zumindest manchmal – eine gewisse Ähnlichkeit auf. »Interessant«, brummte Thomas. »Und zudem im höchsten Maße ärgerlich: weil ich das Heimatland der Alwen nämlich ebenfalls Nivland genannt habe.«

»Das weiß ich doch längst, mein Lieber«, sagte Rieke. »Aber das ist gar nicht der Grund, warum ich mit den Karten hier antanze.«

»Nein?«, sagte Thomas überrascht und senkte seinen Blick erneut auf die Papiere. »Wieso zeigst du sie mir denn dann?«

»Jessie hat dir doch erzählt, dass Frau Seikels Buch angeblich nach einer wahren Begebenheit aufgeschrieben wurde. Habe ich recht?«

»Ja, klar. Und weiter?«

Lena deutete auf die Bleistiftzeichnung. »Aber diese Karte hier beweist doch eindeutig, dass Frau Seikel ihre Geschichte frei erfunden haben muss. Sonst würde ihr ›Zentral-Mysteria‹ nicht so viele Ähnlichkeiten mit Mitteleuropa aufweisen!«

»Natürlich.« Thomas schüttelte verwirrt den Kopf. »Du hast doch hoffentlich nicht ernsthaft geglaubt, dass es sich tatsächlich um einen Reisebericht gehandelt hat?«

»Eigentlich nicht.« Lena zog eine Grimasse. »Andererseits behauptest du doch immer, dass im Grunde genommen nichts unmöglich ist.«

Thomas verdrehte die Augen. »Aber nur in der Fantasie natürlich, nicht in der Realität.«

»Tja«, sagte Lena und seufzte. »Mir geht es schon genau so wie dir, fürchte ich. Allmählich kann ich Fantasie und Wirklichkeit auch nicht mehr auseinanderhalten.«

»Hey, hey!« Thomas hob seinen Zeigefinger. »Das kann ich sehr wohl. Auch wenn ich fest davon überzeugt bin, dass die Fantasie nur eine andere Form unserer Wirklichkeit ist.« Er nahm die gezeichnete Karte in die Hand und lehnte sich in seinem Schreibtischsessel zurück. »Eines wundert mich allerdings doch«, sagte er schließlich.

»Nämlich?«

»Warum Frau Seikel – oder wer auch immer –«

»Es war bestimmt Frau Seikel«, unterbrach Lena ihn. »Zumindest stehen ihre Initialen rechts unten in der Ecke.«

»Tatsächlich.« Thomas erhob sich, um in seinem Arbeitszimmer auf und ab zu marschieren. »Jedenfalls wundere ich mich, warum sie sich soviel Mühe mit dieser Karte gegeben hat. Wenn ich ein neues Land erfinde, mache ich meistens ebenfalls eine Zeichnung. Allerdings begnüge ich mich dann mit einer groben Skizze. Weil die Karte nämlich nur für mich selbst bestimmt ist, damit ich beim Schreiben nicht den Überblick verliere.«

»Verstehe.« Lena nickte. »Und warum, glaubst du, hat Frau Seikel eine fast perfekte Karte gezeichnet?«

»Keine Ahnung.« Thomas biss sich auf die Unterlippe. »Ich habe höchstens eine Vermutung.« Thomas hielt Lena das Blatt hin. »Vielleicht sollte diese detaillierte Karte ihren Zeitgenossen beweisen, dass Mysteria wirklich existiert und dass sie tatsächlich einen Reisebericht geschrieben hatte!«

»Hm.« Lena musterte ihren Mann verwirrt. »Und warum?«

»Du hast recht, Lena.« Thomas nickte nachdenklich. »Das ist in der Tat die alles entscheidende Frage.«

KAPITEL 22

Die Rache des Marschmärkers

Niko sollte recht behalten: Am nächsten Morgen war Ayani tatsächlich etwas gefasster. Während die Mehrzahl der Männer gleich nach dem kargen Morgenmahl zur Jagd aufbrach – ihre Fleischvorräte waren vollständig aufgebraucht und mussten dringend aufgefüllt werden –, bat Kieran Niko und die beiden Mädchen, ihn in das abgelegene Bauerndorf zu begleiten, wo er die beiden Kaltblüter ihrem Besitzer zurückbringen wollte.

Ayani stimmte sofort zu. »Aber natürlich, Kieran«, sagte sie. »Wir lassen dich doch nicht im Stich, wenn du unsere Hilfe brauchst.«

»Wieso denn Hilfe?« Kieran sah sie verwundert an. »Keine Sorge, ich komme mit den Pferden auch alleine zurecht.«

»Mit den Pferden schon.« Ayani lächelte jetzt sogar schwach. »Aber nicht mit dem Bauern. Wie hieß er noch mal?«

»Granold«, flüsterte Jessie ihr rasch zu.

»Ja, genau: Granold! Der wird dir mit Sicherheit ganz schön Ärger machen.«

Der Rebellenführer verstand nun wohl gar nichts mehr. »Aber wieso denn? Nur weil ich die Pferde einen Tag später als versprochen zurückbringe?«

»Nein.« Ayani schüttelte den Kopf. »Weil du das Fuhrwerk,

das du dir von Granold geliehen hast, überhaupt nicht zurückbringst.«

Endlich ging Kieran ein Licht auf. »Ach, so!«, sagte er. »Aber … das war doch nicht meine Schuld. Es war Schicksal, das wird Granold sicher verstehen.«

»Schön möglich.« Ayani zwinkerte Niko und Jessie verstohlen zu. »Aber nur, wenn er dir deine Geschichte auch abnimmt und nicht auf den Gedanken verfällt, deine lieben Freunde hier, der Halsabschneider Graubart und Huggin, der Enten- und Gänsedieb, hätten sich sein Gefährt unter den Nagel gerissen. Was mich bei dem Ruf, der den beiden vorauseilt, nicht im Mindesten wundern würde.«

Noch ehe die beiden Männer protestieren konnten, mischte Niko sich ein. »Ayani hat völlig recht. Deshalb werden wir dich natürlich zu Granold begleiten – damit wir deine Geschichte bezeugen können und du keinen Ärger bekommst.« Dann aber konnte er sich ein Grinsen nicht mehr verkneifen – Graubart und Huggin sahen gar zu empört aus.

Wenig später saßen die vier Gefährten auf und ritten, die beiden Ackergäule im Schlepptau, davon: Kieran auf einem Schecken, Niko auf dem Schimmel, auf dem sie aus Helmenkroon geflüchtet waren. Ayani ritt den gewohnten Rappen und Jessie hatte den braunen Hengst von Niko übernommen.

Granolds Dorf lag jenseits des Dämonenwaldes, zwei gute Reitstunden vom Lager entfernt. Der Weg dorthin war allerdings so verschlungen, dass Niko bald verstehen konnte, warum es den marschmärkischen Kriegern über all die Jahre nicht gelungen war, das Versteck der Vogelfreien aufzuspüren. Die schmalen Pfade führten durch dichten Wald und struppiges Unterholz und einmal sogar durch ein trügerisches Moorgebiet, sodass die Gefährten höllisch aufpassen mussten, damit ihre Pferde keinen Fehltritt machten und im Sumpf versanken. Niko war deshalb heilfroh, als sich der Wald endlich lichtete und freies Land zwischen den Stämmen aufschimmerte.

Kieran drehte sich im Sattel um. »Wir sind bald da«, rief er den Freunden zu. »Granolds Dorf liegt in der kleinen Senke gleich unterhalb des Waldes.«

Kieran hatte den Satz noch nicht beendet, als Niko spürte, dass etwas nicht stimmte. Grauenhafte Bilder stiegen vor seinem inneren Auge auf – Bilder, wie er sie erst vor Kurzem selbst gesehen hatte: mordgierige Krieger in schwarzen Rüstungen, brennende Hütten, rauchende Trümmer – und dazwischen Tote, jede Menge Tote! »Um Himmels willen!«, schrie er entsetzt. »Die Marschmärker haben das Dorf überfallen und niedergebrannt!«

In höchster Eile preschten die Gefährten aus dem Wald, wo sich ihnen ein einziges Bild der Zerstörung darbot. Der Anblick glich dem von Ayanis Heimatdorf auf grausamste Weise: Von dem halben Dutzend Hütten waren nichts als brennende und qualmende Trümmer übrig geblieben – genau wie Nikos Vision es offenbart hatte. Eines jedoch war anders: Zwischen den Überresten waren keine Krieger und auch keine Leichen mehr zu sehen.

Als die Gefährten die Frau und die drei kleinen Kinder erblickten, die inmitten in der Verwüstung reglos vor einem lodernden Scheiterhaufen standen, begriffen sie, dass die Gemeuchelten gerade auf ihre letzte Reise in die Regionen jenseits des Windes gingen.

Der Anblick war einfach zu viel für Ayani. Ihre Augen weiteten sich entsetzt, als sie den Ort des Verderbens sah, dann schlug sie die Hände vors Gesicht und brach in lautes Weinen aus. Unaufhaltsam flossen die Tränen aus ihren Augen. Sie sank auf ihrem Pferd zusammen, sodass Niko schon fürchtete, dass sie zu Boden stürzen würde.

Mit einem Kopfnicken bedeutete ihm Kieran, ihr aus dem Sattel zu helfen. Auch Jessie und der Rebellenführer stiegen ab, nahmen ihre Pferde an den Zügeln und näherten sich schweigend der Frau und den drei Kindern, die das Massaker offensichtlich als Einzige überlebt hatten. Ansonsten waren nur noch Tiere zu sehen: Schweine, ein paar abgemagerte Kühe und Hühner, die verstört zwischen den Trümmern umherirrten.

Kieran schien die Frau zu kennen. »Rana«, sprach er sie an. »Was –?«

Rana fuhr ruckartig herum und starrte die Gefährten an, als wären sie Geister. Auch die drei Kinder – es waren allesamt Knaben, der Älteste höchstens sechs Sommer alt, während der Jüngste wohl erst kürzlich der Brust entwöhnt worden war – zuckten zusammen, klammerten sich an das verschlissene Gewand ihrer Mutter und sahen die Besucher mit vor Schreck geweiteten Augen an. In Ranas Gesicht hatte der Schmerz tiefe Spuren hinterlassen. Sie sah aus wie eine alte Frau, dabei hatte ihr Körper die dreißig Sommer bestimmt noch nicht vollendet. »Kieran«, zischte sie. »Dass du es wagst, hier aufzutauchen!« In ihrem Blick stand blanker Hass.

Niko war völlig überrascht angesichts dieser Reaktion.

Auch Ayani war die schroffe Ablehnung der Frau natürlich nicht verborgen geblieben. Sie drehte sich zu Niko um und sah ihn an, als schwane ihr Schlimmes.

»Ich verstehe nicht, Rana.« Kieran schüttelte den Kopf. »Was soll das heißen? Was ist denn geschehen?«

Die Bauersfrau schien für einen Moment zu überlegen, was sie antworten sollte. Dann holte sie tief Luft, strich ihren Kindern beruhigend über die Köpfe und sah Kieran mit leerem Blick an. »Kannst du dir das nicht vorstellen?«, fragte sie. »Sie sind im Morgengrauen über uns hergefallen, eine Handvoll marschmärkischer Reiter und ein paar Vharuuls, und haben uns mitten im Schlaf überrascht.«

Kieran schluckte und ließ seinen Blick von der Frau zu den drei Kindern schweifen. Ihre hohlwangigen Gesichter waren völlig ausdruckslos, als würden sie das entsetzliche Unglück, das jäh über sie hereingebrochen war und ihr junges Leben auf immer verschattet hatte, noch gar nicht richtig begreifen. »Und dein Mann, Granold?«, fragte Kieran, wieder an die Frau gewandt. »Ist er auch …?«

Rana nickte. Ihr Schmerz war offensichtlich so groß, dass sie nicht einmal Tränen dafür hatte. »Sie haben ihn abgeschlachtet wie ein Tier – und all die anderen auch. Zum Glück konnte er uns vorher noch in Sicherheit bringen.«

Wie an jedem Morgen war Granold auch diesmal vor Tau und Tag aufgestanden, um die Kühe und Schweine zu versorgen, bevor er sich auf seine mageren Felder begeben wollte. Nur deshalb hatte er das Nahen der marschmärkischen Soldaten und ihrer grausamen Gehilfen bemerkt. Er konnte seine Frau und seine Söhne gerade noch im Schweineschober verstecken, bevor er von den Schergen entdeckt und zusammen mit den anderen Dorfbewohnern – Männern, Frauen und Kindern, die die Schlächter einen nach dem anderen brutal aus ihren Hütten zerrten – auf den kleinen Dorfplatz getrieben wurde. »Ich musste alles mit ansehen und war doch zum Nichtstun verdammt«, beschloss Rana ihren Bericht.

Ayani brach erneut in lautes Weinen aus. »Sie … haben alle getötet? Ohne Ausnahme?«, brachte sie unter Mühen hervor.«

»Ja«, erwiderte Rana. »Aber vorher haben sie ihnen erklärt, warum sie sterben müssen.« Ihre Gesichtszüge verhärteten sich und ihre Augen wurden kalt wie Eis. »Weil einige Bauern aus unserem Dorf euch gestern geholfen haben«, fuhr sie fort. »Nur aus diesem Grund haben Rhogarrs Schergen sie umgebracht, Granold und all die anderen. Danach sind sie weitergeritten zu den anderen Dörfern, deren Bewohner deinen Männern ebenfalls zu Hilfe geeilt sind. Ich bin sicher, dass es ihnen keinen Deut besser ergangen ist als uns.«

Kieran starrte sie mit offenem Mund an. »Aber … woher wussten die Marschmärker, dass …?«

»Das darfst du mich nicht fragen, Kieran«, sagte Rana kalt. »Ich bin die Letzte, die das beantworten könnte! Die Meuchler haben sogar noch viel mehr gewusst: nämlich den wahren Grund für das blutige Gemetzel unter der Knarreiche. Weil dieses Mädchen hier …«, anklagend richtete sie den rechten Arm auf Ayani, »… unbedingt ihren Bruder wiedersehen wollte. Und weil diese Fremde …«, jetzt deutete sie auf Jessie, »… aus dem Kerker freigepresst werden sollte – genau wie du, Kieran! Nur euretwegen …«, mit hasserfüllter Miene blickte Rana von einem zum anderen, »… mussten Granold und die anderen sterben.« Sie trat einen Schritt auf ihn zu und spuckte ihm ins Gesicht. »Das werde ich dir niemals vergessen, nicht solange ich lebe.«

Kieran erbleichte, wich zurück und wischte sich über die Wange. »Das … das haben wir nicht gewollt, Rana.« Seine Stimme war kaum vernehmbar. »Das … tut mir entsetzlich leid. Wir werden uns natürlich um deine Kinder und dich kümmern und euch in unserem Lager Zuflucht gewähren.«

»Glaubst du, ich bin lebensmüde? Glaubst du, ich will meine Kinder auch noch verlieren?« Rana lachte bitter. »Über kurz oder lang werden die Marschmärker eurer Versteck schon aufspüren. Dann ist es um euch geschehen, und glaube mir, Kieran: Niemand wird euch auch nur eine Träne nachweinen. Ihr habt schon viel zu viel Leid über unser Volk gebracht. Allzu viele sind schon gestorben – nur für euch und eure unerfüllbaren Träume!«

Kieran atmete tief durch. Es fiel ihm sichtlich schwer, die Fassung zu bewahren. »Bitte, Rana.« Er sah die Frau flehend an. »Ich kann deinen Zorn ja verstehen. Trotzdem bitte ich dich, alles noch einmal in Ruhe zu durchdenken, bevor du mein Angebot ausschlägst.«

»Da gibt es nichts zu überdenken«, antwortete Rana. »Hier im Nivland haben wir keine Zukunft mehr. Solange König Nelwyn uns regierte, war sein Land eine sichere Zuflucht für alle Bedrängten und Verfolgten, wer auch immer sie waren oder woher sie auch kamen. Mit Nelwyns Tod hat sich alles geändert. Mittlerweile sind wir es, die Zuflucht und Hilfe brauchen – und ich kann nur hoffen, dass wir in einer der zahlreichen anderen Regionen Mysterias, irgendwo weit, weit weg vielleicht, genauso freundlich aufgenommen werden, wie wir in früheren Zeiten Fremde bei uns aufgenommen haben. Mein Entschluss steht fest: Ich werde meine Kinder nehmen und von hier fortgehen. Aber vorher beschwöre ich jeden Alwen, auf den ich treffe, euch keinerlei Unterstützung mehr zu leisten – weil ihn dann nur Rhogarrs Zorn treffen wird.« Sie deutete auf die schwelenden Trümmer rings um sie herum. »Und der ist fürchterlich, wie jeder sehen kann.«

»Ich weiß, Rana. Dieser Tyrann schreckt vor keiner Grausamkeit zurück. Trotzdem dürfen wir nicht klein beigeben und ihn einfach gewähren lassen. Willst du, dass wir Alwen bis ans Ende unserer Tage in Angst und Feigheit leben müssen? Wie Hunde, die der Peitsche gehorchen?«

Erneut kam ein bitteres Lachen aus Ranas Kehle. »Du hast gut reden, Kieran. Du bist ganz allein auf dich gestellt und musst für niemanden sorgen – schon gar nicht für drei kleine Kinder. Was soll ich meinen Jungen denn sagen? Dass sie lieber in den Tod gehen sollen, als sich den Anordnungen Rhogarrs zu fügen? Sie sind doch noch so jung und haben ihr ganzes Leben noch vor sich! Willst du es ihnen verwehren?« Nun endlich schossen doch Tränen in ihre Augen und strömten über ihr Gesicht.

Ihr ältester Sohn verzog ängstlich den Mund und blickte sie

mit großen Augen an. »Bitte nicht, Mutter«, flehte er. »Bitte nicht weinen!«

»Schon gut, Rienar. Es wird alles gut.« Rana strich ihm sanft übers Haar, zog ein Tuch aus ihrem Gewand und schnäuzte sich die Nase. Dann wandte sie sich wieder an Kieran. »Vielleicht hast du ja recht. Vielleicht ist es tatsächlich feige und unwürdig, sich den Befehlen des Tyrannen zu beugen wie ein Hund. Aber ein lebender Hund hat es allemal besser als ein toter Löwe und ein feiges und unwürdiges Leben ist mir allemal lieber als der Tod. Und ich bin sicher, mein Granold würde alles dafür geben, wenn er das feige und unwürdige Leben seiner drei Söhne noch für einige Zeit teilen könnte!«

Auf dem Heimweg gab Ayani nicht einen Ton von sich. In tiefes Schweigen versunken hockte sie auf ihrem Pferd und starrte vor sich hin. Sie blickte weder nach rechts noch nach links und ließ das Tier einfach gewähren. Obwohl der Rappe sehr trittsicher war und den Weg von ganz alleine fand, fürchtete Niko ein ums andere Mal, dass Ayani aus dem Sattel stürzen und sich verletzen könnte. Trotzdem wagte er nicht, sie zu größerer Vorsicht zu mahnen und in ihrer Trauer zu stören. Er konnte nämlich nur allzu gut nachempfinden, was sie bewegte: Der Anblick des zerstörten Dorfes und des brennenden Scheiterhaufens hatte die Erinnerung an den Tod ihrer Ziehmutter Maruna wieder in ihr geweckt – und natürlich auch an Arawynns Tod. Arawynn, der sein junges Leben für sie geopfert hatte … Als würde Ayani sich nicht schon genug Vorwürfe deswegen machen, hatten Ranas Anschuldigungen diese Gedanken sicher noch verstärkt. Der Vorwurf, den Tod anderer durch reine Selbstsucht verursacht zu haben, war für niemanden leicht zu ertragen. Und für jemanden, dessen Gemüt ohnehin schon so stark aufgewühlt und angegriffen war, schon gar nicht. Natürlich hätte Niko ihr liebend gerne beigestanden und ihr Trost gespendet. Zu seinem Bedauern hatte ihn Ayani jedoch schroff abgewiesen, als er telepathisch Kontakt mit ihr aufnehmen wollte. Lass mich in Ruhe, hatte sie ihn lautlos wissen lassen. Das geht nur mich etwas an.

Obwohl Niko das für grundlegend falsch hielt, respektierte er ihren Wunsch. Vielleicht sollte Jessie mal mit ihr reden, kam es ihm plötzlich den Sinn. Vielleicht fällt es Ayani leichter, sich ihren Kummer bei einem Mädchen vom Herzen zu reden?

Augenblicklich drehte Niko den Kopf, um nach Jessie Ausschau zu halten, die am Schluss ihrer Gruppe ritt. Zu seiner Verwunderung hing sie so weit zurück, dass sie schon fast den Anschluss verloren hatte: Nur mit Mühe konnte er die schemenhaften Umrisse von Pferd und Reiterin zwischen den Bäumen ausmachen. Verdammt!, durchzuckte es ihn. Was treibt Jessie denn da? Hat sie vergessen, dass wir uns hier nicht in Oberrödenbach befinden und dass überall Gefahren lauern? »Reitet einfach weiter«, rief er Kieran und Ayani zu. »Wir kommen gleich nach.« Dann trieb er seinen Schimmel mit den Fersen an und sprengte auf Jessie zu.

Ihr Anblick versetzte Niko in Angst und Schrecken: Jessies Haare klebten an ihrem Kopf. Das Gesicht war schweißnass und bleiche Flecken hatten sich um ihren Mund und ihre Nase gebildet. Dazu zitterte sie am ganzen Körper und starrte wie abwesend vor sich hin.

»Jessie!«, schrie er sie an. »Was ist denn los, verdammt noch mal?«

»Schrei nicht so!«, jammerte sie mit schmerzverzerrter Miene. »Du tust mir weh!« Dann ließ sie die Zügel fallen und hielt sich die Ohren mit den Händen zu.

Niko war betroffen. »So-so-sorry«, murmelte er. »Das wollte ich nicht. Ist dir schlecht?«

Jessie nickte zunächst, hielt dann aber plötzlich inne und

starrte ihn nur finster an. »Das geht dich gar nichts an, Maik!«, rief sie. »Was hast du mit meinem Buch gemacht, hm? Rück es endlich raus, sonst kannst du was erleben, du Loser!«

»Aber Jessie«, sagte Niko – aber dann begriff er endlich, was mit ihr los war. Er löste den Wasserbeutel vom Sattelknopf, sprang aus dem Sattel und holte Jessie vom Pferd. »Hier, trink!«, schrie er sie an. »Schnell!«

Jessie starrte ihn zunächst nur abwesend an. Doch dann riss sie ihm den Behälter aus der Hand, setzte ihn an den Mund und trank so gierig, als wäre sie völlig ausgedörrt.

Als ihr Durst schließlich gelöscht war, packte Niko sie an der Schulter. »Wo ist dein Pen, Jessie?«, fragte er. »Du musst dir Insulin spritzen, oder?«

»Insulin?«, wiederholte sie ungläubig, als habe sie den Begriff noch nie gehört. Dann aber schien es ihr zu dämmern. »Ah ja, Insulin!« Mit einem irren Lächeln sah sie ihn an. »Was für ein kluges Kerlchen du doch bist!«

Niko wurde angst und bange und er fühlte sich mit einem Mal entsetzlich hilflos. »Bitte, Jessie!«, sagte er. »Jetzt mach endlich!«

»Ja, ja, schon gut«, murmelte sie und zog das Etui mit dem Insulin-Pen unter ihrem Gewand hervor. Sie machte schon Anstalten, sich ins Gebüsch zurückzuziehen, verharrte dann aber doch an Ort und Stelle und drehte sich nur um. Dann zog sie ihr Gewand hoch, legte die Bauchdecke bloß und setzte den Pen an.

Obwohl Jessie mit dem Rücken zu ihm stand, konnte Niko erkennen, dass sie nur einen schmalen Slip unter dem Oberkleid trug. Ihre Beine waren lang und muskulös und die feinen hellen Härchen auf ihrer Haut bildeten einen angenehmen Kontrast zu ihrer sanften Bräune – offensichtlich hatte sie die heißen Sommertage in Oberrödenbach zu ausgiebigem Sonnenbaden genutzt.

Wenige Minuten später war Jessie wieder einigermaßen auf dem Damm. Sie war nur noch ein wenig blass um die Nase und zitterte leicht. »Das war vermutlich die Aufregung«, erklärte sie mit bekümmerter Miene. »Ärger und Stress treiben den Blutzucker rasch in die Höhe – und die ungewohnte Ernährung hier in Mysteria natürlich auch.«

»Verstehe.« Niko nickte. »Aber leider …«, er zuckte bedauernd mit den Schultern, »… gibt es hier wohl nirgendwo gesünderes Essen, das dir besser bekommt.«

»Da hast du wahrscheinlich recht«, erwiderte Jessie mit gequältem Lächeln. »Bei McHuggin und Ragnur King schon gar nicht!« Dann wurde sie wieder ernst. »Ich habe am Morgen absichtlich zu wenig Insulin gespritzt. Weil ich gehofft habe, dass mein Vorrat dann länger reicht. Aber wie es aussieht …«, sie verzog das Gesicht, »… ist der Plan wohl doch nicht so prickelnd.«

Niko holte hörbar Luft. »Wie lange wird deine Medizin denn noch reichen?«

Jessie hob den Stick und prüfte den Inhalt. »Für heute und vielleicht auch noch für morgen. Aber danach ist leider Schluss.«

»Und was passiert dann?«

»Einen Tag werde ich bestimmt noch lebend überstehen. Vorausgesetzt natürlich, ich strenge mich nicht übermäßig an, rege mich nicht unnötig auf und es kommt auch sonst nichts Unvorhergesehenes dazwischen. Was ja hier nicht so oft der Fall ist, oder? Aber danach sehe ich schwarz – und zwar buchstäblich: Ich werde dann immer schwächer und verwirrter, bekomme vielleicht Halluzinationen, bis ich schließlich ins Koma falle, und dann …«

Sie brauchte das grauenhafte Wort gar nicht auszusprechen. Niko begriff auch so, was sie meinte. »Dann gibt es nur eine Lösung«, sagte er mit grimmiger Miene. »Du musst schnellstens in unsere Welt zurückkehren, Jessie, sonst bist du verloren. Wir müssen uns den Mantel des Odhur besorgen – koste es, was es wolle!«

Die Mittagssonne überzog den kleinen Friedhof von Oberrödenbach mit goldenem Licht. Alles war friedlich und still. Der Wind rauschte in den alten Kastanienbäumen, die sich unter der Last der stacheligen grün umhüllten Früchte bogen. Der schlichte Grabstein von Frida Melchior schimmerte in sattem Schwarz, umgeben von Säulenwacholder, der wie eine Mahnwache danabenstand. Die unter Fridas Namen eingemeißelten Lebensdaten zeigten, dass sich ihr Geburtstag zum achtzigsten Mal jährte. Rieke und ihr Vater hatten das zum Anlass genommen, einen prächtigen Blumenstrauß auf ihr Grab zu stellen und im stillen Gedenken an sie dort zu verharren.

Seit der Beerdigung im letzten Frühjahr war es das erste Mal, dass Rieke das Grab ihrer Mutter besuchte. Weil es sich irgendwie nicht ergeben hatte – und weil Rieke die ganze Zeit davor zurückgeschreckt war. Sie stand allerdings kaum am Grab, als sie zu ihrer Verwunderung eine unheimliche Vertrautheit und Verbundenheit mit der Verstorbenen spürte – als wäre Frida persönlich anwesend. Rieke sah ihre Mutter förmlich vor sich: ihr gütiges Gesicht, ihre strahlenden Augen, ihr sanftes Lächeln und ihre Hände, die, obwohl von der harten Feldarbeit gezeichnet, die kleine Rieke ein ums andere Male zärtlich gestreichelt und getröstet hatten. Noch im gleichen Moment ging ihr auf, dass sie auch in Zukunft jederzeit Trost bei ihrer Mutter finden würde, wenn sie ihrer nur stark und intensiv genug gedachte. Ein tiefes Gefühl der Dankbarkeit durchströmte Rieke.

»Frida hat dir immer mehr vertraut als ich«, sagte Melchior, der mit gefalteten Händen neben ihr am Fuß des Grabes stand.

Rieke drehte sich zu ihm. »Warum meinst du?«

»Damals, als du verschwunden warst, hat sie mich eindringlich davor gewarnt, zur Polizei zu gehen. Weil sie fest davon überzeugt war, dass du wieder zurückkommst. Aber leider habe ich nicht auf sie gehört.« Melchior zuckte zusammen und verzog das Gesicht, als habe er Schmerzen.

»Was ist denn los, Papa?«, erkundigte sich Rieke besorgt. »Ist dir nicht gut?«

»Ach was, halb so wild«, sagte er. »Ich habe wahrscheinlich nur was Falsches zum Frühstück gegessen. Das vergeht schon wieder.«

»Papa!« Rieke sah ihn kopfschüttelnd an. »Nimm das nicht immer auf die leichte Schulter! Du solltest das zumindest beobachten. Vielleicht steckt ja was dahinter …«

»Ja, ja, schon gut!«, erwiderte Melchior unwirsch. »Vielleicht ist mir ja auch die Sorge um Niko und Jessie auf den Magen geschlagen. Wundern würde es mich jedenfalls nicht.« Mühsam kniete er nieder und zupfte ein Unkraut aus der Grabbepflanzung. »Holst du bitte eine Kanne Wasser und gießt die Pflanzen?«, bat er seine Tochter, ohne dabei aufzusehen.

Der Wasserhahn befand sich am anderen Ende des Friedhofes. Während Rieke die Gießkanne füllte, fiel ihr Blick auf das alte Gemäuer, das dicht vor der Friedhofsmauer inmitten eines kleinen Birkenhains stand: Es war ein Mausoleum, das einer mittelalterlichen Burg nachempfunden war – mit vier Türmen an jeder Ecke und einem fünften Turm, der aus dem Dach ragte und wohl einen Bergfried darstellen sollte. Während Rieke das Grabmahl betrachtete, kam ihr seine Form mit einem Mal merkwürdig bekannt vor – als habe sie genau so eine Burg schon einmal gesehen … Aber das war ja völlig unmöglich, zumal Rieke sich nicht daran erinnern konnte, jemals eine Burg besichtigt zu haben!

Das Mausoleum wurde schon seit ewigen Zeiten nicht mehr benutzt. Schon zu Riekes Kindertagen hatte es nur noch für die Mutproben der Dorfjugend herhalten müssen. In der Krypta sollte es nämlich spuken, weil dort angeblich die Geister der Verstorbenen ihr Unwesen trieben. Und so galt es als ganz besondere Herausforderung, sich zu nächtlicher Stunde in die unterirdische Grabkammer zu wagen. Ein Abenteuer, das nur wenige aushielten – und meistens auch nur für ein paar Sekunden! Doch eines Tages geschah das Unglaubliche: Toni Meier aus Riekes Klasse hielt sich nach einem Streit mit seinen Eltern für eine ganze Woche in der Krypta versteckt! Dabei hatte das ganze Dorf nach ihm gesucht. Da jedoch allgemein bekannt war, dass sich die Kids vor dem Mausoleum fast so fürchteten wie der Teufel vor dem Weihwasser, kam niemand auf die Idee, dort nachzusehen. Und so blieb Toni für volle sieben Tage unentdeckt. Was ihn zum allgemein bewunderten Helden der Dorfjugend machte – und ihm gleichzeitig eine ordentliche Tracht Prügel von Seiten der Erwachsenen eintrug. Die Toni aufgrund seines neu erworbenen Heldenstatus jedoch tapfer wegsteckte.

»Sollte das alte Mausoleum nicht längst abgerissen werden?«, erkundigte sich Rieke, als sie wieder bei ihrem Vater angelangt war und die Pflanzen auf Fridas Grab wässerte.

»Das schon, aber die Gemeinde hat dafür kein Geld übrig«, antwortete Melchior. »Und da die Besitzer des alten Dings längst unter der Erde liegen, kann man die auch nicht zur Kasse bitten.«

»Tja – einem toten Mann kann auch kein Nackter in die Tasche greifen.« Augenzwinkernd zitierte Rieke eines der verdrehten Sprichwörter ihres Vaters. »Wer hat das Bauwerk eigentlich entworfen?«

»Keine Ahnung«, antwortete der Vater. »Ich weiß nur, dass die Familie damals, vor über zweihundert Jahren, den Pfortnerhof bewirtschaftet hat. Der war früher ja ein stattliches Landgut, was man zum Teil auch heute noch sehen kann.« Ächzend erhob sich Melchior. Er drückte den Rücken durch und spähte hinüber zu dem alten Gemäuer zwischen den Birken. »Angeblich hat die frühere Burg von Falkenstedt als Vorbild für das Mausoleum gedient.«

»Tatsächlich?« Rieke runzelte die Stirn. »Vielleicht kommt es mit deshalb so bekannt vor.« Obwohl die Falkenstedter Burg schon vor Hunderten von Jahren dem Erdboden gleichgemacht worden war, kannte Rieke sie natürlich von vielen Bildern. Eines davon hing sogar direkt über ihrem Schreibtisch in der Stadtbibliothek. Doch noch während der Gedanke durch ihren Kopf tanzte, dämmerte ihr, dass er sie in die Irre führte. Natürlich hatte sie die Burg schon gesehen. Aber nicht auf Bildern und schon gar nicht in Falkenstedt – sondern ganz woanders!

KAPITEL 23

Geheime Wahrheiten

Die Nachricht vom blutigen Überfall auf Granolds Dorf löste größtes Entsetzen im Lager der Rebellen aus. »Diese verdammten Hunde!«, fluchte Huggin, der mit den anderen eben erst von der Jagd zurückgekehrt war. »Dafür werden sie büßen! Das zahlen wir Rhogarr und seinen Schergen dreifach und vierfach zurück!«

»Ach ja?« Ragnur Graubart ließ sich ins Gras sinken und blickte den Hünen mit gequälter Miene an. Sein Gesicht war blass und er atmete schwer. »Verrätst du mir auch, wie wir das anstellen sollen?«

Auch den anderen Männern stand der Schrecken ins Gesicht geschrieben. Die meisten von ihnen setzten sich ebenfalls und starrten wortlos vor sich hin.

Magnus der Schmied dagegen griff sich einen großen Tonkrug, stapfte schwerfällig zum Weinfass auf dem Leiterwagen und füllte ihn. »Darauf muss ich erst einen trinken«, sagte er. »Das ändert zwar auch nichts an der entsetzlichen Geschichte, macht sie aber vielleicht etwas erträglicher.« Nach einem ordentlichen Schluck setzte er sich zu den Kameraden, reichte den Krug weiter und blickte Huggin beklommen an. »Ragnur hat recht«, sagte er. »Die Vorstellung ist sicherlich schrecklich, aber ich fürchte, dass wir gegen die Marschmärker nicht mehr viel ausrichten können und dass jede weitere Auseinandersetzung mit ihnen ähnlich endet wie unsere heutige Jagd.«

Die war nämlich ein einziger Misserfolg gewesen. Ihre Ausbeute war erschreckend gering: Mit Ausnahme von Huggin, der immerhin einen mageren Feldhoppler zur Stecke gebracht hatte, waren sie allesamt leer ausgegangen und hatte nicht das kleinste Stück Wild erlegt.

Huggin meldete denn auch Widerspruch an. »Ich verstehe nicht, warum du so schwarzsiehst, Magnus. Wir haben diesen Schurken doch erst gestern eine ordentliche Lektion erteilt. Hast du das schon vergessen?«

»Natürlich nicht, Huggin. Aber der Preis dafür war entsetzlich hoch, was wir in der Freude über den unerwarteten Sieg offensichtlich übersehen haben.«

Niko verstand sehr gut, was der Schmied meinte. Auch ihn hatte der triumphale Erfolg so berauscht, dass er die vielen Toten zunächst völlig verdrängt hatte. Erst auf dem Heimritt vom zerstörten Dorf war es ihm wieder in aller Klarheit bewusst geworden: Während die Marschmärker nicht allzu viele gefallene Reiter zu beklagen hatten, war die dreifache Anzahl von Alwen getötet worden. Mit Ausnahme von Einohr und einem weiteren Vogelfreien hatte es sich ausschließlich um Bauern aus den umliegenden Dörfern gehandelt, die ihnen auf ihre Bitte hin zu Hilfe geeilt waren. Im Gegensatz zu den Rebellen besaßen sie nämlich weder brauchbare Waffen, noch waren sie den Umgang damit gewohnt – was sie zu leichten Opfern für die kampferprobten Krieger Rhogarrs gemacht hatte.

Graubart gingen wohl ähnliche Gedanken im Kopf herum. »Ich kann Ranas Anschuldigungen recht gut nachvollziehen. Wir versprechen unseren Landsleuten doch schon seit Jahren, dass wir Rhogarr von Khelm vom Helmenkrooner Thron vertreiben und mitsamt seinen Kriegern in die Marschmark zurückjagen werden. Und was haben wir erreicht? Nichts, absolut nichts – wenn man einmal davon absieht, dass wir eine Handvoll dieser Schergen getötet und einige ihrer Transporte überfallen haben!« Er schaute seinen Anführer eindringlich an. »Oder sehe ich das nicht richtig, Kieran?«

»Nun …«, druckste der herum und räusperte sich. »Wir haben getan, was wir tun konnten. Und für die Handvoll schlecht bewaffneter Kerle, die wir sind, war das eigentlich recht ordentlich. Aber seit Niko und Ayani das Königsschwert aus dem Schicksalsstein gezogen haben, sind wir noch sehr viel schlagkräftiger geworden. Die Marschmärker haben Sinkkâlion doch nichts entgegenzusetzen, und deshalb sehe ich keinen Grund, jetzt Trübsal zu blasen.«

Graubart schüttelte den Kopf. »Ich weiß, dass Sinkkâlion magische Kräfte besitzt. Aber was soll das Schwert in den Händen eines Jungen schon groß ausrichten?« Er drehte den Kopf und wandte sich an Niko, der, genau wie Jessie und Ayani, im Kreis der Männer Platz genommen hatte. »Verstehe mich bitte nicht falsch. Du hast bewiesen, dass du mutig und tapfer bist und vor keiner Gefahr zurückschreckst. Trotzdem dürfen wir uns nichts vormachen: Selbst mit dem Königsschwert können wir gegen Rhogarr und seine Schergen nur bestehen, wenn wir genügend Kämpfer um uns scharen, die niemanden fürchten und auch den Tod nicht scheuen. Nach dem schrecklichen Strafgericht aber, das die Marschmärker heute in unseren Dörfern abgehalten haben, wird sich wohl kaum mehr jemand finden, der sich auf unsere Seite schlägt.« Herausfordernd blickte er in die Runde. »Oder ist jemand von euch anderer Ansicht?«

Nicht einer der Rebellen äußerte Widerspruch.

Selbst Kierans Einwand klang eher halbherzig: »Deine Bedenken sind sicherlich berechtigt, Ragnur, und dennoch dürfen wir die Hoffnung nicht verlieren. Schon gar nicht, nachdem uns die Unsichtbaren Sinkkâlion zum Geschenk gemacht haben. Nichts, was sie tun, geschieht ohne Grund, und deshalb sollten wir einfach darauf vertrauen, dass sie unser Schicksal in die richtigen Bahnen lenken werden!«

Graubart nickte ernst. »Das habe ich bislang immer getan, doch allmählich verliere ich die Hoffnung. Wir alle wissen, dass die Pläne der Unsichtbaren nur dann in Erfüllung gehen, wenn wir unseren eigenen Beitrag dazu leisten. Sie haben die Fäden unseres Schicksals gesponnen, doch zusammenweben müssen wir sie schon selbst.« Sichtlich resigniert hob Ragnur die Hände. »Aber ich weiß wirklich nicht, wie uns das gelingen soll.«

Ehe Kieran antworten konnte, meldete sich der Schmied zu Wort. »Ich bin den Unsichtbaren für ihr großzügiges Geschenk dankbar. Und dennoch verhält es sich genau so, wie Graubart gesagt hat: Ohne eine ausreichend große Anzahl von Männern wird uns das Königsschwert leider nichts nutzen.«

»Dann müssen wir diese Männer eben auftreiben«, entgegnete Niko hitzig. »Das Nivland ist groß. Es muss doch genügend Alwen geben, die bereit sind, für ihre Freiheit zu kämpfen!«

»Genau das bezweifele ich, Niko.« Der Schmied lächelte wehmütig. »Und selbst wenn du recht haben solltest: Wir könnten sie weder mit den nötigen Waffen versorgen noch sie ernähren. Wir haben doch selbst kaum genug, und wenn sich das nicht bald ändert, wird Schmalhans bei uns Küchenmeister.«

»Nur weil ihr kein Wild erlegt habt?« Jessie warf ihm einen erstaunten Blick zu. »Es muss doch nicht immer Fleisch sein, oder?«

Magnus Halmar ging auf ihren Einwand gar nicht ein. »Zudem übersiehst du das Wichtigste, Niko: Die meisten von uns sind erst dann bereit, sich für eine Sache einzusetzen, wenn sie von ihrem Erfolg auch voll und ganz überzeugt sind. Wenn sie darauf vertrauen können, dass ihre Anstrengungen und Opfer am Ende auch belohnt werden. Aber nach den Ereignissen der letzten Tage dürften die meisten Alwen das Vertrauen in uns verloren haben. Sie glauben nicht mehr daran, dass wir die Besatzer aus dem Nivland verjagen können. Und wer ist schon bereit, sich in einen aussichtslosen Kampf zu stürzen?«

Die anderen Rebellen schienen der gleichen Meinung zu sein. »Genau!«, »So ist es!« oder »Ganz recht, Magnus!«, kam es aus ihren Reihen.

»Ich kenne nur einen Mann, dem jeder Alwe bedingungslos folgen würde – nämlich Nelwyn, unser König. Sollte Nelwyn sein Volk mit Sinkkâlion in der Hand zum Kampf gegen die Eindringlinge aufrufen, dann würden die Alwen in Scharen herbeiströmen, um ihn zu unterstützen. Da bin ich mir ganz sicher. Aber leider wird es dazu nicht kommen: Nelwyn ist tot, und so sind wir wohl auf ewig zur Knechtschaft verdammt!«

Seine Kameraden musterten ihn mit großen Augen, bevor sie tief betroffen nickten und wortlos die Köpfe senkten.

Selbst Kieran äußerte nicht den zaghaftesten Widerspruch.

Nur Niko mochte das nicht so stehen lassen. »Woher willst du das wissen?«, fragte er in das betretene Schweigen hinein. »Dass Nelwyn tot ist, meine ich?«

»Was denn sonst?« Der Schmied musterte ihn verständnislos. »Wenn Nelwyn noch leben würde, hätte er längst den Kampf gegen die Eindringlinge aufgenommen und sich auf unsere Seite geschlagen. Oder glaubst du vielleicht, unser König würde sein Volk im Stich lassen?«

»Niemals!«, warf Huggin rasch ein.

»Vielleicht«, entgegnete Niko ruhig, »kann Nelwyn euch nur deshalb nicht helfen, weil er sich nicht mehr in Mysteria befindet?«

»Was?«, »Wie?«, »Nicht mehr in Mysteria?«, wunderten sich

die Männer und musterten Niko, als wäre er vom wilden Feder-Fieber befallen.

»Ich verstehe deine Frage nicht.« Auch Kieran schien verwirrt. »Wo sollte Nelwyn denn sonst sein?«

Ragnur kam Niko mit der Antwort zuvor. »Wie Huggin bereits gesagt hat: In den Regionen jenseits des Windes, wo die Verstorbenen darauf warten, dass ihre Lieben ihnen nachfolgen. Aber von dort gibt es leider kein Zurück mehr in unsere Welt.«

Niko ließ sich Zeit mit seiner Antwort. Jede unbedachte Äußerung würde jetzt nur schaden. Wenn er den Männern erzählte, dass er, genau wie Jessie, aus einer anderen Welt kam und den Verdacht hegte, dass König Nelwyn dort Zuflucht gesucht hatte, würden sie ihn mit Sicherheit nicht ernst nehmen und ihn im Gegenteil vielleicht sogar für einen Irren halten. Ayani hatte ihm nämlich erklärt, dass die früher im Nivland weitverbreitete Kenntnis von der Welt jenseits des Nebeltors inzwischen längst in Vergessenheit geraten war. Nur noch die wenigsten Alwen ahnten von dem großen Geheimnis – wie ihre Mutter Maruna zum Beispiel oder die alte Norna, aber die waren beide tot. »Kennt ihr außer der Welt der Toten denn keine anderen Regionen jenseits der Grenzen von Mysteria?«, fragte Niko deshalb möglichst unverfänglich.

»Doch, natürlich«, antwortete Ragnur rasch. »Es gibt die dunkle Welt der Heel, die ganz weit im Westen gelegen ist, dort, wo sich das Große Taglicht zur Ruhe bettet. Sie ist den Nachtwesen vorbehalten. Dort liegt auch die Insel der Tränen, auf der die vor der Zeit Verschiedenen noch eine Weile verbringen, bevor sie sich endgültig in die Regionen jenseits des Windes begeben.«

»Die Insel der Tränen?« Ayani, die die ganze Zeit über kein Wort von sich gegeben hatte, schreckte hoch. »Davon hat Norna uns nie erzählt. Nur von der Welt der Heel.«

»Das wundert mich gar nicht.« Ragnur zuckte nur mit den

Schultern. »Die geheimen Wahrheiten sind nicht jedem vertraut.«

Während Ayani ihn noch nachdenklich musterte, meldete sich der Schmied zu Wort. »Außerdem gibt es noch die Welt der Unsichtbaren. Sie hausen auf dem Schöpferberg, dem höchsten Gipfel des mächtigen Weltengebirges. Er wird manchmal auch Losberg genannt und liegt dort, wo am Morgen das Große Taglicht geboren wird. Seine Spitze ist von Schnee bedeckt und wird meistens von Wolken verhüllt. Dort oben gelangen die Unsichtbaren zu ihren unergründlichen Weisheiten. Sie schöpfen sie aus dem Sprudelnden Quell, dem das Wasser des Wissens entspringt, und aus dem Lodernden Schlund, der die Flamme Nihil birgt, die alles zerstört. Um dorthin zu gelangen, muss man die Feuerfrostbrücke überqueren, aber das ist uns Sterblichen nicht möglich. Sollte es dennoch gelingen, kann man von dort ebenso wenig wieder zurückkehren wie von der Insel der Tränen.«

Einige Rebellen schienen mit den verschiedenen Welten durchaus vertraut zu sein. Sie nickten wissend, während der Rest nur schweigend dreinstarrte – verwundert die einen und zweifelnd die anderen.

Nur Huggin meldete Widerspruch an. »Das stimmt nicht, Magnus«, sagte er nämlich. »Zumindest nicht ganz. Von der Insel der Tränen kann man sehr wohl zurückkehren – jedenfalls hat das meine Muhme immer behauptet.«

»Was?« Ein fiebriger Glanz lag in Ayanis großen Augen. »Erzähl schon, Huggin, schnell!«, drängte sie ungeduldig.

»Nun, es ist schon ziemlich lange her.« Der Hüne wiegte den Kopf hin und her. »Ich war damals noch ein Knabe und habe vieles schon vergessen. Aber wenn ich mich recht entsinne, dann verhält es sich so: Stirbt jemand weit vor seiner Zeit und hat deshalb sein Leben noch nicht zu Ende gelebt, weht der Wind ihn zunächst auf die Insel der Tränen.«

»Aber das wissen wir doch«, warf Magnus ungehalten ein. »Das hat Ragnur doch eben erst erzählt.«

»Damit er in aller Ruhe Abschied von seinem irdischen Dasein nehmen kann«, fuhr Huggin ungerührt fort, »und sich mit seinem unverhofften Tod abfindet, bevor der Wind ihn endgültig in jene Regionen trägt, in denen seine verstorbenen Angehörigen bereits sehnsüchtig auf ihn warten.«

»Dann befindet sich Arawynn jetzt also auch auf der Insel der Tränen?«, fragte Ayani.

»Wie?«, fragte Huggin überrascht. »Ach so! Ja, mit Sicherheit. Bei nur vierzehn Sommern kann man wohl kaum von einem zu Ende gelebten Leben sprechen.«

Ayanis Gesicht glühte plötzlich. »Und wie kann man von dort wieder nach Mysteria zurückkehren?«

Der Hüne runzelte nachdenklich die Stirn und fuhr sich mit seiner Pranke durchs struppige Haar. »Wenn derjenige, der ihm im Leben am nächsten stand, die gefahrvolle Reise zur Insel der Tränen auf sich nimmt und die Wächterin der Zeit bittet, den Toten ins Leben zurückkehren zu lassen, besitzt die Wächterin die Macht, dieser Bitte zu entsprechen.«

»Erzähl doch keinen Unsinn, Huggin! Das ist doch nur ein altes Ammenmärchen«, warf Ragnur mit finsterer Miene ein. »Oder seid ihr alle hier vielleicht schon jemandem begegnet, der von der Insel der Tränen zurückgekommen ist?«

Die Antwort war allgemeines Kopfschütteln, worauf Graubart ein zufriedenes »Na also« brummte.

»Das ist längst kein Beweis, dass die Geschichte nicht stimmt«, erwiderte Huggin unwirsch. »Meine Muhme war eine weise und weithin geachtete Frau, bei der sich alle Bewohner unseres Dorfes Rat geholt haben. Das hätten sie wohl kaum getan, wenn sie nur eine Märchenerzählerin gewesen wäre.«

Ragnur schien das keineswegs zu überzeugen. »Dann kennst

du also jemanden, der von den Toten zurückgekehrt ist?«, fragte er.

»Nein, kenne ich nicht.« Huggin war sichtlich verärgert. »Aber ich kann dir auch sagen, warum: Zum einen ist die Reise zur Insel der Tränen ungemein gefährlich. Der schnellste Weg führt durch die Dunkle Pforte und dann durch die Höhle der Deliria, wo unfassbare Schrecken lauern. Danach muss man den Flammenden Fluss überqueren. Wer in den Sog seiner feurigen Wogen gerät, wird von ihnen verschlungen!«

Ragnur runzelte die Stirn. »Und zum anderen?«

»Ist die Rückkehr von der Insel der Tränen nur an ganz bestimmten Tagen möglich – immer nur dann, wenn der Mirakelmond am Nachthimmel steht. Er zeigt sich äußerst selten und verfügt deshalb über ganz besondere Kräfte. In seinem Zeichen sind Dinge möglich, von denen wir sonst nicht einmal träumen können.«

»Ist das wahr?«, hauchte Ayani, und Niko begriff sofort, was in ihrem Kopf herumspukte: Wenn diese fantastische Geschichte stimmte, konnte Arawynn möglicherweise ins Leben zurückgeholt werden!

Kieran kam Huggin zuvor. »Jetzt ist aber genug, alter Freund!«, wies er ihn zurecht. »Merkst du nicht, dass du der armen Ayani mit diesem albernen Muhmenmärchen einen Floh ins Ohr setzt?«

»Aber wenn's doch stimmt!«, sagte Huggin beleidigt.

»Schluss jetzt!« Kieran wurde lauter. »Und zieh endlich dem Feldhoppler das Fell über die Ohren, damit wir was zu essen bekommen!«

»Genau«, raunte Jessie Niko mit bekümmerter Miene ins Ohr. »Ich muss dringend was essen, denn sonst …« Mehr brauchte sie nicht zu sagen, ihr Blick war beredt genug.

»Mir knurrt auch schon der Magen.« Niko zog eine Grimasse.

»Aber gleich nach dem Essen machen wir uns auf den Weg, okay?«

»Auf den Weg?«, fragte Jessie überrascht. »Wohin denn?«

»Das haben wir doch vorhin besprochen«, sagte Niko. »Wir holen uns den Mantel des Odhur, damit du endlich auf die Erde zurückkehren kannst!«

Niko fand den Weg zu Sâgas Felsenhöhle ohne Probleme. Schließlich war er erst kürzlich mit Ayani dorthin geritten. In der finsteren, vom rötlichen Schein des zunehmenden Feuermondes nur spärlich erhellten Nacht hatten sie allerdings einige Mühe gehabt, sich zurechtzufinden. Jetzt aber, im Glanz des Großen Taglichts, gab es nicht das geringste Problem, zu den Höllenbergen und der Schlucht mit dem Versteck der Schwarzmagierin zu gelangen. Zudem sah das schroffe Gebirge bei Tag weit weniger bedrohlicher aus als in der Nacht. Da die beiden Reiter natürlich auch schneller vorankamen, erreichten sie das dichte Wäldchen, hinter dem der zum Höhleneingang führende Bergpfad immer steiler wurde, schon nach gut eineinhalb Stunden.

Kieran hatte ihnen einige seiner Männer zur Begleitung mitgeben wollen. Niko hatte sein Angebot jedoch abgelehnt. Er hatte schließlich mit eigenen Augen gesehen, wie Kieran Sâga erdolcht hatte, und die tote Schwarzmagierin stellte bestimmt keine Gefahr mehr für sie dar. Auch mit ihrer schleimigen Schlange und der bissigen Fledermausbrut würde er mit Sinkkâlions Hilfe spielend leicht fertig werden, zumal er ihnen bereits mit einem gewöhnlichen Schwert standgehalten hatte. Niko fand es deshalb völlig unnötig, Bodyguards mit auf den Weg zu nehmen.

Zumal die Rebellen wahrlich andere Sorgen hatten: Die blutigen Strafaktionen der Marschmärker und deren Folgen spukten ihnen immer noch in den Köpfen herum, sodass sie mit sich selbst mehr als genug beschäftigt waren. Außerdem wollte Niko die Männer nicht mit einer Sache belästigen, die lediglich Jessie und ihn etwas anging.

Dass Ayani allerdings nicht die geringsten Anstalten machte, ihnen ihre Hilfe anzubieten, enttäuschte ihn dann aber doch. Dabei konnte er ihr Verhalten sehr gut nachvollziehen: Huggins Behauptung, eine Rückkehr von der Insel der Tränen sei unter bestimmten Umständen möglich, beschäftigte sie so sehr, dass sie an nichts anderes mehr denken konnte. Wie es der Zufall nämlich so wollte, würde der wundersame Mirakelmond in nur drei Tagen tatsächlich am Himmel stehen. Kein Wunder also, dass Ayanis Gedanken ausschließlich darum kreisten.

Huggin hatte sogar gewusst, was es mit dem Mirakelmond auf sich hatte: Im Zeitraum von einem Sommer bis zum nächsten rundete sich die Scheibe des Nachtmondes in der Regel zwölfmal – dreimal in jeder Jahreszeit. Von Zeit zu Zeit allerdings gab es sogar dreizehn Vollmonde, sodass auf eine Jahreszeit gleich vier entfielen – und die Unsichtbaren hatten es so gefügt, dass der dritte davon ganz besondere Kräfte besaß und deshalb Mirakelmond genannt wurde.

Niko ließ die Pferde diesmal nicht im Schutz des Wäldchens zurück. Erst bei dem großen Felsbrocken, hinter dem Ayani und er letztes Mal darauf gewartet hatten, dass Sâga ihre Höhle verließ, stiegen Jessie und er aus den Sätteln und legten das letzte Stück Weg bis zur Höhle zu Fuß zurück.

Als sie vor dem Eingang standen, wurde Niko doch etwas mulmig zumute. Was war, wenn sich die marschmärkischen Schergen hier eingenistet hatten?, ging es ihm durch den Kopf. Oder andere Wesen, wie die unheimlichen Atemschlürfer oder die blutgierigen Vharuuls? Seine Bedenken verflogen jedoch ebenso schnell, wie sie gekommen waren. Die Kräfte der Schwarzmagierin wurden von allen Bewohnern Mysterias gefürchtet, und so würde es auch nach ihrem Tod niemand wagen, ihre Höhle ohne ihre ausdrückliche Erlaubnis zu betreten. Weil jeder wusste, dass das tödliche Folgen haben konnte!

»Was ist denn?«, fragte Jessie verwundert. »Worauf warten wir noch?«

»Ach, nichts!«, erwiderte er rasch und machte eine beschwichtigende Geste. »Ich musste nur kurz daran denken, dass Ayani und ich vor ein paar Tagen um ein Haar in dieser Höhle hier gestorben wären. Aber nachdem Sâga jetzt tot ist, kann uns natürlich nichts mehr passieren.«

Ohne Zwischenfall gelangten sie ins Innere der Höhle. Sie war so groß und unheimlich, dass Jessie wie angewurzelt stehen blieb und sich mit offenem Mund umblickte. »Das gibt's ja nicht«, sagte sie. »Die Höhle sieht aus, als wäre sie einem Fantasybuch entsprungen!«

Niko musste schmunzeln: Genau den gleichen Eindruck hatte er bei seinem ersten Besuch auch gehabt. Seither hatte sich kaum etwas geändert. Sogar das Feuer unter dem großen Eisenkessel in der Höhlenmitte loderte noch munter vor sich hin, was ihm doch ein wenig zu denken gab. Kieran hatte Sâga vor immerhin rund vierundzwanzig Stunden getötet. Seitdem konnte sie das Feuer nicht mehr geschürt haben, und so hätte es eigentlich längst erloschen sein müssen. Dass es immer noch brannte, konnte nur bedeuten, dass …

Nikos Zweifel währten allerdings nur wenige Augenblicke. Dann erkannte er, dass er einen Denkfehler begangen hatte, der allerdings nur allzu menschlich war: Eine Schwarzmagierin mit den Kräften einer Sâga besaß mit Sicherheit auch Macht über das Feuer und war bestimmt nicht darauf angewiesen, es durch schnödes Nachlegen von Scheiten am Brennen zu halten! Dass es immer noch loderte und beißende Rauchschwaden hinauf zu der dunklen Öffnung in der Höhlendecke schickte, war deshalb nicht verwunderlich, sondern vielmehr selbstverständlich …

Niko straffte sich und atmete tief durch. »Komm«, forderte er Jessie auf. »Sehen wir uns um. Ich bin sicher, dass Sâga den Mantel des Odhur hier irgendwo versteckt hat.« Zuvor aber legte er der Freundin die Hand auf die Schulter. »Bleib bitte immer in meiner Nähe. Mit ihrer unheimlichen Schlange und den Vampirfledermäusen ist nicht zu spaßen – und möglicherweise treiben sich ihre blutgierigen Nacktratten noch irgendwo hier rum.«

Dieser Gedanke schien Jessie gar nicht zu behagen. Hatte sie bei der Erwähnung der Schlange und der Flatterviecher eher gleichgültig reagiert, verzog sie jetzt angewidert das Gesicht. »Nacktratten – iiiehh! Schon alleine der Name ist so widerlich, dass mir speiübel wird!«

Zum Glück erwies sich Nikos Sorge als grundlos. Weder die Schlange noch die riesigen Fledermäuse schienen sich an ihrer Gegenwart zu stören. Die erste verharrte reglos auf dem Stützbalken, um den sie sich geringelt hatte, während letztere wie faulige Früchte von der Höhlendecke hingen. Sâgas Haustierchen schienen zu schlafen. Aber vielleicht erinnerten sie sich auch nur daran, dass Niko bei seinem letzten Besuch ihre wütenden Attacken abgewehrt hatte – und damals war er lediglich mit einem ganz gewöhnlichen Schwert bewaffnet gewesen, nicht mit Sinkkâlion.

Auch wenn die Tiere stillhielten – Niko war bei ihrem Streifzug durch Sâgas unterirdisches Refugium ständig auf der Hut. Während Jessie und er alle Winkel und Ecken nach dem Mantel absuchten, behielt er stets die Hand am Griff des Schwertes. Als Jessie plötzlich einen markerschütternden Schrei ausstieß und die Hände vors Gesicht schlug, zog er die mächtige Waffe in Sekundenschnelle und wirbelte auf dem Absatz herum.

»Was ist los?« Mit angehaltenem Atem ließ Niko den Blick durchs Dämmerlicht der Höhle schweifen. »Stimmt was nicht?«

»Da-da-da!«, stotterte Jessie und deutete in eine von Schatten verhangene Nische. »Sieh doch nur!«

Als Niko erkannte, was das Mädchen in Angst und Schrecken versetzt hatte, entspannte sich seine Miene. »Das sieht grausig aus, ich weiß«, erklärte er mit nachsichtigem Lächeln und ging auf den abgeschlagenen Männerkopf zu, der auf einem altarähnlichen Tischchen in der Ausbuchtung der Höhlenwand ruhte. »Ich habe mich auch ganz fürchterlich erschrocken, als ich das Haupt des Weisen Mimir zum ersten Mal gesehen habe.«

Jessie starrte mit großen Augen auf die rosigen Wangen des Mannes. »Wie ist das möglich? Er sieht so lebendig aus, als würde er nur schlafen.«

»Das könnte man tatsächlich meinen.« Niko nickte. »Das Haupt des Weisen gehört zu den vielen Mysterien in der Welt hinter den Nebeln, die wir mit unserem menschlichen Verstand nicht verstehen können. Mimir ist lange tot und hütet dennoch alle Weisheiten Mysterias, weil er einst aus dem Quell des Wissens getrunken hat.«

»Dem Quell des Wissens?«, fragte Jessie. »Was ist das denn schon wieder?«

»Keine Ahnung. Aber nach allem, was Ragnur und Magnus im Lager erzählt haben, könnte es sich um den Sprudelnden Quell auf dem Schöpferberg handeln, wo sich die Unsichtbaren aufhalten.«

»Und wer hat Mimir den Kopf abgeschlagen?«

»Auch das weiß ich nicht«, antwortete Niko. »Ich weiß nur, dass Sâga sein Haupt aus dem Hain der Weisheit gestohlen hat, weil sie hoffte, ihm mithilfe unserer Halsketten das Geheimnis um das Tor des Feuers zu entlocken.«

»Und warum ist ihr das nicht gelungen?«

Niko zuckte mit den Schultern. »Vielleicht war der richtige Zeitpunkt dafür noch nicht gekommen? Oder es hatte einen anderen Grund? Jedenfalls sind Ayani und ich in letzter Sekunde dem fast sicheren Tod entronnen und konnten zum Glück auch die beiden Ketten aus dem Alwenhort wieder an uns nehmen. Sonst hätten wir Sinkkâlion doch niemals aus dem Schicksalsstein ziehen können.«

»Oh Mann«, hauchte Jessie. »Du Ärmster hast ja einiges durchgemacht in den letzten Tagen.«

Bei diesen Worten wurde Niko ganz warm im Bauch. Jessies Augen glänzten voller Mitgefühl – als würde sie noch nachträglich um sein Leben zittern. »Ach, das war alles halb so wild«, sagte er verlegen. »Ich habe es ja überlebt. Und jetzt lass uns endlich weitersuchen.«

Obwohl sie sich die größte Mühe gaben und selbst in den kleinsten Ecken und Nischen nachforschten, konnten sie den Wundermantel des Odhur nirgendwo entdecken – weder in der Haupthöhle noch in den zahlreichen kleineren Stollen, die sich daran anschlossen. Auch in der schaurigen Folterkammer, in der Niko mit dem Kopf nach unten über glühender Lava und damit zwischen Leben und Tod gehangen hatte, war keine Spur davon zu finden. Dafür machten sie eine andere Entdeckung, die ihnen die Haare zu Berge stehen ließ: Direkt vor dem Metallkäfig mit den riesigen Nacktratten lag ein Skelett auf dem Boden. Es trug noch die zerfetzten Reste eines schwarzen Gewandes und eines großen Kopftuches – offensichtlich hatte es sich um eine Frau gehandelt. Nur noch sauber abgenagte Knochen waren von ihr übrig geblieben – und da begriff Niko endlich, warum Sâgas Ekelbiester ihnen kaum Beachtung schenkten. Fett und träge hockten sie in ihrem Käfig und entblößten eher lustlos die riesigen Nagezähne. Ihr unglückliches Opfer hatte ihren Blutdurst wohl so gründlich gestillt, dass sie für Tage keinen Appetit mehr hatten.

Als Niko und Jessie enttäuscht und mit leeren Händen wieder in die Wohnhöhle zurückkehrten, fielen Jessie plötzlich der silberne Kessel und das dicke Buch auf dem kleinen Holztisch in der Nähe des Feuers auf. Während sie dem Gefäß kaum Beachtung schenkte, eilte sie auf den Folianten zu und schlug ihn auf. Mit einem Mal weiteten sich ihre Augen. »A-a-aber … das ist ja das Buch von Frau Seikel«, rief sie. »Wie kommt es denn in die Höhle der Schwarzmagierin?«

»Gute Frage.« Niko trat neben sie. »Die habe ich mir bei meinem letzten Besuch nämlich auch gestellt. Es ist tatsächlich das gleiche Buch, das Herr Schreiber mir in seinem Antiquariat in Falkenstedt geschenkt hat.« Er deutete auf den Titel und las vor: »Meine Aventurien in Mysteria. Von Nebelsteinen, Feuertoren und erschröcklichen Kreaturen. Aufgezeichnet nach einer wahren Begebenheit.«

»Aber – wie kommt es dann hierher?« Jessie nahm das Buch vom Tisch.

Im gleichen Augenblick ertönte ein seltsames Brausen, das wie aus weiter Ferne heranklang und dann lauter und lauter wurde. Niko wirbelte herum und starrte fassungslos auf das Loch in der Höhlendecke, aus dem sich nur Augenblicke später ein schwarzes Etwas hervorschlängelte.

Jessie schrie auf vor Schreck. Sie presste das Buch mit der einen Hand an ihre Brust, während sie den anderen Arm um Nikos Taille schlang und sich wie eine Ertrinkende an ihm festklammerte.

Der dunkle Wurm wurde rasend schnell zu einem schwarzen Wirbel aus winzigen Zeichen und Buchstaben, aus dem sich rasch die Gestalt einer Frau formte: Sâga, die Schwarzmagierin, stand vor ihnen.

KAPITEL 24

Eine schreckliche Drohung

Als Rieke und ihr Vater vom Friedhof zurückkamen, ging es Melchior sichtlich schlechter. Die Bauchschmerzen hatten sich zu einer Magenverstimmung ausgewachsen, sein Hals kratzte und dicke Schweißperlen glänzten auf seiner Stirn. Was angesichts der Hitze nichts Ungewöhnliches gewesen wäre, hätte er nicht gleichzeitig wie ein verängstigtes Schlossgespenst mit den Zähnen geklappert und schrecklich gefroren – Schüttelfrost vermutlich. Offensichtlich hatte Melchior sich eine Sommergrippe eingefangen. Und damit war nicht zu spaßen, schon gar nicht in seinem Alter. Trotz seiner heftigen Proteste – »Ich bin doch kein invalider Tattergreis!« – bestand Rieke darauf, dass ihr Vater sich umgehend ins Bett legte. Außerdem setzte sie sofort Wasser auf, um eine große Kanne Salbeitee zu brühen.

Als sie eine knappe Viertelstunde später in sein Schlafzimmer trat, bibberte Melchior immer noch ganz entsetzlich. Dabei hatte er sein dickes Federbett bis über die Nase hochgezogen.

Rieke stellte die dampfende Teetasse auf seinen Nachttisch, setzte sich auf die Bettkante und legte ihm die Hand auf die Stirn, um seine Temperatur zu fühlen. »Richtig starkes Fieber scheinst du nicht zu haben«, stellte sie erleichtert fest. »Nur etwas erhöhte Temperatur.« Damit erhob sie sich wieder. »Jetzt trink bitte den Tee, Papa, der ist gut gegen Halsschmerzen. Und wenn er alle ist, bring ich dir eine neue Tasse. Aber inzwischen koche ich dir eine Hühnerbrühe – genau wie Mama früher.« Hühnerbrühe war Fridas Allheilmittel gewesen. Nach ihrem alten Hausrezept zubereitet, half sie gegen alles: Erkältung, Übelkeit, Magendrücken, Prüfungsangst – und sogar gegen Liebeskummer.

»Ja, gut!«, krächzte der Vater. »Aber schön kräftig, wenn ich bitten darf.« Dazu bibberte er so stark, dass sein Bett beinahe wackelte.

Rieke runzelte die Stirn. »Weißt du, wo Mama die Wärmflasche aufbewahrt hat?«

»Die Wärmflasche?« Melchior schaute sie so angewidert an, als habe sie einen unanständigen Witz gemacht. Für einen Augenblick sah es so aus, als wolle er dieses unerhörte Ansinnen von sich weisen, aber dann gab er sich zu Riekes Erleichterung doch geschlagen. Offensichtlich hatte es ihn heftiger erwischt, als er zugeben wollte. »Auf dem Speicher, nehme ich an. In dem Schrank gleich vorne neben der Tür. Wir haben sie doch ewig nicht mehr gebraucht.«

Melchior hatte richtig vermutet: Rieke fand die Wärmflasche tatsächlich in dem mit alter Bett- und Tafelwäsche und ausrangiertem Geschirr vollgestopften Schrank. Es war noch das gleiche altertümliche Zinkmodell mit der gehäkelten Schutzhülle, mit dem Frida schon zu Riekes Kindertagen das Bett ihrer Tochter gewärmt hatte. Insbesondere in den eisigen Winternächten, für die die raue Gegend um Oberrödenbach berüchtigt war. Damals hatte es im Ellerhof weder eine Heizung noch einen Ofen in den Schlafzimmern gegeben – und deshalb war es dort häufig so bitterkalt gewesen, dass man vor lauter Eisblumen gar nicht mehr durch die Fensterscheiben blicken konnte. In ein vorgewärmtes Bett zu schlüpfen, war deshalb eine wahre Wohltat, die Rieke bis in ihre Teeniejahre genossen hatte. Von da an hatte sie allerdings darauf verzichtet – weil sie es völlig uncool fand. Zu ihrem Glück wurde das Wohnhaus damals aber renoviert und endlich mit einer Heizung ausgestattet.

Rieke wollte den Speicher schon wieder verlassen, als ihr Blick auf den Schrank an der gegenüberliegenden Giebelwand fiel. Beim Anblick des leeren Kleiderbügels an seiner rechten Seite kamen ihr die Worte ihres Vaters wieder in den Sinn: »Dieser Umhang hing doch in deinem Kleiderschrank, als du so plötzlich verschwunden bist.« Nachdenklich ging Rieke auf den Schrank zu und musterte den einfachen Holzbügel, als könnte der ihr die Antwort auf die Frage verraten, die sie seit Tagen beschäftigte: nämlich wie sie bloß in den Besitz des geheimnisvollen Mantels gekommen war. Da erst fiel ihr auf, dass der Bügel mit dem gleichen Zeichen geschmückt war wie der verschwundene Kapuzenumhang: mit der Mannaz-Rune. Was ihre Frage allerdings auch nicht beantwortete, sondern nur noch mehr zu Riekes Verwirrung beitrug.

Einer plötzlichen Eingebung folgend, trat Rieke vor den offenen Schrank, um ihn näher in Augenschein zu nehmen. Auf den ersten Blick konnte sie nichts Besonderes entdecken. Dann allerdings fiel ihr auf, dass es sich bei den darin aufbewahrten Kleidungsstücken ausschließlich um Sachen handelte, die sie selbst als Mädchen oder junge Frau getragen hatte. Und zwar vermutlich zu dem Zeitpunkt vor mehr als fünfzehn Jahren, als sie auf so rätselhafte Weise spurlos verschwunden war. Auch die Bücher, Hefte und Schulsachen im Schrank hatten ihr gehört. War irgendwo in diesem Schrank vielleicht die Lösung des Rätsels versteckt?

In tiefes Nachdenken versunken, ließ Rieke ihren Blick über die Sachen schweifen, als ihr plötzlich ein Gegenstand ins Auge fiel, mit dem sie im ersten Moment überhaupt nichts anfangen konnte: ein kleines Silbergefäß mit drei Beinen, das über und über mit Zeichen und Symbolen verziert war. Erst als sie es in die Hand nahm und die schwarze Kruste auf seinem Boden sah, ging ihr auf, worum es sich handelte: Es war ein altes Tintenfass, das sie damals als junge Frau benutzt hatte. Noch im gleichen Moment stieg ein lange verschüttetes Bild aus ihrem Unterbewusstsein auf – und da erinnerte sich Rieke mit einem Mal wieder, wo sie den kleinen Silberkessel herhatte.

Niko glaubte zu träumen: Dass Sâga leibhaftig vor ihm in der Höhle stand, war doch völlig unmöglich! Schließlich hatte er mit eigenen Augen beobachtet, wie Kieran ihr den Dolch in die Brust gerammt hatte und sie tot zu Boden gesunken war. Hatte er sich so getäuscht – oder war hier schwarze Magie im Spiel? Der unerwartete Anblick lähmte ihn förmlich, sodass er wie versteinert dastand.

Sâgas Reptilienaugen glühten tiefrot auf, als sie das Buch in Jessies Hand erblickte. »Leg es sofort wieder hin!«, schrie sie, die ausgestreckte Rechte auf das Mädchen gerichtet. Der große goldene Ring an ihrem Zeigefinger funkelte im Licht des Feuers. »Das Buch des Schicksals gehört mir – und ich werde nicht zulassen, dass ihr Unwürdigen es entweiht! Ihr könnt damit ohnehin nichts anfangen. Ihr sucht doch das hier, nicht wahr? Nur deshalb seid ihr ohne Erlaubnis in mein Reich eingedrungen!« Damit zog sie die Linke hinter ihrem Rücken hervor.

Obwohl Niko noch immer zu keiner Regung fähig war, erkannte er das Kleidungsstück in Sâgas Krallenhand sofort: Es war ein grauer Umhang mit einer großen Kapuze.

Der Mantel des Odhur!

Zum Glück währte Nikos Angststarre nur kurz. »Das trifft sich ja gut«, gelang es ihm jetzt zu sagen. »Ich wollte Euch nämlich gerade einen Tausch anbieten: Wir geben Euch das Buch – und Ihr überlasst uns den Mantel!«

»Das könnte euch so passen!« Die Schwarzmagierin legte den Kopf in den Nacken und stieß ein höhnisches Gelächter aus, das an eine Wahnsinnige erinnerte.

Ihr Lachen war entsetzlich, aber Niko straffte sich, hob das Schwert mit beiden Händen und machte einen Schritt auf Sâga zu.

Jessie wich nicht einen Millimeter von seiner Seite und starrte wie gebannt auf die Schwarzmagierin. »Das glaube ich einfach nicht«, hauchte sie tonlos.

»Nun gut, Sâga!« Nikos Gesichtszüge verhärteten sich. »Wenn Ihr mir den Mantel nicht freiwillig überlasst, werde ich ihn mir eben mit Gewalt holen.« Plötzlich spürte er, wie Sinkkâlion ihn unwiderstehlich weiter nach vorne zog.

»Du Narr! Glaubst du im Ernst, du könntest gegen mich bestehen?« Damit schleuderte die Schwarzmagierin die rechte Hand nach vorne.

Ein wilder Windstoß brauste durch die Höhle, der Niko erfasste und von den Füßen zu reißen drohte. Nur mit größter Mühe konnte er sich auf den Beinen halten.

Jessie aber wurde von der wütenden Bö gepackt und mehrere Meter durch die Höhle geschleudert, bis sie laut krachend an der felsigen Wand landete. Der Aufprall war so heftig, dass das Buch aus ihrer Hand gerissen wurde und zu Boden fiel.

Sâga stieß ein Triumphgeheul aus und stürzte wie eine Viper darauf zu.

Doch Niko war schneller. Während er der Schwarzmagierin in den Weg sprang, zuckte Sinkkâlion wie von selbst auf ihr Herz zu. »Mal sehen, ob du dem Königsschwert genauso widerstehst wie dem Dolch!« Die Schwertspitze bewegte sich noch ein kleines Stück vorwärts, bis sie Sâgas Brust ganz leicht berührte – und da glühte die Klinge leuchtend hell auf!

Die geheimnisvolle Kraft des Schwertes brannte ein Loch in Sâgas Schlangenkleid, von dem augenblicklich schwarzer Rauch aufstieg. Während die Brandstelle rasch größer wurde, wich die Schwarzmagierin mit einem Wutschrei mehrere Schritte zurück.

»Los! Gebt mir den Mantel!«, forderte Niko erneut. »Sonst werden Sinkkâlions Kräfte Euch dazu zwingen!«

»Mach dich nicht lächerlich, du Wickelkindchen!« Die Stimme der Schwarzmagierin überschlug sich. »Odhurs Mantel wird nie wieder in die Hände eines Unwürdigen fallen. Ich werde ihn in der alles zerstörenden Flamme Nihil vernichten, damit niemand mehr mit seiner Hilfe nach Mysteria gelangen kann.«

Wieder schleuderte sie eine Hand nach vorne, sodass Niko von einem neuerlichen Windstoß gepackt wurde und kurz ins Wanken geriet.

Das reichte Sâga, um sich blitzschnell in die Tiefe der Höhle zurückzuziehen und sich in aller Eile in den schwarzen Wirbel zu verwandeln, der sich schließlich als wurmartiges Schlangenwesen in die dunkle Öffnung in der Höhlendecke flüchtete. Nur einen Wimpernschlag später war Sâga mitsamt dem Mantel des Odhur verschwunden.

»So ein Mist!« Wütend und enttäuscht stampfte Niko mit dem Fuß auf. Dann steckte er das Schwert in Scheide und eilte zu Jessie, um ihr auf die Beine zu helfen. »Hast du dir wehgetan?«, fragte er besorgt. »Bist du verletzt?«

»Nein, nein, halb so wild«, erwiderte Jessie, auch wenn ihre gequälte Miene verriet, dass sie doch Schmerzen hatte. »Höchstens ein paar Prellungen am Rücken, weiter nichts.« Sie trat dicht vor ihn hin. »Aber wenn du nicht gewesen wärst …« Damit schlang sie ihm die Arme um den Hals, zog ihn ganz fest an sich und schmiegte ihre Wange an seine. »Danke, dass du mir das Leben gerettet hast«, hauchte sie ihm ins Ohr.

Niko wusste nicht, was er antworten sollte. Der Geruch von Jessies Haut und ihren Haare stieg ihm in die Nase – und ihm war, als hätte er noch niemals einen so süßen und betörenden Duft gerochen. Er spürte die Wärme ihres Körpers, das Blut in ihren Adern und den Schlag des Herzens in ihrer Brust. Und als ihr Herzschlag sich mit seinem vereinte, überwältigte ihn das Verlangen, sie nie wieder loszulassen. Er klammerte sich an Jessie fest, als könnte er sie und sich dadurch retten. »K-k-keine Ursache«, hörte er sich wie durch einen Nebel flüstern. »Das war doch selbstverständlich.«

»Ich danke dir trotzdem«, flüsterte Jessie zärtlich. Dann löste sie sich aus seiner Umarmung und trat einen Schritt zurück. »Also … so etwas habe ich noch nie gesehen.«

»Was denn?«, fragte Niko. »Eine Schwarzmagierin wie Sâga?«

»Nein.« Jessie schüttelte den Kopf. »Ein Wesen, das keinen Schatten wirft!«

»Was?« Nikos Gesichtszüge entgleisten. »Sâga besitzt keinen Schatten?«

»Nein. Sie stand direkt vorm Feuer, aber an der Wand hinter ihr war kein Schattenbild zu sehen«, erklärte Jessie. »Sag bloß, das ist dir nicht aufgefallen?«

»Mann!« Leicht genervt verdrehte Niko die Nerven. »Ich hatte ein paar andere Sorgen in dem Moment!«

»Tja«, entgegnete Jessie spitz. »Manchmal kommt es eben auch auf Kleinigkeiten an.« Als Niko nicht darauf einging, fuhr sie fort: »Was hat Sâga damit gemeint, dass sie den Mantel der alles zerstörenden Flamme überlassen will?«

»Keine Ahnung«, antwortete Niko. »Aber ehrlich gesagt …« Er brach ab und schluckte.

»Ja?«

»Das hörte sich nicht gut an, Jessie. Sogar ziemlich übel, würde ich sagen.«

Jessie sah ihn für einen Moment nur stumm an. Ein feuchter Glanz legte sich auf ihre blauen Augen. »Stimmt«, antwortete sie dann mit rauer Stimme. »Für mich klang das sogar absolut beschissen.« Sie wandte sich ab, wischte sich verstohlen mit der Hand übers Gesicht und bückte sich nach dem Buch. Als sie es aufhob, glitt ein Blatt zwischen den Seiten hervor und fiel zu Boden.

Niko bekam es als Erster zu fassen und betrachtete verwundert das Männerporträt, das mit Bleistift darauf gezeichnet war. »Aber … das ist doch Nalik Noski!« Er sah Jessie ungläubig an. »Habe ich nicht recht?«

Jessie nahm ihm die Zeichnung aus der Hand und musterte sie eingehend. »Stimmt«, sagte sie schließlich. »Das ist in der Tat dein Senshei. Er kommt mir allerdings …«, sie kniff die Augen ein wenig zusammen, um schärfer sehen zu können, »… ein gutes Stück jünger vor. Als wäre das Bild schon vor einigen Jahren gezeichnet worden.«

Als Niko genauer hinsah, bemerkte er es auch: Die Haare des Sensheis waren tiefschwarz und wiesen nicht eine Spur von Grau auf. Auch seine Augen und die Gesichtszüge wirkten wie die eines jüngeren Mannes. »Stimmt. So muss Herr Noski ausgesehen haben, als wir beide noch nicht auf der Welt waren oder gerade geboren wurden. Aber wie um alles in der Welt kommt diese Zeichnung in Sâgas Buch?«

»Gute Frage.« Jessie starrte noch immer auf das Bild. Plötzlich runzelte sie die Stirn. »Moment mal«, murmelte sie, drückte Niko das Blatt wieder in die Hand und blätterte eilig in dem abgegriffenen Folianten. Endlich schien sie gefunden zu haben, wonach sie suchte. Sie hielt Niko nämlich die aufgeschlagenen Seiten entgegen und deutete mit dem Zeigefinger auf einen Absatz. »Hier! Lies doch mal!«, forderte sie ihn auf.

Niko nahm ihr das Buch aus der Hand und überflog die entsprechenden Zeilen. »König Nelwyn war ein Mann von beeindruckender Gestalt«, las er halblaut vor, »mit langem dunklen Haupthaar und ebenmäßigen Gesichtszügen, die von seinem Edelmut zeugten. Seine Augen glänzten wie zwei Smaragde, als würden sie alle Geheimnisse des Lebens bergen …« In diesem Augenblick wurde Niko alles klar: Er ließ den Folianten sinken und blickte Jessie mit geröteten Wangen an. »Weißt du, was das bedeutet?« Er wartete ihre Antwort gar nicht erst ab. »König Nelwyn und Nalik Noski sind ein und dieselbe Person – weil König Nelwyn, genau wie ich schon vermutet habe, in unsere Welt geflüchtet ist, nachdem er Sinkkâlion in den Schicksalsstein gerammt hat. Dort war er vor Rhogarr und seinen Schergen nämlich sicher.«

Jessie legte den Kopf schief. »Glaubst du wirklich?«

»Klar doch!«, bekräftigte Niko. »Wenn man aus unserer Welt nach Mysteria gelangen kann, muss das umgekehrt auch möglich sein. Das hat die Lichtelfe am See mir ausdrücklich bestätigt. Außerdem ist die verblüffende Ähnlichkeit zwischen den beiden Männern doch gar nicht anders zu erklären. Was gleichzeitig bedeutet…« Niko stockte und schaute Jessie mit großen Augen an, als könne er es gar nicht fassen: »Nalik Noski… ist mein Vater!«

»Was?«, stieß Jessie überrascht hervor und musterte ihn für eine Weile ungläubig, bis plötzlich ein Strahlen über ihr Gesicht ging, als sei ihr eine Erleuchtung gekommen. »Ja, natürlich! Dass ich da nicht früher draufgekommen bin!«

Niko hatte keinen blassen Schimmer, was sie meinte. »Wie? Was?«, fragte er. »Worauf hättest du denn kommen sollen?«

»Dass ihr beide irgendwie zusammengehört, Nalik Noski und du!«, antwortete Jessie aufgeregt. »Das verraten doch schon eure Namen!«

Rieke stand die Szene so deutlich vor Augen, als habe sie sich erst gestern ereignet. Dabei war es schon über fünfzehn Jahre her.

Die Falkenstedter Wohnung von Walter Brauer war nicht besonders groß: Küche, Bad, Wohnzimmer, Schlafzimmer und eine schmale Diele. Auch die Einrichtung war ziemlich bescheiden. Die Möbel hatten ihre besten Tage längst hinter sich. Die Teppiche und Läufer in Wohnzimmer und Diele waren vermutlich alte Erbstücke und vom jahrelangen Gebrauch abgetreten. Die Gardinen vor den Fenstern waren so verwaschen und verschlissen, dass jeder kräftige Windstoß um ihr Überleben fürchten ließ.

Walter Brauer schien sich daran nicht zu stören. Er war Junggeselle und ein eher eigenbrötlerischer Kerl, der den Umgang mit anderen Menschen scheute. Kein Wunder, dass er so gut wie nie Besuch bekam. Trotzdem war er peinlich darauf bedacht, dass seine Wohnung immer picobello sauber war – und genau dafür hatte er Rieke engagiert, die er aus Oberrödenbach kannte.

Rieke war damals noch in der Ausbildung und konnte den kleinen Nebenverdienst gut gebrauchen. Die Arbeit war nicht besonders anstrengend und meistens in rund zwei Stunden erledigt. Sie kam immer am Freitagnachmittag. Walter war dann in der Regel nicht zu Hause und konnte ihr deshalb weder ihm Weg herumstehen noch auf sonstige Weise die Zeit stehlen. Ihren Lohn deponierte er auf dem Wohnzimmertisch, und so störte es Rieke nicht im Geringsten, dass sie sich manchmal wochenlang nicht begegneten. Im Gegenteil: Da Walter ein seltsamer Kauz zu sein schien, legte sie auf den persönlichen Kontakt keinen gesteigerten Wert.

Es gab allerdings eine Frage, die sie schon brennend interessiert hätte: Nämlich wie Walter Brauer an den wunderbaren Bücherschrank gekommen war – eine kunstvolle Handwerksarbeit aus edlem Holz und von offensichtlichem antiquarischem Wert –, der so gar nicht zu der übrigen Einrichtung passen wollte. Er war mit prachtvollen Büchern gefüllt, die meisten sehr alt und in Leder gebunden, dabei aber in tadellosem Zustand. Da es sich überwiegend um recht seltene Werke oder sogar um Erstausgaben handelte, mussten sie einen ziemlichen Wert besitzen. Rieke war davon so fasziniert, dass sie den Schrank und die Bücher jede Woche sorgfältig abstaubte, auch wenn das bestimmt nicht nötig gewesen wäre. Da sie Walter aber so gut wie nie antraf, blieb ihre Frage lange Zeit unbeantwortet. Bis zu dem Tag, an dem sie sich mit einer Bekannten über einer Tasse Kaffee verplauschte und deshalb eine Stunde später als üblich bei Walter eintraf.

Rieke war gerade mit dem Bücherschrank beschäftigt, als sie hörte, wie die Wohnungstür aufgeschlossen wurde. Kurze Zeit später trat Walter ins Wohnzimmer und sah sie erstaunt an. »Nanu! Bin ich zu früh?«, fragte er verwundert.

»Nein, nein«, antwortete Rieke hastig. »Ich bin zu spät. Ich hoffe, das stört dich nicht?« Da sie aus dem gleichen Dorf kamen, duzten sie sich selbstverständlich, auch wenn Walter um einiges älter war.

»Natürlich nicht«, entgegnete Brauer. »Wenn ich *dich* nicht störe?«

»Mich?«, fragte Rieke überrascht. Und erst da begriff sie plötzlich, warum Walter am Freitagnachmittag stets die Wohnung verließ: nicht um ihr aus dem Weg zu gehen, sondern um sie bei der Arbeit nicht zu stören!

Wie man sich doch in einem Menschen täuschen konnte!

Walter setzte sogar Kaffee auf und holte rasch Kuchen vom Bäcker. Und so erfuhr Rieke bei Kaffee und Kuchen, was es mit dem Schrank und den Büchern auf sich hatte: Es handelte sich um ein altes Erbstück, das über die Generationen in seiner Familie weitergereicht worden war. Deshalb hatte Walter Brauer trotz seiner bescheidenen finanziellen Verhältnisse niemals daran gedacht, es zu verkaufen. »Das käme mir wie ein Frevel vor«, erklärte er Rieke. »Der Schrank und die Bücher gehören uns jetzt schon seit über zweihundert Jahren. Und wenn es nach mir geht, soll das auch weiter so bleiben.«

Dabei kannte er seine Ahnin, die das wertvolle Stück und seinen Inhalt im achtzehnten Jahrhundert angeschafft hatte, noch nicht einmal mit Namen. »Ich weiß nur, dass sie eine außergewöhnliche Frau gewesen sein soll. Sie hat Bücher über alles geliebt; ja, sie war geradezu verrückt nach ihnen. Außerdem war sie auch selbst Schriftstellerin. Oder besser gesagt: Sie wollte eine sein. Aber das einzige Buch, das sie jemals veröffentlicht hat, war ein einziger Reinfall. Niemand wollte es kaufen. Danach hat sie es offensichtlich aufgegeben.«

»Na ja, dass Frauen Bücher schreiben, war damals ja eher unüblich«, kommentierte Rieke. »So was hat man ihnen doch gar nicht zugetraut. Vermutlich hatte die Arme schon alleine deshalb keinen Erfolg.« Sie beugte sich nach vorne. »Hast du das Buch noch? Ich würde es gerne mal lesen.«

»Ich doch auch!«, antwortete Walter lächelnd. »Aber wie gesagt: Ich kenne weder ihren Namen noch den Titel ihres Buches. Und ich weiß auch gar nicht, wo es ist.« Er deutete auf den Bücherschrank. »Darunter steht es jedenfalls nicht. Aber ich habe ja noch einen Riesenstapel aller möglichen Sachen im Keller, die ebenfalls ihr gehört haben. Vielleicht ist das Buch ja auch darunter. Da fällt mir ein«, sagte er plötzlich, beendete seinen Satz aber nicht. Stattdessen stand er auf und ging zum Wohnzimmerschrank. Dort zog er eine Schublade auf, holte einen Gegenstand daraus hervor und stellte ihn vor Rieke auf den Tisch. »Hier, schau mal.«

Es war ein kleiner Silberkessel mit drei Beinen, der über und über mit Symbolen und Zeichen verziert war.

»Was ist das?«, fragte Rieke.

»Ein altes Tintenfass«, erklärte Walter. »Es hat auch ihr gehört. Angeblich hat sie es beim Schreiben ihres einzigen Buches benutzt.«

Rieke nahm den silbernen Behälter in die Hand und betrachtete ihn von allen Seiten. Im Schein der Wohnzimmerlampe glänzte er hübsch. »Schön«, murmelte sie fast andächtig. »Wirklich sehr schön.«

»Nicht wahr?« Walter lächelte sie zufrieden an. »Ich schenke es dir.«

Obwohl Rieke vehement protestierte, bestand er darauf, dass sie sein Geschenk annahm.

Als sich Rieke einige Zeit später von ihm verabschieden wollte, deutete Walter auf ein unscheinbares Kleidungsstück, das auf einem

Holzbügel an der Garderobe hing. »Schau mal, was ich eben aus dem Keller geholt habe!«

Es war ein einfacher Umhang aus grauem Tuch und blauem Innenfutter. Er besaß eine große Kapuze, auf deren Rand ein Zeichen eingestickt war – eine Rune offensichtlich. »Dieser Mantel hat ebenfalls ihr gehört«, erklärte Walter und hielt ihr den Umhang entgegen. »Nimm ihn mal«, forderte er sie auf. »Dann wirst du merken, wie leicht er ist.«

Tatsächlich: Obwohl er fast bis zum Boden reichte, hatte er so gut wie kein Gewicht. Zudem war er trotz seines hohen Alters noch tadellos erhalten – als wäre er erst gestern geschneidert worden. Allerdings … Obwohl Rieke gewiss keine Expertin für historische Gewänder war, kam ihr der Mantel nicht wie ein typisches Kleidungsstück des achtzehnten Jahrhunderts vor. »Bei welchen Gelegenheiten hat sie den Umhang denn getragen?«

»Keine Ahnung.« Walter zuckte mit den Schultern. »Weißt du, was das Verrückte daran ist?« Er beantwortete seine Frage gleich selbst. »Papa wollte den Umhang vor ein paar Jahren verbrennen, zusammen mit allem möglichen anderen alten Zeug.«

»Ja und?«

»Alles ist verbrannt – nur dieser Mantel nicht«, antwortete Walter. »Papa hat ihn am nächsten Tag völlig unversehrt in der Asche gefunden.«

Rieke verzog ungläubig das Gesicht. »Echt?«

Walter nickte. »Echt!«

»Das klingt in der Tat verrückt!«

Verrückt! Verrückt! Verrückt!, hallte es noch durch Riekes Kopf, während die Erinnerung in ihrem Kopf verblasste und ihr Blick sich wieder auf den kleinen Silberkessel in ihrer Hand fokussierte – auf das alte Tintenfass, das Walter Brauer ihr geschenkt hatte. Aber wie in aller Welt war sie bloß an den Kapuzenumhang gekommen?

KAPITEL 25

Verrückte Erkenntnisse

Niko verstand immer noch nicht, was Jessie meinte. »Was haben unsere Namen denn damit zu tun, dass wir Vater und Sohn sind?«

»Jetzt stell dich nicht dümmer, als du bist! Das ist doch offensichtlich: Nalik Noski ist ein Anagramm von Niko Niklas – und umgekehrt natürlich auch.«

»Ein Ana-«, flüsterte Niko. Und plötzlich erkannte er es auch: Ihre Namen enthielten tatsächlich genau die gleichen Buchstaben, wenn auch in unterschiedlicher Reihenfolge. »Du hast recht«, sagte er völlig verblüfft. »Das ist mir noch gar nicht aufgefallen.«

»Mir bis vor einer Minute doch auch nicht.« Jessie lächelte ihn versöhnlich an. »Das ist bestimmt kein Zufall – und erklärt gleichzeitig die seltsame Vertrautheit zwischen deiner Mutter und dem Senshei, die mich doch verwundert hat. Und trotzdem …« Sie brach ab und starrte für eine Weile vor sich hin, ehe sie fortfuhr: »Warum hat Nalik denn nicht gesagt, dass er dein Vater ist?«

»Äh.« Die Frage kam so unerwartet, dass Niko keine einleuchtende Antwort einfiel. »Keine Ahnung, aber er wird bestimmt seine Gründe gehabt haben. Vielleicht hat er ja mitbekommen, dass Mama sich nicht mehr an die Umstände meiner Geburt erinnern konnte, und wollte sie deshalb nicht in Verlegenheit bringen?«

»Meinst du?«, fragte Jessie. »Damit hätte er Rieke doch bestimmt geholfen, ihre verlorenen Erinnerungen wiederzufinden.«

»Schon möglich«, antwortete Niko. »Aber Nalik konnte ja schlecht erzählen, dass er aus Mysteria kommt. Dann hätte man ihn doch für verrückt erklärt.«

»Ganz bestimmt sogar! Er wäre wahrscheinlich sofort in die Klapse gewandert.«

Im gleichen Augenblick fiel Niko ein, dass es noch einen weiteren Grund gab. Wie aus dem Nichts kamen ihm nämlich die Worte in den Sinn, die der ganz in Grau gewandete Fremde Nelwyn am Tor des Feuers mit auf den Weg gegeben hatte: »Wenn du in der Fremde auch nur eine einzige Silbe über das Geheimnis Mysterias verlauten lässt oder auch nur eine einzige Andeutung machst, hast du dein Recht auf Rückkehr für immer verwirkt.« Klar, dass Nalik geschwiegen hatte wie ein Grab – genau wie er es dem Fremden versprochen hatte! Aber das behielt Niko lieber für sich. »Vielleicht sollte auch niemand erfahren, dass Mama und ich zu Nalik gehören«, sagte er stattdessen. »Er hat doch gewusst, dass Rhogarr von Khelm und seine Meuchler hinter ihm her waren – und wollte uns deshalb nicht in Gefahr bringen.«

»Klingt logisch«, pflichtete Jessie ihm bei, zog dann allerdings eine gequälte Grimasse. »Das erklärt aber immer noch nicht, warum Karin Seikel König Nelwyn schon vor mehr als zweihundert Jahren genau so beschrieben hat, wie er zum Zeitpunkt deiner Geburt aussah. Das begreife ich einfach nicht.«

»Meinst du vielleicht, ich? Erinnerst du dich, was Ayani geantwortet hat, als Huggin bezweifelte, dass sie König Nelwyns

Tochter ist? ›Es ist, wie es ist‹, hat sie gesagt. ›Nur dass man etwas nicht erklären kann, beweist noch lange nicht, dass es nicht stimmt. Ich vertraue fest darauf, dass die Unsichtbaren uns dieses Rätsel schon lösen werden, wenn die Zeit dafür gekommen ist.‹ Mehr fällt mir dazu auch nicht ein.«

Jessie sah ihn nachdenklich an. »Da du Ayani schon erwähnst: Wer ist eigentlich ihre Mutter?«

»Ayanis Mutter ist lange tot«, antwortete Niko. »Sie hieß Merani und war als Kammerzofe auf Burg Helmenkroon beschäftigt. Als die Marschmärker dort eingefallen sind, hat König Nelwyn ihr in letzter Sekunde zur Flucht verholfen. Nur deshalb konnte sie ihre neugeborene Tochter und sich selbst im Dorf ihres Bruders in Sicherheit bringen. Als Merani am nächsten Tag nach Helmenkroon zurückkehrte, um noch einige persönliche Sachen zu holen, wurde sie von Rhogarrs Henkersknechten umgebracht.«

»Wie traurig.« Das Mitgefühl in Jessies Stimme war nicht zu überhören. In Gedanken versunken blätterte sie durch das Buch, als sie plötzlich stutzte und innehielt. »Merkwürdig«, murmelte sie.

Niko reckte den Kopf. »Was denn?«

Jessie deutete auf eine Seite, die eine große Lücke im Text aufwies. »Vor ein paar Tagen war dieser Abschnitt noch vollständig.«

»Bist du sicher?«

»Ganz sicher sogar. Karin Seikel hat darin nämlich die Noktaner beschrieben, daran erinnere ich mich ganz genau.«

»Hm.« Niko verzog das Gesicht. »Findest du es nicht seltsam, dass sie die Ungeheuer Noktaner genannt hat – und nicht Atemschlürfer oder Nachtschwärmer, wie sie jetzt heißen?«

»Darüber habe ich mich auch schon gewundert«, pflichtete Jessie ihm bei. »Genau wie über ihre Behauptung, dass die Ungeheuer nur während der Nacht auf Jagd gehen, weil sie das Sonnenlicht nicht vertragen und ihre Strahlen sie töten. Merkwürdigerweise hat Kieran genau das Gleiche erzählt. Dabei haben wir doch selbst erlebt, dass die Monster auch am hellen Tag zuschlagen.«

»Und welche Erklärung hast du dafür?«

»Ich weiß nicht so recht«, sagte Jessie. »Im Augenblick ist es eher ein Verdacht: Für mich sieht es ganz so aus, als würden alle Stellen in Frau Seikels Buch, die mit den aktuellen Zuständen in Mysteria nicht übereinstimmen, einfach gelöscht.«

»Wie sollte das denn gehen?« Niko warf ihr einen skeptischen Blick zu. »Und vor allen Dingen: Wer sollte so was machen?«

»Keine Ahnung«, antwortete Jessie mit gequälter Miene. »Aber hast du eine andere Erklärung dafür?«

Niko ging auf die Frage gar nicht ein. »Und warum war der Abschnitt über die Noktaner noch in dem Buch, als du vor ein paar Tagen darin gelesen hast? Und warum ist er plötzlich verschwunden?«

»Woher soll ich das wissen?« Jessies Stimme klang ziemlich kläglich. Hilflos hob sie die Arme. »Viellei–« Urplötzlich brach sie ab. »Oh nein!«, stöhnte sie auf und schwankte, als könne sie sich nicht mehr auf den Beinen halten. Tatsächlich ließ sie sich auf den Schemel vor Sâgas Arbeitstisch sinken.

»Was ist los?«, fragte Niko besorgt. »Ist dir nicht gut?«

Jessie sah ihn mit großen Augen an. »Ich habe dir doch erzählt, dass mein Papa gerade einen neuen Fantasyroman schreibt, der den gleichen Titel trägt wie das Buch von Karin Seikel – nämlich ›Mysteria‹.«

Niko lehnte sich an den Tisch und verschränkte die Arme. »Ja und?«

»Und dass Thomas ganz entsetzt war, als er plötzlich von dem alten Buch erfahren hat: Weil es nicht nur in der gleichen Welt spielt wie seine Geschichte, sondern auch noch weitere verblüffende Parallelen enthält. Dabei hat er das Buch von Frau Seikel doch vorher gar nicht gekannt!«

»Ich erinnere mich«, sagte Niko. »Aber was hat das mit den Textlücken in Karin Seikels Buch zu tun?«

Jessie holte tief Luft. »Ich weiß, es klingt absolut verrückt … Aber im Grunde genommen ist es doch so, dass Papa die Welt, die Karin Seikel vor zweihundert Jahren beschrieben hat, gerade neu erfindet und sie damit gleichzeitig umschreibt, auch wenn er davon nicht das Geringste ahnt.«

»Hm.« Niko runzelte die Stirn. »Könnte man so sehen.«

»Und alles, was Thomas ändert, verschwindet einfach aus dem alten Buch«, fuhr Jessie aufgeregt fort. »Weil Karin Seikels Schilderungen einfach nicht mehr zutreffen und überholt sind!«

»Jetzt mach aber mal halblang! Das würde doch bedeuten, dass dein Papa vor einigen Tagen Monster erfunden hat, die den Noktanern von Frau Seikel verblüffend ähneln. Nur dass er sie Atemschlürfer genannt und ihnen die Scheu vor dem Tageslicht genommen hat. Habe ich dich so weit richtig verstanden?«

»Genau so muss es gewesen sein!« Jessie nickte. »Das würde auch erklären, warum der Absatz über die Noktaner vor ein paar Tagen noch im Buch enthalten war und jetzt nicht mehr: weil Papa ihren Namen und ihre Eigenheiten inzwischen geändert hat!«

»Moment.« Niko hob die Hand. »Nur damit ich dich richtig verstehe: Heißt das, wenn dein Vater Sâga in seinem Buch sterben lässt, dann stirbt sie auch hier in Mysteria und wird aus der Schmonzette von Frau Seikel gelöscht? Richtig?«

»Ich denke schon. Zumindest vermute ich das ganz stark. Weißt du, was das bedeutet, Niko?« Sie beantwortete die Frage allerdings gleich selbst. »Wenn Papa mit seinem Buch fertig ist, sind hier drin …«, sie tippte auf den alten Folianten, »… wahrscheinlich nur noch leere Seiten. Weil er ein völlig neues Mysteria erschaffen hat!«

Niko starrte sie für einen Augenblick ratlos an, dann schüttelte er den Kopf. »Nimm es mir bitte nicht übel, Jessie, aber das klingt mir einfach zu fantastisch. Wie die Story eines Fantasyromans.«

»Ja und?«

»Außerdem hat die Sache einen Haken: Wenn dein Papa die Welt von Karin Seikel einfach umschreiben könnte, würde das doch heißen …«, er beugte sich nach vorne, »… dass seine Fantasie plötzlich Wirklichkeit wird.«

»Und wenn es so wäre, Niko? Das klingt in der Tat ziemlich verrückt. Aber denk doch nur an den Spruch, von dem jeder in Mysteria felsenfest überzeugt zu sein scheint: ›Wenn die Zwei zu Einem werden, kann alles passieren‹!«

»Mann, Jessie.« Niko verdrehte die Augen. »Der bezieht sich doch nur auf die Runen!«

»Das stimmt nicht. Der gilt genauso für Ayani und dich: Nur weil ihr zwei zusammengekommen seid, konntet ihr das Schwert finden. Und wieso sollte das nicht auch auf unsere Welt und Mysteria zutreffen? Oder auf Papa und Karin Seikel? Beide schreiben über das gleiche Thema und die gleiche Welt – und deswegen ist eine neue Wirklichkeit entstanden, die Elemente aus beiden enthält.«

»Hm.« Niko musste zugeben, dass das gar so abwegig klang. Aber konnte es so etwas wirklich geben? »Nehmen wir mal an, du hast recht und Bücher …«

»Das Schreiben von Büchern!«

»Okay … und das Schreiben von Büchern kann tatsächlich die Wirklichkeit verändern«, fuhr Niko fort. »Dann erklär mir doch bitte mal, wie wir beide da reinpassen. Wir beide kommen doch weder in Karin Seikels Buch vor noch in dem deines Papas.«

»Falsch!«, sagte Jessie. »Ich komme in Papas Buch tatsächlich nicht vor – aber du schon!«

»Was?« Niko glaubte sich verhört zu haben. »Du nimmst mich auf den Arm, oder?«

»Wieso sollte ich?« Jessie blickte ihn mit großem Ernst an. »Der Held von Papas Roman heißt genau wie du: Niko Niklas. Er ist ebenfalls vierzehn Jahre alt und sucht seinen Vater. Nur deshalb nimmt er die Gefahren und Abenteuer doch auf sich, die in Mysteria auf ihn lauern.«

Nikos Unterkiefer klappte herunter.

»Papas Niko greift aktiv in das Geschehen in Mysteria ein und beeinflusst das Schicksal der Welt hinter den Nebeln auf ganz entscheidende Weise. Und das Gleiche tust du doch auch.«

Niko hatte Mühe, sich einen Reim auf die fantastische Geschichte zu machen. Die Gedanken in seinem Kopf überschlugen sich. Selbst wenn Jessie recht hatte – mögliche Parallelen zwischen dem Niko Niklas aus Thomas Andersens Roman und ihm selbst waren doch bestimmt nur Zufall. Andererseits hatte der Antiquar ihn eindringlich gemahnt, nicht an Zufälle zu glauben – und nach allem, was Niko bisher erlebt hatte, war er absolut geneigt, dem alten Mann zu glauben. Es musste also einen Grund dafür geben, dass der Held in Herrn Andersens »Mysteria«-Roman den gleichen Namen trug wie er selbst. Aber da wurde Niko plötzlich klar, dass das nur ein gutes Omen sein konnte! Er atmete erleichtert auf und lächelte Jessie an. »Also gut«, sagte er. »Wenn du recht hast, muss ich mir ja keine Sorgen mehr machen.«

»Hä? Wieso das denn?«

»Weil mir dann nichts Schlimmes mehr passieren kann«, erklärte Niko mit verschmitztem Lächeln. »Bücher gehen doch immer gut aus, deshalb werde ich selbst die gefährlichsten Abenteuer heil überstehen.«

»Da täuschst du dich.« Jessie wirkte plötzlich sehr besorgt. »Und zwar ganz gewaltig.«

»Wieso?«

»Weil mein Vater das Manuskript noch nicht fertig hat. Und bis kurz vorm Schluss weiß er meistens selbst noch nicht, wie die Geschichte ausgeht und welcher seiner Helden überlebt und welcher nicht. Wenn sein Roman das Schicksal Mysterias also tatsächlich beeinflusst, ist das noch lange keine Garantie, dass du auch überlebst.«

Niko antwortete nicht, sondern sah Jessie nur schweigend an. Sie hatte wohl recht, zumindest was Letzteres betraf: Wenn sie den Mantel des Odhur nicht bald fanden, würde Jessie mit Sicherheit sterben.

Der Anruf der Königin kam ausnahmsweise mal passend. Thomas hatte gerade eine kleine Kaffeepause gemacht und wollte den Computer eben wieder hochfahren, als das Telefon klingelte.

»Hallo, Frau König«, meldete er sich gut gelaunt. »Wie geht's, wie steht's? Ich hoffe, Ihre Kopfschmerzen sind abgeklungen?«

»Ach, woher denn?«, seufzte die Lektorin. »Sie haben sich eher noch verschlimmert. Ich weiß auch nicht, wohin das noch führen soll.«

»Tut mir leid, das zu hören«, sagte Thomas ehrlich besorgt. »Das sollten Sie beobachten. Nicht, dass was Schlimmes dahinter steckt.«

»Ach was«, wiegelte sie ab. »Ich werde es schon überleben.«

»Wie Sie meinen, Frau König. Was haben Sie denn auf dem Herzen?«

»Mir ist gerade was aufgefallen«, hob die Lektorin an.

»Aha?«

»Nämlich dass Ihre Geschichte bislang fast ausschließlich im Nivland spielt, wenn man von den paar Szenen im Grimmen Reich, im Palast von Mordur Kra'nakk, einmal absieht.«

Thomas runzelte die Stirn. »Ja und?«

»Aber Mysteria besteht doch mit Sicherheit nicht nur aus dem Nivland und dem Grimmen Reich?«

»Natürlich ni–«

»Na also«, fiel die Königin ihm fast triumphierend ins Wort. »Dann sollten Sie Ihre Helden auch mal in andere Regionen schicken. Am besten alleine und auf sich selbst gestellt. Das macht die Geschichte doch viel gefährlicher für sie – und damit natürlich auch viel spannender für den Leser.«

»Ja, kla–«

»Sehen Sie! Ich habe mir auch schon ein paar Namen für andere Länder und Reiche einfallen lassen: das Karge Land zum Beispiel und das Welsche Reich. Oder wie wäre es mit Austrarien und Pannonien? Vielleicht könnte unsere Helden ja auch zu den Steinernen Höhen reiten oder zum Weltengebirge?«

»Na ja«, brummte Thomas nur.

»Das sind lediglich Vorschläge, Herr Andersen!«, versuchte die Königin, ihm die Geschichte schmackhaft zu machen. »Was Sie daraus machen, ist ganz alleine Ihre Sache.«

Thomas zog eine Grimasse und äffte sie nach: »Ist ganz alleine Ihre Sache« – so leise natürlich, dass die Königin das nicht hören konnte.

Nach ein paar weiteren belanglosen Worten beendeten sie das Telefonat und Thomas wandte sich seinem Computer zu. Er hatte ihn kaum eingeschaltet, als ihm etwas einfiel. Er erhob sich, ging zum Regal an der gegenüberliegenden Wand und griff nach dem Blatt Papier, das er dort im Ablagekorb deponiert hatte.

Es war die Bleistiftskizze aus Karins Seikels Kiste. Als Thomas sie eingehender betrachtete, sah er, dass die Erinnerung ihn nicht getrogen hatte: Die Namen, die Frau Seikel auf ihrer Karte von Zentral-Mysteria den Nachbarländern des Nivlandes gegeben hatte, lauteten unter anderem ›Das Karge Land‹, ›Das Welsche Reich‹,

›Austrarien‹ und ›Pannonien‹. Und zwei der darauf eingezeichneten Gebirgszüge waren die Steinernen Höhen im Westen und das Weltengebirge im Osten.

Fassungslos schüttelte Thomas den Kopf. Woher in aller Welt kannte seine Lektorin die Namen, die Karin Seikel vor über zweihundert Jahren für ihr Mysteria erfunden hatte? Das gibt's doch gar nicht, dachte er verwirrt. Diese Geschichte wurde ja immer verrückter!

Als Niko und Jessie ins Lager der Rebellen zurückkamen, platzten sie mitten in eine lautstarke Auseinandersetzung zwischen Ayani und Huggin. Das zierliche Alwenmädchen und der hünenhafte Mann standen sich wie zwei angriffslustige Streithähne gegenüber.

»Lass mich endlich in Frieden!«, schrie Ayani hitzig. »Deine Kameraden haben völlig recht: Wir können im Augenblick nichts gegen die Marschmärker unternehmen. Und ich schon gar nicht!«

»Ja, weil du dir nicht einmal die Mühe machst, auch nur einen Gedanken daran zu verschwenden!«, gab Huggin in gleicher Lautstärke zurück. »Und du willst die Tochter des Falken sein, die angeblich dafür sorgt, dass am Tag des Dunklen Mondes der Wille der Unsichtbaren in Erfüllung geht? Dass ich nicht lache!«

»Huggin, bitte!«, versuchte Kieran ihn zu beschwichtigen. »Lass endlich gut sein.«

Huggin hatte sich jedoch so in Rage geredet, dass er nicht mehr zu bremsen war. »Dazu bist du doch gar nicht in der Lage! Selbst dein Versuch, deinen Bruder aus dem Kerker zu befreien, hat Arawynn am Ende nur das Leben gekostet.«

Ayani erstarrte. Ihr Gesicht wurde bleich wie ein Leichentuch, ihre Lippen begannen zu zittern. Für einen Augenblick sah es so als, als würde sie Huggin an die Gurgel springen. Dann aber besann sie sich anders, drehte sich um und rannte blindlings davon.

Niko, der längst abgestiegen war, war bestürzt. »Was ist denn passiert?«, fragte er Kieran mit raschem Seitenblick auf Huggin, dessen Gesicht immer noch zorngerötet war. »Warum sind die beiden in Streit geraten?«

Huggin kam seinem Anführer mit der Antwort zuvor. »Es ist doch auch wahr«, schimpfte er. »Ich kann ja verstehen, dass Graubart und Magnus und all die anderen enttäuscht sind und langsam den Mut verlieren. Aber dass Ayani nur noch Trübsal bläst und teilnahmslos herumsitzt, will mir einfach nicht in den Kopf. Wenn die Prophezeiung stimmt, die Nostramus entdeckt hat, kann sie das Schicksal Mysterias entscheidend verändern. Aber das geht nun einmal nicht von alleine! Es stimmt, was Ragnur uns vorgehalten hat: Die Unsichtbaren haben die Fäden unseres Schicksals nur gesponnen, zusammenweben müssen wir sie schon selber. Wenn Ayani den Willen der Unsichtbaren erfüllen soll, muss sie endlich etwas tun und darf nicht länger nur rumsitzen.«

»Das mag ja sein, Huggin«, sagte Niko. »Aber du musst auch Ayani verstehen. Sie hat gerade ihren Bruder Arawynn sterben sehen. Ihr Schmerz ist groß und er nagt wie ein hungriges Raubtier an ihrer Seele.« Er legte ihm die Hand auf die Schulter. »Gib ihr einfach noch Zeit. Sie muss ihre eigenen Kräfte erst wiederfinden.«

Huggin sah ihn zweifelnd an. »Meinst du, die findet sie wieder?«

»Ja«, antwortete Niko. »Ganz bestimmt sogar.«

Jessie trat neben ihn. »Soll ich mich um Ayani kümmern?«

»Danke, Jessie, das ist lieb von dir.« Niko lächelte sie an. »Aber ich sehe lieber selbst nach ihr.«

Niko fand Ayani auf einer kleinen Lichtung unweit des Lagers. Sie saß im Schatten eines Goldhaselnussstrauches, hatte das Kinn auf die angezogenen Knie gestürzt und starrte teilnahmslos vor sich hin. Ihre Augen und Wangen waren feucht von Tränen. Wortlos setzte er sich neben sie, fasste in sein Gewand und holte ein Tuch daraus hervor.

Ayani ergriff es, ohne ihn anzusehen, schnäuzte sich die Nase und schwieg weiter.

Niko wollte sie nicht drängen. Er legte den Kopf in den Nacken und sah hoch zum Himmel, an dem das Große Taglicht wieder zum Boden herabsank. Im Osten, wo die ersten Vorboten der Dämmerung herankrochen, lugte schon die immer runder werdende Scheibe des Feuermondes über die dunklen Baumwipfel, während im Westen der erste Hauch des Abendrots zu ahnen war. Der Wind flüsterte in den Blättern, wiegte die Gräser und Kräuter auf der Lichtung und wehte einen bekannten Geruch, leicht bitter und dennoch verlockend, in seine Nase. Als Niko sich umsah, erblickte er eine Quelle, die ganz in der Nähe am Fuße einer großen Knarreiche entsprang. Ihr Wasser sammelte sich in einem kleinen Teich, der kaum größer als ein Brunnen war. Ein Bächlein führte von ihm quer über die Lichtung, wo es zwischen zwei großen Stechwacholdersträuchern im Wald verschwand. Große, fast hüfthohe Krautbüschel säumten den Teich; die stark verzweigten Halme trugen längliche, gezackte Blätter und waren mit einer Unzahl winziger rotvioletter Blüten besetzt. Obwohl Niko die Pflanze bislang nur im getrockneten Zustand gesehen hatte, erkannte er sie sofort: Es war die Verbena, auch Wunschkraut oder Dämonenbann genannt. Marunas Worte kamen ihm wieder in den Sinn: »Der Duft des Wunschkrauts beflügelt unseren Geist und erleichtert es dadurch den Unsichtbaren, mit uns in Kontakt zu treten.«

War Ayani deshalb zur Lichtung gegangen? Weil sie auf eine

Eingebung der Unsichtbaren hoffte? Da sie seine telepathische Frage nicht beantwortete, sprach er sie an. »Wenn du deine Ruhe haben willst, Ayani, dann sag es mir einfach. Aber manchmal ist es besser, wenn man sich seinen Kummer von der Seele redet und ihn mit einem anderen teilt. Außerdem …« Er stockte und legte ihr eine Hand auf den Unterarm. »Wir haben beide den gleichen Vater – und wenn du mir nicht vertraust, wem dann?«

Bei diesen Worten drehte Ayani ihm den Kopf zu und sah ihn an, als habe sie gar nicht mehr daran gedacht. Dann schluckte sie und umschloss seine Rechte mit beiden Händen. »Verzeih mir, Niko. Du hast ja recht, das war dumm von mir.« Ihre Augen füllten sich mit Tränen.

»Nicht doch, Ayani«, flüsterte er ihr zu. »Nicht weinen – bitte!«

Für einen Moment sah sie ihn stumm an, dann schüttelte sie, unsagbar traurig, den Kopf. »Ich kann nicht anders, Niko. Ich habe so viel Schuld auf mich geladen.«

»Aber wieso denn? Ich verstehe nicht, was du meinst.«

»Wirklich nicht?« Ayani blickte ihn ungläubig an. »Dabei ist es doch für jeden offensichtlich: Arawynn, Einohr und die vielen Bauern, die unter der großen Knarreiche und in den Dörfern gestorben sind – sie alle würden noch leben, wenn ich nicht so selbstsüchtig gewesen wäre.«

»Was redest du da?« Niko schüttelte heftig den Kopf. »Das stimmt doch gar nicht!«

»Natürlich stimmt es! Ich wollte Arawynn freipressen, aber nicht seinetwegen, sondern weil ich Angst hatte, den Schmerz über seinen Tod nicht aushalten zu können. Nur deshalb mussten all die Unschuldigen sterben. Ich alleine trage die Schuld an ihrem Tod. Und davon kann mich niemand freisprechen.« Sie ließ seine Hand los, barg ihr Gesicht in beiden Händen und fing heftig an zu schluchzen.

Für einen Moment wusste Niko nicht, was er tun sollte. Hilflos starrte er auf die weinende Schwester, bis er schließlich näher an sie heranrückte, seinen Arm um ihre Schultern legte und ihr tröstend übers Haar strich. »Nein, Ayani«, sagte er sanft. »Du musst dir keinerlei Vorwürfe machen. Denk nur daran, was Arawynn gesagt hat: Er hat sich nur dem Willen der Unsichtbaren gebeugt, damit du den Auftrag erfüllen kannst, den sie dir gegeben haben.«

Ayani hob ruckartig den Kopf. »Aber dazu mussten sie ihn doch nicht sterben lassen«, rief sie. »Damit kann ich mich einfach nicht abfinden, niemals!«

Obwohl Niko ihren Schmerz sehr gut verstehen konnte, versuchte er, sie aufzumuntern. »Eines Tages werden wir vielleicht begreifen, was sie dazu bewogen hat«, sagte er leise. »Aber bis dahin müssen wir ihre Entscheidung einfach akzeptieren. Ändern können wir sie ohnehin nicht mehr.«

»Oh ja – und ob wir können! Du hast doch gehört, was Huggin erzählt hat.«

»Sei doch vernünftig, Ayani.« Niko holte seufzend Luft. »Du willst doch nicht im Ernst–«

»Natürlich will ich das!«, rief sie leidenschaftlich. »Ich werde zur Insel der Tränen reisen und die Wächterin der Zeit bitten, Arawynn wieder in die Welt der Lebenden zurückkehren zu lassen!«

»Aber Ayani!«, hob Niko erneut an, kam aber wieder nicht weiter.

»Spar dir deine Worte!« Ihre zarten Gesichtszüge verhärteten sich. »Mein Entschluss steht fest und niemand kann mich davon abbringen – auch du nicht, Bruder!«

Doch Niko wollte sich nicht so schnell geschlagen geben. »Das ist viel zu gefährlich«, sagte er. »Denk nur an die unbekannten Gefahren, die in der Höhle der Deliria lauern oder am Flammenden Fluss! Es hat doch seinen Grund, warum keiner von Kierans

Männern jemanden kennt, der von der Insel der Tränen zurückgekehrt ist. Selbst Huggin hat das bestätigt.«

»Dann wird Arawynn eben der Erste sein.« Ayani schien völlig unbeeindruckt. Sie legte ihre Hand auf Nikos Arm und fuhr in sanfterem Ton fort: »Es hat bestimmt auch seinen Grund, warum der Mirakelmond schon in drei Tagen am Nachthimmel stehen wird. Das ist ein Zeichen der Unsichtbaren, und ich bin fest entschlossen, ihm Folge zu leisten.«

In diesem Augenblick zuckte ein gleißend heller Blitz vom Himmel und ein gewaltiger Donner ließ die Erde erzittern.

Niko schreckte zusammen und blickte hoch zum Himmel, der vor wenigen Augenblicken noch in sanftem Blaugrau und Rosa geschimmert hatte. Jetzt aber hatten sich wie aus dem Nichts mächtige dunkle Wolken zusammengeballt, aus denen nun ein weiterer Blitz hervorzischte. Wie auf ein geheimes Kommando hin öffnete der Himmel seine Schleusen. Dichter, eiskalter Regen strömte aus den Wolken herab und prasselte auf die Geschwister nieder, sodass Niko und Ayani eilends aufsprangen und mit wilden Sätzen davonstürmten, um im Lager der Rebellen Zuflucht zu suchen.

KAPITEL 26

Nächtliche Geheimnisse

Mitten im Schlaf hörte Niko eine Stimme, die seinen Namen rief: wie von ganz weit her, aber dennoch deutlich. Er schreckte hoch, rieb sich schlaftrunken die Augen und sah sich um: Außer ihm war niemand wach. Alle schliefen und alles war still. Der Regen hatte längst aufgehört. Nur das leise Schnarchen der Männer in den Unterständen war zu hören. Auch Jessie und Ayani, die unter dem gleichen Schutzdach lagen wie er, schlummerten vor sich hin. Niko musste lächeln, als Jessie sich leise schmatzend auf die andere Seite wälzte und ihm das Gesicht zuwandte. Das alte Buch aus Sâgas Höhle lugte unter dem Lumpenbündel hervor, das ihr als Kopfkissen diente. Der Schein des Lagerfeuers, das während der Nacht nie gelöscht wurde, sondern stets mit kleiner Flamme weiterbrannte, betupfte ihre Wangen mit sanftem Rot. Wie eine Märchenprinzessin sah Jessie aus. Oder wie Schneewittchen, auch wenn die angeblich pechschwarze Haare gehabt hatte. Niko wurde bewusst, dass er im ganzen Leben noch kein schöneres Mädchen gesehen hatte als Jessie. Nicht im Märchen und nicht in der Wirklichkeit.

Da vernahm er seinen Namen ein weiteres Mal: »Niko!« Eine warme und kräftige Männerstimme hallte durch seinen Kopf. »Hast du schon vergessen, was du versprochen hast? Du wolltest die Not unseres Volkes lindern und die Aufgabe erfüllen, die das Schicksal dir aufgebürdet hat.«

Niko sprang auf und schaute sich verwundert um. »Vater?«, flüsterte er. »Bist du das?« Doch so sehr er auch in die Dunkelheit spähte, er konnte niemanden entdecken. Nur Huggins breite Silhouette war ein gutes Stück entfernt zwischen den Bäumen zu erkennen. Der Hüne hatte sich neben dem schmalen Pfad postiert, der den einzigen Zugang zu dem versteckten Kessel inmitten des Dämonenwaldes bildete. Er hielt Nachtwache, damit die Gefährten nicht im Schlaf von unerwünschten Besuchern überrascht wurden. Aber Huggin hatte bestimmt nicht nach ihm gerufen ...

Wieder erklang die Stimme, diesmal ganz aus der Nähe: »Niikoo!«

Einer plötzlichen Eingebung folgend, legte Niko den Kopf in den Nacken und blickte auf. Und da sah er den Falken, der fast reglos auf einem der unteren Äste der großen Buntbuche direkt vor ihm saß. Niko erkannte ihn sofort: Es war der gleiche Falke, der sich ihm schon viele Male gezeigt hatte.

Am Nebeltor.

In der Nacht vor Marunas Hütte.

Am verwunschenen See im Flüsternden Forst, bevor ihm die Lichtelfe erschienen war. Und nachdem sie Arawynns körperliche Hülle der Obhut des Windes anvertraut hatten.

Auf der kleinen Lichtung vor dem verfallenen Herrenhaus.

Nach der geglückten Flucht aus Helmenkroon – und nach dem unverhofften Sieg über Rhogarr und seine Schergen.

»Vater«, flüsterte Niko. »Warum bist du gekommen?«

Der Vogel rührte sich nicht. Im Dunkel der Nacht wirkte sein graubraunes Gefieder fast schwarz, nur der gelbe Rand um die großen, runden Augen zeichnete sich deutlich davon ab. Die zuckenden Flammen des Lagerfeuers spiegelten sich in seinen Pupillen – wie die Strahlen einer roten Sonne.

Niko konnte seinen Blick nicht abwenden. Ihm war, als würden die Augen des Falken ihn wie magisch anziehen und ihn gleichzeitig bis in die Tiefe seines Herzens durchdringen. Ein prickelnder Wärmestrom pulste durch seinen Körper, als er eins wurde mit den Gedanken seines Vaters. Und obwohl der Falke nicht einen Laut von sich gab, wusste Niko, was er zu tun hatte.

Huggin schreckte zusammen, als Niko plötzlich bei ihm auftauchte; er war offensichtlich eingedöst. »Was treibst du hier mitten in der Nacht?«, brummte er und versuchte, ein Gähnen zu unterdrücken. »Kannst du nicht schlafen?«

Niko nickte und bemühte sich um eine Leidensmiene. »Du hast es erraten, Huggin. Ich habe seit Stunden kein Auge zugetan.« Damit deutete er zum Himmel, wo die Scheibe des Feuermondes zwischen den Wipfel hervorlugte. »Der Vollmond wahrscheinlich.«

»Der Vollmond?« Huggin kratzte sich verwundert hinterm Ohr. »Es sind doch noch drei Tage bis zum Mirakelmond.«

»Ja, schon.« Niko lächelte verlegen. »Aber ich spüre ihn meistens schon lange im Voraus, musst du wissen. Ich will mir ein wenig die Beine vertreten, vielleicht werde ich dann müde.«

»Meinen Segen sollst du haben«, brummte Huggin. »Aber geh nicht zu weit vom Lager weg. Ich finde ja, dass wir hier genauso sicher sind wie die Unsichtbaren jenseits der Feuerfrostbrücke. Aber Kieran ist da anderer Ansicht. Er glaubt, dass man jederzeit und überall mit unliebsamen Überraschungen rechnen muss.«

»Vielleicht hat er ja recht? Es kann zumindest nicht schaden, wenn wir wachsam sind.« Niko verpasste ihm einen spielerischen Fausthieb in die Rippen. »Also pass gut auf und schlaf bloß nicht ein! Damit du dir morgen früh keine Rüge einfängst von deinem Anführer.«

»Ich und einschlafen?« Huggin verzog empört das Gesicht. »Eher stürzt der Schöpferberg ein, als dass mir so was passiert.«

Als Niko zwischen den alten Bäumen hervortrat, blieb er überrascht stehen. Die Lichtung war nicht wiederzuerkennen. Sie glich einem verzauberten Waldesdom, der gänzlich in das geheimnisvolle Licht des Feuermondes getaucht war. Die Büsche und Bäume sahen aus, als wären sie mit einem roten Schleier überzogen, und die Gräser und Kräuter glichen einem bizarr gemusterten rötlichen Teppich. Auch am wolkenlosen Himmel, der sich wie eine majestätische Kuppel darüberwölbte, leuchtete es rot in allen Schattierungen: satt und feurig im Zentrum, wo die noch nicht zu voller Größe gereifte Mondscheibe stand, dann langsam schwächer und blasser werdend, um sich zu den Rändern hin, wo die Baumwipfel die weitere Sicht behinderten, in einem hauchzarten Rosa zu verlieren. Es war still im Wald, und selbst die Blätter, die sonst beim kleinsten Windhauch raschelten und wisperten, teilten das feierliche Schweigen der Natur.

Mit angehaltenem Atem blickte Niko sich um. Doch sosehr er sich auch anstrengte, er konnte den Falken nirgendwo entdecken. Nicht oben in den Kronen, nicht auf den niedrigeren Ästen, und selbst in den luftigen Höhen des nächtlichen Himmels war keine Spur von ihm auszumachen. Merkwürdig, überlegte er. Hatte er seinen Vater richtig verstanden?

In diesem Moment entdeckte Niko die rote Scheibe, die auf dem kleinen Teich am Rande der Lichtung schwamm. Er wunderte sich, was das wohl sein mochte, doch beim Nähergehen erkannte er, dass es sich lediglich um die Kugel des Feuermondes handelte, die sich auf der Wasserfläche spiegelte. Das Abbild war so groß, dass es die gesamte Teichfläche überspannte, und glich einem flammenden Deckel, der den Zugang zu geheimnisvoller Tiefe verwehrt.

Während Niko noch dastand und darüber nachsann, erblickte er die drei Feldsteine am Rand des Teiches, kaum größer als eine Faust, aber dennoch deutlich zu erkennen. Wie die Spitzen eines unsichtbaren gleichseitigen Dreiecks waren sie rund um den kleinen Teich verteilt. Merkwürdig – als Niko vorhin neben Ayani auf der Lichtung gesessen hatte, waren die Steine noch nicht da gewesen.

Oder hatte er sie nur übersehen?

Aber wer sollte sie in der Zwischenzeit dort abgelegt haben? Niko bückte sich, um sie näher in Augenschein zu nehmen, und entdeckte zu seiner Überraschung die drei Zeichen, mit denen sie geschmückt waren: die Dagaz-Rune auf dem linken Stein, die Ehwaz-Rune auf dem rechten und die Mannaz-Rune auf dem oberen gleich neben der Eiche, an deren Fuß die Verbena stand.

Plötzlich kam wie aus dem Nichts ein Windstoß auf, fuhr in die üppig blühenden Verbenabüschel und wiegte sie mit sanftem Rauschen hin und her. Ein Regen aus unzähligen rotvioletten Blütenblättern ergoss sich auf die Teichoberfläche, wo sie, wie von einem unsichtbaren Sog erfasst, im Kreise herumgewirbelt wurden und ein ebenso faszinierendes wie rätselhaftes Bild boten.

»Tztztztz!«, vernahm Niko da ein silbriges Stimmchen direkt hinter sich. »Der Menschling hat es immer noch nicht begriffen!«

Niko fuhr herum und erblickte ein leuchtendes Wesen, zart und grazil und höchstens zwanzig Zentimeter groß, das direkt vor seinem Gesicht schwebte. Diesmal erstrahlte die Lichtelfe allerdings nicht in hellem Schein, sondern ebenfalls in Rot – wie die gesamte Lichtung. Selbst die blonden Locken und das Gewand des wunderlichen Elfengeschöpfs leuchteten in sanftem Rot. Mit den mehr als körpergroßen Flügeln auf ihrem Rücken verhielt es sich ähnlich, nur dass die sich so atemberaubend schnell bewegten, dass sie eher einem rötlichen Wirbel glichen.

»Du schon wieder!«, sagte Niko überrascht und verdrehte instinktiv die Augen. »Mir dir habe ich nicht noch mal gerechnet.«

»Pah!« Das kleine Geschöpf verschränkte die Arme vor der Brust und wandte sich – immer noch in der Luft schwebend – beleidigt ab. »Wenn es dir nicht passt, kann ich ja wieder gehen«, erklärte es mit erhobener Stupsnase. »Oder wegfliegen, um genauer zu sein.«

»Nein, nein«, erwiderte Niko hastig. »Ich hab das doch gar nicht so gemeint.«

»Und warum hast du es dann gesagt?« Die Lichtelfe flatterte wieder näher an sein Gesicht heran und starrte ihm mit zornigem Blick in die Augen. »Hat man dir in deiner Welt nicht beigebracht, ein bisschen höflich zu sein?«

»Doch, doch, natürlich.« Niko verzog die Mundwinkel. »Es tut mir echt leid.«

Die Lichtelfe blickte ihn prüfend an. »Wie echt?«

Niko hob die Hand zum Schwur. »Wirklich, wirklich echt!«

»Na gut.« Das zierliche Flatterding seufzte. »Dann will ich mal nicht so sein.« Sie streckte einen Arm aus und deutete auf den Fuß der Eiche. »Möchtest du dich nicht setzen? Ihm Stehen beziehungsweise Fliegen plaudert es sich so schlecht.«

Niko ließ sich ins Gras sinken, lehnte sich mit dem Rücken an den knorrigen Stamm und zog die Beine ein wenig an.

Die Elfe landete auf seinem rechten Knie, schlug da die Beinchen übereinander und lächelte ihn an. »Na, also, geht doch«, sagte sie zufrieden. »Eigentlich hätte ich schon viel früher mit dir gerechnet.«

»Warum das denn?«

»Tztztz!«, machte sie wieder empört. »Du hast es also tatsächlich schon vergessen?«

Niko lag eine patzige Antwort auf der Zunge, aber dann verschluckte er sie doch lieber. Bei ihrer letzten Begegnung am verwunschenen See im Flüsternden Forst war ihm klar geworden, dass die Lichtelfe sehr empfindlich war und selbst auf die kleinste unbedachte Bemerkung eingeschnappt reagierte. Und so ein Rumgezicke wollte er sich ersparen. Stattdessen änderte er die Strategie und tat zerknirscht. »Du hast wieder mal recht«, sagte er kleinlaut. »Aber im Gegensatz zu dir bin ich eben nur ein Mensch.«

»Was du nicht sagst!«, entgegnete die Lichtelfe spitz. »Von alleine wäre ich da bestimmt nicht draufgekommen.« Dann wurde sie wieder ernst. »Aber ich habe dir doch versprochen, dass wir dich bei deiner Aufgabe unterstützen, meine Freunde und ich.« Sie reckte die Stupsnase in die Höhe und streckte den Arm anklagend nach vorne. »Stimmt's?«

»Äh … ja, klar«, antwortete Niko rasch. »Ich erinnere mich genau!«

»Und warum machst du keinen Gebrauch von diesem freundlichen Angebot? Jeder andere würde sich die Finger danach lecken, wenn er Hilfe von unseresgleichen bekäme. Aber du gehst natürlich einfach darüber hinweg, als wäre das die normalste Sache der Welt.« Damit sprang sie auf seinem Knie auf und stützte zornig die Hände auf die Hüften. »Warum bist du nur so ignorant, Niko Niklas?«, fauchte sie ihn an, auch wenn ihr Stimmchen immer noch wie ein Silberglöckchen klang – oder vielmehr wie ein verstimmtes Silberglöckchen.

Niko zuckte zurück. »Oh … sorry«, stammelte er. »I-ich wollte dich nicht verletzen.«

Doch das wütende Wesen hörte ihm gar nicht zu. »Habe ich dir etwa zu viel versprochen?«, zeterte es weiter. Und wenn ihr zartes Gesicht nicht ohnehin schon rot geschimmert hätte, wäre es jetzt bestimmt so angelaufen. »Hast du das Schwert vielleicht nicht gefunden und erfahren, wer dein Vater ist? Genau wie ich es behauptet habe?«

»Na-na-natürlich!«

»Und hast du inzwischen nicht auch festgestellt, dass du sehr wohl eine Schwester hast, obwohl du das damals nicht glauben wolltest?«

»Stimmt. Tut mir leid, dass ich so wenig Vertrauen zu dir hatte.«

»Schön, dass du das wenigstens einsiehst«, seufzte die Elfe und ließ sich wieder auf seinem Knie nieder. »Aber leider hast du die Rolle, die du in dieser Geschichte spielst, noch immer nicht richtig begriffen.«

»Wundert dich das?«, sagte Niko. »Das ist ja nun auch wirklich nicht einfach! Die Aufgabe, die die Unsichtbaren mir aufgebürdet haben, ist nicht gerade mit links zu bewältigen.«

»Pah!«, empörte sich die Lichtelfe sofort wieder. »Wenn die Aufgabe einfach wäre, könnte sie ja jeder erledigen. Dann wäre es auch nicht nötig gewesen, ausgerechnet dich dafür auszuwählen. Aber in ihrer grenzenlosen Weisheit haben es die Unsichtbaren nun einmal so gefügt, dass nur du das erhoffte Ende herbeiführen kannst. Natürlich nur mithilfe deiner Schwester, wie ich dir bereits am See erklärt habe.«

»Wenn das tatsächlich so ist…«, hob Niko zaghaft an, um dann, als er den verkniffenen Zug um den Mund der Elfe bemerkte, sofort hinzuzufügen: »Was ich keineswegs bestreiten möchte! – Aber wenn das tatsächlich der Wille der Unsichtbaren ist: Warum machen sie mir die Sache so unnötig schwer?«

»Unnötig schwer?«, fragte die Lichtelfe, und ihre Augen wurden groß wie Fingerhüte. »Wie meinst du das?«

»Ganz einfach: Warum fügen sie Ayani so viel Leid zu, dass sie vor lauter Kummer und Schmerz nicht mehr ein noch aus weiß? Warum haben sie zugelassen, dass Jessie mir nachgereist ist und ihr Leben in allergrößte Gefahr gebracht hat? Und wie soll ich mich meiner Aufgabe widmen, wenn die Unsichtbaren mir so viele Steine in den Weg legen? Kannst du mir das erklären?«

Die Lichtelfe musterte ihn für einige Augenblicke schweigend. Dann hob sie theatralisch die Arme und stieß einen tiefen Seufzer aus. »Ich wusste es! Er hat es immer noch nicht begriffen!« Dazu schüttelte sie so heftig das Köpfchen, dass ihr Haar wie ein rötlicher Seidenschleier durch die Nacht wehte. »Dabei ist es doch mehr als offensichtlich!«

»Wie?« Niko runzelte die Stirn. »Was denn?«

Die Elfe atmete tief durch. »Na gut«, sagte sie und klang fast ein wenig resigniert. »Du bist eben nur ein Mensch und mit deinem Verstand ist es daher nicht allzu weit her. Ich will es dir also noch einmal in aller Ruhe erklären.« Drohend hob sie den Zeigefinger. »Aber wehe, du unterbrichst mich! Dann kannst du sehen, wie du alleine zurechtkommst. Verstanden?«

Niko nickte hastig. »Ja, klar, natürlich.«

»Dann hör jetzt gut zu!«

Siegward Schreiber schreckte aus unruhigem Schlaf. Er richtete sich auf seinem Lager auf und lauschte in die pechschwarze Dunkelheit.

Hatte jemand nach ihm gerufen?

Oder hatte er sich nur getäuscht?

Doch so sehr er sich auch mühte – er konnte nichts hören. Nur das nächtliche Rauschen des Windes in den Ästen und Zweigen. Das Gebäude, in dem er gefangen gehalten wurde, musste also von Bäumen umringt sein. Vielleicht stand es irgendwo am Waldrand? Oder in einem kleinen Wäldchen? Wie auch immer, es war mit Sicherheit recht abgeschieden. In den vergangenen Tagen hatte er nur selten Motorengeräusche gehört, und wenn, dann nur leise und in einiger Entfernung. Mit Ausnahme der klapprigen Karre natürlich, die seine Quälgeister offensichtlich selbst benutzten – ein schwach motorisierter Lieferwagen wahrscheinlich, oder ein Kleinlaster, der bestimmt schon einige Jährchen auf dem Buckel hatte. Jedenfalls hörte sich der Motor so an, als leide er an rachitischem Husten.

Henk verbrachte seine Nächte offensichtlich in unmittelbarer Nähe. Zumindest parkte der Wagen des Nachts stets neben Siegwards Gefängnis, und so lag die Vermutung nahe. Maik dagegen schien nicht bei seinem Vater zu wohnen. Wenn Siegward sich nicht täuschte, dann hatte er ihn am späten Abend schon des Öfteren weggehen hören. Aber im Grunde genommen spielte das überhaupt keine Rolle.

Als sein Magen laut knurrte, wurde Siegward Schreiber wieder bewusst, dass er schon seit fast zwei Tagen nichts mehr zwischen die Zähne bekommen hatte. Und seine Zunge klebte wie festgepappt am Gaumen und fühlte sich an wie ein ausgedörrter Filzsocken. Mühsam rappelte der alte Mann sich auf und tastete sich an der feuchten Wand entlang, um zu dem Holzschemel zu gelangen, auf dem Henk seine kargen Mahlzeiten abzustellen pflegte. Für wenige Schritte wiegte er sich in der Hoffnung, dass in seinen Peiniger – sein Sohn war nicht mehr als ein feiger Mitläufer – wieder so etwas wie menschliche Regungen zurückgekehrt waren, nachdem der Blender von ihm abgelassen hatte. Doch schon im nächsten Augenblick musste er erkennen, dass Henk seine Drohung vom Vortag tatsächlich wahr gemacht hatte: Der Blechteller war genauso leer wie der Wasserkrug. Und das würde auch so bleiben – solange er dem verblendeten Kerl nicht verriet, wo der Schatz versteckt war, dem er nachjagte.

Aber das war völlig unmöglich!

Weil Henk weder in die Nähe des Schatzes gelangen noch begreifen konnte, was es damit wirklich auf sich hatte.

Während der Antiquar sich wieder zum Feldbett zurückschleppte und sich völlig ermattet darauf ausstreckte, wurde ihm trotz seines geschwächten Zustandes mit erschreckender Klarheit bewusst, dass er sein Gefängnis wahrscheinlich nicht mehr lebend verlassen würde.

Dieser Gedanke erschreckte ihn maßlos. Nicht seinetwegen – ganz gewiss nicht! Siegward Schreiber hatte keine Angst vor dem Tod. Er hatte sich längst damit abgefunden, dass das Sterben genauso zum Leben gehörte wie die Geburt. Das Ende war einfach unumgänglich, und er fühlte schon lange, dass es ihn bald ereilen würde. Bis jetzt aber hatte er immer darauf gehofft, dass er vorher die große Aufgabe zu Ende bringen konnte, die das Schicksal ihm aufgebürdet hatte. Doch nun sah es ganz danach aus, als hätte der geldgierige Dummkopf Henk ihm einen Strich durch seine Rechnung gemacht. Und das war so absurd, dass Siegward Schreiber trotz seiner schrecklichen Lage beinahe laut aufgelacht hätte.

Doch schon im nächsten Augenblick wurde er von tiefer Verzweiflung gepackt. Plötzlich begriff er nämlich, was ihn aus dem Schlaf geschreckt hatte: Es hatte tatsächlich jemand nach ihm gerufen. Eine verzweifelte Seele in geheimnisvoller Ferne, die sich offensichtlich schrecklich einsam fühlte und dringend Hilfe benötigte. Aufgrund seines geschwächten Zustandes fühlte er das allerdings mehr, als dass er es richtig wahrgekommen hatte – was gleichzeitig bedeutete, dass er in seiner fantastischen Gestalt niemandem mehr zu Hilfe eilen konnte.

Siegward Schreiber aber wusste, dass Hilflosigkeit und Verzweiflung üble Ratgeber waren, die schon manchen ins Verderben getrieben hatten. Und so fürchtete der Hüter des geheimen Wissens das Schlimmste.

Die Lichtelfe sah Niko streng wie eine Lehrerin an. »Wie du inzwischen verstanden haben solltest, Niko Niklas, gibt es keine Zufälle. Alles, was geschieht, besitzt einen tieferen Sinn.« Sie beugte sich nach vorne. »Hast du das so weit verstanden?«

»Ja klar, natürlich.«

»Sehr schön. Daraus folgt, dass all die Dinge, die du als ›Steine‹ …«, aus ihrem Mund klang das fast wie ein schmutziges Wort, »… in deinem Weg bezeichnest, keineswegs solche sind, sondern von den Unsichtbaren sogar mit voller Absich–«

»Wie bitte?«, platzte es aus Niko heraus. »Wieso da–?«

»Wirst du wohl still sein!«, schimpfte die Lichtelfe und flatterte aufgebracht einige Zentimeter in die Höhe, bis sie wieder vor Nikos Gesicht schwebte. »Ein Wort noch – eine einzige Unterbrechung –, und ich mache sofort einen Abflug!«

»Ist ja gut«, sagte Niko zerknirscht. »Es wird nicht wieder vorkommen. Versprochen.«

»Es ist deine letzte Chance!« Die Elfe flog auf sein Knie zurück, blieb jetzt aber stehen. »Ich habe es dir doch schon beim letzten Mal erklärt: Dass man etwas nicht auf Anhieb versteht, heißt noch lange nicht, dass es sinnlos ist. Das sollte doch selbst für einen beschränkten Menschenverstand wie deinen leicht zu fassen sein! Alles, was du in Mysteria bislang erlebt hast, diente nur einem Ziel: dir die Erfüllung deiner Aufgabe zu ermöglichen. Du musst nur die richtigen Schlüsse daraus ziehen.«

Obwohl Niko große Mühe hatte, seine Zunge im Zaum zu halten, schwieg er eisern.

»Du hast erfahren, dass König Nelwyn dein Vater ist, und du hast herausgefunden, wo er sich aufhält. Wenn du richtig aufgepasst hast, dann weißt du auch, warum er noch nicht nach Mysteria zurückkehrt ist?«

Niko öffnete schon die Lippen, schwieg dann aber lieber weiter.

»Das war eine Frage, Niko!«, erklärte die Elfe mit spöttischem Lächeln. »Es ist unhöflich, auf eine Frage nicht zu antworten.«

»Äh«, brachte Niko nur heraus. Er wusste langsam nicht mehr, wie er sich verhalten sollte.

Was die Elfe nur noch mehr zu erheitern schien. »Hat der Wanderer nicht von einem Fluch gesprochen, den Sâga über den König verhängt hat?« Wie beiläufig blickte sie auf den goldenen Ring an seiner rechten Hand. »Und hat die Hüterin des Horts dir nicht den Ring anvertraut, den der Wanderer Nelwyn abgestreift hat, als er unsere Welt durch das Tor des Feuers verlassen hat?«

»Ja, schon«, bestätigte Niko. »Und du meinst …?«

Die Elfe nickte. »Dein Vater wird erst dann in seine Heimat zurückkehren können, wenn der Fluch gebannt ist und der Ring wieder an seinem Finger steckt.«

»Ah ja!« Niko blinzelte verwirrt. »Dann soll ich ihm den Ring also bringen?«

»Du?« Das Gesicht der Elfe bewölkte sich. »Warum denn du? Du wirst doch deine Schwester nicht im Stich lassen wollen? Hast du nicht bemerkt, dass ihr mit vereinten Kräften weit mehr erreicht als jeder für sich allein?«

»Ja, schon, aber …« Niko wusste nun überhaupt nicht mehr weiter. »Dann also wir beide …?«

»Ist das denn zu fassen?«, rief die Lichtelfe laut. Aufgebracht fuchtelte sie mit den Armen herum. »Habt ihr nichts Wichtigeres zu tun, als gemeinsam einen gemütlichen Ausflug zu unternehmen?«

Niko wusste weder ein noch aus, als ihm zum Glück doch noch ein Einfall kam. »Ach so!«, rief er überrascht. »Du meinst natürlich … Jessie!«

»Na bravo!« Die Lichtelfe klatschte spöttisch in ihre kleinen Hände. »Warum nicht gleich so? Bei manchen dauert es halt etwas länger, bis der Groschen fällt. Willst du jetzt immer noch behaupten, dass kein tieferer Sinn hinter ihrem Besuch in Mysteria steckt?«

»Äh … nein, nein, du hast ja recht«, wiegelte Niko ab. »Es gibt allerdings ein Problem: Jessie kann doch nur mit dem Mantel des Odhur auf die Erde zurückkehren …«

»Wie klug du doch bist!«, säuselte die Lichtelfe.

»Aber den hat Sâga sich gekrallt – im wahrsten Sinne des Wortes! – und hat ihn wahrscheinlich schon in der Flamme Nihil verni–« Er brach ab, weil ihm schlagartig klar wurde, was das bedeutete.

»Tztztztz!« Zu seiner Verwunderung schüttelte die Lichtelfe nur das Köpfchen. »Deine Unwissenheit kennt offensichtlich keine Grenzen. Aber so seid ihr Menschen nun einmal!« Sie atmete tief durch, um sich wieder zu beruhigen, und fuhr dann in versöhnlicherem Ton fort: »Weißt du überhaupt, was es mit dem Mantel des Odhur auf sich hat?«

»Wie … auf sich hat? Ja, klar: Man kann damit in die Welt hinter den Nebeln reisen – und wieder zurück.«

»Papperlapapp!« Die Elfe winkte verächtlich ab. »Nicht man, sondern nur die Geschöpfe, in deren Adern Menschenblut fließt«, korrigierte sie. »Damit es euch trotz eurer äußerst beschränkten Fähigkeiten möglich ist, unserer Welt einen Besuch abzustatten. Andernfalls würdet ihr das wahrscheinlich niemals schaffen.«

Niko wollte schon protestieren – immerhin hatte er das Nebeltor durchschritten! –, ließ es aber lieber sein. »Warum wird der Umhang Odhurs Mantel genannt?«

»Weil der große Odhur, einer der mächtigsten Unsichtbaren, ihn höchstpersönlich aus den Schweifhaaren der Pegarosse gewebt und ihn im Sprudelnden Quell mit dem Wasser des Wissens getränkt hat.«

»Tatsächlich?«, fragte Niko verblüfft.

Die Elfe nickte mit feierlicher Miene. »Danach hat Odhur ihn im Licht des Mirakelmondes getrocknet, das ganz besondere Kräfte verleiht. Diese Kräfte können nur in seinem Zeichen wieder zunichtegemacht werden, während der Dämonenstunde, wenn die Macht der Flamme Nihil ihren Höhepunkt erreicht. Ihr alles zerstörendes Feuer stellt nämlich das genaue Gegenteil des Wassers des Wissens dar: Während das Wasser aus dem Nichts etwas zu schaffen vermag, verwandelt die Flamme Nihil das Geschaffene wieder in nichts zurück.«

»Ach so«, sagte Niko, obwohl er nicht ein Wort verstand. »Gewöhnliches Feuer schadet dem Mantel also nicht?«

»Brav, sehr brav! Es ist immer wieder erstaunlich, wie schnell du doch lernst.« Die Elfe verdrehte kurz die Augen. »Wie kann ich es dir nur erklären? Lass es mich so versuchen: Wenn du ein Pergament, auf dem eine Geschichte niedergeschrieben ist, in eine gewöhnliche Flamme wirfst …« Sie beugte sich nach vorne. »Was passiert dann wohl?«

»Das … äh … das Pergament verbrennt?«

»Natürlich, Niko, was sonst? Aber was passiert mit der Geschichte? Wird sie durch die Flamme ebenfalls zerstört?«

»Nein.« Niko schüttelte den Kopf. »Sie existiert weiter – zumindest solange sich noch jemand an sie erinnert.«

»Genau so ist es«, antwortete die Lichtelfe, um dann seufzend hinzuzufügen: »Was einige Narren unter euch Menschen trotzdem nicht davon abgehalten hat, unliebsame Bücher zu verbrennen. Dabei hätten sie doch wissen müssen, dass das nicht nur ein schlimmer Frevel, sondern zudem auch noch völlig nutzlos ist!« Die Lichtelfe hatte sich so ereifert, dass sie eine kleine Pause machen und Luft holen musste.

»Und Odhurs Mantel …?«, fragte Niko nach.

»… kann eine gewöhnliche Flamme absolut nichts anhaben. Sonst hätte Sâga ihn doch längst in ihrer Höhle verbrannt. Das Schweifhaar der Pegarosse übersteht jedes Feuer – und die besonderen Kräfte, die Odhur dem Umhang verliehen hat, überstehen sie ebenfalls. Nur die alles zerstörende Flamme Nihil kann ihm gefährlich werden, allerdings nur unter den bereits erwähnten Umständen!«

Niko räusperte sich. »Und weshalb … erzählst du mir das?«

»Was?« Wieder flatterte das zierliche Geschöpf auf und glich nun eher einer gefährlichen Killerhornisse als einer sanften Elfe. »Das ist doch nicht zu fassen!«, rief sie, und ihre Silberstimme wurde schrill. »Damit du rechtzeitig an Ort und Stelle bist und das verhinderst natürlich! Und damit Jessie mithilfe des Mantels wieder auf die Erde zurückkehren und den Ring zu König Nelwyn bringen kann! Weshalb denn sonst?«

»Ach soooo«, antwortete Niko gedehnt und grinste entschuldigend. »Hätte ich ja auch von selbst draufkommen können.«

Die Lichtelfe sagte nichts, aber ihr Blick drückte mehr aus als tausend Worte.

»Dann müssen wir also zum Weltengebirge«, überlegte Niko laut. »Auf den Schöpferberg, wenn der Mirakelmond am Himmel steht und die Dämonenstunde anbricht …«

Die Elfe sagte immer noch nichts, winkte aber nur resigniert ab.

»Was uns zu einem weiteren Problem führt …«

Die Elfe zog gespannt die Brauen hoch.

»… nämlich zur Feuerfrostbrücke, die kein Sterblicher zu überqueren vermag.« Niko beugte sich nach vorne. »Oder stimmt das etwa nicht?«

»Doch, natürlich stimmt das. Warum fragst du?«

»Weil die Brücke den einzigen Zugang zum Losberg darstellt und ich keine Ahnung habe, wie wir dorthin gelangen sollen – ohne den Mantel des Odhur, meine ich.«

Mit der Fassung der Lichtelfe war es nun vollends vorbei. Sie ließ sich herabsinken, sackte auf Nikos Knie in sich zusammen und brach in lautes Schluchzen aus. »Nein, nein und noch mal nein!«, jammerte sie. »Das ist zu viel! So viel Unwissen auf einmal kann ich einfach nicht ertragen.« Damit fing sie hemmungslos an zu weinen.

Niko starrte sie beklommen an. Das schluchzende Geschöpf tat ihm natürlich leid, allerdings hatte er keine Ahnung, wie er ihm helfen konnte. Plötzlich hatte er eine Eingebung: Er fasste unter sein leinenes Obergewand, holte sein Taschentuch darunter hervor und hielt es der unglücklichen Elfe entgegen.

Die hob den Kopf – und erstarrte: »Bist du denn von allen Waldgeistern verlassen?«, fragte sie leise. »Noch bin ich am Leben und kann auf ein Leichentuch gut verzichten!« Sie nestelte nun selbst ein Tuch aus der Tasche, das kaum größer als eine Briefmarke war, und schnäuzte sich kräftig hinein. Nachdem sie sich auch noch die Tränen aus den Augen gewischt und die Wangen getrocknet hatte, sah sie Niko wieder an. »Na gut«, sagte sie in gefassterem Ton. »Du hast immerhin guten Willen gezeigt. Dann will ich mal nicht so sein und dich auch noch in das Geheimnis der Schwanenmädchen einweihen. Sonst habe ich dich noch für den Rest meines Lebens am Hals!« Die Lichtelfe verdrehte die hübschen Puppenaugen. »Und das wäre wirklich zu viel für mich.«

KAPITEL 27

Aufbruch ins Ungewisse

Als Niko am nächsten Morgen erwachte, stand das Große Taglicht bereits hoch am Himmel. Das Lager im Dämonenwald war nahezu verwaist. Kieran und die anderen Rebellen waren schon vor geraumer Zeit zum Jagen ausgeschwärmt und hatten lediglich drei Mann als Wachen zurückgelassen. Die saßen abseits im Schatten des großen Weinfasses und vertrieben sich die Langeweile mit einem Kartenspiel.

Jessie war ebenfalls längst munter und hatte sich unter einen der alten Bäume zurückgezogen und sich in das Buch aus Sâgas Höhle vertieft.

Ayani dagegen lag zu Nikos Verwunderung immer noch unter dem Schutzdach. Zur Gänze in ihre Decke eingehüllt, schlief sie wohl den Schlaf der Gerechten. Oder vielmehr den Schlaf der Bedrückten. Rieke, seine Mutter, hielt es nämlich genauso: Wenn sie Kummer hatte, verkroch sie sich still und heimlich in ihrem Bett und schlief sich die Sache von der Seele. Ayani war offensichtlich ganz ähnlich gestrickt.

Niko rappelte sich hoch, schöpfte einen Becher Kräutertee aus dem eisernen Kessel über dem Feuer, holte sich einen Kanten Brot aus der kleinen Erdhöhle, die den Rebellen als Vorratskammer diente, und gesellte sich zu Jessie.

Die sah von ihrer Lektüre auf und lächelte ihn freundlich an. »Bist du endlich aus dem Reich der Träume zurück, du Langschläfer?«, sagte sie. »Ich habe schon befürchtet, dass du gar nicht mehr aufwachst.«

»Du hättest mich ja wecken können, wenn du meine Gesellschaft vermisst hast«, sagte Niko leichthin, lief dann aber leicht rot an, als ihm die Bedeutung seiner Worte bewusst wurde.

Jessie tat so, als würde sie das nicht bemerken. »Aber wieso denn?«, fragte sie nur und legte ihm die Hand wie unbeabsichtigt auf den Unterarm. »Du siehst doch auch im Schlaf ganz süß aus«, sagte sie lächelnd. »Finde ich zumindest.«

Nikos Wangen wurden noch heißer. Er entzog ihr die Hand und hustete verlegen. Schließlich deutete er auf das alte Buch. »Hast du noch was entdeckt?«

»In der Tat.« Jessie nickte und blätterte bis zu der Seite hinter dem Titelblatt zurück. »Schau mal: Karin Seikels Siegel und ihre Widmung sind noch nicht gelöscht.« Jessie zeigte auf das Wappen. »Erkennst du es wieder?«

»Natürlich: Es ist das Wappen der Alwenkönige.«

»Stimmt«, pflichtete Jessie ihm bei. »Aber warum hat sie ihre Initialen darunter platziert: K und S? Karin Seikel hat mit dem nivländischen Königsgeschlecht doch absolut nichts zu tun.«

»Wer weiß? Sie hat schließlich behauptet, mit König Nelwyn …« Niko lächelte Jessie verlegen an. »Mit dem damaligen König Nelwyn, wollte ich natürlich sagen! … verlobt gewesen zu sein. Vielleicht hat sie sich bereits als Teil der Familie betrachtet?«

»Hmm«, brummte Jessie wenig überzeugt.

Aber da fiel Niko die Widmung unter dem Wappen ins Auge: »›Für Odhur, dem ich meine Schaffenskraft verdanke und der meinen Geist stets aufs Neue beflügelt‹«, las er halblaut vor, wandte dann den Blick ein wenig ab und starrte in die Ferne. »Merkwürdig«, murmelte er in Gedanken versunken.

Jessie stupste ihn an. »Was denn?«

»Die Lichtelfe heute Na–«

»Die Lichtelfe?« Jessie starrte ihn an, als wäre er ein Alien. »Wovon sprichst du, Niko?«

»Eins nach dem anderen, bitte«, erwiderte er hastig. »Ich erzähle es dir später, okay?«

Jessie musterte ihn grimmig. »Das will ich doch schwer hoffen!«

»Also: Die Lichtelfe hat mir erzählt, dass Odhur zu den Unsichtbaren gehört, die auf dem Schöpferberg hausen. Angeblich ist er sogar einer der mächtigsten von ihnen. Außerdem hat sie behauptet, dass er am Anfang der Zeiten diesen wundersamen Mantel aus dem Schweifhaar der Pegarosse gewebt hat.«

Jessie riss die Augen auf. »Tatsächlich? Aber ich habe im Internet eine ganz andere Erklärung für Odhur gefunden.« Sie schloss kurz die Augen, um die Notiz wieder zu rekapitulieren, die sie in ihrem Rechner gespeichert hatte. Sie erinnerte sich sofort: »›Odhur, altnordischer Gott der Dichtkunst‹«, zitierte sie aus dem Gedächtnis, »›der alle Götter und Menschen an Weisheit übertraf. Später lockten ihn Zwerge in einen Hinterhalt und töteten ihn, vermischten sein Blut mit Honig und schufen so den Dichtermet, den sie in einen silbernen Kessel füllten. Wer daraus trank, wurde zu dichterischer Begeisterung hingerissen. Zu seinen größten Verehrerinnen zählte angeblich die wenig bekannte Asengöttin Sâga –‹«

»Sâga?«, fiel Niko ihr aufgeregt ins Wort. »Hast du Sâga gesagt?«

»Genau.« Jessie nickte. »Jetzt verstehe ich endlich, warum der Name der Schwarzmagierin mir die ganze Zeit so bekannt vorkam!« Sie blickte Niko verwirrt an. »Wie ist das möglich, Niko?«

»Lass uns später darüber nachdenken. Du warst noch nicht ganz fertig.«

Jessie fing den Satz noch mal von vorne an: »›Zu seinen größten Verehrerinnen zählte angeblich die wenig bekannte Asengöttin Saga, die ihr Leben der Dichtkunst geweiht hatte. Aus diesem Grunde zog sie sich in eine Höhle zurück, um aus silbernen Schalen alte Weisheiten zu trinken.‹ Ende des Zitats!« Sie zog die Brauen hoch. »Ist das nicht interessant?«

»Höchst interessant sogar. Und genauso verwirrend.«

»Wie meinst du das?«

»Ganz einfach.« Niko nahm zum Aufzählen die Finger zu Hilfe und begann mit dem Daumen. »Da ist zunächst Odhur, der bei uns auf der Erde als altnordischer Gott der Dichtkunst bezeichnet wird, hier in Mysteria aber einer der mächtigsten Unsichtbaren auf dem Schöpferberg sein soll.«

»Das ist in der Tat verwirrend.«

Niko deutete auf den Zeigefinger. »Dann ist da noch Sâga: Nach der altnordischen Mythologie war sie eine Asengöttin, die in Asgard wohnte. Karin Seikel dagegen behauptet in ihrem Buch, dass sie eine fiese Schwarzmagierin ist, allerdings in der Welt hinter den Nebeln. Und damit hat sie völlig recht, wie wir feststellen mussten.«

»Zudem hat Sâga absolut nichts Göttliches an sich – eher das Gegenteil! Andererseits lebt sie tatsächlich in einer Höhle und besitzt zwar keine silbernen Schalen …«

»… dafür aber einen silbernen Kessel«, übernahm Niko wieder das Wort. »Der ist jedoch nicht mit Dichtermet gefüllt, sondern mit Tinte oder einer ähnlichen Flüssigkeit.« Er blickte Jessie ratlos an. »Findest du es nicht merkwürdig, dass sowohl in unserer Welt als auch in Mysteria ein Odhur und eine Sâga bekannt sind, die durchaus Ähnlichkeiten aufweisen, andererseits aber auch völlig unterschiedlich sind? Hast du eine Erklärung dafür?«

»Nicht die geringste. Dafür aber noch eine ganze Menge weitere Fragen.«

»Nämlich?«

»Ich frage mich zum Beispiel, warum das hier…«, Jessie hob den Folianten etwas an, »…offensichtlich das einzige gedruckte Buch ist, das in Mysteria existiert.«

Niko schaute sie zweifelnd an. »Sicher?«

»Es sieht ganz so aus.« Sie drehte den Kopf und deutete auf die Karten spielenden Männer. »Als ich ihnen vorhin das Buch gezeigt habe, waren sie ganz erstaunt und haben behauptet, dass sie so etwas noch nie in ihrem Leben gesehen hätten. Dabei war Guwen, der spindeldürre Kerl mit dem Ziegenbart, früher immerhin Hofschreiber in Helmenkroon. Er hat mir erklärt, dass sämtliche Schriften in Mysteria ausschließlich mit der Hand gefertigt werden.«

»Das ist in der Tat seltsam.« Niko rümpfte die Nase. »Und weiter?«

»Wie ist das Buch überhaupt in die Welt hinter den Nebeln gekommen? Karin Seikel kann es jedenfalls nicht mitgebracht haben. Sie hat es doch angeblich erst nach ihrer Rückkehr geschrieben!«

»Stimmt. Dann war es eben ein späterer Besucher. Vor uns sind doch bestimmt schon andere Menschen hier gewesen.«

»Das vermute ich auch. Die Frage ist nur, wer?«

Als hätten sie sich abgesprochen, zuckten beide gleichzeitig mit den Schultern. Dann fuhr Jessie fort: »Was uns allerdings zu einer noch viel spannenderen Frage führt: Warum hat Sâga den alten Schinken überhaupt aufbewahrt? Und warum bezeichnete sie ihn als das Buch des Schicksals und ist fast ausgerastet, als ich es in die Hand genommen habe? Dafür muss es doch einen Grund geben!«

»Bestimmt!« Niko nickte und klopfte auf den Folianten in Jessies Hand. »Eines steht jedenfalls fest: Dieses Buch ist für Sâga ungeheuer wichtig. Aber warum?«

Jessie wollte gerade antworten, als ein Schrei die friedliche Stille im Lager zerschnitt: »Bei allen Geistern der Heel – das glaube ich einfach nicht!«

Niko und Jessie drehten sich verwundert um und erblickten den spindeldürren Guwen, der neben dem abseits gelegenen Unterstand der drei Gefährten stand und wie ein begossener Zotteltroll auf Ayanis Lager starrte.

Es war leer!

Von Ayani war nicht eine Spur zu entdecken.

Wie von einem Taranteldrachen gestochen, sprangen Niko und Jessie auf und gesellten sich zu Guwen.

»I-ich wollte Ayani wecken«, erklärte der, immer wieder den Kopf schüttelnd. »Ich sollte sie doch daran erinnern, dass sie mit der Zubereitung des Essens an der Reihe ist. Aber was sehe ich da?« Er deutete auf den mit Stroh gestopften Sack, der auf dem Lager lag. »Sie hat uns getäuscht und sich klammheimlich aus dem Staub gemacht.«

Guwen hatte offensichtlich recht. Niko und Jessie fanden nämlich schnell heraus, dass Ayani nicht nur zwei Decken mitgenommen hatte, sondern auch etwas Proviant aus der kleinen Erdhöhle. Augenblicklich wurde Niko klar, was das bedeutete: Ohne jeden Zweifel hatte sich Ayani auf den Weg zur Insel der Tränen gemacht, um ihr aberwitziges Vorhaben in die Tat umzusetzen. Noch im gleichen Moment beschlich Niko eine böse Ahnung. Sein Puls beschleunigte sich, und das Herz hämmerte wie wild in seiner Brust, während er zu der mächtigen Buntbuche gleich neben seinem Lager hastete und das Tannenreisig über der dicken Wurzel zur Seite zog, unter der er Sinkkâlion während der Nacht aufbewahrte. Obwohl Niko nichts anderes erwartet hatte, schnürte der Anblick ihm die Kehle zu: Der Hohlraum war leer.

Nikos Gesichtszüge entgleisten. »Ich fasse es einfach nicht«, sagte er und sah Jessie Hilfe suchend an. »Wieso hat Huggin nicht bemerkt, dass Ayani sich mit dem Königsschwert davongemacht hat? Und wie konnte sie mir das antun?«

Ayani preschte im gestreckten Galopp in die Richtung, in der sich das Große Taglicht zur Ruhe bettete, als Nikos vorwurfsvolle Frage durch ihre Gedanken schrillte. Für einen Moment war sie versucht, sich taub zu stellen und einfach zu schweigen. Dann aber sandte sie ihm doch eine Antwort, die nicht an Laute gebunden war und deshalb selbst weiteste Entfernungen überwinden konnte: Versteh mich doch, Bruder, mir blieb keine andere Wahl. Mein Vorhaben ist bei dir auf so große Ablehnung gestoßen, dass du mir mit Sicherheit jede Hilfe verweigert hättest. Außerdem bist du nur noch auf Jessies Wohl bedacht!

Das stimmt doch gar nicht!, hallte Nikos empörte Antwort aus der Ferne heran.

Ayani ging über den Einwand hinweg. Sei unbesorgt!, lautete die Antwort, die sie in den Dämonenwald schickte. Sinkkâlion wird mich beschützen, und da ich die Unsichtbaren auf meiner Seite weiß, werde ich Arawynn mit ihrer Hilfe von der Insel der Tränen erlösen und bald zusammen mit ihm zu euch zurückkehren. Dann wird uns nichts mehr aufhalten, den Kampf für die Freiheit unseres Volkes gemeinsam fortzusetzen. Bis dahin mögen die Unsichtbaren mit dir sein, Niko Niklas!

Trotz der Kürze der Zeit hatte Ayani alles sorgfältig geplant. Keiner der Rebellen hatte bemerkt, dass sie ihren Rappen am Vorabend nicht zu den anderen Pferden ins Lager gestellt, sondern ihn in einem nahen Dickicht versteckt hatte. Huggin zu überlisten, war schon etwas schwieriger gewesen, denn natürlich hätte er nie zugelassen, dass sie sich mit Sinkkâlion davonmachte. Zu ihrem Glück hatte Maruna, ihre Ziehmutter, sie schon seit frühester Kindheit mit den Gaben der Natur vertraut gemacht und ihr beigebracht, die Kräfte der Pflanzen zu ihrem Wohl zu nutzen. »Gegen jedes Unbill ist ein Kraut gewachsen, merke dir das, mein Kind«, hatte Maruna ihr von klein auf eingeschärft. »Die Unsichtbaren haben es so gefügt, dass die Natur uns alles schenkt, was wir zur Lösung unserer Probleme benötigen – und wenn schon nicht aller, dann doch zumindest der meisten.« Ayani hatte deshalb nicht die geringste Mühe, einen wohlschmeckenden Tee zu bereiten, der zu raschem und tiefem Schlaf verhalf.

Huggin hatte sie allerdings mit ziemlich misstrauischen Blicken empfangen, als sie mitten in der Nacht damit bei ihm aufgetaucht war. »Was ist denn heute bloß los?«, wunderte er sich. »Erst stapft Niko hier rum und jetzt du! Kannst du auch nicht schlafen?«

Ayani nickte. »Ist die Welt nicht ungerecht, Huggin? Ich kann nicht schlafen, obwohl ich dürfte – und darfst nicht schlafen, obwohl du bestimmt könntest.«

»Auf der Stelle sogar«, brummte Huggin. »Aber weißt du, was das Ärgerlichste daran ist? Dass diese Nachtwachen völlig überflüssig sind. In all der langen Zeit, die wir jetzt schon im Dämonenwald lagern, ist es nur einmal zu einem Zwischenfall gekommen.«

»Ach ja?«

Huggin nickte. »Rein zufällig stand ich damals ebenfalls Wache, als mitten in der Nacht ein riesiger Schnarchbär hier aufgetaucht ist.« Huggin verzog das zottelbärtige Gesicht zu einem Grinsen. »Er hat vermutlich gedacht, dass sich hier im Lager Artgenossen befinden, und wollte ihnen deshalb einen Besuch abstatten.«

»Oh«, bemerkte Ayani erschrocken. »Du konntest ihn hoffentlich verjagen?«

»Nein. Ich habe ihn sogar zum Bleiben eingeladen.« Zu Ayanis Befremden wurde Huggins Grinsen noch breiter. »Der Bursche hat nämlich nicht nur mein Herz erfreut, sondern noch weit mehr meinen Magen! Aber seitdem …«, mit einem Ausdruck der Resignation hob er seine großen Pranken, »… ist leider nichts mehr passiert. Dabei hätte ich wieder einmal so richtigen Appetit auf einen saftigen Bärenschinken!«

Ayani lachte. »Mit Bärenschinken kann ich leider nicht dienen«, sagte sie dann. »Höchstens mit einem Tee.« Auffordernd hielt sie ihm den mitgebrachten Becher entgegen. »Der hält dich munter und wird dir helfen, die Wache besser zu überstehen.«

»Oh, vielen Dank, das ist sehr nett von dir. Und wie gut er riecht!« Er zog den würzigen Kräuterduft in die Nase, griff dann ohne das geringste Misstrauen zum Becher und nahm einen kräftigen Schluck. »Er schmeckt auch gar nicht mal so schlecht … wenn auch bei Weitem nicht so gut wie Bärenschinken.« Nur fünf Minuten später lag Huggin leise schnarchend neben dem Pfad, den er eigentlich bewachen sollte.

Ayani war rasch zurück ins Lager gehuscht und hatte den präparierten Strohsack unter ihre Schlafdecke gelegt. Dann griff sie sich das schon am Vorabend geschnürte Bündel und holte das Königsschwert aus dem Versteck. Es war ihr natürlich nicht entgangen, dass Niko sich kurz zuvor davongeschlichen hatte. Deshalb war das auch weit einfacher, als sie befürchtet hatte.

Als sie den schlafenden Huggin passierte, vergewisserte sie sich noch rasch, dass er auch bequem lag. »Tut mir leid, mein Freund«, flüsterte sie ihm wie zur Entschuldigung zu. »Aber wenn ich mich mit der Dosis nicht vertan habe, wirst du noch vor dem Morgengrauen wach. Wenn du dich nicht verplapperst, bekommt keiner deiner Kameraden mit, dass du auf Wache geschlafen hast.« Aber was ist mit Niko?, ging es Ayani durch den Kopf. Wird er Huggin nicht wecken, wenn er ins Lager zurückkehrt? Ganz bestimmt nicht, versicherte ihr da eine innere Stimme. Niko weiß bestimmt auch, dass eigentlich keinerlei Gefahr droht, und so wird er Huggin die Schande, schlafend auf Wache angetroffen zu werden, bestimmt ersparen.

Und genau so war es dann wohl auch gekommen: Niko hatte Huggin nicht verraten und der hatte eisern geschwiegen. Sonst wäre ihr Verschwinden weit früher entdeckt worden.

Bei dem Gedanken musste Ayani lächeln. Sie zügelte ihren Rappen und ließ ihn in leichten Trab fallen. Der Weg bis zur Pforte der Heel war noch weit – »Der Ritt dauert mindestens zwei Tage, wenn nicht länger«, hatte Norna am Lagerfeuer immer behauptet –, und so war es besser, das Pferd etwas zu schonen. Wenn es vorzeitig müde würde, würde sie die Insel der Tränen niemals bis zum Tage des Mirakelmondes erreichen. Und dann wären alle ihre Anstrengungen vergebens.

Als die übrigen Männer von Ayanis Verschwinden erfuhren, war ihr Ärger über die bescheidene Ausbeute ihrer Jagd – sie hatten lediglich zwei mickerige Gelbfasane erlegt – sofort vergessen.

»Ayani kann nicht mehr bei rechten Sinnen sein«, empörte sich Kieran. »Ihr Vorhaben ist der reinste Selbstmord. Ich habe jedenfalls noch nie gehört, dass ein Sterblicher lebend von einer Reise in die Welt der Heel zurückgekehrt ist.« Er sah Huggin vorwurfsvoll an. »Das ist alles deine Schuld! Wenn du ihr mit deinem Muhmenmärchen nicht den Kopf verdreht hättest, wäre sie niemals auf diese wahnwitzige Idee gekommen.«

»Kieran hat recht«, sagte Graubart. »Warum musstest du diesen Unsinn ausgerechnet Ayani auftischen? Hast du nicht bemerkt, wie nah ihr der Tod ihres Bruders gegangen ist?«

»Natürlich habe ich das bemerkt! Aber ich habe doch nur die Wahrheit gesagt«, antwortete Huggin gekränkt. »Bin ich denn der Einzige, der diese Geschichte gehört hat?« Hilfe suchend schaute er seine Kameraden an. »Unter euch muss es doch auch jemanden geben, der sie kennt?«

Zu Nikos Verwunderung meldeten sich tatsächlich zwei Männer, die seine Angaben bestätigten: Guwen und ein weiterer, dessen Name ihm entfallen war. »Mein Oheim war uralt und mit den alten Legenden sehr gut vertraut«, berichtete Guwen. »Er hat uns die Geschichte von der Insel der Tränen auch immer erzählt, genau wie Huggins Muhme.«

»Bei mir war es ein Einsiedler, dem seherische Gaben nachgesagt wurden«, erklärte der andere. »Er hat genau das Gleiche berichtet. Allerdings hat er uns eindringlich vor einem solchen Unternehmen gewarnt.«

Niko musterte ihn stirnrunzelnd. »Weil es zu gefährlich ist, stimmt's?«

»Richtig.« Der Mann nickte ernst. »Aber was noch viel schlimmer ist: Es erzürnt auch die Unsichtbaren. Weil sie es nämlich als eine grobe Missachtung ihres Willen betrachten. Alles, was sie tun, ist wohlbedacht, und deshalb bestrafen sie jeden, der die Reise zur Insel der Tränen tatsächlich überleben sollte.«

»Oh Mann«, raunte Jessie Niko erschrocken ins Ohr. »Da hat deine Schwester sich ja auf ein schönes Abenteuer eingelassen.«

Bevor Niko antworten konnte, ergriff Huggin wieder das Wort. »Wieso seid ihr eigentlich so sicher, dass Ayani tatsächlich zur Insel der Tränen will?«

Kieran warf ihm einen verwunderten Blick zu. »Was sollte sie sonst vorhaben?«

»Wer weiß?«, antwortete Huggin mit hintergründigem Lächeln. »Vielleicht ist sie inzwischen ja zu der gleichen Ansicht gelangt wie ihr.« Er schaute Graubart und Magnus den Schmied vorwurfsvoll an. »Nämlich dass unser Kampf gegen die marschmärkischen Hunde völlig aussichtslos ist, wie ihr beide gestern lauthals kundgetan habt!«

Während die Gesichter der Männer sich verfinsterten und sie

sich offensichtlich nur mit Mühe im Zaum halten konnten, runzelte Kieran die Stirn. »Und weiter?«

»Vielleicht war es ja nicht ich, der Ayani einen Floh ins Ohr gesetzt hat«, fuhr Huggin fort, »vielleicht waren es ja auch diese beiden!« Anklagend deutete er auf Graubart und Magnus. »Vielleicht hat sie sich von ihrer Mutlosigkeit anstecken lassen und sich deshalb wieder an Rhogarrs Angebot erinnert: nämlich jeden, der ihm Sinkkâlion überbringt, mit purem Gold aufzuwiegen. Deshalb hat sie Niko das Königsschwert kurzerhand entwendet und ist damit auf dem Weg nach Helmenkroon.«

»Niemals!«, rief Niko aus. »So etwas würde Ayani nie tun! Außerdem weiß ich ganz genau, dass sie zur Insel der Tränen reitet.«

»Und woher, bitte schön?«, fragte Huggin.

»Weil meine Schwester es mir bestätigt hat«, erklärte Niko. »Wir können uns ohne jeden Laut verständigen, selbst über größte Entfernungen.« Viele der Männer schienen daran allerdings ihre Zweifel zu haben, wie ihm ein rascher Blick in die Runde zeigte. Zu seiner Überraschung war Huggin jedoch nicht darunter.

»So etwas soll es tatsächlich geben«, sagte er nämlich. »Das habe ich schon häufiger gehört. Aber wieso bist du so sicher, dass Ayani dich nicht belogen hat?«

»Weil sie mich niemals anlügen würde«, sagte Niko. »Genauso wenig, wie sie uns jemals verraten würde.«

»Tatsächlich?« Huggin kniff die Augen zusammen. »Was würdest du sagen, wenn ich das Gegenteil behaupte? Und wenn ich sogar beweisen könnte, dass Ayani gelogen hat?«

»W-was?«, stammelte Niko überrascht.

Aber da mischte Kieran sich ein. »Könntest du gefälligst genauer erklären, was du damit meinst?«

»Mit dem größten Vergnügen.« Huggin lächelte in die Runde.

»Angeblich ist Ayani doch Nelwyns Tochter und damit offensichtlich auch die Tochter des Falken, von der die alte Prophezeiung spricht.«

»Ja, und?«, fragte Graubart, dessen Gesicht immer noch grimmig war.

Jetzt wandte Huggin sich an Niko. »Widersprich mir, wenn ich falsch liegen sollte: Aber wenn ich mich recht entsinne, hat Ayani ebenfalls behauptet, dass ihre Mutter eine Kammerzofe an Nelwyns Hof gewesen ist. Und dass sie Merani hieß.«

»Stimmt, das hat sie mir erzählt.« Niko wusste nicht so recht, worauf Huggin hinauswollte.

Auch die anderen Männer sahen ihren Kameraden abwartend an.

»Wie ihr wisst, betrieb ich zu der Zeit, als unser König noch unter uns weilte, einen Marktstand in Helmenkroon. Zu meinen Kunden zählte unter anderen auch eine Kammerzofe aus der Burg. Sie hieß Merani und hat regelmäßig bei mir eingekauft.«

»Wirklich?« Kieran klang überrascht.

Huggin nickte. »Deshalb weiß ich auch mit absoluter Sicherheit, dass Merani zum damaligen Zeitpunkt *nicht* guter Hoffnung gewesen ist. Was nicht mehr und nicht weniger bedeutet, als dass Ayani gelogen haben muss!«

»Vielleicht hat es ja zwei Zofen mit dem gleichen Namen gegeben«, gab Jessie zu bedenken. »Oder ist dieser Name so außergewöhnlich selten?«

»Nein, ist er nicht«, gab Huggin zu. »Trotzdem spreche ich von der gleichen Frau wie Ayani. Wir haben beim Einkauf nämlich immer ein kleines Schwätzchen gehalten. Bei einer solchen Gelegenheit hat Merani mir erzählt, dass sie aus einem kleinen Dorf im Flüsternden Forst stammt und dass ihr Bruder mit seiner Frau noch immer dort lebt.« Er sah Jessie und Niko eindringlich an. »Braucht ihr noch mehr Beweise?«

»Schon gut.« Niko verzog das Gesicht. »Und trotzdem musst du dich irren, Huggin, ganz bestimmt sogar!« Er wandte sich an die anderen Männer. »Ich konnte Sinkkâlion doch nur aus dem Schicksalsstein ziehen, weil Ayani mir geholfen hat. Genau wie es der alte Orakelspruch besagt: ›Wenn die Zwei zu Einem werden, kann alles geschehen.‹ Für mich ist das der eindeutige Beweis dafür, dass Ayani Nelwyns Tochter und damit meine Schwester ist.«

Dass nun ausgerechnet Kieran Zweifel anmeldete, überraschte Niko sehr. »Das ist nicht unbedingt gesagt«, erklärte der Anführer nämlich. »Wir alle wissen, dass Nelwyn und Nimhuld keine Kinder beschert waren, genau wie anderen Herrscherpaaren vor ihnen auch. Trotzdem haben die Unsichtbaren jedes Mal einen rechtmäßigen Nachfolger für sie bestimmt.«

Niko schüttelte verwirrt den Kopf. »Was willst du damit sagen?«

»Ganz einfach: Selbst wenn Nelwyn nicht dein Vater sein sollte, kann das Schicksal dich dennoch zu seinem Thronfolger auserwählt haben. Und Ayani ebenfalls, warum auch immer.«

»Ich wüsste einen Grund für ihre rätselhaften Kräfte«, sagte Huggin und blickte mit erhobenen Brauen in die Runde. »Vielleicht versteht sich Ayani ja auf … schwarze Magie? Was auch erklären würde, warum sie einen Trank zubereiten konnte, der mich sofort meiner Sinne beraubt hat.«

»Jetzt reicht es mir aber!«, schrie Niko. »Deine Sinne sind offensichtlich immer noch benebelt, und du weißt deshalb gar nicht, was du redest!« Wutentbrannt wandte er sich an Kieran. »Wie kannst du es zulassen, dass Ayani so in den Schmutz gezogen wird? Schämst du dich denn überhaupt nicht?«

»Nun«, sagte Kieran langsam. »Ich kann deine Erregung durchaus verstehen. Andererseits sind Huggins Einwände nicht von der Hand zu weisen …«

»Unsinn!«, schrie Niko. »Natürlich sind sie das!«

»… und selbst du konntest sie nicht völlig entkräften«, fuhr Kieran ungerührt fort. »Ich schlage deshalb vor, dass wir dieses Thema so lange zur Seite schieben, bis Ayani selbst dazu Stellung nehmen kann.«

»Falls sie sich jemals wieder bei uns blicken lässt«, brummte Huggin mürrisch.

Kieran beachtete ihn gar nicht. »Einverstanden, Niko?«

»Was bleibt mir anderes übrig?«, sagte der. »Aber glaub bloß nicht, dass ich so lange hier untätig rumsitze und Däumchen drehe.«

Kieran machte ein erstauntes Gesicht. »Was willst du denn unternehmen?«

»Das ist ganz alleine meine Sache und hat mit euch nicht das Geringste zu tun«, erwiderte Niko. Er warf Jessie einen Blick zu. »Komm. Wir haben keine Zeit mehr zu verlieren.«

Ohne auf die überraschten Fragen der Männer einzugehen, eilten Niko und Jessie zum Unterstand und packten ihre Sachen zusammen. Sie waren schon fast fertig, als Jessie Niko die Hand auf den Am legte. »Hältst du das immer noch für eine gute Idee?«

»Natürlich«, antwortete Niko verwundert. »Es bleibt uns doch gar keine andere Wahl, wenn du rechtzeitig in unsere Welt zurückkehren willst.«

»Ich weiß.« Jessie klang bedrückt, fast schon weinerlich. »Aber ohne Sinkkâlion können wir gegen Sâga doch kaum etwas ausrichten!«

»Oh, Mist!« Niko blickte Jessie bestürzt an. Sie hatte ja recht! Sinkkâlion war weg! Aber da fiel sein Blick auf das alte Buch, das Jessie achtlos zur Seite gelegt hatte. Die Worte der Lichtelfe gingen ihm wieder durch den Kopf – und fast noch im gleichen Augenblick verstand er, wie er gegen Sâga bestehen konnte.

KAPITEL 28

Die Reise durch Mysteria

Ayani ritt zwei volle Tage und zwei volle Nächte. Sie nahm keinerlei Rücksicht auf sich selbst und gönnte sich nur die allernotwendigsten Pausen zum Essen und zum Schlafen. Allerdings achtete sie peinlich darauf, dass ihr Pferd ausreichend Gelegenheit zum Fressen, Saufen und zum Ausruhen bekam. Das war das Allerwichtigste, denn wenn der Rappe erschöpft war, bevor sie die Dunkle Pforte erreichte, würde sie Arawynn niemals von der Insel der Tränen erlösen können.

Ayani hielt sich genau an die Beschreibung, die die alte Norna ein ums andere Mal am Lagerfeuer zum Besten gegeben hatte: »Das Reich der Heel beginnt dort, wo sich das Große Taglicht zur Ruhe bettet – am Ende der bekannten Welt, wo das weite Land in die grenzenlosen Wasser übergeht. Der Weg dorthin ist unendlich weit. Es gibt allerdings eine Abkürzung. Wer es eilig hat, in die Welt der Heel zu gelangen, muss deshalb nach der Dunklen Pforte suchen, die in die Höhle der Deliria führt. Sie liegt in der gleichen Richtung, verborgen in einer tiefen Kluft, die von Zitterpappeln, Gelberlen und Bommelweiden gesäumt wird und über der ständig ein großer Schwarm Eulaben kreist – so nämlich heißen die Todesvögel. In diese schaurige Schlucht ergießt sich mit lautem Geheule der Seufzerfluss, der mit den heißen Tränen der Verzweiflung gefüllt ist und jeden davon abhalten soll, die Dunkle Pforte zu durchschreiten und sich freiwillig in die Höhle der Deliria zu begeben. Sie wird auch die große Täuscherin genannt, weil jeden, der ihren Verlockungen erliegt, nur endlose Schrecken erwarten.«

»Welche Verlockungen denn?«, hatte Ayani schon als kleines Mädchen wissen wollen. »Was meinst du damit, Norna?«

»Deliria macht jedem ihrer Besucher die verführerischsten Angebote, und da die meisten schwach sind, greifen sie gierig zu. Die Unglücklichen ahnen nicht, dass sie damit für immer in Delirias Bann geraten. Und dass ihnen ein langes und qualvolles Ende beschieden ist.«

»Das ist ja schrecklich.«

»Ja, Ayani«, hatte die Alte dann meistens gesagt. »Deshalb solltest du auch einen weiten Bogen um ihre Höhle machen. Wenn du aber trotzdem hineingeraten solltest – was die Unsichtbaren verhüten mögen! –, darfst du ihre Gaben unter keinen Umständen annehmen. Nicht den kleinsten Bissen und auch nicht den winzigsten Schluck! Sonst bist du auf immer verloren.«

Am ersten Tag kam Ayani gut voran. Ihr Weg führte sie ausschließlich durch dünn besiedelte Regionen, und so begegnete sie kaum jemandem. Zumal sie jedem lebenden Wesen auswich, wenn sie es nur von Weitem erblickte. Zunächst setzte Ayani über den großen Reinenfluss, der unweit des Dämonwaldes dahinfloss, und bereits gegen Mittag überquerte sie die Westgrenze des Nivlandes, auch wenn sie davon nichts bemerkte. Grenzmarkierungen waren in der Heimat der Alwen gänzlich unbekannt – ganz im Gegensatz zur Marschmark oder zum Grimmen Reich.

Rhogarr von Khelm beispielsweise hatte die Ost- und Nordgrenze seines Stammlandes mit einem Wehrwall geschützt, weil er den Einfall der barbarischen Reitervölker fürchtete, der Mäoten und Hurräten zum Beispiel, deren blutige Raubzüge die östlichen Steppenreiche in Angst und Schrecken versetzten.

Mordur Kra'nakk, der aufgrund seiner starken Streitmacht jedem seiner Nachbarreiche weit überlegen war, hatte auf den Rat von Nostramus die Grenze nach Karpatien befestigt, einem wildem Bergland, das ebenfalls im Osten gelegen war. Angeblich waren dort unheimliche Werwesen zu Hause, Wolflinge, Halbbären und Blutgierer, denen mit Waffengewalt alleine nicht beizukommen war.

Die Alwenkönige dagegen hatten von Anfang an jedes der unterschiedlichen Geschöpfe Mysterias im Nivland willkommen geheißen und ihnen, falls nötig, auch bereitwillig Zuflucht gewährt. Nicht im Traum hatten sie daran gedacht, sich vor anderen abzuschotten. Was sich beim Einfall der marschmärkischen Truppen vor vierzehn Sommern jedoch als fataler Fehler erwiesen hatte.

Ayani war noch niemals über die Grenzen ihrer Heimat hinausgelangt. Dennoch wusste sie natürlich, welche Region sich im Westen an das Nivland anschloss: das Karge Land. Es trug seinen Namen nicht von ungefähr, bestand es doch überwiegend aus versteppten und wenig fruchtbaren Gebieten, die mit hartem Ritzelgras und Eisensegge bewachsen waren. Dazwischen erhoben sich bewaldete und häufig von eisigen Winden durchtoste Hochebenen, die sich mit tückischen Sumpflandschaften abwechselten. Fruchtbare Böden waren Mangelware im Kargen Land, und so hatten dort nur wenige eine Heimat gefunden. Es gab kaum Siedlungen, und da der Großteil der Kargländer ohnehin damit beschäftigt war, als Nomaden durchs Land zu vagabundieren, um sich und ihre ausgemergelten Herden mehr schlecht als recht am Leben zu erhalten, hatten sie ohnehin kein Auge für Ortsfremde. So verlief der erste Tag von Ayanis Reise ohne nennenswerten Zwischenfall.

Das alte Sägewerk döste im schwindenden Licht der Abenddämmerung. Es lag ganz in der Nähe des Waldes, was zu früherer Zeit wohl ziemlich praktisch gewesen war. Der Sägemüller hatte den Betrieb allerdings schon vor vielen Jahren aufgegeben und war auf der Suche nach einer einträglicheren Arbeit längst aus Oberrödenbach weggezogen. Seitdem war die große Gattersäge, deren kreischendes Geräusch früher im ganzen Dorf zu hören gewesen war, verstummt. Das Wohnhaus und die Nebengebäude, Geräte- und Lagerschuppen, waren verlassen und dem Verfall preisgegeben. Seit ein heftiger Frühlingssturm einen Ast von der Linde vor dem Haus gerissen und aufs Ziegeldach gewirbelt hatte, klaffte darin ein großes Loch, das mit jedem Jahr größer wurde.

Auf dem alten Holzplatz türmten sich noch Stapel verwitterter Baumstämme. Berge von Holzspänen häuften sich in der alten Sägehalle, in der das Betonfundament der längst abmontierten Gattersäge noch zu erkennen war. Hinter der offenen Halle waren diverse Kanthölzer, Bohlen und Bretter aufgeschichtet, die niemand mehr brauchte und die langsam verrotteten.

Plötzlich sah Rieke es auch: Durch ein Fenster im Erdgeschoss des Hauses schimmerte Licht, als würde darin eine Lampe brennen. Sie setzte das Fernglas ab und wandte sich an Nalik Noski, der, genau wie sie, hinter einem Haselnussstrauch am Waldrand in Deckung gegangen war. »Sind Sie sicher, dass die beiden da drin sind?«

»Ganz sicher sogar.« Der Senshei nickte. »Ich bin Maik doch heimlich gefolgt, als er vor einer Stunde hierher gegangen ist. Seitdem hat niemand mehr das Haus verlassen. Sein Vater und er müssen also noch drin sein. Außerdem …«, er deutete auf die Kühlerhaube des grauen Autos, die hinter dem Schuppen neben dem Haus hervorlugte, »… parkt Henks Wagen immer noch dort.«

»Klingt einleuchtend.« Rieke nickte. »Wie haben Sie die beiden denn entdeckt?«

»Eher aus Zufall«, antwortete Nalik lächelnd. »Auch wenn ich eigentlich nicht an Zufälle glaube.« Am Vortag hatte er die beiden auf der Ellerheide beobachtet und war ihnen bis zu ihrem Auto gefolgt, einem unscheinbaren grauen Kastenwagen, wie er häufig von Handwerkern benutzt wurde. Plötzlich war es ihm wieder eingefallen: »Als ich am Tag des Überfalls das Antiquariat am Falkenturm verlassen habe, ist mir dieser Kastenwagen entgegengekommen. Ich erinnere mich ganz deutlich, dass er abgebremst hat, als wollte er dort parken. Da ich das allerdings nicht wichtig fand, bin ich einfach weitergegangen.«

»Verstehe. Und jetzt vermuten Sie, dass Henk und Maik Herrn Schreiber nach dem Überfall in dem Wagen hierher verfrachtet haben? Und dass sie ihn seitdem irgendwo in der alten Sägemühle gefangen halten?«

»Das ist doch naheliegend, oder?«

»Stimmt. Aber was versprechen sich die Kerle denn davon?«

»Aus irgendeinem verrückten Grund scheint dieser Henk fest davon überzeugt zu sein, dass Siegward das Versteck eines wertvollen Schatzes kennt, hinter dem er her ist. Deswegen hält er ihn gefangen, um das Versteck aus ihm herauszupressen.«

»Ein Schatz?« Rieke runzelte die Stirn. »Ist das Ihr Ernst?«

»Mein voller Ernst.« Als wolle Nalik der Frage zuvorkommen, die ihr auf der Zunge lag, fügte er rasch hinzu: »Das sollten Sie lieber Herrn Schreiber fragen. Der kann Ihnen das viel besser erklären als ich.«

Siegward Schreiber rührte sich nicht mehr. Als ihn der Lichtkegel der Taschenlampe traf, lag er völlig reglos und in eine dünne Decke gehüllt auf dem Feldbett. Sein Gesicht war eingefallen und leichenfahl.

Maik schnappte entsetzt nach Luft und sah seinen Vater erschrocken an. »Isser tot, Papa?«

Henk kniff die Augen zusammen, griff nach der schlaffen Hand des Antiquars und fühlte seinen Puls. »Noch nich«, sagte er. »Der atmet noch.«

»Mann, Papa!« In den Augen des Jungen stand nackte Panik. »Wir müssen dringend was tun! Wenn der Alte uns abnibbelt, dann sind wir dran. Das ist doch Mord, Papa! Eiskalter Mord – und darauf steht lebenslänglich. Das weißte doch auch.«

»Hm«, brummte Henk und kratzte sich am Kopf.

»Bitte, Papa!«, flehte Maik. »Wenn er tot is, nützt er uns doch gar nix mehr. Du hast doch gesagt, dass er uns zu dem Schatz führen kann. Und das geht dann ja wohl schlecht, oder?«

»Was du nich sagst, du Klugscheißer«, blaffte Henk ihn an. »Also gut: Hol schnell etwas Wasser – und dann setzt du eine Hühnersuppe auf! Die macht selbst Tote wieder lebendich, hat meine Mama immer behauptet.«

»Okay, Papa!« Maik klang grenzenlos erleichtert. »Ich bin schon unterwegs.«

Während der Junge aus dem alten Kohlenkeller hastete, beugte Henk sich über den besinnungslosen Antiquar und tätschelte ihm die eingefallenen Wangen. »Keine Sorge, Alterchen«, sagte er. »So einfach kommste mir nich davon. Sonst hätte sich der ganze Aufwand doch gar nich gelohnt.«

Niko und Jessie ritten stetig Richtung Osten. Kierans Angebot, sie bis zum Fuß des Schöpferberges zu begleiten, hatte Niko genauso abgelehnt wie das Schwert, das der Rebellenführer ihm aufdrängen wollte. »Sinkkâlion kämpft ohne mein Zutun«, hatte er erklärt. »Aber ein gewöhnliches Schwert behindert mich eher, als dass es mir nützt.« Die scharfen Jagdmesser dagegen, die Kieran Jessie und ihm in die Hände drückte, nahmen sie ebenso dankbar entgegen wie die Karte, auf der Ragnur

Graubart und Magnus der Schmied den Weg zum Weltengebirge eingezeichnet hatten – soweit sie sich an ihn erinnern oder Einigkeit über die richtige Streckenführung erzielen konnten, was gar nicht so leicht gewesen war.

Zunächst durchquerten sie Austrarien, das sich im Osten an das Nivland anschloss und das im Süden vom Grimmen Reich und im Norden von der Marschmark begrenzt wurde. Es war ein welliges Hügelland, das weitgehend von fruchtbaren Feldern und Wiesen überzogen wurde. Hier lebten hauptsächlich Bauern, friedliebende Leute, die Ackerbau und Viehzucht betrieben und etwas träge im Denken, aber dennoch recht umgänglich waren. Kein Wunder also, dass es noch niemals zu ernsthaften Streitigkeiten oder gar kriegerischen Auseinandersetzungen zwischen dem Nivland und Austrarien gekommen war – wenn man von den unbedeutenden Scharmützeln einmal absah, die jugendliche Hitzköpfe gelegentlich im Rausch ausfochten. Niko und Jessie hätten also keinerlei Anlass gehabt, den friedlichen Austrariern aus dem Weg zu gehen. Da sie jedoch sehr in Eile waren, mieden sie dennoch jede Begegnung. Die Austrarier waren nämlich berüchtigt dafür, jeden Fremden in ausschweifende Gespräche zu verwickeln, sodass sich jedes Zusammentreffen meist über Stunden ausdehnte. Und das hätte die Gefährten nur wertvolle Zeit gekostet. So aber kamen sie recht schnell voran. Bei Einbruch der Dunkelheit entdeckten Niko und Jessie eine verlassene Hütte am Wegesrand und beschlossen, darin zu übernachten.

Sie versorgten die Pferde und nahmen ein rasches Mahl zu sich. Danach streckten sie sich Seite an Seite auf dem Hüttenboden aus, betteten ihre Köpfe auf die flachen Sättel und kuschelten sich unter ihre Decken.

Obwohl Niko hundemüde war, fand er nur schwer Schlaf. Fragen über Fragen gingen ihm durch den Kopf: Würden sie den

Schöpferberg rechtzeitig erreichen? Übermorgen, in der Nacht des Mirakelmondes, aber noch vor Anbruch der Dämonenstunde? Wenn Ragnurs und Magnus' Angaben nur annähernd stimmten, sollte das durchaus möglich sein. Allerdings hatte Niko noch nicht die leiseste Ahnung, wie er die Feuerfrostbrücke überqueren sollte – was angeblich noch keinem Sterblichen gelungen war. Selbst wenn er das schaffte: Würde er Sâga wirklich davon abhalten können, den Mantel des Odhur in der Flamme Nihil zu vernichten? Mehr aus Trotz denn aus Überzeugung machte er sich selbst Mut.

Es muss einfach gelingen!

Wenn er versagte, so machte er sich klar, war Jessie rettungslos verloren.

Als hätte sie seine Gedanken gelesen, spürte er plötzlich ihre Hand. Sie tastete sich unter seine Decke, suchte seine Rechte und drückte sie ganz fest.

»Kannst du auch nicht schlafen?«, flüsterte Jessie durch das Dunkel der Hütte, das von den funkelnden Sternen draußen am Nachthimmel nur spärlich erhellt wurde. Der Feuermond hatte sich hinter die dichte Wolkendecke verzogen, die das Firmament zur Hälfte bedeckte.

»Hm«, brummte Niko. Er wollte Jessie nicht mit seinen Gedanken belasten und lenkte das Gespräch deshalb rasch auf ein anderes Thema. »Ist alles in Ordnung mit dir?«, fragte er leise. »Bist du okay?«

»Ja, klar«, flüsterte Jessie. Sie lag so dicht neben ihm, dass er ihren warmen Atem auf seiner Wange spüren konnte. »Zumindest jetzt noch«, setzte sie dann hinzu. »Morgen früh sieht das wahrscheinlich anders aus. Dann ist mein Insulin alle.«

»Was?« Niko fuhr hoch, stütze sich auf den Ellbogen und sah Jessie bestürzt an. »Hast du nicht gesagt, dass es mindestens bis morgen Abend reicht?«

»Schon.« In der Dunkelheit schimmerten ihre blauen Augen wie nachtschwarze Diamanten. »Leider habe ich mehr verbraucht, als ich gedacht habe.«

»Und dann?«, fragte er besorgt.

»Jetzt reg dich nicht auf, Niko«, flüsterte Jessie und strich ihm mit dem Handrücken sanft über die Wange.

Die Berührung setzte ihn in Flammen. Niko hörte ihre Worte nur noch wie durch einen dichten Schleier.

»Wenn ich ordentlich esse und trinke und mich nicht überanstrenge, dann halte ich schon durch bis zum Mirakelmond. Es dauert doch nicht mehr lange bis dahin, nur schlappe achtundvierzig Stunden! Wenn ich dann rasch wieder eine Dosis bekomme, wird mir schon nichts passieren.«

Ja, wenn!, geisterte eine höhnische Stimme durch Nikos Kopf, und er bemühte sich, Jessie seine Ängste nicht spüren zu lassen.

»Bestimmt nicht«, sagte er, legte sich wieder hin und nahm sie in den Arm. »Das schaffen wir schon, ganz bestimmt.«

»Natürlich«, hauchte Jessie und kuschelte sich eng an ihn. »Wenn du es sagst!« Niko meinte, ein leises Lachen zu hören, bevor sie fortfuhr: »Aber jetzt lass uns schlafen, damit wir gleich morgen früh weiterkommen.«

Niko schloss die Augen und atmete den herbsüßen Duft ihres warmen Körpers ein. Jessies Haare kitzelten ihn an der Nase und ließen seine Wangen kribbeln. Es war die erste Nacht, die er alleine mit einem Mädchen verbrachte, und trotz der großen Unwägbarkeiten, die vor ihnen lagen, hätte er mit keinem Menschen auf der Welt tauschen wollen. Bei dem Gedanken seufzte er und fühlte, wie sich der Schlaf langsam über ihn senkte.

Da ließ ihn Jessies Stimme zusammenzucken. »Niko?«

Er verzog das Gesicht. »Ja, Jessie?«

»Findest du das nicht auch seltsam?«

Niko hatte keine Ahnung, was sie meinte. »Was denn?«

Jessies Hand kam unter der Decke hervor und deutete aufs offene Fenster. »Die Sterne da draußen.«

»Hä?« Niko blickte zum glitzernden Firmament. »Was ist damit?«

»Der Sternenhimmel hier sieht dem auf der Erde verblüffend ähnlich, wie so vieles andere auch in Mysteria«, sagte Jessie. »Nur eines ist seltsam.«

Niko verstand noch immer nur Bahnhof. »Nämlich?«

»Dass er nicht dem Sternenhimmel der nördlichen Hemisphäre, sondern dem der südlichen Erdhälfte gleicht.«

»Echt?« Als Niko nun erneut zum Himmel spähte, bemerkte er es auch: Er konnte weder den Großen noch den Kleinen Wagen entdecken und auch nicht den Löwen – womit seine Astronomiekenntnisse allerdings erschöpft waren. Die Sternbilder, die er durchs Fenster sehen konnte, waren ihm dagegen gänzlich unbekannt. »Was dir nicht alles auffällt!«, sagte er.

»Nicht wahr?« Wieder meinte Niko, ein Lachen zu hören. »Dabei habe ich dir doch schon mal erklärt, wie wichtig es ist, auf Kleinigkeiten zu achten«, flüsterte Jessie. »Das hat Papa mir eingeschärft. Insbesondere bei Büchern natürlich. Er sagt, wenn der Autor sein Handwerk versteht und seine Leser ernst nimmt, streut er überall im Text versteckte Hinweise ein, die Rückschlüsse auf die spätere Auflösung erlauben.«

»Das ist aber nicht gerade clever, oder? Wenn man schon vor dem Ende weiß, wie das Buch ausgeht, wird es doch schnell langweilig.«

»Gerade darin besteht ja die Kunst, sagt er: den Leser nicht zu täuschen – und ihn trotzdem zu überraschen.« Jessie drehte sich um und wandte ihm wieder das Gesicht zu. »Verstehst du, was ich meine?«

»Schon«, antwortete Niko und blinzelte eine ihrer Haarsträhnen aus dem Auge. »Und schafft er das auch?«

»Nicht immer. Aber er versucht es jedes Mal wieder.«

»Sehr lobenswert.« Niko lächelte. »Wir sollten uns ein Beispiel an deinem Papa nehmen.«

Er war schon fast eingeschlafen, als Jessie ihn erneut aufschreckte. »Warum hast du das Buch aus Sâgas Höhle denn mitgenommen?«

»Warum wohl?« Niko seufzte. »Denk mal an die Worte deines Papas!«

»Hä? Muss ich das jetzt verstehen?«

»Klar!« Niko grinste still vor sich hin. »Der streut doch auch jede Menge Hinweise in den Text. Aber für das Ende hat er trotzdem noch ein paar Überraschungen parat. Und genau das ist auch mein Plan.«

Na endlich«, sagte Nalik Noski und seufzte erleichtert. »Wird auch langsam Zeit. Ich hatte schon befürchtet, dass diese schrägen Vögel ihr Nest gar nicht mehr verlassen wollen.« Er streckte den Arm aus und deutete hinunter zur alten Sägemühle.

Dort leuchteten jetzt die Scheinwerfer des grauen Kastenwagens auf und reckten ihre Strahlenfinger ins Nachtdunkel. Der Motor wurde angelassen und dann rumpelte das Auto hinter dem Schuppen hervor, durchquerte den Hof und fuhr über die unbefestigte Zufahrt auf die einsame Landstraße zu. In der Dunkelheit war nicht zu erkennen, wer hinterm Steuer saß.

Rieke sah Nalik fragend an. »Wo wollen die denn hin?«

»Da kann ich nur raten«, antwortete Nalik. »In die Kneipe im Nachbarort, nehme ich an. Soweit ich das mitbekommen habe, treiben sie sich da abends regelmäßig rum. Henk scheint gerne einen zu trinken – und Maik steht seinem Vater in dieser Hinsicht offensichtlich in nichts nach.«

Als das Auto auf der Straße angekommen war, krächzte das Getriebe protestierend auf – und dann beschleunigte der Wagen. Nachdem er sich mit rasselnden Motorengeräuschen wie ein Leuchtkäfer ins Nachtdunkel hineingefressen hatte und nach einer scharfen Kurve verschwunden war, nickte Nalik Rieke zu. »Kommen Sie. Versuchen wir unser Glück, solange sie weg sind.«

Obwohl sie das verfallene Haus vom Keller bis zum Speicher durchkämmten und jede Ecke und jeden Winkel durchsuchten, konnten sie nicht den kleinsten Hinweis auf Siegward Schreiber entdecken. Aber zumindest fanden sie heraus, dass Henk offensichtlich bereits seit Tagen in der alten Sägemühle hauste. In einem der Zimmer hatte er sich ein provisorisches Lager aus einer Luftmatratze und einem Schlafsack zurechtgemacht. In der Küche stand ein alter Kühlschrank, der mit einigen Lebensmitteln und noch viel mehr Bierflaschen gefüllt war. Im Schrank waren neben Konserven und Fertignahrung auch Campingteller und -becher zu finden. Selbst an eine Kaffeemaschine und eine Mikrowelle hatte Henk gedacht.

»Sieht ganz so aus, als habe er seinen Ausflug nach Oberrödenbach von langer Hand geplant«, stellte Nalik fest.

Sie verließen das Haus und begaben sich in das angrenzende Lagergebäude. In den oberen Stockwerken und im Erdgeschoss hatten sie allerdings ebenso wenig Glück wie im Wohnhaus. Alle Räume waren verwaist und leer, offensichtlich hatte sich dort schon seit Jahren niemand mehr aufgehalten. Blieb nur noch der Keller, in den eine abgetretene, aus Backsteinen gemauerte Treppe hinunterführte.

Als der Senshei die massive Metalltür am Ende des kurzen Ganges erblickte, leuchteten seine smaragdgrünen Augen auf. »Na also, wer sagt's denn!« Beim Anblick des Vorhängeschlosses, mit dem der Türriegel gesichert war, huschte ein Lächeln über seine Lippen.

Zumal der Schlüssel darin steckte!

Umso größer war Naliks Enttäuschung, als der dahinterliegende Kohlenkeller fast ratzekahl leer war. Von Siegward Schreiber war nicht die geringste Spur mehr zu entdecken. Dabei deutete einiges darauf hin, dass er hier gewesen sein musste: Die Spuren auf dem staubbedeckten Boden vor der einen Wand deuteten darauf hin, dass dort ein Feldbett gestanden hatte. Die Schuhabdrücke ließen zudem vermuten, dass sich mehrere Personen, Männer vermutlich, in dem Raum aufgehalten hatten. In einer Ecke lagen alte, blutverkrustete Mullbinden, und auf dem Holzschemel an der anderen Wand standen ein irdener Wasserkrug und ein tiefer Teller, über dessen Rand ein Löffel ragte.

Nalik hob ihn an, um an dem Suppenrest zu schnuppern. Zu seiner Verwunderung war der noch lauwarm. »Hühnersuppe!«, stellte er fest, bevor er verärgert das Gesicht verzog. »Wie dumm von uns! Da bringen sie Siegward Schreiber vor unseren Augen weg – und wir Idioten bekommen das nicht einmal mit!« Er schlug mit der Faust gegen die Wand. »Wie kann man nur so bescheuert sein!«

»Na, na!« Rieke runzelte die Stirn. »Wir sind schließlich keine Hellseher, oder?«

Nalik atmete tief durch. »Ich weiß«, sagte er. »Aber trotzdem …«

Rieke trat auf ihn zu und legte ihm besänftigend die Hand auf die Schulter. »Hören Sie auf, sich Vorwürfe zu machen. Das bringt doch nichts. Lassen Sie uns lieber überlegen, wohin die Kerle den Antiquar gebracht haben könnten.«

KAPITEL 29

Die Schöne und das Biest

Ayani verbrachte die Nacht in einem kleinen Bruchwald und ritt am nächsten Tag beim ersten Morgengrauen weiter, um das Karge Land so schnell wie möglich hinter sich zu lassen.

Am späten Nachmittag erblickte sie einen Höhenzug am fernen Horizont, der sich über viele Meilen erstreckte: Offensichtlich waren es die Steinernen Höhen. Sie trennten das Karge Land vom Welschen Reich, das wegen seines fruchtbaren Ackerlandes in ganz Mysteria bekannt war und sich bis an die Grenzen des Alten Ozeans weit im Westen erstreckte. Wenn Nornas Angaben auch nur annähernd stimmten, musste die Dunkle Pforte inmitten der Steinernen Höhen gelegen sein.

Gegen Abend – das Große Taglicht ragte nur noch eine Handbreit über die zerklüfteten Gipfel – erreichte Ayani die ersten Ausläufer. Obwohl sie ausgehungert und müde war und sich nur noch mit Mühe im Sattel halten konnte, trieb sie den Rappen unerbittlich über den schmalen Saumpfad weiter, der sich in zahllosen Kehren über die östliche Hügelflanke in die Höhe wand. Die Steinernen Höhen waren beileibe kein Hochgebirge – und dennoch war der Aufstieg mühsam. Der stetig blasende Nordwind fegte Ayani ins Gesicht und fuhr ihr unter das dünne Gewand, sodass sie sich bald genötigt sah, eine ihrer Schlafdecken schützend um den Körper zu wickeln. Zu allem Überfluss war der unebene Bergpfad im schwindenden Licht nur schlecht zu erkennen, sodass der Rappe nur langsam vorankam.

Als Ayani endlich die Passhöhe erreichte, versank das Große Taglicht gerade blutrot hinterm fernen Horizont. Eine weite Hochebene öffnete sich vor ihr, wild zerklüftet und von kargem Pflanzenwuchs bestanden. An ihrem jenseitigen Ende jedoch, vielleicht eine halbe Reitstunde entfernt, meinte Ayani, eine dichte Ansammlung von Bäumen zu erkennen. Sie waren in einen zuckenden Lichtschein getaucht, als würde zwischen ihnen ein Feuer brennen, dessen fahlgelber Strahlenkegel weit in die Höhe reichte. In seiner Mitte kreiste ein riesiger Schwarm pechschwarzer Vögel – ein dunkler Wirbel, der wie ein drohender Zeigefinger in den Himmel ragte. Kein Zweifel: Das mussten die Eulaben sein, die Totenvögel, die die Dunkle Pforte bewachten.

Pannonien war eine schier endlose, aber umso fruchtbarere Tiefebene, die von gewaltigen Höhenzügen begrenzt wurde. Insbesondere im Osten, wo das mächtige Weltengebirge aufragte, dessen höchster Gipfel der meist von dichten Wolken verhangene Schöpferberg war. Während Niko und Jessie Pannonien durchquerten, versuchten sie, den Rat zu befolgen, den Huggin ihnen mit auf den Weg gegeben hatte – nämlich den Bewohnern des Landes, die sich aus vielen unterschiedlichen Volksstämmen zusammensetzten, möglichst aus dem Weg zu gehen. In der Mehrzahl handelte es sich um stolze Pferde- und Rinderzüchter, die über ausgedehnte Ländereien und stattliche Herden und manchmal sogar über große Reichtümer verfügten. Andere waren mit allen Wassern gewaschene Kaufleute, die ihren Wohlstand dadurch mehrten, dass sie mit allen Ländern Mysterias Handel trieben und dabei stets auf den eigenen Vorteil bedacht waren.

Ihre Schlitzohrigkeit war gefürchtet. »Wenn man böswillig ist«, hatte Huggin mit breitem Grinsen erklärt, »könnte man behaupten, dass dort lauter Gauner und Spitzbuben zu Hause sind. Wenn man ihnen die Hand geschüttelt hat, muss man hinterher die Finger nachzählen.«

»Tatsächlich?«, hatte Magnus gesagt. »Dann wundert es mich, warum man dich noch nicht längst zum Ehrenbürger von Pannonien ernannt hat!«

Im Gegensatz zu den eher gemütlichen Austrariern waren die Pannonier mit einem hitzigen Temperament gesegnet. Sie verstanden nur wenig Spaß, und ihr Blut geriet leicht in Wallung, insbesondere dann, wenn sie sich in ihrer Ehre verletzt fühlten. Was in der Regel immer dann der Fall war, wenn jemand gegen die Landessitten oder die strengen Gesetze der Gastfreundschaft verstieß. Eine solche Missetat erregte den Zorn eines jeden Pannoniers – was in der Regel üble Folgen hatte. Niko und Jessie beherzigten deshalb lieber Huggins Ratschlag, und so überstanden sie auch den zweiten Tag ihrer Reise zum Schöpferberg ohne Zwischenfall – beinahe zumindest!

Am späten Nachmittag – am fernen Horizont waren schon die bis in die Wolken reichenden Gipfel des Weltengebirges auszumachen – kam Jessies Falbe beim Durchqueren des Danubenflusses, dessen Wasser fast den gesamten Talkessel durchströmte, ins Stolpern. Obwohl das Pferd sich rasch wieder fing, löste sich Jessies Proviantbeutel vom Sattelknopf und stürzte in die Fluten, die ihn rasch mit sich forttrugen. Jessie schrie auf, denn natürlich wurde ihr augenblicklich klar, was das bedeutete: Wenn sie nicht bald etwas Vernünftiges zu essen und zu trinken auftrieben, würde es ihr rasch schlechter gehen.

Ausgerechnet jetzt war weit und breit keine Ansiedlung und kein Hof zu finden. Die Gegend war einsam, der Boden ziemlich steinig und nur wenig fruchtbar, und so hatte jeder Züchter und

Ackersmann, der seine fünf Sinne beisammenhatte, wohl lieber einen weiten Bogen darum herum gemacht.

Gegen Abend endlich – es dämmerte bereits und die Nacht war nicht mehr fern – entdeckten sie doch noch einen Bauernhof. Er lag in einem kleinen Seitental des Danubenflusses, das offensichtlich etwas fruchtbarer war. Die Gebäude des Hofes, nach Landessitte allesamt aus Holz gebaut, waren durchaus stattlich, auch wenn Niko und Jessie im Laufe des Tages schon an weit prächtigeren Anwesen vorbeigekommen waren. Auf der Koppel neben dem Hauptgebäude weidete eine kleine Pferdeherde, zehn, zwölf Tiere vielleicht. Hühner, Gänse und Enten bevölkerten den Hof und die Wiesen am nahen Flussufer, das von Weiden und Erlen gesäumt wurde. Aus dem Stall war das Muhen von Kühen und das Grunzen von Schweinen zu hören. Vor dem Haupthaus wuchsen prächtige Hortensienbüsche, die in üppiger Blüte standen. Alles sah recht einladend aus, und als Niko und Jessie auch noch die Kinderschar erblickten, die auf der Wiese hinter dem Haus herumtollte, beschlossen sie kurzerhand, dort um Gastfreundschaft zu bitten.

Sie waren kaum durch das große Balkentor geritten, das den Hof zur unbefestigten Straße hin abgrenzte, da wurde die Tür auch schon geöffnet, und ein Mann trat vors Haus, der sie beim Näherkommen ungeniert von Kopf bis Fuß musterte. Er hatte die besten Jahre längst hinter sich, trug die landestypische Tracht – eine blaue halblange Tunika über einer schwarzen Hose – und war erschreckend hässlich: Sein Haupt war fast kahl, dafür wuchsen gleich Büschel roter Haare aus seinen lappigen Ohren und aus den großen Nasenlöchern. Auf seiner geröteten Knollennase schwärte ein dicker Furunkel.

»Seid gegrüßt, Herr«, sprach Niko ihn an. »Wir wollten Euch um ein Mahl und um ein Nachlager für uns und unsere Pferde bitten.«

»Bitten?« Der Mann lachte aus tiefer Kehle und entblößte ein lückenhaftes Gebiss. »Ich bestehe darauf, dass ihr meine Gäste seid! Niemand soll behaupten, dass wir Pannonier Fremde nicht geziemend willkommen heißen. Sitzt doch bitte ab.« Während sie seinem Wunsch nachkamen, steckte er zwei Finger in den Mund und stieß einen lauten Pfiff aus.

Augenblicklich hasteten zwei Kinder von der Wiese herbei, zwei Mädchen von vielleicht acht und zehn Sommern. Aus dem Haus kam außerdem ein älterer Bursche mit struppigem roten Haar. Er übertraf den Alten noch an Hässlichkeit, was Niko umso mehr verwunderte, als die Mädchen ausgesprochen hübsch waren. Nicht so hübsch wie Jessie natürlich, aber dennoch sehr ansehnlich mit ihren zarten Gliedern, den anmutigen Gesichtern und den hellen Haaren, die zu langen Zöpfen geflochten waren.

»Thekla, Gudrun«, rief der Alte barsch. »Bringt das Gepäck unserer Gäste in den Alkoven, aber rasch! Und du, Rachomir …«, damit meinte er den Jungen, »… du bist ihnen bei den Pferden behilflich.«

»Sehr wohl, Vater«, antwortete der Junge und stürzte herbei, um Niko und Jessie die Zügel aus der Hand zu nehmen. Rachomir wollte den Schimmel und den Falben schon zum Pferdestall führen, als der Alte plötzlich stutzte. »Warte noch«, gebot er seinem Sohn, als die Tür neuerlich geöffnet wurde und eine Frau heraustrat, ein Tablett mit drei gefüllten Trinkgläsern in den Händen.

Bei ihrem Anblick klappte Niko der Unterkiefer herunter: Sie zählte höchstens zwanzig Sommer und war so schön, dass er unwillkürlich an eine Märchenprinzessin denken musste: eine Haut, weiß wie Schnee, Wangen, rot wie Blut – und die Haare blond wie Flachs.

Die Schöne verneigte sich vor Niko und Jessie und hielt ihnen das Tablett entgegen. »Seid mir gegrüßt! Willkommen in unserem Haus«, sagte sie mit zarter Stimme. Nachdem die beiden sich jeder ein Glas gegriffen hatten, wandte sie sich an den Alten und reichte ihm das dritte Glas. »Für Euch, mein Gemahl.«

Niko glaubte, sich verhört zu haben: Hatte sie tatsächlich ›mein Gemahl‹ gesagt? Aber das war doch nicht möglich? Es war doch völlig ausgeschlossen, dass eine so wunderhübsche junge Frau einen derart hässlichen alten Klotz zum Mann hatte?

Der verstohlene Blick, den Jessie ihm zuwarf, verriet, dass sie das Gleiche dachte.

»Schon gut, Gislind«, knurrte der Alte. »Geh in die Küche und bereite das Essen.«

»Wie Ihr wünscht, mein Gemahl«, antwortete die Märchenschönheit und zog sich lautlos zurück.

Der Alte beachtete sie nicht im Geringsten, sondern hielt den Gästen sein Glas entgegen: »Tausend Sommer Glück und tausend Winter Segen!«, sagte er und kippte den milchig weißen Trank blitzschnell hinunter.

»Tausend Sommer Glück und tausend Winter Segen«, murmelte auch Niko und hob den Trank an die Lippen. Schon alleine vom Geruch wurde ihm speiübel: Das Gesöff stank wie alte Käsesocken. Der Geschmack war noch ekelhafter – wie saure Milch mit faulen Eiern. Niko musste würgen und hätte sich um ein Haar übergeben.

Jessie erging es keinen Deut besser, wie er aus den Augenwinkeln sehen konnte.

Zum Glück bemerkte der Alte das gar nicht. Er hatte nämlich nur Blicke für ihre Pferde. Oder vielmehr für den Schimmel, wie Niko beim zweiten Hinsehen auffiel. Die Augen vor Gier glänzend, eilte der Mann zum Kopf des Pferdes, packte es grob am Unterkiefer und fuhr ihm immer wieder über die Nase, die einzige Stelle, wo das Fell des Tieres nicht weiß, sondern schwarz war. Dass der Hengst sich aus seinem eisernen Griff zu winden versuchte, unruhig schnaubte und tänzelte, schien ihn nicht zu stören. Dann umrundete er das Ross und beäugte es eingehend von allen Seiten. Und je länger die Besichtigung dauerte, desto gieriger wurde sein Blick.

Niko konnte sich keinen Reim auf das seltsame Verhalten machen. Natürlich war der Schimmel nicht nur prächtig anzusehen, sondern auch ausdauernd, zuverlässig und folgsam – was ihn zu einem höchst brauchbaren Reittier machte. Der Alte aber gebärdete sich, als habe er ein Wunder auf vier Beinen vor sich.

Der Raum maß vielleicht acht auf acht Meter und lag unter der Erde. Die Bogendecke wurde von vier Pfeilern gehalten, die an spätgotische Säulen erinnerten. Es roch nach Moder und Vergänglichkeit. Die Luft war muffig und kalt, die vier Fackeln in den schmiedeeisernen Haltern an den Wänden spendeten flackerndes Licht.

Henk und Maik hatten das Feldbett aus dem Kohlenkeller mitgebracht. Sie stellten es in die hinterste Ecke, die von der Treppe aus nicht einzusehen war. Dann betteten sie ihren Gefangenen darauf, den sie in einen dicken Schlafsack gehüllt hatten.

So weit war alles gut gegangen. Mit Grausen erinnerte sich Maik daran, wie Siegward Schreiber im Sägewerk sofort wieder das Bewusstsein verloren hatte, kaum dass er ihm die Tütensuppe eingelöffelt hatte. Was den Jungen in Angst und Schrecken versetzt hatte. »Oh, verdammt!« Ungeschickt hatte er versucht, den Antiquar durch ein paar sanfte Backpfeifen wieder zur Besinnung zu bringen, ohne jeden Erfolg allerdings. Worauf er seinen Vater mit entsetzter Miene anblickte. »Sollen wir ihn nich lieber zum Doktor bringen?«

»Hast du sie noch alle?«, blaffte Henk. »Dann können wir auch gleich zu den Bullen marschieren und uns selbst anzeigen!« Mit finsterem Gesicht fügte er hinzu: »Mir reicht schon, dass dieser Pferdeschwanztyp uns dauernd hinterherschnüffelt.«

Maik starrte ihn verwundert an. »Welcher Pferdeschwanztyp?«

»Mann Mann Mann! Nich zu glauben, dass du mein Junge bist. Du hast echt riesengroße Tomaten auf den Augen.«

»Äh?« Maik hatte keine Ahnung, was sein Vater meinte. »Wieso denn … Tomaten?«

Henk trat einen Schritt auf ihn zu und starrte ihm ins Gesicht. »Sag bloß, du hast nich bemerkt, dass der Kerl und die Tussi seit Stunden oben am Waldrand hocken und uns beobachten?«

»Äh … nö.« Jetzt schüttelte Maik den Kopf. »Nich die Bohne, Papa.«

Wieder verzog sein Vater das Gesicht und tätschelte ihm die Wange. »Na, du kannst ja nix dafür«, sagte er resigniert. »Kein Wunder bei der Mutter. Aber zum Glück hast du ja noch deinen Vater, auf den du dich verlassen kannst, ne? Und der wird diesem Pferdeschwanzheini und seiner Tussi die Suppe ganz ordentlich versalzen! Wir bringen den Alten nämlich weg – vor ihren Augen! Und sie werden es trotzdem nich merken, darauf kannste einen lassen, mein Junge!«

Genauso war es dann auch gekommen!

Womit gleichzeitig Maiks große Stunde angebrochen war. Das neue Versteck war nämlich einzig und allein seine Idee gewesen! Er strahlte denn jetzt auch übers ganze Backpfeifengesicht, als sein Vater ihn nach einem prüfenden Rundblick lobte: »Alle Achtung, mein Junge!«, sagte Henk. »Das Versteck ist allererste Sahne.«

Maiks Augen leuchteten auf. »Echt, Papa? Meinste das wirklich?«

»Ja, klar.« Henk klopfte ihm anerkennend auf die Schulter. »Ein besseres hätte selbst ich nich finden können. Dass hier unten jemand versteckt ist, da kommt keine Sau drauf – da mache ich jede Wette!«

Die Worte gingen Maik runter wie Öl. Gab es denn etwas Tolleres für einen Jungen, als von seinem Vater gelobt zu werden? »Da hast du voll recht, Papa.« Er strahlte Henk an. »Aber wenn de dich in Oberrödenbach besser auskennen tätest, hättste das mit Sicherheit auch gefunden!« Dann wurde er wieder ernst und deutete auf den Gefangenen, der immer noch bewusstlos auf dem Feldbett lag. »Was meinst'n, Papa? Ob er durchkommt?«

Henk zuckte mit den Schultern. »Ich denk schon, mein Junge. Wir müssen den Alten nur etwas aufpäppeln in den nächsten Tagen. Dann wird er es schon packen.« Maik wollte schon erleichtert aufatmen, als sein Vater noch leise hinzufügte: »Das hoff ich zumindest.«

Im Gegensatz zu seinem Vater beachtete Rachomir den Schimmel überhaupt nicht. Seine lüsternen Blicke galten ausschließlich Jessie: Völlig ungeniert musterte er sie von Kopf bis Fuß und zog sie mit seinen Augen förmlich aus.

Niko musste sich gewaltig zusammenreißen, um ihm nicht an die Gurgel zu springen.

Obwohl Jessie das Gegaffe des hässlichen Kerls sichtlich unangenehm war, trat sie hastig an Niko heran und wisperte ihm ins Ohr: »Reg dich bitte nicht auf, wir bekommen sonst nur Ärger. Und solange er mich nur geil anglotzt, soll's mir recht sein …«

Da trat der Alte auch schon vor Niko hin. »Dein Schimmel ist wirklich schön, Jungchen«, sagte er. »Woher hast du ihn?«

»Nun, Herr«, hob Niko an, wurde aber sofort unterbrochen.

»Meine Freunde nennen mich Krasputin«, sagte der Alte mit einem aufgesetzten Lächeln. »Und wir Pannonier betrachten alle unsere Gäste als Freunde.«

»Gut, Krasputin. Ich heiße Niko und meine Begleiterin Jessabelle.«

»Schön, schön«, sagte der Alte, als habe er gar nicht zugehört. »Also, woher hast du den Schimmel?«

»Nun … er stammt aus Helmenkroon, vom Markt.«

»Tatsächlich?« Krasputin kniff die Augen zusammen, als wüsste er nicht, was er von der Antwort halten sollte. »Willst du ihn mir nicht verkaufen, Jungchen? Nicht dass ich ihn bräuchte oder gar etwas mit ihm anfangen könnte. Aber ich sterbe nun einmal für schöne Schimmel und würde ihn dir deshalb gerne abkaufen.«

Aha, dachte Niko. Deswegen steht auf deiner Koppel auch kein einziger davon, nicht wahr?

»Ich mache dir einen Vorschlag, Jungchen: Nenne mir eine Summe – und du sollst sie bekommen. Und ich gebe dir zwei meiner besten Pferde noch dazu!« Er hielt ihm auffordernd die Hand entgegen. »Na, was sagst du? Ist das nicht ein gutes Angebot? Schlag schon ein und zier dich nicht länger.«

»Nun …« Niko versuchte krampfhaft, Zeit zu gewinnen. Wenn er das Angebot ablehnte – war das bereits ein Verstoß gegen die Landessitten, der Krasputin einen Vorwand lieferte, gewalttätig gegen Jessie und ihn zu werden? »Euer Angebot ist in der Tat großzügig, ja geradezu großherzig zu nennen.«

Krasputin nickte eifrig – »Nicht wahr?« – und streckte ihm die Hand noch weiter entgegen.

»Es zerreißt mir deshalb fast das Herz, dass ich leider nicht darauf eingehen kann.«

»Nein?« Die Miene des Alten verfinsterte sich. »Und warum nicht?«

»Weil das Pferd nicht mir gehört«, erklärte Niko mit unschuldigem Lächeln. »Ich habe es nur geliehen und muss es seinem Besitzer wieder zurückgeben.«

Die Antwort kam für Krasputin offensichtlich so unerwartet, dass er nicht mehr als ein enttäuschtes »Oh« herausbrachte. Nachdem er sich wieder gefangen hatte, fügte er noch hinzu:

»Schade, aber in dem Fall kann man eben nichts machen.« Er befahl seinem Sohn, die Pferde in den Stall zu bringen und danach auch die Gäule von der Koppel zu holen, und begleitete Niko und Jessie ins Haus, wo bereits der Tisch für das abendliche Mahl gedeckt war.

Obwohl Krasputin die Enttäuschung nicht mehr aus dem Gesicht wich, erwies er sich als überraschend guter Gastgeber. Er bat Niko und Jessie zu seiner Familie an den Tisch – neben ihm und Gislind sowie dem hässlichen Rachomir bestand die aus fünf Töchtern, von denen eine hübscher war als die andere.

Gislind hatte offensichtlich alles aufgetischt, was Küche und Keller zu bieten hatten. Es gab mehrere Sorten Fleisch und Fisch, dazu verschiedene Gemüse und Kartoffeln. Sie musste eine vorzügliche Köchin sein, denn alles mundete überaus köstlich. Niko und Jessie füllten ihre Teller gleich zweimal und auch ihre Gastgeber ließen es sich schmecken. Anders als die beiden Männer verzichteten Gislind und ihre Töchter jedoch völlig auf Fleisch und Fisch und begnügten sich mit Gemüse und Kartoffeln. Zudem gaben sie während des ganzen Essens nicht einen Ton von sich – ganz im Gegensatz zu Krasputin, der die Gäste in eine rege Unterhaltung verstrickte, dieses und jenes wissen wollte und auch bereitwillig selbst Auskunft gab.

Er erzählte Niko und Jessie von seinen Vorfahren, die einst als Flößer den Danubenfluss befahren hatten, bevor sie sesshaft geworden waren, und klärte sie auf, dass Rachomir aus der Ehe mit seiner ersten Frau stammte. Als die vor vierzehn Sommern überraschend verstarb, nahm er sich Gislind zur Gemahlin, die ihm in rascher Folge fünf Töchter gebar: Gerhild, die Älteste, war dreizehn Sommer alt, Linde zwölf, Brünhild elf, Thekla zehn und Gudrun, das Nesthäkchen, acht. Die Mädchen waren nicht nur fast so hübsch wie ihre Mutter, sondern sahen ihr auch auffallend ähnlich – und hatten alle den gleichen todtraurigen Blick wie sie.

»Wie ist das möglich?«, flüsterte Jessie Niko heimlich zu. »Gislind ist doch höchstens zwanzig. Wie kann sie da schon so große Töchter haben?«

Niko zuckte mit den Schultern. Diese Frage hatte er sich auch schon gestellt, allerdings ohne eine einleuchtende Antwort darauf zu finden. Krasputin danach zu fragen, kam für ihn nicht infrage. Das wäre nicht nur unhöflich gewesen, sondern schlichtweg aufdringlich. Außerdem fühlte sich Niko mit einem Mal ganz entsetzlich müde. Der lange Ritt durch die pannonische Tiefebene war wohl doch anstrengender als vermutet gewesen! Und so hatte er nur noch eines im Sinn: sich endlich schlafen zu legen.

Krasputin führte sie zu ihrem Nachtlager, das die Mädchen im Alkoven vorbereitet hatten – einem kleinen Anbau des Haupthauses, der über einen separaten Eingang verfügte –, und wünschte ihnen eine angenehme Ruhe. »Mögen die Hüter der Nacht über euch wachen und euch angenehme Träume schenken«, sagte er und zog sich eilends zurück.

Niko sank todmüde aufs Lager, deckte sich rasch zu und suchte und fand Jessies Hand. »Schlaf gut«, murmelte er und schloss die Augen. Er hörte noch ihren Gutenachtgruß, und dann war ihm, als würde wie aus weiter Ferne eine zarte Melodie an sein Ohr klingen, wunderschön und gleichzeitig tieftraurig. Wer mag das wohl sein?, fragte er sich noch zwischen Wachen und Träumen, doch dann breitete der Schlaf seine warme Decke über ihn und erstickte jeden Laut.

KAPITEL 30

Die Höhle der Deliria

Ayani schreckte schon nach kurzem und traumlosem Schlaf wieder auf. Unruhe hatte sie erfasst, und so erhob sie sich vom Lager, aß hastig ein paar Bissen und saß kurze Zeit später wieder im Sattel. Anfangs versuchte der Rappe noch, sich dem Zügel zu widersetzen, dann aber fügte er sich und trottete einfach weiter. In der mondhellen Nacht kamen sie leidlich gut voran. Es dauerte dennoch mehr als eine Stunde, bis Ayani die Hochebene überquert hatte und an ihren jenseitigen Rand gelangte.

Dort wurde das Geschrei der Eulaben immer lauter und der Feuerschein immer heller. Bereits aus der Entfernung erkannte Ayani, dass die Lichtquelle nicht zwischen den Bäumen gelegen war, sondern offensichtlich in der Tiefe – in einer Schlucht vermutlich, die von den Bäumen gesäumt wurde.

Als die Eulaben Ayani erblickten, stürzten sie sofort auf sie zu und flatterten zu Hunderten, wenn nicht sogar zu Tausenden um sie herum. Es waren die merkwürdigsten Vögel, die Ayani jemals gesehen hatte: Pechschwarz gefiedert, besaßen sie den Körper eines Raben und den Kopf einer Eule mit einem flammend roten Schnabel. Ihr Ruf war durchdringend und schaurig, hatte ansonsten aber mit den Lauten der Nachtvögel nichts gemein: Die Eulaben konnten nämlich sprechen.

»Sei uns gegrüßt, du Schöne, du Holde«, flötete es Ayani aus zahllosen Schnäbeln entgegen. »Dürfen wir dir unser Geleit antragen, Prinzessin, damit du sicher und wohlbehalten ins Reich unserer Herrin gelangst?«

»Eurer Herrin?«, fragte Ayani verwundert. »Wen meint ihr?«

»Hört, hört!«, kreischten die Eulaben belustigt auf. »Die Schöne weiß nicht, wer unsere Herrin ist!« Wieder kam ein Kreischen aus dem schwarzen Wirbel, so laut, dass Ayani die Ohren schrillten.

»Jetzt sagt schon«, rief sie der Flattermeute ungehalten entgegen. »Oder lasst mich einfach meines Weges reiten.«

»Nicht doch, du Schöne, nicht doch! Wer wird denn so ungeduldig sein?« Eine Eulabe löste sich aus dem schwarzen Flügelgeschwirr, setzte sich auf den Kopf des Rappen, legte ihr Federhaupt schief und sah Ayani mit rot funkelnden Eulenaugen an. »Es wäre ein schwerer Fehler, wenn du unsere Herrin nicht kennenlernen würdest. Du würdest es auf ewig bereuen.«

»Woher soll ich das wissen, wenn ihr mir nicht verratet, wer eure Herrin ist? Oder meint ihr vielleicht Deliria, die hinter der Dunklen Pforte wohnt?«

»Na, wer sagt's denn?« Die Eulabe drehte den Kopf auf den Rücken und warf ihren Artgenossen einen spöttischen Blick zu. »Die Holde ist tatsächlich von alleine darauf gekommen!« Dann wandte sie sich wieder an Ayani. »Obwohl – allzu schwer war das nun auch wieder nicht. Du hast es doch von Anfang an darauf abgesehen, unserer Herrin einen Besuch abzustatten, nicht wahr, Prinzessin? Und bei dem Ruf, der dir vorauseilt, hätte es uns sehr verwundert, wenn du dein Ziel nicht erreicht hättest.«

»Was?«, fragte Ayani. »Ihr habt gewusst, dass ich in die Höhle der Deliria will?«

»Natürlich. Sonst hätten wir dich doch nicht erwartet.«

»Und warum redet ihr ständig nur darum herum?«

»Kleiner Scherz!« Die runden Augen der Eulabe funkelten

belustigt. »So was hat noch niemals geschadet, ganz besonders nicht im Angesicht der Dunklen Pforte.« Wieder drehte sie ihren Kopf der Flattermeute zu. »Nicht wahr, meine Lieben?«

»Ja, ja«, kreischte es aus Tausenden von Schnäbeln. »Ganz besonders nicht im Angesicht der Dunklen Pforte!« Ihre schrillen Laute überschlugen sich und gingen Ayani durch Mark und Bein.

»Komm, du Schöne«, forderte die Eulabe sie schließlich auf. »Folge uns einfach und wir werden dich zur Dunklen Pforte bringen.« Erneut legte sie ihr Eulenhaupt schief und warf Ayani einen Blick zu, den sie nicht recht zu deuten wusste. »Es wäre doch ein Jammer, wenn du so kurz vorm Ziel noch in die Irre geleitet würdest.« Sie flog auf und mischte sich wieder unter den schwarzen Federwirbel, der, sich ständig im Kreis drehend, auf die Bäume zuhielt.

Es waren tatsächlich Zitterpappeln, Gelberlen und Bommelweiden – genau wie Norna es am Feuer immer erzählt hatte. Sie säumten eine düstere Schlucht, in die ein schmaler Weg hinunterführte. Er war so steil, dass der Rappe mehrmals ausrutschte und zu stürzen drohte. Ayani war heilfroh, als sie endlich auf dem Grund der Schlucht angelangten. Überall brannten Feuer, die offensichtlich von aus der Tiefe emporströmenden Gasen gespeist wurden. Trotz der lodernden Flammen war es feucht und kalt in dem engen Tal, sodass Ayani vor Kälte zitterte.

Den Flammen geschickt ausweichend, flogen ihr die Eulaben ständig voran, bis sie schließlich das jenseitige Ende der Schlucht erreichte, wo sich ein tosender Wasserfall in einen kleinen See ergoss und das weitere Vorankommen unmöglich machte. Das Klagen und Stöhnen der dampfenden Wasser übertönte selbst das Gekreische der Eulaben. War das der Seufzerfluss, der das Durchschreiten der Dunklen Pforte verhindern sollte?

Ayani zügelte ihr Pferd am Rande des Sees und wandte sich an den Schwarm der Todesvögel. »Und jetzt?«, schrie sie.

»Geradeaus weiter und immer der Nase nach!«, schrillte es an ihr Ohr. »So ist noch jeder ins Reich der Deliria gelangt. Lass dich nicht aufhalten!«

Ayani glitt aus dem Sattel und bemerkte, dass am Rande des dampfenden Gewässers viele Kräuter und rot blühende Blumen mit großen Samenkapseln wuchsen. Solche Pflanzen hatte sie noch nie gesehen. »Sind die genießbar?«, wollte sie von den Eulaben wissen.

Ein schrilles Gekreische, das sich wie das Gekicher von Barthyänen anhörte, war die Folge. »Wie man's nimmt, wie man's nimmt«, riefen die Vögel. »Die einen sagen so und die anderen behaupten das Gegenteil.« Erneut kreischte der Schwarm auf und flatterte dann jäh davon.

Ayani blickte den Eulaben noch verwundert nach, bis sie jenseits der flammenden Feuer verschwunden waren. Dann befreite sie ihren Rappen von der Trense und gab ihm einen Klaps. »Warte hier auf mich«, befahl sie ihm. »Und stärke dich an dem Grünzeug hier. Es wird dir hoffentlich nicht schaden.«

Als Ayani in den See stieg, stöhnten und heulten die Fluten auf. Sie waren nicht allzu tief, das Wasser reichte Ayani nur bis zu den Knien. Es war mehr als körperwarm, und als die vom Wasserfall aufgewirbelte Gischt ihr Gesicht netzte, schmeckte Ayani Salz auf ihren Lippen. Handelte es sich tatsächlich um heiße Tränen, wie Norna behauptet hatte? Während sie noch darüber nachsann, teilten sich plötzlich die Wellen, und ein Kopf schaute daraus hervor: eine Wassernymphe, wie Ayani zu ihrem Erstaunen erkannte.

Sie war nicht viel größer als ein Schnapphecht, besaß den Unterleib eines Fisches und den Oberkörper eines Mädchens. Anstelle von Haaren wuchsen grüne Algen auf ihrem Kopf und ihr Busen – für ein Geschöpf ihrer Größe war er ansehnlich! – war mit Seerosenblüten bedeckt. Die Nymphe schwamm geschwind auf Ayani zu und reckte den algenbedeckten Kopf hoch aus dem seufzenden Wasser. Dann öffnete sie den Mund und rief ihr etwas zu.

Ayani verstand kein Wort. Sie ging in die Knie und neigte sich der Nymphe zu. »Was hast du gesagt? Würdest du deine Worte bitte wiederholen?«

Das kleine Geschöpf verzog das Gesicht. »Gerne. Obwohl du eigentlich wissen müsstest, was ich dir zu sagen habe. Nicht wahr, Ayani?«

Ayani schüttelte verständnislos den Kopf.

»Hast du schon vergessen, welche Aufgabe die Unsichtbaren dem Schwert an deinem Gürtel zugedacht haben?« Damit deutete die Wassernymphe auf Sinkkâlion, das Ayani seit dem heimlichen Aufbruch im Rebellenlager niemals abgelegt und wie ihren Augapfel gehütet hatte. »Das Königsschwert soll deine Heimat vom Tyrannen befreien, damit ihr Alwen wieder in Frieden und Freiheit leben könnt. Was erdreistest du dich, es von dieser wichtigen Aufgabe abzuhalten?«

Ayani entgegnete nichts, sondern sah die Nymphe nur aus schmalen Augen an.

»Hinter dieser großen Aufgabe muss alles andere zurückstehen«, fuhr das zürnende Geschöpf fort. »Ganz besonders die eigenen selbstsüchtigen Wünsche. Genauso lautete doch dein Schwur, als du die sterbliche Hülle deines Ziehbruders der Obhut des Windes anvertraut hast!« Die Nixe packte sie überraschend am Saum ihres Gewandes und zupfte heftig daran. »Kehre um, Ayani, bevor es zu spät ist! Sonst erregst du den Zorn der Unsichtbaren. Und ihre Strafe wird schrecklich sein.«

»Und wenn schon«, erwiderte Ayani trotzig. »Sie haben zugelassen, dass Arawynn stirbt und ich mich deswegen mit entsetzlichen Vorwürfen quäle. Eine schlimmere Strafe kann ich mir nicht vorstellen. Wovor sollte ich mich also fürchten?«

Die Nymphe seufzte tief und schüttelte den Kopf. »Das war

die letzte Warnung. Aber dir ist offensichtlich nicht zu helfen. Dabei solltest du doch wissen, dass für jeden, der aus dem Reich der Toten zurückkehrt, ein anderer sterben muss.«

Sie wollte schon in die Fluten zurücktauchen, als Ayani sie aufhielt.

»Einen Augenblick noch, bitte!«

Die Nymphe schaute sie an. »Ja?«

»Man sagt, dass du und die Deinen die Gabe der Prophezeiung besitzen. Ist das richtig?«

»Ja, und?«

»Dann beantworte mir bitte eine Frage: Werde ich von der Insel der Tränen zurückkehren?«

»Nur zwei können zurückkommen«, sagte die Nymphe feierlich, »doch dieses großzügige Geschenk müssen die Lebenden teuer bezahlen.« Dann tauchte sie kopfüber in die Fluten und war nur Augenblicke später verschwunden.

Ayani sah ihr noch nachdenklich nach. Dann ging sie auf den Wasserfall zu und trat in den schäumenden Vorhang. Wie mit harten, gläsernen Händen schlugen die Wassermassen auf sie ein, verschluckten sie und rissen sie augenblicklich von den Füßen. Sekundenlang raubte ihr das Wasser den Atem, aber Ayani kroch trotzdem weiter, und gerade als sie glaubte, jede Orientierung verloren zu haben und in den strömenden Gewalten ertrinken zu müssen, lichtete sich die Welt um sie herum.

Eine riesige Höhle erstreckte sich hinter dem Wasserfall, hoch wie ein Dom und mit unzähligen Ecken und Winkeln, die Ayani auf den ersten Blick gar nicht erfassen konnte. Sie rang nach Atem, stand langsam wieder auf und strich sich die nassen Haare aus dem Gesicht. Das tosende Brausen des Wasserfalls verstummte und wurde von sanften Melodien abgelöst, die sich wie ein lockendes Versprechen in ihr Ohr schmeichelten. Angenehme Wärme umflutete sie. Blaues Licht schimmerte in der Tiefe der Höhle auf, doch Ayani konnte nicht erkennen, woher es kam. Wie von einer geheimnisvollen Macht geleitet, ging sie vorsichtig darauf zu.

Überall auf dem Höhlenboden standen große Schalen. Bläulich weiße Rauchwolken stiegen daraus auf, die ihren Geruch weithin verbreiteten. Der Duft war betörend und verführerisch, sodass Ayani ihn fast gierig in die Nase sog. Mit einem Mal hatte sie das sichere Gefühl, dass ihr jemand folgte. Sie drehte sich um und schreckte zusammen: Vor ihr erhob sich eine riesige Spinne. Sie hatte bestimmt doppelte Mannesgröße und war schwarz-gelb gefärbt wie eine Stachelwespe. Auf ihrem fein behaarten Rumpf thronte der Kopf einer Frau.

Ayani erkannte sie sofort: Es war die alte Norna.

»Da bist du ja endlich«, sagte Norna. »Ich hatte schon befürchtet, du würdest gar nicht mehr kommen.«

Krasputin konnte sein Glück noch immer nicht fassen. Dass ich so etwas noch erleben darf!, ging es ihm durch den Kopf, während er den Schimmel in seinem Stall mit glänzenden Augen betrachtete, immer und immer wieder. Er konnte sich einfach nicht sattsehen an dem prächtigen Tier!

Sein Fell, schneeweiß und ohne jeden Makel, glänzte selbst im spärlichen Licht der flackernden Tranleuchte, sodass es beinahe so aussah, als würde der Schimmel von innen strahlen – als sei er gar nicht von dieser Welt.

Bei diesem Gedanken musste Krasputin lächeln, um sich noch im gleichen Augenblick mit den Fingerspitzen der rechten Hand erst an die Stirn und dann ans Herz zu tippen und den Unsichtbaren für die große Gnade zu danken, die sie ihm gewährt hatten. Dann schlich er sich erneut zum Kopf des Schimmels, dessen Strick er fester gezurrt hatte, damit er ihm nicht ausweichen konnte. Krasputin ließ sich durch das wütende Schnauben des Tieres nicht stören, sondern strich ihm immer wieder über die schwarze Nase und den kleinen, kaum wahrnehmbaren Höcker, der sich zwischen den Nüstern befand. »Du Schöner, du Starker, du Wunderbarer«, flüsterte er, als das Knarren der Stalltür ihn zusammenschrecken ließ.

Es war Rachomir. »Dachte ich's mir doch, dass ich Euch hier finde, Vater.«

Ungehalten über die Störung, verzog Krasputin das Gesicht. »Was gibt's?«

»Gislind sitzt wieder unter den Weiden am Fluss und hört nicht auf zu singen.«

»Und wenn schon?« Krasputin winkte genervt ab. »Der Mirakelmond naht und weckt sentimentale Erinnerungen. Gislind trauert den alten Zeiten nach, als sie noch am Schwanensee lebte und sich unter ihresgleichen bewegte.« Er lachte böse. »Soll sie doch! Es wird ihr nichts helfen.«

»Aber …«, Rachomir machte eine hilflose Geste, »ihr Gesang ist so traurig, dass mir ganz weh ums Herz wird und ich vor lauter Kummer nicht schlafen kann.«

»Was bist du nur für ein gefühlsduseliger Tölpel.« Krasputin sah ihn verächtlich an und spuckte aus. »Da war deine Mutter aus ganz anderem Holz geschnitzt. Selbst als ihr klar wurde, dass es ihr an den Kragen geht, hat sie nicht einen Jammerlaut von sich gegeben.« Während Rachomir ihn nur verständnislos anglotzte, machte der Vater einen Schritt auf ihn zu und packte ihn grob an der Schulter. »Denk lieber an die Kleine, die das Schicksal uns heute ins Haus geweht hat. Die ist wohl ganz nach deinem Geschmack, was?«

Rachomirs Augen begannen zu leuchten. »Genau, Vater!«

»Oder schau dir dieses prächtige Tier an.« Krasputin deutete auf den Schimmel. »Wird dir nicht warm ums Herz?«

»Die Kleine wäre mir lieber.« Der Bursche grinste. »Sie ist auch bestimmt leichter zu reiten!«

»Dummkopf!«, herrschte der Alte ihn an und verpasste ihm eine Maulschelle. »Du bist genauso töricht wie dieses grüne Jungchen. Er hat offensichtlich auch noch nicht erkannt, welchen Schatz er da besitzt.«

»Hä?« Rachomirs Gesichtszüge entgleisten. »Wieso denn … Schatz?«

Krasputin schüttelte den Kopf. »Sieh dir den Schimmel doch mal genauer an.« Er deutete auf den Pferdekopf. »Diesen edlen Hals, der so fein geschwungen ist wie der eines Schwans, und den kleinen schwarzen Höcker auf der Nase.« Er packte den Jungen grob im Nacken und zwang seinen Blick in die richtige Richtung. »Siehst du ihn, Rachomir?«

»Ja, ja, Vater, natürlich! Jetzt, wo Ihr es sagt!«

Mit leuchtenden Augen sah Krasputin den Jungen an. »Weißt du, was das bedeutet?«

»Äh …«, brachte Rachomir nur hervor.

»Jetzt denk doch mal nach!« Krasputin tatschte ihm mit der flachen Hand an die Stirn. »Das ist kein Schimmel, Rachomir, das ist ein … Pegaross. Ein geflügelter Diener der Unsichtbaren, der seinen Herrn geschwind von Ort zu Ort bringen und selbst durch die Lüfte tragen kann!«

»Ein Pe-Pe-Pegaross?«, stotterte der Junge. »Aber ich sehe keine Flügel!«

Krasputin verdrehte die Augen. »Natürlich nicht!«, sagte er gereizt. »Weil die Pegarosse ihre wahren Fähigkeiten erst dann entfalten, wenn sie mit dem goldenen Zügel des Odhur geritten werden. Erst der verleiht ihnen Flügel!«

»Ach so«, hauchte der Junge. Dabei war ihm deutlich anzusehen, dass er nicht das Geringste verstand. »Und wo findet man diesen Zügel?«

»Das solltest du vielleicht deine Stiefmutter fragen«, sagte Rasputin grinsend. »Die könnte es dir mit Sicherheit sagen.« Als Rachomir ihn immer noch ratlos anblickte, gab er sich geschlagen. »Na gut, du bist immerhin mein Sohn – auch wenn ich das wahrlich nicht verdient habe.« In stiller Resignation hob er den Blick zur Stalldecke und fuhr dann fort: »Odhur hat die goldenen Zügel der Pegarosse in die Obhut der Schwanenmädchen gegeben. Sie sollen sie hüten und darauf achten, dass sie nicht in die Hände eines Unwürdigen fallen. Die Schwanenmädchen kommen ihrer Aufgabe auch gewissenhaft nach und händigen die Zügel des Odhur nur demjenigen aus, der ihren hohen Anforderungen standhält. Es sei denn …«, wieder durchzuckte ein Grinsen sein Gesicht, »… man kennt ihr großes Geheimnis und weiß es sich zunutze zu machen. Und das werde ich tun, Rachomir, genau wie damals, als ich mir Gislind gefügig gemacht habe. Dann muss dieser Diener der Unsichtbaren mir genauso zu Willen sein wie sie.«

Der Schimmel schnaubte und tänzelte unruhig, als habe er die Worte des Alten verstanden.

»Aber, Vater … Der Schimmel gehört Euch doch gar nicht«, wagte Rachomir einzuwenden.

»Noch nicht, Rachomir, noch nicht!« Krasputins Augen funkelten. »Glaubst du vielleicht, ich lasse mir diese einmalige Gelegenheit entgehen?«

»Dann wollt Ihr dem Jungen also noch mehr bieten?«

»Im Gegenteil: Ich werde ihm überhaupt nichts zahlen! Die Hüter der Nacht meinen es leider nicht gut mit dem armen Jungchen. Niko wird die Dämonenstunde nicht überleben. Es sei denn, er könnte mit offener Kehle atmen!«

»Wie?« Rachomirs Augen wurden groß wie Untertassen. »Ihr wollt …«, hob er an und fuhr sich dann ungläubig mit dem Daumen quer über den Hals.

Krasputin nickte und klopfte wie beiläufig auf das Messer an seinem Gürtel. »Ganz genau, Rachomir.«

»Ihr versündigt Euch, Vater!« Blankes Entsetzen stand im Gesicht des Jungen. »Das verstößt gegen die Gebote der Unsichtbaren!«

»Tatsächlich?« Ein belustigtes Krächzen kam aus Krasputins Kehle. »Das Gleiche hat deine Mutter auch behauptet, damals, vor vierzehn Sommern. Aber die Unsichtbaren haben ihr trotzdem nicht geholfen. Mag sein, dass sie mich am Ende meines Lebens dafür bestrafen. Aber bis dahin zählt einzig und allein mein eigener Wille.«

Obwohl Rachomir die Bedeutung seiner Worte nicht so recht zu fassen schien, starrte er den Vater immer noch entsetzt an.

»Willst du mir nachher nicht zur Hand gehen?«, schlug Krasputin ungerührt vor. »Dann lasse ich die Kleine am Leben. Damit du dich ein wenig mit ihr vergnügen kannst.« Er klopfte dem Sohn auf die Schulter. »Wo du doch so begierig bist aufs Reiten!«

Da endlich entspannte sich Rachomirs Miene und seine Augen fingen gleichfalls an zu funkeln.

Nornas langes Spinnenbein griff nach einer der Rauchschalen und schob sie vor Ayani hin. »Riecht das nicht wun-der-bar, Ayani?« Sie holte tief Luft und sog den aufsteigenden blauen Dunst mit verzückter Miene ein. »Aaahhh«, seufzte sie genießerisch. »So muss es im Kreis der Unsichtbaren riechen, stelle ich mir immer vor, und ich bedauere es jeden Tag mehr, dass ich diese wun-der-bare Erfahrung nicht früher machen durfte.« Dann sah sie Ayani an. »Jetzt riech doch mal, Kind! Damit du verstehst, wovon ich spreche.«

Ayani beugte sich nach vorne und schnupperte. Ein mild aromatischer Duft stieg ihr in die Nase, der im Hals etwas kratzig war – aber keineswegs unangenehm. Es wurde ihr nur leicht schwindelig. Ihre Augen tränten, sodass sich ihr Blick etwas trübte. Wie durch einen leichten Schleier erkannte sie, dass die alte Norna sie gespannt ansah.

»Hab ich etwa zu viel versprochen?«, fragte sie. »Riecht das nicht wirklich wun-der-bar?«

»Äh … na ja, nicht übel«, sagte Ayani und schüttelte verwirrt den Kopf. Sie war irgendwie durcheinander und brachte nichts mehr so recht zusammen. Obwohl sie die Riesenspinne mit Nornas Kopf deutlich vor sich sah, fand ihr Verstand keine vernünftige Erklärung dafür. »Sag mal, Norna …«, hob sie an, wurde aber sofort unterbrochen.

»Spar dir deine Worte, Kind«, sagte die Alte und winkte mit einem der langen Spinnenbeine ab. »Ich weiß ohnehin, was du sagen willst: Du fragst dich, wie ich hierhergekommen bin und was ich hier mache, nicht wahr?«

»Genau das wollte ich fragen.«

»Nun …« Die Alte verzog den faltigen Mund zu einem Lächeln. »Sagen wir mal so: Ein glücklicher Umstand hat mich hierher geführt und dann bin ich einfach hier hängen geblieben. Weil …« Sie knickte mit den vier vorderen Beinen ein, sodass ihr Kopf nun genau vor Ayanis Gesicht schwebte. »Ganz unter uns: Es gibt in ganz Mysteria keinen wun-der-bar-re-ren Ort als diesen! Wer sich einmal hier eingelebt hat, will nie wieder weg. Hier lässt man es sich einfach gut gehen – und das ist genau das, was ich hier tue. Ich lasse es mir einfach gut gehen und kümmere mich um nichts sonst mehr auf der Welt.« Sie zwinkerte Ayani zu. »Komm mit, ich führe dich ein wenig rum, damit du siehst, wovon ich spreche.« Damit richtete die Nornaspinne sich wieder zu voller Größe auf, machte einige Riesenschritte über Ayani hinweg und lief los.

Während Ayani ihr folgte, sah sie überall in den Höhlenwänden kleine Nischen, die in anheimelndes Licht getaucht waren. In jeder hingen zwei Hängematten, auf denen es sich die unterschiedlichsten Gäste bequem gemacht hatten: in der Mehrzahl junge Männer, aber auch Mädchen und Frauen und selbst einige Alte. Alle schaukelten höchst vergnügt vor sich hin und ließen sich von gelb-schwarz gewandeten Dienerinnen, bei denen es sich ebenfalls um Spinnen mit Frauen- und Männerköpfen handelte, mit erlesenen Speisen, köstlichen Getränke und feinstem Rauchzeug verwöhnen. Dazu berieselte sie freundliche Musik.

Norna drehte sich zu Ayani um. »Sieh nur, wie gut es ihnen geht. Und zwar von morgens bis abends. Wen Deliria einmal in den Kreis ihrer Gäste aufgenommen hat, der braucht sich um nichts mehr zu sorgen – genau wie ich! Aber was das Beste ist …«, Norna deutete auf die große Bühne in der Mitte der Höhle, wo im bunten Glitzerlicht unüberschaubar viele Tänzer, Gaukler, Artisten und Illusionisten ihre aufregenden Künste zum Besten gaben, »… hier ist ständig für Unterhaltung gesorgt. Langeweile kann erst gar nicht aufkommen.« Ruckartig fuhr sie herum, knickte erneut mit den Vorderbeinen ein und sah Ayani mit glänzenden Augen an. »Willst du nicht auch hierbleiben, Kind? Besser als hier wirst du es nirgendwo antreffen!«

Ayani schwirrte der Kopf. Der allgegenwärtige Rauch verwirrte ihre Sinne. »Ich … ich habe keine Zeit, Norna«, sagte sie. »Ich … ich muss auf die Insel der Tränen und –«

»Unsinn, Kind«, sagte Norna sanft. »Das kann warten und will zudem gut überlegt sein. So etwas darf man nicht überstürzen, weißt du, sonst geht das am Ende nur schief! Und es ist bestimmt furchtbar anstrengend. Du bleibst also besser noch eine kleine Weile hier, damit du die nötigen Kräfte sammeln kannst.« Die Alte neigte den Kopf und schaute ihr tief in die Augen. »Einverstanden, Kind?«

»Äh …« Ayani blinzelte. »Vielleicht täusche ich mich ja: Aber hast du uns früher nicht eindringlich vor der Höhle der Deliria gewarnt und uns einge–«

»Weil ich dumm war!«, rief die Alte dazwischen. »Und weil ich mich von dem unsinnigen Geschwätz ahnungsloser Besserwisser habe beeinflussen lassen.« Wieder lächelte sie Ayani an.

»Weißt du was, Kind? Du musst doch völlig ausgehungert sein vom langen Weg. Und Durst hast du bestimmt auch! Deshalb suchen wir beide uns jetzt ein gemütliches Eckchen, wo du dich ein wenig stärken und in aller Ruhe über alles nachdenken kannst. Einverstanden?«

Erst jetzt bemerkte Ayani, dass sie tatsächlich hungrig war wie ein abgemagerter Mähnenwolf. Außerdem hatte sie ganz schrecklichen Durst. Ihre Zunge klebte bereits am Gaumen. »Gute Idee, Norna«, sagte sie deshalb rasch und folgte der Alten in eine Nische.

Die Hängematten waren so weich und bequem, dass Ayani auf Wolken zu schweben glaubte. Sie hatte kaum Platz genommen, als eine der spindeldürren Dienerinnen – sie trug den Kopf einer hageren Frau – hurtig auf sie zukrabbelte. Sie hatte ein großes Glas dabei, das mit einer knallbunten Flüssigkeit gefüllt war, und hielt es Ayani entgegen. »Herzlich Willkommen im Kreis der Seligen«, sagte sie freundlich lächelnd. »Lass dir den Trank schmecken! Der erste ist ein Geschenk von Deliria und danach …«, sie klimperte mit den langen Wimpern, »… danach sehen wir schon weiter.«

Das Getränk schillerte verführerisch in allen Farben des Regenbogens. »Was ist das?«, wollte Ayani wissen.

»Wir nennen den Trank ›Elysische Freuden‹«, erklärte die Dienerspinne. »Deliria hat ihn höchstpersönlich zusammengemischt – aus dem Saft von Paradiesäpfeln und Gaukelbeeren. Wer einmal davon gekostet hat, will ihn nie wieder missen.«

Ayani streckte ihre Hand schon nach dem Glas aus, als die Dienerin es noch einmal zurückzog. »Gib mir bitte erst das Schwert. Es ist bestimmt schrecklich schwer und muss furchtbar belastend für dich sein.« Auffordernd streckte sie ihr die Rechte entgegen. »Komm schon, Ayani, mach es dir einfach bequem und gib mir dieses unnütze Ding. Dann bist du diese entsetzliche Bürde endlich los.«

KAPITEL 31

Die Attacke der Pannonier

»Wie? Wo? Was ist los?« Niko schreckte aus traumlosem Schlaf empor und schaute Jessie verwirrt an.

Sie kniete neben seinem Lager und rüttelte ihn an den Schultern. »Wir müssen weg, Niko, schnell!«, flüsterte sie mit gehetztem Blick. »Krasputin will dich umbringen!«

»Was?« Wie von einem Taranteldrachen gebissen fuhr Niko hoch. »Woher weißt du das?«

»Ich habe ihn und seinen Sohn belauscht«, antwortete Jessie hastig. »Den Rest erzähle ich dir, sobald wir in Sicherheit sind. Jetzt mach endlich!«

In fieberhafter Eile rafften sie ihre Sachen zusammen und schnürten die Bündel, um sich dann, geräuschlos wie Schleichkatzen, aus dem Alkoven hinaus auf den Hof zu stehlen. Das Licht des Feuermondes flutete vom wolkenlosen Himmel und überzog die Gebäude mit einem samtroten Schleier.

Niko ging voran. An der Hausecke blieb er stehen und spähte nach allen Seiten. Die Luft war rein, weit und breit war keine lebende Seele zu erkennen. Aus dem Haus drang lautes Schnarchen und aus dem Stall tönte das dumpfe Stampfen der Pferdehufe.

»Los, weiter.« Niko duckte sich und huschte, gefolgt von Jessie, quer über den Hof. Nur Augenblicke später verschluckte sie der Schlagschatten des Stallgebäudes. Die Tür knarrte leise, als Niko sie vorsichtig aufzog.

Der warme Geruch von Pferdeleibern und Streu schlug ihm entgegen. Pechschwarze Dunkelheit hüllte ihn ein, sodass er für einen Moment nicht einen Meter weit sehen konnte. Als seine Augen sich an die Düsternis gewöhnten, erkannte er, dass ihre Pferde am anderen Ende des Stalles untergebracht waren. Zum Glück mussten sie nicht lange nach den Sätteln und dem Zaumzeug suchen, denn Rachomir hatte sie ebenfalls in der hintersten Ecke verwahrt. Die Pferde zu satteln und ihnen Halfter und Zügel überzustreifen, dauerte nicht länger als fünf Minuten. Niko wollte seinen Schimmel gerade losbinden, als er eine höhnische Stimme hinter sich hörte: »Ich störe dich ungern, Jungchen, aber an deiner Stelle würde ich das lieber sein lassen!«

Gleichzeitig flammte ein Licht auf.

Niko wirbelte herum und erblickte Krasputin, der sich im Gang aufgebaut hatte und ihn, bewaffnet mit einem langen Flößerhaken, anstarrte.

Sein Sohn stand neben ihm und hielt ein flackerndes Talglicht in die Höhe. Das Gesicht zu einem anzüglichen Grinsen verzogen, verschlang Rachomir Jessie mit lüsternen Blicken. Als könne er sich kaum bezähmen, zitterte die eben entzündete Lampe in seiner Hand.

Niko tastete verstohlen nach dem Jagdmesser, das er, verborgen in einer um den Leib geschnallten Scheide, unter dem Obergewand trug.

»Nicht doch!« Der spitze Flößerhaken zuckte nach vorne und zielte direkt auf sein Herz. »Wenn du auch nur den geringsten Versuch zur Gegenwehr machst, steche ich dich ab!«

Niko ließ sofort die Hand sinken und schielte über den Rücken des Falben hinüber zu Jessie, die zwischen der Stallwand und dem Pferd stand.

Starr vor Angst blickte sie auf die beiden Männer.

»Los, schnapp dir die Kleine«, forderte der Alte seinen Sohn auf. »Mach schon!«

Während Rachomir auf Jessie zuging, wandte Krasputin sich wieder an Niko. »Du hättest mein Angebot nicht ausschlagen sollen, Jungchen«, sagte er. »Dann wärst du möglicherweise mit dem Leben davongekommen. So hast du dir dein Schicksal selbst zuzuschreiben.« Blitzschnell hakte er die seitlich gekrümmte Klinge an der Spitze der Flößerstange hinter Nikos Schulter und zog ihn zu sich heran.

Der Haken war messerscharf. Niko schrie auf, als er sich in die dünne Schicht Fleisch über seinem Schulterblatt bohrte. Mit eiserner Kraft zog sein Peiniger ihn Schritt für Schritt zu sich heran. Krasputins Augen leuchteten. Den Floßhaken in der linken Hand, zog er mit der Rechten das Messer aus seinem Gürtel und bewegte die Schneide grinsend quer über seine Kehle – wie eine Katze, der es ein teuflisches Vergnügen bereitet, mit ihrem Opfer noch ein wenig zu spielen.

Obwohl Niko längst begriffen hatte, welches Schicksal ihm bevorstand, suchten seine Gedanken noch wie irr nach einem Ausweg. Sein Herz raste und ihm schwindelte. Sollte das tatsächlich das Ende sein? Sollte ihn ausgerechnet hier der Tod ereilen, in einem elenden Pferdestall in den abgelegenen Weiten Pannoniens? Durch die Hand dieses hässlichen Wichtes? Sollten alle seine Anstrengungen, die ihm von den Unsichtbaren auferlegte Aufgabe zu erfüllen, völlig umsonst gewesen sein?

Warum hast du mir das angetan, Ayani?, tönte sein stummer Verzweiflungsschrei durch die nächtlichen Weiten von Mysteria. Warum hast du mich im Stich gelassen?

Nikos panischer Schrei weckte Ayani aus der tiefen Trance, in die sie der betäubende Rauch versetzt hatte. Sie zuckte zusammen und blickte sich verwirrt um. Als sie erkannte, wer ihr gegenüberstand, glaubte sie, ihren Augen nicht zu trauen: Es war in der Tat eine riesige gelb-schwarz behaarte Spinne. Ihr Kopf war allerdings nicht der der alten Norna. Auf ihrem Spinnenleib saß vielmehr ein grässliches Insektenhaupt mit böse funkelnden Facettenaugen. Aus seiner Stirn wuchsen keulenförmige Fühler, der Kiefer bestand aus scharfen Kneifzangen und anstelle einer Nase besaß das Untier einen langen Saugrüssel mit einem Stachel an der Spitze.

Ayani wollte aufspringen – und da erst merkte sie, dass sie nicht in einer bequemen Hängematte Platz genommen hatte, sondern in einem klebrigen Spinnennetz. Die feinen Fäden hafteten wie Kletten an ihrem Gewand und wollten sich einfach nicht davon lösen, sodass sie kurz entschlossen das Königsschwert hob und das kleistrige Gespinst mit zwei wuchtigen Hieben zerschnitt.

»Bei den Mächten der Heel!«, kreischte das riesige Spinneninsekt auf. »Lasst sie nicht entkommen!« Aber da fegte ein weiterer Hieb es schon zur Seite.

Von überall strömten nun die spinnenbeinigen Rüsselmonster auf Ayani zu, um ihre Flucht aus der Höhle zu verhindern. Sie hatten die Rechnung jedoch ohne Sinkkâlion gemacht: Das Königsschwert wirbelte wie von selbst im Kreis herum, blitzschnell und ohne Pause, und hielt die Angreifer auf Abstand. Wann immer eines der Ungeheuer in seine Reichweite kam, verlor es ein Bein oder gar den Insektenkopf, sodass die Spinnenbrut immer weiter vor Ayani zurückwich.

Das unablässig kreisende Königsschwert in der Hand, bewegte sie sich Schritt für Schritt durch die Höhle vorwärts. Obwohl das Schwert von ganz alleine kämpfte, behielt Ayani ihre wütend keifenden und kreischenden Gegner fest im Blick. Und so erkannte sie nur aus den Augenwinkeln, dass sie zuvor auf lauter Trugbilder hereingefallen war, die ihr durch den betäubenden Rauch vorgegaukelt wurden: Die Tänzer und Akrobaten auf der großen Bühne in der Höhlenmitte waren nichts weiter als seelenlose Skelette, die an langen Fäden zappelten und von unsichtbaren Strippenziehern gelenkt wurden. Die so anheimelnd erschienenen Nischen entpuppten sich als verdreckte Löcher, in denen ausgemergelte Gestalten mit dünnen langen Hälsen und tot wirkenden Augen in klebrige Kokons eingesponnen waren. Dem Tode näher als dem Leben, wurden sie von gierigen Rüsselmonstern umringt, die ihnen den Lebenssaft wohl Tag für Tag aus dem Leib saugten. Und da ging Ayani auf, dass die alte Norna an den Feuern ihrer Kindheit nichts als die Wahrheit gesprochen hatte: »Wer einmal unter Delirias Bann gerät, dem ist ein langes und qualvolles Ende gewiss.«

Die Höhle war endlos lang. Zumindest kam es Ayani so vor. Obwohl mehr und mehr Spinnenmonster die Flucht vor Sinkkâlions magischen Kräften ergriffen, stürzten aus den endlosen Löchern und Nischen in den Höhlenwänden immer neue schwarzgelbe Ungeheuer hervor. Schon der bloße Gedanke, dass sie sich allesamt von hilflosen, in Kokons eingesponnenen Opfern ernährten, ließ Ayani in kalten Angstschweiß ausbrechen.

Endlich schimmerte rotes Licht am Ende der Höhle auf. Je weiter Ayani sich dem Ausgang näherte, desto mehr der entsetzlichen Rüsselwesen ließen von ihr ab – offensichtlich wagten sie sich nicht aus dem unheimlichen Reich ihrer Herrin. Kurz darauf machte Sinkkâlion dem letzten Gegner mit einem schnellen Hieb den Garaus, sodass Ayani die Höhle der Deliria unbehelligt verlassen konnte.

Draußen herrschte tiefe Nacht, die vom Licht des fast vollen Mirakelmondes in prächtiges Rot getaucht wurde. Während Ayani tief durchatmete und frische Luft in ihre Lungen strömte, spähte sie in die Ferne und erkannte ein flackerndes Band, das sich quer durch ihr gesamtes Blickfeld zog.

Kein Zweifel: Das musste der Flammende Fluss sein!

»Jetzt macht endlich!«, rief Rachomir seinem Vater zu. Den rechten Arm wie ein würgendes Tau um Jessies Hals geschlungen und die Talgleuchte in der Linken, stand er hinter dem Alten im Gang. »Damit die Kleine sieht, was sie erwartet, wenn sie mir nicht zu Willen ist!«

»Du hast recht«, sagte Krasputin. »Bringen wir es endlich zu Ende.«

Er hatte die Worte noch nicht ausgesprochen, als ein peitschender Blitzschlag die Stille der Nacht zerfetzte, gefolgt von einem ohrenbetäubenden Donner, der die Erde erbeben und die dicken Balkenwände des Stalles erzittern ließ.

Der Schimmel wieherte entsetzt auf, scheute und versuchte zu steigen. Als er mit dem Kopf gegen die niedrige Stalldecke stieß, keilte er gleich darauf in panischem Schrecken mit den Hinterbeinen aus. Der rechte Huf traf Krasputin genau am Kinn und zerschmetterte ihm den Schädel. Der gewaltige Tritt schleuderte den erschlafften Körper des Mannes wie eine Strohpuppe nach hinten, sodass er mit seinem Sohn zusammenprallte und ihn mitsamt Jessie zu Boden riss. Die Talgleuchte wurde Rachomir aus der Hand geschleudert. Funken sprühend flog sie im hohen Bogen durch das Stalldunkel und landete schließlich in einem Strohballen, der sofort Feuer fing. Während die Flammen in Windeseile auf den daneben aufgeschichteten Heuhaufen übersprangen und bereits gierig nach den hölzernen Deckenbalken und Wänden leckten, eilte Niko Jessie zu Hilfe. Entschlossen riss er sie dem sich immer noch wie ein Ertrinkender an sie klammernden Burschen aus den Händen und half ihr auf.

Als Rachomir Anstalten machte, sich ebenfalls zu erheben, trat

Jessie ihm mit voller Wucht zwischen die Beine. Rachomir schrie auf und krümmte sich zusammen wie ein gepeinigter Hund.

Die Flammen breiteten sich rasend schnell aus. Ihr zuckender Schein erhellte bereits den ganzen Stall.

Niko erkannte auf den ersten Blick, dass Krasputin tot war. »Dein Vater muss prophetische Gaben besessen haben«, schrie er den laut wimmernden Rachomir an. »›Ich sterbe für Schimmel‹, hat er gestern zu mir gesagt. Und da hat er doch tatsächlich recht behalten.«

»Die Unsichtbaren«, fügte Jessie hinzu, »haben ihn am Ende seines Lebens doch noch bestraft. Manchmal kommt das schneller, als man glaubt.«

»Schreib dir das hinter deine großen Ohren, Rachomir«, rief Niko. »Und jetzt sieh zu, dass du dich in Sicherheit bringst. Oder willst du das Schicksal deines Vaters teilen?« Ohne den Burschen eines weiteren Blickes zu würdigen, sprang er zu seinem Schimmel und löste den Strick, mit dem er festgebunden war.

Jessie tat das Gleiche bei ihrem Falben. Während die Pferde durch die offene Stalltür hinaus ins Freie stürmten, lösten sie auch die Seile der übrigen Gäule, die sich ebenfalls sofort in Sicherheit brachten.

Als Niko und Jessie wenig später wieder in den Sätteln saßen, brannte das Stallgebäude bereits lichterloh. Die Flammen loderten hoch empor und erhellten das Dunkel der Nacht mit ihrem zuckenden Schein. Dunkler Rauch stieg auf zum Himmel, an dem nicht eine einzige Wolke zu sehen war.

Niko sah Jessie fragend an. »Sollen wir Gislind nicht wecken?«

»Nicht nötig!« Jessie deutete zum Wohnhaus, vor dem Gislind inmitten ihrer Töchter stand und den brennenden Stall mit ebenso unbewegter Miene beobachtete wie die Mädchen. Das Feuer spiegelte sich auf ihren Gesichtern, auf denen nicht eine Spur von Trauer zu erkennen war.

Rachomir dagegen, der sich gerade noch rechtzeitig vor den Flammen gerettet hatte, war neben ihnen zusammengesunken. Wie ein Häufchen Elend kauerte er an der Hauswand und heulte Rotz und Wasser.

Niko beobachtete Gislind verstohlen. Es kam ihm so vor, als habe das Entsetzen über das schreckliche Unglück sie noch hübscher gemacht. »Der Alte hat nur bekommen, was er verdient«, sagte er düster. »Aber dass Gislind einen so schrecklichen Tag erleben muss, tut mir wirklich leid.«

»Das braucht es nicht, Niko!« Jessies Lächeln wirkte etwas gequält. »Für Gislind und ihre Töchter ist das heute ein Freudentag.« Während Niko sie noch verwundert anstarrte, drehte sich Jessie zu Gislind um, hob die rechte Hand und winkte ihr zu.

Die Schöne zögerte einen kleinen Augenblick, bevor sie ebenfalls die Hand hob und zurückwinkte. Dann lächelte Gislind – zum ersten Mal seit vierzehn Sommern.

Der Flammende Fluss schien endlos lang zu sein. Zur rechten Seite verlor er sich in unbestimmbarer Ferne, und zur Linken erstreckte er sich so weit, dass Ayani kein Ende ausmachen konnte. Zudem war er so breit, dass das jenseitige Ufer nicht zu sehen war. Die Feuerzungen, die aus der träge dahinwogenden Lohe aufloderten, waren zudem viel zu hoch, um sie zu überblicken, und so war nicht zu erkennen, ob sich dahinter tatsächlich die Insel der Tränen verbarg oder nicht. Aber was noch viel schlimmer war: Der Flammende Fluss schien schlichtweg unüberwindbar zu sein.

Während des Rittes hatte Ayani häufig darüber nachgedacht, wie sie ihn wohl überqueren könnte. Das Durchschwimmen hatte sie sofort ausgeschlossen, was sie im Angesicht der flammenden Lohe auch bestätigt fand: Die feurigen Wellen würden jeden, der sich in sie hineinwagte, in kürzester Zeit verbrennen.

Als Ayani, mehr aus Verzweiflung als aus Hoffnung, einen am Ufer liegenden Ast aufhob und in den Fluss schleuderte, wurde ihre Vermutung zur Gewissheit: Noch bevor das Holzstück die Wogen berührte, war es bereits verglüht.

Insgeheim hatte Ayani darauf gehofft, dass sie eine Brücke oder eine Furt finden würde, die ihr den Zugang zur Insel der Tränen erleichterte – oder vielleicht sogar einen Fährmann, der Reisende in einem Nachen oder auf einem Floß übersetzte. Doch wohin Ayani auch blickte, es war nichts dergleichen zu sehen.

Aber vielleicht stand sie auch bloß an der falschen Stelle und hatte die richtige nur noch nicht entdeckt?

Von neuer Hoffnung beseelt, marschierte Ayani los – zunächst nach links, nur um sich nach einer ihr endlos erscheinenden Zeit nach rechts zu wenden. Doch wohin Ayani auch ging – die erhoffte Brücke, die Furt oder der Fährmann waren nirgendwo zu finden. Überall bot sich ihr das gleiche Bild eines alles verschlingenden Feuerbandes.

Weit im Osten zeichneten sich bereits die Vorboten des nahenden Morgens ab, als Ayani sich endlich eingestand, was sie von Anfang an geahnt hatte: Der Flammende Fluss war einfach nicht zu überwinden! Der Verzweiflung nahe, sank sie am Ufer auf die Knie und brach in Tränen aus. Da hatte sie alle Strapazen der letzten Wochen heil überstanden, um dann kurz vor dem Ziel doch noch zu scheitern. Sie hatte die Schrecken in der Höhle der Deliria überlebt und war der grausamen Sâga entwischt. Sie war Rhogarrs Häschern entkommen und hatte das Tor des Feuers durchschritten, um an das Königsschwert zu gelangen … Und da plötzlich erkannte Ayani, was sie die ganze Zeit nicht bedacht hatte.

Der Schnitt an Nikos Schulter war zum Glück nicht sehr tief. Die Wunde hörte bald auf zu bluten und ziepte nur noch ein wenig.

Während sie dem langsam grauenden Morgen entgegenritten, berichtete Jessie, was sich am Vorabend zugetragen hatte: Anders als Niko, der sofort eingeschlafen war, hatte sie keinen Schlaf finden können. Der wunderschöne und doch so traurige Gesang, der vom Fluss heraufklang, hatte sie so aufgewühlt, dass sie sich schließlich vom Lager erhob, um nach der geheimnisvollen Sängerin zu sehen.

Es war Gislind, wie Jessie schon von Weitem erkannte. In sich versunken und das Gesicht dem fast vollen Mond zugewandt, saß sie unter den Weiden am Flussufer und ließ ein Lied über die rot schimmernden Wellen klingen, das Jessie noch nie in ihrem Leben gehört hatte. Völlig verzaubert blieb sie stehen und lauschte der zarten Melodie, die wie ein Teppich aus silbrigen Tönen durch die Nacht zu schweben schien. Sie rührte Jessie so sehr, dass ihr die Tränen kamen. Obwohl sie nicht eines der Worte verstand, wusste sie tief in ihrem Inneren dennoch, wovon sie erzählten: Von einer fernen Heimat und von längst vergangenen Tagen des Glücks, die durch eine Fügung des Schicksals jäh zerstört wurden und unwiederbringlich dahin waren.

Als Gislind verstummte, war es Jessie, als erwache sie aus einem tiefen Traum. Sie wusste nicht mehr, wie lange sie der Schönen gelauscht hatte, und verspürte nur einen Wunsch: den Grund für Gislinds Leid herauszufinden. Langsam schlenderte sie zum Flussufer und ließ sich neben ihr im Gras nieder. Dann sah sie die Schöne an und erkannte, dass ihre blauen Augen ebenfalls tränenfeucht waren.

Gislind tat, als würde sie Jessie gar nicht bemerken. Den Blick auf den Mond gerichtet, schien sie in anderen Sphären zu schweben – als sei sie gar nicht von dieser Welt. Mit einem Male aber schluchzte sie laut auf, barg das Gesicht in ihren Händen und brach in ein herzzerreißendes Weinen aus.

Im ersten Moment wusste Jessie überhaupt nicht, was sie tun

sollte. Hilfloses Mitgefühl überkam sie und drohte, sie zu lähmen, bis sie schließlich unter ihr Gewand griff, ein Taschentuch hervorholte und es der weinenden Frau wortlos entgegenhielt.

Als habe Gislind nur darauf gewartet, griff sie sofort danach, schnäuzte sich heftig und trocknete ihre Tränen.

»Kurz darauf hatte sie sich bereits wieder beruhigt«, fuhr Jessie fort, »und fing an zu erzählen.«

»Und?« Niko konnte seine Neugier kaum bezähmen. »Was hat sie denn erzählt?«

»Nun ja. So richtig schlau bin ich aus ihren Worten auch nicht geworden. Soweit ich verstehen konnte, muss Gislind früher ein nahezu paradiesisches Leben geführt haben. Als Krasputin jedoch ihren Weg kreuzte, fand es ein jähes Ende.«

»Hä?« Niko schüttelte verwundert den Kopf. »Warum ist sie überhaupt seine Frau geworden und ist dem hässlichen Kerl auf seinen Hof gefolgt, wenn er ihr früheres Glück nur zerstört hat? Bei ihrer Schönheit hätte sie doch jeden anderen Mann bekommen können.«

»Klar. Das habe ich Gislind natürlich auch gefragt.«

»Und? Was hat sie geantwortet?«

»Ihre Erklärung war ähnlich rätselhaft wie ihre übrigen Worte. Sie hatte keine andere Wahl, hat sie behauptet, und war Krasputin zu bedingungslosem Gehorsam verpflichtet. Sie musste ihm jeden Wunsch erfüllen, weil er …« Jessie brach ab und schaute Niko gequält an. »Ich weiß, das klingt jetzt völlig verrückt: Aber das hat Gislind nun mal gesagt!«

»Ist ja gut«, antwortete Niko. »Erzähl schon weiter!«

»Also: Gislind musste dem alten Knacker gehorsam sein, weil er … ihr Kleid gestohlen hatte!« Mit gerümpfter Nase sah sie Niko an. »Ist das denn zu fassen?«

»Was?« Niko riss erstaunt die Augen auf. »Hast du wirklich … Kleid gesagt?«

»Ja, klar«, antwortete Jessie. »Ich nuschele doch nicht, oder?«

Niko überging die Bemerkung. »Hat Gislind dir eigentlich erzählt, woher sie kommt?«

»Nein, hat sie nicht. Sie hat behauptet, dass ihr das verboten sei, solange sie unter dem Bann von Krasputin steht – und der währt bis an sein Lebensende.«

»Ach so. Deshalb hast du behauptet, dass heute ein Freudentag für Gislind und ihre Töchter ist.«

»Wie schlau du doch bist!« Jessie grinste. »Gislind hatte doch längst die Hoffnung aufgegeben, ihr Kleid wiederzufinden. Das hätte den Bann nämlich ebenfalls gelöst.«

»Dann war Krasputins Tod ja tatsächlich ein Glücksfall für sie«, brummte Niko und schüttelte dann enttäuscht den Kopf. »So was Blödes, dass sie dir nicht erzählt hat, woher sie kommt.«

»Aber warum denn, Niko?« Jessie grinste ihn vieldeutig an. »Ich weiß es trotzdem.«

»Echt? Woher denn?«

Nachdem Jessie Gislind am Flussufer zurückgelassen hatte und zum Alkoven zurückging, um sich schlafen zu legen, bemerkte sie einen Lichtschein im Pferdestall. Da sie sich keinen Reim darauf machte konnte, beschloss sie, nach dem Rechten zu sehen. Sie wollte die Tür schon öffnen, als sie die gedämpften Stimmen zweier Männer vernahm: Krasputin und Rachomir. Schon bei den ersten Worten wurde Jessie klar, dass der Alte nichts Gutes im Schilde führte. Sie presste sich dicht gegen die Bretterwand und verfolgte ihre Unterhaltung mit klopfendem Herzen. Weder Krasputin noch Rachomir bemerkte die heimliche Lauscherin vor der Tür, und so bekam Jessie haarklein alles mit: das unglaubliche Geheimnis des Schimmels und die finsteren Mordpläne des Alten. »Wenn ich Krasputin richtig verstanden habe, hat er schon seine erste Frau ermordet. Wahrscheinlich nur, um Gislind heiraten zu können.«

Niko nickte. »Das vermutete ich auch. Aber was i–«

»Ist ja gut«, unterbrach Jessie ihn. »Bei der Gelegenheit hat der Alte auch erwähnt, woher Gislind stammt.«

»Nämlich?«

»Von irgendeinem See. Ich glaube, er hieß… Schwanensee oder so ähn–«

»Schwanensee?« Niko schaute sie fassungslos an. »Bist du sicher?«

»Ich glaub scho–«

Doch Niko ließ sie wieder nicht ausreden. »Weißt du, was das bedeutet, Jessie?« Und natürlich wartete er auch ihre Antwort nicht ab. »Das bedeutet, dass Gislind ein Schwanenmädchen ist! Damit weiß ich endlich, wie ich die Feuerfrostbrücke überqueren kann!«

KAPITEL 32

Schwanenmädchen

Ayani lächelte, als ihr die Worte wieder in den Sinn kamen, die die Lichtelfe ihrem Bruder mit auf den Weg gegeben hatte: »Du wirst nur erfolgreich sein, wenn du nicht länger zweifelst und endlich an dich glaubst. Dann kann dir alles gelingen!« Eilends erhob sie sich, trat ans Ufer und schloss die Augen. Dann holte sie tief Luft und ging einfach los.

Als Ayanis Fuß sich der wogenden Lohe näherte, teilten sich die zuckenden Flammen und wichen zur Seite, damit sie ihr kein Unheil antun konnten. Das Flussbett war nur eine flache Mulde, sodass Ayani trotz der geschlossenen Augen nicht ein einziges Mal ins Stolpern geriet. Während sie mit stetem Schritt voranging, flossen die lodernden Wogen hinter ihr wieder zusammen und schlossen das abschreckende Feuerband wieder, das die Zweifelnden am Erreichen des erhofften Zieles hinderte, die Zuversichtlichen aber durchließ. Ayani war nicht mehr aufzuhalten. Ein wissendes Lächeln auf den Lippen, durchquerte sie den Flammenden Fluss und trat völlig unbeschadet ans jenseitige Ufer. Dort öffnete sie die Augen wieder und erkannte, dass sie sich tatsächlich auf einer Insel befand.

Sie schien vollständig von lodernden Flammen umschlossen, auch wenn das jenseitige Ende des ausgedehnten Eilands sich in diffusem Nebel und Dunst verlor und daher mehr zu ahnen als genau zu erkennen war. Dennoch gewann Ayani den Eindruck, als läge dieser weit entfernte Teil der Insel unter einer dichten Schneedecke. Bäume und Sträucher trugen weiße Hauben – als herrsche dort tiefster Winter! Aber wahrscheinlich war das nur ein Trugbild, denn da, wo Ayani stand, grünte und blühte es wie im schönsten Frühling.

Ein laues Lüftchen wehte ihr durch die Haare und der Duft von Feldhyazinthen und Waldglöckchen stieg ihr in die Nase. Ein schmaler Weg schlängelte sich vom Ufer des Flammenden Flusses ins Innere der Insel, mitten durch blühende Wiesen und gesäumt von knospenden Zitterweiden und Goldhaselnusshecken. Weit und breit war keine lebende Seele zu erblicken, mit Ausnahme der zahllosen Schmetterlinge, Silberbienen und Brummfliegen, die fröhlich durch die Lüfte gaukelten – oder der Vögel in den Zweigen, deren Gezwitscher aus allen Ecken schallte.

Ayani folgte dem Weg und durchquerte eilig einen lichten Silberbirkenhain, um anschließend den kleinen Hügel zu erklimmen, der sich dahinter verbarg. Als sie den höchsten Punkt der Kuppe erreichte, öffnete sich unter ihr ein weites Tal. Am anderen Ende des Tals erhob sich eine Felsenklippe, über die ein schäumender Wasserfall in einen kristallklaren See strömte.

Merkwürdigerweise trugen die Bäume auf dem Felsen schon buntes Herbstlaub, während unten im Tal die Luft von der Hitze des Sommers flirrte. Die goldgelben Halme auf dem Getreidefeld, das bis dicht ans Seeufer reichte, bogen sich unter der Last der reifen Ähren, und auf der Wiese daneben trocknete das geschnittene Gras, dessen würziger Heuduft Ayani um die Nase wehte.

Am Ufer des Sees, dicht vor der steil abfallenden Felswand, stand ein kleines Haus, aus Holz und Balken gefertigt und mit

Reet gedeckt. Auf der Bank davor saß eine einsame Gestalt – und es sah ganz so aus, als würde sie auf Ayani warten.

Der Schwanensee lag in einem kleinen Talkessel am Fuße des Weltengebirges. Niko konnte sich nicht erinnern, jemals zuvor einen so verzauberten Ort gesehen zu haben. Von Pappeln, Erlen und alten Trauerweiden umstanden, glich das fast kreisrunde Gewässer einer schimmernden Schale, auf deren seidiger Oberfläche sich die Gipfel des mächtigen Gebirges und die glühende Scheibe des Mirakelmondes spiegelten. Prall und rund prangte Letzterer direkt über dem wolkenverhangenen Schöpferberg, der Heimstätte der Unsichtbaren. Da, wo der See dem Gebirge am nächsten war, erstreckte sich eine versteckte Bucht, die von Schilfrohr und Binsen gesäumt wurde. Leise plätschernd schwappte das Wasser ans sandige Ufer. Der Wind raschelte im Schilf und wisperte im Laub der Weiden, und aus dem Pappelhain, der ein kleines Stück entfernt stand, klang der liebliche Gesang eines Vogels herüber – einer Nachtigall wahrscheinlich. Über allem aber lag das fröhliche Lachen der gut zwei Dutzend Mädchen, die in den rot glänzenden Fluten des Schwanensees badeten. Selbst im Licht des Mondes war zu erkennen, dass sie allesamt jung und wunderhübsch waren – und splitternackt. Nicht das kleinste Tuch verdeckte ihre schlanken Körper. Wenn sie in die Tiefe tauchten, hoben sich die anmutigen Rundungen ihrer Hinterteile aus den Wellen, und wenn sie auf dem Rücken schwammen, ragten ihre festen Brüste aus dem Wasser des Sees.

Niko fühlte, wie ihm die Kehle eng wurde. Er räusperte sich verstohlen und holte tief Luft, bevor er sich an Jessie wandte, die neben ihm hinter einem Findling versteckt lag. »Siehst du«, flüsterte er ihr ins Ohr. »Es ist genau so, wie die Lichtelfe es erzählt hat: Immer wenn der Vollmond am Himmel steht, legen die

Schwanenmädchen ihre Federkleider ab und nehmen ein Bad im Schwanensee. Das Licht des vollen Mondes verleiht ihm die geheimnisvolle Kraft, der die Schwanenmädchen ihre außergewöhnliche Schönheit und ihr jugendliches Aussehen verdanken. Der Mirakelmond aber verhilft zu ewiger Jugend, und so versäumt es keines der Mädchen, in seinem Licht zu baden.«

»Klar«, flüsterte Jessie und konnte ihren Blick nicht abwenden. »Das würde ich mir auch nicht entgehen lassen. Sie sind wunderschön! Und wie anmutig und geschickt sie sich im Wasser bewegen!«

»Tja«, sagte Niko. »Die Schwanenmädchen sind ja auch der leidenschaftlichen Verbindung zwischen einem Unsichtbaren und einer hübschen Schwanendame entsprungen. Das Schwimmen dürfte also kein Problem für sie sein, oder? Ist ja logisch!«

»Jaja, schon gut«, flüsterte Jessie. »Warum bist du so gereizt?« Plötzlich grinste sie ihn übers ganze Gesicht an. »Oder hast du noch keine nackten Mädchen gesehen? In echt, meine ich natürlich, und nicht nur auf Fotos.«

»Quatsch!«, fauchte Niko und spürte, wie ihm das Blut ins Gesicht stieg. So was Blödes! Auch wenn Jessie das in der Dunkelheit bestimmt nicht erkennen konnte … »Ich lebe doch nicht hinterm Mond.«

Jessie erwiderte nichts, sondern grinste ihn nur unverwandt an, als würde sie das in Zweifel ziehen. Endlich wurde sie wieder ernst. »Und wie verhält sich die Sache mit ihren Kleidern?«, fragte sie.

»Wenn ein Mann das Kleid eines Schwanenmädchens in seinen Besitz bringt, dann muss sie tun, was er von ihr verlangt. Sie muss ihm jeden Wunsch erfüllen, ohne Ausnahme.«

Jessie nickte. »Da muss was dran sein. Sonst wäre Gislind doch nie bei diesem ekelhaften Krasputin geblieben.«

»Das glaube ich auch«, pflichtete Niko ihr bei. »Deswegen besorge ich mir auch ein Schwanenkleid und verlange als Gegenleistung den goldenen Zügel des Odhur.«

»Superplan! Jetzt müssten wir nur noch wissen, wo sie ihre Kleider versteckt haben.«

»Kein Problem. Warten wir einfach ab, bis eine von ihnen aus dem Wasser kommt.«

Als hätten die Unsichtbaren seinen Wunsch gehört, schwammen nur wenig später zwei der Mädchen zum Ufer zurück und stiegen aus den Fluten. Ihre Augen leuchteten im Licht des Mondes und ihr unbekümmertes Lachen entblößte ihre makellosen Zähne. Rot glänzende Wassertropfen rannen aus ihren Flachshaaren, perlten über die pralle Wölbung ihrer Brüste, über die flachen Bäuche und die schlanken Beine. Fröhlich kichernd liefen sie die leicht ansteigende Uferböschung hinauf und hielten auf eine einsame Pappel zu, als wie aus dem Nichts eine Gestalt vor ihnen aus dem Boden wuchs.

Niko schreckte zusammen und wollte seinen Augen nicht trauen. Das war doch nicht möglich! Das musste eine Halluzination sein! Er blinzelte ein paarmal, um seinen Blick zu klären. Doch auch bei neuerlichem Hinsehen hatte sich nichts geändert. Niko drehte sich zu Jessie, die die Gestalt genauso ungläubig anstarrte, wie er es getan hatte. »Siehst du das Gleiche, was ich gesehen habe?«, fragte er mit komisch klingender Stimme. »Einen … Maulwurf?«

»Nein«, flüsterte Jessie, ohne den Blick von der seltsamen Erscheinung zu wenden. »Ich sehe einen … Riesenmaulwurf!«

Als Ayani sich dem Haus am See näherte, erhob sich die Gestalt von der Bank. Es war eine Frau, wie Ayani noch keine gesehen hatte: Ihr Kopf war der eines jungen Mädchens mit Lockenhaaren wie Ebenholz, haselnussfarbenen Augen und vollen roten Lippen. Das Haupt saß auf dem Oberkörper einer reifen Frau mit wogendem Busen und breiten Hüften, während ihre Beine gekrümmt und klapperig waren wie die einer Greisin.

Die Frau lächelte Ayani freundlich an. »Sei mir gegrüßt, Ayani«, sagte sie mit einer hellen Mädchenstimme. »Ich habe dich schon erwartet.«

Ayani erwiderte ihren Gruß. »Aber wieso denn? Und wer seid Ihr überhaupt?«

»Das sind gleich zwei Fragen auf einmal«, erwiderte die Frau, die zugleich auch Mädchen und Greisin war. »Mein Name ist Sotiera und ich bin die Hüterin der Zeit. Die Unsichtbaren haben mir die Macht über die Augenblicke anvertraut, seien sie vergangen, gegenwärtig oder zukünftig. Und insbesondere über jene Zeitspanne, die zwischen Leben und Tod entscheidet.«

»Tatsächlich«, hauchte Ayani, auch wenn sie den Sinn ihrer Worte nicht so recht erfassen konnte.

»Deshalb bist du doch zu mir gekommen«, fuhr Sotiera fort. »Weil in deiner Welt der Mirakelmond am Himmel steht und du an den besonderen Kräften teilhaben möchtest, die ihm innewohnen.«

»Äh … das stimmt«, murmelte Ayani und schaute verwirrt zum Himmel, der im Osten graute, über ihr im hellen Blau erstrahlte und im Westen vom Abendrot gezeichnet war. »Wie … wie spät ist es eigentlich?«

Sotiera lächelte. »Auf der Insel der Tränen ist das ohne jede Bedeutung, Ayani. Hier ist es gleichzeitig Morgen und Abend, Tag und Nacht, Frühling, Sommer, Herbst und Winter – und natürlich auch gestern, heute und morgen. Wie könnte die Tageszeit da eine Rolle spielen?«

»Aber …« Ayani schaute sie gequält an. »Wie kann ich denn wissen, dass ich den richtigen Zeitpunkt erwischt habe? Ob der Mirakelmond sich bereits gerundet hat oder nicht?«

»Jeder Zeitpunkt ist der richtige, Ayani, es kommt nur darauf an, was man daraus macht«, erwiderte Sotiera. »Komm mit, ich werde es dir beweisen.« Damit drehte sie sich um und schleppte sich mühsam wie eine gebrechliche Greisin auf die dunkle Öffnung zu, die gleich neben ihrem Haus in der Felswand gähnte.

Ayani folgte ihr ohne Zögern und stand nur wenig später in einer geräumigen Felsengrotte. Decke und Wände bestanden aus leuchtend weißem Gestein, das die Höhle in ein strahlend helles Licht tauchte. Die Luft war mild und von einem geheimnisvollen Ticken erfüllt, das sich wie der silberne Pulsschlag der Zeit anhörte.

In der Mitte der Grotte befand sich ein kleiner Teich, fast kreisrund und mit dem gleichen kristallklaren Wasser gefüllt wie der See neben Sotieras Haus. Beim Nähergehen bemerkte Ayani, dass große dunkle Wolken rasch über seine glatte Oberfläche zogen, gerade so als würde sich ein Orkanhimmel darauf spiegeln. Dabei bestand die Höhlendecke aus nichts als leuchtendem Stein.

Ayanis Verwunderung ließ die Wächterin der Zeit lächeln. »Das hier ist die Grotte der Erinnerung, die den Spiegel des Lebens birgt. Er bewahrt sämtliche Augenblicke von der Wiege bis zur Bahre, insbesondere jene, die sich am tiefsten in das Herz eines jeden eingebrannt haben. Damit sie jeder im Angesicht seines Todes noch einmal sehen kann und sich daran erinnert, welche unvergesslichen Momente das Leben ihm beschert hat.« Sotieras Mädchengesicht blickte Ayani mit undurchdringlicher Miene an. »Möchtest du deine vielleicht auch sehen?«

»Ja natürlich«, rief Ayani aufgeregt.

»Bist du wirklich sicher, Ayani?«, fragte Sotiera mit großem Ernst. »Bedenke es gut, bevor du dich entscheidest.«

»Da gibt es nichts nachzudenken. Bitte zeigt sie mir.«

»Wie du willst«, antwortete die Hüterin der Zeit. »Dann knie nieder und senke deinen Blick in den Spiegel des Lebens.«

Ayani tat wie geheißen. Als sie sich über den Teich beugte, stoben die Wolken rasch zur Seite, als hätte ein Sturmwind sie vom Himmel gefegt, und gaben den Blick frei auf ein Bild, das Ayani noch allzu schmerzlich in Erinnerung war: Sie sah ihren Ziehbruder Arawynn, der ihr das steinerne Herz aus dem Schicksalsstein in die Hand drückte und in ihren Armen starb. Ayanis Augen füllten sich schon mit Tränen, als Arawynns Bild von einem anderen überlagert wurde, das sie an einen der aufregendsten und freudigsten Momente ihres jungen Lebens erinnerte: Hand in Hand mit ihrem Bruder Niko durchschritt sie das Tor des Feuers und zog das Königsschwert aus dem Schicksalsstein.

Noch während ein warmes Gefühl durch Ayanis Körper strömte, wechselte das Bild erneut: Nun zeigte ihr der Spiegel die sterbende Maruna, die im Angesicht des sicheren Todes Niko und sie eindringlich an die große Aufgabe erinnerte, die die Unsichtbaren ihnen aufgetragen hatten. Und noch einmal konnte Ayani sehen, wie sie ihrer toten Ziehmutter die Augen schloss und ihr den Herzstein in die leblosen Hände drückte – eine Erinnerung, die sich so tief in ihr Gedächtnis eingeprägt hatte, dass sie sie bis ans Ende ihres Lebens nie mehr vergessen würde.

Beim nächsten Bild des Spiegels jedoch zuckte Ayani überrascht zusammen. Sie konnte sich nämlich nicht im Geringsten daran erinnern: Es zeigte eine stattliche Kammer, die sich in einem herrschaftlichen Gebäude befinden musste. In dem großen Kamin an der Wand loderte ein Feuer, und in der Mitte des edlen Gemaches stand eine Wiege, in der zwei Neugeborene im Schlaf lagen. Daneben stand eine hübsche junge Frau mit langen blonden Haaren, gehüllt in prächtige Gewänder. Als sie sich über die Wiege beugte und die friedlich schlummernden Säuglinge mit mütterlichem Stolz betrachtete, erkannte Ayani den goldenen Ring an ihrer rechten Hand. Er trug die gleiche Gravur wie das Medaillon an Ayanis Hals: die Ehwaz-Rune!

Während Ayani noch darüber nachsann, was das bedeuten mochte, wurde die Kammertür aufgerissen, und ein Mann stürzte in das Gemach: groß gewachsen und von kräftiger Gestalt, mit langen dunklen Haaren und ebenmäßigen Gesichtszügen. Auf seinem Umhang aus edlem Tuch war ein Wappen aufgestickt. Es zeigte einen mächtigen Falken mit einem Schwert in den Krallen, dem gleichen Schwert, das der Mann in den Händen hielt: Sinkkâlion!

Völlig aufgelöst eilte der Mann auf die blonde Frau zu und packte sie an den Schultern. »Das Unfassbare ist geschehen, Geliebte!« Die Worte sprudelten nur so aus seinem Mund. »Dhrago, dieser feige Verräter, hat sich auf die Seite unserer Feinde geschlagen und ihnen die Tore geöffnet.«

»Neeeeiiin!« Mit einem Aufschrei des Entsetzens schlug die Frau die Hände vors Gesicht.

»Die Schergen kennen keine Gnade«, sagte der Mann. »Sie machen jeden nieder, der sich ihnen entgegenstellt. Du musst dich und die Zwillinge in Sicherheit bringen, solange noch Zeit dafür ist. Das ist der einzige Weg, der uns und unserem Volk noch Hoffnung auf Rettung verspricht. Hör zu: Ich habe mir alles genau zurechtgelegt. Befolge meine Worte, sonst sind wir Alwen auf immer verloren!«

Das Herz in Ayanis Brust schlug wie wild. Während sie noch wie gebannt auf den Spiegel starrte und die weiteren Worte des Mannes kaum erwarten konnte, verdunkelte sich das Bild urplötzlich und wurde von einer schaurigen Erscheinung überlagert: von Sâgas furchterregender Gestalt.

Ayani fuhr entsetzt zusammen und schreckte dann, von einem plötzlichen Impuls geleitet, herum – und da erkannte sie, dass die Schwarzmagierin direkt hinter ihr in der Grotte der Erinnerung stand.

Die Gestalt unter der einsamen Pappel am Ufer des Schwanensees wies tatsächlich eine verblüffende Ähnlichkeit mit einem Maulwurf auf. Obwohl fast mannsgroß, war der gesamte Körper von dunklem, samtigem Fell überzogen. Der gedrungene Kopf besaß eine spitze Maulwurfsnase, dafür aber keine sichtbaren Ohren, und auch die vorderen Gliedmaßen erinnerten eher an Grabschaufeln als an Arme und Hände. Ganz im Gegensatz zu den kleinen Wühlern aber stand das seltsame Wesen aufrecht auf den Hinterbeinen.

Die beiden Schwanenmädchen näherten sich dem Maulwurfsmann ohne jede Scheu und blieben schließlich vor ihm stehen. Der neigte ihnen den Kopf zu. Dann sog er die Luft ein und ließ die langen Tasthaare auf seiner Nase prüfend über ihre Gesichter gleiten. Rasch verschwand er unter der Erde und kam nur einen Augenblick später wieder daraus hervor, in jeder Hand ein Kleid aus prächtigen Schwanenfedern.

Die Mädchen bedankten sich und streiften geschwind die Kleider über. Dann breiteten sie ihre Schwingen aus und erhoben sich in die Lüfte, um im Licht des Mirakelmondes über den Pappelhain davonzufliegen, landeinwärts, dahin, wo das verwunschene Schloss der Schwanenkönigin verborgen war.

Niko duckte sich hinter den Findling zurück und setzte sich. Zutiefst enttäuscht schüttelte er den Kopf. Nicht einmal im Traum hatte er daran gedacht, dass die Schwanenmädchen ihre Kleider während des Bades in die Obhut eines Wächters geben würden.

Zumal die Lichtelfe nicht ein Wort davon erwähnt hatte.

Jessie setzte sich ebenfalls. Von Enttäuschung war bei ihr jedoch keine Spur zu erkennen. Eher im Gegenteil: Sie sah aus, als sei ihr ein Licht aufgegangen. »Jetzt verstehe ich endlich, was Gislind gemeint hat«, wisperte sie Niko aufgeregt ins Ohr. »Nachdem sie mir ihr Leid geklagt hatte, hat sie nämlich noch etwas hinzugefügt: ›Zum Glück wird meinen Schwestern dergleichen nicht mehr widerfahren. Sie haben ihre Lehren aus meinem Unglück gezogen und lassen ihre Kleider nun stets von einem Molmermann bewachen. Der riecht, fühlt und hört Jungen und Männer schon von Weitem – und kann uns Mädchen doch nicht sehen, sodass wir uns unserer Blöße nicht zu schämen brauchen.‹ Gestern Nacht habe ich mir noch keinen Reim auf ihre Worte machen können. Aber jetzt habe ich mit eigenen Augen gesehen, was Gislind meinte.«

Niko sah Jessie nur schweigend an. Sie hatte völlig recht. Dieser Molmermann konnte auch ohne die Hilfe seiner Augen ein Mädchen problemlos von einem Jungen unterscheiden: am Geruch, an der Haut. Und wahrscheinlich konnte er sogar hören, ob ein Junge auf ihn zukam oder ein Mädchen. Noch im gleichen Augenblick wurde ihm klar, was das bedeutete. »So ein Mist«, brummte er. »Damit können wir unseren schönen Plan vergessen. Der Molmermann wird mir niemals ein Schwanenkleid aushändigen.«

»Da hast du sicherlich recht.« Jessie nickte. »Dir ganz bestimmt nicht.« Mit einem Ruck erhob sie sich, trat ein kleines Stück zur Seite und begann, ihr Gewand aufzuknöpfen.

Im ersten Moment begriff Niko überhaupt nicht, was Jessie vorhatte. »Was tust du da?«, fragte er verwundert.

»Wonach sieht es denn aus?«, fragte Jessie.

Da endlich verstand Niko. Er fuhr hoch und starrte sie mit offenem Mund an. »Du willst doch nicht etwa … ?«

»Natürlich!« Jessie erwiderte seinen ungläubigen Blick mit ernster Miene. »Oder weißt du eine andere Lösung?«

»Äh … nein«, musste Niko zugestehen. »Und wenn der Molmermann bemerkt, dass du kein Schwanenmädchen bist?«

»Wie sollte er? Meine Haut fühlt sich bestimmt an wie ihre und nackt sehe ich genauso aus wie sie – oder fast jedenfalls.

Und dass die Schwanenmädchen anders riechen als ich, ist mir bei Gislind jedenfalls nicht aufgefallen. Da sie zudem alle die gleichen Kleider tragen, wie die Elfe dir erzählt hat, dürfte es keine Probleme geben.« Sie nickte ihm zu. »Würdest du dich bitte umdrehen?«

»Oh, bitte!«, sagte Niko. »Als ob ich noch kein nacktes Mädchen gesehen hätte!«

»Das weiß ich doch, Niko.« Jessie lächelte ihn an, ging auf ihn zu und streichelte ihm zärtlich über die Wange. »Aber wir finden bestimmt eine bessere Gelegenheit, bei der du mich zum ersten Mal nackt sehen kannst. Glaubst du nicht auch?«

»Natürlich, klar«, antwortete Niko mit belegter Stimme und wandte sich hastig ab. Während er stocksteif dastand und hinüber zur einsamen Pappel starrte, hörte er hinter sich das Rascheln des Gewandes, das Jessie sich über den Kopf zog, und das leise Stoffgeknister des Slips, den sie sich von den Hüften streifte. Als sie sich anschließend dicht vor dem Schilf am Rande der Bucht hinunter zum Wasser schlich, drang das Tappen ihrer bloßen Füße an sein Ohr, das schließlich von einem leisen Plätschern abgelöst wurde.

In diesem Augenblick kam erneut eine Badende aus dem See und eilte auf den Molmermann zu. Und Niko wagte sich gar nicht auszumalen, was passieren würde, wenn der Wächter doch herausfand, dass Jessie kein Schwanenmädchen war.

Der Anblick der Schwarzmagierin lähmte Ayani nur kurz. Nach der ersten Schrecksekunde sprang sie auf, zog blitzschnell das Königsschwert aus der Scheide, und noch ehe Sâga reagieren konnte, rammte sie es ihr mit aller Macht in die Brust. Ayani führte den Stich mit solcher Wucht, dass Sinkkâlion mühelos bis zur Parierstange durch den Körper der Frau hindurchglitt – als wäre der nur aus Luft.

Die Schwarzmagierin verzog nicht eine Miene. Ohne Ayani auch nur eines Blickes zu würdigen, wich sie aus dem Schwert zurück, drehte sich um und ging davon.

Fassungslos starrte Ayani ihr nach. Auf Sâgas Rücken war nicht die kleinste Wunde zu sehen und auch ihr Schlangenkleid war völlig unversehrt. Als Ayani auf das Schwert in ihren Händen blickte, konnte sie auf der Klinge nicht einen Tropfen Blut erkennen. »Aber …« hauchte sie.

Aus den Augenwinkeln sah sie Sotiera, die etwas abseits stand und sie mit wissendem Lächeln beobachtete. Dann humpelte sie langsam auf ihren gekrümmten Greisenbeinen auf sie zu. »Warum bist du so erstaunt, Ayani?«, sagte sie. »Was dir eben begegnet ist, war doch nicht Sâga, sondern lediglich ihr leeres Schattenbild. Und dem kann keine Waffe etwas anhaben, nicht einmal ein magisches Schwert wie Sinkkâlion.«

»Ihr Schattenbild?«, fragte Ayani. »Dann ist Sâga also tot?«

Sotiera antwortete mit einer Gegenfrage. »Ist dir noch gar nicht aufgefallen, dass Sâga keinen Schatten besitzt?«

Ayani ging darauf jedoch gar nicht ein. »Jetzt sagt schon!«, rief sie. »Ist sie tot?«

»Nun, ich weiß nicht so recht, wie ich dir das erklären soll.« Sotiera hielt kurz inne, bevor sie fortfuhr: »Sâga führt schon längst kein echtes Leben mehr. Andererseits ist sie auch nicht wirklich tot – weil sie sich einfach nicht entscheiden kann, ob sie der Welt der Lebenden angehört oder der der Toten. Ihr Schatten wandelt deshalb schon lange auf der Insel der Tränen, während Sâga sich immer noch in Mysteria aufhält und sich mit aller Macht an ihr dortiges Leben klammert.«

Ayani konnte sich absolut keinen Reim auf diese Erklärung machen und sah Sotiera nur fassungslos an.

Die Wächterin der Zeit dachte jedoch gar nicht daran, weiter auszuholen. Sie fügte nur lächelnd hinzu: »Aber du bist doch nicht gekommen, um das Geheimnis von Sâgas Existenz zu lösen, sondern um deinen Ziehbruder zu sehen, nicht wahr?«

»Ja, natürlich!« Ayanis Herz begann, schneller zu schlagen, und sie spürte, dass ihre Wangen sich röteten. »Dann ist Arawynn also tatsächlich hier?«

»Wo sollte er sonst sein? Oder hast du vielleicht geglaubt, die alten Geschichten und Legenden wären nichts als Hirngespinste und besäßen keine Wahrheit?«

»Nein, nein, natürlich nicht. Wo ist Arawynn denn? Kann ich ihn sehen?«

»Ein wenig Geduld noch!«, sagte die Hüterin der Zeit. »Ich werde dir gleich den Weg zu ihm weisen. Aber vorher möchte ich dich an die Worte der Wassernymphe erinnern. Denk bitte daran, was sie zu dir gesagt hat.«

»Dass nur Zwei zurückkommen können, meint Ihr?«

»Nein, Ayani, das meine ich nicht!« Die Augen in Sotieras Mädchengesicht wirkten plötzlich wie die einer alten Frau, die schon viel zu viel Leid gesehen hat. »Die Nymphe hat dir erklärt, dass ein anderer sein Leben lassen muss, wenn jemand aus dem Reich der Toten in eure Welt zurückkehrt. Erinnerst du dich daran nicht mehr?«

»Doch, doch, natürlich.« Ayani merkte, dass ihre Wangen noch roter wurden – diesmal vor Scham. Sie senkte schnell den Blick.

»Dann ist ja gut. Aber hoffentlich bist du dir der Folgen deines Handelns auch bewusst?«

»Jaja, na-natürlich«, stammelte Ayani rasch, obwohl sie nicht das Geringste verstand. »Wo finde ich Arawynn denn?«

Für einen Augenblick sah die Hüterin der Zeit sie noch mit undurchdringlicher Miene an. Dann nickte sie zum Ausgang der Grotte. »Geh – und Arawynn wird sich dir zeigen.« Ayani wollte schon losrennen, als Sotiera sie noch einmal zurückhielt. »Nur eines noch: Ob Arawynn wieder ins Reich der Lebenden zurückkehrt oder nicht, hängt nicht von dir ab, Ayani – und auch nicht von mir. Das ist einzig und alleine Arawynns Entscheidung!« Damit wandte sie sich ab, wie zum Zeichen, dass die Unterredung beendet war.

Als Ayani aus der Grotte der Erinnerung trat, war es Herbst geworden. Zumindest sah es so aus: Das Getreidefeld war abgeerntet und auf der Wiese sprossen schon die Herbstmondrosen. Vom See zogen Nebel herüber. Während langsam eine Dunstwolke auf sie zutrieb, sah Ayani, dass oben auf der Klippe bereits der Winter eingezogen war. Die kahlen Bäume waren mit Schnee bedeckt und der Wasserfall war zu einem bizarren Eisgebilde erstarrt. Aber da löste sich auch schon eine Gestalt aus dem Nebel.

»Arawynn!«, schrie Ayani auf. Außer sich vor Freude stürmte sie auf den Bruder zu. Als sie Arawynn jedoch ins Gesicht blickte, wurde ihr schlagartig klar, dass irgendetwas nicht stimmte.

KAPITEL 33

Im Zeichen des Mirakelmondes

Nach einer Zeit, die Niko fast endlos vorkam, mischte sich Jessie in den Kreis der Badenden. Den Schwanenmädchen schien überhaupt nicht aufzufallen, dass sie keine von ihnen war. Jedenfalls entdeckte Niko keinerlei Anzeichen dafür. Nur wenig später konnte er überhaupt nicht mehr erkennen, welches der fröhlich im Wasser herumplanschenden Mädchen Jessie war. Aus der Ferne sahen sie nämlich alle gleich aus: gleich hübsch, gleich schlank und gleich nackt.

Als sich nun eine aus dem Kreis der Badenden löste und aufs Ufer zuschwamm, hielt Niko den Atem an. Was das vielleicht Jessie? Würde sie den gestrengen Wächter überlisten können oder nicht?

Die Schöne war bereits ein ganzes Stück aus dem Wasser, als er endlich erkannte, dass es sich um ein weiteres Schwanenmädchen handelte. Jessie wollte offensichtlich nichts überstürzen und keinen Verdacht erregen.

Wieder kam nun ein Mädchen aus dem See und lief die Uferböschung hinauf. Seine Brüste waren etwas kleiner.... Im gleichen Moment erhellte das Mondlicht das Gesicht des Mädchens – und Niko sah, dass es Jessie war. Er wandte sich rasch ab und setzte sich hinter den Stein. Obwohl der Moment nur Sekunden gedauert hatte, klopfte sein Herz – und der Anblick hatte sich in seine Netzhaut gebrannt: ihr schlanker Körper, ihre Brüste, ihr Bauch und …

Niko holte tief Luft und schloss die Augen, doch das Bild wollte nicht aus seinem Kopf verschwinden. Als würde er Jessie mit eigenen Augen beobachten, sah er, wie sie auf die Pappel zuging und der Molmermann vor ihr auftauchte. Er beschnupperte sie und ließ seine langen Tasthaare über ihr Gesicht wuscheln. Plötzlich stutzte das fremdartige Wesen und beschnupperte Jessie ein weiteres Mal.

Niko zuckte zusammen und hielt den Atem an. War dem gestrengen Wächter etwas aufgefallen? Hatte er bemerkt, dass er kein Schwanenmädchen vor sich hatte?

Endlich schien der Maulwurfsmann zufrieden. Er tauchte ab – Niko atmete auf –, kam mit einem Schwanenkleid wieder zum Vorschein und drückte es Jessie in die Hand. Sie wartete noch so lange, bis er sich wieder unter die Erde zurückgezogen hatte, dann hastete sie auf den Findling am Rande der Bucht zu.

Nur Augenblicke später schlüpfte sie hinter den Stein und sank neben Niko zu Boden. »Hier«, stieß sie atemlos hervor und drückte ihm das wundersame Kleid in die Hände, das einer langen, bis zum Boden reichenden Pelerine glich und aus Tausenden von makellos weißen Schwanenfedern bestand.

»Danke, vielen Dank, Jessie«, flüsterte Niko. »Das hast du super gemacht.« Er wollte ihr das Leinengewand rüberschieben, damit sie es wieder überstreifen konnte, als er plötzlich bemerkte, dass sie am ganzen Leibe zitterte. Selbst im roten Licht des Mondes war zu erkennen, dass sie totenbleich war. Ihre großen Augen schienen immer noch größer zu werden. »Schnell, Niko«, röchelte Jessie. »Ich brauche dringend etwas zu Es–« Damit sank sie in sich zusammen und verlor das Bewusstsein.

Thomas Andersen begleitete seine Besucher bis vor die Tür. Der Vollmond stand hoch am Himmel und überzog den Pfortnerhof mit seinem geheimnisvollen Licht. Thomas blieb stehen, warf einen raschen Blick nach oben und schaute dann Nalik Noski und Rieke Niklas mit ernster Miene an. »Ich danke Ihnen, dass Sie mir endlich reinen Wein eingeschenkt haben. Obwohl …« Er verzog kurz das Gesicht. »Es wäre mir allerdings lieber gewesen, wenn Sie sich etwas früher dazu durchgerungen hätten.«

Nalik Noski holte tief Luft. »Das kann ich durchaus verstehen, Herr Andersen. Andererseits: Glauben Sie wirklich, dass das etwas geändert hätte?«

Thomas wechselte einen schnellen Blick mit Rieke, die nur mit den Schultern zuckte. »Keine Ahnung«, sagte er dann. »Aber nach allem, was Sie mir erzählt haben – vermutlich nicht.«

»Das glaube ich auch«, sagte Rieke. »Und machen Sie Ihrer Frau bitte keine Vorwürfe! Lena hat es nur gut gemeint. Außerdem haben wir beide sie erst zum Schweigen überredet. Sonst hätte Lena Sie mit Sicherheit sofort über Jessies Verschwinden informiert. Und über das von Niko natürlich auch.«

»Wir alle haben es nur gut gemeint«, ergänzte Nalik. »Weil ich fest davon überzeugt war, Herrn Schreiber schnell aufspüren zu können, damit er endlich Licht in dieses mysteriöse Dunkel bringen kann. Aber leider …«, resigniert hob er beide Hände, »… ist er spurlos verschwunden.« Er trat einen Schritt auf Thomas zu. »Sagt Maik denn immer noch nichts?«

Thomas schüttelte den Kopf. »Nicht ein Wort. Er streitet nach wie vor ab, mit dem Verschwinden des Antiquars irgendetwas zu tun zu haben.«

»Tja.« Nalik seufzte. »Dann bleibt mir nichts anderes übrig, als weiterhin nach ihm zu suchen.«

»Ich wünsche Ihnen jedenfalls viel Glück, Herr Noski«, sagte Thomas. »Kommen Sie, ich begleitete Sie zu Ihrem Auto.«

Rieke hatte ihren betagten Golf, mit dem Herr Noski und sie zum Pfortnerhof gefahren waren, neben dem Brunnen geparkt. Als sie dort ankamen, streckte sie Thomas die Hand zum Abschied entgegen. »Auf Wiedersehen«, sagte sie. »Machen Sie es gut.«

»Sie auch.« Thomas wollte schon zugreifen, als er verwundert innehielt. »Dieser Ring«, sagte er überrascht und deutete auf ihre Rechte. »Woher haben Sie den?«

Rieke zuckte mit den Schultern. »Keine Ahnung. Warum fragen Sie?«

»Nun ... Ich habe Ihnen doch erzählt, dass ich die Mutter meines Romanhelden genauso genannt habe wie Sie, nämlich Rieke Niklas. Sie werden das jetzt nicht glauben, aber die Rieke in meinem Buch trägt den gleichen Ring: einen unscheinbaren Kupferring, der mit einer Dagaz-Rune verziert ist!«

»Was?« Rieke war so fassungslos, dass ihr nichts weiter einfiel.

Dafür ergriff Nalik das Wort. »Und warum, Herr Andersen? Was war der Grund dafür?«

»Weil ... äh ...« Thomas suchte verzweifelt nach einer einleuchtenden Erklärung. »Weil es mir einfach so eingefallen ist und der Ring natürlich auch eine ganz besondere Bedeutung hat.« Er schüttelte den Kopf. »Diese Geschichte ist schlichtweg verrückt. Überall finde ich Elemente, die ich mir für meinen Roman ausgedacht habe.« Er deutete auf Riekes Hand. »Wie dieser Ring zum Beispiel. Und dieselbe Rune ...«, er zeigte auf den Brunnen, »begegnet mir auch an anderen Orten. Zum Beispiel da auf dem Brunnenrand.«

Nalik Noski betrachtete die drei Runen auf dem Brunnen und wandte sich dann wieder an Thomas. »Das ist in der Tat interessant«, sagte er. »Haben Sie eine Erklärung, was das alles bedeuten könnte?«

»Nicht die geringste«, antwortete Thomas ernst. Doch dann huschte ein verschmitztes Lächeln über sein Gesicht. »Aber ich habe mir eine einfallen lassen!«

»Tatsächlich? Und welche, wenn ich fragen darf?«

»Fragen dürfen Sie natürlich«, antwortete Thomas lächelnd. »Nur keine Antwort erwarten. Dafür müssen Sie schon meinen Roman lesen, wenn er endlich fertig ist.«

Dann verabschiedeten sich die drei voneinander.

Thomas winkte den Besuchern noch so lange nach, bis Riekes Golf im Dunkel der Nacht verschwunden war. Als er das Haus wieder betreten wollte, kam ihm Lena entgegen. Beim Blick in ihr kummervolles Gesicht hielt er den Atem an. »Hast du Jessies Arzt endlich erreicht?«, fragte er. Sein Herz begann, wie wild zu klopfen.

Lena nickte. Ihre Augen schimmerten feucht.

»Und? Was sagt er?«

Lena atmete tief durch. »Er … er tut sich schwer mit einer Einschätzung. Weil er erstens nicht genau weiß, wie viel Insulin Jessie dabeihat, und zweitens die Belastungen nicht kennt, denen sie in den letzten Tagen ausgesetzt war.«

Thomas runzelte die Stirn. »Wie … Belastungen?«

»Wenn Jessie sich in einem Sanatorium befindet, wo sie von morgens bis abends ihre Ruhe hat und rund um die Uhr nur gehegt und gepflegt wird, kann sie natürlich viel länger ohne die übliche Dosis auskommen, als wenn sie sich ständig körperlich anstrengen muss und großem psychischem Stress ausgesetzt ist.«

»In einem Sanatorium wird sie wohl nicht sein!«, rief Thomas aufgebracht und spürte, wie ihm kalter Schweiß ausbrach. »Aber dann kann der Doktor also auch nicht sagen, wie lange Jessie noch bleibt, bis …?«

»Zumindest nicht hundertprozentig.« Lena biss sich auf die Unterlippe. »Wenn sich Jessie ungefähr an die verordnete Dosis gehalten hat, dann dürfte der Pen noch etwa zur Hälfte gefüllt gewesen sein, als sie verschwunden ist.«

»Und was bedeutet das?«

»Das bedeutet, dass Jessie den morgigen Tag mit Sicherheit nicht überleben wird, wenn sie keine medizinische Hilfe bekommt. Aber möglicherweise bekommt sie auch schon viel eher Probleme und fällt ins Koma!«

Das Lächeln auf Ayanis Gesicht erstarb, als sie Arawynns vorwurfsvolles Gesicht sah.

»Was willst du hier?«, sagte Arawynn tonlos. »Warum bist du gekommen?«

»Aber… Arawynn.« Ayani schüttelte ungläubig den Kopf. »Weißt du das wirklich nicht? Ich bin gekommen, um dich in die Welt der Lebenden zurückzuholen. Nur deshalb habe ich die Strapazen der Reise auf mich genommen…«

»Tatsächlich?« Der Junge lachte bitter. »Glaubst du vielleicht, ich bin gestorben, damit du deine Zeit nutzlos vertust?«

»Aber Arawynn…«

»Und deine große Aufgabe aus den Augen verlierst, nur weil du nicht einsehen willst, dass es weit Wichtigeres gibt als uns selbst?«

»Aber Arawynn…« Ayani fehlten die Worte.

»Warum beschäftigst du dich mit Dingen«, fuhr Arawynn fort, »die ohnehin nicht mehr zu ändern sind, anstatt die großzügigen Geschenke der Unsichtbaren sinnvoll zu nutzen? Dein Schicksal liegt in deiner Hand, Ayani, und es ist ganz alleine an dir, was du aus deinen Möglichkeiten machst und was nicht. Du kannst die vielen Aufgaben, die das Leben für dich bereithält, nur bewältigen, wenn du dich ihnen stellst und sie unerschrocken in Angriff nimmst. Wenn du aber vor ihnen davonläufst und dich stattdessen mit Dingen beschäftigst, die nicht in deiner Hand liegen, wirst du niemals an dein Ziel kommen und deiner wahren Bestimmung gerecht werden.«

Ayanis Augen wurden feucht. »Ich habe es doch nur deinetwegen getan«, sagte sie leise. »Weil du einen so frühen Tod einfach nicht verdie–«

»Nein«, sagte Arawynn und schnitt ihr das Wort ab. »Du hast es für dich getan, nicht für mich. Ich bin gestorben, weil es der Wille der Unsichtbaren war. Und weil meine Mutter mir aufgetragen hatte, dir das steinerne Herz aus dem Schicksalsstein zurückzugeben.« Er streckte den rechten Arm aus und richtete ihn anklagend auf sie. »Wenn du *mein* Opfer schon verschmähst – warum bist so undankbar und nimmst Marunas Hilfe nicht an?«

Ayani öffnete den Mund, doch es kamen keine Worte heraus.

Arawynn schaute sie an. Enttäuschung und Sorge hielten sich die Waage in seinem Blick. »Leb wohl, Ayani«, flüsterte er schließlich. Er drehte sich um und trat zurück in die Nebelschwaden. Die ballten sich dichter zusammen und lösten sich nur einen Augenblick später wieder auf. Von Arawynn war nicht eine Spur mehr zu sehen.

Im ersten Moment war Ayani zu keiner Regung fähig. Tränen füllten ihre Augen und sie stand wie erstarrt da – bis sie eine helle Knabenstimme in ihrem Rücken hörte: »Geh endlich, Ayani, bevor es zu spät ist!«

Überrascht drehte sie sich um und sah sich einem Wesen gegenüber, das die Gestalt eines Zwerges besaß und in ein bis zum Boden reichendes weißes Gewand gekleidet war. Der Kopf mit den schulterlangen blonden Haaren besaß weder Nase noch Augen, sondern war mit drei Runen gezeichnet: der Dagaz-, der Ehwaz- und der Mannaz-Rune.

»Brani!«, rief Ayani überrascht aus. »Was machst du denn hier?«

»Ich bin genauso vor der Zeit gestorben wie Arawynn«, sagte der kindliche Seher. »Nur so konntest du dem Weg folgen, den die Unsichtbaren dir vorgezeichnet haben. Aber auch mein Opfer wird nutzlos sein, wenn du nicht rasch auf den rechten Pfad zurückfindest.« Brani streckte den Arm aus und deutete in die

Ferne, wo das feurige Band des Flammenden Flusses loderte. »Worauf wartest du also? Wenn du noch länger zögerst, werden dein Bruder und du eure Aufgabe niemals erfüllen können.«

Ayani stieß einen tiefen Seufzer aus. »Glaubst du, wir haben tatsächlich noch eine Chance?«

Der augenlose Seher klang sehr ernst. »Aber natürlich, Ayani. Solange man nicht endgültig verloren hat, gibt es immer eine Chance – ganz besonders für dich! Hast du denn die alte Prophezeiung vergessen? ›Wenn die Dunkelheit sich mit dem Licht vermählt, vermag nur die Tochter des Falken zu bewirken, dass der Wille der Unsichtbaren in Erfüllung geht.‹ Das klingt mir sogar nach einer sehr großen Chance! Allerdings …« Brani brach ab, als scheue er sich, eine schreckliche Wahrheit auszusprechen.

»Ja?«, fragte Ayani. »Jetzt sag schon.«

»Das setzt natürlich voraus, dass du lebend zu deinem Bruder und deinen Gefährten zurückkehrst.«

Es dauerte einen Moment, bis es Ayani dämmerte. »Dann muss ich die schreckliche Höhle der Deliria also ein zweites Mal durchqueren?« Sie starrte ihn voller Entsetzen an. »Sag, dass das nicht wahr ist, Brani!«

»Nein, Ayani.« Der kindliche Seher schüttelte den Kopf. »Es ist sogar noch weit schlimmer: Der Weg zurück führt durch die Kammer der Finsternis, in der der Nidhog-Drache haust. Und die Begegnung mit ihm hat noch keiner überlebt.«

Jessies Ohnmacht währte zum Glück nicht lange. Niko hatte ihr das Leinengewand notdürftig über den Körper geworfen – sein Herz klopfte jetzt wirklich wie wild – und hatte ihr dann etwas von dem süßen Tee aus seinem von Gislind gefüllten Proviantbeutel eingeflößt. Nachdem sie anschließend noch ein Kuchenstück verdrückt hatte, ging es ihr schon wieder besser. Sie war allerdings noch recht wackelig auf den Beinen.

Niko schaute sie besorgt an. »Bist du auch wirklich wieder in Ordnung? Zum Glück habe ich meinen Proviantbeutel wenigstens noch. Mit dem müssen wir jetzt beide auskommen.«

»Ja, ja«, antwortete Jessie ungehalten. Schnell schlüpfte sie in das Gewand und strich es glatt. »Du siehst doch, dass es mir wieder gut geht.«

»Also, das überzeugt mich gar nicht«, sagte Niko. Rasch sah er hoch zum Himmel, an dem die pralle Scheibe des Mirakelmondes so flammend rot leuchtete, als wolle sie ihn daran erinnern, dass ihnen die Zeit davonlief. Bis zum Beginn der Dämonenstunde war es bestimmt nicht mehr lange hin. Aber unglücklicherweise hatten noch immer nicht alle Schwanenmädchen den See verlassen. Es war deshalb auch noch nicht aufgefallen, dass eines ihrer Kleider abhandengekommen war.

Endlich kamen die letzten drei aus dem Wasser und liefen auf den Molmermann zu. Nachdem er sie, genau wie all die anderen vor ihnen, ausgiebig beschnuppert hatte, tauchte er wieder unter die Erde, um ihre Kleider zu holen. Als er gleich darauf wieder zum Vorschein kam, war die Bestürzung groß: Er hielt nämlich nur zwei Schwanengewänder in seinen Krallen, worauf alle drei Mädchen gleichzeitig in lautes Wehklagen ausbrachen und wild durcheinanderredeten, sodass sie sich fast anhörten wie schnatternde Schwäne. Sie waren so aufgelöst und mit sich selbst beschäftigt, dass sie überhaupt nicht bemerkten, dass Niko und Jessie näher gekommen waren.

»Sucht ihr vielleicht das hier?«, fragte Niko und hielt das Schwanenkleid in die Höhe.

Die drei Schönen fuhren herum und starrten ihn an, als wäre er ein Geist. Nach der ersten Schrecksekunde jedoch breiteten sie hastig die beiden Federgewänder vor sich aus, damit alle drei ihre Blöße dahinter verbergen konnten.

Der Molmermann aber, der offensichtlich mit dem Geheimnis der Schwanenmädchen vertraut war, erkannte, dass er nichts mehr ausrichten konnte, und verschwand wortlos und schnell unter der Erde.

Niko machte einen Schritt auf die drei zu und zeigte auf das Gewand in seiner Hand. »Wem von euch gehört das Kleid?«

»Mir nicht«, antwortete die Erste.

»Mir auch nicht«, erwiderte die Zweite.

»Und mir schon gar nicht«, erklärte die Dritte.

»Wollt ihr mich veralbern?« Niko schaute sie unwirsch an. »Einer von euch dreien muss das Kleid doch gehören!«

»Schon möglich«, gaben sie wie aus einem Munde zurück. »Aber wir sind Drillinge und ein Herz und eine Seele. Da dürft Ihr nicht erwarten, dass wir eine von uns ohne Zwang ins Unglück stürzen.«

Niko runzelte die Stirn und schwenkte das Kleid hin und her. »Dann wisst ihr also, was das bedeutet?«

»Sehr wohl, Herr«, antworteten die drei im absoluten Gleichklang und senkten die grazilen Köpfe. »Wählt eine von uns aus, und die wird Euch gehorsam sein.« Die Schwanenmädchen wechselten einen raschen Blick, bevor sie Niko wieder ansahen. Ihre Gesichter waren wächsern und wie versteinert, zeigten aber nicht die geringste Spur von Tränen, wie Niko eigentlich erwartet hatte.

»Meine Name ist Schwanhild«, sagte die Erste. »Wenn es das Schicksal will, werde ich Euch dienen.«

»Mein Name ist Sieghild«, erklärte die Zweite. »Wenn mein Los es bestimmt, werde ich Euch gehorchen.«

»Mein Name ist Gerhild«, bekannte die Dritte. »Wenn die Unsichtbaren es fügen, werde ich Euch folgen.«

Da platzte Jessie der Kragen. »Jetzt ist es aber genug!«, schimpfte sie. »Wollt ihr vielleicht mal aufhören, euch so anzubiedern, nur weil er mit einem Kleid winkt? Das ist ja widerlich! Am Ende bildet er sich noch was darauf ein.«

Niko konnte sich ein Schmunzeln nicht verkneifen. »Sie hat recht«, erklärte er an die Schönen gewandt. »Ich will euch nicht ins Unglück stürzen und verlange keine Sklavendienste.«

»Nein?« Die Schwanenmädchen wechselten einen ratlosen Blick. »Was wollt Ihr dann, Herr?«, fragten sie im Gleichklang.

Anstelle einer Antwort drehte Niko sich um, steckte zwei Finger in den Mund und stieß einen lauten Pfiff aus.

Nur einen Augenblick später trabte der Schimmel hinter dem kleinen Wäldchen hervor, in dem Niko und Jessie den Falben und ihn zurückgelassen hatten, tänzelte mit stolzen und grazilen Schritten näher und hielt direkt neben ihm an. Dann neigte er den Kopf vor den Schwanenmädchen und wieherte wie zum Gruß.

Niko warf ihnen einen verwunderten Blick zu. »Ihr kennt euch?«

»Natürlich, Herr«, antworteten die drei. »Das ist Sturmschwinge, einer der geflügelten Diener der Unsichtbaren, die der mächtige Odhur der Obhut unserer Herrin anvertraut hat.«

»Was ihr nicht sagt«, murmelte Jessie. »Hoffentlich bekommt die Ärmste keinen Ärger!«

Niko warf ihr einen tadelnden Blick zu und wandte sich wieder an die drei Schönen. »Dann wisst ihr sicherlich, welche Bitte ich an euch habe: Bringt mir den goldenen Zügel des Odhur, damit Sturmschwinge mir behilflich sein kann.«

»Natürlich, Herr«, antworteten die drei zusammen. »Wie Ihr wünscht.«

»Soll ich ihn Euch holen, Herr?«, fügte Schwanhild hinzu.

»Soll ich ihn Euch bringen, Herr?«, wollte Sieglind wissen.

»Soll ich ihn Euch besorgen, Herr?«, fragte Gerhild zum Schluss.

Jessie wurde die Sache langsam zu bunt. »Völlig egal«, sagte sie barsch. »Von Emanzipation habt ihr wohl noch nie was gehört, was? Aber Hauptsache, ihr beeilt euch jetzt. Macht endlich, zum Henker!«

Die drei steckten erschrocken die Köpfe zusammen und beratschlagten sich. Allerdings schienen sie sich nicht einigen zu können.

»Hallo?!«, rief Jessie laut. »Beeilen habe ich gesagt, nicht bequatschen!«

Wieder schnatterten die Schwanenmädchen wild durcheinander. Dann endlich schlüpfte Schwanhild in ihr Federkleid, und während Sieghild und Gerhild gemeinsam hinter dem verbliebenen Schwanengewand Schutz suchten, schwang sie sich in die Lüfte und flog davon.

Schon kurz darauf kehrte Schwanhild wieder zurück. Sie hatte ein Kästchen dabei, kaum größer als ein gewöhnliches Schmuckkästchen. Es war aus tiefschwarzem Holz gefertigt und überraschend schwer, wie Niko feststellte, als Schwanhild es ihm mit einem unterwürfigen »Bitte, Herr!« in die Hand drückte.

Niko schlug den Deckel auf – und da funkelte es ihm so strahlend hell entgegen, dass er die Augen schließen musste, um nicht geblendet zu werden.

»Oooh!«, brachte Jessie hervor. »Das ist ja der Wahnsinn!«

Das Kästchen enthielt tatsächlich einen Zügel, allerdings keinen gewöhnlichen: Er war vielmehr aus vergoldeten Schwanenfedern geflochten und deshalb auch federleicht.

Sturmschwinge wurde ganz unruhig bei seinem Anblick. Er schnaubte und tänzelte mit den Vorderbeinen, als könne er es gar nicht erwarten, dass der Zügel ihm endlich umgelegt werde.

Jessie blickte Niko mit glänzenden Augen an. »Darf ich?«, fragte sie.

»Ja, klar.« Niko nickte. »Du kennst dich mit dem Pferdezeugs doch besser aus als ich.«

Ganz vorsichtig nahm Jessie den goldenen Zügel aus dem

schwarzen Holzkästchen und trug ihn behutsam, als wäre er ein wertvoller Schatz, zu Sturmschwinge. Dann hakte sie seinen Lederzügel von den Trensenringen und ersetzte ihn durch das goldene Federgeflecht.

Willig und ohne jede Gegenwehr ließ Sturmschwinge alles geschehen.

Als Jessie das Pegaross neu gezügelt hatte, trat Niko neben sie und hielt ihr das Kästchen entgegen. »Hier – pass bitte darauf auf, bis ich wieder zurück bin.«

»Wie?«, fragte sie verwundert. »Nimmst du mich nicht mit auf den Schöpferberg?«

»Nein.« Mit einem sanften Lächeln schüttelte Niko den Kopf. »Wir wollen Sturmschwinge nicht überanstrengen. Du bleibst bei den drei Schönen und wartest, bis ich wieder zurückkomme.«

»Na, das hast du dir ja super ausgedacht!« Jessie wollte schon rebellieren, aber dann besann sie sich und seufzte auf. »Also gut«, sagte sie. »Vielleicht hast du ja recht. Vielleicht ist es besser so. Dann hau schon ab!« Sie nahm ihm das Kästchen aus der Hand und verzog staunend das Gesicht. »Mann, ist das schwer!«

Die Schwanenmädchen kicherten. »Weil es aus Ebenholz gefertigt ist«, erklärten Schwanhild, Sieghild und Gerhild aus einem Munde. »Es schützt und erhält die besonderen Kräfte aller Dinge, die darin aufbewahrt werden.«

Niko vergewisserte sich noch, dass die Satteltaschen alles enthielten, was er für den Ausflug auf den Schöpferberg benötigte. Dann zog er Jessie in seine Arme.

Widerstandslos ließ sie es geschehen, schlang ihm ebenfalls die Arme um den Hals und schmiegte sich ganz eng an ihn. »Ich wünsch dir alles Glück der Welt«, flüsterte sie und küsste Niko sanft auf die Wange.

»Danke«, antwortete Niko. »Das kann ich bestimmt brauchen – und du noch viel mehr!« Damit löste er sich aus Jessies Armen, drehte sich um und schwang sich auf das Pegaross. Ein schneller Blick zum Himmel zeigte ihm, dass die Zeit bald reif war: Der Mirakelmond stand hoch im Zenit, strahlender und prächtiger als jemals zuvor.

Im Laufe seiner Geschichte hatte Mysteria schon viele Male im Zeichen des Mirakelmondes gestanden. Doch alle Beobachter waren sich einig, dass noch keine Mirakelnacht zuvor auch nur annähernd so eindrucksvoll gewesen war wie diese.

Selbst Nostramus, der Sternendeuter und Hofmagier des Einzigmächtigen Mordur Kra'nakk, war tief beeindruckt von der leuchtenden Pracht. Dabei gab es in der Welt hinter den Nebeln wahrscheinlich niemanden, der schon so viele Mirakelmonde erlebt hatte wie er. Dennoch konnte Nostramus sich an der wundersamen Kugel, die prall und rund am nächtlichen Himmel hing, einfach nicht sattsehen. Stunde um Stunde verbrachte er am Fenster seiner Studierstube im Turm der Korroker Feste und dankte dem Großen Elikkernias, seinem verehrten Vorgänger und Lehrmeister, dass er ihn nicht nur in die Geheimnisse der Magie eingewiesen, sondern ihn auch mit den Mirakeln der Gestirne vertraut gemacht hatte.

König Mordur, der mächtige Herrscher über das Grimme Reich, beobachtete den Mirakelmond ebenfalls mit leuchtenden Augen, wenn auch aus einem anderen Grund als sein Magier: Der Einzigmächtige wusste natürlich gleichfalls um die besondere Macht des Mirakelmondes. Deshalb hatte er just in dieser Nacht einen Trupp der gefürchteten Nebelkrieger losgeschickt, um das Königsschwert Sinkkâlion endlich aufzuspüren – in der festen Hoffung natürlich, dass die magischen Kräfte des Mondes dem Unternehmen zu raschem Erfolg verhelfen würden.

Auch Kieran und seine Männer konnten ihre Augen nicht von dem leuchtend roten Himmelskörper wenden. Die Älteren unter ihnen, wie Ragnur Graubart oder Magnus der Schmied, erinnerten sich nur noch allzu gut daran, dass der letzte Mirakelmond vor vierzehn Sommern ein böses Omen gewesen war: Nur zwei Wochen später waren die Marschmärker in Helmenkroon eingefallen, hatten die Burg erobert und Angst und Schrecken in der Heimat der Alwen verbreitet. Und so hofften sie inständig, dass dieser Mirakelmond nicht von einem neuerlichen Unglück kündete.

Die Jüngeren dagegen, mit Kieran an der Spitze, vertrauten darauf, dass der Mirakelmond diesmal nicht schlimmes Unheil, sondern vielmehr großen Triumph ankündigte. Sie waren beseelt von der Hoffnung, dass das Schicksal ihres Volkes schon bald eine glückliche Wendung nehmen würde.

Ähnliche Gedanken trieben auch Arawynns Vater Mayan um, der seit Tagen in Rhogarrs Steinbrüchen schuftete. Obwohl er abends stets hundemüde war von der elenden Plackerei und sämtliche Glieder seines geschundenen Leibes höllisch schmerzten, stahl er sich heimlich aus der Lindwurmhöhle, in der die Sklaven ihre kurzen Nächte verbrachten, um die seltene Himmelserscheinung zu bestaunen. In der Nacht zuvor war ihm nämlich seine tote Frau Maruna im Traum erschienen. Sie hatte ihm anvertraut, dass dieser Mirakelmond das Ende des Tyrannen Rhogarr beleuchten würde – und dieses freudige Schauspiel wollte Mayan unter keinen Umständen versäumen.

Auch der blinde Heimar und sein Enkel Tamiro saßen vor ihrer einsamen, im Wald versteckten Hütte und bewunderten den Mirakelmond. Obwohl Heimar wusste, dass sich sein Schicksal schon bald erfüllen würde, empfand er keinerlei Kummer oder Schmerz, sondern nur grenzenlose Freude für den kleinen Tamiro. Heimar war einst der Sternendeuter von König Nelwyn gewesen und hatte vor vierzehn Sommern sofort erkannt, dass der Mirakelmond große Gefahr andeutete. Nelwyn aber hatte seine Warnung in den Wind geschlagen, und so war das Unheil über Helmenkroon und die Bewohner des Nivlandes hereingebrochen. Diesmal aber kündete der Mirakelmond von einer Wendung des Schicksals, da war Heimar sich ganz sicher, und so freute sich der greise Mann aus tiefstem Herzen, dass seinem Enkel schon bald bessere Tage beschert würden.

Den Zauberlehrling Kasimir dagegen trieb schreckliches Heimweh ans Fenster des fürstlichen Gemaches, das Rhogarr von Khelm seinem Staatsgast in der Burg zugewiesen hatte. Wie gerne hätte Kasimir in dieser Nacht seinem Herrn und Meister Gesellschaft geleistet und den gelehrten Worten gelauscht, die Nostramus angesichts der Himmelserscheinung bestimmt zum Besten gegeben hätte. Möglicherweise hätte sich der große Magier sogar auf einen Disput mit seinem Eleven eingelassen, woher die besonderen Kräfte des Mirakelmondes wohl rühren mochten – denn darüber gab es sehr unterschiedliche Meinungen unter den Weisen Mysterias.

Auch Rhogarr von Khelm hielt es in dieser Nacht nicht in seiner Kammer. Er begab sich auf die Spitze des Bergfrieds von Helmenkroon und hing seinen Gedanken nach. Sein Herz war schwer, denn Rhogarr erinnerte sich noch allzu gut an das schreckliche Unheil, das ihn im Zeichen des letzten Mirakelmondes ereilt hatte: Just an diesem Tag vor vierzehn Sommern hatte König Nelwyn, dieser nivländische Hund, seine geliebte Gemahlin Eleonore feige ermordet – und ihren gesamten Hofstaat gleich mit. An ihrem Grab hatte Rhogarr fürchterliche Rache geschworen und seinen Schwur nur wenige Tage später auch in die Tat umgesetzt. Er war im Nivland eingefallen und hatte das Land und die Königsburg im Sturm erobert – und seine beiden vordringlichsten Ziele dennoch nicht erreicht: Er hatte weder das Königsschwert Sinkâlion in die Hände bekommen, noch hatte er Nelwyn gefangen nehmen und öffentlich hinrichten können, wie es sein Plan gewesen war. Als wäre es erst gestern gewesen, erinnerte sich Rhogarr noch deutlich an das unglaubliche Geschehen in jener Nacht: Obwohl sich die Eindringlinge in großer Überzahl befanden und König Nelwyn schon bald nur noch auf sich alleine gestellt war, hatte er Rhogarr und seinen Mannen bis zuletzt erbitterten Widerstand geleistet. Doch schließlich erkannte auch Nelwyn seine aussichtslose Lage und flüchtete in sein Gemach – wobei er Rhogarr, der ihn mit dem Schwert daran hindern wollte, das rechte Auge ausstach!

Nachdem seine Männer die massive Kammertür endlich mit einem Rammbock zerschmettert hatten, ließ Rhogarr es sich trotz der fürchterlichen Verwundung nicht nehmen, in Nelwyns Gemach einzudringen, um ihm den Todesstoß zu versetzen. Nur Herzog Drago und Sâga durften ihn begleiten.

Zu ihrer aller Entsetzen war die Kammer jedoch leer gewesen, und obwohl sie jede Ecke und jeden Winkel gewissenhaft absuchten, konnten sie nicht die kleinste Spur von Nelwyn entdecken. Es schien, als habe ihn der Erdboden verschluckt.

Sâga aber hatte die beiden Männer sofort zu ehernem Stillschweigen verpflichtet, und so wusste bis zum heutigen Tage niemand außer ihnen, was sich in jener Nacht in der Kammer des Königs zugetragen hatte. Als Rhogarr, umringt von seinen Kriegern, am nächsten Tag im Burghof die sterblichen Hüllen des getöteten Königspaares dem Scheiterhaufen übergab, ahnten nicht einmal seine Heerführer, dass neben Königin Nimhuld nicht Nelwyn den Flammen anvertraut wurde, sondern eine seiner getöteten Leibwachen. Zudem fügte es das Schicksal, dass der mächtige Falke, der seit Jahren auf dem Bergfried nistete, sich im Rauch des Scheiterhaufens in den Himmel erhob und auf Nimmerwiederkehr davonflog – was selbst die treuesten Anhänger des Königs von seinem Tod überzeugte. Nur Dhrago, Sâga und Rhogarr wussten um die wahren Hintergründe, auch wenn sie nicht die leiseste Ahnung hatten, wo Nelwyn abgeblieben war.

»Man sollte nie von sich auf andere schließen!«, holte ihn urplötzlich eine Stimme aus den Gedanken, die, obgleich wohlvertraut, Rhogarr erschrocken zusammenzucken ließ.

»Sâga«, hauchte er und starrte die Schwarzmagierin an, die mithilfe ihrer schwarzen Künste wie aus dem Nichts auf dem Bergfried erschienen war. »Wa-was wollt Ihr damit andeuten?«

Ein Lächeln ging über ihr fahles Gesicht. »Kannst du dir das nicht denken? Im Gegensatz zu Dhrago und dir habe ich doch damals schon geahnt, dass Nelwyn sich nicht so leicht geschlagen geben würde. Hätte ich sonst einen Bann über ihn verhängt, der seine Rückkehr unmöglich macht?«

»Aber Sâga.« Rhogarr schüttelte verwirrt den Kopf. »Davon habt Ihr mir nie erzählt.«

»Warum sollte ich?« Ihr Reptilienblick war kalt wie Eis. »Dein beschränkter Verstand hätte die tieferen Hintergründe ohnehin nicht erfasst – und der deines feigen Vasallen schon gar nicht.«

Rhogarr senkte den Kopf. Diese verfluchte Hexe!, dachte er still für sich. Was glaubt sie eigentlich, wen sie vor sich hat!

Rhogarr wusste natürlich, dass er sich mit Sâgas Kräften niemals messen konnte. Dennoch war er es leid, ständig wie ein dummer Bauerntölpel behandelt zu werden. Insgeheim hatte er deshalb schon längst beschlossen, ihr das eines Tages heimzuzahlen, wann immer auch die Zeit dafür reif sein würde. Bis dahin allerdings blieb ihm nichts übrig, als gute Miene zum bösen Spiel zu machen.

»Habe ich dich gekränkt?« Überraschenderweise war nicht eine Spur von Ironie in Sâgas Stimme auszumachen. »Das tut mir leid, Rhogarr. Ich weiß sehr wohl, dass heute ein ganz besonderer Tag für dich ist und wie schwer du immer noch unter dem Tod deiner Gemahlin leidest.«

»Danke«, sagte Rhogarr und blinzelte irritiert. Was sollte denn dieses Mitgefühl plötzlich wieder? »Auch wenn Eleonore schon vor langer Zeit von meiner Seite gerissen wurde, werde ich sie niemals vergessen. Genauso wenig, wie ich ihrem feigen Mörder je vergebe. Ich werde ihn töten, genau wie ich es an Eleonores Grab geschworen habe – erinnert Ihr Euch, Sâga?«

»Als ob ich das jemals vergessen könnte!« Die Schwarzmagierin trat dicht an Rhogarr heran und legte ihm die Krallenhand auf die Schulter. »Deshalb bin ich doch zu dir gekommen in dieser schweren Stunde. Vielleicht tröstet dich der Gedanke, dass Nelwyn dir wohl nie mehr gefährlich werden kann. Wer Mysteria freiwillig verlässt, kann nur zurückkehren, wenn ein anderer bereit ist, sein Leben für ihn aufs Spiel zu setzen. Und darüber hinaus durchschaut niemand das Geheimnis von Nelwyns jetziger Gestalt.«

Rhogarr verstand kein Wort, wagte aber auch nicht nachzufragen – aus Angst, wieder nur Hohn und Spott zu ernten. »Ich hoffe, Ihr behaltet recht«, sagte er nur. Dann nahm er all seinen Mut zusammen und setzte noch hinzu: »Obwohl Ihr einige Male schiefgelegen habt in letzter Zeit.«

Zu seiner Überraschung blieb der befürchtete Wutausbruch aus. »Das ist richtig«, gestand die Schwarzmagierin ein. »Ich habe unsere Gegner in der Tat unterschätzt. Aber ich habe auch meine Lehren daraus gezogen und die entsprechenden Vorkehrungen getroffen: Diese Blagen, die uns soviel Missbehagen bereitet haben, werden den Mirakelmond nicht überleben. Und sollte Nelwyn die Rückkehr wider Erwarten doch gelingen, ist alles so gerichtet, dass er uns schon bald in die Hände fällt. Aber dann, Rhogarr …«, ihr spitzer Krallenfinger schnellte nach vorne und bohrte sich in seine Brust, »… dann kannst du endlich die verdiente Rache an ihm nehmen!«

Rhogarrs finsteres Gesicht erhellte sich und sein Auge leuchtete auf. »Dafür wäre Euch mein Dank gewiss – bis an Euer Lebensende, Sâga, das schwöre ich!«

Bei diesen Worten kehrte die alte Häme wieder in das Gesicht der Schwarzmagierin zurück. »Danke, Rhogarr, auch wenn du mein Ende bestimmt nicht erleben wirst.« Gönnerhaft tätschelte sie ihm die Schulter. »Aber jetzt entschuldige mich, ich habe Wichtiges zu tun: Beim Beginn der Dämonenstunde werde ich den Mantel des Odhur der Flamme Nihil übergeben, damit wir fortan von lästigen Eindringlingen verschont bleiben!« Noch im gleichen Augenblick verwandelte sie sich in einen schwarzen Wirbel, der sich wie ein flügelloser Lindwurm in die Nacht schlängelte und in Richtung Schöpferberg davonflog.

KAPITEL 34

Der Schöpferberg

Rieke war kaum auf dem Hof ihres Vaters angekommen und aus dem Golf gestiegen, da klingelte ihr Handy. Als sie den Namen auf dem Display erkannte, machte ihr Herz einen Riesensprung: *Niko ruft an,* stand darauf zu lesen. Riekes Hand zitterte, als sie die Annahmetaste drückte und das Handy an ihr Ohr hielt. Instinktiv schrie sie den Namen ihres Sohnes: »Niko!«

Erst als die Stimme des Anrufers an ihr Ohr drang, bemerkte sie, was für einen dummen Fehler sie gemacht hatte: Es war nicht Niko, sondern Nalik Noski, dem sie das Handy ihres Sohnes geliehen hatte.

Wie hatte sie das nur vergessen können!

Nalik wollte sich nur noch mal bedanken, dass sie ihn zum Pfortnerhof begleitet hatte. »Es war sicher nicht einfach für Sie einzugestehen, dass wir Lena wohl doch zu viel Hoffnung gemacht haben.«

»Ja, schon. Aber das ging Ihnen doch bestimmt genauso. Trotzdem war es gut, dass wir ihnen reinen Wein eingeschenkt haben. Ich bin echt erleichtert, dass Jessies Vater endlich auch Bescheid weiß. Jetzt sitzen wir alle im selben Boot und bangen um unsere Kinder. Und so schlimm das auch sein mag – irgendwie gibt mir das neue Kraft.«

»Schön, dass Sie das so sehen, Rieke.« Naliks Stimme klang sanft und warm. »Ich verspreche Ihnen, dass ich alles tun werde, damit Jessie und Niko schon bald wieder heil zurückkehren.«

Schon auf der Diele konnte Rieke das angestrengte Husten ihres Vaters hören; es klang gar nicht gut. Seine Temperatur hatte sich erhöht und er klagte über heftige Kopf- und Gliederschmerzen. Dafür war der Schüttelfrost glücklicherweise abgeklungen.

»Ich mach dir rasch ein paar Wadenwickel und setze frischen Tee auf«, sagte Rieke, nachdem sie ihm das verschwitzte Gesicht getrocknet hatte. »Und wenn deine Schmerzen nicht besser werden, hole ich was aus der Apotheke.«

»Unsinn!«, protestierte Melchior, doch Rieke ließ ihn gar nicht zu Wort kommen.

»Keine Widerrede, Papa! Ich bin auch nicht dafür, dass man bei jedem Wehwehchen gleich Tabletten schluckt. Aber Schmerzen zu leiden, macht absolut keinen Sinn. Dafür sind Medikamente schließlich da. Und wenn es dir morgen früh nicht besser geht, hole ich einen Arzt.«

Rieke war schon fast zur Tür hinaus, als Melchior ihr nachrief: »Rieke?«

Sie drehte sich um. »Ja, Papa?«

»Vielleicht… bin ich ja gar nicht krank«, sagte er tonlos.

»Hä?« Rieke schüttelte ratlos den Kopf. »Was soll das denn heißen?«

»Damals, vor rund fünfzehn Jahren, da war es ganz ähnlich«, erklärte ihr Vater. »Ohne jede Vorwarnung ging es mir plötzlich schlecht – und dann habe ich Fieber und Husten gekriegt. Es wurde so schlimm, dass Frida den Doktor rufen musste. Aber der konnte nicht feststellen, was mir fehlt.«

Rieke warf ihm einen skeptischen Blick zu. »Echt?«

»Ja.« Melchior nickte. »Und am nächsten Tag haben wir dann die Nachricht erhalten, dass du spurlos verschwunden bist.«

Niko war kaum aufgestiegen und hatte den goldenen Zügel in die Hand genommen, da wuchsen Sturmschwinge auch schon Flügel: riesige Schwanenschwingen mit einer Spannweite von mehr als fünf Metern. Das Pegaross bewegte sie vorsichtig auf und ab, als wolle es sich versichern, dass ihm die Flügel noch gehorchten, und schwang sich dann in die Lüfte. Im gleichen Augenblick drang Sturmschwinges Stimme in Nikos Kopf: Ich vermute, dass Ihr zum Schöpferberg wollt – habe ich recht, Herr?

»Natürlich!«, rief Niko dem Schimmel fröhlich zu und beugte sich über seinen schlanken Hals nach vorne, damit Sturmschwinge ihn besser verstehen konnte. »So schnell wie der Wind, wenn's geht!«

Es wird mir ein Vergnügen sein, Herr! lautete die Antwort des Pegarosses. Damit schraubte es sich höher und höher in die vom Mirakelmond durchglänzte Nacht.

Niko schaute in die Tiefe und sah, dass Jessie und die drei Schwanenmädchen ihm nachblickten. Als sie die Arme hoben und ihm zuwinkten, erwiderte er ihren Gruß. Sie wurden rasch kleiner und kleiner, bis es schließlich den Anschein hatte, als wären sie winzige Figuren in einer riesigen Spielzeugwelt. Der Schwanensee war schon bald nicht größer als ein rotes Spiegelei, und dann verschwammen die Konturen der Landschaft vollständig.

Den goldglänzenden Zügel fest in der Hand, richtete Niko sich im Sattel auf und schnalzte leicht mit der Zunge. »Wie steht's, Sturmschwinge? Geht es vielleicht noch ein wenig schneller?«

Wie Ihr wollt, Herr, geisterte die lautlose Antwort durch seinen Kopf. Aber dass Ihr Euch hinterher bloß nicht beklagt!

Der Schlag seiner mächtigen Flügel wurde kaum schneller, und dennoch machte Sturmschwinge seinem Namen nun alle Ehre. Das Pegaross sauste so schnell durch die Nacht, dass Niko die Augen tränten und er sie zu ganz schmalen Schlitzen zusammenkneifen musste. Der Fahrtwind brauste ihm um die Ohren, zerrte mit Macht an seinen Haaren und ließ sein Gewand flattern wie eine Fahne im Sturm. Niko machte sich ganz klein, kauerte sich dicht an den Hals des Schimmels und klammerte sich an seiner wehenden Mähne fest, um nicht aus dem Sattel gefegt zu werden.

Direkt vor der steil aufragenden Westflanke des mächtigen Weltengebirges flogen sie dem Himmel entgegen, bis sie schließlich in die Wolken eintauchten.

Im ersten Moment konnte Niko nichts mehr erkennen. Das wattige Gewölk war überall, streifte Sturmschwinges Haupt und wischte ihm fast berührungslos durchs Gesicht und an seinem Körper entlang.

Sorgt Euch nicht, Herr, versuchte das Pegaross, ihn zu beruhigen. Sie können uns nichts anhaben. Außerdem kenne ich den Weg zum Schöpferberg so gut, dass ich ihn selbst mit geschlossenen Augen finden würde.

Dann ist ja gut, dachte Niko für sich und erinnerte sich sofort wieder daran, dass er Jessie ebenfalls mit geschlossenen Augen gesehen hatte. Und lange davor war ihm bereits Ähnliches widerfahren: Mehrere Male hatte er ganz deutlich die Bilder einer drohenden Gefahr wahrgenommen, obwohl er sich gar nicht am entsprechenden Schauplatz aufgehalten hatte.

Warum wundert Euch das, Herr?, fragte Sturmschwinge in seinen Gedanken. Mit den Augen kann jeder sehen, wenn auch nur den äußeren Anschein der Dinge. Wem die Unsichtbaren aber wohlgesonnen sind, der sieht auch mit dem Herzen – weit mehr und sehr viel besser als mit den Augen!

Niko wollte dem Pegaross gerade antworten, als sie aus den Wolken tauchten und sich ihm ein überwältigender Anblick darbot: Aus dem rot schimmernden Dunstteppich ragte nur noch ein schneebedeckter Gipfel heraus: der Schöpferberg. Direkt darüber hing die rote Kugel des Mirakelmondes, der so nahe zu sein schien, dass Niko die Konturen seiner Oberfläche zu erkennen glaubte, die Gebirgszüge, Meere und Krater – als würde er den Mond nicht mit bloßen Auge, sondern durch ein riesiges Teleskop betrachten.

Das Brausen des Windes war verstummt, und nicht ein Laut war zu hören, während Niko auf dem Rücken des Pegarosses fast schwerelos emporschwebte – als glitten sie durch einen riesigen feierlichen Dom, der von einer schwarzsamtenen und von funkelnden Sternen übersäten Riesenkuppel überwölbt wurde.

Als sie den höchsten Grat überflogen, tat sich ein gigantischer Krater unter Niko auf, der so tief war, dass man seinen Grund nicht erkennen konnte. In der Mitte des Kraters aber reckte sich aus bodenloser Tiefe eine Felsnadel empor, die den eisigen Kraterrand um rund fünfzig Meter überragte und die nicht eine Spur von Schnee bedeckte. Den einzigen Zugang zu dieser Felsnadel bildete eine Brücke, die in einem eleganten Bogen vom Rand des Kraters zur Spitze der Nadel führte: die Feuerfrostbrücke.

»Woher stammt ihr Name, Sturmschwinge?« Niko flüsterte, um die feierliche Stille nicht zu stören.

Seht doch genau hin, Herr, sagte das Pegaross. Dann werdet Ihr es bestimmt erkennen.

Sturmschwinge flog eine sanfte Kehre und ging etwas tiefer, damit Niko die Feuerfrostbrücke näher in Augenschein nehmen konnte. Bereits auf den ersten Blick erkannte er, dass sie ihren Namen völlig zu recht trug: Die eine Hälfte, die sich vom eisigen Kraterrand zur Mitte hin schob, bestand vollständig aus froststarrem Eis, während die andere Hälfte des Bogens, die von der Felsnadel nach außen drängte, ausschließlich aus lodernden Flammen zu bestehen schien. In der Mitte der Brücke, dort, wo Feuer und Eis aufeinandertreffen sollten, klaffte eine große

Lücke. Weil das Eis dort ständig unter der Hitze der lodernden Flammen schmolz und in einem brodelnden Wasserfall in die grundlose Tiefe stürzte – und weil die zuckenden Feuerzungen wiederum durch die eisige Kälte stets am weiteren Vordringen gehindert wurden, sodass Feuer und Eis niemals zusammenkommen konnten. Magnus der Schmied hatte also die Wahrheit gesprochen: Kein Sterblicher würde die Feuerfrostbrücke jemals überqueren können!

Dann ließ Niko seinen Blick in die Runde schweifen, um den sagenumwobenen Schöpferberg näher zu betrachten. Das also war die Wohnstätte der geheimnisvollen Unsichtbaren, die die Geschicke Mysterias lenkten und über das Schicksal seiner Bewohner bestimmten. Doch eigenartig: Wohin Niko auch blickte, er konnte nirgendwo auch nur die geringste Spur eines Unsichtbaren ausmachen. Nicht einmal von Odhur, der dem Schöpferberg angeblich auf besondere Weise verbunden war.

Aber Herr!, mischte sich da Sturmschwinges vorwurfsvolle Stimme in seine Gedanken. Was meint Ihr wohl, weshalb sie die Unsichtbaren genannt werden?

Ja, klar – natürlich!

Wie hatte er nur so dumm sein können!

Ohne es zu wollen, schüttelte Niko den Kopf. Da sah er mit einem Mal aus den Augenwinkeln einen schwarzen Wirbel, der sich rasend schnell auf die Spitze der Felsnadel zubewegte. Noch ehe die wirbelnde Wolke Gestalt annahm, wusste er, wer sich darin verbarg: Sâga, die Schwarzmagierin!

»Los, Sturmschwinge!«, schrie er dem Pegaross ins Ohr. »Flieg zum Gipfel, so schnell du kannst!«

Melchiors Schmerzen ließen nicht nach, sondern wurden im Gegenteil immer schlimmer. Rieke schlug die Tageszeitung auf, um nachzusehen, welche Apotheke Notdienst hatte. Zum Glück war der Ort nur zwanzig Kilometer entfernt. Obwohl sie den Apotheker aus dem Bett klingeln musste, war der Mann recht freundlich. Nachdem sie ihm Melchiors Symptome geschildert hatte, empfahl er ihr ein passendes Medikament und bot ihr sogar an, ihn jederzeit anzurufen, wenn es ihrem Vater nicht helfen sollte.

Während Rieke über die einsame Landstraße nach Oberrödenbach zurückfuhr, begegnete ihr nicht ein Auto. Obwohl in der Gegend so gut wie niemand mehr von der Landwirtschaft lebte, hielten es die meisten Bewohner immer noch wie ihre Vorfahren früher: Sie gingen mit den Hühnern ins Bett und standen mit ihnen auch wieder auf. Schade, ging es Rieke durch den Kopf. Sie wissen gar nicht, was sie versäumen!

Es war nämlich eine wunderschöne Nacht. Der volle Mond stand am wolkenlosen Himmel und überzog die ganze Gegend mit einem magischen Glanz. Die Wälder, Felder und Wiesen sahen aus, als gehörten sie in ein Märchenreich.

Rieke fühlte sich mit einem Mal ganz leicht.

Voller Zuversicht und voller Hoffnung.

Und plötzlich hatte sie keine Zweifel mehr, dass sie ihren Sohn gesund und munter wiedersehen würde. Sie öffnete das Fenster und ließ sich die laue Nachtluft um die Nase wehen. Dazu summte sie eine Melodie, die ihr spontan in den Sinn kam. Erst viele Minuten später ging ihr auf, dass sie sie noch nie zuvor gehört hatte.

Oberrödenbach war vollständig in Dunkelheit gehüllt. Die Straßenlaternen waren erloschen, und während Rieke das Dorf auf der Hauptstraße gemächlich durchquerte, entdeckte sie nicht ein einziges Licht hinter den Fenstern. Umso überraschter war sie, als am Dorfplatz plötzlich ein Auto aus dem Dunkeln schoss und dicht vor ihr auf die Straße einbog. Rieke musste mit Macht auf die Bremse steigen, sonst wäre sie mit Sicherheit mit ihm zusammengerasselt. »Na, so ein Idiot!«, schimpfte sie laut und schickte dem Wagen böse Blicke hinterher.

Es war ein grauer Kastenwagen, der offensichtlich unter der alten Kastanie vor der Friedhofsmauer geparkt hatte – und mit einem Mal hatte Rieke eine Eingebung. Sie hielt an, zog ihr Handy aus der Tasche und wählte die eingespeicherte Nummer ihres Sohnes. Zum Glück klappte die Verbindung auf Anhieb. »Nalik?«, rief sie aufgeregt in den Hörer, als der Senshei sich meldete. »Ich glaube, ich weiß, wo sie Herrn Schreiber verstecken!«

Der Gipfel des Schöpferberges ähnelte einem Kegel mit gekappter Spitze: Das felsige Plateau maß höchstens zehn Meter im Durchmesser. Auf der linken Seite sprudelte ein mächtiger Quell aus dem Felsboden hervor, dessen Wasser sich in einem kleinen Becken sammelte, bevor es sich in einer schäumenden Kaskade in die endlose Tiefe stürzte. Ihm gegenüber befand sich ein tiefer Spalt im Fels, aus dem eine Flamme loderte, die immer wieder so hoch emporzuckte, als wolle sie den Himmel verzehren, und dann wieder in sich zusammenfiel. Danach begann das flammende Schauspiel von Neuem, immer und immer wieder.

Niko spürte die irrsinnige Hitze, die die Flamme Nihil ausstrahlte, schon von Weitem. Sâga allerdings schien das nichts auszumachen: Wie erstarrt stand die Schwarzmagierin neben dem lodernden Schlund und wartete, den Mantel des Odhur in der Hand, auf den Beginn der Dämonenstunde.

Als Sturmschwinge neben dem Sprudelnden Quell aufsetzte und Niko von seinem Rücken glitt, sah Sâga ihn allerdings erstaunt an. Niko wollte auf sie zugehen, zuckte aber erschrocken zurück, weil die brüllende Hitze der Flamme Nihil ihm Haut und Haare zu versengen drohte. Er wich bis an Sturmschwinges Seite zurück, weil die beruhigende Kühle, die das Pegaross ausströmte, ihn vor dem Feuer der Zerstörung schützte.

Als Sâga das gewahrte, legte sie den Kopf in den Nacken und brach in ein irrsinniges Gelächter aus, das wie das tollwütige Gekreische von Furien durch die feierliche Stille schrillte. Nachdem sie sich wieder beruhigt hatte, starrte sie Niko hasserfüllt an. »Sieh an, du Narr hast es also doch geschafft«, fauchte sie. »Und dennoch wird es dir nichts nützen. Es sind nur noch wenige Augenblicke bis zum Beginn der Dämonenstunde. Dann werde ich den Mantel des Odhur der Flamme Nihil zum Fraß vorwerfen – und die wird ihn auf immer vernichten!« Wieder geisterte ihr schauerliches Lachen durch die Stille.

»Ihr habt den Verstand verloren, Sâga«, rief Niko ihr zu. »Deshalb wisst Ihr nicht mehr, was Ihr tut! Der Mantel des Odhur ist ein Geschenk der Unsichtbaren. Wenn Ihr ihn zerstört, begeht Ihr einen großen Frevel, für den sie Euch schrecklich bestrafen werden!«

»Was du nicht sagst, du Narr!«, höhnte die Schwarzmagierin. »Manchmal muss man sich selbst gegen die Unsichtbaren auflehnen – genau wie Odhur es getan hat!«

»Was?« Nikos Gesichtszüge entgleisten. »Odhur hat sich den Unsichtbaren widersetzt?«

»Das hast du nicht gewusst, was? Dabei habt ihr Sterblichen es einzig und allein Odhurs Ungehorsam zu verdanken, dass ihr an der grenzenlosen Macht der Unsichtbaren teilhaben könnt, wenn auch nur in geringem Maße.«

»Was?«, brachte Niko nur hervor. Was wollte die Schwarzmagierin damit sagen? »Spricht sie die Wahrheit, Sturmschwinge?«, flüsterte er dem Pegaross zu.

Ich denke schon, Herr, lautete die Antwort. Sâga schreckt zwar vor keiner Lüge oder Täuschung zurück, wenn es ihren Plänen dient. Aber wenn die alten Legenden, die man sich auf den Koppeln der Schwanenkönigin erzählt, nur annähernd stimmen, dann ist ihre Behauptung wahr.

»Du sollest auf deinen geflügelten Diener hören!«, fuhr Sâga fort. »Wenn Odhur die Spitze des Schöpferberges dereinst nicht abgesprengt und sie hinter dem Tor des Feuers verborgen hätte, wären der Sprudelnde Quell und die alles zerstörende Flamme noch immer tief im Stein verschlossen. Weder der große Odhur noch seine Gefolgsleute könnten die besonderen Kräfte daraus schöpfen, die euch Narren wenigstens einen kleinen Eindruck von den unfassbaren Kräften vermitteln, die unsere Welt im Innersten zusammenhalten. Aber was Odhur tat, hat gewiss nicht allen gefallen!«

Niko konnte es immer noch nicht glauben. »Dann ist der Schicksalsstein also die Spitze des Schöpferberges?«

»Was denn sonst?« Ein bitteres Lachen kam aus Sâgas Kehle. »Was glaubst du wohl, woher die magischen Kräfte des Königschwertes rühren? Odhur hat den Schicksalsstein euch Sterblichen doch zum Geschenk gemacht. Weil ihr blind seid für die tieferen Wahrheiten und nur das glaubt, was ihr mit euren Augen sehen könnt. Nur wenigen von euch ist es vergönnt, auf den Gipfel des Schöpferberges zu gelangen, und deshalb hat Odhur versucht, euch mithilfe des Schicksalssteins zu zeigen, dass die Welt weit größere Geheimnisse bereit hält, als ihr zu wissen glaubt.« Sie legte den Kopf in den Nacken und schrie kurz und schrill auf. »Diese Mühe hättest du dir sparen können, oh Odhur. Sie sind deiner Anstrengungen nicht wert und bringen nur alles durcheinander, wenn sie sich in deine Welt begeben. Sie haben dein großzügiges Geschenk nicht verdient, und deshalb werde ich deinen Mantel jetzt in der Flamme Nihil zerstören!«

Damit streckte die Schwarzmagierin die Hand aus und hielt den Umhang direkt über den Lodernden Schlund.

»Neeein, Sâga!«, schrie Niko. »Tut das nicht! Sonst werde ich Euch vernichten.« Blitzschnell griff er in Sturmschwinges Satteltasche, holte das alte Buch daraus hervor und hielt es ihr entgegen. »Nämlich damit!«

Pechschwarze Dunkelheit empfing Ayani, als sie die Kammer der Finsternis betrat. Ein kühler Lufthauch fuhr ihr entgegen wie ein feuchtes Tuch, das über ihr Gesicht wischte. Der Geruch, der in ihre Nase stieg, signalisierte Gefahr: Schwefel, Rauch und Pestilenz – der Hauch des Bösen, wie Norna ihn immer genannt hatte. Ihre Rechte flog zum Griff des Schwertes. Dann umfasste sie die schwere Waffe mit beiden Händen und streckte sie nach vorne – als sei Sinkkâlion eine riesige Wünschelrute, die ihr den Weg zeigen und gleichzeitig Gefahren aufspüren sollte.

Obwohl Ayani noch immer kaum etwas erkennen konnte, ging sie weiter und setzte behutsam einen Schritt vor den anderen. In der Ferne hörte sie das leise Plätschern von Wasser und das Poltern eines Steins. Ansonsten war kein Laut zu vernehmen. Nur ihr eigenes Atmen und der leise Tritt ihrer Schnürschuhe auf dem felsigen Boden.

Allmählich wurde es wärmer. Rot-gelbe Flecken leuchteten in der Dunkelheit. Als Ayanis Augen sich an die Düsternis gewöhnt hatten, erkannte sie, dass es sich um Flechten oder Moose handelte, die weite Teile der Felswände bedeckten. Oder waren es vielleicht Lebewesen? Es kam ihr nämlich plötzlich so vor, als würden die Leuchtflecken ihre Position wechseln.

Mittlerweile war ihre Sicht so gut, dass sie den stollenartigen Gang, durch den sie sich vorwärtsbewegte, leidlich erkennen konnte. Er war übermannsgroß und immerhin so breit, dass vier ausgewachsene Männer nebeneinander Platz gefunden hätten.

Das Leuchten wurde stärker. Das schwefelige Gelb vor allem wurde so grell, dass es Ayani in den Augen schmerzte.

Plötzlich hörte sie ein Kichern hinter sich und das leise Huschen bloßer Füße. Noch während sie überlegte, woher die Geräusche gekommen sein mochten, begann Sinkkâlion zu zucken und fuhr dann so heftig herum, dass Ayani beinahe von den Füßen gerissen wurde. Im gleichen Moment gellten vielstimmige Schreie in ihren Ohren, die sich wie das schrille Kreischen von Barthyänen anhörten. Nachdem sie ihr Gleichgewicht wiedergefunden hatte, erkannte Ayani die Gestalten, die in respektvoller Entfernung verharrten und mit hasserfüllten Blicken auf das Königsschwert starrten.

Es waren Nachtschwärmer.

Eine ganze Horde, ein gutes Dutzend, wenn nicht sogar mehr. Der Anblick war grauenerregend. Bar jeder Tarnung offenbarten sie ihre wahre und nackte Gestalt. Ayani konnte erkennen, dass nicht nur ihre kahlen Greisenschädel, sondern auch ihre gesamten Körper von faltiger, mit Altersflecken besprenkelter Haut bedeckt waren. Das behaarte Gehänge zwischen ihren Beinen war schlichtweg abstoßend.

Als die Atemschlürfer den Ekel in Ayanis Gesicht erkannten, verzogen sie grinsend die hässlichen Gesichter. Ein Kichern perlte über die wulstigen pechschwarzen Lippen und die rot geäderten Murmelaugen in den brauenlosen Höhlen kullerten belustigt hin und her. Einige von ihnen stießen sogar ihre langen Muränenzungen zwischen den spitzen Zähnen hervor. »Komm doch, du Schöne, du Unbefleckte!«, kreischten sie ihr zu. »Wir sehnen uns danach, dich zu schmecken!«

Ayani wollte auf sie zustürmen, blind vor Ekel und Entsetzen, doch Sinkkâlion hatte andere Pläne. Wieder wirbelte das Schwert herum, sodass sie der widerlichen Horde den Rücken zukehrte, und zog sie einfach weiter.

Die Nachtschwärmer folgten ihr, wie das Tappen ihrer nackten Füße und ihr Getuschel verrieten. Sinkkâlions magische Kräfte schienen sich selbst bis zu ihnen herumgesprochen zu haben, denn sie hielten gebührenden Abstand. Sie hatten allerdings gar nicht die Absicht, über Ayani herzufallen, wie ihr ein paar aufgeschnappte Sätze bald klarmachten: »Der Meister wird sich freuen, Ghuul. Er hat schon lange keine Unbefleckte mehr geschmeckt«, flüsterte einer. Worauf ein anderer antwortete: »Du sagst es, Taarkh. Und Lebende sind ihm allemal lieber als Tote!«

Das also war der Plan der grausigen Unterweltwesen: sie wie ein Stück Wild in die Fänge des Nidhog-Drachen zu treiben, damit das Ungeheuer sie zerfleischen konnte!

Aber was noch weit grauenhafter war: Ayani hatte gar keine andere Wahl, als dem todbringenden Drachen gegenüberzutreten. Der Weg zurück war ihr versperrt, nicht alleine durch die Atemschlürfer, sondern auch durch den Flammenden Fluss, den sie nie mehr würde überwinden können. Wenn sie in die Welt der Lebenden zurückkehren wollte, dann blieb ihr nichts anderes übrig, als sich dem schrecklichsten Ungeheuer in der Welt der Heel zu stellen.

Als habe Sinkkâlion das längst erkannt, zog es Ayani unerbittlich weiter, bis der Stollen schließlich in eine weite Höhle mündete, die von unterirdischen Feuern erleuchtet wurde. Der schwere, süßliche Geruch von Fäulnis und Verderben waberte durch die schwüle Luft.

Riesige Ratten huschten über den Höhlenboden und trugen bleiche Knochen in ihren Mäulern. Immer wieder stießen große Vampirfledermäuse auf sie herab und versuchten, ihnen die Beute streitig zu machen. Als Ayani verstand, um welche Knochen es sich handelte, musste sie würgen und hätte sich um ein Haar übergeben.

Plötzlich erbebte der Boden unter dem Stampfen gewaltiger

Tritte. Die Höhlenwände zitterten und lose Steine und kleine Felsbrocken hagelten von der Decke herunter. Obwohl Ayani instinktiv den Kopf einzog und ihn mit den Händen zu schützen versuchte, traf sie ein Stein an der Stirn und schlug ihr eine heftig blutende Wunde.

In diesem Augenblick zuckte das Königsschwert zur Seite – und da endlich bemerkte Ayani die Öffnung in der rechten Höhlenwand, die offensichtlich in eine weitere Felsenkammer führte. Daraus näherte sich bereits ein schwarzer Schatten, und noch ehe Ayani aufging, worum es sich handelte, schossen zwei schlangenartige Hälse daraus hervor, auf denen zwei schreckliche Monsterköpfe thronten: Jeder so groß wie ein Ochse, wuchsen auf dem linken drei ungeheure Ohren, während der rechte mit zwei kolossalen Nasen bestückt war. Beide aber besaßen riesige, mit spitzen Schlangenzähnen bewehrte Mäuler – und als sie die jetzt unter wütendem Gebrüll weit aufrissen, erkannte Ayani, dass ihre Rachen so groß waren, dass sie sie mit einem Biss verschlingen konnten.

KAPITEL 35

Die Kammer der Finsternis

Beim Anblick des Buches kreischte Sâga laut auf: »Neeeiiin!« Dann wurde sie bleich wie ein Leichentuch. Ein nervöses Zittern überfiel ihren ganzen Körper. »Wo-wo-woher … weißt du?«, stammelte sie.

»Jessie hat mich darauf gebracht«, erklärte Niko. »Als sie mir erzählt hat, dass es die Atemschlürfer wahrscheinlich nur deshalb gibt, weil ihr Vater sie für seinen Roman erfunden hat. Und genauso verdankt Ihr Eure Existenz einzig und alleine Karin Seikel. Sie hat Euch geschaffen, als sie ihr Buch geschrieben hat – genau wie das Wasser des Wissens aus nichts etwas schaffen kann. Wenn ich ihre Schöpfung jetzt in die Flamme Nihil schleudere, werdet auch Ihr wieder zu nichts werden.« Er hob die Hand und holte zum Wurf aus. »Soll ich das wirklich tun, Sâga?«

Für einen Augenblick starrte die Schwarzmagierin ihn nur in maßlosem Entsetzen an. Dann schüttelte sie den Kopf, unendlich langsam und furchtbar müde. »Nein, Niko. Tu es nicht – bitte!« Damit ging sie auf ihn zu und hielt ihm den Mantel des Odhur entgegen. »Hier, bitte nimm«, sagte sie.

Als Niko danach griff, zog Sâga ihn sofort wieder zurück und streckte ihm die andere Krallenhand entgegen. »Erst das Buch!«

Niko lachte bitter. »Ihr haltet mich tatsächlich für einen Narren. Ihr tötet mich doch auf der Stelle, sobald Ihr das Buch in Eure Finger bekommt!«

Die Schwarzmagierin erwiderte nichts. Doch ihr wütender Blick verriet, dass Niko richtig vermutet hatte.

»Gebt mir den Umhang«, forderte er sie auf. »Sobald ich in Sicherheit bin, werde ich das Buch in der Obhut der Schwanenmädchen zurücklassen. Ihr könnt es Euch bei ihnen abholen.«

Sâga antwortete nicht. Für einen kurzen Moment schien sie sich nicht schlüssig zu sein, was sie tun sollte. Dann aber streckte sie ihm den Mantel des Odhur entgegen. »Hier«, sagte sie heiser. »Nimm.«

»Danke, Sâga, vielen Dank«, antworte Niko. »Und das meine ich wirklich ehrlich.« Rasch verstaute er Buch und Umhang in den Satteltaschen, schwang sich auf Sturmschwinges Rücken und zog am Zügel. »Los, mein Freund. Du kennst unser Ziel.«

Augenblicklich breitete das Pegaross die mächtigen Schwanenflügel aus und schwang sich in die Höhe. Niko hörte noch die wütenden Schreie, die Sâga ihm hinterherschickte – »Das wirst du mir büßen, du Hund! Ich werde dich zermalmen und dich vom Erdboden vertilgen!« –, aber da ging Sturmschwinge schon in den Sturzflug über und tauchte in die Wolken.

Sinkkâlion kämpfte wie eine ganze Legion Schwerter auf einmal. Mal stach das Königsschwert auf den linken Drachenkopf ein, dann attackierte es den rechten, um sofort wieder auf seinen Gegenpart zuzuzucken und bereits im nächsten Augenblick einen erneuten Streich zur anderen Seite zu führen. Trotz des dichten Schuppenpanzers, mit dem der Drache bewehrt war, schlug es ihm ein ums andere Mal blutige Wunden, die ihn jedoch nur wenig beeindruckten: Kaum war ein erster Blutschwall daraus hervorgeschossen, da schloss sich die Wunde auch schon wieder, und die Blutung versiegte.

Ayani ließ das magische Schwert in ihren Händen einfach gewähren. Zumal sie ohnehin darauf bedacht war, ihren Blick nicht auf den mittleren Drachenkopf zu richten, dessen Hals offensichtlich weit kürzer war als der der anderen. Sie erinnerte sich nämlich nur zu gut daran, was jedem widerfuhr, der in das riesige Auge des dritten Drachenkopfes blickte: Er erstarrte auf der Stelle zu Stein! Um dieser Gefahr zu entgehen, hielt sie ihre Augen entweder geschlossen oder richtete sie auf den Boden. Dennoch war ihr nicht entgangen, dass die Horde der Atemschlürfer die Höhle inzwischen ebenfalls betreten hatte.

Ringsherum an den Wänden verteilt, verfolgten die Nachtwesen den ungleichen Kampf mit fiebrigen Augen. Dabei feuerten sie den dreiköpfigen Drachen immer wieder an: »Schnappt sie Euch, Meister!«, »Zerreißt sie und lasst sie Euch schmecken!«, »Ihr Blut wird Euch stärken und Ihr Odem Euch nähren!«

Da ging Ayani plötzlich auf, dass Sinkkâlion offensichtlich eine Überraschung im Schilde führte: Es beabsichtigte wohl, unter den langen Hälsen hindurchzutauchen, um so zum mittleren Drachenhaupt zu gelangen. Vermutlich hatte das Königsschwert erkannt, dass da nicht nur das Auge, sondern auch das Gehirn des Drachen saß. Und so bewegte sich das Königsschwert mit einem Mal, Ayani wie im Schlepptau hinter sich herziehend, blitzgeschwind zur linken Seite, womit es kurzzeitig aus der Reichweite des rechten Drachenkopfes geriet. Dann prasselten seine Hiebe so rasend schnell auf das linke Haupt ein, dass diesem vom raschen Hin- und Herwenden ganz schwindelig zu werden schien. Jedenfalls hielt es für einen Moment inne, um sich verwirrt zu schütteln – und genau darauf hatte Sinkkâlion nur gewartet: Es zog Ayani unter dem Kopf hindurch und auf das mittlere Haupt zu – aber da kam ein Atemschlürfer seinem Gebieter völlig unvermutet zu Hilfe. Er sprang geschwind heran und stellte Ayani ein Bein, sodass die der Länge nach zu Boden stürzte und beinahe das Schwert aus den Händen verlor.

Begleitet vom hämischen Gelächter der Nachtschwärmer schnappten die beiden äußeren Drachenköpfe augenblicklich nach ihr – und nur der blitzschnellen Reaktion von Sinkkâlion hatte Ayani es zu verdanken, dass die spitzen Schlangenzähne sie um Haaresbreite verfehlten.

Der schöne Vorteil aber war damit dahin. Und da der Drache die List des Königsschwertes nun erkannt hatte, war an eine Wiederholung kaum zu denken.

Während die greisenhaften Ungeheuer ihren Gebieter nun noch vermehrt anfeuerten und Sinkkâlion unverdrossen weiterkämpfte, machte sich in Ayani langsam die Verzweiflung breit. Als ihr dann auch noch die Worte durch den Kopf gingen, die Sotiera in der Grotte der Erinnerung zu ihr gesprochen hatte, war es vollends um ihre Zuversicht geschehen. »Im Angesicht seines Todes«, so hatte die Wächterin der Zeit erklärt, »zeigt der Spiegel des Lebens jedem die wichtigsten Momente von der Wiege bis zur Bahre.« Und da er Ayani diesen Einblick ebenfalls gewährt hatte, konnte das nur eines bedeuten: dass auch sie ihrem Tod schon bald ins Auge blicken würde – in der Kammer der Finsternis nämlich, in der Höhle des dreiköpfigen Drachen!

Ayani schrie wie ein gequältes Tier und wollte sich schon in ihr Schicksal ergeben, als die Mannaz-Rune auf der Klinge des Königsschwertes mit einem Mal zu leuchten begann. Und da ging Ayani endlich auf, dass es nur einen Weg zur Rettung gab.

Niko, mein Bruder!, hallte ihr stummer Verzweiflungsschrei durch die nächtlichen Weiten Mysterias. Hilf mir, Niko, sonst wird der Nidhog-Drache mich zerreißen!

»Du hast es geschafft! Du hast es geschafft!«, jubelte Jessie und tanzte so ausgelassen um Niko herum, als wäre sie eine Springmaus auf Ectasy. Dann fiel sie ihm um den Hals und drückte ihm einen fetten Kuss auf die Lippen. »Das hast du dir wirklich verdient.«

Die drei Schwanenmädchen kicherten verschämt. »Habt ihr gesehen, was sie gemacht haben?«, fragte Schwanhild.

»Sie haben ihren Odem getauscht«, gickerte Sieghild.

»Sie haben das Nass ihrer Münder vermischt«, gluckste Gerhild.

»Sie haben den Schwur der Lippen besiegelt«, feixten alle drei gleichzeitig.

»Und ihr habt sie nicht mehr alle!«, blaffte Jessie sie an, auch wenn ihr Grinsen zeigte, dass sie das nicht ganz ernst meinte. Ihr Grinsen allerdings hielt nicht lange an. Von einer Sekunde auf die andere und völlig unvermutet wurde Jessie kreidebleich und fing unkontrolliert an zu zittern.

Niko riss die Trinkflasche aus seinem Proviantbeutel und drückte sie ihr in die Hand. »Los trink, schnell! Halt noch ein wenig durch. Du hast es gleich geschafft!« Hastig sprang er zu Sturmschwinge, holte den Mantel des Odhur aus der Satteltasche und eilte zu Jessie zurück. Er wollte ihr den Umhang gerade umlegen, als er plötzlich zusammenzuckte. Blankes Entsetzen stand in seinem Gesicht. »Oh nein!«, schrie er auf.

»Was ist los?«, fragte Jessie. »Was hast du plötzlich?«

»Ayani hat nach mir gerufen«, flüsterte Niko, fahl wie der Tod. »Sie ist in der Kammer der Finsternis und steht dem Nidhog-Drachen Auge in Auge gegenüber.«

»Oh weh!«, stöhnten die Schwanenmädchen auf.

»Das ist ihr Verderben«, jammerte Schwanhild.

»Das ist ihr Ende«, barmte Sieghild.

»Das ist ihr sicherer Tod«, klagte Gerhild.

»Was?« Für einen Moment blickte Jessie die Schwanenmädchen ungläubig an, dann wandte sie sich an Niko. »Du musst

Ayani helfen«, forderte sie ihn auf. »Das ist ihre einzige Chance. Denk doch an den Spruch: ›Wenn die Zwei zu Einem werden, ist alles möglich‹!«

»Aber wie soll das denn gehen?« In wachsender Verzweiflung schüttelte Niko den Kopf. »Ich bin doch weit von ihr entfernt. Es ist völlig unmöglich, dass ich Ayani zu Hilfe komme!«

»Das stimmt nicht, Niko«, entgegnete Jessie kraftlos, die großen Augen auf ihn gerichtet. »Das ist sehr wohl möglich – nämlich damit!« Damit deutete sie auf den Kapuzenmantel in seiner Hand.

Niko erbleichte. »Aber... Jessie«, hauchte er. »Den Umhang brauchst doch du! Wenn du nicht schnellstens in unsere Welt zurückkehrst, musst du sterben.« Dann lächelte er gezwungen und winkte scheinbar gelassen ab. »Mach dir bitte keine Sorgen. Ayani wird das schon schaffen. Sie hat doch Sinkkâlion dabei – und außerdem werden die Unsichtbaren bestimmt nicht zulassen, dass der Nidhog-Drache sie zerreißt.« Er wollte ihr den Mantel umwerfen, doch Jessie hinderte ihn daran.

»Das glaubst du doch selbst nicht, Niko! Erinnerst du dich nicht, was Ragnur gesagt hat: Die Unsichtbaren haben das Feuer des Lebens nur in uns entfacht, doch am Brennen halten müssen wir es selbst! Wir sind die Herren unseres eigenen Schicksals und müssen uns deshalb den Aufgaben stellen, die uns begegnen. Ob wir sie bestehen oder nicht, liegt ganz alleine an uns.« Damit nahm sie ihm Odhurs Mantel aus der Hand. »Los, leg ihn schon um!«

»A-aber Jessie! Du musst dringend zurück!«

»Ich habe es die ganze Zeit durchgestanden, dann werde ich die paar Minuten auch noch überstehen.« Obwohl Jessie sich sichtlich Mühe gab, geriet ihr Lächeln reichlich gequält. »Ayani und du, ihr müsst euch eben ein bisschen beeilen und kurzen Prozess mit diesem albernen Drachen machen. Das dürfte doch nicht so schwer sein, oder?«

»Bestimmt nicht!« Niko erwiderte ihr angestrengtes Lächeln. »Wir sind schließlich zwei gegen einen!« Dann wurde er wieder ernst. »Und wenn wir es… trotzdem nicht schaffen?« Er schluckte. »Dann hast du keine Chance mehr zurückzukehren.«

»Ich weiß«, antwortete Jessie leise. Sie sah Niko geradewegs in die Augen. »Dann war es halt Schicksal oder Bestimmung oder so was Ähnliches. Glaubst du vielleicht, ich könnte mit dem Gedanken leben, dass der Nidhog-Drache Ayani und dich zerfetzt hat, nur weil ich dir nach Mysteria gefolgt bin?«

Niko antwortete nicht gleich. »Meinst du das wirklich?«, sagte er dann.

»Ja, Niko«, antwortete sie fest. »Ich meine es wirklich ernst. Todernst sogar!«

»Gut«, sagte Niko. Er nickte und pfiff Sturmschwinge herbei. Er half Jessie in den Sattel und klopfte dem Pegaross auf den Hals. »Du weißt, wo du sie hinbringen sollst, mein Freund!«

Sturmschwinge wieherte wie zur Bestätigung, breitete die Schwanenflügel aus und erhob sich in die Lüfte.

Niko sah Ross und Reiterin noch kurz nach, dann legte er sich den Mantel des Odhur um die Schultern.

Als Niko in der Kammer der Finsternis landete und sich die Nebelwolke auflöste, sah er, dass Ayani auf nahezu verlorenem Posten stand: Die Atemschlürfer hatten sich mittlerweile ebenfalls in den Kampf eingeschaltet und attackierten sie immer wieder aus dem Hinterhalt, sodass das Königsschwert sich nicht nur der wütenden Drachenköpfe erwehren musste, sondern auch das feige Nachtschwärmerpack zurückschlagen musste, damit die Ungeheuer die Krallenfinger mit den lähmenden Giftnägeln nicht in Ayanis Fleisch schlugen. Trotz der magischen Kräfte Sinkkâlions konnte das nicht lange gut gehen.

»Niko!«, schrie Ayani. »Mach schnell und hilf mir!«

Da schnellte wie aus dem Nichts der Drachenkopf mit den riesigen Ohren auf ihn zu. Niko konnte der unerwarteten Attacke nur um Haaresbreite entgehen, indem er sich gedankenschnell zu Boden fallen ließ und sich zur Seite rollte – genau wie der Senshei es ihn gelehrt hatte. Die spitzen Schlangenzähne erwischten jedoch den Mantel des Odhur und rissen ihn von seiner Schulter. Der Umhang flog im hohen Bogen durch die Luft – und landete direkt auf dem mittleren Drachenkopf, den er wie ein groteskes Tuch bedeckte.

Die Nachtschwärmer brachen in lauten Jubel aus und feuerten ihren Gebieter stürmisch an. »Tod! Tod! Tod!«, kreischte es laut durch die Kammer der Finsternis.

Niko schrie vor Entsetzen auf – »Oh nein!« –, als auch schon das andere Drachenhaupt nach ihm schnappte. Und diesmal war es Sinkkâlion, der ihm durch eine blitzschnelle Parade das Leben rettete.

Niko rappelte sich auf und hastete zu Ayani.

»Greif mit zu, bitte!«, forderte sie ihn mit flehendem Blick auf. »Ich kann das Schwert kaum noch halten!«

Als Niko und Ayani Sinkkâlions Falkengriff nun gemeinsam umfassten, wurden sie von einem inneren Wärmestrom durchpulst. Zwei Zeichen aus reinem Licht formten sich vor den leuchtenden Anhängern an ihrem Hals – das Zeichen des unerschrockenen Mutes und das des grenzenlosen Vertrauens. Ganz langsam schwebten die leuchtenden Symbole aufeinander zu und vereinigten sich direkt über dem Griff des Schwertes zum Zeichen der Unsichtbaren.

Auch die Mannaz-Rune auf der Klinge begann zu leuchten, bis schließlich das gesamte Königsschwert in hellem Licht erstrahlte.

Die Atemschlürfer schrien gellend auf und sprangen entsetzt bis zu den Höhlenwänden zurück.

Auch der Nidhog-Drache schien für einen Augenblick so bestürzt, dass er mit seinem riesigen Auge wie erstarrt auf das Schwert blickte. Aber dann griff er sofort wieder an, heftiger und wütender als zuvor – und seine finsteren Vasallen folgten seinem Vorbild.

»Tod! Tod! Tod!«, hallten ihre schrillen Rufe von den Felswänden der Höhle zurück.

Obwohl Sinkkâlion nun mit frischem Mut und mehr als doppelter Kraft kämpfte, wurde Niko alsbald klar, dass sie das vor wilder Wut brüllende Ungeheuer und sein schrill kreischendes Gefolge mit dem Schwert alleine nicht besiegen konnten. Aber wie sollten sie dann wieder in den Besitz des Umhangs gelangen? Ohne den Mantel des Odhur war Jessie doch rettungslos verloren!

Das Friedhofstor quietschte in den Angeln, als Rieke Niklas es aufstieß. Als sie die Gräber im bleichen Mondlicht erblickte, wurde ihr ganz mulmig zumute. Sofort musste sie wieder an die Zeit vor vielen Jahren zurückdenken, als sie zusammen mit ihrer Freundin mehrere Male versucht hatte, die große Mutprobe zu bestehen. Obwohl sie sich an den Händen gefasst und sich immer wieder mit lauter Stimme versichert hatten, dass es überhaupt keine Gespenster gab – höchstens in Kleinkindergeschichten! –, waren sie niemals über die erste Grabreihe hinausgelangt. Spätestens dann nämlich hatten sie von irgendwoher ein unbekanntes Geräusch vernommen. Und schon war ihnen das Herz in die Hose gerutscht, sodass sie schnellstens Reißaus genommen hatten. Obwohl das schon viele Jahre her war, fühlte Rieke sich plötzlich von der gleichen Scheißangst überwältigt.

Sie war so schlimm, dass sie am liebsten umgekehrt wäre! Ohne zu wissen, was sie tat, ergriff sie Naliks Hand. Augenblicklich fühlte sie sich viel besser.

»Wo steht denn das Mausoleum?« Nalik flüsterte, als habe er ebenfalls Angst, die Toten aufzuwecken.

Rieke deutete zum anderen Ende des kleinen Kirchhofs. »Dort hinten, zwischen den Birken.«

Das alte Gemäuer lag im vollen Licht des Mondes. Deutlich war zu erkennen, dass es einer Burg nachempfunden war. Bei seinem Anblick blieb Nalik abrupt stehen. »Das gibt's ja nicht«, flüsterte er.

»Was denn?« Rieke musterte ihn erstaunt. »Was meinen Sie?«

»Dieses Grabmal …« Nalik schüttelte den Kopf, als müsse er den Anblick erst verdauen. »Es erinnert mich ganz frappierend an ein anderes Gebäude.«

»Komisch.« Rieke blinzelte. »Mir geht es genauso. Nur fällt mir leider nicht ein, an welches. Können Sie mir weiterhelfen?«

Der Senshei lachte leise. »Ich wüsste nicht, was ich lieber täte, Rieke. Aber leider darf ich es nicht.«

»Und warum nicht?«

»Bitte drängen Sie mich nicht«, gab Nalik zurück. »Außerdem haben wir im Moment Wichtigeres zu tun. Kommen Sie bitte!« Damit zog er sie zur Tür des Mausoleums und stieß sie auf.

»Tod! Tod! Tod!«, schrillte es in Nikos Ohren.

Als habe der Drache seine Gedanken erraten, brüllte er so laut auf, dass die Wände der Höhle erzitterten. Sein nach faulem Fleisch und Aas stinkender Atem schlug Niko ins Gesicht, sodass er würgen musste. Gleichzeitig wurden die Attacken des dreiköpfigen Ungeheuers noch wütender, als könne er es gar nicht mehr erwarten, das Fleisch seiner Opfer zu schmecken.

»Tod! Tod! Tod!«, schrien die Atemschlürfer wie von Sinnen.

In ihren Augen funkelte die pure Mordgier, während sie wie nackte Irrwische durch die Höhle sprangen.

Auch das riesige Auge des Drachen funkelte bereits siegesgewiss, wie Niko trotz seiner geschlossenen Lider erkennen konnte – als ihm mit einem Male aufging, dass sie nur noch eine einzige Chance hatten: »Wo ist das steinerne Herz?«, schrie er Ayani gegen das ohrenbetäubende Gebrüll des Drachen an. »Das Arawynn dir zurückgegeben hat?«

Ayani starrte ihn verwundert an. »Wieso fragst du?«

»›Nur die Macht vom Schicksalsstein‹«, zitierte Niko den Kinderreim der alten Norna, »›wird ihm einst gefährlich sein.‹ Erinnerst du dich nicht?«

»Tod! Tod! Tod!«, schallte es durch die Höhle.

Ayani begriff rasch, was sie zu tun hatte. Sie überließ Niko das Königsschwert, holte die aus einem schlichten Lederband gefertigte Schleuder unter dem Gewand hervor und lud sie mit dem herzförmigen Splitter aus dem Schicksalsstein, den sie in ihrem Beutel mit Steingeschossen verwahrte.

»Tod! Tod! Tod!«

Während Ayani die Schleuder mit geschlossenen Augen spannte, flehte sie die Unsichtbaren um Hilfe an …

»Tod! Tod! Tod!«

… und folgte dann ganz ihrer Eingebung. Das Geschoss sauste los und traf genau ins Ziel: das riesige Auge des Nidhog-Drachen. Als das steinerne Herz es berührte, platzte es wie eine zum Bersten pralle Wasserblase.

Das Ungeheuer brüllte so laut auf, dass die Höhle erbebte und ein Steinhagel von der Decke herunterging.

Auch die Atemschlürfer kreischten vor Entsetzen.

Die beiden anderen Häupter des Drachen jedoch verfielen in unkontrollierte Zuckungen und bewegten sich völlig planlos hin und her, bis sie schließlich mit Urgewalt zusammenstießen und reglos zu Boden stürzten – genau wie der restliche Körper des Nidhog-Drachen, dessen Zusammenbruch die Kammer der Finsternis in den Grundfesten erschütterte und einen weiteren Steinhagel auslöste.

Ohne zu zögern, stürzte Niko auf das mittlere Drachenhaupt zu und riss den Mantel des Odhur herunter. Während der Drache einen gewaltigen Seufzer ausstieß und die greisenhaften Ungeheuer laut kreischend die Flucht ergriffen, trat Niko dicht vor Ayani hin und legte seine Arme ganz eng um sie. »Halt dich an mir fest, Ayani – schnell!« Niko schlang den Umhang um ihre beiden Körper. Sofort wallte Nebel auf. Die weiße Wolke wurde größer und größer, bis sie sie schließlich ganz umhüllte und alles um sie her verschlang.

Nalik ließ den Kegel seiner Taschenlampe langsam über die Wände des verfallenen Mausoleums wandern. Die meisten Fenster waren zerstört. Der Putz blätterte großflächig von den Wänden, und im Dach klafften mehrere Löcher, durch die der Vollmond zu sehen war. In seinem bleichen Licht sahen die alten Sarkophage einfach gespenstisch aus. Rieke hätte sich nicht gewundert, wenn sich aus dem einen oder anderen plötzlich ein Vampir erhoben hätte und über sie hergefallen wäre. Sie klammerte sich an Naliks Hand wie eine Ertrinkende an einen Rettungsring.

»Hier oben ist er jedenfalls nicht«, stellte der Senshei nüchtern fest und richtete den Strahl der Lampe auf die Treppe, die gegenüber vom Eingang in die Tiefe führte. »Versuchen wir es unten in der Krypta.«

Obwohl man das Feldbett vom Fuß der Treppe aus nicht sehen konnte, dauerte es nur einige Sekunden, bis sie Herrn Schreiber entdeckten. Im flackernden Licht der Fackeln sah er tatsächlich aus wie ein Vampir, der jeden Moment die Augen aufschlagen konnte.

»Ist er tot?«, fragte Rieke mit zitternder Stimme.

Nalik beugte sich über den reglosen Antiquar und überprüfte Puls und Atmung. »Nein, nein, er lebt«, erwiderte er. »Er scheint nur das Bewusstsein verloren zu haben.« Er drückte Rieke die Taschenlampe in die Hand. »Hier, nehmen Sie. Wir müssen ihn schnellstens in eine Klinik bringen.«

Als Niko und Ayani im Lager im Dämonenwald landeten, wurde sie von den Männern mit erleichtertem Jubel empfangen. Kieran und die anderen stürzten auf sie zu und bestürmten sie mit Fragen.

Niko hatte dafür jedoch kein Ohr. »Wo ist Jessie?«, schrie er den Rebellenführer an. »Hat Sturmschwinge sie zurückgebracht?«

»Natürlich, Niko«, gab Kieran zurück. »Was hast du denn gedacht? Auf die Diener der Unsichtbaren ist doch Verlass! Sie wartet schon auf dich.«

Jessie war kaum mehr bei Bewusstsein, als Niko und Ayani am Unterstand eintrafen. Sie ruhte auf ihrem Lager und starrte mit wachsweißem Gesicht apathisch vor sich hin. Kalter Schweiß stand auf ihrer Stirn, ihre Lider flatterten und die Lippen zuckten. Aber immerhin erkannte sie ihn. »Niko«, hauchte sie. Ihr Lächeln war kaum zu wahrzunehmen. »Ich wusste, dass du es schaffst.«

In fiebriger Eile halfen Niko und Ayani ihr auf.

Jessie war bereits so schwach, dass sie sich nur noch mit Mühe auf den Beinen halten konnte.

Niko zog hastig den Ring seines Vaters vom Finger und drückte ihn ihr in die Hand. »Gib ihn dem Senshei«, schärfte er ihr ein. »Hast du verstanden, Jessie?«

»Dem Senshei, verstanden«, plapperte sie ihm fast mechanisch nach.

Niko nickte. »Und jetzt mach, dass du nach Hause kommst! Nach Hause, Jessie, nach Hause!«, wiederholte er eindringlich.

»Ja, Niko, nach Hause – natürlich«, röchelte Jessie kaum verständlich. Die Augen drohten, ihr zuzufallen.

Niko wollte ihr den Mantel des Odhur schon umlegen, als Jessie ihn zurückhielt.

»Einen Moment noch«, hauchte sie. Sie fasste in die Tasche ihres Gewandes und holte einen Gegenstand daraus hervor: eine kleine silberne Schachtel. »Für dich«, sagte Jessie und drückte sie ihm in die Hand. »Damit du immer an mich denkst.«

»Danke«, antwortete Niko. »Aber das hätte ich auch so getan.« Er beugte sich nach vorne und gab ihr einen flüchtigen Kuss auf die zitternden Lippen. »Ich hab dich lieb, Jessie«, sagte er leise.

»Ich dich auch, Niko. Ich dich auch«, antwortete Jessie und lächelte. Aber da stiegen bereits Nebelschwaden um sie auf und hüllten sie ein.

Niko trat zu Ayani und ergriff ihre Hand. »Hilf mir, Schwester«, sagte er. »Wir müssen unseren Vater rufen. Damit er Jessies Eltern alarmiert – und uns danach zu Hilfe eilt.«

Sie schlossen die Augen und sandten ihren stummen Hilfeschrei hinaus in die Nacht, die noch immer vom Licht des Mirakelmondes erhellt wurde. Obwohl sie um die Kraft des Mondes wussten, konnten sie nur hoffen, dass ihr Ruf auch stark genug war, um selbst die Grenzen der Welten zu überwinden.

KAPITEL 36

Die Rückkehr des Königs

Vorsichtig bettete Nalik den Bewusstlosen auf die Rückbank des Golfs. Er breitete sorgfältig den Schlafsack über ihn und sprang dann auf den Beifahrersitz. »Los, schnell!«, rief er. »Fahren Sie in die nächste Klinik!«

Rieke drückte den Gang rein und presste das Gaspedal bis zum Bodenblech durch. Der Motor heulte auf wie ein gequältes Tier, während sie in Richtung Kreisstadt davonbrausten. Nur aus den Augenwinkeln bekam Rieke mit, dass Nalik zusammenzuckte.

»Halt!«, schrie er.

Als Rieke sich erschrocken erkundigen wollte, was das zu bedeuten habe, gebot er ihr barsch zu schweigen. Rieke hielt an und sah jetzt erst richtig, dass sein Blick sich verändert hatte – dass er geradezu fiebrig geworden war, zu glänzen schien.

»Nicht in die Klinik!« Seine Worte waren ein Befehl. »Fahren Sie zum Pfortnerhof, so schnell Sie können!«

»A-aber warum de–?«

»Fragen Sie nicht! Tun Sie einfach, was ich sage«, erwiderte Nalik. »Und alarmieren Sie einen Notarztwagen. Er soll umgehend zum Pfortnerhof kommen – oder am besten gleich zwei!«

»Aber–«

»Jetzt fahren Sie schon, verdammt noch mal!«

Rieke brauste durch die Nacht, als wären alle Ungeheuer der Heel hinter ihr her. Obwohl sie in ihrem ganzen Leben noch nie so schnell gefahren war und ein ums andere Mal fürchtete, von der schmalen Straße abzukommen, war sie Nalik Noski immer noch nicht schnell genug.

»Wann geben Sie denn endlich Gas?«, rief er. »Es geht schließlich um Leben und Tod. Kapieren Sie das denn nicht?«

Rieke lag schon eine böse Antwort auf der Zunge. Aber sie schluckte sie lieber herunter. Zumal sie höllisch aufpassen musste, dass sie nicht aus den engen Kurven getragen wurde.

Endlich kam der Hof in Sicht. Mit unverminderter Geschwindigkeit bretterte Rieke darauf zu und hielt mit quietschenden Bremsen an. Kaum hatte Rieke sich einigermaßen erholt, da erfassten ihre Augen ein ungewöhnliches Szenario: Dicht vor dem Brunnen drehte sich eine große weiße Nebelwolke um sich selbst, löste sich rasch auf und gab den Blick auf eine Gestalt frei, die reglos auf dem Teerboden lag.

Rieke und Nalik sprangen augenblicklich aus dem Wagen und stürmten darauf zu.

Es war Jessie, die, eingehüllt in den Kapuzenumhang, wie ein blondes Schneewittchen mit geschlossenen Augen vor ihnen hingestreckt lag.

»Schnell, Rieke!« Naliks Stimme überschlug sich fast. »Klingeln Sie ihre Eltern aus dem Bett!«

Während Rieke zur Haustür sprintete, öffnete Jessie die Augen. Als sie Nalik erkannte, huschte ein erleichtertes Lächeln über ihr bleiches Gesicht. Mühsam hob sie ihre Hand und drückte dem Senshei den Ring in die Finger, den Niko ihr mitgegeben hatte. »Hier … nehmen Sie«, flüsterte sie. »Niko … und Ayani … Sie brauchen Ihre Hilfe.« Damit verlor sie das Bewusstsein.

Aber da stürzten bereits ihre Eltern aus dem Haus. Thomas hatte noch vor dem Computer gesessen, war aber so tief in die Welt seines Romans abgetaucht gewesen, dass er das dramatische Geschehen vor dem Haus gar nicht mitbekommen hatte. Lena dagegen war durch Riekes Klingeln aufgewacht und hatte sich ihren Morgenmantel übergeworfen. Als die beiden ihre Tochter vor dem Brunnen erblickten, wollten sie ihren Augen nicht trauen.

»Jessie!«, schrie Lena. Sie warf sich über sie, während Thomas dem Senshei einen fragenden Blick zuwarf. »Ist sie …?«

Nalik nickte ihm mit erleichtertem Lächeln zu. »Ja, Herr Andersen. Jessie ist am Leben. Der Notarztwagen ist bereits unterwegs. Am besten, Sie bringen sie solange ins Haus.«

Thomas schien es immer noch nicht fassen zu können. »Aber …«, setzte er an. Doch dann fehlten ihm irgendwie die Worte.

»Gehen Sie schon«, forderte Nalik ihn auf. »Rieke wird Ihnen alles erklären.«

Während Lena und Thomas ihre Tochter ins Haus trugen, wandte sich Nalik an Rieke. »Sehen Sie bitte nach Herrn Schreiber«, bat er sie. »Nicht dass ihm noch im letzten Augenblick etwas zustößt, bevor der Rettungswagen hier eintrifft.«

»Ja, natürlich«, antwortete Rieke. Sie drehte sich um und eilte auf ihren Wagen zu, als sie plötzlich ein lautes Platschen hinter sich hörte. Überrascht blieb sie stehen und drehte sich um … aber da war von Nalik Noski keine Spur mehr zu sehen.

Es war, als habe der Erdboden ihn verschluckt.

Fassungslos ging Rieke auf den Brunnen zu. Die Abdeckung war zur Seite geschoben worden und auf dem Boden vor dem gemauerten Brunnenschacht waren Wasserspritzer zu sehen – als sei etwas Großes in den Brunnen gefallen!

Auf dem Brunnenrand aber lag ein kleiner Gegenstand: Nikos Handy. Als Rieke es aufhob, war ihr, als würden die drei verwitterten Runen rund um den Brunnen strahlend hell im Licht des Vollmonds aufleuchten.

Der Schein des Mirakelmondes tauchte die kleine Lichtung in roten Glanz. Doch Niko, Ayani und die Männer hatten dafür keinen Blick. Schweigend standen sie da und starrten wie gebannt auf den kleinen Teich unter der Knarreiche, auf dem sich die runde Scheibe des Mondes spiegelte. Keiner von ihnen sagte ein Wort, sodass das geheimnisvolle Raunen des Waldes deutlich zu vernehmen war. Die Geschöpfe, die ihn beseelten, wisperten von den alten Zeiten und von den neuen, die bald kommen würden. Sie erzählten von Not und Entbehrung und von den vielen Opfern, die gebracht worden waren. Aber sie kündeten auch von neuer Hoffnung und von einer Zukunft, die das alte Leid vergessen machen würde. Als die Stimmen des Waldes schließlich schwiegen, leuchteten die drei Runen auf den Steinen am Rand des Teiches strahlend hell auf. Das rot glühende Wasser begann sich zu drehen, schneller und schneller, und als es sich fast so rasend schnell bewegte wie der Wirbel der Zeiten, tauchte ein Mann aus seiner Mitte empor und trat auf die Lichtung.

Er war von eindrucksvoller Gestalt und hatte ein edles Gesicht, das gleichermaßen von Tapferkeit und Milde kündete. Die langen silbrig schwarzen Haare waren zu einem Pferdeschwanz gebunden – und obwohl er direkt aus der Feuchten Pforte kam, zeigte seine schwarze Kleidung nicht die geringste Spur von Nass.

Die Männer erkannten ihn sofort wieder. »König Nelwyn!«, riefen sie wie aus einem Munde und beugten ehrfurchtsvoll die Knie vor ihrem rechtmäßigen Herrscher.

»Vater!«, schrie Niko und eilte auf ihn zu.

»Vater!«, rief auch Ayani und stürzte zu ihm.

Dann fielen die Zwillinge ihrem Vater in die Arme und umschlangen ihn so fest, als wollten sie ihn nie wieder loslassen.

Als sie sich endlich wieder voneinander lösten, lächelte der

König sie an. »Ich danke euch, meine Kinder. Endlich haben wir uns wiedergefunden.« Dann wandte er sich an die knienden Männer. »Aber nicht doch!«, sprach er sie mit einem sanften Lächeln an. »Steht bitte wieder auf. Niemand hat das Recht, sich über andere zu erheben, und keiner hat die Pflicht, sich vor einem anderen zu erniedrigen. So lautet der Wille der Unsichtbaren.«

Nachdem Kieran und die anderen sich wieder erhoben hatten, trat Nelwyn mit ernstem Blick vor sie hin. »Mein Dank gilt natürlich auch euch«, sagte er. »Dafür, dass ihr mir so lange die Treue gehalten habt, und dafür, dass ihr euch von unseren Feinden niemals habt einschüchtern lassen. Deshalb hoffe ich, dass ich auch in Zukunft auf euch zählen kann.«

»Aber natürlich, Herr!«, sprach Kieran die Gedanken seiner Gefolgsleute aus. »Natürlich könnt Ihr auf uns zählen. Wir werden mit Euch durch dick und dünn gehen – und wenn es sein muss, sogar durch die tiefsten Tiefen der Heel.«

Während Niko und Ayani einen vielsagenden Blick wechselten, hob der König die Hände. »Das wollen wir doch nicht hoffen! Es ist aber höchste Zeit, dass der wahre Wille der Unsichtbaren wieder zu Geltung gelangt im Nivland und dass er von allen respektiert wird, ohne jede Ausnahme. Dies durchzusetzen, ist eine schwere Aufgabe, die wir nur gemeinsam bewältigen können. Deshalb frage ich euch: Seid ihr bereit, diesen Auftrag anzunehmen und euch mit aller Kraft in den Dienst der Unsichtbaren zu stellen – selbst wenn es euch das Leben kosten sollte?«

Laute Zustimmung brandete auf und noch viel lauterer Jubel.

Mit zufriedenem Lächeln blickte der König in die Runde. »Gut, Männer«, sagte er. »Dann lasst uns unser Versprechen mit einem Eid besiegeln.« Er nickte Niko und Ayani zu, und während die beiden das strahlende Königsschwert gemeinsam zum Mirakelmond emporreckten, sprach Nelwyn den alten Schwur:

»Dem großen Auftrag mit aller Kraft, ich dien ihm mit Herz und mit Willen. Die Not ich seh, den Weg ich geh, mein Schicksal will ich erfüllen!«

Niko aber hatte plötzlich das Gefühl, dass ihn jemand beobachtete. Verwundert drehte er sich um und erblickte ein leuchtendes Wesen zwischen den Bäumen.

Die kleine Lichtelfe strahlte ihn übers ganze Gesicht an und winkte ihm aufgeregt zu. Dann streckte sie ihren winzigen Daumen in die Höhe, und Niko verstand auch ohne Worte, was sie ihm sagen wollte: »Das hast du erstaunlich gut gemacht, Menschling.« Gleich darauf wandte sie sich ab und verschwand in der Tiefe des Waldes.

Die Männer aber umringten ihren König und bestürmten ihn mit Fragen – und niemand hatte einen Blick für den dunklen Schemen, der sich am jenseitigen Rand der Lichtung zusammenballte.

Es war die Schwarzmagierin Sâga, die hinter den großen Stechwacholderbüschen in Deckung ging und mit fiebrigen Blicken auf den König und die Männer starrte. Ihre Reptilienaugen glühten feuerrot. »Diese Narren«, flüsterte sie. »Ihr Schicksal ist längst besiegelt; sie wissen es nur noch nicht. Sie werden sterben, alle miteinander, und dann werde ich die alleinige Macht über Mysteria erringen. Niemand wird mich davon abhalten – nicht einmal die Unsichtbaren!«

Und so geht's weiter …
… in MYSTERIA

Verpasst nicht den dritten Band der abenteuerlichen Trilogie um Niko, Ayani und Jessie!

Eine entsetzliche Entdeckung

»Was?« Der Dorfvorsteher starrte Niko Niklas und Ayani an. »Unser König lebt?«

»So ist es, Seoras.« Ayani nickte ihm zu. Ihre Augen leuchteten. »König Nelwyn ist in dieser Nacht zu uns zurückgekehrt. Von nun an wird er unseren Kampf gegen Rhogarr von Khelm anführen. Wir werden uns endlich aus unserer Knechtschaft befreien können!«

»Mit Nelwyns Hilfe und natürlich auch mit dem Königsschwert Sinkkâlion«, fuhr Niko Niklas fort. Er berührte kurz die schwere Waffe an seinem Gürtel. »Wir werden den Tyrannen vom Thron in Helmenkroon stürzen und die Marschmärker aus unserer Heimat verjagen. Damit alle Bewohner des Nivlandes endlich wieder in Frieden und Freiheit leben können. Allerdings …« Niko machte eine kleine Pause und sah Seoras eindringlich an. »Damit das gelingen kann, benötigt König Nelwyn die Unterstützung aller Alwen – egal, ob Mann oder Frau, Junge oder Mädchen, Kind oder Greis.«

Seoras schwieg. Er zählte wohl kaum mehr als vierzig Sommer, auch wenn er fast schon wie ein alter Mann aussah – mit seinem vom Hunger abgezehrten Gesicht, den lange vor der Zeit ergrauten Haaren und den verschlissenen Kleidern, die eher Lumpen ähnelten als einem angemessenen Gewand. Mit unverhohlenem Misstrauen betrachtete er den Jungen und das Mädchen, die hoch zu Ross – der Junge auf einem Schimmel, das Mädchen auf einem Rappen – auf dem kleinen Platz in der Mitte des armseligen Alwendorfs verharrten. Die Siedlung bestand aus kaum mehr als einer Handvoll schäbiger Hütten, zwischen denen keine lebende Seele zu sehen war. Nur ein paar Hühner scharrten im warmen Sand vor den Gebäuden und in den Pferchen dahinter suhlte sich eine kleine Herde abgemagerter Schweine. Über ihnen drehten sich Schwärme von schwarzen Schwirrfliegen in der mittäglichen Hitze.

Ayani wechselte einen nachdenklichen Blick mit Niko, bevor sie sich wieder ihrem Landsmann zuwandte. »Was ist los, Seoras? Freust du dich gar nicht über die Neuigkeiten?«

Seoras zuckte mit den Schultern. »Nun … das ist in der Tat eine erfreuliche Nachricht. Aber …« Der Dorfvorsteher wandte sich ab und blickte über die Schulter. »Nuala! Aidan! Kailil! Ihr könnt rauskommen!«, rief er in Richtung der schäbigen Behausungen. »Von den beiden hier droht uns keine Gefahr. Die scheinen nur etwas verwirrt zu sein.«

Sofort war Bewegung bei den Hütten zu erkennen. Die übrigen Bewohner der Siedlung traten hinaus auf den sandigen Dorfplatz, der vom hellen Glanz des Großen Taglichts überflutet wurde. Es waren knapp zwei Dutzend Alwen, überwiegend Frauen und Kinder. Die wenigen Männer hatten das Greisenalter bereits erreicht oder sahen zumindest so aus. Ihre Kleider waren ebenso verschlissen wie die des Dorfvorstehers. Ihre Gesichter und Gestalten verrieten, dass sie schon lange nicht mehr richtig satt geworden waren. Während Seoras ihnen die Neuigkeiten in raschen Worten schilderte, sahen die Alwen ebenfalls mit misstrauischen Blicken zu Niko und Ayani auf.

Niko konnte ihren Mienen deutlich entnehmen, was in ihren Köpfen vorging: Die Nachricht vom schrecklichen Blutgericht, das Rhogarrs Schergen erst kürzlich in einigen Alwendörfern abgehalten hatten, war inzwischen mit Sicherheit auch in diese weit abgelegene Siedlung vorgedrungen. Zweifellos hatten auch die Bewohner dieses Dorfes verstanden, dass Rhogarr von Khelm fest entschlossen war, jedes Aufbegehren gegen seine Schreckensherrschaft mit größter Härte zu bestrafen – nämlich mit Tod und Vernichtung. »Ich kann euch gut verstehen«, rief Niko den verängstigten Alwen deshalb zu. »Die Nachricht von der Rückkehr des Königs ist in der Tat so überraschend, dass sie im ersten Moment nur schwer zu fassen ist.«

Die Dorfbewohner steckten die Köpfe zusammen und tuschelten aufgeregt miteinander. Dann wandte sich Seoras wieder an die Besucher. »Was du sagst, ist wahr, Junge. Als wir vor vierzehn Sommern vom Tod unseres Königs hörten, wollten meine Leute und ich das zunächst nicht glauben. Doch nach all der langen Zeit und dem endlosen Leid, das wir seither unter der Knute der Eroberer erdulden mussten, haben wir uns damit abgefunden.«

»Nicht doch, Seoras!«, rief Ayani. »Wer sich in sein Schicksal fügt, wird es niemals ändern. Und wer gegen die Tyrannei nicht ankämpft, wird für immer in Unfreiheit leben.«

»Das sagt sich so leicht, mein Mädchen.« Der Dorfvorsteher lachte bitter. »Aber schau dich doch nur mal um! Rhogarrs Häscher haben alle arbeitsfähigen Männer unseres Dorfes verschleppt. Sie müssen Frondienste in seinen Steinbrüchen leisten, bis sie ihre letzten Kräfte verlieren und an Auszehrung sterben.«

»Genauso ist es, Seoras«, pflichtete ihm eine Frau mit strähnigem Haar bei. »Obwohl wir Übriggebliebenen von morgens bis abends schuften wie die Zugochsen, sind wir kaum in der Lage, uns von unserer Hände Arbeit zu ernähren. Zumal dieser Tyrann bei jeder guten Ernte die Steuern und Abgaben derart erhöht, dass uns davon nichts weiter als jämmerliche Reste und leere Teller übrig bleiben.«

»Und wer dagegen aufbegehrt«, setzte eine zahnlose Alte die

Klage fort, »der kann froh sein, wenn er mit dem nackten Leben davonkommt.«

Niko und Ayani verständigten sich wortlos, zu schweigen. Zumal sie wussten, dass die braven Dorfbewohner nicht einen Deut übertrieben.

»Es hatte sich sehr wohl das Gerücht zu uns herumgesprochen«, sagte Seoras, »dass ihr beide das Königsschwert aus dem Schicksalsstein gezogen hättet. Allerdings ...« Er räusperte sich und deutete mit dem Kopf auf die Waffe an Nikos Gürtel, deren Griff ein stilisierter Falke war. »Bis vor wenigen Minuten hatte ich daran noch erhebliche Zweifel. Erst seit ich Sinkkâlion mit eigenen Augen sehe, bin ich restlos überzeugt. Aber genauso verhält es sich mit König Nelwyn.« Er ließ seinen Blick rasch in die Runde der Dörfler schweifen. »Erst wenn ich unserem König von Angesicht zu Angesicht gegenüberstehe, werde ich glauben, dass er zurückgekehrt ist.«

»Genau deswegen hat König Nelwyn uns doch zu euch geschickt«, antwortete Ayani. »Weil er eure Zweifel nicht nur vorausgesehen hat, sondern sie auch sehr gut versteht.«

»Aus diesem Grund«, fuhr Niko fort, »hat er beschlossen, in Kürze eine Versammlung aller Dorfvorsteher abzuhalten. Dann wird er sich ihnen persönlich zeigen und ihnen seine weiteren Pläne erläutern.«

»Ach ja?« Obwohl Seoras die Stirn runzelte, zeigte sich ein Hoffnungsschimmer auf seinem müden Gesicht. »Wann und wo wird das sein?«

»Nur Geduld«, antwortete Ayani lächelnd. »Wir müssen unter allen Umständen verhindern, dass unsere Feinde Wind von diesem Treffen bekommen und wir erneut in einen Hinterhalt geraten. Deshalb werden Ort und Zeit der Versammlung kurzfristig mitgeteilt. Halte dich also bereit, damit du dem Ruf deines Königs unverzüglich folgen kannst.«

Der Abschied von Seoras und seinen Leuten war weitaus herzlicher als der Empfang. Obwohl die Dörfler nicht gerade in Jubel ausbrachen, gewann Niko dennoch den Eindruck, als wäre in ihren Gesichtern wieder so etwas wie Zuversicht zu sehen.

Seine Schwester war der gleichen Ansicht, wie sie ihm wortlos und nur durch die Kraft ihrer Gedanken zu verstehen gab. Unser Vater ist ein schlauer Fuchs, fügte sie hinzu, während sie auf dem Rücken ihrer Pferde Seite an Seite Richtung Dämonenwald davonsprengten. Oder hättest du vorausgesehen, dass unsere Landsleute so misstrauisch sind?

Wahrscheinlich nicht, antwortete Niko seiner Schwester auf die gleiche Weise. Aber ich kann ihre Zweifel schon verstehen. Seit vierzehn Sommern hoffen sie vergeblich darauf, dass sie endlich von der Fremdherrschaft erlöst werden. Und wenn Hoffnung allzu lang enttäuscht wird, macht sie unweigerlich der Resignation Platz.

Wie weise du doch bist, Nikolein!, spottete Ayani. Sie wandte sich um und grinste ihren Bruder an. An dir ist ja ein Seher verloren gegangen.

Bevor Niko zu einer Erwiderung ansetzen konnte, verspürte er einen stechenden Schmerz im Kopf, und ein Bild des Grauens erschien vor seinem inneren Auge: eine einsame Hütte, die in hellen Flammen stand!

»Sieh nur!« Ayani richtete sich im Sattel auf und deutete aufgeregt auf die vor ihnen liegende Hügelkuppe, hinter der bedrohlich schwarzer Rauch aufstieg. Gleichzeitig trug der Wind erstickte Hilferufe an ihre Ohren.

»Schnell, Ayani!«, rief Niko der Schwester zu. »Da braucht jemand unseren Beistand!« Mit einem leichten Fersendruck spornte er Sturmschwinge an und galoppierte, gefolgt von seiner Schwester, wie der Wind den Hügel hinauf.

»Eine Schmiede?« Huggin sah König Nelwyn unwillig an. »Wozu brauchen wir eine Schmiede, mein König?«

»Ist das nicht offensichtlich, Huggin?« Nelwyn war mit Huggin und Magnus im Lager im Dämonenwald zurückgeblieben, während die übrigen Rebellen die Bewohner der umliegenden Dörfer von der Rückkehr des Königs unterrichteten. Er lächelte den Hünen verständnisvoll an. »Rhogarr von Khelm wird das Feld wohl kaum freiwillig räumen, und deshalb wird uns leider nichts anderes übrig bleiben, als ihn mit Gewalt aus Helmenkroon zu vertreiben. Allerdings können wir gegen ihn und seine Streitmacht nur bestehen, wenn wir ausreichend Waffen haben – und dazu brauchen wir eben eine Schmiede. Rhogarr hat mein Volk doch weitgehend entwaffnet und deshalb müssen wir uns unsere Waffen selbst anfertigen.«

»Ach so … Das habe ich gar nicht bedacht, mein König.« Huggin kratzte sich hinterm Ohr. »Tut mir leid, aber ich kenne weit und breit keine Schmiede, die von einem Alwen betrieben wird. Aber vielleicht weiß Magnus ja besser Bescheid als ich?« Er wandte sich ab und sah seinen Gefährten, der neben ihm im Gras saß, fragend an. »Du hast doch selbst als Schmied gearbeitet, bevor diese marschmärkischen Hunde dich von deinem Hof vertrieben haben. Solltest du da nicht besser wissen, wie es um deine Zunft bestellt ist?«

»Damit hast du ausnahmsweise mal recht«, antwortete Magnus Halmar und bedachte seinen Kameraden mit einem spöttischen Blick, bevor er sich an Nelwyn wandte. »Allerdings habe auch ich nichts Erfreulicheres zu vermelden als dieser unübertroffene Enten- und Gänsedieb hier!«

Die nett gemeinte Stichelei entlockte König Nelwyn ein Lächeln. Aber dann wurde er rasch wieder ernst. »Nein?«, fragte er. »Ist es denn so schlecht bestellt?«

»Leider, mein König.« Magnus Halmar nickte bekümmert.

»Unsere Feinde wissen natürlich ebenfalls um die große Bedeutung der Schmiede: Ohne Schmiede keine Waffen und ohne Waffen kein Widerstand gegen ihre Schreckensherrschaft! Deshalb stehe ich mit meinem Schicksal beileibe nicht alleine. Rhogarr von Khelm hat dafür gesorgt, dass nahezu alle meine Zunftgenossen aus ihren Werkstätten vertrieben und durch willfährige Gefolgsleute ersetzt wurden. Nach meiner Kenntnis gibt es heute im ganzen Nivland nicht eine einzige Schmiede mehr, die bereit wäre, uns Waffen anzufertigen.«

»Hm.« Der König starrte für eine Weile nachdenklich vor sich hin, bevor er schließlich wieder das Wort ergriff. »Wenn das so ist, dann gibt es nur ein Lö–«

»Welche Lösung denn?«, fiel Huggin ihm ungeduldig ins Wort. »Was meint Ihr, mein König?«

»Ganz einfach, Huggin«, antwortete Nelwyn und lächelte wieder. »Wenn es keine Schmiede gibt, die für uns arbeiten will, dann müssen wir eben selbst eine bauen.«

»Diese feigen Bastarde!« Niko deutete mit grimmiger Miene auf die ärmliche Bauernkate in der vor ihnen liegenden Senke.

Auf dem Strohdach wütete der Rote Hahn: Hell lodernde Flammen schlugen hoch empor zum Himmel. Auch aus den Tür- und Fensteröffnungen leckten riesige Feuerzungen und ließen keinen Zweifel daran, dass die Hütte schon in kürzester Zeit nur noch Staub und Asche sein würde.

Noch weitaus schlimmer allerdings war der Anblick, der sich vor der Kate bot: Dort lagen nämlich drei leblose Körper im Gras – Kinder offensichtlich. Ihre blutigen Kehlen ließen Niko das Allerschlimmste befürchten.

Nicht weit davon entfernt trieben drei finstere Recken – unverkennbar Marschmärker – ein schändliches Spiel mit einer jungen Frau: Sie hatten ihr das Gewand vom Oberkörper gefetzt, und während die Hilflose die bloßen Brüste mit ihren Händen bedeckte, stießen die Männer sich ihr Opfer breit grinsend gegenseitig in die Arme.

»Diese feigen Bastarde«, wiederholte Niko. »Los, Ayani. Erteilen wir ihnen eine Lehre, die sie so bald nicht vergessen werden!« Mit einem wilden Ruck zog er Sinkkâlion und preschte in rasendem Galopp auf die Hütte zu.

Ayani folgte ihrem Bruder. Sie wollte gerade ihre Schleuder unter ihrem Gewand hervorziehen, als sie bemerkte, dass das wohl kaum nötig war: Als die drei Schergen, alarmiert durch die trommelnden Hufschläge der auf sie zustürmenden Pferde, die herannahenden Gefährten bemerkten, ließen sie unverzüglich von ihrem Opfer ab, sprangen hastig in die Sättel ihrer Streitrosse und rammten ihnen erbarmungslos die eisernen Sporen in die Flanken. Während die Pferde mit gequältem Wiehern losstürmten und schon kurz darauf hinter einem nahen Wäldchen verschwanden, drehte Niko sich zu seiner Schwester um.

»Kümmere du dich um die Frau!«, schrie er ihr zu. »Ich folge den feigen Meuchlern!« Damit trieb er Sturmschwinge zu noch größerer Eile an.

Nur wenige Minuten später kamen die schwarzen Reiter wieder in Sicht. Sturmschwinge machte seinem Namen alle Ehre und brauste wie ein Wirbelwind dahin – es konnte nicht mehr lange dauern, bis er die Flüchtenden einholen würde. Nur einen Augenblick später jedoch zügelte Niko das Pegaross und brachte es zum Stehen. Ihm war urplötzlich bewusst geworden, was geschehen würde, wenn er die marschmärkischen Schergen stellte: Sie würden den magischen Kräften Sinkkâlions nichts entgegenzusetzen haben und er würde unweigerlich ihr Blut vergießen – und genau davor schreckte er zurück.

Natürlich hatten die Männer schwere Schuld auf sich geladen und eine entsprechende Strafe deshalb sehr wohl verdient. Dennoch konnte Niko nicht verhindern, dass sein Gewissen sich meldete: War es wirklich an ihm, diese Bestrafung durchzuführen? Hatte er dazu das Recht? Waren dafür nicht andere zuständig? Würde er sich am Ende nicht genauso schuldig machen wie die Männer, wenn er sie tötete?

Seine Zweifel nahmen ihm den zornigen Schwung, der ihn eben noch vorangetrieben hatte. Reglos verharrte er im Sattel und starrte den Flüchtenden hinterher, bis sie schließlich seinen Blicken entschwunden waren. Als würde das Königsschwert Ähnliches empfinden, sank Sinkkâlion wie von selbst in seiner Hand herab.

Als Niko wieder an die Hütte gelangte, war sie bis auf ein paar kümmerliche Überreste niedergebrannt. Ayani hatte sich inzwischen um die Frau gekümmert und ihren Oberkörper wieder notdürftig mit den Kleidungsfetzen bedeckt.

Die junge Alwin mochte kaum mehr als dreißig Sommer zählen und die langen roten Haare fielen ihr ungebändigt ins sommersprossige Gesicht. Sie hatte keine sichtbaren Verletzungen davongetragen, aber sie schien unter einem schweren Schock zu stehen: Während sie wie abwesend vor sich hinstarrte, stammelte sie unzusammenhängende Satzfetzen: »Nein, nein, Erbarmen! … Nicht meine Kinder! … Viel zu jung! Noch viel zu jung! … Nehmt mich, bitte! … Bitte mich!« Niko und Ayani konnten sich zusammenreimen, was der Ärmsten und ihren Kinder widerfahren war.

»Am besten, wir nehmen sie mit ins Lager«, schlug Niko vor. »Da ist sie erstmal in Sicherheit und wird hoffentlich bald wieder einigermaßen zu sich kommen.«

Ayani nickte. »Aber zunächst müssen wir uns um die sterblichen Überreste ihrer Kinder kümmern, damit sie ihre Reise in die Regionen jenseits des Windes antreten können.«

»Du hast recht, Ayani«, antwortete Niko, als er mit einem Mal einen kalten Hauch spürte – wie einen plötzlich aufkommenden

Winterwind. Gleichzeitig drangen unheimliche Laute an sein Ohr: Ein Fauchen wie von wilden Katzen erscholl irgendwo in ihrer Nähe. Gänsehaut bildete sich auf Nikos Armen und ein eisiger Schauer kribbelte über seinen Rücken. Niko richtete sich auf und starrte zu dem kleinen Wäldchen hinüber, das sich nicht weit hinter den schwelenden Überresten der Kate erhob.

Nebelfetzen drifteten zwischen den Baumstämmen hervor und trieben rasch auf sie zu. Sie wurden dichter und dichter und breiteten sich gleichzeitig immer weiter aus, als wollten sie einen weiten Kreis um die Geschwister ziehen. Plötzlich erkannte Niko schwefelgelb glimmende Raubkatzenaugen inmitten des grauen Gewölks – und Mäuler, die mit spitzen Zähne bewehrt waren! Scharfe Waffen blitzen in den Nebeln auf und noch im gleichen Moment gellte die Warnung seiner Schwester durch seinen Kopf: Achtung, Niko! Das sind Nebelkrieger!

Wie von selbst fand Sinkkâlion den Weg in seine Hand. Die schwere Waffe zuckte herum, sodass Niko sich um seine eigene Achse drehte – und da erkannte er, dass die unheimlichen Nebelkrieger sie inzwischen vollständig eingekreist hatten.

Wir sind verloren, Niko, ließ Ayani ihn wortlos wissen. Die Nebelkrieger besitzen keine feste körperliche Gestalt und sind deshalb auch mit keiner Waffe zu besiegen. Selbst das Königsschwert kann ihnen nichts anhaben!

Niko wirbelte erneut herum und sah seine Schwester an.

Ayani war aschfahl geworden und blanke Panik stand in ihren smaragdgrünen Augen.

Während Niko noch fieberhaft nach einem Ausweg suchte, kamen die Nebelkrieger unaufhaltsam näher.

»Das begreife ich einfach nicht, Huggin.« Kieran streifte den Langbogen von seiner Schulter und legte den leblosen Feldhoppler, den er in der linken Hand hielt, in die Mitte des Lagers, direkt neben die große Buntbuche. »Warum bist du nicht schon längst selbst auf diese Idee gekommen?« Sein Blick schweifte von Huggin zu dem glatzköpfigen Zwerg an seiner Seite. »Oder du, Magnus? Du bist doch selbst Schmied und hättest uns diesen Vorschlag ebenfalls machen können!«

»Oh, und warum bist du nicht auf diesen großartigen Einfall gekommen?«, giftete der Glatzkopf zurück. »Du bist doch hier für die Geistesblitze zuständig, oder etwa nicht? Schließlich schimpfst du dich unseren Anführer.«

Bevor Kieran antworten konnte, ging Nelwyn dazwischen. »Lasst gut sein, Männer, und hört auf, euch zu streiten. Manchmal kommt man auf das Naheliegende leider erst zuletzt. Das scheint so eine Art Naturgesetz zu sein und deshalb bringt es uns nicht einen Schritt weiter, wenn wir uns deswegen Vorwürfe machen. Lasst uns lieber überlegen, wie wir die Schmiede bauen können.«

»Gute Idee.« Kieran ließ sich neben den Männern ins Gras sinken. Aber plötzlich spürte er, dass der König ihn seltsam musterte.

»Wolltest du nicht Dämonenbann von der Lichtung holen?«, fragte Nelwyn den jungen Rebellenführer.

»Äh … ganz recht, Majestät.« Kieran wuschelte sich durch die blonde Haarmähne. »Ich wollte gerade ein paar Büschel rupfen, als ich den Feldhoppler dort entdeckte.« Mit dem Kopf deutete er auf das tote Tier. »Ich habe natürlich sofort zu meinem Bogen gegriffen und ihn zum Glück auch erwischt. Vor lauter Freude über meine Beute muss ich das Kraut wohl ganz vergessen haben.«

»Das verstehe ich voll und ganz«, kommentierte der Schmied. »Bei deinen bescheidenen Schießkünsten ist es doch ein wahres Wunder, dass du den mageren Hoppler getroffen hast! Das hat natürlich deine ganze Aufmerksamkeit aufgezehrt.«

»Haha!« Kieran klang ungewohnt übellaunig. »Ich dachte, ihr freut euch, dass ihr wieder mal was Anständiges zwischen die Zähne bekommt. Stattdessen …«

»Das tun sie doch auch.« Nelwyn legte Kieran die Hand auf den Arm. »Da bin ich mir sicher. Aber jetzt lasst uns noch mal auf die Schmiede zurückkommen.« Der König schaute die Männer prüfend an. »Hat einer von euch eine Idee, wie wir an Gerätschaften wie Esse, Amboss und so weiter kommen können?«

Die Männer wechselten ratlose Blicke, doch keiner von ihnen sagte ein Wort, bis Kieran schließlich ein brauchbarer Einfall zu kommen schien.

»Moment mal«, sagte er nämlich. »Mayan, Ayanis Ziehvater, ist doch Schmied! Und sein Sohn Arawynn hat seine Schmiede bis vor wenigen Tagen noch betrieben, bis Rhogarrs Soldaten über das kleine Dorf am Rande des Flüsternden Forsts hergefallen sind.«

»Ja und?« Huggin blickte ihn stirnrunzelnd an. »Diese Hunde haben die Siedlung doch vollständig niedergebrannt!«

»Ja schon«, gab Kieran zurück. »Aber das Feuer dürfte der Esse und dem Amboss wohl kaum etwas ausgemacht haben. Sie sind mit Sicherheit noch zu gebrauchen.« Damit sprang er auf und nickte dem König zu. »Kommt, Majestät! Am besten, wir reiten sofort dorthin und sehen uns alles mit eigenen Augen an.«

»Gute Idee!«, lobte König Nelwyn. Er erhob sich ebenfalls. »Wenn du recht behalten solltest, wären wir einen großen Schritt weiter.«

Während die beiden auf die Pferde zugingen, die am Saum des Waldes grasten, sprang auch der glatzköpfige Schmied auf seine kurzen Beine. »Bitte wartet, ich komme ebenfalls mit. Als Schmied kann ich am Besten beurtei-«

»Nein, nein, Magnus!« Kieran wehrte ihn eilends ab. »Das ist nicht nötig. Huggin und du, ihr bleibt hier und wartet auf die anderen Männer. Und kümmert euch bitte ums Essen. Unsere Kameraden sind bestimmt hungrig, wenn sie zurückkommen.«

Die Nebelkrieger kamen immer näher. Die Eiseskälte, die sie ausstrahlten, kroch Niko bis unter die Haut und drohte sein Herz zu lähmen. Ihre kehligen Laute gingen ihm durch Mark und Bein.

Ayani, die sich an seine Seite geflüchtet hatte, schien es nicht anders zu ergehen. Sie starrte den unheimlichen Gestalten entsetzt entgegen. Nur die Frau, die sie vor den marschmärkischen Kriegern gerettet hatten, schien nicht das Geringste von der schrecklichen Gefahr zu bemerken, in der sie schwebten. Noch immer plapperte sie unverständliches Zeug vor sich hin.

In diesem Moment leuchtete die Mannaz-Rune auf der Schwertklinge strahlend hell auf – und da endlich begriff Niko, was zu tun war. »Schnell!«, schrie er seiner Schwester zu. Er deutete auf die verwirrte Frau. »Hilf ihr auf Sturmschwinge und dann steig selbst auf!«

»A-Aber waru-«, hob Ayani an, wurde aber sofort unterbrochen.

»Frag nicht, sondern tue einfach, was ich dir sage!« Niko stürzte auf das Pegaross zu und riss das Ebenholzkästchen, das er von den Schwanenmädchen erhalten hatte, aus der Satteltasche. In fliegender Eile holte Niko den goldenen Zügel des Odhur daraus hervor, legte ihn Sturmschwinge um und befestigte ihn an den Trensenringen – genau wie Jessie es ihm gezeigt hatte.

Bereits einen Augenblick später saß Niko schon selbst im Sattel. »Lege die Arme der Frau um mich und halte dich ebenfalls fest«, rief er Ayani zu. »Es geht los!«

Niko hatte die goldenen Zügel kaum berührt, als Sturmschwinge auch schon mächtige Schwanenflügel wuchsen. Geschwind breitete das Pegaross die Schwingen aus und erhob sich in die Luft. Mit Leichtigkeit setzte der geflügelte Helfer der Unsichtbaren über die Nebelkrieger hinweg, die unter ihnen wütend heulten und fauchten. Sturmschwinge trug seine Reiter wohlbehalten und schnell wie der Wind zum Lager im Dämonenwald.

Huggin und Magnus schälten gerade knollige Waldkartoffeln, als Niko und seine Begleiter dort ankamen. Während Ayani sich um die verwirrte Frau kümmerte und ihr einen beruhigenden Kräutertrank einflößte, berichtete Niko von ihren Erlebnissen in dem kleinen Alwendorf und ließ sich von den beiden Männern schildern, was sich im Lager zugetragen hatte. »Das mit der eigenen Schmiede ist wirklich eine hervorragende Idee«, sagte er. »Wenn wir gegen Rhogarr bestehen wollen, werden wir in der Tat jede Menge Waffen brauchen.«

»Was du nicht sagst! Du bist ja ein besonders kluges Bürschchen!« Huggin deutete mit dem Kopf zur großen Buntbuche. »Aber jetzt bring mir mal den Feldhoppler da, damit ich ihm endlich das Fell über die Ohren ziehen kann.«

»Mit dem größten Vergnügen, Euer Gnaden«, gab Niko mit gespielter Unterwürfigkeit zurück. »Wie Herr Chef- und Meisterkoch Huggin befehlen!« Er eilte zur Buche und packte das Tier an den Hinterläufen, als er mit einem Mal stutzte. »Merkwürdig«, murmelte er überrascht.

Huggin schien ihn dennoch verstanden zu haben. »Was denn?«, fragte er.

Niko richtete sich auf und hielt ihm den Hasen entgegen. »Hast du nicht erzählt, dass Kieran ihn mit einem Pfeil erlegt hat?«

»Klar. Genau das hat er gesagt.« Er wandte sich an seinen zwergenwüchsigen Kameraden. »Stimmt's, Magnus?«

»Natürlich.« Der Schmied nickte und sah Niko an. »Warum fragst du?«

»Weil ich nirgendwo eine Pfeilwunde entdecken kann«, antwortete Niko. »Und in eine Schlinge ist das Tier auch nicht geraten.«

»Aber …« Huggin wechselte einen verwunderten Blick mit seinem Kameraden. »Wie wurde es dann getötet?«

»Keine Ahnung.« Niko zuckte ratlos mit den Schultern – und noch im gleichen Augenblick wurde ihm klar, dass hier irgendetwas nicht stimmte. In fliegender Eile hastete er zu der nahe gelegenen Lichtung, auf der Kieran das Tier angeblich erlegt hatte. Dort angelangt, blieb Niko stehen und schaute sich um.

Auf den ersten Blick war nichts Verdächtiges zu erkennen. Der kleine Teich am Fuße der großen Knarreiche, der den Ausgang des Feuchten Schlundes bildete, durch den König Nelwyn in der Nacht aus Nikos Welt nach Mysteria gelangt war, glänzte ruhig und friedlich im Schein des Großen Taglichts. Die prächtig blühenden Verbena-Büschel an seinem Rand spiegelten sich auf der Wasseroberfläche. Auch die drei Feldsteine mit den Runen lagen wie ein stummer Gruß der Unsichtbaren an ihrem gewohnten Platz.

Niko drehte sich um und spähte in die Runde – und da erblickte er die Füße, die hinter den großen Stachelwacholdern am jenseitigen Saum der Lichtung hervorragten. Mit wild klopfendem Herzen eilte er darauf zu. Noch ehe er die hinter den Büschen versteckte Leiche erkannte, wusste er, um wen sich handelte: Es war Kieran.

Verzweifelt kniete Niko neben dem bleichen, leblosen Körper seines Freundes nieder; Tränen schossen ihm in die Augen. Die roten Striemen auf Kierans Hals bewiesen, dass er erwürgt worden war. Noch im gleichen Augenblick wurde Niko mit gläserner Klarheit bewusst, was das bedeutete. Ihm wurde schwarz vor Augen.

© Christian Thiel

Peter Freund ist seit 1980 in der Film- und Fernsehbranche tätig, zunächst als Leiter und Manager verschiedener Kinos, dann im Filmverleih und seit 1993 als Producer und Autor. Schon seit Ende der 80er-Jahre hat Peter Freund neben Drehbüchern immer wieder auch Romane und Geschichten veröffentlicht. Sein bisher größter Erfolg ist die »Laura«-Reihe, die Kinder wie Erwachsene begeistert, die Bestsellerlisten stürmte und in zwanzig Sprachen übersetzt wurde. MYSTERIA ist seine neue große Fantasy-Welt.

Mehr über Welt von Mysteria unter:
www.mysterija.com

Außerdem von Peter Freund bei cbj:
MYSTERIA – Das Tor des Feuers (13363)

Die Drachen-Bande – Im Bann des schwarzen Ritters (21828)
Die Drachen-Bande – Das Monster aus der Tiefe (21829)
Die Drachen-Bande – Der Tanz der Gespenster (21830)
Die Drachen-Bande – Das Phantom um Mitternacht (21831)

Peter Freund
MYSTERIA
Das Tor des Feuers

450 Seiten ISBN 978-3-570-13363-7

Als Niko auf einem Dachboden einen alten seltsamen Umhang entdeckt, gibt ihm sein Leben so viele Rätsel auf wie nie zuvor: Er legt den Umhang an – und befindet sich urplötzlich in einer anderen Welt. MYSTERIA, die Welt hinter den Nebeln, ist ein Reich voller Gefahren. Und irgendwo in diesem Reich scheint der Schlüssel zu Nikos geheimnisumwitterter Herkunft zu liegen.